BIBLIOTHEQUE NORDIQUE

ILLSKA

LE MAL

Eiríkur Örn NORÐDAHL

ILLSKA
LE MAL

Traduit de l'islandais
par Éric Boury

Éditions Métailié
20, rue des Grands Augustins, 75006 Paris
www.editions-metailie.com
2015

Publié avec l'aide du Icelandic Literature Center

Icelandic
LITERATURE
CENTER
MIÐSTÖÐ ÍSLENSKRA BÓKMENNTA

Titre original : *Illska*

Published by agreement with Forlagið, www.forlagid.is
and The Parisian Agency, France

ISBN : 979-10-226-0165-8

I

The Patty Winter Show this morning was about Nazis and, inexplicably, I got a real charge out of watching it. Though I wasn't exactly charmed by their deeds, I didn't find them unsympathetic either, nor I might add did most of the members of the audience. One of the Nazis, in a rare display of humor, even juggled grapefruits and, delighted, I sat up in bed and clapped.

"Ce matin, il était question des nazis au Patty Winter Show et, de manière inexplicable, j'ai pris mon pied à regarder l'émission. Même si je n'étais pas franchement emballé par leurs actes, je dois avouer qu'ils ne m'étaient pas antipathiques, pas plus qu'à ceux qui composaient le public, devrais-je ajouter. L'un des nazis, faisant montre d'un rare sens de l'humour, a même jonglé avec des pamplemousses. Je me suis retrouvé assis dans mon lit à applaudir, jubilant."

Bret Easton Ellis, *American Psycho*

1

Environ deux mille personnes ont trouvé la mort pendant l'écriture de ce livre. Ou plutôt deux cent mille. Six millions de Juifs. Dix-sept millions d'hommes, de femmes et d'enfants. Presque quatre-vingts millions d'êtres humains. Le monde ne sera plus jamais le même.

Mais non, je rigole !

Vous avez sans doute entendu parler de la Seconde Guerre mondiale. Toutes les "Histoires de l'humanité" la mentionnent. Elle s'affiche même en couverture de la plupart d'entre elles. Photos de panzers, d'Adolf Hitler en pleine crise d'hystérie et de Juifs squelettiques, entassés dans des charniers. Champignons atomiques. *L'Histoire de l'humanité.* Tout cela n'a évidemment échappé à personne.

Omar n'a pas participé à la Seconde Guerre mondiale. Il n'est venu au monde que des années après la fin des hostilités. Pourtant, ce conflit s'est invité dans son existence pendant presque quatre ans – un peu moins longtemps qu'il n'a duré.

Un jour, Agnes lui est tombée dessus sans crier gare. Elle avait sur les bras Adolf Hitler et tous ses sbires, sans parler des quelque deux mille habitants de Jurbarkas, les deux cent mille Juifs lituaniens, les six millions de Juifs d'Europe, les dix-sept millions de victimes du génocide et les quatre-vingts millions de morts qu'avait faits la guerre en l'espace de six ans – de 1939 à 1945.

Et voilà !

Elle avait la guerre non seulement sur les bras, mais également dans la tête et le cœur. Et comme il en va parfois dans les histoires d'amour réussies, les centres d'intérêt d'Agnes devinrent peu à peu ceux d'Omar ; non seulement il avait cette jeune fille sur les bras et dans la tête, mais elle était accompagnée de tous les “acteurs” de la Seconde Guerre mondiale : victimes, bourreaux et simples figurants. Quelque temps plus tard, il réduisit leur maison en cendres et quitta l'Islande. Et, bien que cela puisse sembler improbable, tous ces éléments étaient reliés par de surprenantes lois de causalité.

Sans doute est-il inutile de le préciser, mais nous allons tout de même le faire : Agnes n'avait pas non plus participé à la Seconde Guerre mondiale, contrairement à ses arrière-grands-pères, Vilhelmas Lukauskas et Izsak Banai. Ces derniers, trop jeunes à l'époque, n'avaient pas combattu pendant la Grande Guerre. Trop âgés, ils n'avaient d'ailleurs pas “combattu” non plus lors du second conflit. En revanche, vers la fin de la Première Guerre, au moment où la Lituanie s'était libérée, les recruteurs de l'armée avaient considéré que Vilhelmas et Izsak avaient atteint l'âge adéquat pour tirer sur leur prochain. Plus tard ils étaient, chacun de leur côté, tombés aux mains des nazis. Ce genre de chose n'avait rien de très plaisant, surtout pour eux.

Agnes Lukauskaite venait de Jurbarkas, une bourgade lituanienne qui comptait en 1940 environ cinq mille cinq cents habitants dont deux mille trois cents Juifs. Aujourd'hui, Jurbarkas compte quatorze mille âmes et pas un seul Juif.

D'ailleurs non. Je retire tout ce que je viens de dire. Agnes Lukauskaite venait de Kopavogur. C'étaient ses parents qui venaient de Jurbarkas. Dalia et Kestutis Lukauskas avaient fui le communisme et étaient arrivés en Islande après une escale en Israël, à l'été 1978, alors que l'engouement pour la comédie musicale *Grease* battait son plein. Un an plus tard, Agnes avait vu le jour à la maternité de la rue Eiriksgata à Reykjavik. Ils n'étaient pas Juifs – pas vraiment – mais, pendant l'hiver glacial qui suivit, ils avaient tout de même été choqués par la Société des abattoirs du Sudurland qui avait choisi l'abréviation ss en guise de sigle, la croix gammée, certes inversée, qui servait d'emblème à la compagnie maritime Eimskip et les articles humoristiques des journalistes qui s'emparaient de la question de l'“extermination” (laquelle n'avait rien à voir avec l'Holocauste, mais avec l'interdiction d'importer des levures destinées à la fabrication de bière). Ils étaient tout autant consternés d'entendre les Islandais parler sur un ton théâtral de telle ou telle *katastrofa* – le mot lituanien désignant l'Holocauste. Cette exposition de peinture était une véritable *katastrofa*, les horaires des bus de ville étaient une catastrophe et il s'en fallait de peu que le rayon fruits et légumes des supermarchés KEA ne soit, lui aussi, l'exemple type de la plus terrible des catastrophes.

Quand Agnes se mit à "fleurir", selon l'expression consacrée pour dire qu'une jeune fille a tout à coup envie de baiser, le nazisme la rattrapa et ne la lâcha plus. Alors que les gamines de son âge passaient leur temps dans les discothèques à boire des alcools forts, tripotant les garçons et crapotant des clopes, Agnes se plongea jusqu'au cou dans les charniers que ses ancêtres avaient creusés et au fond desquels ils étaient enterrés.

Bien que chacun connaisse évidemment ces choses en détail, il serait judicieux de procéder à quelques rappels. La Seconde Guerre mondiale a débuté le 1er septembre 1939, le jour où les Allemands ont envahi la Pologne, affirment les sources. En réalité, les Allemands avaient déjà annexé l'Autriche et la Tchécoslovaquie à leur Troisième Reich, la guerre d'Espagne avait commencé, puis s'était achevée, les Italiens s'étaient emparés de l'Abyssinie et de l'Albanie, quant aux Japonais, ils s'en prenaient depuis quelque temps à la Chine et à l'Union soviétique. En résumé, la guerre faisait rage sur trois continents depuis quelques années lorsque le conflit mondial "éclata". Ce ne fut qu'avec le ras-le-bol des Anglais qu'il devint une guerre mondiale, en langue civilisée.

On considère que la folie nazie a entraîné la mort de douze à dix-sept millions d'individus, parmi lesquels six millions de Juifs. Les nazis voulaient exterminer entièrement deux groupes : les Juifs et les Tziganes, auxquels il fallait ajouter toutes sortes d'agitateurs publics et de drôles d'oiseaux indésirables qu'ils envoyèrent dans les camps de concentration – communistes, démocrates, anarchistes, socialistes, Témoins de Jéhovah, membres de sectes diverses et Slaves qui ouvraient trop leur gueule.

Notons que les Slaves étaient plutôt doués pour l'ouvrir.

Mais on s'occupa d'abord des handicapés. Des attardés. Des idiots. Quelle que soit l'appellation que leur donnaient les documents nazis ordonnant leur exécution. Autres temps, autres valeurs. Loin de nous l'idée de les faire nôtres.

La Lituanie comptait environ deux cent huit mille Juifs avant la guerre. Ils n'étaient plus que huit à neuf mille à la fin du conflit.

C'était là l'une des choses, et non des moindres, qui interpellaient Agnes.

2

Salut!

Ohé!

L-I-S-E-Z!

Hé? Vous êtes toujours là?

Ici le texte. Nous sommes le texte. Je vais vous parler en long et en large du Troisième Reich. Ne fermez pas le livre!

Voici une première tentative de mise en perspective.

Dix-sept millions d'êtres humains, c'est la population du Chili. Si tous les habitants de ce pays mettaient dix couronnes islandaises dans une cagnotte, on pourrait acheter cent jeeps Mitsubishi Pajero. Dix-sept millions de gens pèsent environ trois cent millions de tonnes et s'ils sautaient tous ensemble à pieds joints (en retombant sur le même point), la Terre dévierait de son orbite. Par comparaison, précisons que cent Mitsubishi Pajero pèsent environ deux cents tonnes. Dix-sept millions d'êtres humains: environ cent millions de litres de sang, dix-sept millions de cœurs qui battent cinq cent quatre-vingt-quinze billions de fois par an, cent soixante-dix millions de doigts, trente-quatre millions d'oreilles, dix-sept millions de nez, environ huit millions et demi de bites et presque autant de chattes. Huit millions et demi de membres (taille standard) en complète érection représentent mille trois cent soixante kilomètres, ce qui équivaut à peu près à la ligne côtière de l'Irlande.

Si dix-sept millions d'êtres humains se tenaient debout les uns derrière les autres, ils feraient tout juste le tour de la Lune. Enfin, s'ils n'avaient pas été massacrés.

Mais revenons à Agnes Lukauskaite. Comme tout le monde ou presque, elle avait quatre arrière-grands-pères et autant d'arrière-grands-mères – des gens très bien, les cheveux gris, vieux, sages et joliment acariâtres, comme il sied aux anciens. Remontant la branche masculine directe de la famille, l'arrière-grand-père d'Agnes, Vilhelmas Lukauskas et l'arrière-grand-mère qu'il avait prise pour femme, Saule Lukauskiene, étaient tous deux catholiques et lituaniens. Remontant la branche féminine directe, Masza Banai, l'arrière-grand-mère, et Izsak Banai, l'homme qu'elle avait épousé, étaient Juifs ashkénazes. Les quatre autres arrière-grands-parents ne jouent ici qu'un rôle mineur car, bien qu'ayant tous été témoins de cette partie de l'Histoire impliquant les deux autres arrière-grands-pères et arrière-grands-mères, ils n'y ont participé que dans la mesure où les témoins sont également acteurs, par le regard qu'ils portent sur tel ou tel événement. Notons que ledit regard diverge de celui dont vous pouvez vous satisfaire, vous qui lisez ce récit quelque soixante-dix ans plus tard. L'image que vous en aurez est plus globale que celle transmise par des chuchotis dans les cuisines de Jurbarkas, et votre implication dans les ignominies dont le récit sera livré au fil de ces pages est d'autant moindre. Fort heureusement.

Ces considérations peuvent sembler quelque peu étranges, voire franchement déplacées, mais c'est ainsi. Le contexte naît de l'histoire qu'on relate et nous livrons également ici l'histoire, la gestation du récit que nous relatons. Ainsi, cette surprenante mise en perspective vaut peut-être quelque chose. Espérons qu'elle mettra en évidence l'étrange éclairage qu'on projette parfois sur le réel. Qu'est-ce qui fait qu'une histoire constitue une histoire ? Vous pensez peut-être que je me mords la queue, mais je vous assure qu'il n'en est rien. Ce récit ne renvoie pas qu'à lui-même, mais à d'autres récits, les nôtres et ceux des autres.

Reykjavik, 2009. Entre quatre et cinq heures du matin, le dimanche 11 janvier. Agnes Lukauskaite avait encore vingt-neuf ans quand elle a connu Omar. Deux jours plus tard, elle en aurait trente, mais elle célébra tout de même son anniversaire cette nuit-là – afin de prolonger les bruyantes réjouissances de Noël et du nouvel an et d'en faire résonner l'écho dans l'année nouvelle. Afin qu'il n'y ait aucune rupture dans le bonheur, ni aucune baisse d'intensité. Afin de ne pas être forcée de se reposer ou de reprendre son souffle.

Comme un ver de terre pris de soubresauts, la file de taxis avançait dans le froid et le vent devant la baraque à hot-dogs de la rue Lækjargata. La révolution des Casseroles s'essoufflait, mais promettait encore quelques belles bourrasques – les plus déterminantes. Derrière la pollution lumineuse, c'était une nuit limpide et étoilée, qui aurait tout autant pu être nuageuse. Les gens de la file d'attente étaient soûls et transis. Les garçons s'assénaient des bourrades ou se bousculaient vigoureusement tandis que les filles claquaient des dents. Les taxis arrivaient au compte-goutte. La file avançait lentement.

Seconde tentative de mise en perspective.

Pauvres nazis suédois ! Pauvres racistes de Lund ! Les pauvres malheureux !

On les persécute. Ils perdent leur travail.

On les apostrophe en pleine rue, on les montre du doigt.

On tourne leurs idées en ridicule. Les gens leur lancent : "Crétin ! Va donc au Nazistan avec tes grolles à coque d'acier !"

Le menton rentré dans le col de sa parka rouge vif, les mains blotties sous les aisselles, Agnes s'agitait pour lutter contre le froid. Elle ne portait sous sa longue parka rien d'autre que sa petite robe de fête, ses sous-vêtements, ses collants nylon et ses chaussures à talons hauts. Son bonnet noir et gris en laine islandaise ne l'empêchait pas de grelotter. Elle finissait toujours par avoir honte de s'entêter à jouer les élégantes en plein hiver ou quand elle sortait dans les bars. Et là, elle avait honte de ne s'être pas assez couverte, mais maquillée comme si l'idée de mourir seule la désespérait. N'avait-elle donc aucun amour-propre, pour aller se jucher sur ces talons hauts qui lui comprimaient les orteils ?

Pourtant assez modestes, ils ne l'empêchaient pas de danser. Pas plus qu'ils ne lui interdisaient de twister. Noirs et épais, en plus de la grandir de quelques centimètres, ils imprimaient à son corps une courbe qui, vue dans le miroir, la rendait deux fois plus désirable. Or, maintenant que cet étau glacial lui enserrait les orteils, ces chaussures étaient la paire la plus haïe du monde occidental.

Omar se tenait derrière elle avec son sourire narquois. Ils ne se connaissaient pas et attendaient chacun leur taxi, comme si l'avenir n'avait rien prévu à leur intention et qu'ils pouvaient vivre en ignorant superbement que, bientôt, ils chemineraient ensemble.

Le souhait le plus ardent de ces malheureux racistes et xénophobes de la bonne ville suédoise de Lund serait d'habiter le Danemark. C'est-à-dire, si le Danemark ressemblait un peu plus au pays des trois couronnes – s'il était aussi jaune et bleu que le *folkhemmet*, que la "mère patrie". Parce que, au Danemark, on a le droit d'être nazi. Là-bas, il existe même des mamies nazies – la gonzesse en chef est d'ailleurs *Oberste SA-führerin* – et les journaux libéraux sont experts pour donner la fessée aux étrangers. Aux étrangers intolérants qui excisent les petites filles et enterrent vivantes les femmes en burqa tout en brûlant le drapeau danois.

Parce que le Danemark est bâti sur la tolérance.

Mais la Suède sur le consensus.

L'Islande, elle, est bâtie sur l'isolement et l'ignorance choisie.

À moins que je ne fasse là du mauvais esprit.

Notre mauvais esprit bien à nous.

Ton mauvais esprit bien à toi.

L'œil vitreux, Omar chancelait tant il avait bu. Le regard lointain, replet, il portait une épaisse veste de marin achetée d'occasion, dont il avait fermé jusqu'au col l'une des rangées de boutons d'argent. Tête nue, le froid ne semblait pas l'atteindre.

Pardon, lui dit Agnes. Elle se retourna et leva les yeux. Mais je ne peux pas m'en empêcher. Elle avança ses gants de laine islandaise, déboutonna la veste du jeune homme, puis passa ses mains derrière son dos, sous sa chemise blanche et son gilet bleu, et plaqua ses paumes froides juste en dessous de ses omoplates en calant son visage contre son épaule. Quel froid de canard, ajouta-t-elle en le regardant à nouveau. Ça ne te dérange pas ? Je me caille à mort.

Au lieu de lui répondre, Omar reniflait ses cheveux longs et noirs qui sentaient bon le Head & Shoulders.

Troisième tentative de mise en perspective.

Nous aimerions savoir ce que vous pensez de l'Holocauste. Connaissez-vous quelqu'un qui y aurait été "confronté"? Connaissez-vous quelqu'un qui connaîtrait quelqu'un qui y aurait participé? Quelqu'un qui connaîtrait Leif Müller, prisonnier dans un camp, le criminel de guerre Evald Mikson ou encore ce chef nazi, le grand frère de Geir H. Haarde, l'ancien Premier ministre islandais (comment s'appelle-t-il déjà, celui-là)? Avez-vous entendu parler des "protestations" des néonazis? Qu'en pensez-vous? Faut-il envisager l'Holocauste sous un nouvel angle? Le temps est-il venu d'en débattre? N'en a-t-on pas assez? L'Holocauste ne sera-t-il donc jamais "terminé"?

À son réveil le lendemain matin, Agnes vit qu'Omar se servait de sa brosse à dents. Elle trouva ça plutôt culotté, mais s'abstint de toute observation. C'était une situation parfaitement normale. Platement quotidienne, belle et agréable, et il n'y avait rien de neuf sous le soleil, à part cet homme en slip qui se brossait les dents avec sa brosse à elle, debout à la porte de la salle de bains. Comme s'ils faisaient semblant d'être en couple. Il semblait d'ailleurs excellent dans le rôle de l'époux à peine sorti de sa douche, propre et bien coiffé, le regard limpide.

Merci pour la nuit, déclara-t-il après avoir recraché le dentifrice.

Merci à toi!

Où nous sommes-nous rencontrés?

Tu veux dire hier soir?

Si ça ne remonte pas à hier soir, alors j'étais encore plus soûl que je ne croyais, répondit Omar.

Agnes médita un instant sur la remarque. Je t'ai pris sous mon aile en attendant le taxi.

Sous ton aile?

Oui, dans la file d'attente.

Qu'est-ce que je faisais là?

Je suppose que tu attendais un taxi. Elle se souleva dans le lit et prit appui sur ses coudes.

J'habite le quartier de Thingholt, en plein centre-ville.

En effet, ça ne te faisait pas beaucoup de route.

Quatrième tentative de mise en perspective.

La portée de grands événements comme l'Holocauste dépasse de loin le cadre d'analyse de ce qui s'est "produit en réalité" pour déborder sur la question "comment une chose pareille a-t-elle pu arriver ?" puis, de là, "comment pouvons-nous en tirer profit ?".

Dans cette affaire, les nazis jouent un double jeu. D'une part, ils disaient que l'Holocauste n'avait jamais eu lieu – Rudolf Hess parlait d'un complot sioniste visant à dénigrer le national-socialisme – et, d'autre part, ils affirmaient que les Juifs avaient bien mérité "ça". ("Nous ne vous avons pas exterminés, mais nous étions parfaitement en droit de le faire.")

Toute opposition à l'expansion d'Israël en Palestine est considérée comme une poursuite de l'Holocauste (les Européens ne pouvant plus exprimer leur antisémitisme naturel, ils le déguisent sous des prétextes humanitaires, de la même manière que la droite la plus conservatrice devient féministe dans son discours sur l'Islam).

L'Holocauste a aujourd'hui acquis le statut d'expérience commune à tous, que chacun commémore à sa manière personnelle afin de servir ses intérêts propres. N'y allons pas par quatre chemins : ici, on ne parle de l'Holocauste que pour vendre des livres.

Agnes rampa sous la couette, tournant le dos à Omar le temps d'enfiler sa petite culotte et son tee-shirt. La neige magnifiait le soleil hivernal dont les rayons emplissaient le petit appartement en sous-sol. Omar plissa les yeux et la regarda ramasser le préservatif, y faire un nœud avant de se retourner vers lui.

Tu n'as pas la gueule de bois ? s'enquit-elle.

Si, un peu.

Ça ne se voit pas.

Comment tu t'appelles ? demanda Omar.

Ça aussi, tu l'as oublié ?

Non.

Je m'appelle Agnes.

Agnes, répéta Omar.

Agnes.

Je me suis servi de ta brosse à dents.

J'ai remarqué. Elle traversa la chambre en quelques pas rapides pour jeter le préservatif à la poubelle – l'air dépité.

Il y a un problème? demanda Omar. Elle avait les yeux verts et la peau claire et il distinguait ses poils pubiens sous le tissu blanc de sa petite culotte.

Tu m'as presque fait jouir, déclara-t-elle, rêveuse, au bout de quelques instants.

Omar hésita et s'approcha du lit. Hein? Tu veux dire hier?

J'espère bien que c'était hier. Car je suis absolument certaine de n'avoir pris mon pied ni avant-hier ni la soirée précédente.

Mais peut-être celle d'avant?

De quoi je me mêle?

Excuse-moi. Omar piétinait devant la salle de bains.

Tu t'excuses de ne pas m'avoir fait jouir ou tu t'excuses d'être aussi drôle?

Les deux.

Elle afficha un sourire. Ne t'excuse pas. C'est assez cocasse de te voir debout là, nu comme un ver ou presque, alors que tu as oublié jusqu'à mon prénom.

Omar remonta l'élastique de son caleçon jusqu'au nombril et se gratta la tête. Je me souviens quand même de certaines choses.

Comme quoi?

Comme le fait que tu n'as pas joui.

C'est moi qui viens de te le dire.

Je m'en souviens quand même. Moi aussi, je m'en souviens.

Cinquième tentative de mise en perspective.

Les nazis n'ont pas gagné la Seconde Guerre mondiale. Mais ils ont réussi l'Holocauste. Ils ont gagné l'Holocauste. Il ne reste plus de Juifs en Europe. Pour ainsi dire.

Agnes se redressa et s'assit sur le lit en désordre. Omar s'approcha, s'installa à côté d'elle, ramassa son pantalon au sol et le posa sur ses genoux.

Je me souviens de tout le trajet dans le taxi et aussi de ce qu'on a fait ici après notre arrivée.

Grand bien te fasse! Ils se turent.

Qui es-tu exactement ? demanda Omar en enfilant son pantalon.

Qu'entends-tu par là ?

Je veux dire… je ne me souviens pas, ou plutôt j'ignore si je sais quoi que ce soit sur toi.

Tu veux savoir ce que je "fais" ?

Un truc comme ça.

Toi d'abord.

C'est moi qui ai posé la question en premier.

Peu importe. Toi d'abord. Agnes afficha un sourire qu'Omar lui rendit aussitôt. Ils ne se chamaillaient plus, ils s'amusaient.

Tu ne sais pas ? interrogea-t-il. Je croyais que tu te souvenais de tout.

Je ne t'ai jamais posé la question, précisa Agnes. Tu ne me l'as jamais dit. C'est que nous n'avons pas beaucoup discuté en venant ici.

Rien du tout.

Comment ça ? On a quand même parlé un peu !

Non, je voulais dire que je ne fais rien du tout. Je suis au chômage. "Assisté."

Tu as quel âge ? Agnes s'était mise debout et enfilait son soutien-gorge sous son tee-shirt.

Je peux voir tes seins ? Je les ai vus hier et, eux, je ne les ai pas oubliés.

J'étais soûle. Tu as quel âge ? Elle agrafa son soutien-gorge et se pencha par-dessus Omar pour ramasser son pantalon en boule sur le sol aux pieds du jeune homme.

Pourquoi tu tiens tant à le savoir ?

Parce que. Alors, tu as quel âge ?

Tes seins ?

Non. Ça ne fonctionne pas comme ça.

Sixième tentative de mise en perspective.

Anders Breivik s'y est repris à deux fois pour tuer soixante-dix-sept personnes en Norvège. Dix-sept millions de gens ont péri dans l'Holocauste. Soit, mais il faut bien commencer quelque part. Rome n'a pas été massacrée en un jour.

Il y a une limite d'âge pour voir ta poitrine ? Il faut être majeur ? Tu n'as aucune raison d'avoir honte de tes seins.

Ça tombe bien, parce que je n'en ai pas honte. Tu as quel âge ?

Vingt-huit ans.

Pourquoi tu es au chômage ?

Parce que je ne trouve pas de travail.

Ah bon ? *Pas possible !* Agnes soupira. Ne me réponds pas comme un demeuré. Pourquoi tu ne trouves pas de travail ? Elle enfila un chemisier par-dessus son tee-shirt.

J'ai terminé mon cursus d'islandais à la fac en fin d'année et je commence juste à chercher.

Licence ou mastère ?

Mastère.

Sur quoi tu as travaillé ?

Dis donc, tu ne vas rien me dire sur toi ?

Si, je ne vais pas tarder. C'était quoi, ton sujet de mémoire ?

La nouvelle voix passive.

Genre : "Je me suis faite battue" ?

Exact.

Ça fait un peu 1998, non ?

Oui, oui. Puisque tu le dis.

Septième tentative de mise en perspective.

Staline a tué plus de gens qu'Hitler. Dans le sens où Hitler n'en a pas tué autant, mais peut-être aussi dans celui où Staline a (pour ainsi dire) tué Hitler (et quelques autres). Je ne me rappelle pas leur nombre, ce n'est pas simple de garder les chiffres précis en mémoire. Vous pouvez aussi les chercher vous-mêmes. À votre avis, à quoi diable sert Wikipédia ?

Agnes se rendit à la cuisine, laissant Omar seul dans la chambre. Il enfila sa chemise en observant les lieux. Au-dessus du lit, une peinture maladroite représentait une mère tenant son enfant dans les bras. À moins que ce n'ait été une reproduction. La mère et l'enfant étaient entourés de volutes rouge sombre, tracées à grands coups de pinceau. À la place du nez, ils avaient simplement deux trous, deux narines béantes. La mère arborait un air grave et l'enfant souriait comme un mongolien. Omar se demanda si le gamin était *censé* ressembler à un mongolien ou si ça tenait simplement au style du tableau. L'œuvre ne se proposait manifestement pas d'imiter la réalité avec précision. Elle lui inspirait du dégoût. Elle avait quelque chose de malsain. Une mère comme celle-là n'hésiterait pas à étouffer son enfant dans le sommeil. Il en était sûr.

Tu veux un café ? lui cria Agnes depuis la cuisine.

Oui, merci, répondit-il avant de boutonner sa veste et de refaire le lit.

Huitième tentative de mise en perspective.

Nous parlons en islandais de *helför Gydinga*, "descente aux enfers des Juifs" (ohé!) – le voyage des Juifs vers les enfers, vers le royaume des morts. "D'autres gens que nous" disent (en "étranger") *holokaust* – du grec *holokauston*. Un holocauste est un sacrifice biblique à la gloire de Dieu. L'être sacrifié doit être entièrement consumé par le feu afin qu'il ne subsiste plus aucune trace de lui. Les holocaustes étaient les sacrifices les plus puissants et les plus précieux qu'on pouvait offrir à Dieu. Cette appellation n'est, fort logiquement, pas en faveur auprès des Juifs qui lui préfèrent celle de *Shoah*, autrement dit "catastrophe". En Lituanie, on parle indifféremment d'*holokaustas* ou de *katastrofa* – la catastrophe –, mot qui signifiait initialement "retournement inattendu" et n'a acquis le sens de "grand malheur" ou de "désastre" que bien plus tard.

C'était un lit pour deux personnes. Jusque-là, il n'avait pas remarqué ce détail. Disons, pas vraiment. Il possédait lui aussi un grand lit, même s'il y dormait toujours seul. Il voulait pouvoir inviter des filles à passer la nuit. Sans doute était-ce également l'intention d'Agnes. En achetant le sien, il n'avait pas pensé que le côté inoccupé ne ferait que souligner sa solitude. C'était pourtant ainsi. Et le plus souvent il y dormait seul, malgré son désir. Un grand lit constituait une déclaration d'intentions limpide et le fait qu'il soit à moitié vide ne laissait planer aucun doute ni malentendu.

Lorsqu'il eut achevé de retaper ce double symbole de solitude, il alla rejoindre Agnes dans le coin cuisine en U, installé au pied de la fenêtre dont le bas vous arrivait à l'épaule et qui donnait directement sur l'herbe du jardin. Agnes occupait un appartement en sous-sol. Des placards en haut et en bas, l'évier au bout, rempli d'assiettes sales. Sur la table installée dans l'angle, on distinguait des traces anciennes, laissées par des tasses de café, et un vieil ordinateur portable, une guimbarde antédiluvienne connectée à deux petits haut-parleurs posés sur le couvercle de l'engin, entourés de leurs fils. Agnes ouvrit et ferma successivement plusieurs placards, les fouilla et grimaça.

J'ai plus de café, annonça-t-elle.

Neuvième tentative de mise en perspective.

Dans l'expression "descente aux enfers des Juifs", le "des Juifs" vient qualifier les deux premiers termes. Qu'on parle de Shoah, d'Holocauste, de *katastrofa*, ou de *helför*, de "descente aux enfers", on ajoute implicitement à ces termes le qualificatif "des Juifs". Il serait bien sûr ridicule de parler de "descente aux enfers" ou d'"holocauste des nazis" – car ils n'ont pas connu l'enfer (ça, ce n'est arrivé que plus tard). L'accent est mis sur les Juifs, comme pour souligner avant tout que l'extermination a été dirigée contre *les Juifs* et non perpétrée par *les nazis*. L'Holocauste, la Shoah, est une forme de voix passive nominale et non une voix active. L'accent ne porte pas sur le fait que les nazis ont exterminé ces gens, mais sur le fait que les Juifs ont subi cette extermination.

Agnes se passa la main gauche sur le visage en se mordant la lèvre supérieure, pensive.

Tu veux que j'aille acheter du café ? suggéra Omar.

On n'a qu'à aller en prendre un dans un bar, histoire de s'offrir une belle journée.

Quelles prouesses avons-nous accomplies pour mériter un tel luxe ?

J'ignorais qu'il fallait accomplir quoi que ce soit pour avoir droit à un café.

C'est pourtant ce que tu semblais sous-entendre.

J'ai réussi à te faire prendre ton pied. Nous pourrions fêter ça.

Donc, je n'ai pas droit à mon café ?

Si, et je t'invite. Le gagnant arrose et le loser récupère les miettes qui tombent de la table. C'est comme ça que ça marche, non ? Agnes fit deux pas vers Omar, lui posa les mains sur les hanches et l'embrassa sur la bouche. Tu sais que tu es encore plus mignon tout habillé ?

Dixième tentative de mise en perspective.

Et quelque part dans le choix des mots, nous perdons deux millions de catholiques polonais, un million et demi de Tziganes, nous perdons les prisonniers de guerre, les prisonniers politiques, les missionnaires, les prêtres, les homosexuels, les malades mentaux, les estropiés, les transsexuels – nous perdons en tout onze millions de victimes de cette descente aux enfers, de cet holocauste, et nous les oublions.

Mais nous n'osons pas le dire à haute voix car certains risqueraient de croire que nous voulons *faire peu de cas de l'holocauste*. Or nous voulons précisément au contraire *en faire grand cas* et dire : non, vous n'avez pas péri solitaires. Nous sommes morts avec vous. Et, avec vous, nous continuons de mourir.

Une heure plus tard à peine, assis dans un café rue Hamraborg à Kopavogur, ils regardaient à tour de rôle par la vitre. Ils venaient d'effectuer un tour d'horizon rapide de leur curriculum vitæ : âge, sexe et expériences professionnelles. Agnes avait obtenu sa licence et travaillait maintenant sur son mastère, Omar était sans emploi. Elle avait passé son enfance dans le quartier des Hjallir à Kopavogur, en proche banlieue de Reykjavik, mais ses parents étaient originaires de Jurbarkas en Lituanie. Omar avait vu le jour à Akranes, puis passé son enfance en garde alternée chez ses parents qui avaient, entre autres, habité à Selfoss, Egilsstadir, Akureyri, Keflavík, Patreksfjördur, Latrabjarg et Thisted, au Danemark. Deux ans après qu'il avait pris son propre appartement, ses parents s'étaient remis ensemble. Pour finalement se remarier. Agnes n'était pas vraiment brune, sa couleur naturelle était châtain clair et Omar lui avait avoué qu'il l'avait déjà aperçue avant cette rencontre.

Tu m'as servi à la librairie Penninn au centre commercial de Kringlan il y a environ un mois. Tu m'as fait un paquet-cadeau pour *Le Joueur* de Dostoïevski.

Donc, tu n'es pas tout à fait amnésique, avait-elle observé.

Non, avait-il répondu tandis qu'ils continuaient tous deux à regarder par la fenêtre. Le redoux s'était installé au fil de la matinée. La neige qui couvrait les rues fondait et se transformait en bouillasse brunâtre. Les voitures allaient et venaient sur le boulevard Kringlumyrarbraut, le tapis blanc du quartier de Fossvogur fondait également, les regards d'Omar et d'Agnes ne cessaient d'aller et venir de la fenêtre à leurs tasses de café.

Moi aussi, j'ai travaillé dans une librairie, avait observé Omar.

Agnes n'avait fait aucun commentaire.

Onzième tentative de mise en perspective.

Quelle que soit la chose qu'on tente de comparer à l'Holocauste, elle semble légère, si ce n'est juste et belle. Les violeurs d'enfants n'ont jamais assassiné des millions d'êtres humains en usant du prétexte qu'ils appartenaient à un même groupe. Pas plus que les nécrophiles. L'effondrement du système bancaire islandais est une chose terrible, mais ce n'est rien comparé à l'inflation galopante qu'a connue l'Allemagne, et qui a coûté la vie à des dizaines de millions de gens. L'artiste peintre qui a affamé son chien dans une galerie est un véritable crétin – mais avez-vous vu les aquarelles d'Adolf Hitler ? Le pire avec le cancer des testicules, c'est que vous êtes condamné à devenir comme lui. Pourtant, il n'a jamais eu le cancer : il en a perdu un à la guerre. Dit la rumeur (dont j'ignore si elle dit vrai).

Comment ça, tu as essayé de ne pas te vexer ? demanda Agnes lorsque le silence commença à devenir pesant.

Me vexer de quoi ?

Du fait que tes parents soient à nouveau ensemble. C'est ce que tu viens de dire.

Oui, confirma-t-il.

Tu ne devrais pas plutôt te réjouir de voir qu'ils se sont retrouvés ?

Omar faisait tourner sa tasse au creux de la soucoupe. Oui. Sans doute. Et c'est vraiment le cas. Mais ça semblait tellement bizarre. Ils ont divorcé quand j'avais quatre ans et se sont remis en couple dix-sept ans plus tard. Je ne garde presque aucun souvenir d'eux ensemble. Après leur divorce, ils ont passé leur temps à marteler que tout cela n'avait rien à voir avec moi. Que je n'étais absolument pas à l'origine de leur divorce. Comme le font tous les parents divorcés, je suppose. Et j'ai passé presque deux décennies avec cette rengaine dans la tête. *Ce n'est pas ma faute, pas ma faute, pas ma faute.* Puis, en fin de compte, il est apparu que c'était bien évidemment ma faute.

Il n'y a aucun "bien évidemment" qui tienne, observa Agnes en lui attrapant le poignet afin qu'il cesse de faire tourner cette tasse. Ce truc est en train de me rendre dingue, dit-elle.

Omar leva les yeux. Non, tu as raison pour ce "bien évidemment". Mais tu ne penses pas que c'est quand même probable ? Ils ne pouvaient pas rester ensemble, ils ne pouvaient pas être amoureux tant qu'ils devaient s'occuper de mon éducation. Puis, comme par hasard, je disparais et là, ils tombent raides dingues l'un face à l'autre. Coup de foudre !

Three's a crowd ("Trois c'est trop"), commenta Agnes. Tu es nettement plus naïf que je ne l'aurais cru.

Omar s'étira sur sa chaise. Il se sentit subitement mal à l'aise. À chaque fois que je bois trop, je me sens nu et complètement à côté de la plaque le lendemain. La gueule de bois me prive de ce minimum d'amour-propre qui m'empêche normalement de me plaindre ou de raconter des conneries.

Tu es plutôt mignon comme ça, nu et à côté de la plaque.

Ah ouais ? Tu disais tout à l'heure que tu me préférais tout habillé.

C'était pour te taquiner, répondit Agnes.

Douzième tentative de mise en perspective.

Nous parlons de l'Holocauste. Nul n'aurait pu le prévoir. Personne ne voyait que la haine raciale des nazis aurait de telles conséquences. La plus grande réussite de l'homme moderne est la modernité, et de telles choses ne sauraient se produire à l'époque moderne. Ni aujourd'hui ni alors.

Quand Adorno a déclaré qu'on ne pouvait plus écrire de poésie après Auschwitz, il voulait dire : désormais, nous ne parlerons plus à voix haute. Nous ne verrons rien, n'entendrons rien, ne saurons rien et ne comprendrons rien.

C'est bien trop douloureux. Nous n'en pouvons plus. Et maintenant, silence.

Agnes s'efforçait de le cerner. Il semblait terriblement fragile. Peut-être étaient-ce cette veste de marin et son gilet qui lui donnaient un air théâtral. Et ses épais sourcils bruns témoignaient de la profondeur de sa pensée. En revanche, il passait son temps à tripoter n'importe quoi. Quand elle l'avait forcé à cesser son manège avec la tasse, il s'était mis à caresser la table du bout des doigts, comme s'il voulait calmer le bois du plateau afin de l'endormir.

Je n'étais pas censé me confier comme ça, observa Omar.

Tu as couché avec moi, objecta Agnes, ça vaut bien quelques confidences.

Tu veux que je te déverse le contenu de mon âme ?

Quand nous serons fiancés, peut-être.

Tu veux qu'on se fiance ?

C'est une proposition ?

Pas vraiment.

Tu risques de tomber sur une bonne femme bien pire que moi.

Une bonne femme ?

Une fille. Une femme. Une épouse. Une dame.

Je n'ai pas l'habitude d'entendre les filles d'aujourd'hui se décrire comme des bonnes femmes.

Les filles "d'aujourd'hui" se décrivent comme bon leur semble, permets-moi de te dire.

Puis la conversation se tarit à nouveau. Omar se taisait en tripotant sa veste. Agnes regardait par la fenêtre en silence. Comme s'ils craignaient de dire des choses sans intérêt. Banalités et platitudes.

Après un long silence, ils passèrent quelques minutes à marmonner des mouais et des mouais-mouais jusqu'à ce qu'Agnes propose à Omar de le déposer chez lui.

Oui, ce ne serait sans doute pas plus mal, répondit-il.

3

Fin de l'été 2012. Il paraissait tombé du ciel.

Juha Toivonen, étudiant finlandais en programme d'échange, sirotait une bière au miel sur la terrasse en bois du *Olde Hansa* à Tallinn tout en rédigeant son journal de bord, observant les touristes qui, eux aussi, paraissaient tous plus ou moins tombés du ciel. L'hiver, la ville était déserte, mais dès le printemps, ils arrivaient par ferries de Suède ou de Finlande, ils arrivaient par avions d'un peu partout, ils arrivaient pour bouffer, picoler, acheter des babioles et baiser des putes. Omar avait l'air tellement absent, debout de l'autre côté de la rue, occupé à regarder les maisons, qu'il ne pouvait être qu'un ange tombé sur terre, un ange désemparé tandis que nous, les autres, rigolions de ses yeux pervenche.

Juha se leva et descendit de la terrasse. T'as un portrait d'Hitler sur ton tee-shirt ! lança-t-il.

Omar ignorait ses motivations profondes et ne savait pas au juste le message qu'il entendait transmettre en arborant ce vêtement. Il fallait peut-être y lire l'une des choses suivantes :

a) Si tout le monde se mettait à porter des tee-shirts à l'effigie d'Hitler, il avait bien l'intention de suivre le mouvement. Il savait très bien ce qui était arrivé à ceux qui avaient refusé de s'y plier la dernière fois que l'Europe s'était entichée de vêtements à l'effigie d'Hitler.

b) L'image était jolie. Adolf saluait la foule depuis une magnifique voiture de fabrication allemande. Bel homme, belle voiture. Cela n'avait rien à voir avec la politique, pas plus que la musique de Wagner ou les photos de Leni Riefenstahl. La beauté était éternelle et les drames du quotidien, y compris les pires, ne pouvaient l'entacher.

c) Il s'agissait d'un acte libre. Toute infraction au règne du politiquement correct était une manifestation de la liberté d'expression. Or, il luttait pour la liberté d'expression.

d) Il désirait provoquer. Non pour des raisons politiques, mais simplement parce qu'il n'aimait pas les gens et qu'il voulait que ces derniers aillent se faire foutre. Au minimum, cinq fois.

e) Hitler lui rappelait Agnes. Il se foutait de ce qu'on pensait. Il ne s'habillait pas pour plaire aux autres. Les autres n'avaient pas plus que lui besoin de connaître les raisons de ses choix vestimentaires. Pour lui, c'était une déclaration d'amour.

Juha continuait de fixer Omar qui lui répondit avec un haussement d'épaules. Comme s'il n'y était pour rien, comme s'il avait prévu d'enfiler un tee-shirt représentant le Taj Mahal, mais qu'il s'était trompé pour une raison quelconque.

Ils restèrent immobiles un long moment, les deux pieds posés sur les pavés rugueux, sans rien dire. Le soleil leur cuisait les joues. Juha attendait qu'Omar cesse de sourire et prenne la parole. Des touristes animés d'intentions plus ou moins respectables passaient devant eux en mâchant des amandes grillées que les Estoniens s'employaient à fourguer à tous ceux qui visitaient leur capitale. Un groupe de Hare Krishna descendait la rue en se dandinant – *hare krishna, hare krishna, hare krishna, hare rama, hare rama, hare rama* –, ces gens-là n'avaient-ils vraiment rien de mieux à faire de leur temps ?

Enfin, et c'était la première fois depuis des semaines entières, Omar ouvrit la bouche et prit la parole pour dire autre chose que des banalités.

Je vais tout t'expliquer jusqu'au moindre détail, déclara-t-il. Je te dirai que j'ai vu la "queue" d'un autre homme aller et venir dans la "chatte" de ma femme (c'est évidemment un mensonge ou tout du moins une exagération, je n'ai jamais rien vu de tel, mais j'aimerais bien que cette image s'installe dans ta tête aussi profondément qu'elle est ancrée dans la mienne parce que c'est dans une certaine mesure la seule réalité qui vaille, celle que j'ai dans la tête ; ce qui s'est "véritablement" produit n'est qu'une fraction risible de ladite réalité et cela ne t'apprendrait rien). Ce n'est pas que nous soyons mariés, précisa Omar, constatant que Juha le trouvait un peu trop direct (dans toutes ses exagérations). Arnor était en outre nazi, poursuivit-il. Et il possédait un anneau pénien.

Or tout ce que Juha voulait savoir se résumait à une chose : pourquoi ce jeune homme d'apparence fort peu nazie se baladait-il avec un tee-shirt à l'effigie d'Hitler ? Même si on trouvait ces trucs-là sur le port, les gens n'avaient pas l'habitude de les porter – ils étaient réservés à un usage privé et on ne s'affichait pas avec ça en public, au milieu des touristes. Il ne s'offusquait ni des détails concernant les organes sexuels ni du tee-shirt, il avait passé son enfance à Joensuu, son adolescence avait été marquée par la crise et il connaissait personnellement un grand nombre de néonazis. Mais Omar semblait plus pataud, il n'était pas à sa place, c'était un véritable anachronisme. Il aurait tout aussi bien pu être un personnage en deux dimensions, un personnage en noir et blanc, dessiné ou peint au pochoir. Il n'avait pas l'air d'un simple visiteur en Estonie, contrairement aux touristes qui l'entouraient. Il avait atterri là, confiné dans sa réalité propre comme dans une bulle de savon blindée et indestructible.

Je ne suis pas bizarre, déclara Omar. Juha éclata de rire. Je ne suis pas bizarre, répéta Omar. Paumé. Fauché, peut-être. L'arrière-grand-père de ma copine a disparu lors de l'Holocauste, je te l'ai déjà dit ? Et aussi son arrière-grand-mère. Et je ne trouve pas ça drôle du tout. Quelle salope ! En portant ce tee-shirt, j'essaie de transmettre un message, mais je te jure, pour ce que ça vaut, que j'ignore complètement lequel. Elle me trompe avec un néonazi. Quelle salope ! Je voudrais bien pouvoir t'aider, mais il se trouve que moi aussi, j'aurais bien besoin d'aide. La Lituanie, c'est dans quelle direction ? Je dois aller en Lituanie. Quelle salope ! Tu ne veux pas m'aider en m'accompagnant à la gare routière ?

Juha attrapa Omar par le coude, le traîna sur la terrasse en bois du *Olde Hansa* et lui fit signe de s'asseoir.

Mais je suis sur le départ…

Tu n'iras nulle part tant que tu n'auras pas retrouvé tes esprits. Quand on ne sait plus où on en est, on ne peut arriver à destination, même si les autres nous aident. Le serveur apparut et déposa sans un mot une bière sur leur table.

Quand on est malheureux, il n'y a plus d'espoir. À moins que ce ne soit le contraire. Que pourrions-nous faire pour te remonter le moral et te rendre un peu d'espoir, dans cette situation ? Tu veux qu'on aille draguer ?

Omar secoua la tête et lécha la mousse déposée sur ses lèvres.

Manger ? Tu veux manger quelque chose ?

J'ai déjà mangé.

Fumer un peu de, enfin, tu vois… ?

Je ne consomme pas de drogues.

Je ne consomme pas de drogues ? Il y a quand même bien un truc que tu as envie de faire ?

Oui, oui.

Tu veux faire quoi ?

Simplement discuter avec toi.

Discuter ?

Oui.

Je ne suis pas ta copine.

…

Tu ne voudrais pas au moins enlever cette saleté de tee-shirt ?

Je l'ai acheté sur le port.

Je me fous de l'endroit où tu l'as acheté. Il est de mauvais goût. Tu ne sais donc pas comment Hitler a traité les Estoniens ?

Et comment les Estoniens ont traité les Juifs ?

Omar, ça ne va vraiment pas.

4

Agnes se réveilla en sursaut après avoir rêvé de l'invasion de la Pologne. Elle était Göring et refusait d'entrer en guerre. C'était trop de tracas, pensait-elle, elle, Göring.

Elle s'épongea le front, sortit du lit, ôta son tee-shirt trempé de sueur, ouvrit un tiroir, en attrapa un propre, se gratta les aisselles et s'habilla. Puis elle alla en bâillant dans la cuisine et regarda la pendule par la porte ouverte. Cinq heures trente du matin. Elle n'avait dormi que deux petites heures.

Göring ? Elle ne ressemblait pas du tout à Göring, mais plutôt à Churchill. Pourquoi n'avait-elle pas rêvé qu'elle était Churchill ? Lui au moins, il avait quelque chose de *séduisant*.

Elle avait aussi un béguin secret pour cet *idéaliste* de Chamberlain. Göring n'était rien qu'un *nazi*. Chamberlain n'avait pas gobé les mensonges d'Hitler contrairement à l'opinion courante, pensait-elle. Elle, Agnes et non elle, Göring. Chamberlain ne voulait pas la guerre. Deux décennies à peine s'étaient écoulées depuis la fin de la première et à cette époque-là (avant que quiconque entende parler de l'Holocauste) nombre de gens s'accordaient à dire que les guerres étaient de bien mauvaises idées.

Et Agnes le comprenait.

Tout comme Chamberlain.

Contrairement à Churchill. Churchill était un alcoolique gras et vulgaire.

Et, en résumé, Agnes trouvait ça assez séduisant, plutôt sexy.

Elle but un verre d'eau, alla uriner et retourna se coucher.

Les années précédant la Seconde Guerre mondiale, certains affirmaient que les nazis voyaient dans les Islandais les plus purs de tous les Aryens – comme si ces derniers avaient été découpés dans une adaptation de *L'Anneau des Nibelungen*, filmée par Leni Riefenstahl. L'histoire disait que le Führer tenait à tout prix à entretenir des relations cordiales avec ce peuple frère et le signe le plus évident de cette bienveillance était l'amour que les nazis portaient aux œuvres de Gunnar Gunnarsson et de Snorri Sturluson.

Les fantasmes des Islandais sur l'amour qu'Hitler nourrissait pour leur race îlienne et isolée, dont les mauvaises langues disent qu'elle est consanguine, et le chagrin qui s'en serait suivi pour le dictateur, attestent que cet amour relevait plus de l'invention que de la réalité et du désir qu'avaient les Islandais d'être les meilleurs coûte que coûte. Cette idée appartient au cortège d'histoires sur l'Islande et il faut préciser qu'à l'époque où les conservateurs du monde entier osaient encore flirter publiquement avec le fascisme, un penseur politique de génie l'avait érigée en compliment.

Pas possible, nous sommes ses préférés ! Mais c'est génial !

Un soir, Agnes fut invitée au Klubbhusid. Ce "club" était un garage situé dans la petite ville de Hveragerdi, et dont la porte était surmontée d'une discrète croix solaire. C'était le lieu de réunion de gens (ou plutôt de "gens") qui se réclamaient (volontairement) du nazisme.

C'était un vendredi soir. Elle frappa à la porte une fois, puis une seconde sans obtenir aucune réponse. Au lieu de frapper une troisième fois, elle poussa le battant, avança de deux pas et pénétra dans le garage.

Les nazis étaient aussi avinés et ravagés par le temps qu'elle l'avait imaginé. Habitués à boire, la peau tendue, parcheminée, les traits tirés et les yeux injectés de sang, sous l'empire d'une agitation permanente, comme si un courant d'air incessant leur parcourait le corps et les membres – apparemment, ils ne maîtrisaient ni leurs mouvements, ni leurs paroles, ni leurs actes. Une pincée de syndrome de Tourette, une pincée de sclérose en plaques, une dose de paralysie cérébrale et une putain de quantité de banal mécontentement. Leur agitation n'avait rien de commun avec celle qui caractérisait Arnor, elle n'avait rien à voir avec la volonté ou l'énergie vitale, mais avec le ressentiment et la bêtise la plus crasse. Elle n'osait pas le dire à voix haute – de tels propos relevaient justement de conceptions racistes fondées sur la biologie et la nature – mais ces pauvres gens étaient véritablement la lie de l'humanité.

Les Islandais étaient une nation naine qui se débattait pour obtenir l'indépendance quoi qu'il advienne. Le cœur (de certains, de beaucoup) de nos compatriotes était donc plutôt réceptif au message nationaliste des nazis. Certes, ils ne se reconnaissaient pas dans le racisme et la xénophobie – ils savaient à peine qu'il existait des pays étrangers et encore moins des personnes étrangères ; du reste, l'Islande n'était pas franchement une destination touristique à cette époque-là et les autochtones voyageaient peu – mais leur chauvinisme se chargeait de faire sonner à toute volée les cloches de l'âme nationale.

Le fait qu'ils ne soient pas racistes ne les empêcha toutefois pas de renvoyer au Danemark des Juifs qui avaient fui l'Europe, en toute bonne conscience. D'ailleurs, les Islandais n'ont toujours pas compris et ils continuent d'expulser les étrangers à tout vent (si vous m'autorisez cette petite digression purement morale). Et peut-être n'a-t-on aucun besoin de connaître l'étranger, il suffit de ne pas avoir envie de savoir ce qui s'y passe.

Les murs étaient ornés de croix gammées, de croix solaires, de drapeaux sudistes, d'affiches de Skrewdriver et de Prussian Blue. On y voyait aussi les caricatures de Mahomet, dessinées par les Danois Kurt Westergaard et Lars Vilks, le drapeau islandais, un panneau du White Pride – la "Fierté blanche" – et une tête de mort Totenkopf Combat 18 en métal argenté. Des babioles, pensa Agnes, destinées à renforcer autant qu'à souligner une mauvaise image de soi. C'était le même phénomène qui poussait les adolescents à tapisser leurs chambres de posters de Justin Bieber, de Michael Jackson, des Sex Pistols, des Beatles ou de filles nues.

Agnes toussota et les nazis levèrent les yeux de leurs canettes de bière. Au nombre de quinze, ils comptaient quatre femmes (parmi lesquelles deux petites amies et une sœur). Agnes avait l'impression qu'ils étaient tous plus ou moins édentés, mais se disait qu'elle devait rêver. Son imagination lui jouait sans doute des tours. Et ses préjugés. Elle toussota une seconde fois, fit un autre pas en avant et plongea dans cet univers de haine et de bêtise, la main tendue.

Otto Rahn, SS et médiéviste, fit un voyage en Islande en 1936. Animé d'une grande soif d'aventure, il parcourait le monde. Il a souvent été dépeint comme étant le modèle le plus évident d'Indiana Jones (même si les producteurs des films démentent formellement toute parenté).

Otto Rahn décrit son séjour en ces termes :

"J'étais au bord de la folie. Pourquoi donc ? J'avais longuement rêvé d'un pays merveilleux et je me trouvais tout à coup sur une terre à mille lieues de tout merveilleux. L'infinie solitude de cette île déserte aux confins de la mer glaciale m'avait saisi. [...] Je voulais "voler" comme Lucifer, mais j'avais le tournis. Partout où j'allais, partout où je restais, je pensais et je méditais : depuis des années, tout m'attire ici. Sont-ce là les rives de l'Islande ? Est-ce là l'île de Thulé pour laquelle Pythéas a risqué sa vie ? [...] Je suis cerné par une réalité infâme. Aucun arbre, aucune forêt, pas de fleurs, pas de champs. Des bicoques entassées à la va-comme-je-te-pousse, quelques bâtiments hébergeant des bureaux, des boutiques de mode, des rédactions de journaux, des cinémas. Tout cela produit un effet d'étrangeté et manque singulièrement d'ancrage. On nage dans un univers flottant qui n'est le fruit d'aucune volonté."

En tout cas, notre pays grouille de violeurs et de dealers, déclara Jonas. Agnes se retint de lui cracher à la figure ou de lui asséner une gifle et s'efforça de garder son calme (elle faisait de son mieux pour ne pas sortir de ses gonds afin de tirer quelque chose de lui). Les honnêtes gens restent chez eux, poursuivit-il. Ils ne viennent pas emmerder les autres. Ils veulent rester en famille. Mais il n'y a pas que ça, il n'y a pas que les problèmes de drogue et de violence. Vous voyez, quand j'entends ces fichues Thaïlandaises essayer de parler islandais – vous voyez, au magasin, par exemple. *Quinche mille couronnes, merci* ou *vous vouloir pochon*, enfin, vous voyez, toutes ces conneries que personne n'appelle de l'islandais sauf peut-être les lavettes hippies de la Maison internationale. Quand j'entends ces bols de riz parler, ça me donne envie de dégueuler. Je sais, ce n'est pas bien, mais c'est comme ça. Comment est-ce qu'on peut à la fois être fier de son héritage et le laisser piétiner par les autres ? Et, je veux dire, est-ce que ce n'est pas important d'être fier de ses ancêtres ? Tout ça est complètement contre-nature, j'en ai mal au ventre. Ça ne peut pas fonctionner. Je refuse de partager mon espace avec elle. J'étais ici en premier. Ma vie est ici et j'ai le droit de vivre ma vie. Je paie mes impôts. Mes parents ont payé les leurs et leurs parents aussi. Il nous a fallu des générations pour bâtir ce pays. Et tout à coup on ne comprend même plus ce que nous disent les caissières à Bonus. Quelle honte !

Et ça, alors ? Cette histoire sur la tendresse d'Hitler à l'égard des Islandais ne nous apprend évidemment rien sur l'intérêt véritable du Führer, elle n'est que la copie conforme de l'image que les Islandais ont d'eux-mêmes. Elle est le regard du grand Autre, qui voit son intérêt dans ce cri de guerre empreint de fierté. D'ailleurs, l'idée que le Führer ait envisagé d'ériger une petite colonie danoise de paysans pauvres au fin fond de l'Atlantique nord en exemple de la race aryenne est tout simplement idiote. L'Islande avait bien sûr une valeur stratégique pendant la Seconde Guerre mondiale, mais les Islandais n'en avaient aucune. Le pays était un aéroport au milieu de l'Atlantique, et cela n'avait rien à voir avec la poésie de haut vol ou le courage – rien à voir avec la pureté du sang et les grands idéaux.

On nous prend pour des pauvres gens, déclara-t-elle à voix basse comme si elle craignait que quelqu'un ne l'entende. Solveig était sans doute la seule dans toute l'assistance à n'être pas avinée. Ni ravagée physiquement. Elle avait des cheveux clairs (décolorés) et sirotait la même canette de bière depuis l'arrivée d'Agnes. Nous ne sommes ni des pauvres gens ni des ordures. Je veux dire, d'accord, on n'a pas de super diplômes universitaires – je ne suis qu'une "simple" institutrice. Et Siggi n'est que "simple" mécanicien à bord d'un bateau. On n'a pas eu la chance d'étudier tous ces trucs verbeux et fumeux. La théorie du genre et ces trucs de philo. Nous sommes des gens pratiques et nous avons appris des trucs pratiques. Mais les journaux nous décrivent comme des crétins. C'est pour ça qu'on ne leur accorde plus aucune interview.

Je ne fais pas partie des médias ? demanda Agnes.

Vous écrivez un mémoire, non ?

Oui.

Donc, c'est un de ces trucs verbeux étudiés à la fac. Ce n'est peut-être pas beaucoup mieux, je n'en sais rien. En tout cas, vous ne prendrez pas de photos de nous pour les mettre en première page de *DV* avec une légende disant que nous trouvons les Noirs débiles.

Ah, vous ne pensez pas qu'ils sont idiots ?

Non. Enfin, je veux dire, ils ne sont pas aussi doués que nous. En tout cas, ils n'ont pas leur place ici. Enfin bref, vous me comprenez.

De quels Noirs parlez-vous ?

Ben, des Noirs en général.

… ?

Et voilà, vous essayez de m'embrouiller !

Pendant près de mille ans, les Islandais n'avaient pratiquement aucun contact avec le monde extérieur et n'étaient mentionnés qu'en tant que monnaie d'échange dans la politique étrangère des autres pays nordiques. Mais cela n'a jamais entamé leur assurance, laquelle est tout bonnement immunisée contre toute forme de moquerie. Dans l'esprit et le cœur des Islandais, il n'y a depuis toujours eu de place que pour une seule idée : ils sont les meilleurs au monde. Peu importe le reste.

Juste après minuit, Agnes quitta le club et rentra chez elle en voiture. Elle ôta ses chaussures, prit son ordinateur portable et se glissa sous la couette sans se déshabiller. Rien de notable sur Facebook. Enfin, évidemment, ça grouillait de vie de tous les côtés. Vidéos de Youtube montrant des séries de sauts en hauteur et des chevaux pianistes virtuoses. Liens vers des mémoires universitaires ou des sites politiques, photos d'enfants et belles promesses : faire plus de jogging, plus de pâtisserie, passer plus de temps en famille et, surtout, un peu moins à traîner sur Facebook.

Tout le monde était tellement intelligent et sage. Les photos, tellement étudiées. Agnes avait lu un truc – au fait, c'était où ? – disant que sur Facebook, les gens étaient très différents de ce qu'ils étaient dans la réalité. Les boute-en-train et les malins (sur Facebook) devenaient timides et réservés (dans les bars). Ceux qui étaient beaux (sur Facebook) étaient plus gros, suants et plus sales (dans les cafés). Facebook était le fruit de l'imagination. Ce n'était qu'une coquille vide, disaient ses détracteurs. Agnes se demandait toutefois si la réalité n'était pas tout autant une création de l'imagination. Toute cette façade. Ces poses, ces postures et ces simagrées. Les hauts talons que ses pieds ne supportaient pas, mais qu'elle adorait, les belles robes – et qu'en était-il de la silicone, alors ? Qu'en était-il de tous les rockers soigneusement dépenaillés et de ceux qui étaient géniaux dans le monde réel ? Était-ce plus réel d'être génial dans un bar que sur Facebook ? Plus intéressant d'être beau dans un bal que sur le Net ? Pourquoi donc ? Étions-nous autre chose qu'une simple coquille ?

Quant à cette coquille qu'était le "club", que signifiaient ces croix solaires et ces croix gammées ? Quel message ces gens voulaient-ils transmettre au monde extérieur ? Elle avait presque l'impression qu'ils lui demandaient de les abattre. Elle enclencha le documentaire *Männer, Helden und Schwule Nazis* – traitant des néonazis homosexuels en Allemagne –, posa son portable sur la moitié vide du grand lit et remonta la couette par-dessus sa tête.

L'amour d'Hitler pour l'Islande se transforma vite en déception parce que les Islandais étaient trop bien pour lui. Leur sang, trop mêlé, faisait d'eux les meilleurs. La meilleure des races. Autrement meilleure que les Aryens souillés par la pureté de leur sang.

Ben voyons !

Agnès se réveilla au milieu d'une conférence sur les bombardements de Dresde. Elle s'était endormie, cernée par le vacarme. Elle aurait eu envie de lever le doigt pour demander au professeur ce qui était arrivé à la ville. Si elle existait toujours... Si c'étaient les mêmes bâtiments ou de la reconstruction. Des reproductions exactes des maisons en ruine ou simplement des façades toutes neuves, comme à Dantzig. Pardonnez-moi, je voulais dire Gdansk.

Le grabuge, l'indécence : trois mille neuf cents tonnes d'explosifs. Trente-neuf kilomètres carrés saccagés. Trente-neuf millions de mètres carrés (ce qui correspond à la superficie d'un demi-million d'appartements de bonne taille). Trois millions neuf cent mille kilos de bombes, ce qui représente presque dix grammes d'explosifs par mètre carré.

Dix grammes ! Ce n'est rien du tout !

Pourtant, ils ont suffi à rayer de la carte cette partie de la ville. Il ne devrait plus y avoir qu'un trou béant à l'emplacement de Dresde, mais ce n'est pas le cas, un surprenant entêtement du sort en a voulu autrement. À l'emplacement de Dresde, on devrait voir une croix sur la carte, mais il n'y en a aucune. Dresde est une ville fantôme, comme Disneyland, sauf que là-bas, les gens n'ont pas la tête aussi grosse et l'entrée est gratuite.

Le professeur conclut sa conférence en rappelant aux étudiants qu'il fallait se garder de comparer les bombardements de Dresde à l'Holocauste, puis les envoya en pause.

5

Quand les rideaux ont pris feu, déclara Omar en inspirant profondément, je me suis assis dans le fauteuil bleu marine et j'ai regardé la maison brûler autour de moi. Tu imagines la scène, non ? Je grattais le tissu grossier du bout des ongles tout en observant les flammes qui dévoraient les rideaux, léchaient le bois des fenêtres et se propageaient à toute la surface du plafond blanc. Les objets que je possédais disparaissaient les uns après les autres dans l'incendie et avec eux les souvenirs, bons ou mauvais. C'était la nuit d'avant le 1er Mai. Le soir précédant la journée des travailleurs.

Juha hocha la tête.

Je ne suis pas du genre à céder aux conclusions hâtives, reprit Omar qui avait tout à coup l'air plus calme. Pour moi, le monde a toujours été scindé en deux parties distinctes : ce qui m'est extérieur, et que je mets en doute, et ce qui m'appartient et me semble couler de source. Agnes m'appartenait. Cette maison m'appartenait. J'appartenais à Agnes et à cette maison. Et tout cela s'est consumé dans l'incendie. Je me bouchais le nez avec la main droite. La fumée dégagée par les matières synthétiques me piquait les yeux. Le tissu bon marché fondait et les vêtements que personne n'avait pris la peine de ranger dans la penderie brûlaient. Nylon, plastique, acrylique et polyester. La peinture des murs cloquait. Le feu emplissait la pièce de suie et d'étincelles. Ces crépitements m'apaisaient et j'avais envie de m'endormir dans le fauteuil. Cette bicoque était loin d'être le fruit d'une pêche miraculeuse. Elle ne valait pas beaucoup de ces couronnes islandaises ornées d'images de poissons. C'était un infâme trou à rats, un taudis qui fuyait, posé à côté de la mer, légèrement à l'écart du boulevard Sæbraut à Reykjavik. Nous n'étions pas des riches, mais des pauvres opportunistes qui avaient acheté une masure bon marché histoire de posséder un jardin. D'avoir une cave et un grenier, des fils à linge et des parterres de fleurs, sans être trop éloignés du centre-ville, mais quand même assez loin pour être préservés du vacarme – et de la très fameuse vie nocturne de Reykjavik. L'objet qui n'y avait pas sa place (pardonne-moi de ne pas l'avoir mentionné immédiatement) était un anneau pénien. Un "anneau pénien". Une bouée de sauvetage en caoutchouc permettant aux gens – *aux hommes* – de prolonger leur érection et de décupler leur plaisir. On y entre d'abord les testicules puis le membre encore à demi flaccide, puis on attend qu'arrive l'érection et ensuite, enfin, tu vois. J'avais déjà entendu parler de ce genre de trucs, je savais que certains s'en servaient pour s'amuser. C'est pour cette raison que j'ai immédiatement compris ce que c'était, outre le fait qu'il dégageait une forte odeur génitale. Sans doute son propriétaire ne l'avait-il jamais nettoyé. Les deux vibreurs – détachables – servent à stimuler le clitoris de la partenaire et les testicules de l'homme. Il existe une version avec un orifice séparé pour les testicules. J'en avais vu un comme ça sur Internet. Et on peut également s'en procurer un en acier trempé, mais ce dernier ne permet pas qu'on y fixe des vibreurs. Il faut éviter de le porter plus d'une demi-heure et les hommes souffrant de problèmes cardiaques ne peuvent l'utiliser que sur avis médical. Si on ne l'ôte pas à temps, on risque la nécrose des tissus de la verge. Et là, on n'a plus qu'à dégoter un docteur pour se la faire couper. Enfin, bref. Mettre le feu à la maison ne m'a pas simplifié la vie même si j'ai éprouvé une forme de soulagement. Il serait plus juste de dire que l'incendie m'a désarçonné car, au fil du temps, depuis que cette maison est réduite en cendres, ma putain d'existence tourne en rond et je suis encore assommé. Comme si je n'avais pas mis le feu à cette baraque, mais qu'elle m'était tombée sur la gueule. Ce truc était tellement… bizarre. Tellement… *éloigné* d'Agnes. Pas le fait qu'elle me trompait – je sais que tout le monde est capable de tromper son conjoint et qu'à chaque fois on est surpris – mais c'était surtout cet anneau qui m'étonnait. Avec Agnes nous avions une vie sexuelle plutôt ordinaire. En tout cas, la plupart du temps. Nous aimions faire l'amour, mais nous n'avions ni boules, ni vibromasseurs, ni coffre à jouets. Nous n'avions même pas de sous-vêtements chics. Je n'ai jamais osé ne serait-ce que lui enfoncer mon auriculaire dans l'anus : elle ne me l'a jamais demandé et ça ne me gênait pas. Enfin, aïe, aïe. Ce truc-là a vraiment été la goutte d'eau. On doit imaginer que j'ai voulu faire mon deuil. Mais il faut comprendre que cet acte libérateur, cet incendie, m'a été aussi insupportable que l'était la vie dans une maison intacte. Une tragédie en chasse une autre. Cet anneau n'avait en soi rien de particulier, mais il était conçu pour ceux qui n'étaient plus des débutants. Et il était tellement grossier et semblait suggérer qu'Arnor avait un membre gigantesque – étant sans doute le propriétaire de l'objet. Et ce membre labourait et pourfendait à chaque fois Agnes. Qui hurlait d'une douleur mêlée à un plaisir qui ne nous avait jamais été destiné. Tout ça était affreusement difficile. Cette. Pensée. Putain. Évidemment, je ne me sentais pas menacé par la bite d'Arnor, la bite nazie d'Arnor. Ni par le fait qu'il était de dix ans mon aîné : nous étions tous les deux des hommes adultes. Nous n'avions pas respectivement vingt-cinq et quinze ans, mais quarante et trente. Ça n'avait aucune importance. En revanche, Arnor avait tripoté ma femme. Tripoté *ma* femme. Je suis incapable de m'exprimer autrement qu'en laissant entendre qu'Agnes est dans une certaine mesure ma propriété personnelle. Ou plutôt qu'elle l'a été. C'est comme ça. Dans un sens, elle était mienne. Tout comme j'étais sien. Et cette ordure de nazillon ne pouvait prétendre à aucun droit sur elle. Il n'en avait aucun. Arnor avait la réputation – à la manière dont on parlait de lui ou dont on évitait de le nommer – d'être un homme violent. D'être dangereux. Susceptible de commettre des meurtres en série, d'emplir des charniers et de se rendre coupable de génocides. Dans un sens. Et même si je savais bien que rien de tout ça n'avait le moindre fondement dans la réalité – Arnor était un type dégingandé sans doute incapable de telles atrocités – j'avais l'impression que mon pénis se recroquevillait encore plus rien qu'à cette idée. En général, je suis plutôt facile à vivre et peu enclin à prendre de grandes décisions indépendantes ou à me lamenter exagérément sur mon sort. Ce qui rend le début de cette histoire d'autant plus étrange. Évidemment, j'ai mis le feu à la maison parce que je m'apitoyais sur mon sort. Peut-être cet anneau n'appartenait-il pas à Arnor. Peut-être qu'Agnes se faisait sauter par un autre. Peut-être avait-elle prêté notre maison à une de ses copines pour qu'elle puisse y baiser. Peut-être ne se faisait-elle sauter par personne d'autre. Peut-être avait-elle trouvé cet anneau puant dans le jardin. À moins qu'elle ne l'ait acheté au marché aux puces de Kolaport. Juste pour rigoler. Histoire de pimenter un peu notre vie sexuelle. Mais ça ne me semblait pas très probable. Un *cockring*. Tout à coup, cerné par tout ce désespoir et ce brasier, il m'était impossible d'appeler ce machin-là "anneau pénien". J'avais lu le mot quelque part et il m'avait bien plu. "Anneau pénien" était un joli terme qui s'adaptait difficilement à la description d'une banale brique de lait. La maison était en flammes et je gémissais. Ma douleur ne pouvait être sincère si je n'étais même pas capable de me concentrer constamment sur elle. Cette histoire commence à l'instant où j'ai abandonné Agnes et l'Islande, à l'instant où je me suis abandonné moi-même. Les mois précédents avaient été plutôt ennuyeux sans pour autant être abominables, mais la plupart des journées avaient traîné en longueur. Ce soir-là, celui où j'ai mis le feu aux rideaux, réduisant ainsi notre maison en cendres, Agnes était quelque part en ville, cul nu dans un lit avec un néonazi originaire d'Isafjördur. Voilà pourquoi ça m'a semblé une bonne chose d'incendier la maison. Nous allons imaginer que je pense à la Seconde Guerre mondiale, à l'Holocauste, et que j'ai honte de me plaindre. Ensuite, nous imaginerons que ma honte me fait encore plus souffrir, que j'ai de la peine à comprendre en quoi je suis à ce point censé inspirer la pitié. Et nous allons voir la manière dont je m'enfonce dans l'autojustification au fur et à mesure que la comparaison avec l'autre me profite. Je me suis efforcé de me mettre à la place d'Agnes. Évidemment, ça l'a sans doute excitée de baiser avec un nazi. Un vrai nazi. Cela coule de source. Si seulement elle s'était abstenue d'utiliser ce putain d'anneau. Pourquoi était-il resté là ? Pourquoi Arnor ne l'avait-il pas pris ? Pourquoi ne l'avait-elle pas trouvé – pourquoi ne l'avait-elle pas cherché au terme de cette… comment dire ? Relation sexuelle ? Oui, au terme de cette relation sexuelle ? Parce que ça n'a rien à voir avec une putain d'histoire d'amour ! Une romance de stalag exposant les séquences de baise sadomaso et romantiques entre un nazi et sa victime ?! La fumée emplissait le salon. Je me suis levé pour aller dans la cuisine. J'ai ouvert la fenêtre en grand et empli mes poumons de nuit claire et printanière. Le calme régnait sur Reykjavik. Notre maison n'avait qu'un rez-de-chaussée et une cave, quatre-vingts mètres carrés de bois vermoulu et de tôle ondulée rouillée sur une dalle de ciment. Bleue et surmontée d'un toit rouge, posée au milieu d'un jardin. Je regardais par la fenêtre l'immeuble de l'autre côté de Sæbraut en me disant que le feu ne pouvait pas se propager et enjamber le boulevard.

6

La fois suivante, Omar aperçut Agnes dans un café. Des tables rouges en bois et des chaises gris anthracite étaient disposées autour d'un comptoir circulaire dans le patio d'un centre commercial. Quelqu'un s'était appliqué à concevoir ce bar couvert le long de l'avenue principale des Islandais avides de consommation, mais il avait dépensé son énergie en pure perte. Les centres commerciaux sont conçus pour anesthésier les sens et transformer leurs clients en zombies béats et souriants. Tout comme les psychotropes et les drogues récréatives. L'absence de pendule vous fait perdre la notion du temps. L'air est saturé de parfums de synthèse. Des courbes féminines vous guident en cercles infinis et vous conduisent en douceur jusqu'à l'entrée du prochain magasin. Les sorties sont toutes soigneusement dissimulées derrière des angles droits peints en blanc et dénués de tout panneau publicitaire qui semble hurler à vos oreilles : CIRCULEZ, Y A RIEN À VOIR ! Votre cerveau marine, plongé dans quatre chansons pop diffusées en boucle. Vos yeux brillent devant les babioles. Quelqu'un a pris le temps de concevoir ce bar couvert, mais dans ce genre de lieu l'amour du concepteur n'a aucune importance – il sombre dans l'abîme, caché sous des tonnes de détergent.

La loi de Godwin affirme que plus une discussion en ligne dure longtemps, plus la probabilité augmente d'y voir une personne comparée aux nazis ou à Hitler. La loi de Godwin est assortie d'un principe supplémentaire : le premier qui nomme le Troisième Reich est désigné comme perdant.

Cette précision me semble appropriée avant de poursuivre, même si nous ne sommes pas sur Internet (en tout cas, ça vaut pour moi).

À l'une des tables de cet espace sans âme, Agnes buvait un café au lait, un sourire aux lèvres. Un homme âgé d'une petite quarantaine d'années, maigre, vêtu d'un cuir noir et les cheveux en bataille, était assis face à elle. On ne pouvait pas dire qu'il était impressionnant. La peau sur les os. Pâle et les yeux en constant mouvement. Plutôt joli garçon malgré les grimaces qui lui agitaient le visage comme autant d'aurores boréales. Omar se posta de l'autre côté du comptoir, le bas-ventre brûlant de jalousie, et regarda Agnes qui souriait à cet homme maigre, vif et excitant. Par comparaison, il avait l'impression d'être gros, laid et complètement avachi. Comme si cet homme n'était pas assis à boire un café avec Agnes, mais qu'il se tenait debout face à Omar et qu'il se moquait de lui, de sa nudité, de son impuissance, de son membre fripé et de son gros ventre. Mais c'était peut-être le frère d'Agnes. Si elle en avait un, jamais elle n'en avait parlé. D'ailleurs, ils ne se ressemblaient pas. Elle avait le visage nettement plus large que lui – elle avait les yeux bleus, ceux de cet homme étaient marron – elle était posée alors qu'il parlait en agitant tout son corps. Omar envisagea d'aller leur faire un brin de causette, mais il ne voyait pas ce qu'il aurait pu leur dire. *Salut, je m'appelle Omar. J'ai baisé avec Agnes après une nuit de beuverie il y a quelques semaines*? Il ne la connaissait pas et, même s'il avait régulièrement pensé à elle depuis leur rencontre, il ne l'avait pas contactée depuis qu'ils s'étaient dit au revoir dans la voiture.

Il coupa court à ces tergiversations et traversa la place à grandes enjambées, passant devant la table d'Agnes et de l'excité, le pas vif et assuré, sans que personne ne le remarque.

Ici, tout sera comparé à Hitler, au Troisième Reich et aux nazis. Le but n'est pas de minimiser la portée du discours ni de le faire sombrer dans des considérations religieuses, mais simplement la police EST la Gestapo, le Service des étrangers EST le RSHA – l'Office central de la sécurité du Reich – la télé EST Göbbels, la radio EST Göring, la littérature EST Knut Hamsun et Sigur Ros EST Wagner. Vous vivez au Nazistan, où que vous soyez.

Tu es très douée, Agnes Fille de Dieu, et sans vouloir suggérer que je risque de te mentir, pourquoi diable crois-*tu* que *je* dis la vérité ?

Arnor postillonnait et agitait les mains dans tous les sens comme s'il essayait d'abattre une nuée de moustiques.

Tu ne m'inspires pas plus confiance que n'importe qui, répondit Agnes. D'ailleurs, je me fiche complètement que tu me dises la vérité. Ce qui m'intéresse chez toi, ce n'est pas la vérité, mais tes opinions.

Elle lécha la mousse déposée sur le rebord de sa tasse en s'efforçant de faire bonne figure. Arnor la mettait mal à l'aise. Lorsqu'il ne parlait pas, il gloussait, considérant manifestement le monde comme une vaste plaisanterie, une plaisanterie irrésistible.

Mais tu es juive ! s'exclama-t-il avec un éclat de rire. Tu es une youpine, même si tu es par ailleurs très mignonne. Il pencha sa tête sur le côté.

Je suis catholique et baptisée, corrigea Agnes. L'agitation d'Arnor était communicative. Ce rire, cette joie de vivre empreinte de nervosité. Comme s'il avait le droit de dire tout ce qu'il voulait, comme si ni la vérité ni l'honnêteté n'avaient la moindre prise sur lui. Et pourtant, il était infâme. Elle ne voulait pas sourire, mais elle devait lutter : son visage allait contre sa volonté. Elle savait qu'il serait plus simple de céder. Cela simplifierait leurs rapports et cet homme ferait preuve de plus d'honnêteté dans la conversation si elle lui adressait un clin d'œil et un sourire. Si elle se montrait agréable. Ainsi, il s'adoucirait, se détendrait et s'ouvrirait. Elle avait testé cette tactique à maintes reprises et ça marchait à tous les coups.

Elle fit donc un sourire.

Youpine ! s'esclaffa Arnor, les bras levés au ciel. Ta grand-mère maternelle était ashkénaze – c'est toi qui me l'as dit. Or, la judéité se transmet par les femmes, ma chère.

Agnes effaça son sourire.

Postnazis. Néofascistes. Populistes. Extrémistes de droite. Conservateurs radicaux. Activistes de droite. Membres du Tea Party américain. Chrétiens racistes. Ethnocentristes. Sentinelles de l'Europe. Détracteurs du multiculturalisme. Xénophobes.

Anders Breivik était un loup solitaire constamment collé devant son ordinateur, qui se prenait pour un chevalier du Moyen Âge.

Allez, ne le prends pas *mal*. Je te taquine. Et ne me fais pas la morale. Je ne supporte pas ça. En plus, je ne crois pas vraiment à la théorie selon laquelle l'identité nationale serait inscrite dans les gènes. L'identité est culturelle. Tu n'as donc pas lu Francis Parker Yockey ?

Agnes s'efforça de sourire à nouveau.

Imperium est l'un des livres les plus fantastiques jamais écrits sur la question. Yockey était un génie. L'identité nationale est déterminée par l'éducation et l'environnement bien plus que par la génétique.

Et la plaisanterie de l'écurie, alors ?

La plaisanterie de l'écurie ?

Agnes haussa les sourcils et mit sa bouche en cul de poule. Devait-elle la raconter ? Jusque-là, à chaque fois qu'elle avait sondé l'opinion de nationalistes quant à la deuxième, troisième, voire quatrième génération d'immigrés, ils lui avaient toujours servi la fameuse blague de l'écurie.

Si un rat naît dans une écurie, est-ce que ça fait de lui un cheval ?

Quand les partis populistes se développent, ils empruntent une bonne partie des termes de leur discours aux formations politiques "plus traditionnelles". Leurs dirigeants apprennent à s'exprimer de manière posée (plutôt que de postillonner et de vociférer), ils se tiennent bien et sont mêmes coachés par des conseillers en image et des agences de publicité. En revanche, leurs idées ne changent pas, même s'ils utilisent un autre vocabulaire et parlent de "diversité", de "population issue de l'immigration" plutôt que de "Hottentots" ou encore de "bachi-bouzouks". Les partis politiques traditionnels voient les extrémistes leur prendre des voix et réagissent en appréhendant le fascisme sous un autre angle (en disant "bachi-bouzouks" alors qu'ils pensent "diversité"), ce qui ne manque pas de semer une certaine confusion dans l'esprit des gens.

Le sourire d'Arnor s'effaça et son visage se décomposa, comme si Agnes lui avait asséné un coup de poignard dans le dos depuis une position embusquée. "Amertume", "état de choc" et "consternation" : tels étaient les mots les plus appropriés pour décrire les expressions qui agitaient maintenant son visage mobile. Les propos d'Agnes l'avaient blessé et atteint jusqu'au fond de l'âme. Quelques instants plus tard, après une série de grimaces dégoûtées, il retomba sur ses pieds, se redressa sur sa chaise et lui lança un regard perçant par-dessus la table.

Agnes. Si tu veux vraiment faire ça. Si tu veux que je te parle, il serait préférable que tu ne me prennes pas pour un cul-terreux sans cerveau. Il se mordillait la lèvre inférieure. Nous ne pourrons pas discuter tous les deux si tu pars du principe que j'ai le quotient intellectuel d'un guppy ou d'un poisson rouge. Je suis doctorant en histoire à l'université de Saint-Pétersbourg. Je parle couramment cinq langues et je suis capable de me dégoter une pute dans huit autres. Je ne suis pas tombé de la dernière pluie.

Tout à coup, il tourna la tête et fut secoué de spasmes, grinça des dents et attrapa le rebord de la table à deux mains, bien plus pour se calmer que pour la renverser, pensa Agnes.

Les conversations que tu as pu avoir avec des individus incultes et intellectuellement limités dont les opinions se fondent sur leur sentiment d'infériorité ont sans doute renforcé tes préjugés concernant mes conceptions politiques, mais *je* ne te permets pas de me mépriser sous prétexte que *tu* n'as pas su choisir tes interlocuteurs. Tu peux être certaine que jamais je ne me permettrai de comparer un être humain à un animal – qu'il s'agisse d'un cheval, d'un porc ou d'un mulet. De tels propos me déshonoreraient tout simplement. J'espère également que ta déontologie de chercheuse t'empêche de commettre l'erreur de me prendre pour un adolescent dyslexique en plein trip Gestapo.

Les candidats des partis populistes ne sont pas tous des hommes blancs, âgés d'une cinquantaine d'années. Certains d'entre eux sont des (anciens) musulmans noirs ou des guérisseuses lesbiennes. Dans un sens, la figure du militant opprimé (immigré, musulman, femme, lesbienne ou noir) fournit aux formations populistes une manière d'alibi et c'est réciproque. Sa présence au sein du parti le déplace sur l'échiquier social : celui qui s'oppose aux sauvageons immigrés n'est pas un sauvageon immigré (mais un conservateur responsable). Quant au parti qui accueille en son sein un sauvageon immigré et va jusqu'à lui permettre de se présenter aux élections en le brandissant avec fierté, ce parti n'est bien évidemment pas un parti nazi.

Et comme ça, tout le monde est content, n'est-ce pas ?

Omar croisa ensuite Agnes sur le parking du centre commercial. Il laçait ses chaussures sur le trottoir, scrutait les nuages et jetait des regards en direction de la voiture de la jeune fille tout en grattant les fossettes de ses joues du bout de son auriculaire. Il se sentait bien. Agnes traversa le parking en zigzaguant entre les tas de neige à demi fondue et ne remarqua sa présence qu'au moment où elle lui tomba pour ainsi dire dans les bras.

Salut ! lança-t-il.

Hé, salut !

Il ne fallait pas qu'elle comprenne qu'il attendait quoi que ce soit de sa part, qu'il s'imaginait qu'il allait à nouveau se passer quelque chose entre eux. Et que maintenant, il était en plein chagrin d'amour. Que maintenant, son mignon petit cœur était brisé en mille morceaux. Il était tellement content de la voir.

Tu t'es acheté un truc ? Elle baissa les yeux. Aucun sac de supermarché ne lui encombrait les mains.

Non, je traînais.

Tu n'es pas un peu vieille pour flâner dans les galeries commerciales ?

On n'est jamais trop vieux pour ça.

Éternelle adolescente ?

Éternellement éternelle.

Et tu es venue seule ?

Non, avec une connaissance.

Il y eut un silence.

Je t'ai vue.

Comment ça ?

Je vous ai vus.

Avec Arnor ?
C’est son prénom ?
Pourquoi tu ne nous as pas dit bonjour ?
Tu veux un palot ?
T’as envie de m’cmbrasser ?
Aïe, je ne sais pas. Qui est cet Arnor ?
Un néonazi.
Ha, ha, ha !
Je suis sérieuse.
Vraiment ?
Oui.
Qu’est-ce que tu fous à traîner dans un centre commercial avec un néonazi ?
“Intérêt professionnel.”
N’es-tu pas un peu trop jeune pour t’intéresser aux néonazis d’un point de vue professionnel ?
On n’est jamais trop jeune pour ça.
Tu veux un palot ?
T’es vraiment givré. Agnes éclata de rire et attrapa la manche du manteau d’Omar. Allez, monte ! On va prendre un café. Ensuite, tu auras peut-être ton palot.

Nous pourrions dire ceci :
Les populistes remportent toujours plus de succès.
D’ailleurs, c’est vrai !
Les populistes vous racontent ce que vous avez envie d’entendre. Si vous êtes chauvin, ils vous servent du chauvinisme, et si vous préférez les discours humanitaires à tendance postmoderniste, ils vous donnent de l’humanitaire postmoderne. Ils se tiennent du côté de la majorité, ils reflètent la majorité.

Le palot est un art plus complexe que ne l’imaginent la plupart des gens. Un bon palot se fonde sur l’ambition, l’adresse, la sensation et la connaissance (même s’il existe des talents naturels dans ce domaine comme dans les autres). Celui qui entend donner un palot de qualité se trouve dans la même position que celui qui veut maintenir en équilibre un ballon de foot : il doit se concentrer de toute son âme et, parallèlement, s’oublier complètement dans l’acte. Il doit unir la totalité de son conscient à la totalité de son inconscient pour parvenir à un degré d'existence supérieur : un instant miraculeux de répétition et d'intelligence, d'audace, de prise de risque et, en même temps, de respect de la tradition.

Agnes enroulait sa langue autour de celle d'Omar qui l'accueillait en soupirant et s'efforçait de suivre la cadence. Les langues parfaitement lubrifiées décrivaient des mouvements circulaires langoureux tandis qu'un filet de salive naissait à la commissure des lèvres et que leurs gorges accouchaient de gémissements étouffés qui se frayaient un chemin entre les muscles contractés.

Dans un sens, le concept de populisme est complètement dépassé : les populistes désireraient avant tout accéder au pouvoir et être appréciés. Ils se contenteraient de suivre la majorité. Certes, il est sans doute vrai que nombre d'entre eux s'enivrent des succès momentanés et faciles qu'on peut remporter en s'adressant aux instincts les plus bas de l'humanité – le mépris, la peur et la fierté dédaigneuse – et ces succès les encouragent probablement dans leur travail. Mais nous ne pouvons pas les définir en faisant abstraction de leurs credo, en excusant leur fascisme sous prétexte qu'ils sont oppotunistes. En faisant comme si leurs opinions n'étaient pas vraiment des opinions, mais simplement une manière d'attirer l'attention. En affirmant que tout cela a des explications "normales" (autres que leurs tendances fascistes dissimulées). Oui, nous sommes bien conscients que cette dernière remarque est en contradiction avec ce que nous venions juste d'énoncer.

Il existe des baisers de toutes sortes. Celui-là relevait d'une épreuve olympique en gymnastique, endurance et triathlon, avec les yeux fermés et les mains baladeuses. Cela ne coule pas de source de recevoir un tel baiser, même si on a parfois l'impression que ça devrait faire partie des droits de l'homme. Cela dit, Amnesty ne s'inquiète pas de savoir que, un peu partout, les gens ne reçoivent presque jamais de palots. La privation de baisers passe en dessous du faisceau de leur radar. D'ailleurs, ils ont bien d'autres chats à fouetter, je ne dis pas le contraire. Des infractions autrement plus sérieuses aux droits de l'homme. Prisonniers politiques ou Dieu sait quoi encore.

Et, d'une certaine manière, un bon palot est également un privilège. Une chose qui demande un effort, un effort qui lui confère un sens. En fait (et en général), les putes n'embrassent pas leurs clients. En tout cas, pas à Hollywood. Le baiser ne s'achète pas. Et moi qui croyais qu'à Hollywood toute chose se négociait moyennant paiement.

7

Je n'ai jamais voulu incendier la maison. Une grande bougie était posée sur le rebord de la fenêtre. Je ne me rappelais même pas l'avoir allumée. En sortant des toilettes, je me suis cogné un orteil sur le seuil, j'ai poussé un cri de douleur et je me suis agité dans tous les sens. Je voulais me débarrasser de cette énergie négative, purger mon corps de cette douleur. J'ai senti mes doigts heurter la bougie allumée, et l'instant d'après le salon était en flammes. Je m'étais promis d'être du côté d'Agnes pour le meilleur et pour le pire. De défendre sa cause sans jamais déroger. Mais que faire lorsque sa cause était une trahison contre moi – si sa cause consistait à me prendre à revers et à me faire souffrir ? Je regardais le salon depuis la porte de la cuisine. Le canapé qu'Agnes avait reçu de ses parents brûlait. Les journaux du porte-magazine se consumaient. Le capot du lecteur CD fondait. Les plantes hurlaient. Les bibliothèques et les livres étaient en flammes. Les albums de photos. La couverture qu'Agnes m'avait tricotée pour Noël. Les CD. La vitre du salon était noire de suie. La bougie était tombée sous le radiateur et la mèche était encore allumée. La fenêtre n'était plus qu'une mer de flammes. J'avais l'impression – et je ne parvenais pas à m'en défaire – que si seulement j'avais été le premier à me procurer un anneau pénien, rien de tout ça ne serait arrivé. Je savais très bien que c'était n'importe quoi – au lieu d'écouter les voix de la raison, mes pensées me submergeaient, chiant leur bêtise de tous côtés. J'aurais dû me procurer un anneau pénien dès notre rencontre. Et rien de tout cela ne serait arrivé. Le cœur ne ment pas. Le poids de l'histoire de l'humanité. Je le percevais dans chacune des fibres de mon corps. Il me semblait ne plus rien maîtriser. Parfois, les choses arrivent si vite qu'on n'a même pas le temps de lever le petit doigt. Peut-être n'avons-nous jamais le temps de lever le petit doigt. Mais lorsque nous naviguons, tranquilles, nous avons sans doute la marge de manœuvre nécessaire pour nous convaincre que les événements obéissent à des lois. Quand on navigue très lentement, on peut même aller jusqu'à envisager qu'un œil extérieur nous observe. Quelqu'un qui veillerait sur nous et nous guiderait à travers les écueils. Mais lorsque la mer se déchaîne, soit on passe par-dessus bord, soit on s'attache au mât en espérant que tout ira pour le mieux. Quand j'ai trouvé cet anneau, ma première réaction a été de vouloir l'essayer. J'ai eu envie de baisser mon pantalon et d'y faire entrer ma queue. Histoire de voir s'il était à ma taille. De l'enfiler par tous les moyens – comme les sœurs de Cendrillon s'étaient raboté les talons et les orteils afin de prouver au monde qu'elles étaient les élues. J'ai eu envie de montrer au monde – qui ne me regardait pas – que c'était mon anneau à moi afin que personne n'ait connaissance de ma honte et afin que je puisse l'oublier. Mais je n'ai pas réussi à m'y résoudre. Supposons que j'aie pensé aux flammes. Que j'aie pensé à cette odeur de brûlé. Cette puanteur. Aux batteries des vibreurs. À l'odeur génitale – une odeur n'était-elle pas constituée d'atomes, le feu n'avait-il pas le pouvoir de la détruire ? Il avait épargné la chambre. Là, il n'y avait pas de flamme. Une demi-minute s'était écoulée depuis que j'avais déclenché l'incendie. Depuis que *le feu* avait pris. Tout seul. Par accident. Oui, c'est vrai. Parfois, les choses arrivent si vite qu'on n'a même pas le temps de lever le petit doigt. Cause et conséquence se télescopent de manière tellement désordonnée qu'il est impossible de prédire la suite des événements. Les généraux et les hommes politiques appellent ça le poids de l'Histoire. Soit on accepte son sort, soit on jette l'éponge. À ce point de l'histoire, on ne peut plus rien changer. Nous ne sommes plus acteurs, mais témoins passifs de notre existence. J'ai inspiré profondément, puis toussé. J'allais me remettre debout au moment où la photo posée sur le rebord de la fenêtre a commencé à noircir. Des cercles rouge sombre se formaient sous le verre, puis s'illuminaient, se teintant de jaune clair au moment où les visages s'effaçaient. L'espace d'un instant, toute une éternité, j'ai eu envie de la sauver des flammes, envie de conserver quelque chose. J'avais l'impression que si elle disparaissait, les gens qui s'y trouvaient disparaîtraient aussi et s'enfonceraient dans un abîme sans retour. Elle avait été prise aux chutes du Niagara, au Canada, peu avant que je m'embarque avec Agnes sur le bateau fluvial *Maid of the Mist* pour descendre les chutes. En arrière-plan, on voyait des musées de cire, un *Starbucks*, un *Imax*, un *Hard Rock Café*, un *Planet Hollywood*, une grande roue, des hôtels claironnant qu'ils étaient équipés de lits en forme de cœur et de jacuzzis, des restaurants, des casinos, des néons multicolores scintillant dans la nuit claire de l'été et des dizaines de milliers de touristes qui souriaient de toutes leurs dents. À la façade d'un des hôtels était accroché un King Kong. Tout cela brûlait. Au premier plan, on me voit avec Agnes, nous portons tous deux des imperméables jetables bleus. Sa main gauche repose sur ma nuque, elle m'attire vers elle pour me déposer un baiser sur l'oreille. J'affiche un rictus. Tout cela est tellement ironique. C'est le monde d'après. Un univers de plastique et de matières synthétiques qui ne laisse de place à rien d'autre qu'à l'hégémonie de l'imaginaire capitaliste. Ici, le monde ne connaît plus la honte. Si j'affiche un rictus, c'est parce que le lieu éveille en moi à la fois peur et félicité. D'une part, il témoigne d'excès aussi démesurés qu'inutiles, tel un immense doigt d'honneur, un gigantesque majeur tendu vers les nuages, un gamin mal élevé en pleine crise de nerfs. Et d'autre part, il a quelque chose de libérateur. Comme si ici, je n'avais pas besoin d'avoir honte. Comme si j'étais libre de m'amuser. Agnes s'amuse elle aussi sur la photo. Ce n'est pas le lieu qui la réjouit. Elle trouve les chutes impressionnantes, mais cet environnement lui semble du plus mauvais goût, voire attristant. Et le spectacle de son petit ami sombrant dans une joie incontrôlable la rend heureuse. Je m'efforce d'afficher de l'ironie, mais elle voit que c'est du chiqué. Mon rictus n'est pas un rictus, c'est un sourire. Mes yeux brillent de bonheur. Je suis au bord des larmes. Elle ne m'a vu pleurer qu'une seule fois et ce n'était pas drôle. J'avais ouvert toutes les vannes et pleuré sans relâche pendant plus d'une heure, presque étouffé par les sanglots. Elle en a oublié la raison. Voilà pourquoi elle m'attrape par la nuque et m'embrasse l'oreille. Afin que je ne pleure pas. Quand le papier a été entièrement consumé, alors que les flammes s'attaquaient au cadre et noircissaient le verre, j'ai regretté de ne pas avoir de photo de la bonne sœur qui nous avait photographiés. Peut-être afin de pouvoir l'oublier elle aussi en la faisant disparaître dans ce brasier. Afin de ne plus me souvenir de cet habit religieux bleu marine sous l'imperméable transparent, de ne plus me rappeler qu'elle ruisselait de sueur, qu'elle portait des lunettes à monture d'acier et souriait aussi béatement que tous les autres qui faisaient la queue. Quand elle a appuyé sur le déclencheur, Agnes m'a attrapé par le cou et enfoncé sa langue dans l'oreille. Je me demande maintenant si j'aurais dû avoir honte. Sur le moment, ça ne m'a pas effleuré, je n'étais plus moi-même. Mais la nonne a continué de sourire, en dépit de la léchouille qu'elle avait indirectement provoquée. Elle a rendu l'appareil à Agnes en lui disant quelque chose en italien. Peut-être que nous formions un beau couple, peut-être que la photo était réussie. Ou peut-être que les esclaves de la chair se consumaient en enfer. Mais elle a continué à sourire. J'ai couru pieds nus à travers les flammes, traversant le salon pour rejoindre la chambre où je me suis enfermé. Je me suis tapoté les bras et les jambes pour en balayer les flammèches imaginaires avant de m'effondrer sur le grand lit. Je me suis pris le visage dans les mains, j'ai fermé les yeux en essayant de rassembler assez de courage pour impulser une nouvelle direction à mon existence. Derrière la porte de cette chambre, tout ce que j'avais possédé partait en fumée. Les choses que j'avais accumulées depuis une trentaine d'années. Un chapitre se refermait et je devais absolument parvenir à maîtriser, au moins partiellement, la suite des événements. Ce n'était pas qu'elle avait agi dans mon dos. Évidemment, elle l'avait fait. Les gens passent leur temps à agir dans le dos des autres. Les amoureux se cachent plus ou moins tout ce qui risquerait de chagriner l'autre. Et ce qui me blessait ce n'était pas qu'Agnes ait fait les choses dans mon dos. Je considérais d'ailleurs qu'elle avait le devoir de m'épargner – ça ne m'aurait servi à rien d'être au courant et ça m'aurait déplu. Non, ça n'avait rien à voir ça. C'étaient des conneries. Ce qui me blessait, c'est qu'elle avait permis à un autre de coucher avec elle. Point. On dit que l'homme moderne – c'est-à-dire *le mâle* – est en pleine crise. Il douterait de sa virilité. Ne saurait pas s'il doit opter pour la douceur et la mollesse ou la dureté et la rigidité. Ne saurait plus ce qu'on attend de lui. Toute fermeté est devenue culot et toupet. Toute certitude est mépris et morgue. Tout désir, perversion. En soi, ça ne repose sur aucun argument, mais cerné par les flammes, j'avais l'impression que tout ça s'appliquait rudement bien à ma personne. Peut-être à d'autres que moi, mais en tout cas à moi, ce moi brisé en mille morceaux. Dans un sens, je ne pouvais imaginer plus grande humiliation que de me voir cocufié. Le pire, c'était que je me lamentais sur mon sort, mais ça, je n'y pouvais rien. Je ne devais sans doute m'en prendre qu'à moi-même. Je me demandais si je devais m'en vouloir d'avoir poussé Agnes dans les bras d'un autre homme parce que j'étais banal, dénué d'intérêt et qu'elle s'emmerdait avec moi, si je devais me reprocher de ne pas avoir découvert plus tôt sa trahison ou si je devais m'en vouloir de n'avoir pas fait ça moi-même. Ça. C'est-à-dire, lui être infidèle. Par exemple avec un nazi. J'ai fouillé le tiroir de ma table de chevet. Mon passeport était enfoui sous les livres non lus, les boîtes d'analgésiques, les stylos et les crayons à papier. Je l'ai ouvert en vitesse, les doigts tremblants, et j'ai regardé ma photo. Je n'étais pas aussi beau que dans mon souvenir. J'étais moche. Mais je devais m'en contenter. J'ai fouillé le tiroir d'Agnes et attrapé l'anneau pénien. Je l'ai tripoté, reniflé, posé au creux de ma main, j'ai refermé les doigts et je me suis frappé le visage de toutes mes forces avec l'objet. J'ai grimacé et j'ai pleuré. Je me suis à nouveau frappé la joue. J'ai à nouveau grimacé et continué à pleurer. Je me suis frappé pour la troisième fois. J'avais envie de hurler, mais je suffoquais. Le monde n'était pas fixe, mais en constant mouvement. Le monde allait de l'avant, piétinait nos passés et nous abandonnait ensuite, plongés dans le dénuement. Déracinés. Amnésiques. Il nous forçait à prendre la fuite en hurlant à chaque fois qu'on pensait parvenir à quelque chose. Qu'on pensait avoir enfin trouvé un point d'ancrage. Mais il n'y avait pas de point d'ancrage. J'ai rangé l'anneau dans ma poche et je me suis levé. Je me suis secoué. J'ai sauté en l'air en battant des mains comme un champion de boxe qui s'échauffe. J'ai fixé la porte de la chambre, abaissé la manche de mon pull pour m'en couvrir la main afin de ne pas me brûler en actionnant la poignée. J'ai ouvert et je suis retourné dans la cuisine, j'ai attrapé mon chargeur posé à côté de la fenêtre et rejoint le couloir. J'ai frappé mes vêtements du plat de la main pour éteindre des flammes imaginaires, enfilé ma veste en velours, vérifié que j'avais bien mes clefs de voiture et mon portefeuille, mis mes chaussures, puis je suis sorti, laissant derrière moi la maison en flammes. Les choses arrivent parfois si vite qu'on n'a même pas le temps de lever le petit doigt. Nous aussi, qui semblons quantité négligeable dans le grand dessein, le poids de l'Histoire nous rattrape, il nous force à marcher vers l'incertitude. Deux heures plus tard, j'étais à l'aéroport Leifur Eiriksson, attablé devant un café à six cents couronnes et j'attendais d'embarquer dans le premier avion vers l'étranger. Alors que j'avançais dans le long couloir pour rejoindre la porte d'embarquement, j'ai sorti mon téléphone portable, je l'ai éteint et balancé dans une poubelle.

8

Assis dans le noir, Agnes et Omar fixaient le grand écran. Ils fixaient Tom Cruise qui les fixait en retour. Omar fit glisser son bras sur l'accoudoir et se fraya un chemin vers les cuisses d'Agnes pour lui prendre la main et lui rappeler qu'il était un homme de chair et de sang.

Assis sous une tente à Tunis, Tom Cruise rédigeait une lettre à la lumière d'une lampe à huile. La caméra effectuait régulièrement des gros plans sur la flamme qui dansait et vacillait. Un monologue intérieur en allemand accompagnait l'écriture de la lettre. Tom Cruise s'était entraîné. Il s'appliquait. À parler allemand. Peut-être certains spectateurs avaient-ils l'impression d'avoir été dupés – les dialogues de ce film de nazis n'étaient pas en américain, mais en allemand. Il ne se résumait pas à la présence de beaux acteurs et d'impressionnantes explosions de pétards. Puis, tout à coup, on entendait une autre voix – ou plutôt la même voix – qui prenait peu à peu le dessus sur la première. Tom Cruise I prononçait le mot "Quälerei" et Tom Cruise II répétait en écho le mot "Torture". Les voix se confondaient quelques instants, puis, sans crier gare, l'acteur écrivait à voix haute en anglais. En américain. Les spectateurs étaient soulagés, d'autant plus que l'allemand n'était pas sous-titré.

Omar ramena sa main vers lui pour se gratter le nez. Il n'avait pas à s'inquiéter pour Tom Cruise.

Le Juif était l'incarnation du présent – l'homme pensant, apte à faire fructifier son patrimoine, à développer une pensée originale, à se réserver bon accueil autant qu'à se rejeter lui-même. (Nous parlons là du Juif au passé, comme si nous étions à Varsovie, car ici il n'y a pas de Juifs et les Juifs n'existent pas.) Un seul d'entre eux était capable de mettre sous sa coupe toute une société. Un seul Juif suffisait à contaminer l'âme de la nation. Le Juif était l'incarnation du présent et le monde le rejetait.

Agnes Lukauskaite avait écrit un mémoire de licence traitant de la collaboration des habitants de Jurbarkas avec l'Einsatzkommando Tilsit pour l'assassinat de masse des Juifs et autres indésirables qu'abritaient ce *shtetl* vieux de plusieurs siècles et ses environs. Ce travail l'avait beaucoup troublée : une personne sur deux impliquées dans cette affaire appartenait de près ou de loin à sa famille.

Elle n'avait rencontré Vilhelmas Lukauskas qu'une seule fois. C'était un vieil homme gâteux en fauteuil roulant qui ne disait pas un mot et ne reconnaissait plus son petit-fils, Kestutis, à qui il avait pourtant appris à nager trente ans plus tôt dans le fleuve Nemunas, le Niémen, avant qu'il ne devienne un égout à ciel ouvert. Il lui avait transmis la connaissance des champignons et des plantes, enseigné les exercices de Müller et les contes populaires – et même les rudiments de l'art de l'imprimerie. Quand Agnes avait rencontré Vilhelmas, c'était un vieillard baveux perdu dans un autre monde – c'est ainsi que nous finirons tous, incapables de nous torcher.

Agnes acheva son mémoire de licence au printemps 2007 et se mit à travailler sur son mastère, avant même le début des séminaires. Elle voulait écrire sur les nazis en Islande. Et pas sur ceux qui étaient morts – ces vieux tromblons qui admiraient l'uniforme et marchaient dans la rue Laugavegur avec une casquette sur la tête comme le faisaient ces beaux messieurs en Europe. Pas non plus sur l'intérêt d'Himmler pour l'Islande. Ni sur les Islandais dans les camps d'extermination, qu'ils soient prisonniers ou kapos, ni sur les Juifs qui avaient été renvoyés au Danemark et ni sur les Islandais présents dans la Waffen SS – même si l'un d'entre eux était fils de président.

Les Tziganes étaient plutôt perçus comme des rats. (Nous parlons toujours au passé, même si Tziganes et Roms sont encore aujourd'hui régulièrement expulsés d'Islande, amputés comme des furoncles.) Individuellement, ils causaient des dégâts, mais le danger résidait avant tout dans le fait qu'ils se mettent brusquement à se reproduire (comme… *des rats*).

(D'ailleurs, nous parlons d'eux au pluriel.) Les Tziganes vivent en dehors du présent, ils n'en sont pas encore arrivés, revenus là.

Elle voulait écrire sur les nazis en chair et en os. Des hommes et des femmes jeunes et énergiques, capables de façonner l'avenir. Elle voulait écrire sur l'extrême droite et les populistes dans les partis politiques. Certes, elle ne manquerait pas d'être confrontée aux problèmes de définition – rien ne disait qu'on lui permettrait d'estampiller comme nazis l'ensemble des racistes populistes. Elle entendait toutefois démontrer les parentés idéologiques. Même si les racistes empruntaient depuis quelques années des voies plus "convenables" pour atteindre leurs objectifs, les objectifs en question demeuraient inchangés et leur mise en application tout aussi délétère. Elle souhaitait prouver que les racistes islandais s'inscrivaient dans un univers culturel européen qui soutenait l'assassinat et la malfaisance même si on avait remis ces prérogatives aux mains des polices des frontières, des bureaucrates chargés de la gestion des réfugiés et des gouvernements extérieurs à l'Europe qui se voyaient forcés de commettre de graves crimes contre ceux de leurs ressortissants qui voulaient quitter leur patrie d'origine.

C'est l'une des raisons qui l'avaient poussée à interroger Arnor. Il faisait partie du nombre très restreint de néonazis islandais, il était peut-être même le seul, à oser exposer au grand jour ses idées ("Je ne fais que dire à haute voix ce que nous pensons tous. Ce que tu penses aussi, au fond. À moins que tu ne sois encore plus 'princesse juive' que je ne l'aurais cru. Ce n'est pas un crime de dire la vérité") et à n'avoir pas le quotient intellectuel d'un manche à balai, contrairement à la plupart de ses pairs.

Le musulman (au présent, au singulier avec article défini) est lui aussi une sorte de barbare. Il veut nous faire subir un "génocide démographique" en se reproduisant (comme le rat), mais il veut également nous *convertir* à l'islam. Ce n'est pas un homme moderne, il vit aujourd'hui, mais refuse le présent. Et il nous fascine avec ses valeurs figées, sa détermination et son courage. Il n'existe aucune idée en laquelle *nous* croyons suffisamment pour foncer en avion sur des bâtiments afin de la faire progresser. Nous voudrions bien être capables de foncer en avion sur un bâtiment. Ou de nous faire sauter dans un bus. Mais voilà, nous n'en avons pas le cran.

Après avoir échangé des baisers à leur premier rendez-vous, puis au cinéma à leur deuxième entrevue (je ne considère pas leur rencontre dans la file d'attente du taxi comme un "rendez-vous"), Omar et Agnes décidèrent de s'offrir une balade en voiture la troisième fois qu'ils se virent. Agnes alla le chercher aux aurores chez lui, dans le quartier de Thingholt, et ils prirent la direction de la lointaine province de Fljotsdalshérad, dans l'est du pays. Ils ne s'accordèrent aucune halte en chemin, la route était assez longue comme ça. Pendant le voyage, ils discutèrent de l'Holocauste, comme le font généralement les amoureux.

Victimologie comparée, déclara Agnes. C'est comme ça qu'on appelle ça à l'étranger : *comparative victimology*. Elle abaissa sa vitre, alluma une cigarette et rejeta sa fumée à l'extérieur.

Et c'est quoi… ?

Il s'agit de prouver ou d'infirmer qu'une chose a le statut de génocide ou d'holocauste.

C'est vraiment une science ? Omar tendit la main pour lui taxer une clope. Agnes se pencha vers le tableau de bord, prit son paquet et son briquet et déposa les deux dans la main de son passager.

Mais non, ça va pas ou quoi ? C'est plutôt une discipline transversale qui implique l'histoire, la sociologie et la politologie. N'abaisse pas ta vitre, ça fera trop de courants d'air.

Et on refuse de reconnaître que les massacres commis contre les Arméniens constituent un génocide ? Qu'il existe d'autres holocaustes ?

Ha, ha, ha ! Mon cher, le mot "holocauste" n'existe qu'au singulier en islandais. Le pluriel n'existe pas. Le génocide des Arméniens n'est pas reconnu comme étant un *génocide*.

Pourquoi ? Dans ce cas, qu'est-ce que c'est ?

Je ne m'en souviens plus. Une tragédie. Une infamie. Des meurtres de masse. Des persécutions. Mais pas un génocide. Il existe toute une industrie qui vit de la vente de souvenirs ou de babioles liés à l'Holocauste, sans parler des livres et de tout le reste, des symposiums et des scientifiques qui en tirent leur subsistance. Et rien de tout cela ne pourrait fonctionner si l'Holocauste n'avait pas un caractère unique et incomparable.

...

Et cette question donne lieu à des affrontements. Le discours sur la Seconde Guerre mondiale tourne autour des qualités et défauts des différents types de chars d'assaut et le discours sur l'Holocauste s'interroge sur le droit de le comparer à autre chose.

Et on n'a pas le droit ?

Non, c'est interdit.

Agnes et Omar dépassèrent le lagon glaciaire de Jökulsarlon à toute vitesse. Les blocs de glace bleutée âgés de milliers d'années, rejetés par le glacier, flottaient à la surface de l'eau et on entendait les cris des phoques excités jusqu'à la route.

L'"altérisation" est l'art de s'arranger pour que le monde semble composé d'individus fondamentalement différents de soi. Les autres sont dangereux, fous, méchants, stupides, ils défendent des intérêts qui menacent notre conception du monde – et ainsi de suite. Étrangement (mais on pourrait ajouter : de manière compréhensible), les populistes (lire : les nazis) se retrouvent eux-mêmes régulièrement "altérisés" (du reste, ils sont à la fois dangereux, fous, méchants et stupides).

La route qui serpentait sur les basses terres du Sudurland rappelait à Agnes un film islandais. Elle avait l'impression d'avoir déjà vu ce paysage depuis un hélicoptère par une magnifique journée où les nuages s'amoncelaient comme du duvet à l'horizon, cernés par un ciel bleu lilas et cet incroyable paysage lunaire face auquel les touristes suffoquaient d'admiration. Dieu, que cette montagne est belle ! se pâmaient-ils. Tellement belle que j'en pleurerais, ajoutaient-ils en regardant Agnes, comme dans l'attente de son assentiment. Eh bien, je vous autorise à pleurer sur mes montagnes, aurait-elle sans doute dû leur répondre. Ce sont en effet les plus belles du monde. Un vrai paradis sur terre. Mais ce genre de chauvinisme la dégoûtait. Il lui arrivait de défendre la petite

Islande quand elle était attaquée – il en allait de même pour la Lituanie. Mais elle ne pouvait se résoudre à imiter les suffocations admiratives de ces touristes.

Elle jeta discrètement un coup d'œil en direction d'Omar qui regardait par la vitre, le visage inexpressif. Il semblait avoir passé une mauvaise nuit. À moins qu'il n'ait avalé trop de bières la veille au soir. Elle préféra ne pas lui poser de questions et le laissa contempler sans le déranger le décor de cinéma qui défilait derrière la vitre.

Pour les populistes, les "autres" constituent la liste suivante et non limitative : les femmes hippies qui défendent le multiculturalisme, les terroristes enturbannés du Kebabistan, les bureaucrates de l'Union européenne, les capitalistes "corrompus", l'élite médiatique, l'élite universitaire, l'élite politique, les hommes blancs entre trente et cinquante ans qui ont des poils dans le dos, ne pensent qu'à ça et ruissellent de sueur, les voisins intrusifs et gâtés, les "immigrants économiques" (demandeurs d'asile et fugitifs), les hard rockers, les handicapés, les féministes extrémistes et les "mendiants agressifs" (Tziganes et Roms).

Ils arrivèrent à Skriduklaustur, le centre culturel installé dans l'ancienne maison de l'écrivain Gunnar Gunnarsson.

C'était quelque part ici, indiqua Agnes, l'index pointé vers la montagne.

Ridicule.

Je *sais*.

Qu'était-il censé faire là ?

Rien. Ou plutôt. Enfin, tu vois. Fuir. Agnes haussa les épaules. Ils n'ont fait que vérifier. Évidemment, il était dans son bunker à Berlin, mais à ce moment-là, on l'ignorait.

Et on pensait qu'un écrivain islandais cachait Adolf Hitler dans sa cave à la limite du monde habitable dans le trou du cul de l'univers…

Ça aurait très bien pu arriver. Après tout, Rudolf Hess a bien été parachuté au-dessus de l'Écosse.

Mais aller se cacher en Islande ? C'est tellement absurde.

Radovan Karadzic a vécu caché comme médecin homéopathe à Belgrade. Les voies du mal sont impénétrables. On sort jeter un coup d'œil ? Elle attrapa la poignée et ouvrit sa portière : le frimas de février s'engouffra dans l'habitacle.

En journalisme, la règle d'or est celle-ci : la proposition "Un homme mord un chien" constitue une information, mais "Un chien mord un homme" n'en est pas une. La règle d'or dans la presse jaune (la règle jaune du journalisme) est la suivante : tout ce que je veux vous dire, c'est : 'un-homme-mord-un-chien', même si la réalité est 'un-chien-mord-un-homme'. Dans ce type de journalisme, on s'arrange pour que tout ce que vous écrivez ou publiez relève du sensationnel – même si cela reflète la règle (un-chien-mord-un-homme) et non l'exception (un-homme-mord-un-chien).

Agnes s'assit dans la neige et alluma une cigarette. Omar lui en piqua une. J'essaie toujours d'arrêter, précisa-t-il. Je passe mon temps à arrêter. Et à recommencer. Il aspirait goulûment la fumée. En fait, je trouve ça dégueulasse. Je me demande pourquoi j'ai à chaque fois envie d'en reprendre une.

Peut-être parce que fumer entraîne une dépendance ?

Tu crois ?

Tu es au courant, non ? On ne te l'a jamais dit ?

Oui, j'ai dû entendre ça quelque part. Il paraît aussi que ça nuit à la santé.

Terriblement. On en meurt.

On meurt de toute façon.

Mais là, on meurt plus tôt.

Plus tôt que quoi ?

Agnes se tut. C'est marrant, déclara-t-elle quelques instants plus tard. Son haleine se transformait en buée dans l'air glacial. Tu vois, on ne remarque aucune différence entre l'air et la fumée quand j'expire. Les deux sont exactement pareils.

Cela ne me gênerait pas qu'on brandisse cette affirmation : celui qui vit dans une société où la proposition un-homme-mord-un-chien a toujours le statut d'information alors qu'un-chien-mort-un-homme n'est pas considéré comme notable finira par penser dans presque tous les cas de figure que la société dans laquelle il vit est nettement plus détraquée qu'elle ne l'est en réalité. Il croira immanquablement que l'exception constitue la règle et que les chiens sont grandement menacés par les hommes.

Sur le chemin du retour, ils se garèrent aux abords du lagon glaciaire de Jökulsarlon. Agnes attrapa les duvets dans le coffre, ils rabattirent la banquette arrière et se couchèrent.

Pourquoi Rudolf Hess a-t-il sauté depuis un avion au-dessus de l'Écosse ?

Pff… Agnes leva les bras au ciel. Si seulement je le savais ! Je pourrais écrire un livre et gagner plein de fric. Elle avait ôté son pull-over à l'intérieur du duvet et se débattait avec son soutien-gorge dans l'obscurité. Omar se contentait de fixer la nuit.

Personne ne sait pourquoi ?

Pas vraiment. Certains affirment qu'il voulait proposer un accord de paix aux Britanniques. D'autres disent qu'il s'était brouillé avec le Führer et qu'il voulait disparaître. Ce qui est sûr, c'est qu'en plein milieu de la Seconde Guerre mondiale, le numéro deux du Troisième Reich est apparu dans un trou perdu de la campagne écossaise et qu'il a demandé à rencontrer Lord Hamilton.

Lord Hamilton ? Omar se tourna vers Agnes qui, recroquevillée et le dos plaqué contre lui, n'avait toujours pas réussi à ôter son soutien-gorge. Il attrapa l'une des bretelles, tira d'un coup sec et l'agrafe se détacha.

Aïe ! Agnes poussa un cri quand l'élastique claqua sur sa peau. Elle se tourna en grimaçant.

Pardon !

Elle hocha la tête. Hamilton entretenait un certain nombre de relations avec les Allemands, reprit-elle avec un sourire.

Ah bon. Omar enleva sa parka et bâilla.

Et il a reconnu Rudolf Hess, qui avait donné une fausse identité. On l'a jeté en prison où il est resté jusqu'à ce qu'il se pende dans sa cellule à la fin des années quatre-vingt. Devenu gâteux avant même la fin de la guerre. Tu sais, il a été déclaré irresponsable et s'en est tiré sans encombre. À Nuremberg. Il disait qu'il ne se souvenait de rien, affirmait qu'il ne reconnaissait ni sa femme ni son fils. Même ses anciens compagnons du Troisième Reich le croyaient fou. Complètement zinzin. Il blablatait des trucs incompréhensibles, disait qu'on essayait de l'empoisonner avec des gâteaux secs et parlait du complot des Juifs – lesquels avaient gâché la carrière d'Hitler en l'incitant à construire des camps d'extermination et à assassiner les Juifs afin que la progression du national-socialisme se voie stoppée une bonne fois pour toutes. Et les juges de Nuremberg l'ont déclaré irresponsable – ce qui en soi était évidemment scandaleux, c'était une honte de ne pas condamner l'homme qui avait été le second du régime hitlérien. À ce moment-là, il a demandé à lire une déclaration où il affirmait se souvenir, promettait de dire la vérité et de raconter tout ce qui s'était passé – son amnésie n'était qu'une plaisanterie.

Une plaisanterie ?

Enfin, tu vois, il avait fait semblant d'avoir perdu la mémoire.

Putain !

Je sais !

Omar baissa son pantalon et s'allongea sur Agnes qui le serra dans ses bras avec un soupir tendre.

La presse jaune (celle qui vous surveille !) n'"altérise" pas tout ce qui existe entre ciel et terre simplement afin de souligner à quel point ces choses ont un caractère exceptionnel. Elle met l'accent sur les divergences et la différence (un-homme-mord-un-chien) plutôt que de souligner les convergences et ressemblances (un-chien-mord-un-homme). Quand elle parle d'un "étranger" censé avoir commis un acte répréhensible, on a souvent droit à des commentaires (prétendument avancés par des "voisins" anonymes) disant qu'on entendait de la "musique bizarre" à l'intérieur de l'appartement de l'intéressé ou qu'on sentait des "odeurs exotiques" – du reste, n'est-il pas évident que celui qui avale une brandade de morue à chaque repas en mettant Bo Hall à fond la caisse sur sa chaîne hi-fi n'est coupable de rien (à moins qu'on ne puisse prouver sans l'ombre d'un doute que sa passion pour Bo Hall et la brandade de morue soient "anormales").

À leur rendez-vous suivant, Agnes et Omar décidèrent de laisser de côté la Seconde Guerre mondiale et allèrent simplement manger au restaurant : hamburgers, frites, grand

Coca avec paille. Une bonne dose de sauce cocktail, du coleslaw et des cornichons aigres-doux.

Un jour, j'ai conseillé cet endroit à deux touristes qui voulaient manger "typiquement islandais".

Agnes éclata de rire.

Non, sérieusement. C'est la bouffe la plus islandaise que je connaisse. Frites, sauce cocktail et coleslaw. Il se mit à chantonner : *c'est le meilleur des meilleurs des meilleurs bouis-bouis en ville et on y mange délicieusement !*

Mais tous les personnages du film ont eu la diarrhée, non ?

Tu veux dire dans *Tout est clair** ?

Oui. Quelqu'un avait mis du laxatif dans la sauce cocktail, c'est ça ?

Je crois. En tout cas, le plat n'en est pas moins islandais. Autant que le chanteur à textes Bubbi Morthens et *Dallas*.

Parce que *Dallas* est aussi une série islandaise ?

Autant que les moutons. Au minimum deux générations d'Islandais en savent nettement plus sur *Dallas* que sur les moutons.

À chaque fois qu'il est question des "racistes", on sélectionne invariablement un imbécile incapable de s'exprimer – auquel on confère un caractère d'exception dans la société, laquelle claironne n'être ni raciste ni incapable de s'exprimer (justement parce qu'elle rejette l'imbécile atteint d'aphasie langagière). Les racistes autoproclamés sont l'alibi principal des abus du système (abus tels que celui qui consiste à accueillir les demandeurs d'asile en Islande à proximité de l'aéroport international de Keflavík afin de pouvoir les expulser sans préavis, y compris à la faveur de la nuit, ou de retarder le traitement de leur dossier pendant des décennies dans l'espoir que lesdits demandeurs d'asile, découragés, quittent d'eux-mêmes le pays, devenant ainsi le "problème" d'autres nations). L'altérisation nous en apprend nettement moins sur la réalité des prétendues failles des autres que sur notre arrogance et sur l'excellence dont nous nous prévalons.

---

* *Med allt a hreinu* (1982). Film comique et musical islandais qui raconte les amours, les jalousies et les bêtises de deux groupes de rock en tournée en Islande. (*Toutes les notes sont du traducteur.*)

Qui donc aurait envie d'habiter en Lituanie ?

C'était juste une question.

En effet, tu as le droit de la poser. Et la réponse est : sûrement pas moi !

Dans ce cas, pourquoi tes parents y sont-ils repartis ?

Ben, parce que.

Tu as beaucoup de famille là-bas, non ?

Oui. Et ça m'arrive d'avoir envie de les voir. Mais je n'ai pas pour autant envie d'aller y habiter.

Ça doit quand même être plus sympa qu'en Islande. Je n'arrive pas à imaginer qu'il puisse exister au monde un endroit plus emmerdant que Reykjavik.

Arrête donc !

Je ne rigole pas !

Le record mondial du taux de suicide est détenu par la Lituanie.

Vraiment ?

Ouais. Nous sommes numéro un. Les meilleurs de la planète. Même les Lituaniens n'ont pas envie de vivre chez eux.

Nom de Dieu !

Des sondages effectués en Grande-Bretagne disent que les Islandais sont la quatrième nation la plus heureuse au monde, tu savais ça ? Après les Danois, les Suisses et les Autrichiens – qui sont d'ailleurs tous d'anciens États-providence où la xénophobie a pris racine. Et les Lituaniens, sais-tu la position qu'ils occupent dans ce classement ?

Non.

Ils sont cent cinquante-cinquièmes.

Non !

Je ne savais même pas qu'il y avait autant de pays que ça sur terre avant de lire ce truc-là. Enfin, bref, le sondage en mentionne cent soixante-dix-huit. L'Islande est quatrième et la Lituanie cent cinquante-cinquième.

Ils réglèrent l'addition et retournèrent s'asseoir dans la voiture, fumèrent une cigarette sur le parking, puis se rendirent chez Agnes et firent l'amour – sans qu'à aucun moment l'Holocauste ou Hitler s'invitent dans la conversation.

Nous voulons que ce soit parfaitement clair :

Vous n'êtes pas des nôtres.
Vous êtes des nôtres.
Vous n'êtes pas des nôtres.
Vous n'êtes pas des nôtres.
Vous êtes des nôtres.
Vous n'êtes pas des nôtres.
Vous êtes des nôtres.
Vous êtes des nôtres.
Et on ne sait jamais ce qui est le pire.

Un jour, en discutant, Agnes et Omar se rendirent compte qu'ils n'avaient passé aucune journée seuls, chacun de son côté, depuis trois semaines entières – et qu'ils n'avaient pas dormi seuls, chacun dans son lit, depuis deux semaines.

Je suppose que nous sommes devenus un couple d'amoureux, nota Agnes en refermant son ordinateur portable posé sur ses genoux.

Je ne vois pas d'autre explication, convint Omar.

C'est clair comme de l'eau de roche.

Tous deux avaient été trop occupés à s'amuser l'un avec l'autre pour prendre acte de ce qui avait désormais le statut de réalité, de *fait accompli**, ils ne pouvaient que s'avouer vaincus face à la situation. Ils s'adressèrent un sourire, se prirent la main et allèrent dans la chambre où ils se laissèrent emporter par leur destin.

* En français dans le texte.

9

Les passagers commençaient à embarquer. Debout dans la file d'attente, la main gauche dans la poche de ma veste, je tripotais l'anneau en caoutchouc strié. Ces gens allaient à l'étranger pour visiter des musées et s'offrir de bons restaurants. Pour ma part, désorienté et dans la lune, je tripotais l'anneau pénien de mon rival comme s'il n'y avait rien de plus normal. J'ai porté ma main à mon visage – fait semblant de me gratter – et reniflé ma paume en frottant mon index entre mes yeux tandis que je marmonnais : vieux caoutchouc, odeur de chatte et de sperme rance. Cinq minutes plus tard, je suis retourné fouiller la poubelle à la recherche de mon portable que j'ai retrouvé au fond d'un pot en plastique, tout poisseux de yaourt. Je ne pouvais pas le jeter. Comment allais-je pouvoir surfer sur le Net sans téléphone ? Et s'il arrivait quelque chose ? Et si Agnes me demandait de revenir ? Étais-je prêt à lui revenir ? Debout devant la poubelle, j'ai passé quelques minutes à essuyer l'appareil avec une serviette en papier. L'avion s'apprêtait à décoller et je devais y aller. Une annonce personnelle et nominative venait d'être diffusée dans les haut-parleurs. Je ne pouvais pas rester là. Une demi-heure plus tard, l'avion a traversé une zone de turbulences. Qu'aurais-je fait si je les avais surpris ensemble ? Le pilote de l'appareil devait se demander s'il n'était pas sur des montagnes russes. Qu'aurais-je fait si j'avais trouvé Arnor juché sur Agnes ? Ou même Agnes sur Arnor ? Se prenant les cheveux à pleines mains, le dos en sueur, se caressant tandis que sa croupe allait et venait, se frottant contre ce membre en érection. Qu'aurais-je fait ? Le pilote devait se demander s'il n'était pas aux commandes d'un shaker plutôt que d'un avion. J'aurais pu me servir d'une perceuse à air comprimé. Aurais-je pu les tuer et m'en tirer en plaidant le crime passionnel ? Pas devant une cour d'assises, mais à mes propres yeux. Aurais-je pu conserver ma sérénité en arguant d'un moment de folie? J'ai atterri à Rome, puis parcouru l'Europe. J'ai bu un café noir dans la cité romaine, mangé un croissant au jambon à la gare de Milan, pris le ferry entre Palerme et la Sardaigne, et de là, vers la Corse et vers Marseille. J'ai mangé de la brioche à Barcelone, du poulet à Porto et du saucisson à l'ail dans la ville de Brême. J'ai marché de Strasbourg à Kehl, pris le train de Luxembourg jusqu'à Lille, puis jusqu'à Bruxelles. Ce comportement était sans doute une forme de faiblesse, de couardise. "Ce comportement" – ma fuite d'Islande, l'incendie. Pourtant, jamais je n'avais été aussi conscient de ma force. J'étais aux commandes, j'étais assis sur le siège du conducteur. Seul maître en ma demeure (et pourtant tellement loin de chez moi). Je me posais toujours des tonnes de questions. Mais je n'agissais pas, tout du moins en apparence. Je me contentais de faire le ménage dans mes affaires. J'ai mangé du riz pilaf à Tirana et des saucisses grillées à Berlin. J'ai observé le monde depuis le hall du Sony Center de Potsdamer Platz en imaginant que de l'autre côté de la rue se trouvait le bunker d'Hitler, que j'étais Joseph Staline, l'exterminateur de nazis, et que j'avançais à quatre pattes dans la boue, un couteau entre les dents, fermement résolu à mettre un point final à tous les génocides… C'était bien ça, non? Comment était-ce, déjà? Et pourtant il m'est souvent arrivé de pleurer le soir. Souvent arrivé de pleurer la nuit et le matin. Je ne me battais pas pour avoir l'air d'un homme, d'un vrai. Mais pour *être* un être humain. Pour être un homme, un vrai. Je ne battais pas en retraite, je montais à l'attaque. Je n'étais pas déserteur, mais éclaireur. Du reste, je n'étais pas pressé d'atteindre ma destination, quelle qu'elle soit. Je n'étais pas pressé de savoir ce que j'avais vraiment dans les tripes. Les choses s'éclairciraient le moment venu. Tout ce que je voulais, c'était avoir du temps pour réfléchir, du calme pour penser, m'accorder quelques vacances à des lieues de moi-même, hors du monde, loin des souffrances, du vent du nord, des montagnes et de l'océan. J'ai vu les pays rhénans défiler derrière la fenêtre d'un train, les Pyrénées depuis la vitre d'un bus et la Méditerranée depuis le hublot d'une cabine. J'ai vu le Kaiserkeller à Hambourg et j'ai pensé aux Beatles. Vu le festival de Bayreuth en pensant à Richard Wagner. À Vienne, j'ai mangé des gaufres qui m'ont rappelé Sigmund Freud. Paris avait la forme de notre dame Gertrude Stein et Oslo celle de la Christiania de Knut Hamsun. À Wunsiedel, je suis resté un instant immobile en regardant l'emplacement de la tombe de Rudolf Hess – on l'avait exhumé l'été précédent et balancé à la mer. Trop de touristes, avaient argué les autorités. Trop de néonazis aux yeux larmoyants. J'essayais d'être un homme, or l'épreuve la plus difficile est celle qui consiste à reconnaître sa propre responsabilité dans sa situation, à la voir clairement et sans s'accorder la moindre excuse, sans la déformer et sans faire de soi-même le centre des histoires des autres. La honte que j'éprouvais me dégoûtait littéralement et n'avait rien à voir avec mon inaliénable part d'humanité. Celui qui s'excusait d'aspirer à la sérénité n'avait rien appris du tout. J'ai fumé des cigarettes sous les abribus, bu des tonnes de café noir et je me suis regardé le nombril pendant tout le trajet jusqu'à Sofia, en passant par Skopje et Athènes. J'ai dormi assis de Gdansk à Varsovie, puis à Cracovie, j'ai dormi allongé de Bratislava à Budapest, je me suis arrêté à Zagreb et j'ai arpenté le quai à Ljubljana. De l'autre côté des vitres du train défilaient des champs, un monde européen, des paysans qui lapaient du vin rouge et des toréros en collants. Je suis allé d'un haut lieu nazi à l'autre. J'avançais ma main droite, j'observais mes doigts, mon bras tendu, ma peau sèche, mes veines blanches et calleuses. J'attendais que l'acide lactique se déverse dans mes muscles, j'attendais de me mettre à trembler. Mais ça n'arrivait pas. Mon bras restait tendu depuis mon épaule, à l'extrémité il y avait cette main, ces phalanges et ces doigts. Comme une grosse branche sur un vieil arbre.

10

Agnes aimait Omar et Omar aimait Agnes. Ils allèrent acheter des manicles au magasin Rumfatalager et s'envoyaient des bises par texto. Omar cuisinait des plats thaïlandais pour Agnes et Agnes, des plats italiens pour Omar. Ils se dispensaient à tour de rôle des caresses buccales. Le matin, c'était à qui serait levé le premier pour préparer le café, beurrer des tartines grillées, faire des œufs à la coque et apporter à l'autre le petit-déjeuner au lit avant son réveil. Ils s'amusaient à s'embusquer pour se surprendre mutuellement dans la rue, détalaient depuis l'angle d'un bâtiment, au risque de se faire écraser par une voiture tant ils étaient aveuglés – main dans la main en pleine nature, perdus et incorrigibles, fous et ne pensant qu'à ça, dotés d'une sensibilité tellement à fleur de peau qu'ils fondaient en larmes au moindre petit accrochage.

Le printemps passa, puis l'été. Une nuit, ils dormirent sur les pelouses en face de l'université d'Islande. Une autre sur la plage de la crique de Nautholsvík. Alors qu'ils étaient dans Hljomskalagardur, le square du kiosque à musique, la police les repéra, s'arrêta et les reconduisit chez eux. La nuit suivante, ils optèrent pour le parc de Klambratun et, surpris par la pluie, ils se réfugièrent dans un immeuble à proximité. Ils ne buvaient pas, n'ôtaient pas leurs vêtements et rentraient chez eux le matin pour y faire l'amour – il ne s'agissait pas de choquer les passants. S'ils avaient eu les moyens de s'offrir un plein d'essence, ils auraient évidemment pris la voiture d'Agnes pour aller camper à Thorsmörk – ils avaient simplement envie de dormir à la belle étoile et c'était devenu une habitude. Ne sachant s'ils devaient passer la nuit chez Omar ou chez Agnes, ils dormaient dans les jardins, sur les pelouses et dans les clairières.

Pour Adolf Hitler, la politique était un art, il recourait à l'esthétique afin de modeler une nouvelle nation, tel un chef d'orchestre avec sa baguette, décimant plusieurs tribus comme l'avait fait jadis le Dieu d'Israël – comme un écrivain supprime un personnage dans un livre parce que, en fin de compte, il ne l'apprécie pas –, la réalité au sein de laquelle il évoluait était enjolivée et organisée jusqu'aux moindres détails de villes entières. Et toute chose, chaque composante, était soumise à l'approbation d'Adolf – s'il considérait que les couturiers n'étaient pas à la hauteur, il concevait lui-même les uniformes et les médailles, déclarait : ici, je veux un bûcher et là, une croix gammée haute de quinze mètres, je me tiendrai au centre, le visage éclairé par les flammes et les deux mains armées de la toute-puissance.

Les spectateurs doivent être placés de manière à me voir !

Il faut qu'ils puissent me voir !

À l'automne, Agnes fit retirer la plaque d'immatriculation de sa voiture. Elle avait essayé de la vendre, mais n'avait pas trouvé preneur. La crise. Omar livrait des pizzas en attendant de trouver mieux. Agnes lui avait suggéré d'apporter sa brosse à dents, d'apporter ses sous-vêtements, son slip de bain et ses recueils de poèmes, et même si elle avait arrêté le tabac, elle l'avait autorisé à fumer dans l'appartement tant qu'il ne jetait pas ses cendres par terre.

Omar donna le préavis de son appartement du quartier de Thingholt et emménagea chez elle. Il y avait tellement de livres qu'on pouvait à peine poser un pied devant l'autre. Grammaire phrastique, linguistique générale, histoire, philosophie et poésie, longs traités sur l'Holocauste, les chars d'assaut et les attaques en tenaille, la guerre éclair et le populisme tapissaient les murs du sol au plafond, formant des allées si étroites que seuls pouvaient s'y faufiler les individus les plus sveltes.

Mais ce n'était pas grave. Ça irait. Parce que c'était ainsi qu'Omar aimait Agnes, parce que c'était ainsi qu'Agnes aimait Omar.

Adolf Hitler n'avait qu'un seul testicule (l'ai-je déjà précisé ?) tout comme le Grand Timonier Mao et Napoléon. Comme

Franco, Lance Armstrong et Tom Green. Tous réunis, ils avaient donc seulement six testicules au lieu de douze. Ce serait un peu long d'expliquer pour quelles raisons il me semble peu risqué d'affirmer qu'aucun d'entre eux n'était particulièrement satisfait de cette particularité. En revanche, cette anomalie plaît à bien d'autres gens. Elle grandit Armstrong, confère plus de profondeur à l'humour de Green – et n'est-ce pas justice qu'elle ait affligé plus d'un dictateur ? Bien fait pour eux, n'est-ce pas ?

Avons-nous de l'argent d'avance ?
On a une carte de crédit.
Non. Est-ce qu'on a de l'argent ?
Pourquoi cette question ?
Parce que.
Parce que quoi ?
Je réfléchis.
À l'argent ?
Tu n'as pas envie d'aller passer Noël et le jour de l'An en Lituanie ?
Tu veux me présenter à tes parents et faire la fière ?
Et toi, tu veux ?
Oui, pourquoi pas.
Dans ce cas, on y va ?
Avec quel argent ?
On ne peut pas économiser ?
Il ne reste que huit semaines d'ici Noël. Tu vis sur un prêt étudiant et moi, je suis simple livreur de pizzas. On devrait déjà s'estimer heureux de pouvoir payer le loyer.
…
Je veux dire, il faut quand même être réaliste, non ?
Et la carte de crédit ?
On pourrait s'en servir pour payer les billets d'avion, s'ils ne sont pas trop chers. Mais comment allons-nous régler la note en janvier ?
On ne peut pas étaler le paiement ?
Je ne suis pas sûr que ce sera plus facile de payer en plusieurs fois, d'autant plus que je ne travaillerai pas chez Domino's pendant notre absence.
Quelques pizzas de plus ou de moins ne changeront pas grand-chose.

Quand on n'a pas d'argent, le plus petit détail peut tout faire basculer.

Putain ! Et l'aide sociale ?

Presque tout le monde s'accorde à dire qu'Hitler était incapable d'aimer.

On raconte qu'il était fou amoureux de sa nièce, Geli Raubal. Il l'aurait violée et battue, il aurait uriné et déféqué sur elle. Ce sont là de vieux ragots, parfois relayés par des écrits plus respectables.

Comment ça, l'aide sociale ?

On ne pourrait pas solliciter un secours exceptionnel ?

Pour aller passer Noël en Lituanie ?

Non, plutôt pour acheter à manger ou je ne sais quoi.

...

Ah, laisse tomber.

Tu as envie d'aller en Lituanie ?

J'en crève.

Dans ce cas, on va arranger ça.

Alors là, t'es vraiment un mec !

Comment ça ?

"Dans ce cas, on va arranger ça." On dirait que tu te prends pour un *pater familias* armé d'une baguette magique qui crache du fric et "arrange" tout.

Un *pater familias* ? Tu es en colère contre moi ?

Non, pas en colère, juste énervée.

À cause de moi ?

Non. Fiche-moi la paix.

Presque tout le monde s'accorde à dire qu'Hitler était incapable d'aimer.

On prétend qu'il aimait Eva Braun. Mais ils n'avaient pas de rapports sexuels. Ils ne faisaient pas l'amour. Il n'y avait entre eux aucune chaleur. Aucune véritable tendresse. Elle admirait le pouvoir dont il était détenteur et qui lui allait si bien. Quant à lui, être lié à une femme servait ses intérêts et contribuait à lui façonner une image d'homme politique responsable. Ce sont là de vieux ragots, parfois relayés par des écrits plus respectables.

Agnes délaissa son mémoire de mastère et cessa d'assister aux séminaires. Puis elle donna le préavis de son appartement pour le début du mois de décembre. Cela leur permit d'économiser deux cent mille couronnes. Elle baissa ensuite d'un tiers le prix qu'elle voulait obtenir pour sa voiture et la vendit dès le lendemain pour la somme de quatre cent mille couronnes – elle l'avait achetée d'occasion quatre ans plus tôt pour huit cent mille et, l'emprunt qu'elle avait alors contracté étant entièrement remboursé, la somme lui était revenue dans sa totalité. Elle avait trouvé un emploi de veilleuse de nuit dans un hôtel et s'était mise à traduire en lituanien des plaquettes publicitaires pour le compte d'une entreprise de matériel orthopédique. Elle traduisait la nuit pendant ses gardes à l'hôtel. Le week-end, elle se rendait avec Omar au marché aux puces de Kolaport pour y vendre leurs livres, CD et DVD, tasses, soucoupes, assiettes creuses et ce qui leur tombait sous la main. Omar accepta toutes les heures qu'on lui proposa chez Domino's. Il travaillait en général de midi à minuit et terminait sa journée encore plus tard le week-end. Le matin, il relisait des traductions de séries diffusées par la RUV, la radiotélévision islandaise. Ils mangeaient de la bouillie de flocons d'avoine au petit-déjeuner et se contentaient de spaghettis et de carottes au dîner. Ils sautaient le repas de midi, s'interdisaient le café, les cigarettes et (bien évidemment) la bière.

Après s'être acquittée de ses gardes de nuit, Agnes allait démarcher les rédactions des quotidiens, des magazines et les maisons d'édition afin de leur vendre l'ensemble ou des extraits de son mémoire (inachevé). Les journaux n'achetaient plus aucune pige – c'était la crise. L'une des rédactions lui proposa un emploi de journaliste pour un salaire moindre que celui qu'elle percevait à l'hôtel, et des heures de travail plus longues. Elle déclina poliment.

Presque tout le monde s'accorde à dire qu'Hitler était incapable d'aimer.

On affirme qu'il aimait son peuple, mais cela relevait plus d'une forme de violence animale que de l'amour humain.

On dit que le Führer aimait les enfants. Mais n'était-il pas un peu, enfin, vous voyez, un peu… hein ? Aimer les enfants ? Beurk !

Les magazines demandèrent à Agnes si elle n'avait rien de plus réjouissant à leur proposer. Tout le monde était déprimé à cause de la situation économique et la presse devait refléter cet état de fait – en affichant une joie aussi permanente que vide. Ne pouvait-elle pas écrire sur le concours de bulles de savon à Vilnius ou sur la Baltic Pride ? Elle essaya de leur expliquer que dans les pays baltes, la Gay Pride n'avait rien à voir avec le joyeux rassemblement populaire qui défilait dans la rue Laugavegur, mais qu'il s'agissait véritablement de manifestations revendicatives, toujours assorties de violence, et que cela n'était peut-être pas pour remonter le moral des gens. On lui demanda si elle n'exagérait pas un peu. Homos et violence ? Allons, les pédés sont tellement adorables !

Les éditeurs s'intéressèrent à son mémoire. Elle obtint une foule de rendez-vous pour discuter de ceci cela, de choses et d'autres, du manque criant d'ouvrages sérieux sur la question et du fait qu'il était réjouissant de voir des jeunes femmes la prendre à bras-le-corps, du reste il fallait absolument s'élever contre la progression du racisme, de la xénophobie et du fascisme local. Dès qu'Agnes évoquait le volet financier, tous les éditeurs se rappelaient qu'ils étaient attendus à une réunion, mais la priaient de revenir les voir le lendemain afin de poursuivre la discussion. Pour finir, ils reconnaissaient n'avoir aucun pouvoir de décision et ajoutaient que les "financiers" leur avaient demandé de ne plus inviter Agnes pour un café à moins qu'elle n'ait l'intention d'écrire quelque chose de vendable. Elle allait alors voir l'éditeur suivant et ainsi de suite.

Une plaisanterie datée (et de mauvais goût que, fort heureusement, bien peu de gens oseraient raconter à haute voix ces temps-ci) : Adolf Hitler et Heinrich Himmler sont assis dans l'auberge d'un village autrichien des années après la fin de la guerre. Un homme installé à la table voisine se tourne vers eux et leur demande : pardonnez-moi, mais n'êtes-vous pas…

Si, répondent Himmler et Hitler avec un sourire glacial. C'est bien nous.

Mais, vous n'êtes pas morts ?

C'est votre impression ? rétorquent les deux chefs aryens.

Eh bien, répond l'homme, vous m'en bouchez un coin. Que faites-vous ici ?

Nous préparons nos prochains forfaits, pires encore que les précédents. Cette fois, nous n'allons pas nous contenter d'exterminer tous les Juifs du monde, mais nous allons voler la *Vénus de Milo* et lui greffer les bras de Stallone, les avant-bras de Justin Bieber, le dos des mains d'un gorille et les paumes de Steven Spielberg.

L'homme roule des yeux, pensant que ses voisins ont complètement perdu la raison. Puis il reprend son souffle et leur demande : pourquoi diable voulez-vous voler la *Vénus de Milo* et lui greffer les bras de Stallone, les avant-bras de Justin Bieber, le dos des mains d'un gorille et les paumes de Steven Spielberg ?

Himmler lance un regard triomphant à Hitler : je t'avais bien dit que tout le monde se fichait du sort des Juifs !

Même s'ils n'avaient pas réussi à monnayer le mémoire d'Agnes, le jeune couple était parvenu à rassembler 1,3 million de couronnes en l'espace de quatre semaines. Il leur restait en plus quelques salaires à percevoir. Ils versèrent huit cent mille couronnes d'arrhes pour l'achat d'une bicoque à proximité du boulevard Sæbraut – logis qui les attendrait à leur retour en février – et le reste de l'argent devait suffire à payer les billets d'avion pour Vilnius et le trajet en car vers Jurbarkas ainsi qu'à leur assurer un train de vie acceptable jusqu'à la fin du mois de février et au versement de leurs prochains salaires.

Ils y arriveraient. Ils avaient l'impression de pouvoir tout faire, l'impression que tout leur était ouvert. Pendant quelques instants, ils se demandèrent comment il était possible qu'il existe des gens pauvres. Puis ils se souvinrent qu'ils étaient jeunes et en bonne santé. Ils avaient de la chance et pas d'enfant à charge, ils avaient fait des études, étaient issus de la classe moyenne et vivaient malgré tout dans un pays où le chômage était pratiquement inconnu. Ce qui ne changeait rien au fait que tout leur était ouvert – ni à celui qu'ils avaient accompli une sacrée prouesse personnelle.

> Hitler est là. Il me salue comme un vieil ami. Et veille sur moi. Que je l'aime ! Quel homme ! Puis il prend la parole. Je me sens tout petit. Il m'offre une photo de lui. Avec ses salutations aux pays rhénans. *Heil Hitler !* Je veux qu'Hitler devienne mon ami. J'ai posé sa photo sur mon bureau.
>
> Extrait du journal intime de Joseph Göbbels

J'ai l'impression que c'est moins cher en faisant escale à Rome.

Tu rigoles ?

Pas du tout. Le billet coûte 77 329 couronnes par personne en passant par Copenhague et seulement 59 297 si on fait escale à Rome – il faut s'adresser à une agence de voyages et nous…

Qu'est-ce que c'est que ces conneries ? Et si nous allons… tiens, à Berlin et qu'ensuite nous prenons le train ?

Le train est nettement plus cher que l'avion.

Mais aussi beaucoup plus écologique, non ? Je croyais que le carburant était devenu inabordable.

Certes, mais le train est plus cher. J'ai vérifié.

Bon, dans ce cas.

Enfin, si tu me permets de terminer, tu vas voir à quel point ce truc est ridicule. Il s'agit d'un vol spécialement affrété pour Noël, d'un voyage organisé destiné aux petits vieux qui ont encore de l'argent. Ce qui signifie qu'on achète la globalité.

Vol plus voiture ?

Plus hébergement.

Pour une durée de deux mois ?

Non, seulement pour une semaine.

Mais nous restons deux mois à l'étranger.

Nous n'allons pas rester en Italie.

Je veux dire, les vols nous permettent-ils quand même de passer deux mois à l'étranger ?

Oui. Elle m'a dit que c'était le plus simple. D'acheter le tout et de modifier les dates du vol de retour.

Qui ça, elle ?
La fille de l'agence de voyages.
Ah, oui.

Le mot hébreu *chaï* חי signifie "vie". Il est constitué par les lettres "chet" et "youd". En numérologie juive, la première est considérée comme correspondant au chiffre huit et la seconde à dix. *Chaï* équivaut donc à dix-huit, qui est un nombre sacré. Les Juifs "donnent dix-huit" – à l'occasion des grandes fêtes, ils s'offrent des sommes qui peuvent se diviser par dix-huit, ce qui revient à donner la vie.

Le dix-huit est également un nombre sacré dans la numérologie des nazis. La branche terroriste de la guilde néonazie Sang et Honneur s'est baptisée Combat 18 – correspondant aux première et huitième lettres de l'alphabet latin.

1 : A(dolf)
8 : H(itler)
(Celle-là, vous ne l'attendiez pas !)

Nous pouvons parfaitement rester une semaine en Italie. Avec voiture et hébergement, puisqu'on paie pour ça.
Rome est hors de prix.
Pas si on n'y passe qu'une semaine. Nous prendrons nos repas à la maison et nous nous contenterons de visiter le Colisée de l'extérieur.
Et le Vatican, l'entrée est payante ?
Ce que tu peux être diablement catholique !
Je ne suis pas catholique. Je n'ai pas l'intention de demander une audience au pape. J'ai juste envie de voir la chapelle Sixtine.
Tu es une extrémiste religieuse en plein déni.
Je peux m'en passer si ça te pose problème.
Je te taquine.
C'est n'importe quoi. J'ai du mal à le croire.
Quoi donc ?
Que ça coûte moins cher d'aller en Lituanie en prenant un billet pour l'Italie, en louant une voiture et un hébergement.
C'est quand même super cher.
Ouais, si on compte en couronnes.
Saloperie de couronne islandaise !

Un jour, au temps du Troisième Reich, une femme a fait (avec le plus grand sérieux) une conférence où elle exposait ses échanges verbaux avec un chien qui avait croisé sa route. Le récit dont je dispose ne précise pas la race de l'animal, mais on peut imaginer qu'il s'agissait d'un berger allemand. En tout cas, tout porte à croire qu'il avait quelque chose de germanique.

Sauf que… Voici que la femme s'adresse à son auditoire en affirmant avoir posé à l'animal la question suivante : qui est Adolf Hitler ?, comme s'il n'y avait rien de plus naturel. Comme si les chiens savaient ce genre de chose. Comme si un être doté de parole pouvait ignorer (en 1939) qui était Adolf Hitler. Cet homme, qui venait d'être élu "homme de l'année" par le *Time Magazine*. Cela remonte à l'époque où les gens lisaient le *Time Magazine*, longtemps avant l'apparition d'Internet.

Et, bien évidemment, le chien (doté de parole) connaissait Adolf Hitler. Il avait donc fièrement répondu : *Mein Führer !*

Un homme se leva dans l'assistance et cria à la conférencière : Que signifient donc ces histoires à dormir debout ? Mais la femme, au moins aussi fière que le chien, rétorqua : cette bête géniale sait qu'Adolf Hitler a interdit les expériences sur les animaux et l'abattage rituel pratiqué par les Juifs et, pour témoigner sa reconnaissance, son petit cerveau a appris qu'Adolf Hitler est son Führer.

Un soir, juste après minuit, Omar fut pris de vomissements sur son lieu de travail. La chose se répéta le lendemain dans les bureaux de la RUV, la radiotélévision islandaise. S'il avait été Agnes, il aurait sans doute commencé par effectuer un test de grossesse (tous deux n'étant pas les individus les plus responsables du monde en termes de contraception). Mais puisqu'il ne pouvait pas s'agir de nausées matinales, lesquelles l'affligeaient d'ailleurs le matin et le soir, il alla directement consulter un médecin plutôt que de se rendre à la pharmacie. C'était le 30 novembre. Quatre jours plus tard, il devait s'envoler pour Rome avec Agnes.

Le médecin lui demanda s'il avait récemment séjourné à l'étranger en le regardant longuement dans les yeux, comme s'il craignait qu'Omar lui mente pendant la consultation.

Non, mais je dois quitter l'Islande d'ici quelques jours.

Le médecin hésita. Souffrez-vous de céphalées ? De fatigue ? D'étourdissements ?

Oui, enfin, je travaille comme un fou depuis plusieurs semaines. Je me disais que c'était sans doute l'explication.

Et vous n'avez vomi que deux fois ?

Oui, hier soir et ce matin.

Le médecin prit quelques notes, puis sortit un long coton-tige qu'il enfonça dans la bouche du patient. Il le passa sur ses gencives et le mit dans un sachet en plastique qu'il scella. Il attrapa un second coton-tige qu'il lui enfonça dans les narines. Le médecin ne disait rien et prit à pleines mains le front de son patient pour lui faire bouger la tête, comme si cette dernière était fixée à des gonds plutôt qu'à ses épaules.

Revenez me voir d'ici trois heures.

Hitler n'était pas un homme politique, mais un artiste touche-à-tout de génie, déclarait David Bowie accompagné par Mick Jagger (après avoir vu le film *Le Triomphe de la volonté* – je vous assure que je ne mens pas !). Quelle manipulation grandiose du spectateur, poursuivait Bowie. Les femmes voulaient l'avoir comme amant et les garçons avaient envie d'être comme lui. Jamais le monde ne reverra pareil spectacle. Il a fait de tout un pays son terrain de jeu personnel.

Omar quitta l'hôpital national de Landspitalinn, traversa l'ancien boulevard circulaire de Hringbraut et rejoignit la gare routière du BSI. Il commanda un *grand menu* qui incluait un café gratuit. Bien que sachant parfaitement ce qui ne tournait pas rond, l'idée de ne pas retourner à l'hôpital ne lui effleura pas l'esprit. C'était le bordel et il n'y avait aucun moyen d'arranger quoi que ce soit. Pourquoi fallait-il toujours que ça se passe comme ça ? C'était à se demander s'il n'était pas maudit. Pourquoi n'avait-il jamais droit au moindre répit ? Quelle merde !

Il sortit son portable pour contacter Agnes. On appela son nom depuis le comptoir. Son hamburger était prêt. Il alla le chercher, retourna s'asseoir, inspira profondément et croisa les mains. Sans doute avait-il l'air de dire son bénédicité. Peu importe. Il souffla, avala une frite et reprit son téléphone. N'ayant pas le courage d'appeler, il envoya un SMS.

Je ne viendrai sans doute pas en Lituanie. Je crois que j'ai attrapé la grippe porcine.

Vous ne me voyez pas tous, déclara Hitler au congrès du parti national-socialiste de 1936.

Et je ne vous vois pas tous.

Mais je sens votre présence.

Et vous sentez la mienne.

11

Nous étions ensemble depuis très peu de temps. Elle voulait me lire les lignes de la main. Elle a brièvement regardé ma paume, puis porté sa main droite à sa bouche. Tu n'as pas de ligne de vie! Et ça veut dire quoi? lui ai-je demandé. La pensée de n'avoir pas une chose que tout le monde avait me mettait rudement mal à l'aise. J'avais parfois envie d'être exceptionnel, mais la plupart du temps je préférais appartenir à un groupe. Agnes a éclaté de rire. Je rigole. Je ne sais pas lire les lignes de la main. J'ai laissé retomber mon bras. Parfois, je me demandais ce que mes collègues de travail pensaient. S'ils croyaient que j'allais revenir. Mais en général je ne pensais pas au boulot. Je n'allais pas vraiment quelque part. J'ai acheté un polo à manches courtes à Brno, mangé du kebab au poulet à Belgrade et à Bucarest et contemplé l'Adriatique entre l'Italie et l'Albanie. À Bolzano, je suis allé voir l'arc de triomphe construit par Mussolini en mémoire des victimes de la Grande Guerre. On y lit l'inscription suivante:

> *Hic patriae fines siste signa hinc ceteros*
> *excolvimvs lingva legebvs artibvs.*

J'ai immédiatement écrit la phrase dans mon statut Facebook, même si j'en ignorais la signification. Google Traduction me proposait: "Les frontières de ce pays, des panneaux d'arrêt sur l'autre! Compétences en lecture de langue paresseux." Mais le sens me semblait plutôt obscur. D'ailleurs, personne n'a mis de "like" à mon statut. J'ai mangé de la *pasta bolognese* à Bari, de la *pizza tropicana* à Florence. Des saucisses aux herbes à Saragosse et des gambas grillées à Marseille. L'écriteau à l'entrée d'Auschwitz avait été volé. Quelqu'un l'avait dérobé et scié en morceaux. Puis on l'avait retrouvé et restauré. Une réplique avait été posée à l'entrée du camp et l'original était conservé dans le musée – le conservateur avait renoncé au dernier moment à le remettre à sa place. Je le regardais, les yeux écarquillés, et je constatai, quoique néophyte, qu'il était en tous points semblable à la réplique accrochée à l'entrée du musée que j'avais si longuement détaillée quinze minutes auparavant. *Arbeit macht frei.* ("Le travail rend libre.") L'expression est empruntée au roman éponyme du philologue allemand Lorenz Diefenbach où il est question d'un petit délinquant désireux de racheter ses fautes, et qui apprend les bonnes manières par un travail acharné (soupir). (Soupir.) J'ai pris une photo de l'écriteau dans l'intention de la poster sur Facebook, mais je me suis ravisé au dernier moment. Je voulais exister, mais je préférais ne pas rappeler mon existence à autrui. La boucle supérieure du B d'*ARBEIT* était un peu plus large que la boucle inférieure, la lettre semblait être à l'envers. D'après les plus probables théories du complot (que j'ai trouvées sur Wikipédia grâce à mon téléphone), il s'agissait d'une intention délibérée des prisonniers (issus de la Résistance polonaise) qui avaient confectionné le panneau. C'était pour eux une manière d'indiquer que la promesse en question avait quelque chose de tordu, tout comme les camps – et qu'Adolf Hitler n'était ni l'homme charmant et honorable ni le sauveur du genre humain qu'il prétendait être. Peut-être le B défectueux de la réplique soulignait-il une chose tordue d'une autre nature que celui de l'original. Peut-être ce B n'indiquait-il que ça. Celui qui venait d'être restauré. Comme la vieille ville de Varsovie, une vieille ville entièrement ravagée par la guerre – ces bâtiments qui voulaient ressembler à ceux qui s'étaient autrefois élevés à cet endroit, mais n'étaient en réalité que leurs répliques. Cet écriteau ressemblait à une réplique de l'original. D'ailleurs, en soi, c'est ce qu'il était. J'ai posé ma main sur mes cuisses. Mes doigts, mes phalanges, ma ligne de vie et tout ça. Brusquement il m'est venu à l'idée que, peut-être, Agnes avait emménagé chez Arnor après mon départ. J'avais incendié notre maison et Agnes n'avait plus de toit. C'était l'hypothèse la plus probable. Et peut-être qu'elle avait finalement fait ça avec lui, même si elle ne l'avait pas fait avant. Avec l'anneau pénien. Ou sans. Même s'ils n'avaient jamais. Enfin, là, ils avaient sûrement. Il fallait s'en douter. J'aurais dû le prévoir.

Évidemment, il fallait bien qu'elle puisse. Enfin, vous voyez. Dormir quelque part. Évidemment, il fallait qu'elle puisse. C'était une femme majeure et vaccinée. Avec l'anneau pénien. Ou même sans. C'était normal. Je me persuadais que j'étais fort. Que j'étais libre. Mais au bout du compte, je n'étais qu'un minable. Trop minable pour regarder la réalité en face et voir à quel point j'étais minable. Au bout du compte. Je regardai ma main puissante. Elle mentait avec autant d'aplomb que tout le reste. Le monde n'était qu'une interminable illusion. Tout le monde m'en voulait. Constamment. Ça ne pouvait pas continuer comme ça. Pourquoi ne pouvais-je pas tout bêtement rentrer chez moi ? Je me souvins alors que, justement, je n'avais plus de chez-moi. Oscillant entre ma conviction quant à ma propre force et mon désespoir face à mes incapacités, je me demandais laquelle de ces deux choses reflétait le plus fidèlement la réalité de ma situation : le découragement ou la pugnacité ? Étais-je un héros qui s'apprêtait à triompher du monde, un héros victime d'une crise d'identité passagère, ou un pauvre type qui sombrait par intermittence dans la mégalomanie afin de pouvoir continuer à vivre ? En l'absence de rêves, nous nous pendrions tous dès demain matin, c'est évident. En tout cas, nous ne retournerions jamais au travail. Nous ne prendrions jamais aucun train. *Für Frieden, Freiheit und Demokratie.* "Pour la paix, la liberté et la démocratie." *Nie wieder Faschismus.* "Plus jamais le fascisme." *Millionen Tote mahnen.* "Souvenez-vous des millions de morts." J'ai longuement regardé l'écriteau devant la maternité qui a vu naître Hitler à Braunau am Inn en m'interrogeant sur tous ces textes. Tous ces slogans qui vont et viennent. Tuons les Juifs. Ne tuons pas les Juifs. Sus au fascisme. Vivons sans tabac. Ici se sont produits les Beatles. Ici reposait Rudolf Hess. À bas le fascisme. À bas l'Europe. Herbert est une ordure. Aveugle est l'homme sans livres. Ici, Stauffenberg a tenté d'assassiner Hitler. *Einstein wore Khakis.* "Einstein s'habillait en treillis." Berlin – 423 kilomètres. Ne pas remettre au lendemain ce qu'on peut faire le jour même. J'étais parfois persuadé que les autres profitaient de mon humilité pour s'en prendre à moi. Quand je me sentais fort, je me disais que ceux qui m'attaquaient étaient des misérables sans âme et j'avais pitié d'eux.

Fort de ma modestie qui ne connaissait presque aucune limite, je voulais leur ouvrir mes bras et déposer des baisers sur leurs blessures.

12

La plupart des “Histoires de l’humanité” traitant du XXe siècle sont empreintes d’une tendance à la déification des chars d’assaut mêlée à une forme d’admiration voilée face à l’ampleur des atrocités commises lors des deux conflits mondiaux, sans parler des autres horreurs qui ont ponctué ce grand “siècle de progrès”. D’une part, elles développent d’interminables descriptions du matériel d’armement, avec une certaine prédilection pour les panzers, et exposent le détail des avancées dans la conception des engins de mort. Apologie à tendance perverse – culte des objets tout à fait classique. D’autre part, la moindre évocation de toutes les victimes est nimbée d’admiration – toutes ces âmes que nous feignons de regretter. On annonce six, dix-sept, quarante-cinq, quatre-vingts millions de morts, disparus dans les tranchées, les génocides, les explosions atomiques et les goulags – et tout cela nous donne simultanément vertige, érection et nausée.

Tu…

Oui, je…

Aïe.

Putain, c’est nul.

Mais toi, tu dois…

Je sais.

Tu ne peux pas…

Il y a deux ans que je ne les ai pas vus.

Je sais.

Et on a déjà payé les billets.

Je sais.

Où prévois-tu d’habiter ?

Je n’en sais rien. Je n’ai pas envie de me retrouver chez papa et maman. Ça me gênerait vraiment.

Arrête donc ! Ce sont tes parents.

Je me débrouillerai.

Ce n'est pas comme s'ils s'étaient remis en couple pour t'héberger.

Je me débrouillerai.

Ouais, ouais.

J'ai des amis.

Des amis ? Pourquoi je ne les ai pas rencontrés ?

Bon, ok. Je n'en ai pas tant que ça. Pas à Reykjavik.

Je vais voir si tu ne pourrais pas emménager dans la maison. Bien sûr, elle est complètement vide et, dans ce cas, il faudra que je loue une camionnette pour débarrasser notre remise…

Tu ne devrais pas plutôt faire tes bagages ?

… au cas où tu pourrais emménager là-bas.

Tu pars après-demain. Tu n'as pas le temps de t'occuper de tout ça.

Et qui s'en occupera ? Tu refuses de voir tes parents, tu n'as pas vraiment d'amis…

Je rigolais. J'ai des amis. Des copains de la fac de lettres. Halldor par exemple. Et aussi Disa. Et je ne déteste pas mon père et ma mère.

Qui sont Halldor et Disa ?

Je viens de te le dire. On était à la fac de lettres ensemble. Ils m'aideront à déménager. Enfin, si c'est possible.

Ouais, d'accord.

Sinon, je devrai aller chez mes parents. Ce serait vraiment pénible, mais c'est peut-être la seule solution.

Ok.

Toi, tu vas à Jurbarkas, mais tu fais attention à ne pas dépenser tout l'argent. Je vais voir si je peux modifier mon billet d'avion. C'est sans doute payant, mais j'espère pouvoir te rejoindre après Noël.

Pourquoi ne m'as-tu jamais présenté tes copains de fac ?

Et toi, pourquoi ne m'as-tu jamais présenté tes copains, toi non plus ?

Je n'en sais rien.

Moi non plus.

Je sais que ce n'est pas très drôle de lire tout ça, mais ce n'est pas une raison pour vous aviser de baisser les bras. C'est important. C'est à vous que nous parlons.

Agnes alla chercher la voiture de location et resta trois quarts d'heure sur le parking avant de démarrer. L'employé qui lui avait remis le véhicule était venu la voir deux fois pour s'assurer que tout allait bien. *Si, si,* avait-elle répondu. *Stanno tutti bene.* Elle se rappelait cette phrase, qu'elle avait entendue toute petite dans une publicité pour le football italien. *Stanno tutti bene.* "Tout le monde va bien." Peut-être était-ce aussi le titre d'un film. L'employé avait secoué la tête et tourné les talons.

Elle s'efforçait de faire le point. À quoi allait-elle s'occuper toute seule à Rome pendant une semaine ? En fin de compte, elle avait bien envie de demander audience au pape. Il lui donnerait peut-être des idées. Le pape. Le pape Ratzi. Le cardinal Panzer. Le rottweiler de Dieu. Il avait également fait partie des Jeunesses hitlériennes. Certes, on ne lui avait pas demandé son avis. Mais quand même. Les Jeunesses hitlériennes. Le visage d'Agnes s'empourpra rien qu'à cette idée.

C'était le 3 décembre. Il y avait de la neige et la température était de moins cinq degrés. Elle avait froid aux fesses. Elle se décida enfin à démarrer la voiture et entra l'adresse dans le GPS. Puis elle quitta le parking. La maison qu'elle avait louée se trouvait dans la bourgade de Genzano sur le mont Cavo, à environ une heure de route de l'aéroport. Elle prit à peine le temps de déposer sa valise, puis sortit pour chercher un magasin d'alimentation d'où elle rapporta des yaourts, des fruits, du café, des pâtes (des penne rigate), du pesto et des morceaux de poulet marinés dans de l'ail.

Elle fit couler un bain et pleura jusqu'au repas du soir.

Les Allemands ont perdu la guerre, or trente ans plus tard ils étaient l'une des nations les plus riches et les plus puissantes du monde.

Les Japonais ont eux aussi perdu la guerre, et il en allé pour eux comme pour les Allemands.

Évidemment, personne n'est sorti de la guerre aussi mal en point que les Juifs. Et sans vouloir alimenter les théories néonazies quant au complot des enfants d'Israël visant à prendre le pouvoir sur le monde, il faut noter qu'ils semblent plutôt bien tirer leur épingle du jeu étant donné la situation. Je parle évidemment là des Juifs et non des néonazis.

Agnes fixait l'écran blanc de son ordinateur portable. La température était de dix-huit degrés, le soleil brillait, elle s'était installée sur le balcon, en petite culotte pour tout vêtement. Deux jours plus tôt, il y avait eu de la neige, mais aujourd'hui, il faisait dix-huit degrés. Les dieux devaient être tombés sur la tête.

Elle n'avait toujours pas écrit le moindre mot. Elle fronçait les sourcils en fixant l'écran, comme si, pour peu qu'elle se concentre suffisamment, les lettres allaient apparaître d'elles-mêmes. Elle essuya la transpiration sous ses seins, passa une main dans ses cheveux secs et brûlants de soleil, puis ferma les yeux. Dix-huit degrés à Rome. On était en décembre, c'était l'hiver, dix-huit degrés, ça ne faisait pas tant que ça et pourtant, elle avait l'impression d'étouffer. Quand elle baissait les yeux sur la rue en contrebas, elle apercevait les Italiens qui allaient et venaient le long des rues et sur les places – vias et piazzas – emmitouflés dans leurs anoraks et leurs imperméables. Ils auraient tout aussi bien pu se trouver à Selfoss. Quant à elle, vêtue d'une petite culotte qui devait peser deux grammes, une bière glacée coincée entre les cuisses, une tapette à mouches dans une main et massant ses glandes sudoripares de l'autre, elle aurait pu se croire en Grèce au moins de juillet. Il était midi et elle n'avait pas encore bu son café. Il faisait trop chaud pour ça.

Elle fixait l'écran vide de son ordinateur.

Personne ne saurait douter des prouesses accomplies dans ce domaine au cours du XXe siècle, des progrès voient constamment le jour en science de la guerre – cela ne vaut pas que pour le XXe siècle, c'était vrai avant et ça l'est encore après. Mais peut-être serait-on dans l'erreur ou, disons, dans l'inexactitude si on omettait de mentionner les morts et de décrire les chars d'assaut en long et en large, s'agissant du XXe siècle. Évidemment, l'admiration n'occupe pas le premier plan des traités d'histoire, on la dissimule soigneusement derrière une douleur empreinte de dignité – l'idée n'est sûrement pas de se repaître ou de s'extasier face à cette longue tragédie, mais plutôt d'admirer les belles photos, le papier glacé, la puissance de la langue, le format imposant de l'ouvrage et la qualité du travail de recherche. Cela dit, le culte du travail bien fait finit par contaminer le produit lui-même, cette histoire de l'humanité, et voilà tout à coup l'Holocauste transformé en une réalité parallèle et merveilleuse, comparable à celle de Narnia ou de Nangijala.

Deux ans et demi plus tôt, lorsqu'elle avait choisi son sujet de mémoire, il était d'actualité. D'une actualité brûlante. Bouillonnante. Au début, les mots qu'elle avait écrits étaient le présent, le présent qui hurlait, qui saignait – nos espoirs et nos attentes opposés aux inévitables déceptions. Ô, présent ! Une recherche sur le racisme populiste en Islande mise en perspective avec d'autres travaux sur les mouvements comparables dans le reste de l'Europe.

En quelques années, un grand nombre d'étrangers – Polonais, Lituaniens, Thaïlandais, Philippins et autres – s'étaient installés dans un pays qui n'avait pour ainsi dire connu aucune immigration depuis que des hommes du Nord en avaient pris possession, accompagnés par leurs esclaves irlandais (si on fait abstraction de l'armée américaine et de quelques marins qui dérivèrent jusqu'en Islande après la fin du Moyen Âge – comme les Basques, qui furent d'ailleurs tous assassinés par une population locale sanguinaire et imbécile lors de l'épisode connu sous le nom d'Assassinat des Espagnols).

Comme j'aurais aimé être un survivant d'Auschwitz, pense le gamin pendant le cours d'histoire. *Dans ce temps-là, les gens ne jetaient pas la nourriture*, s'agace la mère en proie à la culpabilité tandis qu'elle vide les restes de l'assiette dans l'évier avant de la placer dans le lave-vaisselle. *Hitler n'était sûrement pas un enfant de chœur, mais diable, qu'il a été malin d'incendier le Reichstag*, déclare un type qui a reçu le livre en cadeau de Noël. *Et il faut reconnaître qu'il a jugulé l'inflation.*

Quant à nous, nous vomissons et nous ouvrons de grands yeux admiratifs.

Incroyable !

Suite aux investissements démesurés dans toute l'industrie, l'Islande se retrouva brusquement avec un pourcentage d'immigrés comparable à celui du Danemark – et chacun d'entre eux appartenait à la première génération. L'hiver précédent, Jon Magnusson, avocat à la Cour suprême et député du Parti libéral avait publié son fameux article "L'Islande aux Islandais?" et, à la même époque, Agnes était passée devant un restaurant kebab qui venait d'ouvrir à Reykjavik, établissement dont la devanture avait été taguée d'une croix gammée. La publication de l'article attira les foudres des médias sur la branche xénophobe du Parti libéral – jusque-là surtout spécialisé dans les questions concernant la pêche à la morue. Vidar Helgi Göbbelsson (autrement dit, fils de Göbbels) avait pris la tête des Jeunesses libérales et n'hésitait pas à établir un lien entre les immigrés et les "viols organisés", l'"esclavage moderne", la "traite d'êtres humains" et la "recrudescence de la tuberculose" sans parler du fait qu'il exigeait que les nouveaux arrivants soient inscrits à des cours d'"enseignement national" – on se demande encore ce qu'il entendait par là. Les législatives eurent lieu au printemps – pour la première fois, un député immigré était élu au Parlement et, pendant quelque temps, un certain nombre de gens débattirent hystériquement afin de savoir si ce Paul Nikolov, émissaire de l'hégémonie américaine, maîtrisait ou non la sublime langue des sagas. Chacun avait son opinion sur la question même si tous pouvaient constater qu'il ne parlait islandais *qu'avec un accent*. Puis Johanna Sigurdardottir, fraîchement nommée ministre des Affaires sociales, décida que jusqu'en 2009 les Bulgares et les Roumains ne pourraient pas venir s'installer en Islande en toute liberté, comme pouvaient le faire les autres ressortissants de l'Espace économique européen ou de l'Union européenne. (Johanna a ensuite prolongé le délai jusqu'en 2012 – mais c'est justement à ce moment-là qu'est prévue la fin du monde, à en croire les théories d'Hollywood sur le calendrier Maya et, par conséquent, cela compte pour du beurre.)

Le carnaval des Juifs s'appelle Pourim. Il est célébré le 14 Adar en souvenir du jour où la reine Esther et son cousin ont sauvé les enfants d'Israël de l'extermination en Perse, comme il est relaté dans le Livre d'Esther (où voulez-vous que ce soit d'autre ?). Le jour de Pourim, on mange, on boit, on se réjouit et on porte toutes sortes de déguisements : couronnes et chapeaux de bouffon, nez de clown, perruques, breloques et babioles. Pendant les célébrations solennelles de cette fête à Tel Aviv en 1935, les participants ont transformé les chars de fête en panzers et ont eux-mêmes revêtu des uniformes nazis. Ils brandissaient un grand mannequin habillé en SS et portant l'inscription : "Tous les Juifs doivent mourir." Et ils ont traversé la ville au pas de l'oie en criant des hourras et des *Heil Hitler !*

L'été suivant, un groupe d'accordéonistes tziganes arriva en Islande pour jouer dans le centre-ville de Reykjavik dans l'espoir de recevoir de la menue monnaie – mais ils furent expulsés par la police, sans même que l'événement soit consigné dans les registres de la justice, lors du grand ménage en prévision du Festival des arts de Reykjavik, lequel commençait quelques jours plus tard par le concert de Goran Bregovic. Dans toute l'Islande, les vendeurs de rue furent expulsés – avec leurs tableaux représentant des fleurs étrangères et leurs bijoux de pacotille en zircon. L'Association des musulmans d'Islande avait (des années et des années plus tôt) sollicité l'attribution d'un terrain pour bâtir une mosquée, mais le dossier était resté coincé quelque part dans la bureaucratie municipale des plus hésitantes alors qu'au même moment les entrepreneurs érigeaient des immeubles partout en ville et que les hommes d'affaires organisaient la démolition des vieilles bâtisses du centre-ville afin de pouvoir construire des palais de verre toujours plus nombreux. Les deux attentats terroristes commis à Londres à la fin du mois de juin provoquèrent chez les blogueurs islandais une crise d'hystérie qui dura quelques semaines. À l'automne, on réédita le "livre pour enfants" intitulé *Dix petits nègres* (en toute innocence) publié pour la première fois en Islande en 1922 et accompagné d'illustrations "classiques" de l'artiste Mugg. Voilà qui déclencha une seconde tempête dans la blogosphère.

Tout cela constituait une manne pour le mémoire d'Agnes et les propos plus ou moins croustillants tenus aussi bien par de parfaits inconnus que par de respectables journalistes, des papes de la culture et des politiciens s'amoncelaient à une telle vitesse que la jeune femme avait à peine le temps de suivre et de prendre des notes.

Puis, Ayaan Hirsi Ali fut invité au Festival littéraire de Reykjavik et apprit aux Islandais que la culture occidentale était supérieure à la culture orientale – que la culture musulmane était une culture de Hottentots ou de bachi-bouzouks. Le début de l'année 2008 vit la fondation de la section islandaise de la ligue raciste internationale Sang et Honneur – Combat 18. Leurs actions violentes et organisées passèrent inaperçues et, même si on entendait parfois parler d'étrangers agressés par des Islandais, la presse ne semblait pas s'y intéresser, ce qui compliquait la tâche d'Agnes qui peinait à se tenir au courant. Au printemps, Magnus Thor Hafsteinsson, le maire de la petite ville d'Akranes, s'opposa à l'accueil de trente Palestiniens venus des camps de réfugiés en Irak, des mères célibataires et leurs enfants, prétextant que la municipalité devait surtout s'employer à épuiser les listes d'attente pour les logements sociaux. Pendant presque deux ans, il ne fut pratiquement question que des étrangers en Islande, des musulmans en Europe, des Tziganes et des Roms, des ressortissants d'Europe de l'Est et d'autres cynocéphales minables et malappris.

C'était véritablement une période faste.

"Nous n'avons aucune raison de désespérer", déclara Albert Einstein aux journalistes, quelque temps après le succès des nazis aux élections de 1930 – en deux ans, ces derniers étaient passés de 2,6 % des suffrages à 18,3 %. "Le vote en faveur d'Hitler n'est qu'un symptôme, et pas forcément un signe d'antisémitisme. Il indique bien plus des difficultés passagères dues à une situation économique déplorable et à un fort taux de chômage chez les jeunes Allemands qui se sentent perdus. Pendant l'affaire Dreyfus qui a secoué la France à une époque bien plus périlleuse que la nôtre, la plupart des Français étaient activement antisémites. J'espère que dès que la situation s'arrangera, la nation allemande se montrera plus clairvoyante."

Albert avait toujours été considéré comme un homme raisonnable et c'est encore le cas aujourd'hui.

Au fil de l'année 2008, on assista peu à peu à un apaisement du "débat", puisque c'était ainsi qu'on nommait cette incapacité à construire une discussion fondée sur l'intelligence et la raison. Dès le début de l'année, une étoile filante tomba du ciel : le cours de la monnaie nationale fluctua subitement, et tout l'été les informations économiques occupèrent le premier plan. L'Islande ne pouvait-elle accueillir un peu plus encore de grosse industrie gourmande en énergie ? Dans quelle mesure la baisse du cours de la couronne profitait-elle à la pêche ? Que se passait-il dans les banques islandaises ? En octobre, on comprit ce qui arrivait aux banques, comme chacun sait aujourd'hui – elles firent faillite les unes après les autres, déclenchant une crise majeure.

La crise.

Brusquement, on avait l'impression que les étrangers n'existaient plus qu'en tant que protecteurs, conseillers et assistants : le Fonds monétaire international, l'Union européenne et Joseph Stiglitz, Eva Joly, Noam Chomsky, Yoko Ono, Hardt & Negri, David Lynch, le dalaï-lama et Dieu seul sait le nom que portaient tous ces gens adorables qui venaient visiter le pays pour sauver les Islandais (à propos, où était donc Bob Geldof ?).

Nous ne savions pas, proclamaient les pancartes sorties par les Allemands dans les rues et sur les places les journées qui suivirent la fin de la guerre. C'était clair et net : *Nous ne savions pas*. La formule ne précisait pas la nature de ce qui avait échappé à leur attention. Le monde, la guerre, le nazisme. La phrase était dénuée de complément d'objet. Les Allemands ne clamaient pas leur innocence, du reste ça n'aurait pas servi à grand-chose, ils étaient vaincus. Ils déclaraient une ignorance qui n'avait aucune limite : *Nous ne savions pas*. Suite et fin. Nous ne savions pas l'heure qu'il était, à quel moment le jour se levait, à quel moment il finissait, à quel moment les fleurs fleurissaient, comment la musique naissait, pourquoi le ciel était bleu ou encore ce qu'étaient devenus tous ces gens. Simplement, nous ne savions pas.

Agnes était certaine qu'en cas de crise les étrangers seraient les premiers à en faire les frais. "Si nous sommes racistes à ce point alors que nous avons les poches pleines, je vous laisse imaginer la situation si nous étions pauvres. Or, tôt ou tard, nous le serons. Attendez et vous verrez ça."

Elle s'était trompée. Quand la crise frappa, ni les ouvriers polonais employés du bâtiment ni les Thaïlandaises qui travaillaient dans les conserveries de poisson ne furent en butte à la colère des gens. Ils ne s'en prenaient même pas aux dealers lituaniens ou aux putes estoniennes. Leur colère visait les cols blancs islandais de sexe masculin – politiques et hommes d'affaires. Les ennemis de prédilection des populistes : l'*élite*. Ces hommes de pouvoir dégénérés qui agissent dans l'ombre, se situent aux antipodes de tout ce qu'on nomme "bien et honnête", mais avant tout sont l'exact contraire des citoyens "normaux".

Le Parti libéral s'évapora en même temps que les étrangers. Avec la disparition de la formation politique, la passion d'Agnes pour la cause des immigrés s'émoussa. Jour après jour, elle fixait son écran sans écrire un seul mot. En dehors d'Arnor – qu'elle voyait une fois par semaine – elle n'avait interviewé que quatre ou cinq personnes au cours de l'hiver. Elle avait interrogé un homme politique dans un café. Et ces discussions tournaient autour de la crise bien plus que du populisme ou de la xénophobie. La seule chose qu'elle ait vraiment faite était de se plonger dans des questions d'ordre économique et juridique. La garantie du taux de change par l'État et les emprunts en devises étrangères. Les actions entreprises par la Banque d'Islande au cours des semaines qui avaient précédé l'effondrement de l'économie. Elle cessa même d'accumuler les livres. Chaque jour, elle se rendait à la Bibliothèque nationale, s'enfermait dans son bureau et bayait aux corneilles ou traînait sur le Net. Elle montait à l'étage où se trouvait le bureau d'Arnor et disait salut ! Jetait à nouveau un coup d'œil sur Internet, allait chercher un café. Lorsque l'envie subite l'avait prise d'aller voir ses parents en Lituanie (et de travailler comme une esclave pour payer le voyage), c'était l'occasion idéale pour mettre son mémoire de côté sans éprouver aucune culpabilité. En outre, elle voulait absolument quitter un peu l'Islande, s'arracher à cette crise qui envahissait tout et influait sur le mode de pensée de chacun. Ce discours économique et juridique qu'on entendait partout. Elle avait besoin de se reposer, non de la soif que les gens avaient de justice, mais de leur besoin d'obtenir des explications – et de toutes ces paroles qui leur semblaient nécessaires pour trouver un embryon de justice dans ce monde.

Et là, elle était assise en slip sur un balcon dans un village tout près de Rome. C'était l'hiver et elle fixait l'écran de son ordinateur. Elle pensait à ces discours économiques et juridiques, et à son petit ami – qui, seul en Islande, allongé dans un lit, terrassé par la grippe porcine, ne répondait pas à ses SMS.

Il nous semble aujourd'hui improbable que les Allemands n'aient rien su. Et leurs déclarations nous paraissent risibles. Comment est-il possible que tout un peuple n'ait pas vu que l'État assassinait des millions de gens ?

Puis nous nous souvenons… euh… tenez, l'Irak : peut-être bien six cent cinquante mille morts depuis l'invasion de juin 2006 – nous ne le savons pas.

Et la première guerre en Irak : environ cent mille morts en quelques semaines – environ, grosso modo, nous ne le savons pas.

Et l'embargo contre l'Irak : environ un million et demi de victimes en vingt ans, principalement des enfants – les chiffres sont sans doute exagérés, disent certains, mais d'autres affirment que c'est un minimum. Quoi qu'il en soit, nous ne le savons pas.

Et la guerre civile qui a suivi l'invasion : environ trois cent mille morts jusqu'en 2008, à peu près, mais bien sûr, nous ne le savons pas exactement.

Aujourd'hui encore, des gens meurent en Irak sans que personne ait la moindre idée de leur nombre. On tient une comptabilité précise de ceux qui meurent de *notre côté* (Lituaniens : 1, Islandais : 0), mais personne ne compte les morts irakiens. D'ailleurs, comme le disait un jour un chanteur pop islandais, les gens qui confondent des serviettes de bain avec des couvre-chefs ont évidemment un problème.

Le soleil disparut dans l'après-midi : Agnes eut tout à coup très froid et fut prise d'un accès de pudeur. Quand la température chuta, elle comprit brusquement que ce n'était pas la même chose d'être seins nus sur une plage d'Ibiza ou sur ce balcon de Genzano. Ici, d'autres règles s'appliquaient. Saisie d'un frisson, elle se réfugia à l'intérieur, son portable sur les bras. Elle était assise là, seins nus, depuis plus de trois heures et avait passé tout ce temps à fixer son document Word désespérément vide. Elle se demandait vraiment si elle ne perdait pas la boule.

Au tout début de la crise, la vie était devenue un véritable tourbillon. Tout le monde paraissait plus vivant qu'avant. Les gens vibraient plus intensément. Ils montraient plus de tendresse et d'amour. Ils étaient plus beaux. Mais un an plus tard, le soufflé était retombé. Cette société semblait n'avoir fleuri que pour se faner aussitôt. Le nouveau gouvernement était aussi inutile et désespérant que le précédent, le débat public était aussi stérile (et stupide) qu'il l'avait toujours été et la nouvelle Islande aussi lamentable que l'ancienne. Il n'y avait rien d'autre à faire que de fixer le vide en espérant qu'un jour cela prenne fin. En espérant que bientôt la télé passerait un truc intéressant. Que bientôt on pourrait à nouveau s'engouer pour un machin super génial qui permettrait enfin d'oublier tous ces trucs emmerdants.

Quand Adorno déclare qu'il est barbare d'écrire un poème après Auschwitz, ce n'est pas parce que la beauté est vanité au sein d'un monde de laideur, pas non plus parce que les hommes ne méritent pas de se divertir ou de se reposer dans l'art de l'agitation quotidienne – mais au contraire parce qu'Adorno (et avec lui le monde) a un instant mesuré à quel point la vérité de l'art est à la fois manipulable et manipulatrice. La beauté est assassine. L'art tue. L'artiste autrichien féru de performances s'est emparé de l'esthétique en repoussant ses limites jusqu'à l'extrême, ce qui s'est soldé par le plus grand bain de sang qu'a connu l'humanité. Écrire un poème était barbare depuis toujours – mais jusqu'à l'Holocauste, nous pouvions nous permettre de nier cette vérité. Nous pouvions fermer les yeux en feignant de croire que la fascination pour la beauté n'avait rien de commun avec le désir de mort. Mais depuis Auschwitz il en va autrement. Et il en sera ainsi jusqu'au moment où nous aurons à nouveau oublié.

Agnes alla prendre une autre bière. Omar lui manquait. Putain, quelle merde ! Elle aurait voulu n'être jamais partie. Évidemment, elle aurait dû rester auprès de son petit ami pour veiller sur lui. Elle ne savait même pas s'il était sorti de l'hôpital. Ni si, finalement, il avait pu emménager dans leur future maison – les anciens propriétaires hésitaient et avaient promis d'appeler le jeune homme dès qu'ils auraient pris leur décision. Et de toute façon, qu'allait-il faire, tout seul, dans cette maison ? L'air et la pluie s'infiltraient par les fenêtres et toutes les planches qui la constituaient craquaient à chaque bourrasque. Seins nus devant sa bière, comme si la vie se résumait à un luxe permanent, Agnes se sentait minable.

Les nazis commencèrent par éliminer les handicapés. Parents, tuteurs, frères et sœurs s'insurgèrent, écrivirent aux journaux et téléphonèrent aux dignitaires. N'assassinez pas nos enfants, disaient-ils, ne tuez pas nos frères et sœurs. Les camps d'extermination des handicapés furent fermés.

Quand les nazis entreprirent d'exterminer les Juifs, le peuple put feindre d'ignorer la chose, justement parce que Juifs et Allemands constituaient deux sociétés séparées. Les parents et les tuteurs, les frères et les sœurs étaient précisément confrontés à la même situation que les enfants qui seraient assassinés. Ils étaient membres de leurs sociétés propres, lesquelles furent entièrement supprimées. Le plus important était que ceux qui se ressemblaient soient tous du même côté de la clôture.

L'intérêt (pour ainsi dire) envahissant qu'Agnes manifestait pour la Seconde Guerre mondiale et/ou l'Holocauste était né le jour où son grand-père l'avait giflée. Du coup, on se croirait plongés dans la lecture d'un manuel de psychologie. Ou d'un roman de formation du XIXe siècle.

Cela remontait à 1987. Agnes avait alors huit ans. Elle avait accompagné ses parents à Jurbarkas (le fait qu'on ait fui le communisme ne signifie pas qu'on n'ait pas le droit à une petite visite par-ci par-là). Elle ne maîtrisait pas assez le lituanien pour comprendre tout ce qui se passait autour d'elle. Dans sa petite enfance, on conseillait aux parents de ne pas embrouiller les enfants en leur parlant plusieurs langues et, dès que Dalia et Kestutis avaient acquis une connaissance suffisante de l'islandais, ils avaient cessé de s'adresser à elle en lituanien, même s'ils continuaient de parler cette langue entre eux. Dalia avait vite appris, mais Kestutis continuait de faire des fautes – et quand Agnes discutait avec eux, elle employait un islandais correct avec sa mère et un islandais fautif avec son père. Il arrivait même qu'elle traduise à l'un ce que disait l'autre.

Henrikas Zibovas était le père de Dalia. Sa femme, la grand-mère d'Agnes, Sara Zuboviéne (née Banai), était juive et ses deux parents avaient été assassinés par les nazis l'été 1941. En tout cas, c'était ce qu'on affirmait officiellement, même si la réalité était un peu plus complexe et déplaisante (vous avez peut-être gardé en mémoire que c'est Vilhelmas qui a tué Izsak – patience, je vous raconterai ça plus tard!). Elle avait fui au moment de l'invasion allemande, était revenue après la guerre et avait épousé Henrikas, un catholique. Jamais ils n'évoquaient cette guerre – même lorsque leur fille avait épousé le garçon Lukauskas dont le père et l'oncle s'étaient volontairement engagés au côté des nazis.

Sara Zuboviéne faisait partie des huit Juifs vivant à Jurbarkas en 1979. À sa mort, en 1999, elle était la seule. Elle ne pratiquait plus sa religion depuis bien longtemps, mais il demeurait qu'elle était la dernière Juive de Jurbarkas, comme le mentionnaient douloureusement certains, parlant à sa place, bien que ce titre l'ait toujours mise mal à l'aise.

Et tout cela s'accorde parfaitement à l'essence paradoxale du fascisme. Les nazis étaient de fervents passéistes, mais ils étaient également fascinés par le progrès technique, ils étaient à la fois musique moderne et rétrograde, à la fois nature et acier, à la fois extermination systématique et assassinats de masse chaotiques, ils administraient des médicaments homéopathiques d'une main et gazaient de l'autre, se plongeaient dans l'étude de l'astrologie et de la tactique militaire, la numérologie et la graphologie – ils étaient à la fois un parti de droite et de gauche. Et c'est justement en cela qu'ils nous fascinent – que nous sommes fascinés par leurs résultats terrifiants. Comment est-ce possible? Quelle énergie, quels meneurs d'hommes, quel courage!

Quelle horreur, je t'aime!

Agnes ignorait tout des Juifs. Elle avait entendu le mot, mais ne le reliait à aucune réalité. Elle était assise à la table de sa grand-mère et de son grand-père à Jurbarkas et les adultes discutaient des Juifs en lituanien. *Zydai.* Brusquement, elle s'était mise à gigoter sur sa chaise, tenant absolument à s'inviter dans la conversation.

Vous savez, dit-elle dans son lituanien plus qu'approximatif. Vous savez… euh…

Les adultes continuèrent de discuter comme si de rien n'était.

Vous savez… euh… enfin… combien on peut faire entrer… euh…

Personne ne l'écoutait.

… de… Juifs dans une Volkswagen ?

Le silence s'abattit sur la tablée. Kestutis regarda Agnes qui souriait de toutes ses dents. Enfin, quelqu'un s'intéressait un peu à elle. Que dis-tu ? demanda-t-il.

Deux à l'avant, deux à l'arrière et six millions dans…

C'est le message de ce livre. Nous sommes le message de ce livre. Je m'efforce d'aller au cœur d'un certain nombre de choses. N'oublions pas Hiroshima, Auschwitz, Guernica, Pearl Harbour et Dresde.

Si la Seconde Guerre mondiale nous a enseigné quelque chose, elle nous a appris l'oubli. À oublier de ne pas oublier. À ne pas oublier d'oublier de ne pas oublier. À ne pas laisser retomber la pâte.

Agnes n'a jamais achevé sa blague. Henrikas s'est levé pour lui donner une gifle monumentale et elle est tombée de sa chaise. Kestutis a empoigné son beau-père et les deux hommes se sont retrouvés à se battre par terre. Agnes hurlait si fort qu'elle avait l'impression que ses tempes gonflaient comme des balles de golf. Puis elle s'est enfuie en courant vers la forêt et n'est rentrée qu'après minuit. On l'a cherchée partout pendant des heures.

Bien plus tard, elle comprit que, sans doute, ses parents étaient presque ivres morts, de même que ses grands-parents. Cette plaisanterie plus que déplacée apprise dans une cour de récré en Islande aurait connu un tout autre sort si quelqu'un avait accordé à la gamine qu'elle était alors ne serait-ce qu'une once d'attention. De préférence avant qu'elle ne commence à raconter cette histoire sur l'Holocauste.

Agnes se souvint tout à coup qu'elle n'avait jamais demandé aux adultes de quoi ils avaient parlé ce jour-là. Sans doute tout le monde l'avait-il oublié.

En 1938, Adolf Hitler voulut "unir l'Allemagne". Les frontières, surtout celles de l'est, étaient plus floues que celles de bien des pays – quantité d'Allemands vivaient ailleurs qu'en Allemagne. Il y avait tout d'abord les Sudètes en Tchécoslovaquie, mais aussi l'Alsace-Lorraine, la partie nord du Schleswig, Gdansk et le couloir du même nom, le Steiermark, le Sud-Tyrol, la Prusse occidentale, la Haute-Silésie, Posen, Eupen-Malmedy, la Sarre, l'ensemble de l'Autriche, la région de Memel (Klaipeda) en Lituanie – en fait, je pourrais continuer jusqu'à demain à énumérer les contrées où vivaient des *Volksdeutscher*, majoritaires ou minoritaires, car ces territoires s'étendaient jusqu'au détroit du Bosphore, à la Géorgie et à l'Azerbaïdjan. Hitler ne mentait pas quand il affirmait que les minorités germanophones étaient opprimées dans les pays voisins. Les Allemands avaient mis l'Europe à feu et à sang pendant la Grande Guerre et, un peu partout, on les regardait de travers quand on ne les humiliait pas tout simplement. En outre, le nationalisme et les dictatures fascistes se développaient aussi ailleurs qu'en Allemagne – en Lituanie, les fascistes étaient au pouvoir depuis 1926.

Au collège, Agnes ingurgitait avec passion tout ce qui concernait la Seconde Guerre mondiale. Et, si quelqu'un s'apprêtait à lui faire du mal ou à lui adresser une remarque quelconque, elle ne tardait pas à se mettre à hurler à l'intéressé(e) qu'il ou elle n'était qu'une saloperie de raclure de raciste syphilitique et morveuse qui léchait le cul d'Hitler.

Agnes était une enfant fort mal embouchée.

À quatorze ans, elle fut exclue du collège pendant une semaine pour avoir dessiné une croix gammée sur la porte du bureau du professeur d'allemand. En réalité, le prof en question était surtout le prof principal de la classe de sixième

– mais il enseignait aussi l'allemand comme option aux troisièmes. Or, lorsque Agnes était âgée de quatorze ans, cela suffisait à la mettre hors d'elle.

Les exigences des nazis allemands concernant le rattachement des territoires dont une partie de la population était germanophone à la Grande Allemagne n'étaient pas toutes justifiées car ces territoires abritaient également des populations polonaises, lituaniennes, françaises, italiennes – et certains Autrichiens considéraient n'avoir rien en commun avec les Allemands. Mais ces exigences n'étaient pas entièrement déplacées non plus – les frontières européennes fluctuaient depuis longtemps et il n'y avait aucune raison de croire qu'elles étaient tout à coup immuables ; l'État-nation lui-même, l'idée envisageant la nation comme une entité naturelle vivant sur un territoire aux frontières précises, était né seulement un siècle et demi plus tôt. Les nations auxquelles les Allemands avaient l'habitude de se "comparer" possédaient toutes des colonies, des garde-mangers, un espace vital, un *Lebensraum*.

Tout changea au lycée. Non que son intérêt pour la Seconde Guerre mondiale se soit émoussé – loin de là –, mais elle mit entre parenthèses sa mauvaise humeur et eut bientôt un peu plus de plomb dans la tête. En réalité, elle acquit une sacrée dose de plomb dans la tête puisqu'elle faillit, à quelques dixièmes près, sortir première de sa promotion. Mais, surtout, elle cessa de mépriser les autres et n'eut plus l'impression que chacun avait quelque chose à cacher. Elle cessa de confondre gentillesse et fausseté et, même si elle ne s'entendait pas avec tout le monde – c'est le moins qu'on puisse dire –, la haine qui l'habitait disparut peu à peu quand les hormones sexuelles cessèrent de la travailler à la fin de l'adolescence.

L'erreur tactique commise par Hitler ne fut pas de mener des campagnes militaires en décrétant que tout ce qu'il convoitait lui appartenait. Son erreur consista à le faire dans sa propre arrière-cour – en s'attaquant à des Blancs civilisés. Les Français et les Anglais possédaient des colonies chez les

Hottentots : Français et Anglais savaient qu'on a le droit de s'en prendre aux bachi-bouzouks. Les premiers avaient jeté leur dévolu sur une bonne partie de l'Afrique du Nord et de l'Ouest entre 1881 et le début de la Grande Guerre, tandis que les seconds possédaient l'Afrique orientale et l'Afrique du Sud – sans mentionner l'Inde et divers petits pays disséminés çà et là.

Mais ces braves gens étaient *profondément choqués* de voir comment Hitler se comportait avec les Polonais. Ce que ces simples d'esprit avaient tant de mal à saisir, c'était qu'aux yeux d'Hitler, les Slaves, comme les Juifs, ne valaient pas mieux que les nègres, les Tziganes et tous ces autres sauvages.

Les parents d'Agnes voulurent rentrer en Lituanie dès la chute du communisme. Alors âgée de dix ans, leur fille fréquentait l'école de Hjallaskoli où elle avait tous ses amis, établissement à mille lieues de Jurbarkas. Ils décidèrent donc d'attendre. Au départ, l'idée était de rentrer au pays dès qu'Agnes aurait terminé le collège. Mais elle refusa de quitter l'Islande. Kestutis et Dalia ne repartirent donc qu'en 1999, date à laquelle leur fille devenue adulte passa son bac à MR, le lycée le plus prestigieux de Reykjavik.

Agnes vivait seule. Pendant un an, elle travailla dans un bar et sortit faire la fête tous les week-ends. L'année suivante, elle se rendit à Jurbarkas et profita des services de l'hôtel Maman tout en se plaignant constamment et en regrettant ses amis. Juste avant l'attentat contre les tours jumelles de New York, en 2001, elle reprit l'avion pour Reykjavik et s'inscrivit en faculté de psychologie à l'université d'Islande. Elle ne passa aucun examen, ni avant Noël ni au printemps. L'hiver 2002-2003, elle travailla dans un café et sortit s'amuser le week-end. Quand elle ne dépensait pas son argent à boire dans les bars, elle s'offrait des voyages à l'étranger – Berlin au début de l'automne, Barcelone à Noël, Copenhague à Pâques et Édimbourg en été. Quand elle voulut reprendre ses études à l'automne 2003, elle croulait sous les dettes. En plus de devoir la majeure partie des voyages (sur sa facture VISA), il fallait qu'elle rembourse son découvert depuis l'époque où elle avait été inscrite en fac de psycho et elle ne pouvait pas prétendre à un prêt d'études (n'ayant passé aucun examen).

Au lieu de retourner à la fac, elle travailla à nouveau dans un bar, dans une maison de retraite, fit le ménage dans des bureaux du centre-ville et ne s'autorisa aucune sortie le weekend avant d'avoir tout remboursé. À l'automne 2004, elle s'inscrivit à la faculté d'histoire et trouva enfin un petit ami (cela dura six mois, il s'appelait Högni, était spécialiste en connerie humaine et salopard de profession, comme elle le comprit plus tard). Mais elle s'épanouissait dans ses études.

Les années précédant la guerre, une censure impitoyable sévissait en Allemagne. Un certain nombre de comiques prirent l'habitude de commencer leurs spectacles en restant assis quelques minutes au centre de la scène, un bâillon sur la bouche. Puis ils se levaient et allaient en coulisses. Le présentateur revenait sur scène et informait le public que la partie politique de la soirée étant terminée, le divertissement allait débuter.

Enfin, le divertissement va commencer.

13

À bord des trains, des bus et des bateaux, je consultais le profil Facebook d'Agnes. Elle n'avait pas écrit de nouveau statut depuis des semaines. Il lui arrivait de mettre des "likes" à certaines photos ou de les commenter. *Waouh, super photo!* Ou encore: *Il n'était pas au lycée avec nous, celui-là?* Elle n'avait accepté aucun nouvel ami ni partagé aucun lien. Ne s'était jamais exprimée sans avoir été sollicitée. Elle devait quand même bien faire quelque chose. Je me contentais d'attendre qu'elle s'enregistre comme *célibataire*. Jamais je n'avais été méchant avec elle. Jamais je ne lui avais rien fait. Toute mon agressivité était – pour ainsi dire – passive. Y compris quand je m'étais laissé pousser une moustache à la Hitler. Quand j'avais essayé de la mettre en colère, de la provoquer. J'ai attendu qu'elle envoie les premières salves, qu'elle me crache des insultes à la figure. Parce que, malgré tout, je me refusais à lui faire payer les frais de ma colère. Quoi qu'il advienne. Et les rares fois où j'ai dérogé à cette ligne de conduite, je lui ai ensuite présenté d'interminables excuses. À Graz, j'ai visité l'église où se mêlent néogothique et baroque – la *Stadtpfarrkirche zum Heiligen Blut*. Je me suis attardé quelques instants au pied du retable de l'autel qui montrait Hitler et Mussolini assis sur un balcon, assistant au spectacle de la populace malmenant le Christ. Je me suis demandé pourquoi, au lieu de rester plantés là avec leur rictus imbécile, ils ne participaient pas à ces violences. On eût dit que l'artiste tenait absolument à souligner que non seulement ils étaient sans cœur, mais également stupides et fainéants. Puis j'ai pensé au Christ et à ceux qui l'ont torturé et je me suis souvenu que, pendant bien longtemps, les Chrétiens ont cru que les Juifs avaient tué Jésus. Je me suis demandé s'il fallait voir dans la figure des deux dictateurs des représentants du fascisme assistant à l'assassinat du Christ par les Juifs. Où diable cet artiste voulait-il en venir avec cette interprétation, était-elle du reste volontaire ? Les nazis avaient sans doute estampillé ses œuvres comme de l'art dégénéré. Bref, évidemment, la vie avec moi était insupportable. Je le comprenais enfin. Évidemment, Agnes a dû en avoir sa claque d'être confrontée à ce vide qui me constitue, marre de frapper à ma porte, d'ouvrir et de plonger son regard dans l'abîme. Pour peu qu'elle m'ait effectivement aimé, elle ne pouvait que m'adresser des reproches. Ressentir de la honte. Tout comme on a honte d'apprécier la lecture d'un mauvais livre ou de regarder un feuilleton inepte à la télé. J'étais un ersatz d'homme. Une imitation. Un pâle succédané. Je n'étais peut-être pas minable au point que personne ne puisse m'aimer. Mais personne n'aurait reconnu éprouver ce genre de sentiment à mon égard sans fondre en larmes. Cela dit, si jusque-là je n'avais pas été un homme, je l'étais désormais devenu. Ici, je n'avais besoin de plaire à personne. Je n'avais pas besoin de marcher discrètement sur la pointe des pieds autour de quiconque pour ne pas déranger et je ne devais aucune excuse à qui que ce soit. Je n'avais rien que mes souvenirs. Les Juifs ? Devais-je présenter mes excuses aux Juifs ? Et qu'en était-il de tous les autres ? L'Europe était un immense cimetière. On avait jeté quelques pelletées de terre sur les abris, les tranchées et les charniers. Je ne devais rien à personne. Et si la paix qui régnait en ce moment se voyait rompue, c'était justement parce que les gens de mon espèce s'imaginent qu'elle est éternelle. Ensuite, j'ai fondu vers le sud de l'Europe et vers Albufeira – j'ai contemplé les vestiges de l'*Estado Novo*, les discothèques et les plages –, j'en ai eu assez de fondre et de suer et je suis reparti vers le nord. Il faisait une chaleur à crever. J'avais visité tous les principaux monuments, ruines et hauts lieux du fascisme européen, mangé plus qu'à satiété tous les produits qu'on trouve entre ciel et terre et je ne savais vraiment plus que faire de moi – à part continuer de suer et boire des litres de café. Sans parler du fait que j'étais sans doute fauché depuis belle lurette. Pour l'instant, ma carte de crédit fonctionnait encore, elle continuait de se laisser encaisser à tout-va par Pierre, Paul et Jacques. J'étais surpris à chaque fois qu'on me tendait une tasse de café, un billet de train ou un truc à manger. J'avais lu quelque part que l'argent était une forme de religion et il fallait peut-être prendre Kierkegaard au mot, se jeter à corps perdu, armé d'une foi aveugle, dans le tumulte du monde et le laisser veiller sur le reste. Si vous avez foi en la carte, la carte a foi en vous. J'ai acheté des poires, des bananes et du yaourt à Hambourg, un sandwich au poulet et un café dans un 7-Eleven d'Århus, un hot-dog à la française à Copenhague, des nouilles au wok à Malmö, du pain suédois avec du jambon et du concombre à Göteborg, j'ai mangé dans un Subway à Oslo et dans un McDonald's à Trondheim. Si vous croyez au pouvoir de la carte, la carte croit en vous. Découragé par le froid du septentrion, j'ai repris la route du sud. Partout, les nazis avaient bâti des tartes à la crème pour commémorer leurs exploits. Des tartes à la crème et des arcs de triomphe qui scintillaient au soleil. J'ajustais mes lunettes noires, je plissais les yeux et je me grattais la nuque. Ici, quelqu'un s'était arrêté pour dire : ce ridicule amas de béton marque un pas dans l'histoire de l'humanité. Dans l'unique but de souligner à quel point l'histoire de l'humanité est chiante et les pas qui la composent entièrement vains. À quoi ces gens s'étaient-ils donc attendus ? *Un Reich de mille ans ?* – vous ne voulez pas plutôt nous fusiller tout de suite ? Peut-être tirais-je ma nouvelle force du fait que je pouvais me lever n'importe quand et n'importe où pour m'en aller sans avoir l'impression de trahir ni d'abandonner qui que ce soit. Laisser mon sandwich à peine entamé sur la table d'un café, descendre à la gare routière ou ferroviaire et sauter dans le premier train. N'être ensuite jamais forcé de rester dans la voiture ou dans le bus plus longtemps que je n'en avais envie et pouvoir descendre n'importe où. Peut-être étais-je incapable de m'épanouir en dehors de cette liberté, tout comme certaines fleurs ne survivent qu'au grand air ou certains animaux dépérissent dès qu'on les met en cage. Si tel était le cas, Agnes m'avait rendu le plus grand service de ma vie en m'étant infidèle. C'est à cause de cet événement que j'avais pu quitter Reykjavik, certain de ne manquer à personne. Partir sans regret. Parcourir l'Europe sans que quiconque puisse me reprocher mon absence – enfin le monde allait reconnaître qu'il se fichait de moi, que je ne lui étais d'aucune utilité et que, par conséquent, j'étais libre.

14

L'enfance d'Agnes avait été bercée par Hofi et Jon Pall. La première était si belle, le second si fort. Elle était discrète et il était plein de vie. Elle était tout innocence et lui, honnête et droit. Elle était fine et élégante et lui, grand et costaud. Tous deux avaient les cheveux blonds et les yeux bleus, elle ressemblait à un ange et lui, à un Viking. Ils étaient tellement parfaits. Par comparaison, la Lituanie était pitoyable. Les Lituaniens ne participèrent au concours de l'homme le plus fort du monde – dominé par l'Islandais Jon Pall pendant des décennies – qu'après qu'Agnes avait passé son bac et, à l'été 2009, ils remportèrent enfin le titre. À cette époque-là, Agnes ne s'intéressait plus du tout à cette compétition.

Les concours de beauté étaient, quant à eux, interdits en Union soviétique. Tout ce qui touchait à la Lituanie semblait nul et plat. On avait pitié de ce pauvre pays tandis qu'en Islande, l'homme le plus fort du monde et la femme la plus belle de l'univers étaient omniprésents – ils faisaient des pubs pour la boisson fruitée Svala, pour la *bande anti-tabac* et pour tout ce qui était pur et bon, sans oublier l'Islande elle-même. Mais surtout, ils étaient vertueux. Hofi refusa de devenir hôtesse de l'air et, dès qu'elle se fut acquittée de ses obligations en tant que Miss Monde, elle reprit son emploi à la crèche où elle continua d'exercer sa profession d'assistante maternelle. Aux dernières nouvelles, elle y travaille toujours.

Au fait, on ne parlait pas de l'Holocauste? Mais où est donc passé l'Holocauste?

En décembre 1941, les nazis, prétextant le manque d'espace, ont ordonné que vingt mille Juifs du ghetto de Lodz soient envoyés au camp d'extermination de Chelmno où ils furent gazés au monoxyde de carbone. Leur départ fut en partie fixé sur pellicule.

Agnes écrivit une demi-page où elle s'efforçait de se situer par rapport au concept de nationalité. De se définir en tant qu'Islandaise. Elle s'interrogeait sur son statut : était-elle une immigrée de la seconde génération de Lituaniens en Islande ou faisait-elle partie de la première génération islandaise originaire de Lituanie ? Il pleuvait, le temps s'était brusquement refroidi depuis la veille. Elle s'était couverte : vêtue d'un jean et d'un pull blanc d'été, elle essayait de se rappeler les publicités où apparaissaient Hofi et Jon Pall. Le souvenir qu'elle avait conservé d'eux, c'étaient ces pubs. Elle avait encore en mémoire celles pour le jus de fruits Svala et la *bande antitabac* – à moins que ce n'ait été celle pour les champions du monde de la ligue B de hand-ball ? Elle se souvint alors brusquement de Bogdan Kowalczyk. L'entraîneur polonais de l'équipe nationale en 1989, l'année où l'Islande avait remporté la coupe du monde en ligue B. En ligue B ? Agnes ne voyait pas trop de quoi il s'agissait, en tout cas la formulation ne sonnait pas aussi bien qu'elle aurait dû sonner.

Pour la deuxième fois en peu de temps, les Juifs de Lodz firent leurs valises et se préparèrent à partir. On les rassembla en une longue file pour les faire monter dans des wagons qui les emmenèrent vers les camps. En quittant le ghetto, ils passaient devant les caméras nazies qui les filmaient. La plupart étaient éreintés. La vie dans les pays conquis par le Troisième Reich était loin d'être agréable et les conditions s'étaient largement dégradées depuis qu'on les avait enfermés dans ce ghetto qui devenait de plus en plus invivable à cause des brimades et exigences du roi Chaim et d'une population qui croissait constamment au fur et à mesure que le Troisième Reich avançait vers l'est. Ils étaient affamés, d'ailleurs il n'y avait presque rien à manger. Ils étaient éreintés, après leurs journées de travail interminables. C'était une vie de misère comme en attestent nombre de documents, il serait inutile de tout énumérer ici. Si vous avez envie de comprendre un peu mieux l'atmosphère, vous n'avez qu'à regarder *La Liste de Schindler*, de Steven Spielberg. L'œuvre est en noir et blanc, comme les films tournés par les nazis (même si ce ne sont pas les nazis qui ont fait le film dont je vous parle).

Ex-champion de hand-ball originaire de Pologne, Bogdan Kowalczyk faisait partie de cette bande de jeunes Islandais exemplaires – même s'il avait quelques défauts. Autant qu'Agnes se souvienne, Bogdan n'avait fait aucune publicité pour Svala. Il fumait comme un pompier et avait surtout la réputation d'être méchant avec "nos petits gars". Enfin, ce n'était pas le mot, on ne disait pas : méchant. On parlait plutôt de discipline de fer. Les Islandais étaient des enfants de la nature et, afin de dompter toutes ces forces naturelles (qui provenaient des volcans, des vents, des glaciers et de l'océan), il avait fallu chercher quelqu'un jusqu'à Varsovie. Il fallait un homme capable de se mettre en colère. Très, très en colère. Un homme capable d'en imposer à ces enfants de la nature et de les transformer en véritables guerriers. Il fallait la discipline des pays situés derrière le rideau de fer.

Cela dit, ce n'était pas si grave que Bogdan s'emporte car il parlait un islandais bizarre. Et même s'il était très en colère, il ne s'emportait jamais assez pour n'être pas également risible. On l'imitait dans toutes les cafétérias des usines et entreprises du pays. Les comiques s'en donnaient à cœur joie avec lui pendant les fêtes annuelles et on avait même vu quelqu'un l'imiter poussivement dans un talk-show à la télé : *Entretien avec Hemmi Gunn*. Mais, évidemment, tout cela était seulement pour rire.

Bogdan Kowalczyk était ce qu'Agnes avait trouvé de plus approchant comme représentant de l'image du Lituanien en Islande, même s'il était polonais. Aujourd'hui, elle aurait peut-être pu se comparer à Dorrit Moussaieff, la femme du président, même si, là encore, cette dernière était d'origine juive et non lituanienne. Or cette idée ne lui venait que maintenant. Jusque-là, elle n'avait jamais établi aucun lien entre sa personne et celle de Bogdan ni de Dorrit. Pendant son enfance, Bogdan représentait l'étranger bizarre, incapable de parler correctement l'islandais. Tout comme les parents d'Agnes. Et comme Dorrit aujourd'hui. "Le plus meilleur pays du monde", disait l'épouse du président. Enfin bref. À la chute du communisme, Bogdan repartit en Pologne, chez lui.

Comme les parents d'Agnes. Il repartit dès l'année suivante alors que les parents de la jeune femme attendirent presque une décennie. Mais tout de même. Plus Agnes réfléchissait, plus elle se disait qu'elle avait peut-être plus de points communs avec Bogdan qu'avec Hofi ou Jon Pall.

Cela dit, ces considérations n'avaient pas leur place dans son mémoire.

Le roi Chaim était le chef du ghetto de Lodz. Les nazis lui faisaient confiance. Sans doute pensaient-ils que les Juifs seraient plus dociles sous l'autorité d'autres Juifs ou peut-être voyaient-ils quelque chose de poétique à confier à l'un d'eux l'organisation de la dictature dans ses propres rangs. Les nazis y voyaient une confirmation de ce qu'ils avaient toujours soutenu sur la nature traîtresse des Juifs, et ils s'en réjouissaient. Le roi Chaim pensait que les Juifs seraient plus nombreux à avoir la vie sauve s'il les faisait travailler comme des bêtes de somme – s'ils parvenaient à acquérir une certaine valeur aux yeux des nazis, ils échapperaient à l'extermination. On n'abat pas la vache à lait, dit le proverbe. Et dans une certaine mesure, il avait raison. Parmi tous les ghettos existants, le ghetto de Lodz fut celui où l'extermination des Juifs fut la plus âprement discutée et la plus souvent retardée.

Mais ce jour-là, vingt mille d'entre eux furent envoyés à Chelmno.

Agnes se réveilla en sursaut. Elle avait oublié son rêve, mais conservait la sensation d'être surveillée. Elle sortit du lit pour aller aux toilettes faire pipi. Cette impression était insupportable. Il lui semblait que des yeux perçaient un trou derrière son dos ; pourtant, derrière elle, il n'y avait que l'abattant des toilettes. Elle s'essuya, tira la chasse, puis alla fermer la porte à l'aide de la putain – c'est comme ça qu'on appelle cette barre transversale en islandais, franchement quel genre de nation faut-il être pour utiliser le même mot pour un type de fermeture et une prostituée ? Elle regarda par le judas, ferma la porte du balcon, puis se recoucha. Elle se sentait mal. Qu'avait-elle donc rêvé ? Quelque chose qui lui avait communiqué un sentiment d'insécurité. Et même si elle savait que ce n'était qu'un rêve, elle ne parvenait pas à s'en débarrasser.

Il était six heures.

Elle resta allongée une petite heure encore, mais ne se sentit pas mieux et décida de se lever pour essayer de travailler un peu.

Trois petits garçons âgés d'environ huit ans passaient devant les caméras des nazis, n'imaginant pas une seconde que ces derniers les envoyaient à la mort. Les gamins s'arrêtaient, regardaient droit vers la lentille et affichaient leur plus beau sourire, comme les gens qui se tiennent derrière les journalistes dans les rues passantes et adressent des signes aux spectateurs installés dans leurs salons. Ils étaient là et souriaient, permettant au monde de les regarder une dernière fois, puis détalaient en riant et allaient rejoindre leurs parents.

Les Lituaniens étaient voleurs. Ils passaient de la drogue en Islande et violaient les femmes. Ça n'avait pas toujours été le cas, mais c'était ainsi qu'ils étaient perçus deux ans plus tôt, à l'époque où Agnes avait commencé la rédaction de son mémoire. Lorsqu'elle était petite, l'Islande comptait peut-être entre cinq et dix Lituaniens, en plus de ses parents. Ils se retrouvaient parfois pour célébrer la fête nationale – les premières années, ils commémoraient l'ancienne version de cette fête, le 16 février (c'était le jour où la république de Lituanie avait été fondée, en 1918) ; et après 1991, ils se retrouvaient pour célébrer la nouvelle version, le 11 mars, mais ils ne tardèrent pas à fêter les deux dates. S'ils invitaient les Estoniens et les Lettons, ils étaient en tout une trentaine. Un jour, ils furent honorés par la visite de Jon Baldvin Hannibalsson, qui fut le premier parmi tous les ministres des Affaires étrangères de la planète à reconnaître l'indépendance des pays baltes. Certains pensèrent qu'il avait sacrément tendance à lever le coude et d'autres le trouvèrent un peu hautain, mais personne ne le critiqua jamais à voix haute. Tout au long des années quatre-vingt-dix, il égalait presque Dieu le Père aux yeux de la communauté lituanienne d'Islande.

C'est agréable de se savoir filmé par une caméra. On est heureux que d'autres nous accordent leur attention. On se perçoit comme important. Quelqu'un nous considère comme assez intéressant pour avoir envie de nous revoir à sa guise tant qu'il y aura de la vie sur la terre comme au ciel. On entrevoit la parcelle d'éternité qui nous habite. Il y a, de l'autre côté de la caméra, quelque chose d'immense et d'incompréhensible. Quelque chose de divin.

Je laisse cette trace. Quoi qu'il advienne, je serai là, souriant devant les caméras des nazis. Je sais que vous me regardez. Je sais que vous m'observez.

Et moi, me voici là, occupé à regarder une fois encore – constamment – ces trois petits garçons qui sourient pour la dernière fois. Comme si c'était moi, et non eux, qui étais leur fantôme.

Le nombre de Lituaniens en Islande fit un bond au début du second millénaire. D'après les documents officiels, ils étaient quinze en l'an 2000. Trois ans plus tard, on atteignait le nombre de deux cent cinquante-quatre. L'année suivante, la Lituanie avait pleinement rejoint l'Union européenne et ses ressortissants pouvaient voyager et travailler partout à leur guise. Aujourd'hui, ils étaient environ mille cinq cents, soit 0,5 % de la population islandaise. L'équivalent d'une petite ville. Brusquement, les Lituaniens firent la une de l'actualité. Les Islandais, qui ne leur avaient témoigné aucune marque d'intérêt depuis l'époque où ils s'étaient autofélicités d'avoir reconnu en premier l'indépendance de la République balte, s'intéressèrent tout à coup de très près aux Lituaniens. Ces derniers brisaient des genoux, se déplaçaient en bandes organisées et pillaient les magasins. Ils forçaient des jeunes gens irréprochables à leur servir de mules pour passer de la drogue, vivaient par dizaines dans de petits appartements, buvaient, se droguaient et se battaient, au grand dam des honnêtes gens. Et ils faisaient venir de force en Islande des prostituées complètement camées qui ne savaient même pas à quel endroit du monde elles se trouvaient. Bientôt, il fut presque impossible d'ouvrir un journal sans y trouver un rapport concernant la "mafia lituanienne".

Mais si on interrogeait l'homme de la rue sur l'écrivain Balys Sruoga, la poétesse Salomeju Néris, le plasticien Jurgis Maciunas, l'actrice hollywoodienne Ingeborga Dapkunaité, le peintre Sarunas Sauka, le violoniste Jascha Heifetz ou le mathématicien Jonas Kubilius, originaire d'un village situé dans les environs de Jurbarkas, sans parler du sculpteur Vincas Grybas, originaire de Jurbarkas et tué par les nazis – tout cela ne disait rien à personne. On n'écrivait rien sur ces braves gens. En revanche, on aurait sans doute trouvé des oreilles réceptives si on avait déclaré qu'Hannibal Lecter avait une origine lituanienne. Non qu'il ait réellement existé. D'ailleurs, qu'importe.

Agnes ouvrit son ordinateur et comprit que toutes ces réflexions n'entraient pas dans le cadre de son mémoire. Hannibal Lecter ? Balys Sruoga ? Tout le monde s'en fichait comme de sa première chemise !

Les nazis incarcéraient également les simples d'esprit, les stérilisaient et les tuaient (*lamentable*).

Afin de déterminer ceux qui étaient simples d'esprit et ceux qui ne l'étaient pas, ils conçurent un bref questionnaire. Où habitez-vous, quel est le nom de notre capitale, qui était Luther, qui a découvert l'Amérique, que fête-t-on à Noël et combien de jours y a-t-il dans une semaine ? Et ainsi de suite. L'examen consistait en un oral où le jury évaluait les capacités intellectuelles du simple d'esprit. Il devait principalement s'attacher à observer : son comportement pendant l'examen, son maintien corporel, son regard, ses attitudes, sa voix, sa prononciation, la structure de ses phrases, la rapidité de ses réponses et de ses réactions, l'aptitude à s'impliquer dans la conversation.

Agnes était blessée par ces histoires. Par la manière dont on désignait quelques Lituaniens, impliquant que tous étaient des salauds. Elle s'agaçait de voir que jamais on ne parlait de pédophiles "islandais", d'encaisseurs "islandais" ou de violeurs "islandais". Mais ce qui la choquait le plus était qu'on transformait l'ensemble des Lituaniens en une masse anonyme et sans visage de gens malintentionnés. Les Islandais, même délinquants, avaient au moins un nom, ils étaient quelque chose. Ils étaient Lalli John, petit délinquant. Annthor Karlsson, encaisseur. Steingrimur Njalsson, pédophile. Bjarki Mar, violeur. Franklin Steiner, dealeur. Les Lituaniens étaient simplement : le Lituanien. Les deux Lituaniens. Les cinq

Lituaniens. Les neuf Lituaniens. Les quatorze Lituaniens. Et ils habitaient tous peu ou prou dans le même appartement, entassés les uns sur les autres et ce, même si c'étaient des criminels d'envergure internationale qui importaient quotidiennement de la drogue, des putes et des armes pour des millions de couronnes. Où était donc Vytautas, le petit délinquant boute-en-train ? Rolandas, le gentleman encaisseur ? Et Raimondas, le maquereau au grand cœur ?

Erwin Ammann était un jeune homme âgé de vingt-deux ans, interné dans un asile du Tyrol. Il répondit correctement à la plupart des questions du test d'intelligence. Il nomma son village et sa région d'origine, récita la liste des jours de la semaine à une vitesse normale ainsi que celle des mois (à l'endroit et à l'envers). Il connaissait la capitale de l'Allemagne et de la France ainsi que Christophe Colomb, Luther et Bismarck et savait à quoi correspondaient Noël et Pâques. Quand on l'interrogea sur le parti au pouvoir en Allemagne, il répondit : "Le national-socialisme, il a créé le Troisième Reich."

Mais bien qu'Erwin Ammann ait répondu avec précision et rapidité, le jury lui trouva un air affreusement idiot. Erwin Ammann échoua donc au test et fut stérilisé.

Dans l'esprit d'Agnes, le pire était que tout cela était vrai. Les accusations étaient fondées. Apparemment. Ces hommes avaient sans doute violé, volé, battu des gens – et peut-être pire encore. Cela dit, ils n'étaient pas les seuls, pensait-elle, or les autres, c'est-à-dire les Islandais, n'étaient pas spécialement montrés du doigt – et surtout ces derniers n'avaient pas attendu l'aide des étrangers pour commettre viols et violences. Les Islandais avaient toujours été capables de violer ou de battre les leurs. Étaient-ce là les fameux emplois dont les populistes redoutaient tant que les étrangers viennent les voler aux nationaux ?

Agnes savait que c'était son amertume qui s'exprimait là, mais elle s'en fichait complètement.

Et, évidemment, c'était la principale raison d'être de son mémoire que de prévenir la montée de la xénophobie en prenant de la hauteur par rapport à la société. Comme si, en analysant ces méfaits, elle parvenait à annuler sa propre nationalité et à se dégager de la responsabilité (partagée) que la presse semblait vouloir lui mettre sur le dos. Ainsi, elle ne serait plus une tête sans visage au sein d'un amas anonyme de Lituaniens. Lituanien numéro 8. Lituanienne numéro 27 ou encore 1589.

Or son mémoire ne portait pas sur les Lituaniens, mais sur les populistes.

Les Tziganes. Pardonnez-moi, les Roms, les Sintis et tous les autres. Si je disposais d'un meilleur terme générique qui ne blesse ni ne mette personne à l'écart, je l'utiliserais. Nous l'utiliserions. Contentons-nous de dire que j'utilise le concept Tzigane avec le plus grand respect.

Les Tziganes. Nous pouvons tenter de dire la chose suivante :

Proportionnellement, autant de Tziganes que de Juifs ont péri pendant l'Holocauste.

Agnes s'endormit rapidement après le dîner et se réveilla donc à trois heures du matin. Il faisait nuit noire et la température avoisinait zéro degré. Elle n'avait toujours pas visité le Colisée ni sollicité d'audience auprès du pape. Elle ne s'était pas même offert une pizza, absorbée qu'elle était par son unique activité consistant à fixer l'écran vide. Par moments, elle rédigeait une page ou deux, mais les supprimait du texte principal et les copiait dans un autre fichier. Du reste, ces divagations n'avaient pas leur place dans un mémoire de mastère en histoire.

Elle relut son préambule.

> Je compte mener une étude du populisme de droite dans le monde politique islandais en établissant des comparaisons avec des courants semblables dans l'univers politique européen. Je mettrai particulièrement l'accent sur les écrits de Cas Mudde (Mudde, 2007) et sur les théories de Pierre Bourdieu concernant l'*habitus*.

Ensuite venait une longue liste des *théories précises* sur lesquelles elle prévoyait de fonder son analyse, celles qu'elle écartait et pourquoi, les courants dominants dans ce type de recherches en Europe, la manière dont elle constituerait son corpus, la nature dudit corpus et enfin la façon dont elle transformerait tout ce matériau en un travail de recherche exceptionnel et sublime qui deviendrait le divin mémoire de mastère d'Agnes Lukauskaite. Cela représentait une centaine de pages qu'elle avait mis un an et demi à organiser et à rédiger, en comptant quelques interruptions. Elle avait lu plusieurs dizaines d'ouvrages et des centaines de mémoires, consacré quatre mois à éplucher la presse islandaise en quête d'informations et d'articles concernant la position des partis politiques et de toutes sortes d'associations islandaises à propos de : a) les immigrés ; b) l'élite ; c) les entreprises et institutions étrangères ; d) le système de protection sociale, thèmes qu'elle considérait comme étant le terrain de prédilection des partis populistes. Personne ne s'étonnera d'apprendre que le Parti libéral occupait (pratiquement) le devant de la scène.

Puis vint la crise.

Et les élections.

Et désormais, le Parti libéral appartenait au passé. Désormais, toute précision quant à cette formation politique n'avait qu'une valeur "scientifique" et sa place était dans les manuels scolaires – lesquels n'avaient rien à voir avec l'Histoire vivante et actuelle qui passionnait Agnes. Elle voulait s'impliquer dans le réel, influer sur le cours des événements. Si la Lituanie n'avait pas subi l'occupation soviétique pendant quarante-cinq ans, elle aurait sans doute revendiqué le titre d'historienne marxiste. C'est d'ailleurs en soi ce qu'elle était, même si elle ne pouvait pas le dire à haute voix sans avoir l'ensemble du goulag sur la conscience. Jamais elle n'avait eu l'intention de prendre des photographies du passé – elle n'avait rien à voir avec ce genre d'historiens. La recherche et la science devaient influer sur le réel et non se contenter de le décrire.

Voyons : *Proportionnellement, autant de Tziganes que de Juifs ont péri pendant l'Holocauste.*

C'est une de ces choses qu'on entend parfois – elle n'est pas dite à la légère, ce sont des scientifiques respectés et des spécialistes de l'Holocauste qui l'avancent. On n'a cependant aucun moyen d'être affirmatif. Il existe quantité de recherches et de théories quant au nombre de Juifs qui ont péri dans l'Holocauste – les chiffres oscillent entre un peu plus de cinq millions et six millions. Nous connaissons le nom d'environ trois millions d'entre eux et la marge d'erreur est de sept cent mille victimes. Ce qui fait un certain nombre de gens – deux fois la population de l'Islande, deux fois celle de Kaunas. En revanche, quand il est question des Tziganes exterminés par les nazis, les chiffres oscillent entre quatre-vingt-dix mille et un million et demi, soit une marge d'erreur de 1,41 million. Plus de quatre fois la population de l'Islande, quatre fois celle de Kaunas.

Elle se disait que même s'il était trop tard pour abattre le Parti libéral qui s'était autodétruit, on pouvait envisager son mémoire comme une manière de parabole décrivant un enfer contre lequel il fallait à tout prix se prémunir. Tôt ou tard, les populistes se manifesteraient à nouveau. Et là, son mémoire existerait. Telle une formule magique contre les préjugés et les imbéciles. À réciter deux fois par jour, le ventre vide, pendant deux semaines.

Elle n'avait toutefois aucune envie d'écrire sur un mouvement politique défunt. Dans ce cas, autant s'amuser un peu et rédiger un putain de mémoire de plus sur les panzers pendant la Seconde Guerre mondiale ou sur la dégénérescence de la Révolution française.

C'est à ce moment-là qu'elle avait commencé à discuter avec Arnor. Son thème de recherche évoluait. Elle avait envie d'écrire sur l'extrême droite, plutôt que sur les racistes et les populistes. Écrire sur des gens qui ressemblaient à Arnor. Ou encore, aux idiots du "club" de Klubbhusid.

Et même, en s'accordant quelques digressions, sur la composante xénophobe qui caractérisait l'ensemble des partis politiques, de la bureaucratie et des institutions publiques en Islande. Mais elle n'avait plus aucune certitude.

Cette marge d'erreur s'explique de la manière suivante : les Tziganes subissent aujourd'hui encore des persécutions en Europe – ou plutôt, *leur sort nous indiffère on ne peut plus parfaitement.* Les Tziganes sont de pauvres gens, des exclus, partout considérés comme indésirables, que ce soit en Islande ou en Lituanie. Ils n'ont pas les moyens de se défendre, sont tenus à l'écart des institutions politiques des pays où ils vivent et n'ont pas accès à notre justice ou à nos droits. Bien souvent, ils n'ont même pas le droit de vote. Peu de chercheurs se sont penchés sur leur sort – sur ce qu'ils ont subi pendant l'Holocauste – car aujourd'hui encore, ils appartiennent dans l'esprit des gens à la classe des Hottentots et nous n'hésitons pas à insinuer qu'ils sont voleurs, machistes et lubriques. Nous pensons savoir tout ce qui se passe derrière les portes de leurs caravanes sans avoir jamais jeté ne serait-ce qu'un regard à l'intérieur. Ils incarnent le *petit autrui* – celui que nous regardons et que nous refusons de voir. Celui sur lequel nous colportons des histoires dans l'unique but de souligner l'excellence de notre morale, de notre ouverture d'esprit et de notre vision très civilisée du monde.

Quelques jours avant son départ, Agnes avait reçu un appel l'informant qu'on s'apprêtait à fonder l'Association des Lituaniens d'Islande afin de "redorer leur image". Elle voulait effacer de son passé aussi bien Snorri Sturluson que Mindaugas. Les violeurs et leurs victimes. Se débarrasser à la fois du *Complot des pays baltes* et de la *Conjuration des pays nordiques* qui sévissaient dans le concours de l'Eurovision (sans parler de la *Conspiration balkanique*, que certains Islandais pas très doués en géographie lui reprochaient). Se débarrasser de l'Holocauste, de l'Union soviétique, de Hofi, de Bogdan, de Dorrit, de la crise et des guerres de la morue. Se débarrasser de la Révolution chantante et de la révolution des Casseroles.

Elle avait éludé les questions de sa correspondante qui la pressait d'adhérer. Heureusement, elle serait à Jurbarkas au moment de la réunion qui entérinerait la création de l'association. Ce n'était pas possible. Ça ne servait à rien. Cette nation. Quelle nation ! Des racistes et des gens portés sur la violence. Et des idiots. Un tas d'imbéciles qui ne savaient qu'aboyer.

Putain !

Évidemment, elle ne haïssait personne. Peut-être était-ce pour cette raison qu'elle ne pouvait pas adhérer à l'Association des Lituaniens d'Islande. Parce qu'elle ne parvenait pas à reconnaître qu'il fallait créer un groupe de pression spécifique pour convaincre les Islandais que les Lituaniens n'étaient pas uniquement des violeurs. Pour amener les gens à comprendre qu'il n'existait aucune véritable différence entre la criminalité islandaise et la délinquance lituanienne – les Lituaniens n'étaient ni plus ni moins salauds que les Islandais et leurs crimes n'étaient absolument pas plus *organisés* ou *prémédités*. Quatorze types qui piquaient des pantalons et des produits de beauté au centre commercial de Kringlan ne constituaient en rien une mafia, mais seulement une bande de sales mômes.

Les Tziganes en Europe – comme les émigrés venus des pays les plus pauvres – sont un problème qu'il convient de résoudre. Ils ne savent pas lire, pissent dans l'eau qu'ils boivent, vendent leurs enfants à des bordels et poussent les nôtres à consommer de la drogue. Et en plus, ils s'habillent n'importe comment !

De la même manière qu'Hitler ne comprenait pas que les Polonais étaient un peuple blanc et ami plutôt que des *bushmen* sauvages, il ne comprenait pas non plus que les Juifs appartenaient à la tranche supérieure de la classe moyenne occidentale. On peut se permettre avec les pauvres un certain nombre de choses dont il faut se garder envers des gens éduqués et appartenant aux classes moyennes.

La crise a eu l'avantage de faire comprendre aux Islandais ce qu'on ressent quand les autres nous montrent du doigt. Brusquement, chaque fois qu'on parlait de l'Islande à l'étranger, c'était pour mentionner des as de la finance dégénérés qui avaient détroussé des associations caritatives et des petits vieux en Europe. Les Islandais qui n'avaient jamais saisi que la presse transformait l'ensemble des Lituaniens en délinquants – Affirmerais-tu qu'il n'a *pas* violé cette femme ? – eurent tout à coup une peur bleue de l'*image* que les autres avaient d'eux. On organisa quantité de colloques et de réunions, on fonda même des associations de défense pour dire à monsieur Gordon Brown, Premier ministre britannique, que *les Islandais n'étaient pas des terroristes* (et qu'il ne devait pas geler les avoirs des hommes d'affaires de notre pays). Jamais autant d'Islandais ne s'étaient ralliés à une même cause, c'était l'union sacrée. Partout en Islande, y compris sur les glaciers et en pleine mer, des citoyens se faisaient prendre en photo en arborant un écriteau : "*Mr. Brown, We Are Not Terrorist.*" Parce que, comme chacun sait, les terroristes sont des basanés barbus et enturbannés et on voit clairement sur une simple photo si on a affaire à un terroriste ou non. Quant aux violeurs, ah oui, ils ont tous un passeport lituanien dans la poche arrière de leur pantalon.

Le gouvernement consacra des millions de couronnes à la campagne *Inspired by Iceland* afin de dire aux étrangers que les éruptions volcaniques (ou les difficultés économiques) ne semaient en aucune façon le désordre en Islande, mais le sous-texte – le sens profond – était clair dans l'esprit de chacun : *Nous ne sommes pas des Hottentots. Nous sommes des gens civilisés. Beaux et pleins d'énergie. Ne nous haïssez pas. Nous ne sommes pas l'Autre. Nous sommes nous. Vous vous souvenez ? Björk ? Sigur Ros ? Nous sommes Halldor Laxness. Nous mangeons avec des couteaux et des fourchettes. Nous sommes des hippies qui se baignent à poil dans les piscines chauffées à la géothermie. Un peu bizarres, certes, mais pas méchants.*

D'après vous, quel fut le sort réservé aux Tziganes quand on a libéré le camp d'Auschwitz – de Ravensbrück, de Dachau et tous les autres ? On les transféra d'un camp de prisonniers à un autre où on les laissa mariner pendant quelques années en attendant que les Alliés vérifient qu'ils n'étaient pas de simples voleurs à la tire affirmant à tort qu'ils avaient été persécutés par les nazis.

LES DEUX VIOLEURS SE MOQUENT DE LEUR VICTIME

La Cour suprême a ordonné hier la garde à vue jusqu'à lundi de deux Lituaniens soupçonnés d'avoir violé une femme âgée de quarante-cinq ans dans la nuit de samedi à dimanche. Les deux hommes ont été appréhendés dimanche après-midi après avoir été identifiés sur les enregistrements des caméras de sécurité de la discothèque fréquentée par la victime. La femme a porté plainte contre ses agresseurs en expliquant à la police qu'elle était sortie s'amuser

dans le centre de Reykjavik. Deux hommes l'ont abordée et l'un d'eux a discuté avec elle en anglais. À la fermeture de l'établissement, ils l'ont accompagnée jusqu'au carrefour des rues Laugavegur et Vitastigur. Là, tous trois sont entrés sous un porche et les deux hommes l'ont agressée. Le premier, celui qu'elle appelle le plus grand, l'a poussée violemment et elle est tombée sur le capot d'une voiture. Il l'a frappée au visage en la tenant par les cheveux pendant que l'autre lui baissait son pantalon. Ils lui ont ensuite arraché son pull-over, son tee-shirt et son soutien-gorge. Le plus grand a tenté d'introduire son membre dans son vagin, causant à la victime une douleur insupportable. L'autre homme s'est livré à la même chose et le plus grand a alors saisi la femme par le cou en essayant d'introduire son membre dans sa bouche.
Puis il s'est mis à califourchon sur elle en la giflant avec son sexe pour la forcer à ouvrir la bouche. Quant au second, il est également venu poser son postérieur sur son visage, a aussi introduit son membre dans la bouche de la victime en lui disant qu'ils la laisseraient tranquille dans trois minutes si elle était coopérative. Ensuite, ils l'ont laissée partir. La victime précise que tous deux se moquaient d'elle et riaient aussi bien pendant qu'après le viol.

Agnes se leva pour aller aux toilettes et vomir.

Un jour, on m'a interrogée sur l'image que j'avais de moi. Étais-je celle que je pensais être ou celle que les autres voyaient en moi ? La réponse que j'ai fournie, cette fois-ci, était la suivante : j'étais celle que, dans mon esprit, les autres voyaient en moi. Les philosophes parlent d'Autrui, avec un grand A, cet individu imaginaire assis quelque part au sommet d'une montagne tout aussi imaginaire et qui baisse les yeux vers nous, constamment bouche bée, surpris et péremptoire. Bien qu'imaginaire, Autrui est également réel. Il représente ce que nous pensons être aux yeux des autres – Autrui est l'œil dans le mur, le trou de la serrure, le judas de la porte, la webcam. S'il prend véritablement corps quelque part, c'est dans ces caméras de surveillance dissimulées, cet œil suspicieux qui veille sur nous sans jamais nous dire ce qu'il pense, jamais nous demander du feu ni l'heure qu'il est, mais qui nous observe malgré tout, tapi à chaque coin de rue.

Quand les enfants d'Israël erraient, désemparés, après avoir été chassés de Babylone, Dieu leur dit : vous êtes mes témoins, les flambeaux de l'éternité, et je suis Dieu. Le Midrash interprète la formule ainsi : lorsque vous êtes mes témoins, je suis Dieu, et lorsque vous n'êtes pas mes témoins, je ne suis, pour ainsi dire, pas Dieu.

Car même le Dieu des enfants d'Israël ne saurait exister si personne ne le regarde.

15

Assis dans un train, j'attendais que quelque chose se produise sur le profil Facebook d'Agnes. Par intermittence, je regardais l'herbe, les arbres et les poteaux électriques. Je ne me rappelais plus où j'allais. Je me souvenais avoir souffert, petit. Je me souvenais que le monde s'était effondré tant de fois. Je me souvenais d'étés tellement chargés en sensations ininterrompues que je ne pouvais y penser sans suffoquer – non de tristesse, mais de bonheur. Le reste, je l'avais oublié. *Oradour*. J'allais à Oradour. La veille au soir, j'ai visité la ville natale de Franco dans le nord de l'Espagne. El Ferrol. De là, j'ai pris un car vers Saint-Jacques-de-Compostelle, puis un train qui passait par Burgos et San Sebastian. J'approchais de Bordeaux et mon billet indiquait Limoges. Mais j'allais plus loin. J'allais à Oradour-sur-Glane. En 1944, les nazis ont rayé de la carte ce village et tous ses habitants. Peut-être vaudrait-il mieux que je n'aille jamais là-bas. Que je continue de voyager de ville en ville jusqu'à mourir. Peut-être de faim. Peut-être vaudrait-il mieux que je reste entièrement seul à partir de maintenant. Apparemment, j'étais capable d'être moi-même tant que je n'avais personne à mes côtés. Tant que rien ne venait me troubler. Mais j'en étais manifestement incapable dans mes relations avec autrui. J'avais besoin d'être seul. Le train a fait un arrêt de trois heures trente en gare de Bordeaux. Le contrôleur passait régulièrement des annonces dans les haut-parleurs : les Français s'agitaient et protestaient avec de grands gestes, excédés, avant de se replonger dans *Le Monde*, leur iPad ou leur roman de gare bon marché. J'ignorais pourquoi le train était immobilisé. Le contrôleur a haussé les épaules quand je lui ai posé la question. J'avais envie d'interroger l'un des voyageurs, mais je n'ai pas osé. Je savais que les Français n'étaient absolument pas des malotrus, contrairement à ce qu'on m'avait dit, je savais qu'on m'avait menti – mais ce mensonge était enraciné en moi. Au fond, j'étais certain d'essuyer la colère de mon interlocuteur potentiel. J'ai tué le temps en me plongeant dans l'univers parallèle de *Second Life* sur mon téléphone. J'ai cherché l'ancien quartier général du Front national, transformé en casino, d'après ce que j'avais lu sur le Net. Son ouverture avait déclenché des émeutes qui s'étaient prolongées pendant une semaine entière au cours de laquelle, des deux côtés de la ligne de front, les opposants avaient utilisé toutes les armes à leur disposition : bazookas, missiles et cochons explosifs. Parce que l'horizon des possibles est moins limité dans l'univers parallèle de *Second Life* que dans le monde réel. Il m'a fallu – ou, plus précisément, il a fallu à mon avatar numérique – une heure et demie pour trouver le casino qui avait autrefois abrité les locaux du Front national. C'était un lieu sans intérêt. On n'y voyait pas même un panneau rédigé dans une langue ampoulée et signalant les affrontements historiques qui avaient eu lieu sur ce terrain, au-delà de la réalité sensible. Aucun slogan qui parle de liberté, d'égalité, de cochons explosifs et de fraternité. Quant à moi (dont l'existence est à ce point de l'histoire au mieux sujette à caution), j'ai traîné dans Paris, fait escale sur une plage nudiste, au Nouveau Berlin et dans une exposition de peinture, à la recherche d'un bureau de vote dont je savais qu'il n'existait plus – or, pendant tout ce temps, j'étais à bord d'un train stationné en gare de Bordeaux en attendant de me rendre dans un village qui avait été rayé de la carte. Dès que j'ai éteint mon téléphone, on a entendu des grincements, les portes des voitures se sont fermées et nous sommes repartis, à mon grand soulagement. Quelques heures plus tard, je me tenais sur le pas de porte d'une boutique. Une baguette coincée sous le bras, j'ai avancé sur la place, le nez au vent. Un café et deux restaurants faisaient face à la boulangerie. C'était une place pavée. J'étais revenu à la réalité. Mais ce n'était pas le village. Pas le village originel. C'était un village à côté, qui se trouvait à quelques kilomètres d'Oradour-sur-Glane, mais n'était pas Oradour-sur-Glane, pas vraiment, même s'il portait le même nom. Oradour-sur-Glane avait brûlé – les nazis avaient tiré dans les jambes des habitants avant de les abandonner aux flammes. Ils avaient jeté des enfants dans les fours des boulangers avant de fuir, avaient visé les jambes de leurs victimes afin qu'elles brûlent vivantes. Ici vivaient d'autres gens. J'avais parfois l'impression d'être dans un rêve et là, j'étais incapable de dire si c'était moi qui n'existais pas ou si c'était le monde, la terre sous mes pieds, les voitures, les maisons et les oiseaux qui se dérobaient. Je me demandais si mon rêve était celui de Dieu ou des caméras de surveillance, des bases de données et des satellites. Aurais-je été visible sur Google Earth ? Le paisible village d'Oradour-sur-Glane abritait à peine sept cents âmes lorsque les nazis décidèrent d'y faire une halte. Ils rassemblèrent tout le monde sur la place, vidèrent les maisons les unes après les autres et conduisirent les habitants à l'écart – ils brûlèrent les femmes et les enfants dans l'église et tuèrent les hommes dans les garages, les restaurants, les granges et les boulangeries. Ils visaient les genoux, puis incendiaient les lieux. Juste histoire de s'occuper. Mais ce n'était pas le village. Ce n'était même pas une reconstruction à l'identique. Pourtant, le vrai village était là, juste à côté. Les contours des maisons se brouillaient tandis que le souvenir qu'ils commémoraient gagnait en netteté. Ce qui était arrivé – ou, en tout cas, la mémoire que le monde avait conservée des événements – apparaissait de plus en plus clairement jusqu'à ce que plus personne ne puisse en douter. Je regardais le monde renaître de ses cendres, je fixais ces cendres emportées par le vent en m'interrogeant sur le besoin qui avait pu engendrer une telle violence. Ici, des vaincus avaient trouvé une ultime occasion de se déchaîner. Et ils avaient tout détruit avec ce qui restait en eux de violence démente – le massacre d'Oradour était tel le contrecoup d'une jouissance démesurée qui reculait et se repliait vers Berlin avec la gorge emplie de larmes. L'un des panneaux précisait que les ruines étaient entretenues – on en avait même rebâti certaines. Les maisons étaient brûlées, les voitures rouillées et calcinées, la végétation colonisait les fissures et le soleil cuisait les murs – mais les cendres avaient disparu. Et ces ruines étaient encore debout car des spécialistes les maintenaient en état de "*perfect ruined condition*", comme le disait (entre guillemets) le panneau. J'ai levé les bras vers le ciel et la baguette est tombée par terre. Puis j'ai détourné les yeux pour reprendre ma quête de la réalité.

16

Lituanie, ô mère patrie, Tu es pareille à la santé elle-même : nul ne sait à quel point Tu mérites d'être vénérée avant de T'avoir perdue. Aujourd'hui, nous voyons Ta parfaite beauté et nous la décrivons, car nous Te convoitons.

Sainte Vierge, qui défendez la lumineuse ville de Czestochowa et brillez sur la porte de l'Aube à Vilnius ! Vous qui protégez la citadelle de Nowogrodek et ses habitants. Par miracle, Vous nous avez donné la santé dans notre jeunesse – lorsque notre mère nous a placés sous Votre bienveillance, nous avons levé vers Vous nos paupières inertes et trouvé la force de franchir le seuil sacré afin de rendre grâce au Seigneur pour la vie qu'il avait à nouveau insufflé à nos corps – et c'est par le même miracle que Vous nous conduirez dans le sein douillet de la terre qui nous a enfantés. Entre-temps, il Vous est permis de promener nos âmes affligées sur ces collines tapissées de forêts, ces verts pâturages qui longent les rives du bleu Niémen ; vers les champs fertiles, couverts de blés dorés et de seigle argenté ; où croissent la moutarde jaune et le sarrasin blanc, où pousse le trèfle rougissant comme une vierge, là où toute chose semble enveloppée de rubans d'herbe verte ; et où reposent aussi des poiriers silencieux.

Agnes ouvrit sa bouteille d'eau pétillante Ramlösa, avala une gorgée et bâilla. Elle enfila son anorak – la température extérieure était de moins vingt-cinq degrés –, elle ferma les yeux et attrapa son sac à dos au moment où le car s'arrêtait juste devant la pension que ses parents tenaient à Jurbarkas. Rentrer à la maison, c'était donc ça ?

Salut, tu m'entends ?
Oui. Et toi, tu me vois ?
Non, je ne vois rien.

Attends, j'allume. Voilà, ça devrait fonctionner.
Tu me vois ?
Oui, l'image est un peu sombre, mais je te vois.
Salut !
Et là, c'est mieux ?
Non.
Attends, je coupe et je rappelle.
…
…

Ici, le texte. Je suis le texte, je suis le livre et j'écris le texte que contient ce livre. Je ne suis pas l'auteur. Eiríkur est l'auteur de cette œuvre (vous pouvez lui téléphoner et il vous le confirmera, en cas de besoin). Toute chose est comme Hitler.

Salut ?
Ah, te voilà ! Salut !
Salut !
Comment ça va ? Mieux ?
Comme ci, comme ça. En tout cas, je suis sorti de l'hôpital. Le plus dur, c'était la première semaine, mais maintenant c'est terminé.
Tu as eu du Tamiflu ?
Non.
Qu'est-ce qu'ils t'ont donné ?
Rien. Des analgésiques. Ils ne donnent du Tamiflu qu'à ceux qui sont à l'article de la mort ou presque.
Qu'est-ce que tu dis ? Le son est complètement haché. J'ai du mal à t'entendre.
On ne te prescrit du Tamiflu que si tu as déjà un pied dans la tombe.
Pourquoi ?
Ils n'en ont pas beaucoup, à ce que m'a dit le médecin.
Mais l'épidémie de grippe aviaire est terminée depuis longtemps, non ?
La grippe porcine.
Oui, c'est ce que je voulais dire.
C'est vrai. Mais les règles sont les règles.
Oh my God!
Sur quoi, la communication fut brusquement coupée.

La valeur à l'exportation des produits de la pêche est le concept central dans la vie de la nation islandaise au XXe siècle et elle a quintuplé pendant la guerre. Les Britanniques sont venus en Islande et ont construit un aéroport. Les Américains les ont imités, ont bâti un second aéroport, tracé des routes, offert à nos jeunes filles des bas nylon et du chewing-gum et donné à l'Islande de nouveaux fils et filles – Oskyrdur Hermannsson et Oskyrd Hermannsdottir*. Les Américains ont apporté le rock, la fiesta permanente et de nouveaux gènes aux Islandais. Quand tout ce cirque s'est achevé, laissant quatre-vingts millions d'êtres humains sur le carreau – rayant Dresde et Guernica de la carte, décapitant Paris, Londres, Varsovie, Stalingrad et Berlin, sans parler de Pearl Harbour, d'Hiroshima et de Nagasaki –, les Islandais reçurent des compensations pour tous les chewing-gums et les bas nylon, des pensions pour les enfants adultérins et des pots-de-vin en échange de la construction d'une base militaire à Keflavík. En 1940, on dénombrait mille sept cents maisons de tourbe en Islande. Mille sept cents taudis en bouillasse. Parce qu'on n'avait pas le choix. En 1950, seule une poignée d'entre eux subsistaient. Sur le continent, les gens continuaient de survivre, entassés dans des ruines.

Son ordinateur posé sur les genoux, Omar était assis par terre entouré de cartons, de meubles démontés, de planches attachées par du ruban adhésif, de tapis et de couverts. Il venait de passer un moment sur Internet, connecté sur une ligne du voisinage, mais ce réseau non sécurisé le plus proche se trouvait trop loin et la connexion était constamment coupée. Maintenant, il ne recevait plus rien.

* En Islande, la déclaration d'un nouveau-né à l'état civil n'exige pas que soit mentionné un prénom. Les parents peuvent réfléchir aussi longtemps qu'ils le souhaitent après la naissance de l'enfant, lequel est alors enregistré comme "Oskyrdur" (non baptisé) s'il s'agit d'un garçon ou "Oskyrd" (non baptisée) si c'est une fille. Par ailleurs, il n'existe que très peu de noms de famille. On est "fils de" ou "fille de". Ajoutons que Hermannsson et Hermannsdottir s'entendent de deux manières en islandais : fils et fille de Hermann ou fils et fille de militaire.

Il s'était installé dans la maison plus tôt dans la soirée. Halldor et Disa l'avaient aidé à porter les cartons, mais avaient dû repartir aussitôt. Ou peut-être avaient-ils voulu repartir. Omar avait un peu exagéré en affirmant qu'ils étaient ses "amis". Quand il leur avait téléphoné pour leur demander de lui prêter main-forte, il avait fallu qu'il mentionne la fac d'islandais pour qu'ils se souviennent de lui – il leur avait prêté tout un trimestre de cours dans quatre matières et ils lui devaient bien ce petit service. D'ailleurs, ils étaient effectivement venus l'aider, même s'ils étaient aussitôt repartis. Après ça, Omar avait traîné le grand matelas à ressorts jusqu'à la chambre et ouvert le sac en plastique noir qui contenait sa couette. Puis il s'était assoupi, épuisé.

Il était maintenant assis par terre dans la cuisine. Parfaitement reposé, il se sentait mieux, mais sans doute n'obtiendrait-il pas l'autorisation de prendre l'avion pour la Lituanie avant Noël. Peut-être même pas non plus après. De toute façon, ils n'en avaient pas franchement les moyens et il valait mieux qu'il prenne le temps de se remettre complètement. La grippe porcine avait fait des morts. Des gens autrement plus solides qu'Omar Arnarson.

L'Islande a plus profité du plan Marshall que toute autre nation.

Proportionnellement.

Les règles de proportionnalité sont inscrites dans le patrimoine génétique de ce peuple viking et elles comptent presque autant que la valeur à l'exportation du produit de la pêche.

Proportionnellement, la littérature islandaise est à l'échelle et à la hauteur de la littérature mondiale.

Proportionnellement, vous avez un braquemart plus gros que toutes les montagnes de muscles du monde réunies.

Une vraie *bite de baleine bleue.*

Youhou !

Omar commanda une pizza et commença à vider les cartons. Il n'avait jamais possédé grand-chose – et le peu qu'il avait eu s'était évaporé aux puces de Kolaport les semaines précédentes. La plupart des caisses abritaient des objets appartenant à Agnes. Bien que réticent à se l'avouer, il se le murmurait en aparté entre deux gorgées de café, il frissonnait à l'idée de fouiller dans les affaires de sa petite amie en son absence. Il voulait tout voir : depuis son certificat de naissance jusqu'au dernier relevé de carte de crédit. Bien sûr, il avait affreusement honte. Il savait bien que ce n'était pas convenable. Qu'un homme honnête aurait simplement vidé les cartons à l'aveuglette, sans ouvrir les chemises cartonnées ni se plonger dans les journaux intimes. Mais il ne pouvait pas s'en empêcher. La tentation était trop forte. Depuis qu'il la connaissait, il avait toujours désiré fusionner avec elle, il voulait qu'elle envahisse jusqu'aux recoins de son existence, il souhaitait devenir elle et voulait qu'elle devienne lui. C'était l'amour, pensait-il. C'est ainsi qu'il voulait aimer.

Pétrie de sa honte, proportionnelle au versement des donations américaines, la nation calomnieuse entreprit de se justifier, attablée dans ses cuisines, ce qui donna lieu à toutes sortes de légendes et de contes populaires que personne n'a jamais vraiment eu le cran de corriger. Cette fois, les Islandais se racontèrent un bobard, affirmant qu'ils avaient perdu beaucoup d'hommes pendant la Seconde Guerre mondiale. Proportionnellement à la population du pays, cela va de soi. Les marins sur les chalutiers et les cargos avaient coulé au fond de l'océan avec un tel tintamarre que tous les holocaustes du monde pâlissaient par comparaison. Non seulement les Vikings islandais s'étaient battus pour arracher leurs compatriotes aux maisons de tourbe, mais ils avaient aussi vogué jusqu'en Europe dans leurs bateaux chargés à ras bord de poissons, puis étaient revenus au pays les poches bien remplies, tout ça au péril de leur vie.

Proportionnellement, les Islandais avaient perdu presque tous leurs marins pendant la guerre. Proportionnellement.

Et c'étaient les nazis qui les avaient tués ! Ils avaient assassiné nos héros ! Les héros de la mer !

Ces derniers avaient sacrifié leur vie afin que nous puissions puiser sans fin des sommes faramineuses dans les immenses réserves des Américains.

Or, évidemment, tout cela n'était qu'un grandiose bobard. Et ça l'est encore.

Omar trouva le certificat de naissance d'Agnes pendant sa première heure de fouille, juste après la livraison de sa pizza. Il le posa sur la table de la cuisine. Agnes avait commencé d'exister à ce moment-là. Dès lors, Omar n'avait plus qu'à suivre le fil et à détricoter la toile qui liait les événements de la vie de sa petite amie pour les examiner individuellement.

Agnes Lukauskaite, née le 13.01.1979. Maternité de Reykjavik.

Il se rendit brusquement compte qu'il allait manquer son anniversaire. Il avait déjà loupé celui de ses trente ans – ils ne s'étaient rencontrés qu'après qu'elle avait quitté la fête où elle l'avait célébré. Et ils en étaient encore à lier connaissance quand le jour de ses trente ans était arrivé. Et là, elle serait en Lituanie.

Depuis sa naissance, Agnes avait largement triplé en longueur et son poids avait été multiplié par vingt. Née à 12 h 23 de l'après-midi, elle pesait trois kilos et trois cent soixante grammes, et mesurait cinquante centimètres. Omar n'était pas certain que ces renseignements lui permettent d'approcher la vérité. Mais c'était mieux que rien. Les chiffres. Les chiffres ne constituaient-ils pas des données fiables et tangibles, des pièces qu'on pouvait même présenter devant une cour de justice en disant : regardez, voici le monde tel qu'il a été mesuré ?

Sans doute la question était-elle de savoir le type de vérité qu'il avait envie de connaître. La nature de ce qu'il cherchait. Mais cela, justement, Omar l'ignorait. Peut-être voulait-il apprendre des choses qu'au fond il aurait préféré ignorer dès qu'il les découvrirait.

Enfin : il verrait ça le moment venu.

0,16 % d'Islandais perdirent la vie pendant la guerre – deux cents personnes, en données brutes –, c'est-à-dire moitié moins que, par exemple, les Américains. Proportionnellement à la population. Les Islandais sont en quarante-quatrième position dans un classement qui compte cinquante-sept nationalités.

16 % des Polonais sont morts.

Environ 14 % des Soviétiques ont perdu la vie.

Presque 14 % des Lituaniens.

Environ 11 % des Lettons.

Presque 7 % des Yougoslaves.
Environ 6 % des Hongrois.
Presque 5 % des Estoniens.
Environ 4 % des Roumains.

Les relevés de carte de crédit d'Agnes étaient vierges, à l'exception d'un prélèvement automatique pour un abonnement au dictionnaire sur Internet – mais Omar étant déjà au courant, cela ne lui apportait rien. Les journaux intimes étaient rédigés en lituanien. Il scruta les pattes de mouche sans rien comprendre, mais repéra son prénom – et quelques autres prénoms islandais. Il essaya de traduire les phrases sur Google Traduction, mais n'en tira pas grand-chose.

Aujourd'hui m'a conduite Omar à stomatolagas.

Il lança une recherche d'images pour le terme "stomatolagas" et reçut en réponse des photos de bouches béantes et baveuses par centaines, emplies d'appareils en acier, d'aphtes, d'appareils d'orthodontie et de caries. Il avait conduit Agnes chez le dentiste quelques semaines plus tôt.

Je chercher des nouvelles lunettes à Kringlan shopping mall.

Megas passait au talkie-walkie aujourd'hui.

Bizarre comment est Laugavegur.

Omar comprit bien vite que tout cela ne lui apprendrait rien.

Le docteur Paul Burkert, nazi et admirateur de l'Islande, servait pour ainsi dire d'yeux et d'oreilles à Heinrich Himmler dans notre pays. Peut-être plus en paroles qu'en actes (il n'est pas impossible qu'il ait été surtout "fort en gueule" comme on le disait "dans mes jeunes années"). En tout cas, il venait régulièrement rencontrer des gens ici afin de discuter des intérêts du Troisième Reich en Islande et préparait les visites des hauts dignitaires du régime nazi. Le docteur Burkert se présentait tour à tour comme scientifique, artiste ou diplomate – sans doute était-il en fin de compte une sorte de visionnaire touche-à-tout.

En 1935, il tourna le premier film documentaire sur l'Islande. Financé par la Commission des affaires maritimes. L'œuvre visait à promouvoir l'exportation du poisson islandais.

Deux grands cartons débordaient de toutes sortes de trucs en rapport avec l'Holocauste. Agnes possédait sur la Seconde Guerre mondiale, l'Holocauste, l'histoire de la Lituanie, celle de l'Islande pendant la Seconde Guerre mondiale, le développement et l'histoire du populisme et du racisme en Europe aux XXe et XXIe siècles assez de livres pour remplir toute une bibliothèque (soit six étagères de cinquante centimètres). Évidemment, elle en avait une autre tout aussi pleine chez ses parents en Lituanie. Mais ces caisses ne contenaient que du tout-venant. Des babioles. Des coupures de journaux – néonazis tatoués, interviews de skinheads islandais, revues éditées par les associations Renaissance aryenne et Race nordique, articles traitant de la philosophie des Aryens ou du docteur Helgi Pjeturs –, ainsi que toutes sortes de bijoux et de décorations. Des croix gammées, des bagues à tête de mort, des insignes SS et des disques laser de musique punk néonazie. Le carton contenait même un vieux Luger rouillé. Omar le prit dans sa main, regarda à l'intérieur du canon qui, apparemment, n'avait pas été bouché. Il reposa l'arme et attrapa un livre de poche au papier râpeux qui semblait être un roman pornographique. La couverture représentait deux femmes SS à forte poitrine et habillées en cuir qui tenaient entre elles un prisonnier agenouillé. L'une d'elles pointait un Luger vers la gorge de l'homme tandis que l'autre lui empoignait les cheveux en lui maintenant un bras derrière le dos. Le livre était en hébreu. Omar le feuilleta et un papier tomba d'entre les pages : "*I was Colonel Schultz' Private Bitch.* (J'étais la putain personnelle du colonel Schultz.) Jérusalem, Israël. 1961."

Le docteur Paul Burkert, nazi et visionnaire, était très en avance sur son temps. Quand on projeta son documentaire à ceux qui l'avaient financé, il apparut qu'il contenait surtout des séquences de parties fines à l'hôtel Borg où des Islandaises un peu ivres, aussi légères dans leurs mœurs que dans leur habillement, distrayaient des gentlemen étrangers.

Des années plus tard, la compagnie aérienne Icelandair lança une campagne publicitaire où le point de vue du docteur Burkert reçut enfin une digne reconnaissance : "*Fancy a dirty weekend ?* (Envie d'un week-end cochon ?)" Mais à cette époque-là, plus personne ne s'intéressait au poisson et on avait depuis belle lurette oublié dix mille neuf cents des onze mille couronnes que la Commission des affaires maritimes avait versées pour la production du film (les sources ne précisent pas ce que sont devenues les cent couronnes de différence entre les deux sommes).

Après quelques recherches sur Google, Omar fut convaincu qu'il avait en main un "polar de stalag". Ces livres étaient publiés en Israël dans les années soixante – en tant que témoignages à la première personne. Ils étaient censés avoir été écrits en anglais, puis traduits, mais en réalité ils étaient directement rédigés en hébreu. Ils traitaient en général de prisonniers de guerre britanniques violés et humiliés par les gardiennes des prisons nazies. Les premiers titres étaient parus à l'époque du procès d'Adolf Eichmann. On lisait sur Wikipédia que la publication de ces livres avait été interrompue car l'éditeur s'était vu accuser d'antisémitisme.

Omar se gratta la tête. Tout cela constituait un écheveau de symboles qu'il peinait à débrouiller. Des écrivains israéliens se faisaient passer pour des survivants britanniques de camps de prisonniers de guerre nazis (les stalags) qui écrivaient des compte rendu tragiques à connotation érotique des tortures que leur avaient infligées les Allemands. Certes, la Palestine (Israël) avait eu le statut de protectorat britannique. Ensuite, il y avait les Allemands – bon, nous n'allons pas recommencer avec eux. Et la publication de ces livres écrits par des Israéliens parlant d'Allemands torturant des Anglais est arrêtée parce que lesdits écrits seraient antisémites.

Omar repassa tout cela une fois encore dans sa tête. Il ne doutait pas qu'il y ait un fond de vérité là-dedans. Cela semblait raisonnable. Mais c'était tellement bizarre. Tellement alambiqué. Des Juifs qui écrivent de la pornographie impliquant des Rosbifs et des nazis pendant la guerre… Il rangea le bouquin dans le carton et laissa tomber.

> Notre Conseil exhorte les Islandais à refuser toute participation de l'Islande à cette "Exposition coloniale", qui aura lieu à Copenhague l'été prochain, puisqu'il ne sied pas d'y prendre part en vertu de

notre statut et de la nature de notre nation. Le Conseil tient en outre à manifester sa consternation face à l'attitude de quelques compatriotes qui ont d'ores et déjà promis leur concours à cette manifestation, événement d'autant plus regrettable qu'il est justement le fait d'hommes qui, en vertu de leur statut, seraient les mieux placés pour défendre l'honneur et l'indépendance de notre pays.
L'idée de placer l'Islande dans le même lieu que le Groenland et les îles danoises des Caraïbes, comme le prévoit l'exposition commune pour ces territoires, se fonde sur une ignorance absolue de la position qu'occupe notre île au sein du royaume et sur un mépris de sa culture et de sa nation.

> – Réponse du Conseil des Islandais de Copenhague au projet de la Société danoise d'artisanat désireuse d'exposer des objets originaires d'Islande, du Groenland, des Féroé et des colonies danoises des Caraïbes au parc de Tivoli en 1905.

Omar leva les yeux des cartons l'espace de quelques instants dans la matinée du 19 décembre pour écouter la radio. “La police polonaise n'a encore aucune piste après le vol de l'enseigne à l'entrée du camp de concentration d'Auschwitz, aujourd'hui transformé en musée. L'enseigne dérobée la nuit dernière est longue de cinq mètres et pèse quarante kilos. La phrase *Le travail rend libre*, longtemps utilisée par les autorités allemandes pour encourager les ouvriers à se dépasser, a pris un sens terrible à l'époque nazie. L'enseigne du camp d'Auschwitz a été fabriquée par des prisonniers polonais en 1940.”

Omar prit son téléphone et appela Agnes.

Silence.

Sonnerie.

Il appela.

Appela.

Appela.

Une voix féminine inconnue lui répondit en lituanien. Il supposa qu'elle l'informait que le téléphone de sa correspondante était éteint ou que cette dernière se trouvait en dehors de la zone de couverture. Il lui envoya donc un message.

Regarde les infos. On a volé le "Arb.Ma.Frei" d'Auschwitz. Amour&bisous. O.

Afin d'attirer plus de visiteurs au parc de Tivoli à Copenhague, on avait pris l'habitude (au début du XXe siècle) de faire venir des gens de contrées lointaines et de cultures différentes pour les y exhiber. On pouvait entre autres voir des Papous avec des os dans le nez, des Esquimos à la bouche ensanglantée, de petits Mexicains avec leur "som-sombrero", des négresses aux seins nus et des Indiens à plumes qui portaient des gilets troués par des balles (et confectionnés à partir de scalps d'hommes blancs). Ces gens qui présentaient différentes couleurs de peau, différentes constitutions osseuses et portaient des vêtements bizarres n'étaient pas moins intéressants que les gorilles, les girafes ou encore les lamas. C'était longtemps avant que les beaux livres illustrés de photos envahissent tous les foyers. Longtemps avant que Steve Irwin soit tué par l'aiguillon d'une raie Manta sur petit écran, avant que Sir David Attenborough soit anobli sur petit écran, longtemps avant que Timothy Treadwell soit dévoré par un grizzli sur petit écran. Longtemps avant que le feuilleton *Shaka Zulu* suscite la passion des Islandais pour les sauvages. Longtemps avant *Crocodile Dundee*, *Les dieux sont tombés sur la tête* et la world music afghane.

On retrouva l'enseigne deux jours plus tard. Le lendemain, on annonça que le commanditaire principal du vol était un jeune Suédois qui avait prévu de la vendre à un milliardaire également suédois afin de financer des attentats à Stockholm. Plus le temps passait, plus l'explication semblait improbable à Omar. Comme par hasard, l'événement avait lieu en pleine rentrée littéraire de Noël. C'était sans doute de l'*intox*. À coup sûr, on découvrirait bientôt que tout cela avait été orchestré afin d'assurer la promotion du dernier livre de Stieg Larsson. Il publiait bien un nouveau bouquin, non ? À moins qu'il ne soit mort ? Omar décida de faire une halte dans une librairie en allant au supermarché 10/11 pour vérifier si Stieg Larsson était encore en vie et si, dans ce cas, il sortait un nouveau livre.

Les Islandais, offusqués par cette fameuse "exposition de sauvages", étaient vexés d'être mis dans le même sac que les "négresses" auxquelles ils se considéraient comme supérieurs. Ils pensaient ne pas appartenir à ces populations de minables sans culture et aux coutumes barbares, qui mangeaient des choses dégoûtantes. Non seulement les Islandais étaient une nation moderne, mais ils étaient aussi un peuple millénaire avec une grande Histoire. Ils avaient écrit les sagas du Nord. Intellectuellement, c'était une grande nation. Autrement grande que ces bachi-bouzouks des Antilles à peine capables de faire des peintures rupestres et à plus forte raison d'écrire.

Le 24 décembre, Omar acheva de vider le dernier carton. Il avait manipulé chacun des objets qu'abritaient cette trentaine de caisses, il avait tout examiné, tripoté, s'était interrogé, avait réfléchi, conjecturé et spéculé. Il avait passé une bonne partie des journaux intimes à la moulinette de Google Traduction – sans rien y trouver d'intéressant. Cela se résumait à un journal de bord, à des annales. Aucun jugement. Pas de ragots. Nulle trace d'un affreux secret. Aucune remarque suspecte ou mystérieuse, aucun message codé. À sa grande surprise, Omar constata qu'Agnes ne disait pas un mot de l'Holocauste ou de la Seconde Guerre mondiale, qui étaient pourtant si envahissants dans tout le reste de sa vie. On eût dit que ce journal était le seul pan de son existence à être préservé de l'Holocauste. Comme si ce qu'elle voulait conserver dans ces calepins se résumait à un quotidien parfaitement banal où les gens ne meurent pas par millions – et dont les événements n'ont rien de dramatique. Le monde sans Hitler. Sans les famines. Dans son esprit, ces journaux intimes faisaient peut-être figure d'excursion à la campagne ou étaient une manière de se mettre à l'abri, de se laisser flotter là où il n'y avait rien d'autre que des chants d'oiseaux, des blocs de pierre et de la toundra.

Omar s'installa sur une chaise dans la cuisine, débloqua le loquet de la fenêtre, ouvrit le battant de la vitre couverte de fleurs de givre, alluma une cigarette et rejeta sa fumée dans l'air glacial de l'hiver. Il balaya les lieux du regard. Il devait maintenant ranger tous ces objets, les placer sur des étagères, monter lesdites étagères et les bibliothèques. Il s'était plus ou moins attendu à ce que ces fouilles lui apportent des révélations, mais ça n'avait pas été le cas. Enfin, bref.

Longtemps après l'époque où les Islandais s'étaient offusqués d'être relégués au rang de sauvages groenlandais et de négresses des Caraïbes, ils se mirent à cultiver une image semblable à celle qu'ils avaient autrefois rejetée : ils se présentaient maintenant comme des autochtones qui entretenaient un lien exceptionnel avec la nature, des gens qui mangeaient des choses dégoûtantes, avaient d'étranges coutumes et n'appartenaient absolument pas à la prétendue "civilisation" occidentale. Non, les Islandais croyaient aux elfes vivant dans les collines et conversaient avec les morts. Les Islandais croyaient au pouvoir magique des montagnes et des glaciers. Ils consommaient de la nourriture avariée et se soûlaient abondamment. Les Islandais étaient des sauvages. Parce que c'était vendeur. Parce que c'était cool. Parce que ça n'a plus rien de cool d'être danois. Tout le monde est danois. La Scandinavie, c'est comme la béarnaise et le glutamate de sodium. Elle n'a plus rien de mystérieux. L'Islande, c'est le tamarin allié à la citronnelle. Sauf que c'est de l'esbroufe. En fait, l'Islande n'est rien d'autre que le Danemark. Rien de plus que de la béarnaise. Fabriquée industriellement et conditionnée dans des pots en plastique. On la trouve dans les supermarchés Bonus. Parce qu'on en consomme. Parce que c'est pratique. Et elle est accompagnée d'une foule de chaînes de télé. Sans parler d'Internet. Nous voulons être sur Facebook. Or, on ne peut être sur Facebook à moins d'être aussi de la sauce béarnaise.

Agnes avait suggéré qu'au lieu de s'offrir des cadeaux de Noël "conventionnels", ils donnent l'argent à une association internationale d'aide à l'enfance afin de financer des achats de denrées alimentaires. Ils contribueraient ainsi à rendre le monde meilleur en versant leur écot sur la fameuse balance dont les deux plateaux étaient d'une part le malheur et les catastrophes et d'autre part l'abondance inutile. Cela leur permettait véritablement d'augmenter la quantité de bonheur sur terre.

Omar était assis au pied de l'arbre de Noël dans le salon. Il n'avait pas eu le courage d'installer la guirlande lumineuse, mais avait placé l'étoile sur la branche la plus haute et portait son bonnet de père Noël rouge et orné de paillettes sur la tête. Il prit l'accusé de réception de sa donation. Les cinq mille couronnes qu'il avait versées avaient été envoyées à la Banque alimentaire de l'Aide à l'enfance. L'idée n'était pas la sienne. Il aurait préféré offrir un cadeau à Agnes, préféré qu'elle lui en offre un. Or, il ne pouvait même plus jouir de la position morale supérieure que lui procurait son rejet de la société de consommation. Parce qu'il voulait un cadeau de Noël. En outre, cette idée était celle d'Agnes. C'était son exigence à elle. Ces dix mille couronnes qu'ils avaient données tous deux venaient d'elle – non parce qu'elle avait travaillé pour les gagner, mais parce qu'elle avait formulé cette exigence. Mais voilà, Omar voulait tout bêtement un cadeau de Noël.

Dans cette histoire à Copenhague au début du XXe siècle, les Islandais refusaient d'être les *autres*. D'être le *petit autrui*, le *petit frère*. Ils voulaient regarder plutôt qu'être regardés. Ils voulaient être le *grand autrui*, le *grand frère*. Ils voulaient aller visiter le parc de Tivoli et voir des cynocéphales tatoués manger de la viande crue ou baiser leurs nièces et leurs tantes. Mais c'était impossible tant que les Danois affluaient pour voir les Islandais avaler les précieux manuscrits et saillir les brebis. Voilà pourquoi la Société des Islandais avait réagi avec autant de colère et de consternation – comme s'il y avait un malentendu du côté des Danois. Comme si les Islandais n'avaient jamais mangé les manuscrits ni sauté aucune brebis. On se demandait presque s'ils étaient capables de tricoter leurs célèbres chandails en laine de pays.

Au moment où l'année ancienne rencontra l'année nouvelle – où 2009 devint 2010 – Omar était assis seul sur les marches devant la maison qu'il possédait avec Agnes sur le boulevard Sæbraut. D'ici un mois, elle serait de retour. Et déjà, tout était prêt. Elle pouvait emménager. Il avait tout rangé à sa place, passé l'aspirateur et lavé les sols, acheté du papier-toilette, du riz, du sel et tout ce qu'il fallait dans un foyer. Il ne manquait plus qu'Agnes. Il avait regardé le bêtisier de la Saint-Sylvestre et l'avait trouvé mi-figue mi-raisin. Il était minuit. Il contemplait les feux d'artifice qui illuminaient le ciel, écoutait les détonations qui se rapprochaient pour ne former plus qu'un vacarme pulsatif, comme si la terre était victime de dérèglement dans son rythme cardiaque. Buvant à petites gorgées le champagne rosé qu'il avait acheté pour célébrer la nouvelle année, il remonta la fermeture éclair de sa combinaison Kraft antifroid et continua de tirer sur sa cigarette.

Depuis quelque temps, il fumait beaucoup trop.

Victor Cornelins était encore jeune homme lorsqu'il vint au Danemark pour la première fois en tant qu'objet de curiosité dans l'Exposition coloniale de Tivoli. Il n'était pas sur le stand islandais, mais sur celui des Caraïbes. Victor était curieux et l'exposition lui plaisait beaucoup. Il aimait observer ces bachi-bouzouks venus des lointains univers islandais, féroïen ou groenlandais et allait voir les autres stands pour contempler les harpons des Féroé, les traîneaux de chiens du Groenland et les chaussures en peau fabriquées en Islande. Mais, vous l'imaginez peut-être, il n'appréciait pas spécialement que les gens l'observent comme s'il était un de ces mangeurs de joues de moutons nordiques, nourri à la graisse de phoque, aux testicules de moutons surets et à la viande séchée au grand air.

Agnes fêta ses trente et un ans dans l'intimité. En tout cas, boulevard Sæbraut. Omar avait acheté pour l'occasion un beignet où il avait planté une petite bougie. Puis il avait fait un café. Sur le calendrier, il avait entouré la journée en rouge, mais cela mis à part, rien n'attestait que c'était l'anniversaire de la propriétaire. Omar espérait plus ou moins qu'elle lui téléphonerait – ou qu'elle se manifesterait sur Skype s'il parvenait à s'introduire dans l'un des réseaux domestiques voisins. Il n'avait aucune nouvelle d'elle depuis que la connexion avait été coupée environ un mois plus tôt. Pas même un texto. Mais il ne désespérait pas. Il la connaissait. Elle n'avait pas le don d'ubiquité et ne voulait pas l'avoir. Si elle avait besoin d'être à Jurbarkas en ce moment, elle ne pouvait pas être en même temps boulevard Sæbraut. Agnes était simplement incapable de ce genre d'acrobaties intellectuelles. Comme bien des gens, elle était légèrement autiste. Omar se disait toutefois qu'il était mal placé pour lui reprocher sa bizarrerie, vu ce qu'il était.

Un beau jour, le comité directeur de l'Exposition coloniale fut d'avis que le petit Victor Cornelins s'attardait un peu trop sur le stand groenlandais. Alors on apporta la cage. On le plaça à l'intérieur avec sa sœur Alberta, qui mettait elle aussi de la mauvaise volonté à s'exhiber.

Les petits Danois s'attroupaient souvent devant cette cage et se défiaient d'introduire leurs doigts entre les barreaux pour voir si Alberta ou Victor les mordraient – la rumeur affirmait qu'ils étaient mangeurs d'hommes –, ils furent nettement plus appréciés en cage que lorsqu'ils allaient et venaient à leur guise.

À ton avis, à qui tu ressembles le plus ? À un ouvrier ougandais ou à ce Hreidar Mar, l'ancien directeur de la banque Kaupthing avant la crise bancaire ?

Il y a des livreurs de pizzas en Ouganda ? Omar fixait l'écran de son ordinateur. Agnes avait éteint sa webcam pour améliorer la qualité du son et, au lieu d'avoir sous les yeux l'image mouvante de sa petite amie, le jeune homme voyait une photo de deux chatons tachetés de gris blottis l'un contre l'autre sur un coussin rouge.

Pourquoi il n'y en aurait pas ?

Attends, je vérifie ça sur Google…

Mmmh.

Oui, ils font bien des pizzas en Ouganda. On y trouve même Domino's à Nkrruurrumah Road. Désolé, je n'arrive pas à prononcer ça. En tout cas, la ville s'appelle Kampala.

Putain, t'es un rapide !

Alors, l'Ouganda ou Hreidar Mar ?

Hreidar.

Pourquoi ?

Je n'en sais rien. Parce que nous avons tous les deux été bercés par le comique Hemmi Gunn. Que nous avons tous deux dansé sur les chansons du groupe Salin hans Jons mins ("L'âme de mon cher Jon"), dégobillé de la mauvaise gnôle et que nous avons tous deux eu le béguin pour Linda Pétursdottir, l'ex-Miss Monde. Nous avons tous deux vu le documentaire *Rock à Reykjavik* et lu Halldor Laxness. Nous avons lu Dostoïevski dans les traductions d'Ingibjörg. Et Hreidar a très bien pu bosser chez Domino's. Il y a quelques années, ce n'était qu'un gamin, étudiant à l'école de commerce. Je pense ne pas me tromper.

Tu crois que Hreidar Mar a lu Dostoïevski ?

Il a sans doute plus de chances de l'avoir fait que le livreur de pizzas ougandais.

Tu peux vérifier sur Google ?

Quoi donc ?

Livreur de pizzas ougandais grand lecteur de Dostoïevski...

Omar se tut un instant. Le moteur de recherche ne trouve aucun résultat.

Ils préfèrent peut-être Tolstoï.

À moins qu'ils ne préfèrent lire la traduction des écrits de notre philosophe Arnor Hannibalsson. Au fait, pourquoi cette question ?

Bah, comme ça. Je me suis engueulée avec mon père sur le thème nationalité versus statut social. Peu importe.

Ah ouais.

Bon, je dois y aller. On se voit demain soir. Tu viens me chercher à la gare routière du BSI pour m'aider à porter mes valises ?

Oui, oui. Tu auras mangé ?

Je n'en sais rien. Peut-être un peu. Mais ce serait bien s'il y avait au moins du yaourt dans le frigo.

Ok. Tu veux une marque précise ?

Non, Omar, je m'en fiche. Du yaourt, point. Bon, je dois y aller.

Ok. Salut !

Salut !

Étant donné que les Islandais exigeaient de ne pas être *altérisés* – et qu'ils demandaient à être considérés comme sujets danois et non comme des autochtones de lointaines colonies –, on décida de rebaptiser la manifestation et d'opter pour l'appellation : Exposition coloniale danoise et présentation d'objets venus d'Islande et des îles Féroé.

Lorsque Victor Cornelins s'était rebellé de la même manière, on l'avait enfermé dans une cage en le taxant d'anthropophagie. Il avait craché sur ces enfants danois que tous trouvaient si mignons et qui lui tendaient leurs doigts pour voir s'il allait les mordre. Il avait craché sur ces petites filles en robe rose à rubans et sur ces petits garçons en marinière. Il avait craché sur ces dames danoises vêtues de leurs longues robes qui lui offraient du chocolat et sur ces bonshommes danois qui, hautains et fiers, expliquaient à leur famille les bienfaits accomplis par le royaume aux Caraïbes.

17

Depuis quelques semaines, chaque fois que je montais à bord d'un autocar ou d'un train, je me demandais si, en descendant, je ne devais pas abandonner cet anneau pénien sur mon siège. D'un côté, cela me semblait approprié. Il y aurait eu dans mon geste quelque chose de poétique, quelque chose de vrai. D'un autre côté, je me disais que ça tenait de la plaisanterie de potache. C'était tellement puéril. Comme si je m'attendais à voir une vieille dame hurler au scandale en découvrant l'objet. Mais plus je me rapprochais du passé, plus je m'éloignais de moi-même. Au fur et à mesure que musées et monuments me procuraient une image plus nette de ce qui *était arrivé*, j'éprouvais de plus en plus de difficulté à appréhender ce qui *arrivait*. J'avais cru faire route vers quelque part, j'avais voulu m'accorder un peu de patience, m'offrir assez d'espace pour ne pas céder aux suppositions hâtives, ni arriver trop vite à destination. Or maintenant je vivais dans un univers où les frontières séparant toute chose étaient si tranchées. Peut-être n'étais-je pas allé assez loin vers le nord. Peut-être y avait-il là-bas des choses qu'on ne trouvait pas ici, dans le sud. La chaleur ne faisait qu'accroître mon sentiment d'irréalité – la brume qu'elle engendrait transformait le réel en mirage, en illusion, en vision. Il m'était impossible d'avoir foi en un monde où les couleurs se délavaient. Les territoires au sud du Jutland se résumaient à un rêve. Rien de ce que j'y avais vécu n'avait eu lieu. Rien n'était réel. Je suis monté dans le train pour Copenhague, j'ai allumé mon téléphone portable et me suis connecté à Facebook. Il ne s'y passait rien. L'Europe me surprenait constamment par son étendue et ses distances. Je m'étonnais de voir ces rails qui continuaient à perte de vue, sans jamais s'interrompre, allant droit devant et décrivant à la fois un nombre infini de cercles et de circonvolutions. Chaque aiguillage marquait un nouveau point de départ. Chaque gare. Chaque chaîne de montagnes, un avenir nouveau. Chaque tasse de café, la toute première et chaque repas, le tout dernier. À Narvik, j'ai eu froid et je suis reparti vers le sud. J'ai pris le train pour Gällivare, puis le car pour Jokkmokk. J'ai mangé un sandwich aux crevettes, bu un chocolat chaud et dormi. J'ai attendu des heures le prochain car pour Luleå et je me suis ennuyé à crever. À Kemi, je suis allé dans la gare m'acheter du muesli et du *filmjölk* (yaourt liquide), et à Oulu j'ai englouti des *piirakka* (tartes) de Carélie. Là, j'ai coupé court à mes hésitations et je suis redescendu à toute vitesse vers la chaleur du sud. J'ai observé les voyageurs assis dans le wagon-restaurant. Il y avait seize personnes, plus moi et la serveuse. Si je me souvenais bien, Agnes m'avait dit que 20 % des Finlandais avaient voté pour le parti des Authentiques Finlandais – soit deux électeurs sur dix. Ce qui signifiait, en nous décomptant, moi, la petite fille et le bébé présents dans le wagon-restaurant, que trois des autres voyageurs avaient (en vertu des lois statistiques) voté pour ces saloperies de néonazis en costume de ville. Pour ces populistes, me suis-je corrigé mentalement. Les nazis ne portaient pas de costume de ville. Une subite colère m'a envahi. Je me suis levé et j'ai quitté le wagon-restaurant. J'étais à bord d'un train de nuit qui roulait vers Helsinki. Cette nuit-là, j'ai rêvé que je recevais une lettre de l'état civil m'informant que mon prénom avait été retiré du registre de ceux autorisés par la République d'Islande, et qu'il n'avait été accepté dans le passé que par le fait d'une regrettable négligence. Omar était un prénom arabe qui ne convenait pas aux ressortissants des pays nordiques, surtout par les temps qui courent. Le document me suggérait d'opter pour Ottar, Ófeigur ou encore Odinn. Au moment de mon réveil, je plaidais ma cause à la Cour européenne des droits de l'homme de Strasbourg. Je frappais du poing sur la table en hurlant si fort qu'on voyait gonfler les veines de mes tempes. Mon compagnon de cabine, en slip, s'est levé et m'a tapoté l'épaule. J'ai écarquillé les yeux et je me suis excusé. J'ai fait un cauchemar, ai-je dit avant de me tourner à nouveau vers la paroi du compartiment. Le train est entré en gare peu après. Le mois de juillet était sans doute assez avancé, je n'avais consulté aucun calendrier depuis que je m'étais calé sur mon propre rythme. Le mois d'août avait peut-être même déjà débuté. Il faisait une chaleur étouffante. J'avais passé le plus clair de mon temps dans les trains, j'avais visité une foule de monuments et de lieux historiques. C'était en tout cas mon impression. Au moment où je m'étais mis en route, j'avais craint d'épuiser les endroits à découvrir longtemps avant d'avoir envie de me poser quelque part. Mais il en allait de ce voyage comme des livres. Plus je visitais de lieux, plus la liste s'allongeait de ceux qu'il me restait à voir ou que je ne pouvais me permettre de manquer. À la gare d'Helsinki, j'ai pris un taxi pour rejoindre le port et avalé un petit-déjeuner à bord du ferry qui voguait vers Tallinn. Jusque-là, j'avais réussi à tailler la route en ne m'arrêtant que pour me restaurer et dormir. Depuis le début du voyage, j'avais à peine ouvert la bouche, sauf pour commander à manger, acheter un billet ou prendre une chambre. Je ne m'en sentais nullement frustré, mais j'avais l'impression que je commençais à craquer aux entournures et que je ne tarderais pas à exploser. Tout ce que je voulais se résumait à ça : partir ailleurs, mais cet ailleurs, j'ignorais où le trouver. Je trimbalais toujours ce putain d'anneau dans ma poche. S'il était censé me servir de boussole, il ne fonctionnait pas. À moins que l'Europe n'ait été qu'un ensemble de cercles. À moins que la Terre ne se soit résumée à un ensemble de cercles – en tout cas, elle était ronde et les planètes n'étaient peut-être finalement rien d'autre que d'innombrables cercles. Et encore, à peine. Tourner en rond ne m'apportait pas grand-chose – et j'avais l'impression d'être entièrement immobile. J'ai acheté des morceaux de poulet en vrac, un café noir et une bière dans la grande cafétéria. Je me suis assis sur un fauteuil en cuir à côté d'une baie vitrée, j'ai posé mon assiette sur la table circulaire devant moi et j'ai regardé les vagues tranquilles bâiller leur écume blanche au soleil du matin. J'ai essayé en vain de calculer où j'en étais de mon autorisation de découvert. Cet argent aurait dû être épuisé depuis longtemps. Cela dit, les lecteurs de cartes bancaires ne protestaient pas et moi non plus. Peut-être mes parents avaient-ils alimenté mon compte. On pouvait aussi imaginer que le ministère avait continué à me verser un salaire ou encore qu'on m'avait payé des congés exagérés. Ou peut-être Agnes avait-elle renfloué mes finances. On pouvait aussi penser que quelqu'un connaissait le montant que j'avais à la banque et qu'il savait à quel endroit je dépensais l'argent qui y était crédité. Sans doute avais-je la police à mes trousses. Si tel était le cas, je devais absolument continuer. Je ne pouvais envisager de me laisser attraper. Je refusais d'avoir à regarder en face ceux que je connaissais. Je refusais que quiconque me regarde en face. Je m'avouais enfin que la poursuite de ce voyage relevait d'une décision personnelle. Que je n'étais poussé en avant que par ma volonté et que j'avançais, désorienté et fiévreux, uniquement pour moi-même. Cela n'avait rien à voir avec le poids de l'Histoire, mais avec moi. Chaque fois qu'un des moyens de transport que j'empruntais s'immobilisait, je prenais la décision tout à fait consciente d'en chercher un autre. Le premier. Le meilleur. Pour aller ailleurs. Mais ce n'était pas moi que je fuyais (j'emportais ma personne). Et je ne fuyais pas non plus les autres, même si la police me recherchait sans doute pour avoir incendié la maison. Je m'en fichais. Je n'avais aucune raison de penser qu'elle ne me croirait pas quand je lui dirais qu'il s'était agi d'un accident. L'excuse pouvait sembler puérile. Mais je n'avais jamais vraiment eu la sérénité nécessaire pour réfléchir à la question. Du reste, je ne pouvais pas être entièrement certain qu'il n'avait pas été accidentel. Personne ne pouvait l'être. Je pouvais m'exprimer, me montrer affirmatif parce que j'avais assisté au sinistre, mais personne ne pouvait corroborer ni contredire mon témoignage et, en fin de compte, je doutais. Avais-je réellement renversé cette bougie? Le feu s'était-il déclaré avant ça? On peut imaginer que j'ai pensé à l'anneau pénien. Il n'était évidemment pas certain que le monde me reconnaîtrait, si je revenais lentement mais sûrement, comme j'avais l'impression de le faire – non vers l'Islande, mais vers le monde lui-même. Rien ne m'assurait que je ne m'étais pas transformé en dépit de mon impression de n'avoir pas changé. Les gens s'étonneraient peut-être. Mais qui êtes-vous? répondraient-ils alors que je m'efforcerais, en pure perte, d'expliquer l'incendie et ma fuite. Il me restait malgré tout mon identifiant national individuel, ça, personne ne pouvait me l'enlever. C'était la preuve irréfutable de mon identité. La preuve irréfutable de mon existence.

18

Agnes et Omar traînaient les valises derrière eux dans la tempête qui balayait le boulevard Sæbraut. Aucune construction humaine ne leur procurait le moindre abri. La mer leur faisait face. Dès qu'ils ouvrirent la porte, ils lâchèrent les bagages et s'effondrèrent dans la cuisine – Omar tomba à plat ventre et Agnes s'affaissa sur lui. Ils restèrent quelques instants allongés, haletants, tandis que la glace fondait sur leurs vêtements, que leurs cheveux dégelaient et que le rouge qui leur avait envahi les joues les brûlait – puis Agnes se mit à rire, communiquant bientôt sa bonne humeur à Omar. Le jeune homme se retourna pour s'allonger sur le dos, abaissa la fermeture éclair de son anorak et Agnes s'assit par terre. Ils ôtèrent un à un leurs vêtements, rejoignirent la chambre, entièrement nus, en marchant sur la pointe des pieds, enfilèrent des caleçons longs et d'épaisses robes de chambre, réglèrent tous les radiateurs au maximum et allumèrent des bougies.

Agnes – thé ou soupe ?

Tu m'avais pourtant promis du yaourt, non ?

Tu préfères du yaourt ?

Non.

Une soupe ?

Une soupe à quoi, mon amour ?

Au chou-fleur. Je l'ai faite ce midi.

Recette thaïlandaise ou islandaise ?

Thaïlandaise.

Une soupe thaï au chou-fleur m'ira à merveille.

Le *Liberum veto* était une loi en vigueur au parlement polono-lituanien jusqu'en 1791. Il suffisait à un député de se lever et de s'écrier (en polonais) *Nie pozwalam!* ("Je ne permets pas ça!") pour mettre fin à la session parlementaire en cours et invalider toutes les lois adoptées depuis le début de ladite session.

Agnes se précipita sur le canapé et attendit qu'Omar fasse chauffer la soupe. Elle se massa les orteils à travers ses chaussettes en laine de pays, puis étendit une couverture sur ses jambes. Les bourrasques secouaient la maison. Chaque poutre semblait plier sous les assauts du vent qui tentait d'arracher les murs de leur socle en ciment pour projeter leur maison dans la mer. Cette baraque existait depuis plus de cent ans et ce n'était sans doute pas ce soir qu'elle connaîtrait sa fin, mais l'idée mettait Agnes mal à l'aise. Elle avait l'impression de planer dans le vide. Elle savait que cela ne pouvait pas arriver – en tout cas, c'était hautement improbable. Parallèlement, il lui paraissait inévitable que les planches finissent par céder. Les clous et le ciment, la tôle ondulée, le plastique isolant et la laine de roche finiraient par lâcher, par être réduits en poussière, se déchirer et être emportés par les rafales pour être ramenés par les vagues le lendemain dès l'aube. Cette maison n'était qu'un taudis. Mais c'était sans doute le décalage entre la voix de ses émotions et celle de sa raison qui étaient à l'origine de son malaise, bien plus que la perspective de se retrouver tout à coup dehors en robe de chambre, à la merci de la tempête face au spectacle de son nouveau foyer réduit en mille morceaux.

Lorsque Dorothée dit adieu à ses amis dans *Le Magicien d'Oz*, elle fait claquer ses talons et déclare trois fois : *There's no place like home* ("On n'est nulle part aussi bien que chez soi"). Puis elle se réveille dans le Kansas comme si rien de tout cela n'était arrivé. Ainsi s'achève le film et nous ignorons ce qu'il advient de Dorothée et de ses amis d'Oz ou du Kansas. Dans la réalité politique polono-lituanienne du XVIIIe siècle, il fallait au contraire à chaque fois tout reprendre depuis le début. Les peuples voisins des Lituaniens : Russes, Prussiens et Habsbourg, trouvèrent ce fonctionnement si ingénieux qu'ils soudoyèrent des députés afin que ces derniers fassent obstruction, utilisent leur droit de veto à tout bout de champ, et s'arrangent pour bloquer le système. Lorsque l'administration trouva enfin un moyen de contourner cette loi, en 1764, le mal était fait.

Quand Omar interrogea Agnes sur ce à quoi elle avait consacré ses journées en Lituanie, elle lui répondit qu'elle avait passé son temps à s'empiffrer et à se chamailler avec ses parents sur tout et n'importe quoi. C'était ça qui me manquait, dit-elle en lapant la soupe brûlante dans sa cuiller. On ne se sent vraiment chez soi que quand on mange les plats auxquels on est habitué – qu'on retrouve les saveurs qui nous semblent naturelles, la cuisine maternelle – et aussi les disputes familières. Je *sais* comment ne pas être d'accord avec mes parents. Je sais ce que ça signifie. Or quand ce n'est pas arrivé depuis très longtemps et qu'enfin cela se produit à nouveau, je ressens une certaine chaleur – un peu comme si un mal du pays plutôt vague et difficile à exprimer disparaissait tout à coup parce qu'on a assouvi le manque et qu'enfin on est rassasié. Voilà, je suis rassasiée.

Les rafales redoublèrent d'intensité. Omar compara la maison à un avion pris dans une zone de turbulences. Agnes s'excusa de ne pas l'avoir contacté depuis Noël et il lui demanda de quel côté du lit elle préférait dormir. Peu après minuit, ils s'allongèrent sous la couette qui sentait le propre – Agnes se coucha sur le côté gauche puis demanda à Omar si elle avait le droit de changer d'avis. Elle l'enjamba, il glissa sous elle et elle s'installa sur le côté droit. Elle alluma la lampe de chevet, ôta l'emballage plastique qui enveloppait le roman satirique où il était question d'un tueur en série croate officiant en Islande, livre qu'Omar lui offrait, avec un léger retard, pour son anniversaire. Quand elle s'approcha pour l'embrasser et lui dire bonne nuit, il était déjà endormi.

Imaginons que pour la trente-deuxième fois en une semaine, à la session parlementaire du printemps 1714, un imbécile se lève et s'écrie *Nie pozwalam!* comme si ses paroles étaient animées d'un idéal autre que sa cupidité personnelle ou sa folie. Imaginons qu'on le laisse faire. Et que personne ne se lève pour étrangler ce connard.

Omar aurait voulu pouvoir se disputer avec Agnes. Ça lui déplaisait qu'elle doive aller jusqu'à Jurbarkas pour trouver la chaleur dont elle avait besoin – il voulait être celui qui incarnerait le mal du pays dont elle avait parlé. Il voulait que quand elle aurait envie de retrouver son chez-soi, ce désir ne la conduise pas vers une terre étrangère – mais vers lui, il souhaitait qu'*elle* désire être *à ses côtés*. Et même s'il devait se faire violence en inventant des sujets de discorde pour consolider leur couple, il savait qu'il fallait en passer par là. S'il voulait qu'Agnes envisage leur foyer comme son véritable chez-soi, s'il voulait qu'elle puisse le percevoir comme un refuge à l'abri du tumulte de ce monde, il allait devoir mettre leur couple à l'épreuve. Il fallait qu'elle comprenne qu'ils pouvaient se disputer, hurler, casser des assiettes et monter dans les tours – sans que leur foyer disparaisse dès le lendemain. Qu'elle sache que les bras d'Omar seraient toujours là, accueillants, que le dîner serait encore servi à l'heure habituelle et que son petit ami ne passerait pas son temps à lui rappeler toutes les idioties qu'elle avait dites sous le coup de la colère, pas plus qu'il ne croirait qu'elle les avait pensées et que, par conséquent, elle devait les retirer et s'excuser.

Mais Omar ne voyait vraiment pas à quel sujet ils auraient pu se disputer.

Le *Liberum veto* était une règle d'autant plus déraisonnable qu'elle se fondait sur la notion de confiance. Comme dans les campagnes où personne ne ferme sa porte à clef malgré la présence de l'idiot du village qui a l'habitude d'aller se servir dans le frigo en l'absence de la maisonnée. Rien n'est plus beau que la confiance aveugle et rien n'est plus laid que de la mettre à mal pour servir son intérêt propre ou par mauvais esprit. Mais disons qu'on s'entête. Qu'on refuse de retirer sa confiance en continuant de laisser sa porte ouverte. Jusqu'au moment où on se rend compte que l'idiot du village, non content d'avoir vidé le frigo, l'a également volé, tout comme il a dérobé tous les meubles pour revendre l'ensemble à un receleur.

Agnes se demandait ce qu'elle devait en penser. C'était incompréhensible. Elle avait envie de se frotter les yeux – même si elle était réveillée depuis un certain temps –, c'était tout de même incroyable. Elle serra les poings, les plaqua fermement contre ses orbites et massa ses paupières en un mouvement circulaire. Elle laissa ses mains retomber le long de son corps et rouvrit les yeux, précautionneusement. Dès que sa vision redevint nette, elle les ferma à nouveau, inspira et secoua la tête comme pour dire que ce qu'elle voyait n'existait pas. Comme si tout cela était absolument inconcevable.

Debout à la porte de la salle de bains, Omar attendait sa réaction. Torse nu, il achevait d'essuyer les traces de mousse à raser sur son visage à l'aide d'une serviette. Il attrapa sa chemise et la boutonna jusqu'au col. Il s'était rasé, mais avait épargné une petite moustache à la Hitler. Une moustache de la largeur d'une brosse à dents. Comme Hitler. Et Himmler. Et Chaplin. Et James Joyce. Et même Michael Jordan.

Et pourtant. Et pourtant. Et pourtant.

On aurait bien souvent envie de pouvoir se lever en soupirant tristement *nie pozwalam* dans l'espoir que toutes ces conneries – cette bêtise stérile qu'on supporte, qui croît et s'épanouit, cette haine et ce mépris – se voient réduites à néant afin qu'on puisse se réveiller au Kansas en se disant que tout cela n'était qu'un rêve.

Agnes ne se disputa pas avec Omar. Pas plus qu'elle ne le réprimanda ou ne lui fit la leçon. Elle ne hurla pas, ne cassa pas d'assiette et ne dit rien qu'elle aurait pu regretter. Elle se contenta de l'observer quelques instants et déclara d'un air grave, parfaitement exempt de mépris et de colère, que ce n'était pas drôle. L'objectif d'Omar n'avait rien à voir avec la drôlerie, il ne s'attendait pas à la voir éclater de rire, mais ça, Agnes ne pouvait pas le savoir. Sans doute pensait-elle que c'était là un exemple typique de l'humour masculin. Une sorte de déclaration d'indépendance aussi maladroite qu'immature – une manière de défier et d'attirer l'attention de l'autorité – comme le jour où, encore gamine, elle avait raconté à ses grands-parents cette blague antisémite. Sauf qu'Omar n'était plus un môme. C'était un homme, même si Agnes peinait parfois à voir la différence.

Il passa le reste de la journée allongé sur le canapé, plongé dans la lecture d'*Atlas Shrugged* (*La Grève*) d'Ayn Rand, comme s'il attendait que quelqu'un vienne lui mettre une raclée. Avant d'aller se coucher, il fit une halte à la salle de bains et rasa sa moustache.

Les Lituaniens aussi ont un Jonas. Le leur s'appelle Jablonskis, et non Hallgrimsson, ce n'est pas un grand poète romantique, mais un philologue. Jablonskis et Hallgrimsson ont toutefois en commun d'avoir, plus qu'aucun de leurs compatriotes, milité pour restaurer la pureté de leur langue et pour la création de mots nouveaux. "Il faut que les Lituaniens puissent penser dans leur langue maternelle", proclamait Jablonskis, rayant tous les emprunts étrangers dans la revue *Vilniaus Zinios*, qui était un peu son *Fjölnir**. "Aucune langue n'est aussi proche de l'indo-européen originel que la nôtre", poursuivait Jablonskis. "Nous n'avons que faire du vocabulaire local issu des dialectes de la populace."

Omar envisagea pendant quelques jours de faire monter la tension d'un cran. D'y aller franco, histoire de voir jusqu'où il devait pousser le bouchon afin de déclencher la colère d'Agnes. Par exemple, il aurait pu se faire tatouer une croix gammée sur la poitrine. Voire sur le front. Ou encore *Arbeit macht frei* sur le bras. Mais ça n'aurait sans doute servi à rien. En outre, il ne voulait pas avoir à se justifier. Il n'avait pas envie d'expliquer le sens de ses actes.

Un jour, il urina sciemment à côté de la cuvette : Agnes ne mentionna même pas l'incident. Elle se plaignit que la brandade de morue était trop poivrée, mais il échoua à déclencher une dispute. Il avait beau laisser la porte ouverte et poser les sacs-poubelle sur les marches au lieu de les porter jusqu'au trottoir, rien n'y faisait. Manifestement immunisée contre toutes ses ruses, Agnes ne cédait jamais à la colère. Au bout d'une semaine, elle lui demanda enfin s'il était souffrant et ajouta qu'il semblait un peu dans la lune ces derniers temps. Mais à ce moment-là, fatigué, il s'était contenté de

---

* Revue annuelle de langue islandaise publiée à Copenhague entre 1835 et 1847 par quatre intellectuels islandais, dont Jonas Hallgrimsson, afin de réveiller la conscience nationale et linguistique de leurs compatriotes. Cette revue a introduit le courant romantique en Islande, qui était alors sous domination danoise.

marmonner une réponse – il avait mal dormi. Et c'était lui qui n'avait pas eu le courage d'engager une dispute.

Jonas Jablonskis était un partisan pur et dur de l'épuration linguistique. Absolument intransigeant, il méprisait particulièrement les emprunts au russe, au polonais, à l'allemand ou au yiddish qui, à son avis, défiguraient la langue de son pays. L'ironie du sort veut qu'il se soit fondé sur le dialecte de la région de Suvakija pour unifier le lituanien à l'écrit alors que la majeure partie de ce territoire, aujourd'hui connu sous le nom de Suwalki, appartient à la Pologne et non à la Lituanie. Or c'est là-bas que le mouvement de libération plonge ses racines, ceci expliquant cela.

Deux fois par mois, Arnor passait au boulevard Sæbraut. Il prenait un café avec Agnes dans la cuisine tandis qu'Omar restait au salon, feignant de ne pas les entendre. Il traînait sur Facebook et discutait de politique intérieure, des solutions proposées pour sortir de la crise et de l'effacement de la dette des plus riches avec des connaissances lointaines ou proches – afin de ne pas entendre Agnes et Arnor qui buvaient leur café.

Il eût été quelque peu exagéré de dire qu'on entendait Agnes. Arnor monopolisait la parole. Constamment. Omar se taisait dans le salon, Agnes gardait le silence dans la cuisine et Arnor ne cessait de déblater sur les gens et le monde. Sur le vaste monde. Sur ce qu'il appelait les politiques culturelles, excluant de fait les politiques raciales. La culture ne se limite pas aux symphonies et aux opéras, affirmait-il. Elle inclut également la valeur accordée au travail, le passé idéologique de la société et ses coutumes. De nombreux pays européens ont une tradition de l'immigration – et des immigrés. Par exemple, il y a en Grande-Bretagne une immigration indienne traditionnelle, tout comme en France il existe une immigration algérienne. En Islande, nous n'avons pas ce genre de tradition et il est inutile de l'inventer. C'est une chose de s'attaquer aux problématiques existantes, et qui demandent à être traitées, mais c'en est une autre d'importer des problèmes qui ne nous concernent pas. L'élite politique s'obstine à refuser de voir cette vérité en face. Elle s'imagine que l'Islande va sauver le monde – à moins que l'élite en question n'ait tout

simplement envie de conduire sciemment le pays à sa perte. Il marqua une pause, puis cria : putain de bachi-bouzouks !
Avant d'emplir la cuisine d'éclats de rire sympathiques.

Tous ne se montraient pas aussi intraitables que Jonas Jablonskis, qui se heurtait souvent à ses collègues de la rédaction de *Vilniaus Zinios*, étant du reste si prompt à s'emporter qu'on entendait encore l'écho de ses hurlements bien longtemps après sa mort. Suite à une violente altercation avec le directeur de la revue, Petras Vileisis, qui avait eu l'impudence d'affirmer qu'elle devenait de plus en plus indéchiffrable à cause des néologismes et expérimentations grammaticales de Jablonskis – et que si elle avait vocation d'atteindre les paysans, elle devait être écrite dans une langue accessible –, le même Jablonskis avait quitté les lieux furieux et claqué toutes les portes entre Vilnius et Panevezys, où il s'était installé pour exercer le métier d'enseignant.

En avril, la presse publia des photos de jeunes gens dans des uniformes qui rappelaient diablement ceux des nazis, et dont les attitudes semblaient elles aussi plutôt nationales-socialistes. Ils étaient membres du parti politique hongrois Jobbik, qui avait remporté 17 % des suffrages aux élections, au grand dam des Européens horrifiés. Les blogs s'enflammèrent. Les parlementaires donnèrent de la voix dans les assemblées. Les associations de défense des droits de l'homme publièrent des déclarations. Les cellules antifascistes convoquèrent des réunions de crise. Les Juifs, les Musulmans et les Arabes suffoquèrent, les adeptes du bahaïsme soupirèrent et le philosophe slovaque Slavoj Zizek fut interviewé par CNN – et zézaya quelques mots ironiques à l'encontre de Jobbik et de son leader. Le philosophe déclara en souriant d'un air malicieux comme s'il se délectait de la transgression qu'il allait accomplir : "Ce qui est intéressant avec Jobbik, ce n'est pas le fait que ce parti flirte avec l'esthétique fasciste. Ce phénomène existe dans toute l'Europe de l'Est depuis la chute du communisme et sans doute même avant ça. Ce qui m'interpelle concernant Jobbik est une particularité qu'on retrouve au sein d'autres mouvements populistes en Europe – qu'il s'agisse du Front national, du Dansk Folkeparti au

Danemark ou de tous les autres. Ces mouvements reprennent à leur compte des valeurs féminines et s'efforcent de montrer une image plus douce et plus maternelle. La base de Jobbik continue de défiler en uniforme nazi, mais ces tenues sont appelées à disparaître, ce n'est qu'une question de temps. En revanche, le leader de cette formation est une femme – une femme extrêmement féminine. Et elle représente l'avenir, tout comme Marine Le Pen est l'avenir du Front National et Pia Kjærsgaard celui du Dansk Folkeparti au très progressiste royaume de Danemark."

Comme les Islandais, les Lituaniens ont sur leur billet de cinq cents l'effigie d'un grand héros national. Le poète Vincas Kudirka est surtout célèbre pour avoir écrit l'hymne national et dirigé la revue nationaliste extrémiste (et interdite) qui s'appelait *Varpas*, c'est-à-dire *La Cloche* (laquelle avait succédé à la revue *Ausra*, un peu plus modérée). Né en 1848, il fut emporté prématurément par la tuberculose à la toute la fin du XIXe siècle, laissant un grand vide parmi ses compagnons de lutte. Dans sa jeunesse, Vincas Kudirka avait étudié la philosophie, l'histoire et la médecine et accompli, entre autres, l'exploit de se faire arrêter en possession d'un exemplaire du *Capital* de Karl Marx.

Mais tandis que le monde s'alarmait de la progression de Jobbik, Agnes n'avait rien à dire sur la question. Pendant le dîner, Omar avait tenté d'engager une dispute sur la vie politique hongroise mais, n'étant pas suffisamment à l'aise sur la question, il avait échoué. Chaque fois qu'il avait évoqué Jobbik, Agnes lui avait servi un exposé sur le nationalisme magyar – dont elle affirmait qu'il plongeait ses racines dans l'Empire des Habsbourg. Elle parvenait ainsi à entraîner le jeune homme – qui ignorait tout de cette dynastie impériale – dans une discussion qu'il voulait éviter tandis qu'elle ne disait pas un mot ou presque de Jobbik ni du résultat des élections. Omar se demandait si ce n'était pas volontaire. On aurait dit qu'elle évitait sciemment d'aborder le nazisme. Certes, il n'y avait rien de pervers à évacuer ce sujet d'une discussion, mais cela ne lui ressemblait tellement pas.

Le comité de rédaction de la revue *Varpas*, mené par Vincas Kudirka, ne mâchait pas ses mots quand il s'agissait de la question juive : "Les Juifs déploient une énergie considérable à nous priver de tous les emplois respectables, surtout les Juifs cultivés, comme les pharmaciens et les avocats… C'est une évidence, or nous n'avons pas le cran de nous élever contre la nature fourbe des Juifs… Nous gardons le silence pendant qu'ils nous marchent sur les pieds et rient de notre lâcheté… Le Juif nuit considérablement aux Aryens que nous sommes… y compris les sciences les plus complexes ne sont pas capables d'ôter la crasse inhérente à l'âme du Juif."

En résumé, Vincas Kudirka n'est pas seulement un type présent sur les billets de cinq cents et un héros national comme Jon Sigurdsson, mais il est également poète national et antisémite, tout comme notre cher Hallgrimur Pétursson.

Quelque temps après son retour de Lituanie, Agnes se mit à "faire ça" avec Arnor. Évidemment, elle ne l'avait pas prévu. Elle n'avait pas "fait ça" intentionnellement. Pour l'instant, elle était incapable de se décrire la chose autrement qu'en se disant qu'ils "faisaient ça". Ce n'était ni de la baise ni une saillie. Ni de la bagatelle. Ils ne s'accouplaient pas. Ni ne copulaient. Et, à plus forte raison, ils ne faisaient pas l'amour, pas plus qu'ils ne goûtaient les plaisirs de la chair. "Faire ça" était le seul concept suffisamment flou pour qu'Agnes puisse s'y reconnaître sans fondre en larmes.

Avant cela, jamais elle n'aurait imaginé qu'un jour, elle tromperait Omar – et encore moins avec un néonazi. La situation était risible. Ou plutôt, elle aurait prêté à rire si elle n'avait pas en même temps été si terrible pour le pauvre Omar qui, évidemment, ne se doutait de rien.

Mais c'était comme ça. Agnes était simplement comme ça. Elle n'était qu'une sale putain, se disait-elle. Mais elle était comme ça. Et c'était comme ça. Elle aurait haussé les épaules si elle avait pensé que ça servait à quelque chose. Mais même ça n'aurait servi à rien.

Le XIXe siècle touchait à sa fin et le phénomène durait depuis des décennies. Une famille de pauvres paysans payait des études à son fils qui épousait ensuite une jeune fille de famille polonisée et perdait sa culture, sa langue et ses coutumes. Leurs enfants disparaissaient dans des écoles réservées à la classe supérieure – polonais, polonais, polonais et encore polonais (voire tout simplement juifs, si ce n'étaient les deux à la fois). Les paysans et les prolétaires n'avaient pas l'habitude d'offrir une éducation à leurs filles et les garçons qui avaient suivi des études voulaient épouser des jeunes filles instruites – mais ces dernières n'étaient pas Lituaniennes car les Lituaniens, du premier au dernier, étaient tous paysans et ouvriers. Quand ces autres jeunes filles n'étaient pas de langue maternelle polonaise, elles étaient issues de familles juives, russes ou, dans le meilleur des cas, lettones ou prussiennes, ou encore lituaniennes de langue allemande. Une kyrielle d'articles avaient été écrits sur la question. Rien ne semblait plus difficile et plus nécessaire que de marier les jeunes hommes instruits lituaniens avec des jeunes filles lituaniennes – et tous les moyens étaient bons pour y parvenir.

On pouvait imaginer qu'Agnes avait entrevu la part d'humanité d'Arnor. Qu'elle avait subitement compris qu'il était un individu plus complexe qu'il ne le laissait paraître à première vue. Qu'il avait d'autres facettes que celle de ses opinions politiques – peu ragoûtantes. Que derrière tout ces *sieg heil* et ces swastikas, derrière tout ce traditionalisme, cette adoration de la race et ce protectionnisme culturel – ce pluralisme ethnique qui chérissait tant les microcosmes menacés d'extinction – se cachait un petit garçon en manque d'amour. Qui désirait seulement que quelqu'un le prenne dans ses bras. Lui dépose un baiser sur les lèvres, l'étreigne et le presse contre un sein maternel – pour le préserver d'un monde des plus douteux.

Mais peu importe que cette facette ait existé ou non chez Arnor – bien cachée tout au fond de ce pauvre type –, Agnes n'avait rien entrevu de tel chez lui. Bien au contraire, ce qu'elle avait vu était la bête sauvage – et elle voulait que cette bête la prenne avec sa bite. Longuement, sauvagement, frénétiquement.

C'est en ces termes que Vincas Kudirka avait exhorté sa nation quelque temps avant 1900 :

> La question complexe du mariage se pose actuellement de manière aiguë à nombre de jeunes hommes lituaniens instruits. Beaucoup de nos braves garçons choisissent le célibat jusqu'à la fin de leur vie, perdant ainsi le lien qui les unit à la société, parce que aucune femme ne leur convient parmi les Lituniennes… Ô, dame société, donnez-nous des jeunes femmes lituaniennes !

Arnor avoua immédiatement ses "désirs masculins" à Agnes lors de leur première entrevue. Il se décrivit comme un homme et précisa que, en tant que tel, il éprouvait certains désirs qui le conduisaient à coucher avec les femmes. Pas toutes les femmes, mais seulement celles qu'il trouvait belles – en général, jeunes, fines, féminines, innocentes et qui savaient soigner leur apparence. Il ne ressentait aucune honte à avoir envie de les baiser. Baiser est une chose bonne et naturelle, disait-il. Il n'y a pas à avoir honte des bonnes choses, tant qu'elles sont naturelles.

Tu coucherais avec une femme noire – si elle était svelte, jeune et féminine ?

Ça dépend de plusieurs choses.

Lesquelles ?

De l'endroit d'où elle vient.

D'Afrique ?

Non.

D'Amérique ?

Ça dépend.

Halle Berry ?

Arnor hésita un instant. Agnes se demandait s'il allait se mettre en colère. Cela lui arrivait souvent et, juste avant d'exploser, il gardait le silence quelques secondes – comme s'il avait besoin de prendre son élan. Mais ses colères retombaient aussi vite qu'elles enflaient. Il hurlait parfois une minute entière, écarlate et postillonnant, comme s'il avait perdu la raison, avant de se confondre en excuses d'une voix douce l'instant d'après.

Je sais que ça va te sembler idiot, trancha-t-il enfin, sans la moindre colère dans la voix. Oui, mais avec une capote. Je coucherais avec elle en mettant une capote.

Le souhait de Vincas Kudirka fut exaucé. La société lui offrit des jeunes filles lituaniennes. Toutes n'étaient peut-être pas immédiatement bonnes à marier, mais il s'en fallait de peu. Parmi elles se trouvait Gabriele Petkevicaite-Bite, qui s'était mise à écrire dans la revue *Varpas* après l'appel de Kudirka et devint par la suite une célèbre femme de lettres et humaniste. Le nom accolé à son nom de famille signifie "abeille". C'était initialement son pseudonyme, qu'elle avait ajouté à son propre nom. Elle avait pris part à l'organisation de la première assemblée annuelle de l'Association des femmes lituaniennes (qui se proposait de lutter pour l'égalité et contre la syphilis) en 1907 où elle avait exhorté ses sœurs à résoudre le problème de la Lituanie :

Puisque nos paysannes sont parvenues à sauver notre nation de l'extinction, nous avons désormais le devoir, en tant que femmes instruites, de nous consacrer à l'action sociale en nous souciant particulièrement de la jeune génération. Les hommes peuvent défendre nos intérêts au Parlement, nous défendrons les leurs dans le cœur de nos enfants.

Omar claqua la porte d'entrée derrière lui et se mit en route. Debout à la fenêtre, Agnes le regarda traverser la rue. Quelle que soit sa destination, il y allait toujours à pied. Elle caressa le rideau du bout des doigts en regardant la mer écumante et vorace qui se ruait sur la plage à quelques jets de pierre du pas de sa porte.

Tu sais ce qui m'insupporte ? cria-t-elle à Arnor, parti reprendre un peu de café dans la cuisine. Cette manie des définitions qu'ont les universitaires et les chercheurs dès qu'il est question des populistes de droite en Europe. J'ai lu des tas de livres qui n'ont d'autre objectif que de dresser un tableau des différences entre Geert Wilders et Pia Kjærsgaard, de montrer en quoi Pia ne ressemble pas à Le Pen, ou Le Pen à Haider… ou en quoi blabla n'a rien de commun avec blablabla. Tout le monde s'attache à repérer les divergences et personne n'écrit sur ce qui les unit, sur les points de convergence. Or, ces points communs sont bien plus nombreux – et les bases sont les mêmes. C'est ridicule de consacrer tout ce temps et cette énergie à des palabres et à des chiures de mouche.

Arnor gloussa. Debout à la porte, vêtu d'un chandail islandais blanc, il soufflait sur son café brûlant et hochait la tête. Il y avait encore entre eux ce mur. Ce jeu de faux-semblants. Il ne répondait rien. Peut-être qu'il s'en fichait complètement.

Naissance d'un paradoxe : les nationalistes lituaniens étaient des gens instruits, qui avaient acquis leur sentiment national à Moscou et à Saint-Pétersbourg de la même manière que les élites islandaises avaient développé le leur à Copenhague. Ils avaient appris à "être fiers de leur histoire et de leur culture" dans l'unique but de rentrer chez eux et de rejeter tout ce qui se présentait à leur vue, de rejeter leurs parents et leurs coutumes paysannes et de s'employer à faire d'eux des gens de Moscou, de Saint-Pétersbourg ou de Copenhague. Alors qu'ils bâtissaient des ponts vers le passé, écrivaient et compilaient l'histoire de leurs nations, ils détruisaient parallèlement le lien qui les unissait directement au seul passé qu'ils connaissaient, détruisaient le lien avec ceux qui avaient assuré l'intermédiaire : leurs parents crasseux. Ils vénéraient l'image du paysan, s'enorgueillissaient de leur origine modeste, mais méprisaient les paysans en tant que réalité et faisaient tout pour les éviter, voire les éradiquer.

Les partis populistes européens sont risibles, déclara Arnor. C'est un cirque permanent d'imbéciles et de clowns. Il n'y a aucune trace de pensée organisée dans tout ce qu'ils entreprennent. Et c'est quand ils essaient de collaborer les uns avec les autres qu'on le voit le mieux – tout échoue lamentablement parce que les Hongrois vexent les Slovaques ou que les Français insultent les Autrichiens ou... Enfin bref, c'est un tas de crétins. L'Europe a une culture commune. Nous devons veiller sur les intérêts de l'Occident au lieu de nous chamailler aux frontières sur des broutilles et de ressasser des pommes de discorde millénaires comme de vulgaires sauvages. Laissons les querelles intestines aux nègres d'Afrique – nous sommes des gens civilisés, pas des cynocéphales. Et notre civilisation court à sa perte.

Arnor fit une pause et, quand il rouvrit la bouche, Agnes entra sa langue à l'intérieur.

Le monde entier vous exclut. C'est lui qui est réel et vous ne faites que l'observer. Pendant qu'une foule d'événements – petits ou grands – vient ponctuer l'existence des autres, leur vie entière – ils meurent et enfantent, élèvent, éduquent et vieillissent –, vous restez assis là à ressasser des niaiseries. Des boulons au goût de crème fraîche. La porte est fermée, les lumières sont éteintes et vous avez la nausée – allongé à plat ventre, vous vous empiffrez et n'avez même pas le courage de vous lever. Qui plus est, vous sentez mauvais.

En ralenti cinématographique, nous (re)voyons Agnes debout à la fenêtre et Arnor (à nouveau) à la porte. Lorsqu'elle se (re)tourne pour l'apostropher, il lâche (à nouveau) sa tasse de café qui tombe en planant (comme dans un rêve) vers le sol et rebondit sur le seuil de la cuisine. Le café noir et sucré se répand sur la moquette marron du salon et sur le lino orange de la cuisine. Arnor s'avance (à nouveau) en direction de la chambre quand Agnes réagit (à nouveau) – elle fait un, deux, trois pas vers lui (aussi vite que possible) – la brise du destin le pousse (à nouveau) en avant, il est le chevalier de la foi et (à nouveau) leurs visages se cognent l'un à l'autre pour disparaître l'un dans l'autre comme deux méduses aplaties sur leurs ventouses.

19

N'était ce tee-shirt acheté en République tchèque (*Say it loud, I'm in Brno and I'm proud* – "Dites-le à haute voix, je suis à Brno et j'en suis fier"), je ne m'étais pas changé depuis mon départ. Or ce tee-shirt tchèque, jaune au début, commençait à virer au vert. J'arrachais à pleines dents la viande des cuisses de poulet et je faisais passer la graisse figée avec quelques gorgées de bière. Il y avait longtemps que je n'en avais pas bu, et plus longtemps encore au petit-déjeuner. Je me suis brusquement rendu compte que je ne m'étais pas non plus brossé les dents depuis que j'avais quitté Reykjavik. Je négligeais mon hygiène depuis des semaines. Je ne m'étais même pas reniflé. Je m'étais sans doute habitué à l'odeur de ma crasse car j'avais beau humer l'air, je ne percevais pas la puanteur qui m'accompagnait à coup sûr. Brusquement, des démangeaisons ont envahi tout mon corps. C'était pour moi un changement salutaire que de voyager en mer, me suis-je dit. Je n'étais pas monté à bord d'un bateau depuis des semaines. C'était presque une révolution. Tant qu'on n'apercevait pas la terre et qu'on ne baissait pas les yeux vers le sillage d'écume laissé par le navire, on avait presque l'impression d'être immobile. C'était dans une certaine mesure une nouvelle position géographique, un nouvel endroit où me tenir. Immobile sur mes jambes. La mer me semblait toujours être une sorte de siphon. Un vortex qui s'apprêtait à nous happer. Moi et le bateau. Se préparait à engloutir des continents et des océans, comme une chasse d'eau. J'ai avalé mon café froid et ce qui restait de ma bière, puis je me suis levé pour me diriger vers le magasin détaxé. J'ai erré dans les rayons une demi-heure en essayant de choisir quelques vêtements mais, rebuté par les prix que je trouvais exorbitants, j'ai fini par les reposer dans le rayon confiserie avant d'arriver aux caisses et j'ai finalement quitté la boutique en n'achetant rien d'autre qu'une brosse à dents et un tube de dentifrice. Puis je suis allé aux toilettes. La mousse du dentifrice était brun, rouge et jaune quand je l'ai recrachée. Je me suis rincé la bouche et à nouveau brossé les dents. Mes gencives saignaient. J'ai regardé mon image dans la glace, je me suis à nouveau rincé la bouche, j'ai essuyé le dentifrice dans ma barbe du bout des doigts, uriné dans la pissotière, puis je me suis lavé les mains. J'ai passé mes doigts dans ma barbe collée par la crasse en essayant de démêler les nœuds les plus visibles. Elle était plus longue que je ne l'avais imaginé. Plus sale aussi. Mais sous tous ces poils, j'étais sans doute encore Omar Arnarson, fils de la République d'Islande, né le jour de la fête nationale en 1981. Semblable à lui-même au fil des ans, en dépit de cette barbe qui poussait sans relâche. Enfin, malgré ça, j'étais toujours là. Sous tout ça. Comme un sou neuf enterré sous une épaisse couche de crasse. Je me désolais de n'être pas dans un état plus avancé. J'aurais dû l'être. J'étais battu à plate couture par un certain nombre d'adolescents. Je devais me bouger le cul, m'attaquer à mes problèmes, relever mes manches et tout le bataclan. Faire un grand ménage dans mes affaires. Mais je n'en avais pas le cran. Quand le ferry a accosté au port de Tallinn, j'ai vu un flot de gens descendre du vieux centre vers la jetée et la passerelle d'embarquement. C'était un dimanche matin et les passagers qui débarquaient tombaient nez à nez avec des types hagards, en proie à une gueule de bois épique. Je me suis faufilé à travers la foule. Les touristes fêtards, presque ivres morts et légèrement vêtus, avançaient avec lenteur le long de la jetée bétonnée, des cigarettes cabossées entre les lèvres, l'œil luisant et alcoolisé, emplis d'une honte impuissante. Ils s'amassaient sur le quai comme si la ville était en flammes et qu'on devait s'attendre à une autre attaque aérienne. Ils semblaient tellement épuisés, tellement éreintés sous leurs lunettes de soleil, leur rouge à lèvres, leur barbe de deux jours et leur fard à paupières. Ils traînaient les pieds, les traits tirés, n'attendant que leur prochain remontant, un Cuba libre en canette ou une bière estonienne en bouteille. Car, étrangement, il en va ainsi de la détresse humaine : parfois, rien n'est aussi fascinant. Un certain type de détresse – comme la gueule de bois – porte les stigmates évidents de la joie qu'elle convoitait. S'il existait un état délicieux au point de vous conduire à accepter volontairement et sciemment de connaître une telle détresse après coup, alors cet état valait sans doute qu'on le convoite. Les yeux baissés sur la jetée et les fêtards en sursis, j'avais une envie irrépressible de me soûler. Au bout de cinq minutes de marche, je suis arrivé dans un centre commercial à deux niveaux, dont les parois extérieures étaient en verre. Les allées étaient étroites et les boutiques ressemblaient plus à des stands de marché aux puces qu'à des magasins de marques. En outre, toutes vendaient apparemment plus ou moins la même camelote – lunettes de soleil, vêtements, souvenirs et tee-shirts. Allant et venant d'un stand à l'autre, je me suis acheté un caleçon orné sur un côté des armoiries de la ville de Tallinn – une femme debout au sommet d'un casque, vêtue d'une longue robe rouge dont les plis descendaient jusqu'à l'intérieur du casque. Puis j'ai acheté des chaussettes noires portant simplement l'inscription "Tallinn", des baskets blanches et un jean Wrangler. J'ai erré dans les allées avec les vêtements sur les bras en regardant le choix infini de tee-shirts. Un grand nombre portaient des inscriptions en finnois, des imprimés représentant un soldat ou des militaires pendant la guerre d'Hiver ou la guerre de Continuation. Certains étaient même à l'effigie du maréchal Mannerheim. D'autres représentaient des stars du rock et des pochettes de trente-trois tours – Jimi Hendrix et Nevermind, Led Zeppelin et *Master of Puppets*, Rage Against the Machine, Radiohead et *Sgt. Pepper*. On trouvait aussi Che Guevara, Marx et Engels, Lénine, le sous-commandant Marcos et même Hugo Chavez. La plaisanterie prenait toutefois une tournure inquiétante avec Poutine, Mao et Staline. Et, non, pas possible ! – le Chacal en personne, Carlos, le terroriste vénézuélien incarcéré à proximité de Paris, la ville de l'amour. J'ai passé en revue les tee-shirts sur les présentoirs et me suis arrêté sur l'un d'eux. Comme si quelqu'un ou quelque chose m'avait mordu les doigts – l'impression était si puissante, si violente et si réelle que la douleur se propageait à tout mon corps. Agnes. *Agnes.* J'avais abandonné Agnes en Islande, je l'avais laissée seule. Elle était la femme que j'aimais même si j'avais essayé de l'oublier plus souvent que je ne voulais me l'avouer. Je me disais prêt à sacrifier sans hésiter ma vie pour la sienne, mais je savais que ce n'était sans doute pas vrai. En outre, ça ne se traduisait pas vraiment par des actes. Je n'ai pas voulu me débarrasser d'elle, mais plutôt tenté de la débarrasser de moi. Or je l'ai fait sans lui demander son autorisation et sans la prévenir. J'ai laissé l'Europe m'avaler de la tête aux pieds pour qu'Agnes ne soit pas forcée de me regarder en face. À moins que ? Je suis peut-être parti pour n'être pas forcé de la regarder droit dans les yeux. Peut-être me suis-je enterré sous les wagons des trains, dans les ferrys et les autocars long-courriers pour ne pas voir ce qui se passait au-dehors. Agnes Lukauskaite de Jurbarkas en Lituanie. Agnes qui changeait de couleur de cheveux une fois par mois. Agnes et ses lèvres, ses cuisses et ses yeux. Agnes et ses seins, son nombril et son sexe. Cette fille qui m'avait pris au creux de sa main pour me caresser comme un oiseau blessé. Je me disais parfois qu'elle avait fait de moi un pauvre type, mais de toute évidence j'avais toujours été un minable. Je n'en ai vraiment pris conscience qu'au moment où une femme m'a pris sous son jupon. Agnes Lukauskaite de Jurbarkas en Lituanie. Agnes Lukauskaite du quartier des Hjallir à Kopavogur. Évidemment, la photo qu'on voyait sur le tee-shirt n'était pas la sienne. C'était celle d'Adolf Hitler.

20

Quelques jours avant Noël, Agnes avait reçu un texto l'informant que l'enseigne à l'entrée d'Auschwitz avait été volée – *Arbeit macht frei* (*und so weiter*, etc.) Tous les muscles de son corps s'étaient contractés et avaient comprimé ses organes, l'empêchant de respirer, de digérer – ses reins avait cessé de filtrer le sang et son cœur s'était un instant arrêté de battre (la circulation sanguine avait ralenti : le cours normal du temps s'était vu perturbé). On ne fait pas un truc pareil, avait-elle pensé. Puis : qui donc a pu faire ça ? Les clichés se bousculaient dans sa tête – sa consternation la privait de toute faculté de réflexion et laissait sa pensée exsangue.

Elle reprit ses esprits sur le site internet de la BBC qui rapportait le vol. "Nous examinons tous les indices avec la plus grande attention, déclarait le chef de la police polonaise. Mais pour l'heure, la piste principale nous oriente vers un collectionneur susceptible d'avoir commandité le vol." Une récompense de cinq mille zlotys était promise à qui fournirait des renseignements permettant de retrouver l'enseigne. Le président polonais, Lech Kaczinski, décrivait l'objet comme "le symbole mondialement connu du cynisme implacable des bourreaux à la solde d'Hitler et des souffrances endurées par leurs victimes". Shimon Peres, le président israélien, affirmait qu'Israël et les Juifs de la terre entière étaient en état de choc. Quant aux conservateurs du musée de la Shoah de Jérusalem, ils qualifiaient l'événement de "véritable déclaration de guerre". Agnes explora sa mémoire en se demandant si le musée de la Shoah possédait l'arme nucléaire, mais ça ne lui revenait pas.

Il suffit de répéter un mensonge assez souvent pour que, finalement, il devienne une vérité, disait le ministre allemand de la Propagande, Joseph Göbbels. En vertu de ce principe, il aurait tout bonnement martelé sans relâche que les Juifs gouvernaient le monde, que les Tziganes étaient des rats asociaux, qu'Hitler était le seul espoir de la nation et que le traité de Versailles revenait à vendre ses enfants comme esclaves aux mines de charbon britanniques. Et en fin de compte, le peuple allemand aurait avalé tout cela en se disant : bon, il y a sans doute un fond de vérité là-dedans. Finalement, ça semble plutôt probable.

Agnes resta sur Internet jusque tard dans la nuit. Elle regarda des photos et se documenta sur l'enseigne d'Auschwitz – fabriquée par des prisonniers de guerre polonais, avec un B à l'envers. Cette dernière avait maintenant disparu. Avec son B inversé et tout le reste. Elle avait envie de retoucher à l'aide de Photoshop toutes les photos du Net afin qu'elles reflètent la réalité. Elle voulait constater d'elle-même l'absence de l'objet, voir la disparition de ses propres yeux. Sinon, elle ne comprenait pas la portée de l'événement. Les articles étaient toujours accompagnés de photos où l'enseigne était en place – sauf qu'il s'agissait de la réplique, l'original étant en réfection. En ce moment, la réplique attendait d'être remplacée par sa matrice. Mais personne n'avait eu l'idée de prendre en photo l'entrée du camp sans l'écriteau. De prendre une photo de l'événement lui-même – une photo qui aurait témoigné de l'absence. Au lieu de ça, on présentait des images d'une réalité que rien ne serait venu troubler.

Enfin, peu importe, Agnes ne savait pas se servir de Photoshop.

Son ordinateur se mit à biper.

YockeyBear1971 : Tu as entendu pour l'enseigne ?

C'était Arnor.

Il suffit de répéter un mensonge assez souvent pour que, finalement, il devienne une vérité, disait le ministre allemand de la Propagande, Joseph Göbbels. Si ce n'est qu'il n'a jamais dit ça ni rien d'approchant. Bien au contraire, il affirmait que si les Britanniques peinaient tant à contrôler leur nation par le biais de la propagande, c'était parce qu'ils s'entêtaient à la convaincre de choses qui n'étaient pas vraies – et qu'ils imaginaient qu'il suffisait de répéter un mensonge assez souvent pour que, finalement, il se change en vérité.

Agnes ignorait qu'elle serait amenée à se dévêtir devant sa webcam quand Arnor la contacta sur Skype. Elle ne soupçonnait pas que leur dialogue les conduirait si loin. C'était tout simplement inconcevable. Même dans ses fantasmes les plus délirants, elle n'aurait jamais imaginé se livrer à ça. Mais la réalité statistique est sans appel : la plupart de ceux qui vont sur Internet se livrent à des choses cochonnes. Les honnêtes gens se contentent de lire les journaux et de regarder les informations télévisées. Les honnêtes gens ne traînent pas sur le Net jusque tard dans la nuit à l'insu de tous. Les honnêtes gens n'ont rien à cacher. Ils s'envoient des lettres qu'ils écrivent à la main et s'appellent sur leur téléphone fixe. Vous penserez peut-être que je délire à bloc car plus personne n'écrit de lettres manuscrites ni ne regarde le journal télévisé. Et vous avez sans doute raison, mais cet état de fait nous prouve surtout qu'il ne reste sur terre qu'un nombre très restreint d'honnêtes gens.

Enfin, peu importe qui a dit ça, peu importe que la phrase ait été dite ou non, cela ne change rien car il suffit effectivement de répéter un mensonge assez souvent pour que, finalement, il se transforme en vérité. Il suffit qu'on affirme de manière réitérée que quelqu'un a dit quelque chose pour que les paroles que nous lui prêtons finissent par devenir siennes, dans la mesure où notre image du monde se fonde avant tout sur nos perceptions. Et où nous ne pouvons que nous fonder sur les images que nous percevons le plus fréquemment. Nous savons qu'Adolf Hitler n'avait qu'un testicule, que Napoléon mettait sa main en écharpe dans son gilet et que Göbbels mentait sciemment aux gens afin de les rallier à sa cause.

Un dixième environ des sites Internet sont des sites pornographiques. Un quart des recherches effectuées sur Google concerne le porno. 25 % des gens consultent ce genre de sites sur leur temps de travail. 20 % d'hommes et 13 % de femmes le reconnaissent. Chaque seconde, les consommateurs dépensent environ trois cent cinquante millions de couronnes dans le porno. Tout le monde passe son temps à se masturber. Le membre à l'air. Les seins à l'air. Se caressant et haletant dans toutes sortes de positions plus ou moins excitantes au rythme de musiques plus ou moins lascives devant des webcams de qualité variable. Je veux bien le concéder, c'est terrifiant. Mais à la réflexion, nous n'avons aucune raison de penser qu'Agnes et Arnor soient différents du reste de la population. Nous avons au contraire toutes les raisons de croire qu'ils sont d'une normalité déconcertante.

Il est sans doute plus rassurant de penser que Göbbels mentait plutôt que d'imaginer que ses propos étaient sincères. Peut-être est-il insupportable de découvrir que le nazisme se voulait honnête, tout autant que les autres courants politiques. Que l'Holocauste ait été, aux yeux des nazis, une déplaisante nécessité – comme la guerre en Irak ou en Afghanistan, les fuites de puits de pétrole dans le golfe du Mexique et les geôles indonésiennes. Peut-être n'existe-t-il pas pire idée que celle qui consisterait à s'imaginer que les hommes politiques – pas uniquement les nazis – veulent le bien et sont des gens comme tout le monde qui font de leur mieux. Si ce sont les liens unissant les hommes et non les hommes eux-mêmes qui sont corrompus, cela complique toute réaction et toute critique.

Sous le choc du vol commis à Auschwitz, ils se livrèrent d'abord à quelques confidences, puis échangèrent des remarques plus ou moins grivoises. Agnes déclara qu'Arnor était "un sacré morceau!" et Arnor rétorqua "bien plus encore que tu ne l'imagines". Brusquement, ils s'avouèrent qu'ils suaient à grosses gouttes et se mirent à glousser de l'envie qu'ils avaient de baiser. La scène était plutôt ridicule – surtout pour ceux qui, comme nous, n'y assistaient pas. Mais parfois il ne nous reste que le ridicule. La fenêtre de dialogue grouillait de smileys: frimousses souriantes, frimousses qui faisaient des clins d'œil, frimousses rougissantes et frimousses affichant un air gêné. Ha, ha, riaient-ils tous deux. Ha, ha, ha. Chauds comme la braise.

Je suis nu, écrivit Arnor. Agnes s'apprêta à lui répondre, mais le programme se mit à biper. Il l'appelait sur Skype. Elle scrutait les icônes de l'écran en se demandant ce qu'elle devait faire. Devait-elle répondre ? Elle en avait bien envie et ce n'était pas si compliqué – y compris d'un point de vue moral, ce n'était pas bien complexe. Elle n'était pas responsable de la nudité d'Arnor. Ce n'était pas sa faute à elle.

Elle cliqua sur "Répondre" et Arnor apparut sur l'écran.

Au début de 2011, l'acteur et chanteur Egill Olafsson porta plainte contre le journaliste soupe au lait Jonas Kristjansson qui l'avait comparé à Göbbels. La plainte était déposée en vertu de la loi de Godwin pour *Reductio ad Göbbelsum*. Egill venait de faire à la radio une propagande politique de son cru où il affirmait qu'accepter les accords d'Icesave III revenait à vendre les enfants islandais aux mines de charbon britanniques. Egill trouvait que Jonas était allé un peu trop loin en commentant ses propos, eux-mêmes quelque peu hyperboliques.

Mais, évidemment, personne n'est comparable à Göbbels. Personne n'est comparable à Hitler. Et rien n'est comparable à l'Holocauste.

Il se leva de sa chaise. Il était extrêmement svelte sans être toutefois repoussant ni squelettique. Son membre n'était pas aussi imposant qu'il l'avait laissé entendre, mais d'une taille tout à fait acceptable. Rigide et dressé vers le ciel, comme un doigt de seize centimètres adressé à Dieu. Le gland était étonnamment large. D'une certaine manière, Agnes ne voyait dans tout ça rien de ridicule. En tout cas, la situation n'était pas aussi risible qu'elle l'avait imaginé. Arnor empoigna sa verge et la décalotta jusqu'à la couronne. Puis il s'inclina vers l'écran pour qu'Agnes puisse voir son visage et éclata de rire.

Permettez-moi de vous présenter Sa Majesté !

Toute chose est comme Göbbels. Toute chose est comme Hitler et l'Holocauste. Göbbels dirigeait le premier institut de marketing. Au lieu de vendre des iPhone, des services ou des romans policiers, il vendait de l'arrogance à l'état pur, de la virilité ou tout simplement de la robustesse. Au lieu d'invoquer la liberté et l'insouciance, il parlait de foi, de subsistance, de rituels. Il allumait l'espoir au fond du désespoir, transformait le découragement en action, entretenait l'amour du Führer, en vertu de la théorie selon laquelle l'ensemble de la nation désirait une poigne de fer plutôt que des palabres, de l'amour et de la témérité plutôt que de la raison et de l'humanité.

Aucun d'eux n'exerça la moindre pression sur l'autre. Pas plus qu'ils ne se forçaient chacun de leur côté. Ils voulaient seulement être sympas – ce n'était pas la première fois qu'Agnes oubliait qu'Arnor était néonazi. En fait, elle l'oubliait dès qu'ils abordaient d'autres sujets que la question raciale. Car, malgré tout, ils avaient beaucoup de points communs. Tous deux méprisaient les partis néonazis et populistes européens (en tout cas, la plupart d'entre eux) et, en effet, ils étaient l'un comme l'autre d'ardents pro-européens. Tous deux appréciaient la musique, tous deux étaient fascinés par les tempêtes. Sans oublier leur intérêt pour l'Holocauste (qui se manifestait évidemment de manière divergente) – il leur était arrivé de discuter des heures entières pour échanger des points de vue sur des choses qu'ils avaient récemment découvertes. Quand Agnes lisait des affirmations qui lui semblaient douteuses sur les Juifs ou sur l'Holocauste – par exemple sur le chantage aux sentiments que toutes sortes d'associations sionistes exerçaient sur leurs victimes en s'appuyant sur leur honte ou Dieu sait quoi encore –, elle pouvait en parler avec Arnor. Elle pouvait se permettre de s'offusquer et de s'agacer. Or, si elle s'était avisée de le faire en présence d'Omar ou de n'importe qui, ses interlocuteurs auraient été choqués. Ils l'auraient mise en garde : EST-CE QUE TU TENTERAIS DE NIER L'HOLOCAUSTE ?! Ce qui aurait été terrible car, évidemment, elle se situait aux antipodes du négationnisme ou du révisionnisme. Ce n'était absolument pas le sens de ses propos.

Cela dit, rien de tout ce que nous venons de dire ne constitue une excuse valable pour se masturber sur Internet avec un néonazi. Mais quand même.

Rien ni personne n'est comparable à Hitler, à Göbbels ou à l'Holocauste. Egill Olafsson est un artiste hors pair, comparable à aucun autre. Jonas Kristjansson n'irait jamais se hasarder à des comparaisons impropres ou douteuses dans ses articles politiques. C'est parfaitement inconcevable.

Agnes avait presque de la corne sur le clitoris quand elle partit voir ses parents en Lituanie. Son sexe lui faisait mal tant elle l'avait sollicité – combien de fois l'avait-elle fait par jour ? Au moins une.

Elle n'était pas certaine.

Souvent. Elle s'était très souvent masturbée. Des heures et des heures.

Elle vivait en s'accrochant à un vague "précisément". Sa vie ne tenait qu'à ce "précisément". Précisément. Car elle n'avait pas précisément trompé Omar. Elle n'avait touché personne et personne ne l'avait touchée. Pas précisément. Elle ne s'était pas trouvée nue dans une chambre en compagnie d'un autre, également nu. Elle s'était, au pire, rendue coupable de pornographie et de concupiscence, se disait-elle, même si elle n'en croyait pas un mot. Elle se répétait constamment cette pensée dans l'espoir qu'elle finirait par s'ancrer dans sa tête. Précisément.

Dans l'avion pour Rome, elle était morte de honte. Elle avait l'impression d'avoir raclé à la spatule tout ce que son corps et son esprit abritaient de beau et de bon pour le jeter aux ordures. Elle avait à peine remarqué l'hôtesse qui lui offrait un café et, quand elle avait répondu, sa gorge s'était serrée et emplie de larmes. Les hôtesses n'avaient pas compris ce qui lui arrivait, mais elles lui avaient proposé un oreiller et des chocolats, au cas où ça l'aurait aidée.

Quelque temps avant l'Holocauste, les autorités islandaises voulurent interdire le port de l'uniforme aux membres des partis politiques, arguant du fait qu'il était plus facile pendant les affrontements entre formations rivales de différencier ceux qu'il convenait de tabasser des autres, si les manifestants étaient en uniforme (en outre, cela encourageait l'émergence de tels affrontements). Gisli Sigurbjörnsson, marchand de timbres et porte-parole des nazis islandais, écrivit (écumant de colère) dans le journal : "Et même si les lois venaient à interdire l'emblème de notre mouvement nationaliste, cela n'aurait pas plus d'effet que les coups et les trahisons des communistes.

La jeunesse de ce pays a remonté ses manches. L'emblème du parti nationaliste est porté par des centaines – et bientôt des milliers – de gens partout en Islande. Cet emblème ne se résume pas à une épingle ou à une aiguille à tricoter, il est visible dans les actes de ceux qui refusent de rester plus longtemps les bras croisés face à l'incapacité des dirigeants de la nation islandaise corrompue par les communistes."

Quand elle avait retrouvé Omar à la gare routière du BSI, Agnes n'avait même pas osé le toucher. Elle avait fait semblant d'être heureuse de le revoir, mais elle ne l'était pas. Elle était désolée. Il l'avait serrée dans ses bras avec un grand sourire qu'elle lui avait retourné. En se forçant au maximum. Ils avaient ensuite pris le bus jusqu'à la station de Hlemmur avant de traverser le boulevard Sæbraut, bravant la tempête, puis s'étaient effondrés dans l'entrée de leur bicoque. Agnes avait été prise d'une crise de rire incontrôlable. Omar avait tout rangé, décidé de l'emplacement du canapé et de l'orientation de la table dans la cuisine. Il avait choisi la pièce qui leur servirait de chambre à coucher et celle qui serait leur bureau. Elle avait eu envie de protester – de hurler – mais, incapable de le faire, elle s'était contentée de rire. À la fin, il s'était lui aussi mis à rire. Comme si tout ça avait été très drôle.

Puis Agnes avait ôté ses vêtements comme si elle se sentait obligée de permettre à Omar de coucher avec elle. De le laisser lui faire l'amour, quoi qu'il en coûte. En trente secondes, elle s'était retrouvée complètement nue. L'entrejambe douloureux et incandescent. Elle avait tourné la tête, éclaté en sanglots et couru jusqu'à la chambre. Omar l'avait habillée en pyjama, en chaussettes de laine et en peignoir. Puis il avait réchauffé de la soupe au chou-fleur, recette thaïlandaise.

Les nazis affectionnaient leurs uniformes car ils représentaient la solidarité, la hiérarchie et la discipline. Bien coupés, de qualité soignée, ils en imposaient et avaient le pouvoir de transformer un groupe d'individus en un seul et même corps. Ils gommaient les indices de classe sociale – en regardant la chemise de votre voisin, vous ne pouviez dire si son père était maçon ou clochard, si sa mère était couturière ou fille mère. L'uniforme se bornait à proclamer : tu es mon frère et je suis le tien.

On eût dit qu'il faisait tout pour l'agacer. Qu'il déployait des trésors d'ingéniosité pour être aussi imbécile que possible.

Agnes lui pardonnait tout.

Quand ils se mettaient au lit le soir, elle redoutait le moment où il la toucherait. Elle avait l'impression de ne pas mériter qu'on la touche. Et elle ne voulait pas le toucher non plus. À ses yeux, tout ça était à vomir. Elle-même. Omar. Arnor. Cette maison. Reykjavik. L'Islande. L'Europe. Tout ça ne lui inspirait qu'un monumental dégoût.

Mais Omar ne la touchait pas. Il se couchait, se mettait sur le côté pour lire et attendait qu'elle éteigne sa lampe de chevet. Là, il se tournait vers elle, l'embrassait en lui souhaitant bonne nuit et continuait sa lecture. Comme s'il prenait un malin plaisir à l'exaspérer.

L'individualisme ne permet pas la fusion d'un groupe en un seul et même corps, il ne permet pas le mouvement concerté et synchronisé. Avant la Seconde Guerre mondiale, les autorités avaient quelques raisons d'interdire le port de l'uniforme par les factions et les ligues politiques – non seulement en Islande, mais ailleurs en Europe (les Islandais n'inventent en général aucune loi eux-mêmes, ils se contentent d'imiter celles inventées par d'autres nations en les modifiant légèrement). En revanche, après la Seconde Guerre mondiale, l'uniforme est tout bonnement devenu tabou. Il n'est donc nul besoin de l'interdire. Il est proscrit de fait. Nous ne sommes pas des frères, mais de simples mecs, de simples types.

Cela arriva d'un coup. Ils discutaient tous les deux et, l'instant d'après, chacun arrachait les vêtements de l'autre. Omar était parti remplacer un relecteur à la RUV en laissant Agnes et Arnor seuls boulevard Sæbraut. C'était un dimanche de mars. Depuis qu'Agnes était rentrée de Jurbarkas, ils passaient leur temps à se titiller, s'adressaient des sourires idiots et faisaient comme si rien ne s'était jamais passé – comme s'ils n'avaient jamais eu de discussions grivoises, comme s'ils ne s'étaient jamais déshabillés sur Internet, jamais cachés derrière les kilomètres qui les séparaient, derrière la lentille de leurs webcams, comme si jamais ni lui ni elle n'avait agité son membre ou montré ses seins pour le plaisir de l'autre, ruisselants et haletants comme de vrais professionnels de l'industrie (du porno).

Tout à coup, ils cessèrent de se jouer la comédie – le rideau tomba, laissant place à la réalité. Comme ça. Plus personne ne les regardait. Plus personne ne s'attendait à ce qu'ils soient autres que ce qu'ils étaient réellement. Tout à coup, ils cessèrent de minauder. Le sort en était jeté. À peine une minute plus tard, Agnes empoigna la "virilité" d'Arnor pour la guider en elle.

L'idéal des conservateurs partisans de l'interdiction de la burqa est de la même nature que l'idéal de ceux qui voulaient proscrire le port des uniformes dans les années trente, sauf sur un point précis. Alors que le marchand de timbres Gisli Sigurbjörnsson pouvait affirmer, sans rire, que des centaines d'individus portaient l'emblème des nationalistes – et qu'autant arboraient évidemment celui des communistes –, on n'a jamais vu une seule burqa en Islande (si ce n'est dans les remises à costumes des théâtres). La menace que l'Islam représente à leurs yeux – et qui est à l'origine de l'interdiction des tubes de dentifrice et des déodorants dans les bagages à main – engendre toujours plus de peur. Nous craignons de voir plus de musulmans, et redoutons parallèlement de ne pas les voir assez bien. Mais puisqu'il est contraire au politiquement correct de refuser d'avoir en guise de voisins des étrangers pauvres et qu'il est également contraire de les chasser à coups de fusil ("*Can't live with them, can't shoot them*" – "On ne peut pas vivre avec eux, mais on ne peut pas les tuer non plus"), il faut bien d'une certaine manière s'arranger pour que leur présence soit aussi discrète que possible. C'est ainsi que nous les privons de leur image de soi, que nous les abandonnons nus et impuissants, en attendant qu'ils endossent notre image bien à nous. Qu'ils se réchauffent en portant des pulls islandais, sans idéal autre que ceux de la terre de glace et de feu, ceux de cette bonne vieille Isafold™.

Le jour où Omar s'était rasé en se laissant une moustache à la Hitler, ou plutôt la nuit suivante, la nuit avant qu'elle commence à "faire ça" avec Arnor, elle avait rêvé qu'il avait une croix gammée tatouée sur le membre. Sur le côté qui faisait face au ventre – ce qui expliquait pourquoi elle ne l'avait pas vue sur la webcam, le tatouage étant dissimulé par son érection. Dans le rêve, Arnor lui expliquait qu'il le cachait parfois à l'aide d'un anneau pénien. Quand je fais ça avec des filles qui n'aiment pas trop ce genre de truc, disait-il.

Parce que tu crois que j'aime ce genre de truc ? répondait Agnes, vexée.

Ce n'est pas justement à cause de ça que tu t'intéresses à moi ?

Elle s'était réveillée en sursaut, était allée uriner et s'était lavé le visage. Puis elle avait passé plusieurs heures à se tourner dans le lit avant de jeter l'éponge et de se lever.

Mais nous parlions des nazis.

Heinrich Himmler pensait que le Juif ne pouvait s'empêcher d'assurer sa subsistance aux dépens d'autrui. Qu'il lui était tout bêtement impossible de vivre par ses propres moyens et qu'il devait se comporter en parasite, suçant la moelle des autres. Qu'il ne reculait devant aucun obstacle, que rien n'était trop pitoyable, trop abject ou trop cruel pour susciter chez lui la moindre hésitation.

Quand ils eurent terminé, la première fois, ils s'allongèrent sur la moquette du salon pour reprendre leur souffle. Arnor se leva d'un bond et alla dans la salle de bains. Il faut que je rince cette juiverie, déclara-t-il en riant. Agnes le suivit. Elle essaya d'entrer dans la pièce, mais il avait fermé la porte à clef.

Ouvre, dit-elle.

Attends, minute.

Je suis chez moi, s'agaça-t-elle en secouant la poignée.

J'ai presque fini.

Je veux juste vérifier un truc.

Je te dis que j'ai presque fini.

Il tira la chasse d'eau, ouvrit le robinet, le referma, s'essuya les mains et déverrouilla. Elle ouvrit la porte, avança sa main droite et attrapa son membre. Il n'avait aucune croix gammée tatouée sur le sexe. Il n'avait rien sur le sexe, il n'y avait que son sexe.

21

Adolf Hitler. Adolf et son unique testicule. L'Adolf de sa chère Eva. Adolf, celui dont le salut porte le nom. L'émigré autrichien devenu chancelier de la nation voisine et rentré au pays avec force panzers fut accueilli par la population en liesse à l'époque – avant de devenir finalement la honte de sa nation. Né le 20 avril 1889 à Braunau am Inn, quatrième enfant d'Alois et de Klara, les trois premiers étant morts en bas âge, il était là, en chair et en os (enfin presque) sur un tee-shirt dégoté en Estonie dans une boutique à touristes. Comme n'importe quel autre Kurt Cobain. N'importe quel autre Che. N'importe quel autre club sportif ou Kiwanis. Sa propre famille (sa chair et son sang) avait changé de nom afin de renier tout lien avec l'ancien Führer – mais à en juger par ce tee-shirt, certains n'hésitaient pas à le mettre en avant. Le capitalisme ne mentait pas. Si un objet était à vendre, c'est parce qu'il se trouvait quelqu'un pour l'acheter. Or j'ai acheté ce tee-shirt juste avant de te rencontrer.

Juha grimaça. Il n'avait pratiquement pas pu placer un mot depuis presque deux heures. Omar s'accordait enfin une pause et regardait le monde avec ses yeux bleus et innocents. Ils étaient toujours assis à *Olde Hansa*, leur septième ou huitième bière au miel sur la table. Et maintenant qu'Omar se taisait enfin, Juha ne savait plus quoi dire.

Au bout d'un moment, rien n'assurait qu'Omar et Juha entendent ce qu'ils disaient à cause de la musique ou parce qu'ils étaient trop ivres pour comprendre les propos de l'autre. Ça ne les gênait pas le moins du monde, ils hurlaient à tour de rôle. De toute façon, ils n'entendaient que ce qu'ils voulaient entendre, ce qu'ils imaginaient que l'autre avait dit, ce qui permettait à la conversation de fonctionner (même si chacun monologuait). Pendant la dernière demi-heure à l'intérieur du dernier club qu'ils visitèrent, Omar n'avait parlé qu'en islandais et Juha en finnois et, d'une certaine manière, ils auraient tout aussi bien pu inverser les rôles.

Le jour s'était levé. Toutes les tavernes de Tallinn, y compris les discothèques, les repaires à putes et les deux bars à thème Depeche Mode, avaient enfin fermé leurs portes. Juha et Omar titubaient dans les rues moyenâgeuses désertes en répondant que, non merci, ils n'avaient pas envie de sexe chaque fois que des toxicos plus ou moins louches venaient leur proposer leur vagin et/ou leur bouche en échange de quelques couronnes.

Allez, je crois qu'on peut dire que c'est bon, déclara Juha.

Tu trouves ? rétorqua Omar.

Je veux dire. On ferait mieux de s'avouer vaincus.

Parle pour toi.

...

Il y a un minibar dans ma chambre d'hôtel.

Tu es à l'hôtel ?

Où voudrais-tu que j'habite ? Et toi, tu vis où ?

Chez moi, répondit Juha, manifestement incapable d'envisager une autre possibilité. Tu es à quel hôtel ?

Go Hotel Shnelli ! s'exclama Omar qui semblait décidément trouver le nom de l'établissement génial.

Ok. Va pour le minibar. Mais ensuite, nous *devons* dormir.

Le réceptionniste refusa que Juha accompagne Omar dans sa chambre. Omar alla donc vider le minibar et redescendit le contenu sur le parking. Ils s'installèrent sur le capot d'une jeep Pajero et vidèrent une à une les mignonnettes sans dire un mot. La brise maritime soufflait depuis le port et, quand Omar fermait les yeux (ils étaient déjà à moitié clos), il lui semblait entendre le clapotis des vagues.

Ils vidèrent la mignonnette de Glenfiddich. Les deux de Smirnoff. Les vingt-cinq centilitres de vin de la Rioja. De canettes de bière finlandaise Karhu. Et observèrent la circulation naissante. Quand ils eurent réglé son compte au minibar sans avoir échangé ne serait-ce qu'une parole, Omar demanda : n'est-ce pas comme ça qu'on s'amuse en Finlande ?

Ha, ha ! s'esclaffa Juha.

Omar se réveilla et leva la tête du comptoir. Il n'avait pas pris une telle cuite depuis son adolescence. Sa tête. Son estomac. Son foie. Ses muscles. Ses os. Tout ça se confondait en un seul et même gémissement. Il avait l'impression d'avoir passé la nuit sur un gril. Complètement mariné. Où était passé le Finlandais ? Et lui-même, où était-il ? Avait-il dormi là ?

Il était dans un bar. Il y avait un grand comptoir en fer à cheval : des bouteilles de vin sur des étagères qui atteignaient le plafond, soigneusement étiquetées de cartons verts indiquant les prix. Le jour entrait par les vitres où étaient collées des lettres – des lettres noires qu'Omar scrutait. Il avait beau se concentrer et les fixer, il ne parvenait pas à les déchiffrer. Qu'est-ce qui était écrit là ? Et où diable était passé ce fichu Finlandais ?

Omar ne se rappelait plus pour quelle raison il avait ouvert le tiroir de la table de chevet, le jour où il avait trouvé cet anneau pénien. Il se répétait à l'envi qu'il cherchait quelque chose. Des mouchoirs. De la monnaie pour un ticket de bus. Un bouquin. Un stylo. Et il se disait que c'était assez convaincant. Que c'était tout à fait plausible. Les gens fouillaient dans les tiroirs de leurs conjoints pour y chercher tout et n'importe quoi. Et ils y trouvaient autre chose. Un godemiché. Une collection de photos porno. Des lettres d'amour. Tout un subconscient. Quelque chose lui disait toutefois qu'il n'était pas aussi idiot qu'il voulait en avoir l'air. Il était au courant. Il avait justement trouvé ce qu'il cherchait : une chose de ce genre. Mais il avait tellement eu peur de voir ses craintes confirmées qu'il s'était persuadé d'avoir cherché autre chose. Des mouchoirs. Maintenant qu'il y repensait, un détail lui revenait en mémoire. Quand il avait ouvert le tiroir, il avait un instant cru qu'il s'agissait d'un anneau de dentition. De ceux qu'on donne aux bébés quand ils font leurs dents.

Elles étaient à l'envers. Ces lettres étaient à l'envers. On devait pouvoir lire le nom du bar de l'extérieur, en passant dans la rue. Omar se leva au moment où Juha sortit des toilettes.

Tu es réveillé ? Où tu vas comme ça ?

Attends.

Omar sortit dans la rue et lut.

Valli Baar. Comme dans *Où est Valli ?*, la version islandaise du livre *Où est Charlie ?* Il se sentait encore plus perdu qu'avant.

À son retour, Juha lui tendit un verre à liqueur. *Millimallikas*, annonça-t-il avec un grand sourire.

Qu'est-ce que c'est que ça ?

Le nom du cocktail. "La méduse." Vodka, téquila et Tabasco. Un remède de cheval contre la gueule de bois.

Omar se pinça les narines et avala cul sec. Je dois aller en Lituanie. Où est la gare routière ?

22

Omar préférait livrer des pizzas plutôt que de relire et de corriger des épreuves pour la radio. En fait, le travail de livreur lui convenait très bien – à l'exception du salaire, évidemment. Il passait la plupart du temps assis dans la voiture, allant et venant, la radio allumée. Il réfléchissait aux courants marins et aux lointaines planètes, méditait sur le mode de pensée ethnocentrique et tentait de se remettre en mémoire un plus grand nombre de chiffres composant le nombre Pi (il s'en rappelait deux et avait bien l'intention d'en mémoriser plus à la première occasion). Il rédigeait mentalement de longs mémoires concernant les questions de voirie (il ne supportait pas les échangeurs et les contre-allées – voulait réduire le nombre de véhicules et raccourcir les distances en province*) et parfois, il s'arrêtait en un lieu isolé, descendait de voiture et fumait une cigarette, seul avec le silence. Là, ses pensées lui appartenaient en propre. Quand il était à la RUV, la radio nationale, son cerveau était prisonnier de toutes ces choses inutiles – corriger les erreurs de voix passive, remédier aux emplois impropres du datif et gommer les clichés, les malgré que, les fautes d'usage, les mots étrangers. Ces trucs dont tout le monde se fichait complètement. Omar avait la tête remplie de conneries sans intérêt entre le moment où il pointait et celui où il ressortait dans l'air glacial du boulevard Efstaleiti. Il marchait dans la neige à demi fondue, et rentrait chez lui en faisant de son mieux pour que le vent balaie de son esprit l'insupportable carcan linguistique de l'islandais.

* L'observation peut sembler étrange, mais nombre de routes doivent contourner des fjords ou des montagnes, ce qui allonge considérablement les distances. À titre d'exemple, le tunnel de Hvalfjördur permet aujourd'hui de gagner environ soixante-dix kilomètres quand on se rend de Reykjavik à Akranes.

Les hommes votent pour les nazis. Je ne fais là qu'énoncer un fait et mon intention n'est pas de vexer quiconque. Tous les sondages montrent que ce sont avant tout eux qui votent pour les nazis. Cela ne les englobe pas tous, ni n'exclut toutes les femmes. Il s'agit d'une tendance générale, plutôt que d'une règle à laquelle il n'y aurait aucune exception.

Pour arranger les choses (et embrouiller définitivement tout le monde), les femmes (toujours d'après les sondages) ne sont *pas moins* racistes que les hommes. Si on pose à un groupe constitué d'hommes et de femmes la question : voudriez-vous avoir des étrangers pour voisins ?, la même proportion d'hommes et de femmes répondent par la négative. Si on leur demande : pourriez-vous envisager d'épouser un étranger ou une étrangère ?, autant de femmes que d'hommes répondent que non. Les femmes enfreignent moins volontiers les normes sociales et votent moins facilement pour des hommes politiques provocateurs, comme Le Pen. Elles votent plutôt pour d'autres, plus lisses, mais qui changent les choses en grande partie comme s'ils étaient Le Pen – par exemple, elles donnent leur voix à Sarkozy qui interdit le port de la burqa et expulse les Tziganes et les Roms de France (afin que les électeurs ne se sentent pas forcés de voter Le Pen). Les femmes sont plus réticentes à répondre par oui à la question *Suis-je raciste ?*, mais cela ne signifie pas pour autant qu'elles ne le sont pas.

L'hiver passa et le printemps arriva d'un coup. Les fleurs pointèrent leur corolle à travers la neige, les jambes se dénudèrent sous les jupes et le regard des citadins devint plus clair – cet hiver pénible et interminable s'achevait enfin. Le vent avait tout mis sens dessus dessous, tout avait fondu, tout avait regelé, à nouveau fondu, puis éclaté ou s'était fissuré – les trottoirs, les murs, le goudron et le cœur des gens. Agnes suffoquait. En compagnie d'Arnor, elle se dévêtait sans dire un mot et acceptait son sort avec des soupirs aussi discrets que possible – en compagnie d'Omar, elle se forçait à afficher une joie de vivre sans pareille. Pour lui faire plaisir. Pour qu'il ne soit pas triste. Elle ne voulait pas qu'il soit malheureux. Il ne méritait pas ça. Il s'ennuyait tellement, elle le plaignait tellement. Il ne savait pas lui-même ce qu'il cherchait dans la vie. Il ne savait pas quelle direction prendre. Et elle se comportait comme une vraie salope. Mais ça, jamais il ne devait l'apprendre.

Ensuite, il y a toujours les mères. Les petites amies. Les filles. Les sœurs. On est estomaqué quand on comprend tout à coup qu'une femme sur deux travaillant avec ou pour les partis populistes est la sœur, la fille ou l'amante d'un de leurs membres. Sabina Funar était l'épouse de Gheorghe Funar du PUNR roumain, Laura Rajisglova était la maîtresse de Sladek, à la tête du SPR-RSC tchèque, Ursula Haubner était la sœur de Jörg Haider, deux des filles du fondateur du Vlaamse Blok, Karel Dillen, se sont présentées en tant que candidates du même parti et c'est également le cas des deux filles de Jean-Marie Le Pen – l'une d'elles, Marine, lui a succédé à la tête de la formation politique. Les neveux d'Hitler ont renié leur héritage, ils ont changé de nom de famille et se sont cachés tandis qu'Alessandra Mussolini s'est battue pour restaurer l'honneur de son grand-père Benito.

La nuit, allongés dans le lit chacun de son côté, ils ne se touchaient pas. Quand elle dormait et que son bras ou sa jambe s'approchait trop de lui, elle se réveillait brusquement et ramenait à elle ce membre entêté qui ne voulait rien comprendre. Ce n'était pas qu'elle refusait de toucher Omar. Ou qu'il se refusait à la toucher. Ce n'était pas qu'ils n'aimaient pas faire l'amour. Qu'ils n'avaient pas aimé le faire à l'époque où ils l'avaient fait. Mais ils n'en étaient plus capables. Ils ne supportaient plus cette proximité physique – ne supportaient plus de se toucher. Comme s'ils avaient cessé de le mériter, quelle qu'en soit la raison. Et au lieu de pleurer, ce qui aurait sans doute été la réaction la plus logique – et la seule chose susceptible de les conduire vers une solution –, ils se contentaient de se taire en faisant de leur mieux pour ne pas se frôler, de jour comme de nuit.

Des journalistes d'investigation travaillant pour le quotidien flamand *De Morgen* ont enquêté sur cent six femmes, candidates du parti populiste belge Vlaams Blok aux élections législatives en 2003.

Vingt-neuf d'entre elles étaient mariées à des personnalités du parti.

Vingt-cinq y travaillaient comme secrétaires.

Sept étaient petites amies ou épouses de membres du parti.

Cinq étaient des parentes plus ou moins proches.

En outre, sept d'entre elles, candidates et élues dans le passé, avaient spontanément renoncé à leur mandat au profit d'un candidat de sexe masculin.

Dear ms Agnes Lukauskaite,
It is with great pleasure that we invite you to participate in the 2010 Canadian Holocaust Conference in Toronto, Ontario. The conference is organized by the Friends of Simon Wiesenthal Institution in conjunction with the Sarah and Chaim Neuberger Holocaust Education Center and funded by the Baltic Federation of Canada. This year's topic is "The Holocaust of Barbarossa", as we will be focusing on the SS death-squads of the "Einsatzgruppen", and leaving out the more traditional Extermination Camps (they will be back on schedule next year).
It is our sincere wish that you will join us this summer to present your thesis the 1941 mass executions in jurbarkas, lithuania to the public. The conference will be held from Friday through Sunday, June 11-13.
Shalom,
Avi Allen
Director of the Sarah and Chaim Neuberger
Holocaust Education Centre.

Chère Mademoiselle Agnes Lukauskaite,
Nous avons le grand plaisir de vous inviter à participer à l'édition 2010 du Colloque canadien sur l'Holocauste, qui se tiendra à Toronto, Ontario. Ce colloque se déroule sous l'égide de la Fondation des Amis de Simon Wiesenthal, en collaboration avec le Centre Sarah et Chaim Neuberger pour l'éducation à l'Holocauste, et il est financé par la Fédération balte du Canada. Le thème de cette année est "L'Holocauste de Barbarossa". Nous prévoyons

de mettre l'accent sur les escadrons SS de la mort, les "Einsatzgruppen", laissant de côté les camps d'extermination traditionnels (ces derniers seront à nouveau au programme l'an prochain).

Nous espérons sincèrement que vous pourrez vous joindre à nous cet été afin de présenter au public vos travaux INTITULÉS LES MASSACRES DE 1941 À JURBARKAS, LITUANIE. Le colloque a lieu du vendredi 11 au dimanche 13 juin.

Shalom,

Avi Allen

Directeur du Centre Sarah et Chaim Neuberger pour l'éducation à l'Holocauste.

Le nazi se préoccupe beaucoup du statut de la femme. Le nazi déplore la manière dont les musulmans traitent les leurs. Le nazi se préoccupe beaucoup de la liberté d'expression. C'est qu'aujourd'hui, on n'a plus le droit de rien dire. On n'a plus le droit de dire salope ou connasse, on n'a plus le droit de nier l'Holocauste sans que les chattes de toutes ces salopes s'ensablent, on ne peut plus "se moquer du Prophète" sans vexer les musulmans. Le nazi trouve qu'il y en a marre de tout ce politiquement correct de "mégères des deux sexes" habillées en batik.

Ces gens ignoraient à coup sûr que les travaux d'Agnes se résumaient à un simple mémoire de licence. Ils ne l'invitaient tout de même pas au Canada pour présenter un truc pareil. Et ce, même si elle avait obtenu la mention très bien avec les félicitations du jury. On n'invitait tout bonnement pas quelqu'un à des colloques d'envergure internationale pour y présenter un mémoire de licence. Un certain nombre de nations n'étaient même pas capables de dire à quoi cela équivalait. Une moitié de cursus universitaire. Quelques broutilles. Le mémoire de fin d'études de cancres qui ne voulaient pas continuer, mais voulaient quand même quitter la fac avec quelque chose en poche pour sanctionner les trois ans qu'ils y avaient passé.

Que devait-elle leur répondre ? Non ? On ne refuse pas une invitation à l'étranger, tous frais payés. C'est inconcevable.

Aussi inconcevable que d'être tout à coup invitée à Toronto pour présenter un mémoire de licence datant de plusieurs années, soutenu à la faculté d'histoire de l'université d'Islande.

D'après les recherches d'Andrea Röpke, le nombre de jeunes filles dans les groupuscules néonazis d'Allemagne a doublé ces dernières années. Elles représentaient 10 % des membres et ce pourcentage est aujourd'hui de 20. Parallèlement, les actes de violence commis par les néonazis ont beaucoup augmenté et, bien qu'on ne puisse pas établir de lien entre ce phénomène et la présence accrue de jeunes filles, il faut reconnaître que cette recrudescence de violences ne les a pas dissuadées d'adhérer. Elles reconnaissent même prendre part aux bagarres et autres coups fourrés. Mais ce pourcentage ne dit pas tout parce que la plupart des jeunes filles ne font qu'un passage rapide au sein du mouvement : on peut donc avancer un chiffre encore plus élevé (partant du fait que ces 20 % sont une donnée stable et durable, il faut un plus grand nombre de jeunes filles pour le maintenir puisqu'elles ne restent que peu de temps dans les rangs néonazis). La raison qui les pousse à partir aussi vite n'est pas qu'elles cesseraient d'être nazies, mais que les nazis burnés veulent cantonner les nazies à chatte derrière leurs fourneaux, comme le disait jadis Gudni Águstsson, ce nazi membre du Parti du progrès.

Agnes décida immédiatement d'emmener Omar. De lui faire plaisir en lui offrant ce petit tour à l'étranger. D'aller ensemble main dans la main vers un nouveau continent. Vers la Terre promise. Là où ils pourraient repartir à zéro, même si ce n'était que pour quelque temps – peut-être deux semaines, de brèves vacances d'été – là-bas, ils échapperaient au désir physique orienté vers des extrémistes à l'idéologie douteuse. Ils pourraient à nouveau faire l'amour – à Toronto !

Elle murmura le mot pour en percevoir la texture, en détachant bien les syllabes.

To. Ron. To.

Tor. Ont. O.

Puis elle poussa un soupir. Ces sonorités lui semblaient exquises, elle n'avait pas besoin de les prononcer à voix haute.

Elle mourait d'envie d'annoncer à Omar la nouvelle de cette invitation irrésistible. L'idée de faire à nouveau l'amour avec lui, qui plus est à Toronto, la mit dans un tel état d'excitation qu'elle courut à la voiture et se précipita chez Arnor.

Gudni Águstsson, ancien ministre de l'agriculture, rejoignit "par mégarde" l'association nazie Race nordique il y a des années et des années de ça. Il dément formellement toute adhésion à cette doctrine et prétend ne s'être jamais inscrit sur la liste des membres, bien que le président de l'association affirme être certain qu'il a adhéré de son plein gré et qu'il a même assisté aux réunions. "J'ai déjà évoqué les réticences qui sont miennes quand il s'agit d'adhérer à diverses sociétés, je suis membre du Parti du progrès, des jeunesses du même parti et de la paroisse de mon domicile à Selfoss", affirme Gudni. "Je ne suis pas raciste, je me considère comme un authentique chrétien. Je pensais vivre dans une société civilisée." Interrogé sur la question de l'immigration, Gudni répond simplement : "L'Islande aux Islandais."

Ajoutons (comme ça en passant et sans insinuer quoi que ce soit) que Gudni Águstsson a une formation d'ingénieur agronome, EXACTEMENT COMME Heinrich Himmler.

Savais-tu que dans les pays où les partis d'extrême droite ont accédé au pouvoir – par le biais du Parlement – il n'existe en général pas de mouvements racistes violents ? demanda Agnes à Arnor en sortant de la douche. Il se redressa dans le lit, posa sa main gauche sur ses bourses et passa sa main droite dans ses cheveux blonds ébouriffés.

Je m'en fiche, répondit-il en bâillant.

Tu t'en fiches ? Pourquoi ?

Des crétins. Il leva les bras au ciel. Tous autant qu'ils sont. Tu n'en as vraiment que pour ces gens-là. Ce ne sont que des imbéciles. En trois cents ans d'existence, jamais le mouvement nationaliste n'a connu d'époque aussi humiliante que la nôtre. Ces idiots patentés vivent hors de leur temps. Ils imaginent que l'État-nation n'a pas évolué depuis le temps où il fallait plusieurs semaines pour aller d'une capitale à l'autre dans les pays nordiques. Ils voient la Norvège et le Danemark – ou encore l'Allemagne et l'Autriche – comme deux nations différentes avec des intérêts divergents. Idem pour l'Autriche et la Norvège. Les Samis sont un peuple à part. Les Basques aussi. Même les Catalans sont une nation à part. Mais les Danois et les Norvégiens constituent un seul et même putain de peuple. Même s'il y a des partis de droite en Europe qui traitent certains problèmes correctement et sont solidaires sur bon nombre de points – en tenant par exemple le chien turc à l'écart de l'Union européenne –, ils consacrent le plus clair de leur temps aux palabres et aux luttes intestines pour des broutilles.

Mais toi, tu préfères quoi ? Un mouvement politique ou un mouvement violent ?

Je ne suis pas adepte de la violence. Pas dans ce sens-là. Et quelle que soit la situation, il est toujours souhaitable d'atteindre ses buts par des moyens politiques. Le nationalisme ne prône pas de tabasser les Noirs – mademoiselle Agnes – en tout cas, pas dans l'acception habituelle de l'expression. Nous ne recourons pas à la violence – la violence est le fait de l'homme non civilisé. Le nègre africain résout ses problèmes par la violence. Les Européens civilisés ne font pas ça. Le nationalisme prône de se défendre contre les assauts du soi-disant multiculturalisme – cette prétendue société mondiale – qui est le moyen le plus sûr et le plus rapide de noyer toute forme de pensée européenne. Savais-tu, par exemple, que certaines études montrent que la majorité des musulmans de Grande-Bretagne suivent les lois de la charia ? Et qu'une grande partie des Suédois éprouve une certaine sympathie pour les terroristes ?

> Les femmes s'épanouissent plus difficilement dans une société étrangère car elles sont, en vertu de toutes les religions du monde, tenues de donner des enfants à leur mari et de veiller sur le foyer. Et voilà que ces gens viennent s'installer ici avec leurs us et coutumes. Bientôt, ils auront leurs propres cours de justice et prononceront des jugements dans notre pays sans que nous ayons notre mot à dire. C'est un problème qui nous concerne tous et, d'ici dix ou quinze ans, tout le monde le comprendra. C'est le temps qu'il faudra pour que les enfants étrangers qui

viennent juste d'arriver ici soient en âge de procréer. C'est une réalité que les gens n'ont pas encore comprise.

Déclarait il y a dix-sept ans Einar S. Jonsson, président de l'association Race nordique (dont Gudni "les-bonnes-femmes-aux-fourneaux" Águstsson n'a jamais été, n'est pas et ne sera jamais membre tant que la terre sera habitée, que nous aurons un ciel au-dessus de la tête et que les gens goberont ce qu'il raconte, amen).

Regarde, dit Agnes en s'arrêtant au feu. De l'autre côté du boulevard Hringbraut, un gamin shootait dans un ballon. Tu ne trouves pas ça révoltant ?

Pourquoi ça me révolterait ?

Ce n'est pas comme ça que ça fonctionne ?

Arrête tes conneries.

Il est étranger, ou plus exactement métis.

Je ne connais pas ce gamin.

Je ne te comprends pas. Quelle sorte de raciste es-tu exactement ?

La sorte qui ne méprise pas les gens. Et qui ne les trouve ni dégoûtants ni révoltants. Un point c'est tout.

Mais alors, que veux-tu ?

Nous devrions – tous autant que nous sommes – nous employer à préserver notre culture propre. Dans notre univers culturel propre, là où nous nous sentons le mieux. Le fait que j'aime mes compatriotes ne signifie pas que je haïsse les autres.

Jörg Haider a dit un truc dans ce style.

Jörg Haider n'était qu'un imbécile et un attardé !

Arnor ouvrit sa portière et traversa la chaussée à grandes enjambées. Agnes l'entendit appeler le gamin. Elle avait baissé sa vitre pour allumer une cigarette. Arnor attrapa le môme par la peau du cou, le fit tourner sur lui-même et lui asséna une gifle monumentale. Puis il le laissa, en pleurs, accoudé à un mur et revint vers la voiture tandis que la jeune fille rejetait sa fumée par sa vitre ouverte.

T'es vraiment qu'un connard ! s'écria-t-elle quand il claqua sa portière après s'être rassis dans la voiture.

Emmène-moi donc à l'université, répondit Arnor.

Le paradoxe le plus intéressant du populisme de droite (lire: "du nazisme") est peut-être celui qui consiste à dire que les émigrés volent les emplois des nationaux *et* vivent des aides sociales. En clair: quand ils ont terminé leur journée de travail éreintante pour un salaire de misère (volant ainsi les emplois des autochtones), ils rentrent tranquillement chez eux pour s'adonner au farniente en profitant à fond du système et en le suçant jusqu'à la moelle.

Tu savais que dans les pays où les partis d'extrême droite ont accédé au pouvoir – par le biais du Parlement – il n'existe en général pas de mouvements racistes violents? demanda Agnes à Omar qui, debout dans la cuisine, s'occupait de préparer le petit-déjeuner tandis qu'elle buvait son thé, assise à la fenêtre.

Les deux ne vont-ils pas ensemble?

Comment ça?

Les partis extrémistes et la violence.

Non, ce n'est pas ce que je disais.

Ah bon?

Ok. Bon... Dans les pays où les partis extrémistes ont une place au sein du pouvoir, il y a moins de violence contre les étrangers et moins d'attentats d'extrême droite. Il y a moins de skinheads qui tabassent des étrangers. Parce que toute l'énergie est consacrée à la politique au jour le jour – et parce que les partis ne veulent pas être mêlés à ce genre de violence. C'est mauvais pour les affaires, *bad for business.*

Tu es sérieuse?

Oui.

Mais les partis extrémistes sont de plus en plus nombreux, non? C'est l'impression qu'on a quand on suit l'actualité.

C'est vrai.

Donc, il y aurait moins de violence aujourd'hui que par le passé?

Je n'en sais rien.

C'est une bonne chose, non? Les Français devraient voter Le Pen, comme ça les chemises brunes disparaîtraient de leurs rues. C'est ça?

Agnes haussa les épaules.

Nous ne serions pas racistes si vous n'étiez pas étrangers, déclarent les racistes. Vous devez élire des racistes comme nous afin que nous puissions faire baisser le nombre d'étrangers dans le pays ; ainsi nous n'aurions plus besoin d'être racistes.

Si le risque de vous voir élire des racistes n'était pas si grand, nous n'agirions pas en racistes, déclarent les hommes politiques plus respectables (en bons opportunistes). Et nous serions ravis de changer si seulement vous cessiez de nous menacer de voter pour des racistes.

Euh, s'inquiètent les étrangers, où voulez-vous exactement que nous allions ?

Omar jubilait à l'idée de partir à Toronto. Tout autant qu'Agnes, il envisageait ce voyage comme une lueur d'espoir – un départ vers la Terre promise. L'ascension au sommet de la tour CN, "autrefois le point de vue de plus élevé au monde" comme le disait le site des Amis du Canada (Omar avait déjà commencé à chercher sur Google et se noyait dans les informations – la ville comptait 2 503 281 habitants ; une bonne moitié d'entre eux étaient nés ailleurs qu'au Canada ; une grande partie appartenait à la seconde, troisième, quatrième, cinquième, sixième, septième voire huitième génération ; la ville avait une superficie de six cent trente kilomètres carrés, son nom venait du mot iroquois *tkaronto* qui signifie "l'endroit où les arbres poussent dans l'eau" ; parmi les villes jumelées figuraient Ho Chi Minh au Vietnam, Varsovie en Pologne, Quito en Équateur et Kiev en Ukraine ; nulle part au monde, on ne trouvait une telle concentration d'universitaires ; 5 % des habitants ne parlaient ni français ni anglais ; les secours pouvaient répondre aux appels dans plus de cent cinquante langues ; Mike Myers et Jim Carrey y avaient fait leurs premières armes d'acteurs ; la rue Yonge Street, qui commence à Toronto, est la plus longue du monde avec ses quelque mille huit cent quatre-vingt-seize kilomètres – et ainsi de suite). Omar secoua la tête, quitta l'écran des yeux et retourna à la cuisine pour reprendre un peu de café.

Tu sais qu'il y a *trois* quartiers chinois là-bas ? demanda-t-il en remplissant sa tasse. Assise à la table de la cuisine, Agnes marmonna une réponse sans même lever les yeux. Elle ne l'écoutait pas.

Contrairement à ce qu'on affirme fréquemment, les électeurs des partis populistes ne sont pas les chômeurs, mais ceux qui redoutent de perdre leur emploi, qui font partie d'une classe en voie de disparition. Ceux qui ont déjà perdu leur travail s'en fichent. Ce n'est pas la réalité qui vous transforme en imbécile, mais ce que vous craignez de voir devenir réalité. La peur de ce que vous redoutez de voir advenir. Le monstre caché dans le placard ou sous le lit n'a nul besoin d'exister pour vous mordre.

Deux mois avant le départ programmé d'Agnes et d'Omar, le trafic aérien s'arrêta brutalement dans le ciel européen. Plus aucun avion ne décollait. L'homme se retrouvait cloué à terre et regardait les oiseaux, incrédule et désemparé. C'était ça, la modernité ? On nous avait pourtant promis des vols, s'emportaient les passagers en partance ou sur le chemin du retour.

Dans tous les aéroports d'Europe, les voyageurs dormaient sur les bancs en maudissant un volcan au nom imprononçable, sauf par quelques centaines de milliers d'anciens paysans pauvres, d'anciens Mogols des affaires, d'anciennes Miss Univers, d'anciens hommes les plus forts du monde, d'anciens écrivains de sagas, d'anciens prix Nobel de littérature, d'anciens hérauts de l'Indépendance et d'anciennes premières femmes présidentes. Le nuage de cendres planait dans l'atmosphère et bloquait les couloirs aériens comme la morve d'un rhume printanier encombrant les sinus de la voûte céleste (que dites-vous de cette petite métaphore, pas mal, non ?).

On me conseille de ne pas qualifier les partis racistes et xénophobes de nazis contemporains. Mon observation serait stérile. *Reductio ad Hitlerum* objectent les érudits en me balançant une poignée de points d'exclamation.

Le Parti pour la liberté de Geert Wilders, le Parti populaire danois de Pia Kjærsgaard, le Parti du progrès de Siv Jenssen, le Parti libéral de Vidar Helgi Gudjohnsen, l'Alliance pour l'avenir de Jörg Haider, le Front national de Jean-Marie Le

Pen – toutes ces formations n'ont rien à voir avec les nazis, proclament ces gens en se moquant de moi. Où sont les uniformes ? Les avez-vous vus marcher au pas de l'oie ? Où sont les tribuns enflammés et écumants ? Haider était métrosexuel ! Pim Fortuyn était pédé ! Et Siv Jenssen est une bonne femme !

Et si ça dure des années ? s'inquiéta Omar. Que fait-on ?

Ne dis pas n'importe quoi !

Qu'est-ce que tu en sais ? Ils ont justement dit hier sur la chaîne de télé Stöd 2 que l'éruption pouvait se prolonger pendant des années. La dernière fois que c'est arrivé, le nuage de cendres est retombé sur les champs et les prairies d'Europe, causant plusieurs mauvaises récoltes, ce qui a fini par entraîner la Révolution française. Tu te rappelles ce que demandaient ces gens ?

Comment veux-tu que je m'en souvienne ? Ça remonte à deux cent vingt ans !

Ils demandaient du pain !

Pourquoi ne leur donnait-on pas de la…

Arrête ça, je ne supporte pas ce genre d'humour.

De la… Marie-Antoinette…

Tais-toi ! Je viens de te dire que je ne trouve pas ça drôle !

Omar, calme-toi. Ne t'inquiète pas, ça ne durera pas éternellement.

C'est que je veux vraiment aller à Toronto, répondit Omar. J'en ai tellement envie.

Et c'est vrai, Vidar Helgi Gudjohnsen ne publie sur le Net aucune photo de lui en uniforme nazi. Il poste des photos en uniforme de l'ancienne armée est-allemande qui *ne fait que ressembler* à l'uniforme nazi. Et il y a en effet une sacrée différence !

Mais dites-moi, chers érudits, le fossé est-il plus grand entre Per Albin Hansson et Tony Blair ou entre Ernst Röhm et Geert Wilders ? Qui est le véritable représentant de la social-démocratie, Tony ou Per ? Qui est le plus représentatif du Parti du progrès, Jonas fra Hrifla ou Siv Fridleifsdottir ?

Non, Adolf Hitler et Pia Kjærsgaard ne se ressemblent pas. Ils relèvent toutefois de la même tradition nationaliste conservatrice et xénophobe – par conséquent, peu importe que Pia se justifie en faisant appel aux notions de démocratie et de liberté d'expression ("valeurs danoises") ou qu'Adolf ait défendu ses positions en se fondant sur la fierté et l'équité ("valeurs allemandes") – cette différence de degré ne change pas grand-chose et ne les empêche pas d'être nazis l'un comme l'autre.

Ils ne discutèrent pas pendant le vol et se contentèrent de soupirer tour à tour. Le nuage de cendres s'était enfin dissipé – un mois avant leur départ. Malgré ça, ils avaient l'impression qu'ils allaient mourir. Que leur avion allait s'écraser. Évidemment, ce voyage n'était pas sans danger. Le contraire était impensable.

Assise près du hublot, Agnes contemplait l'inlandsis du Groenland tandis qu'Omar, installé côté couloir, regardait sur son écran un film chrétien et futuriste, le décor dans lequel se déroulait l'œuvre était tout aussi désert que celui qu'on apercevait en contrebas – le monde était dévasté, mais la totalité de la Bible étant consignée dans la tête de Denzel Washington, la situation n'était pas si grave et les choses allaient s'arranger.

Pour finir, Agnes et Omar s'endormirent. Elle posa sa tête sur son épaule au moment où le générique défilait sur l'écran de la télévision.

La plupart des gens tiennent à ce que leurs opinions apparaissent comme raisonnables et à ce que leurs idées semblent acceptables. Or les opinions du plus grand nombre sont en effet raisonnables, souvent longuement méditées ; quant à leurs idées, elles sont en général acceptables. Mais bien évidemment, il n'en va pas toujours ainsi. Certains développent parfois des opinions haineuses, des idées dont on ne saurait accepter qu'elles remportent l'adhésion (comme celle qui consiste à tuer six millions de Juifs – ce genre de chose dépasse toute limite). Mais, bien que leurs opinions ne soient pas toujours raisonnables, les gens tiennent absolument à leur donner l'apparence de la raison. Voilà pourquoi ils commencent tant de leurs phrases par "Je ne suis pas (tel ou tel type d'extrémiste) mais…". Nous voulons tous renvoyer l'image d'une personne raisonnable et mentalement équilibrée, y compris quand nous savons très bien que cette image est aux antipodes de la réalité.

Omar et Agnes se réveillèrent amoureux. L'appareil venait d'atterrir, les passagers se levaient de leurs sièges et se bousculaient pour atteindre les compartiments à bagages au-dessus de leur tête. Pour prendre leurs vestes. Leurs ordinateurs portables. Leurs bagages à main. Les sacs en plastique contenant les emplettes qu'ils avaient faites à l'aéroport : le poisson séché, les bonbons Opal et le brennivin islandais. De la laine et des produits de marque à prix cassés par la crise. Ou à prix gonflés pour les touristes. Tout dépend de l'angle sous lequel on envisage les choses.

Omar et Agnes commencèrent la journée en se roulant quelques palots. Le jour se levait sur Reykjavik, et au Canada la nuit tombait.

La Suisse est un État très démocratique comme chacun sait. Là-bas, on vote pour tout et n'importe quoi. C'est aussi le pays de la transparence – les informations concernant l'économie de l'État sont pour ainsi dire publiques (sauf évidemment celles qui ont trait aux comptes garantis par le secret bancaire). Nous considérons que c'est un exemple à suivre.

Il y a quelques années, cinquante-six personnes établies à Lucerne ont demandé la nationalité suisse. Leur requête a évidemment donné lieu à un vote. Des rapports contenant des photos de famille, des informations quant aux revenus, à l'épargne, aux impôts, aux centres d'intérêt des candidats ont été diffusés aux habitants.

Aux vingt-sept mille personnes que compte la ville.

Leur appartement se trouvait à Kensington Market, entouré de boucheries halal, de boutiques exotiques, de poissonneries, d'épiceries ou de magasins de fruits et légumes. Il y avait aussi le café *Moonbean* – qui proposait un choix de cent vingt crus et mélanges moulus ou en grains. Le quartier résonnait de musique dub, mêlée à des tubes plus ou moins connus de Céline Dion, qui saturaient l'atmosphère de leurs décibels au risque d'expédier les habitants dans d'autres dimensions.

Ils avaient trouvé cet appartement par le biais d'un site d'échange – vous iriez bien passer trois semaines à Bali, mais vous n'avez pas assez d'argent pour vous payer l'hôtel ? Vous avez toujours rêvé d'une maison en Équateur, mais jamais osé franchir le pas ? Qu'y a-t-il de plus romantique que deux semaines dans une vieille maison en bois en bord de mer à Reykjavik ? À part deux semaines dans le célèbre paradis cosmopolite qu'est le quartier de Kensington à Toronto ?

Nous n'envisageons pas le fascisme comme relevant d'un comportement précis, mais plutôt d'un vocabulaire particulier. Tant que votre discours ne mentionne pas des concepts tels ceux de mort et d'extermination, mais que vous parlez de vie et de justice, peu importe que vous assassiniez des milliers de gens, que vous les expulsiez de leur domicile ou que vous leur fassiez tout ce que vous voulez. Vous n'êtes pas fasciste tant que vous ne portez pas des bottes en cuir, que vous ne saluez pas avec le bras tendu et que vous ne parlez ni de dégénérescence ni d'extermination.

Ils n'avaient pas rencontré le couple qui devait occuper leur maison et vivait dans cet appartement. Ils étaient plus ou moins artistes. Un homme et une femme. Une fille et un garçon. Dans son mail, la femme avait parlé de son compagnon en le décrivant comme *my life partner. Me and my life partner.* Agnes avait trouvé la formulation sacrément hippie – mais les punks se trompaient quand ils affirmaient qu'on ne devait pas se fier aux hippies. Au contraire, c'est aux punks qu'il ne faut pas se fier. Surtout quand ils vous disent de ne pas vous fier aux hippies. Les hippies sont tellement adorables qu'ils en deviennent insupportables. Un ramassis de freluquets je-sais-tout.

L'appartement était certes moins luxueux qu'ils ne le leur avaient promis – mais la maison qu'ils leur avaient prêtée était elle aussi bien en deçà des standards habituels : vermoulue, mal isolée et protégée par une couche de tôle ondulée rouillée, rouge et bleu. Ils ne perdaient pas au change.

L'été 2004 le magazine *Reykjavik Grapevine* affichait en couverture la photo d'une femme noire en costume traditionnel islandais à l'occasion du soixantième anniversaire de l'Indépendance. La tenue avait été prêtée par l'Association féminine de Laugarvatn car la Ligue des danses folkloriques avait retiré sa proposition de prêt en apprenant la couleur de peau (disons, très sombre) du mannequin. Un employé de ladite ligue avait déclaré que l'association supposait que le rédacteur en chef du magazine, Valur Gunnarsson, considérait la photo comme représentative de l'avenir de l'Islande. Or la Ligue des danses folkloriques ne percevait pas cet avenir comme étant noir, mais plutôt jaune. L'employé n'avait pas fourni plus de précisions.

Regarde, il y a une femme toute nue là-bas, déclara Omar, l'index pointé vers l'immeuble d'en face. De l'autre côté de la rue, un étage en contrebas, une femme asiatique était allongée nue sur un grand lit, à côté de la fenêtre aux rideaux grands ouverts. Elle agitait nonchalamment au-dessus d'elle un gros godemiché noir – ou peut-être bleu marine.

Agnes se leva du canapé pour rejoindre Omar. Je crois qu'elle fait du porno sur Internet.

Tu veux dire qu'elle se masturbe devant des spectateurs ?

Elle a une webcam juste devant elle.

Mais pourquoi est-ce qu'elle ne ferme pas au moins les rideaux ?

À quoi bon ? Elle est parfaitement consciente d'être nue et on ne peut pas dire qu'elle soit du genre farouche.

Mais, enfin ! Et ma pudeur, alors ? Elle ne compte pas pour du beurre, non ?

Ça n'a rien à voir avec ta pudeur. Tu es mal à l'aise parce qu'elle te fait bander comme un taureau. Elle tâta d'une main le pantalon d'Omar : petit cochon !

Déclarer à voix haute (et à jeun) qu'il est nazi et qu'Hitler est un chic type qui aurait dû gagner la guerre, voilà la dernière chose que ferait un national-socialiste sachant se tenir en public. Si j'étais nazi, si je voyais Hitler comme un chic type qui aurait dû gagner la guerre, je ne le crierais pas sur les toits. Si j'étais Hitler (ce que je ne suis pas), je tairais mon identité afin de ne pas provoquer de malentendus.

Ils eurent l'impression de se réveiller après leur première vraie nuit de sommeil depuis des mois. De se réveiller sous un ciel limpide, autrefois opacifié par un épais brouillard. Emplis d'un amour qui avait remplacé une infinie fatigue – qui n'engendrait que mépris et chaos émotionnel. Par une température de quarante degrés, tels deux stripteaseurs ne formant qu'un seul corps, Agnes et Omar passaient leur temps allongés l'un sur l'autre, faisant l'amour devant la climatisation. Toutes les heures, ils s'accordaient une pause pour aller remplir la bouteille d'eau posée au pied du lit ou faire un tour aux toilettes. Chaque fois qu'ils tiraient la chasse, le bâtiment résonnait comme un tuba – la plomberie laissait à désirer et ils avaient surnommé le réservoir la Corne du Gondor. Ensuite, ils retournaient cul nu en gloussant jusqu'à la chambre où l'air froid de la climatisation leur léchait le corps. Du bout de la langue. C'était autre chose que ces moments passés dans la cuisine du boulevard Sæbraut à fuir le regard de l'autre, autre chose que de garder le silence dans le lit en espérant qu'aucun ne se mettrait à toucher l'autre, autre chose que ces hésitations, ces balbutiements et ces maladresses.

Dehors, le soleil grillait la terre.

Ceux qui n'ont pas suivi d'études supérieures sont plus enclins que les autres à voter pour les populistes. Cela ne signifie nullement que les "intellectuels" auraient parfaitement intégré le politiquement correct – ou que leurs lectures leur aient élargi l'esprit –, mais plutôt qu'ils redoutent moins la concurrence. Les sociologues, les ingénieurs et les informaticiens n'entrent (pour ainsi dire) absolument pas en compétition avec les femmes de ménage thaïlandaises, les vendeurs de kebabs turcs ou les ferronniers polonais car, quand bien même ces immigrés posséderaient des compétences hors pair dans tel ou tel domaine, ils n'ont pas les contacts, ni la langue, ni ne connaissent assez la société de leur pays d'accueil pour menacer la carrière des cols blancs. En revanche, ceux qui manquent d'assise et n'ont pas fait d'études, ceux qui ont l'impression d'être perçus comme des idiots par la société, ceux-là craignent tout. Et d'ailleurs, pour eux, tout est menace.

Au terme de trois jours de complète nudité, Agnes s'habilla pour se rendre au colloque qui justifiait sa présence au Canada. Elle enfila un tailleur gris et des chaussures à talons, comme une dame respectable, plongea sa clef USB contenant sa présentation Powerpoint dans un attaché-case noir, se moucha, embrassa Omar et franchit la porte le sourire aux lèvres pour aller au-devant de sa dose quotidienne de génocides et de charniers. Une odeur âcre montait de la terre, de l'asphalte cuit par le soleil – Kensington Market sentait le curcuma et le basilic frais, le barbecue et la truite, le gingembre, la pomme, l'orange, l'essence, la sueur, les larmes, le vin cuit ou fermenté, le café fraîchement moulu, les dreadlocks et les corps fraîchement brossés. En équilibre au-dessus d'un feu de joie.

Agnes descendit vers le boulevard et prit le tramway. Neuf arrêts vers le nord, puis trois vers l'est et, pour finir, elle dépassa six pâtés d'immeubles avant d'arriver à un grand hôtel parfaitement hideux qui abritait un centre de conférences et hébergeait les autres intervenants – Omar et Agnes avaient trouvé cet appartement en ville, désireux de prolonger leur séjour. Ils étaient arrivés plus tôt et repartiraient plus tard que les autres, échappant ainsi à cet infâme palais de verre.

Dans nombre de petites villes de l'ex-Allemagne de l'Est, les néofascistes ont mis sur pied des associations d'aide qui travaillent dans les quartiers défavorisés. Les membres les plus âgés assurent la sécurité des enfants sur le chemin de l'école, ils créent des écoles maternelles à coloration idéologique et s'occupent des plus démunis.

Pendant ce temps-là, dans les bibliothèques universitaires, la gauche consternée lit Zizek et hoche la tête en alimentant ses blogs.

Omar commença par s'asseoir sur le balcon et fumer une cigarette. Pour sortir de l'appartement, il fallait ouvrir la fenêtre de la cuisine, maintenir le battant en l'air à l'aide d'un manche à balai et se faufiler dehors à quatre pattes. Le battant pesait son poids et Omar était sûr qu'une de ses jambes heurterait maladroitement le manche à balai et que la fenêtre retomberait en lui amputant quelques orteils. Il en était certain. Tellement certain qu'en se relevant cerné par la chaleur écrasante sans avoir perdu le moindre orteil, il s'était demandé s'il ne rêvait pas. S'il n'était pas couvert de sang, en état de choc et si tout ça n'était pas qu'une illusion. Puis il s'était ébroué pour se débarrasser de cette impression.

Il observait le toit, les antennes de télévision et la foule qui allait et venait dans les rues – les filles légèrement vêtues, il adorait les filles en tenue d'été. Évidemment, c'était mal. Il avait honte, mais il continuait quand même à les admirer. À admirer leur chair et leur jeunesse.

Mais revenons au reste. Qui donc a décrété que les États n'avaient *aucune* responsabilité envers les ressortissants d'autres États – lorsqu'on assassine les populations par le biais de famines organisées, de guerres civiles et autres horreurs partout dans le monde, est-il moral de ne pas se manifester, de refuser de voir et de comprendre ? De transformer tous les étrangers – ou plus précisément tous les étrangers *pauvres* – en criminels (potentiels) ? Et qui donc a érigé en vertu cet égoïsme suspicieux ?

Ne serait-il pas juste que les États doivent justifier – à chaque fois – pour quelle raison ils ne veulent *pas* autoriser quelqu'un à franchir une frontière ? L'État-nation n'a-t-il pas le devoir de justifier – à chaque fois – ce qui est une entrave à la liberté ?

Omar ne l'avait jamais avoué à Agnes, mais son obsession de l'Holocauste le rebutait. Peu importait le reste. En réalité, il feignait de s'y intéresser. Cette obsession lui semblait malsaine, et ce d'autant plus que certaines victimes étaient ses proches parents. Il faut toutefois se garder de s'opposer à sa compagne. Il faut la comprendre – l'accueillir. Faire de son monde le vôtre, du vôtre le sien et du sien, votre univers *commun*. Omar avait l'impression de penser à la manière d'un candidat à la mairie légèrement cucul. Il décida d'arrêter de penser, point. De toute façon, ça ne servait à rien.

Nous ne pouvons pas accueillir des gens différents de nous parce que ce sont des Hottentots qui défèquent à l'endroit où ils mangent.

Nous ne pouvons pas accueillir des gens qui ne sont pas comme nous parce qu'ils sont incapables de se plier à nos valeurs libérales. Ils ne comprennent pas ce que signifie être humain et veulent seulement battre leurs femmes et/ou les nôtres.

Nous ne pouvons pas accueillir des gens différents de nous car ils se comportent en parasites de notre société et créent un chaos qui mènera notre nation à sa perte.

Nous ne pouvons pas accueillir des gens différents de nous parce que nous avons déjà assez de difficultés à résoudre nos problèmes de pauvreté. En Islande, des grands-mères meurent de faim alors qu'elles ont travaillé comme des esclaves toute leur vie. Les Polonais n'ont qu'à nourrir leurs propres grands-mères.

Agnes parla des formes prises par l'Holocauste dans un petit village tout près de la frontière de la Prusse orientale où les voisins s'étaient entretués, où les professeurs avaient assassiné leurs élèves et les élèves leurs professeurs – le laitier avait tué le boucher, la sage-femme avait tué le projectionniste du cinéma, le balayeur avait tué la fleuriste. Les Einsatzgruppen nazis avaient assassiné ceux qui restaient (parmi ceux qu'il fallait tuer : tout le monde ne devait pas être tué). À la fin, le nombre d'habitants à Jurbarkas avait été divisé par deux. C'est beaucoup trop, commenta Agnes. Beaucoup, beaucoup trop. Un doute s'empara d'elle : ses propos ne prêtaient-ils pas à confusion, les gens venus à la conférence ne se demandaient-ils pas si elle entendait par là qu'il restait beaucoup trop de survivants ? Évidemment, ceux qui ont survécu sont ceux qui le méritaient le moins, ajouta-t-elle. Ceux qui auraient mérité de vivre – ceux qui refusaient d'obéir aux nationalistes allemands ou lituaniens – étaient les premiers dans la tombe. Agnes se disait qu'elle s'était attaquée à un trop gros morceau.

Nous ne vous avons pas demandé de "nous accueillir". Il n'y aurait pas pire que ça – nous ne cherchons pas à *échapper* à l'enseignement de l'islandais ni au travail. En revanche, nous avons grand hâte de goûter à l'eau pure. Nous avons faim, nos oreilles bourdonnent d'explosions et nous mourons de septicémie, de problèmes rénaux et de diabète. De malaria et de dénutrition. Du sida et de toutes sortes de dérèglements inexplicables ou de dégradations corporelles. Vous pouvez prendre votre tolérance et vos valeurs libérales et vous les mettre au cul. Nous ne voulons pas en entendre parler, vraiment pas. Nous avons soif, nous avons le sida et nous n'avons pas hâte d'apprendre l'islandais.

Agnes se plongea dans ses papiers et afficha l'image suivante à l'aide de la télécommande. On y voyait un groupe de Juifs photographiés en noir et blanc, assis sur du gazon noir et blanc dans un parc de Tel-Aviv – ils buvaient dans des verres noir et blanc et souriaient au photographe. Ou en tout cas à l'objectif (peut-être se fichaient-ils de qui tenait l'appareil). Morts, morts, morts, martela Agnes. Tous morts. Elle sentit le rouge lui monter aux joues. Pourquoi n'avait-elle pas mieux préparé son intervention ?

Ces dernières années, la frontière entre le Mexique et les États-Unis a fait plus de victimes que les attentats contre les tours jumelles. L'aurions-nous déjà mentionné ?

Le jour de leur départ, Toronto fut le théâtre de violences. Affrontements, gaz lacrymogènes, brigades antiémeutes, voitures brûlées. Exactement comme au cinéma. Les grandes puissances industrielles se rencontraient au sommet – afin de décider de nouveaux moyens pour opprimer les enfants illettrés et en guenilles qui travaillaient comme des esclaves dans les usines indonésiennes. De se creuser la tête pour trouver des choses véritablement ignobles.

Et les habitants de Toronto se manifestaient.

Où étais-tu pendant la révolution des Casseroles ? demanda Agnes à Omar alors que leur taxi dépassait une voiture de police en flammes, cernée par des anarchistes vêtus de noir (qui semblaient menaçants, mais étaient sans doute inoffensifs).

Quel jour ?

N'importe lequel. Tu manifestais sur la place d'Austurvöllur, devant le Parlement ?

Tout le monde y est allé à un moment ou à un autre, non ?

Non, je veux dire – as-tu forcé l'entrée de la Banque d'Islande, balancé des œufs et du fromage blanc, as-tu reçu des gaz lacrymogènes dans les yeux ?

Non.

Alors, tu étais où ?

Au Café Hresso la plupart du temps.

Et tu faisais quoi ?

J'alimentais les blogs. Je me disputais sur Facebook. J'adhérais à des groupes de pression et je mettais des "likes" à la révolution. Je likais à fond la caisse !

Donc, tu n'es pas allé manifester sur la place ?

J'ai écouté les discours.

Putain, c'est vraiment nul ! Tu traînais sur Internet pendant que l'Histoire s'écrivait au coin de la rue.

Il ne se passait rien du tout sur Austurvöllur. En tout cas, par comparaison à Facebook. Il y a bien eu quelques débordements sur la place. Mais sur Facebook toutes les places ont viré au rouge incandescent dès que les banques se sont effondrées – et les braises couvent toujours. C'était sur le Net que tout se passait, pas dans le froid glacial d'Austurvöllur où presque personne n'ouvrait la bouche sauf dans les moments où ça urgeait vraiment.

Et dans ces moments-là, tu y étais ?

Non, il fallait bien que quelqu'un surveille ce qui se passait sur Internet et vérifie que les fachos ne passaient pas à l'attaque.

No pasarán ?

Exactement.

Chaque année, environ deux mille personnes perdent la vie en essayant d'entrer dans un pays de l'Union européenne.

L'aurions-nous déjà mentionné ?

Le poids de l'Histoire. Parfois, les choses se produisent comme ça – parfois entraînées par d'autres, sans que quiconque ait le temps de lever le petit doigt. Les drames nous talonnent. On croit ne pas les attirer sur nous, on pense faire tout ce qui est en notre pouvoir pour les éviter. Mais ils nous talonnent. Ils nous envahissent. Apportant chacun leur lot de conneries – justement quand on voudrait que la vie soit simple.

Agnes tomba enceinte au pire moment. Entre le 9 et le 15 juin. Le 9 ou le 10, elle avait peut-être conçu un enfant avec Arnor et le 14 et le 15, avec Omar. Le 9 ou le 10 dans le vieux pays, en Islande, le 14 ou le 15, dans le Nouveau Monde. Elle caressait son ventre qui ne s'était pas encore arrondi, plutôt plat et musclé. Sous la peau grandissait un spécialiste en islandais un peu givré ou un néonazi complètement cinglé. En toute discrétion.

Elle alla prendre une douche pour réfléchir à la question.

Il est écrit dans le Talmud : vous ne voyez pas le monde tel qu'il est. Vous le voyez tel que vous êtes.

Est-ce que ça aussi, nous l'aurions déjà mentionné ?

II

Customs, morals – is there a difference? Woman, do you realize what you are doing? Here, by the grace of God and inside straight, we have a personality untouched by the psychotic taboos of our tribe, and you want to turn him into a carbon copy of every fourth-rate conformist in this frightened land! What don't you go whole hog? Get him a brief case and make him carry it wherever he goes – make him feel shame if he doesn't have it.

"Us et coutumes, morale – quelle est la différence ? Femme, savez-vous au moins ce que vous faites ? Ici, autant par la grâce de Dieu que par un coup de dés, nous avons une personnalité exempte de tous les tabous psychotiques de notre tribu, et vous voudriez en faire une copie carbone des conformistes de quatrième zone qui peuplent ce pays apeuré ? Pourquoi n'y allez-vous pas franchement ? Mettez-lui un attaché-case à la main, forcez-le à le trimbaler partout où il va – et s'il ne l'a pas, faites-lui ressentir la honte."

Jubal s'adressant à Jill dans *Stranger in a Strange Land*
(*En terre étrangère*), Robert A. Heinlein

1

La petite ville de Jurbarkas est située sur la rive du Niémen, un fleuve large et puissant d'une longueur d'environ mille kilomètres qui arrose la Lituanie depuis presque vingt-cinq mille ans. Il prend sa source en Biélorussie, se jette dans la mer Baltique et trace la frontière entre la Lituanie et l'enclave de Kaliningrad, ce territoire qu'on nommait jadis Prusse-Orientale. Depuis toujours, les habitants de Jurbarkas tirent leur subsistance de ce fleuve. Ils y pratiquent la pêche, y puisent l'eau qui sert à irriguer leurs terres ou à étancher leur soif, prennent le soleil, allongés sur ses rives, ils y nagent en été, y urinent lorsqu'ils sont ivres et patinent en long et en large sur ses eaux gelées en hiver. Au fil du temps, le Niémen, parfois surnommé le "père de tous les fleuves" par les Lituaniens, a servi au flottage du bois et au transport de denrées, de voyageurs ou de troupeaux. Autrefois, quand les routes disparaissaient sous la neige une grande partie de l'année, lorsque la rivière était entièrement prise dans les glaces, elle devenait une route nationale qu'empruntaient les camions et les voitures.

Vilhelmas Lukauskas et Izsak Banai étaient collègues. Chacun dirigeait une moitié de la même imprimerie à Jurbarkas – même si les documents officiels indiquaient que les deux entreprises étaient indépendantes (il s'était avéré impossible pour un catholique et un Juif de contracter ensemble un seul et même prêt – les deux hommes avaient donc emprunté chacun de leur côté et possédaient par conséquent chacun la moitié de l'entreprise). Ils imprimaient des livres distribués dans tout le pays, mais aussi des affiches, des cartes ou des avis destinés aux habitants et vendaient de l'encre et du papier en gros. Un moulin à papier séparait justement les deux parties de l'usine, mais cela n'avait de séparation que le nom car il suffisait d'entrer dans l'aile de Lukauskas et de traverser le moulin pour se retrouver à l'imprimerie Banai. Les trois bâtiments avaient été construits en 1921 par Banai et Lukauskas, chacun devant être son propre patron, bien que tous deux fussent partisans du collectivisme et du socialisme (en tout cas, à cette époque-là), et il régnait entre eux une entente parfaite.

Saule Lukauskiene, mère au foyer, s'occupait de ses neuf enfants. Izsak et Masza Banai n'avaient eu pour toute progéniture qu'une seule fille, Sara, âgée de dix-neuf ans lorsque la Seconde Guerre mondiale frappa la Lituanie. Masza assurait la comptabilité pour l'entreprise d'Izsak et de Vilhelmas.

Au milieu des années trente, Jurbarkas assista à la montée en puissance des nationalistes. Puis Vilhelmas brûla l'entreprise de son ami Izsak. Masza fut arrêtée et transférée dans le ghetto, rue Dariaus ir Giréno. Un peu plus tard, Vilhelmas tira sur son ami Izsak et Masza fut exécutée.

Deux autres rivières plus petites traversent la ville, l'Imsré et la Mituva. À la confluence de cette dernière avec le Niémen se trouvait un vaste port choisi naturellement comme port d'attache par la plupart des bateaux à vapeur qui approvisionnaient Jurbarkas en denrées diverses. Pour la même raison, la ville était l'endroit idéal pour faire escale. Les voyageurs venaient ici reposer leurs jambes fatiguées, acheter de quoi se restaurer et aller aux toilettes pendant qu'on faisait le plein.

Masza et Izsak étaient une famille aisée. Contrairement aux autres gens de leur classe, ils n'avaient pas hérité, mais acquis leurs biens en travaillant sans relâche. En outre, et en dépit de leur richesse, ils étaient endettés. Ils possédaient une grande maison et la moitié d'une imprimerie entièrement équipée ainsi qu'un moulin à papier où travaillaient une dizaine d'employés au plus fort de l'activité. Ils étaient les seuls Juifs de Jurbarkas à avoir un jardin – c'était d'ailleurs le signe distinctif entre les familles juives et catholiques, les Juifs n'avaient pas de jardin tandis que les catholiques cultivaient de grands potagers où ils plantaient des choux, des pommes de terre et des fleurs. Ils avaient aussi des chiens et des poules. Le jardin de la famille Banai était rempli de fleurs dont le couple s'occupait ensemble pendant son temps libre. Izsak travaillait tous les jours à l'imprimerie, Masza à la comptabilité, Sara quittait l'école à trois heures de l'après-midi et jouait avec les enfants Lukauskas jusqu'au soir.

C'était une bonne chose de n'avoir qu'un enfant et donc uniquement trois bouches à nourrir. Vilhelmas et Saule qui devaient en nourrir onze tiraient constamment le diable par la queue tandis que Masza et Izsak vivaient dans une telle opulence que, plusieurs fois par semaine, ils invitaient leurs amis et connaissances à s'asseoir à leur table – et n'hésitaient pas non plus plusieurs fois par mois à nourrir les onze bouches que comptait la famille Lukauskas. En dépit de cette abondance, ils ne s'autorisaient aucun laisser-aller. Certes, ils s'accordaient le repos du shabbat (même s'ils ne fréquentaient plus depuis bien longtemps la magnifique synagogue de la ville), mais le reste du temps ils travaillaient comme deux esclaves depuis le point du jour jusqu'à l'heure du dîner. C'était parfois à la lueur d'une chandelle que, après la tombée de la nuit, ils s'occupaient des fleurs de leur jardin. Ils parvenaient évidemment toujours à s'acquitter de toutes leurs besognes – mais tout de même. D'une certaine manière, ce labeur incessant n'avait aucun sens.

Non que cela regarde qui que ce soit.

Izsak était issu d'une famille juive progressiste originaire de Russie, venue s'installer à Jurbarkas. Pionniers du mouvement Haskalah – version hébraïque de la philosophie des Lumières –, ses parents avaient le regard empli d'étoiles quand ils évoquaient l'avenir du monde en ce siècle de progrès technique qui semblait devoir apporter à l'homme une infinité de connaissances, le bien-être et une capacité de production inépuisable. S'ils n'avaient pas craint d'insulter leurs ancêtres et toute l'histoire des Juifs, ils auraient renié leur foi sans même un regard en arrière. La famille d'Izsak honorait cette religion comme une vieille tante à l'article de la mort. On l'aimait et on l'admirait pour tout ce qu'elle représentait, ce qu'elle avait représenté, on lui réservait les meilleurs morceaux à table et les sourires les plus beaux. Mais, au fond, chacun la savait mourante : devenue presque aveugle, elle commençait à radoter. Et, bien que liée à une grande tradition, elle n'apportait plus aucune réponse. La judéité consistait à porter la kippa, à disserter avec emphase et en yiddish sur Eretz Israel, la Terre d'Israël, et à se rendre à la synagogue le jour de shabbat. L'avenir était dans le socialisme, la science et la recherche.

Accusés d'avoir propagé la peste noire, les ancêtres de Masza s'étaient réfugiés à Jurbarkas. Voyant qu'on assassinait les Juifs par dizaines de milliers là où ils habitaient, ils avaient imité d'autres membres désespérés de la diaspora et quitté les Germains et les Francs hystériques pour s'installer parmi les Slaves et les Baltes placides. Masza ne savait pas précisément quand sa famille était arrivée en Lituanie, sans doute au milieu du XIVe siècle. Et sans doute ses ancêtres n'avaient-ils rien eu à voir avec la peste noire. Certains affirmaient que Masza et les siens étaient d'un bois plus solide que quiconque. D'autres disaient qu'ils étaient tellement habitués à recevoir des coups qu'ils ne savaient même plus se plaindre.

Maironis, le grand poète lituanien, chanta le Niémen dans une ode parfois décrite comme l'hymne non officiel de la nation. Le texte commence ainsi :

> Là où court la rivière Sesupé, là où coule le Niémen,
> C'est là qu'est notre mère patrie, la belle Lituanie.

Cette ode est un machin affreusement ampoulé qui dégouline de rivières, de montagnes et de toutes sortes d'inepties sur les grands espaces – c'est la loi du genre. S'agissant des poèmes à la gloire de la patrie, les peuples se valent tous, pour le pire. On supporte ça patiemment, que ce soit en Lituanie, en Islande ou en Israël, en espérant que les notes meurent avant que les tremblements et autres trémolos imbéciles nous assassinent. Peut-être faut-il également y voir la preuve qu'en fin de compte nous nous ressemblons tous dès que nous cédons au nationalisme maladroit et à l'arrogance.

Enfin, bref. Le Niémen n'est pas uniquement approprié aux odes, à la natation et aux beuveries, c'est également un axe idéal pour des transports de nature plus douteuse. Les ancêtres de Masza l'ont mis à profit pour le commerce de marchandises à partir du XVe siècle, mais ce n'est qu'après la fin de la République polono-lituanienne, en 1795, lorsque la Lituanie est tombée sous la coupe du tsar de toutes les Russies, qu'ils se sont adonnés à la contrebande – d'abord celle des armes, puis des livres.

Avant de bâtir l'imprimerie avec son ami Izsak, l'été 1921, Vilhelmas Lukauskas travaillait comme professeur. Pendant la journée il enseignait aux enfants de onze à quinze ans la lecture, l'écriture et le calcul, puis le soir il restait plongé, fébrile, dans ses livres à la taverne de la ville ou discutait avec son ami Izsak devant une chope de bière avant de rentrer, solitaire et maussade, au domicile de ses parents.

Âgé de vingt ans tout juste à son retour de la troisième guerre, il fut engagé comme enseignant après le décès de M. Kubilius, mort de vieillesse, qui avait été son professeur et celui de ses frères. L'école comptait quatre-vingts élèves répartis en quatre classes. Les plus jeunes arrivaient à sept ans et les plus âgés restaient sur les bancs de l'établissement jusqu'à quinze ans, même s'il y avait quelques exceptions. Certains n'y arrivaient que bien plus âgés et d'autres ne le fréquentaient jamais. Jurbarkas comptait cinq écoles primaires, dont deux destinées aux enfants juifs. Saule Kubilaite, la plus jeune petite-fille de M. Kubilius, n'avait que onze ans au moment où Vilhelmas l'avait rencontrée pour la première fois, au domicile de son vieux professeur. Or, ayant atteint l'âge de quinze ans, cette dernière quittait maintenant le monde du collège et de l'enfance.

Vilhelmas avait deux frères aînés. Le plus jeune, Jurgi, batelier dans la province autonome de Klaipeda, descendait régulièrement le Niémen jusqu'à Kaunas, mais ne voyait en général de Jurbarkas que la jetée où il accostait. Le plus vieux, du nom de Bernandas comme son père, avait déménagé à Vilnius alors que Vilhelmas était âgé de onze ans. Vilhelmas ne l'avait pas revu depuis cette date et ne s'attendait pas à le voir de sitôt, Vilnius étant tombée aux mains des Polonais après la guerre d'indépendance.

Bien que vivant chez ses parents, Vilhelmas dînait en général à la taverne et rentrait tardivement, après que ces derniers s'étaient mis au lit. Le dimanche, il les accompagnait à l'église, mais le reste du temps, il les fréquentait le moins possible. On pourrait imaginer que les parents de ces frères aient été de mauvaises gens puisque leurs fils ne leur témoignaient aucune affection. Imaginer qu'ils les avaient battus, leur avaient constamment adressé des reproches ou formulé envers eux des exigences démesurées qui ne pouvaient que leur couper les ailes. Or, il n'en était rien. Le couple Lukauskas était charmant : aussi gentil que jovial. Ils avaient beaucoup d'amis et avaient apporté à leurs fils tout ce que ces derniers pouvaient désirer, dans la mesure du possible. Mais peu importe l'explication, leurs enfants étaient des solitaires qui n'appréciaient guère la compagnie des autres, fût-ce celle de leurs parents. Jurgi et Bernandas étaient, autant qu'ils sachent, toujours célibataires et sans enfants, et jamais de leur vivant les parents n'eurent vent d'aucun changement dans leur situation.

À l'automne 1921, Vilhelmas quitta l'enseignement au terme d'une carrière de huit mois. L'été précédent, ils étaient parvenus avec Izsak (grâce à leur entêtement) à construire chacun leur imprimerie sur la rive de la Mituva. Le terrain leur avait été alloué à titre gracieux par l'État en reconnaissance des services rendus à la patrie pendant la guerre d'indépendance et, dès la fonte des neiges, ils avaient relevé leurs manches.

À la même époque, on murmura aux parents de Vilhelmas que Saule Kubilaite, la petite-fille âgée de quinze ans de M. Kubilius, était éprise de leur plus jeune fils, alors âgé de vingt ans. Ils jubilèrent en apprenant la nouvelle, mais les semaines passèrent sans que rien ne se produise. Vilhelmas et Izsak travaillaient sans relâche tous les jours à la construction de leur usine. Le soir ils allaient à la taverne, où ils dissertaient sur l'art de l'imprimerie, et chaque dimanche Vilhelmas assistait à la messe, mais ne divulguait rien à ses parents. Rien ne laissait deviner qu'il vivait un amour secret avec une jeune fille. Quand son père se résolut finalement à lui poser la question, Vilhelmas haussa les épaules avant de se replonger dans le missel qu'il avait sous les yeux.

Un soir en milieu de semaine, à l'automne 1921, peu après l'ouverture de l'imprimerie, Vilhelmas rentra chez lui comme tous les autres soirs, un peu plus tard toutefois qu'à son habitude. Il ouvrit la porte, traversa la cuisine en titubant pour aller dans la chambre qu'il avait longtemps partagée avec ses frères, depuis l'âge d'un an. Il attrapa l'attache des doubles rideaux, la balança par-dessus la poutre transversale, laça un nœud coulant et se pendit en une tentative tout à fait honorable.

Or les tentatives, y compris les plus honorables, n'aboutissent pas toujours. On peut d'ailleurs gager qu'un homme ivre n'est en général pas du genre à s'armer de précautions ni à faire preuve d'un grand soin. Le visage de Vilhelmas n'avait donc pas même eu le temps de virer au bleu quand son père était accouru pour le décrocher de la poutre.

Jamais il n'avait vu ses parents se mettre en colère au cours du cinquième de siècle qu'il avait vécu, mais ce moment était arrivé. Toute la nuit et jusqu'au matin, ils l'avaient sermonné, martelant les murs et frappant du poing sur la table, réveillant les voisins de leur profond sommeil. Vilhelmas pleurait et se taisait alternativement tandis qu'il dessoûlait peu à peu. Au petit matin, Bernandas emmena de force son plus jeune fils au domicile de la famille Kubilius. Il entra sans même frapper, alla droit vers la chambre des parents, poussa à l'intérieur ce fils qui refusait de devenir adulte, croisa les bras et attendit. Les Kubilius demandèrent ce que signifiait cette intrusion. Bernandas les pria de se montrer patients, l'affaire était importante et il leur faudrait sans doute quelques minutes.

Vilhelmas passa presque une demi-heure à pleurer dans l'embrasure face à ses futurs beaux-parents, tout tremblant encore de sa cuite de la veille, fatigué et fébrile, avant d'oser leur demander la main de leur fille – en bredouillant, la gorge serrée par les sanglots. S'ils n'avaient pas été au courant des dispositions de leur enfant à son égard et s'ils n'avaient pas su qu'en dépit de son comportement déconcertant ils avaient devant eux un brave jeune homme, issu d'une bonne famille, et qui saurait subvenir aux besoins de leur petite, ils l'auraient renvoyé chez lui comme l'âne bâté qu'il semblait être. Au cours des dix années suivantes, Vilhelmas Lukauskas et Saule Lukauskiene eurent neuf enfants, six filles et trois garçons.

Les parents d'Izsak Banai participèrent au mouvement d'indépendance, tout comme ceux de son épouse Masza, même si, au lieu de combattre ou de passer des armes en contrebande, ces derniers se contentèrent d'assister aux réunions où, parlant haut et clair, ils exhortaient à la lutte. Personne dans la famille ne fut aussi dévoué à la cause de l'indépendance lituanienne qu'Izsak lui-même. En peu de temps, Izsak, Vilhelmas et d'autres jeunes hommes de leur génération avaient livré trois guerres qui s'étaient enchaînées, contre l'Armée rouge, contre les Russes blancs et contre les Polonais, et ils avaient eu la bonne fortune de les gagner toutes ou presque. Mais ne soyons pas si pressés.

Au début de la Grande Guerre, Izsak et Masza avaient respectivement treize et douze ans. Grandement épris l'un de l'autre, ils pensaient moins à la politique qu'aux jeux amoureux – qu'ils avaient découverts récemment et en toute candeur. Ils ne s'étaient pas beaucoup inquiétés non plus de l'invasion allemande de l'année suivante, laquelle avait du reste été plutôt bien accueillie à Jurbarkas. Les Allemands avaient toujours été de bon voisinage pour les Lituaniens. Des livres, des revues et des journaux étaient arrivés d'Allemagne – ou plus précisément de Prusse-Orientale – alors que sévissait l'interdiction d'imprimer imposée par le tsar. En outre, les Allemands avaient toujours été alliés des Lituaniens dans leur lutte contre les Russes. Les parents d'Izsak et de Masza avaient considéré le roi Guillaume de Prusse comme un moindre mal par rapport au tsar Nicolas. Si chacun des deux tourtereaux n'avait pas eu des frères aînés envoyés à la guerre, les problèmes de politique étrangère européenne leur auraient été on ne peut plus indifférents. Or ils avaient justement des frères, appelés à se battre dans l'armée du tsar dès le début du conflit, longtemps avant que les Allemands ne viennent occuper la Lituanie. Les deux frères d'Izsak et celui de Masza – ils n'en avaient pas d'autres – étaient en ce moment Dieu seul savait où à faire Dieu savait quoi s'ils n'étaient pas tout bonnement déjà morts.

Izsak et Masza partageaient leurs chagrins en longeant la rivière main dans la main. Ils cueillaient des champignons et des baies dans les bois, s'embrassaient dans les clairières et se faisaient des tas de déclarations. Izsak lui confiait qu'il ne pouvait pas imaginer partir à la guerre. Masza lui répondait que jamais elle ne le laisserait y aller. Izsak déclarait qu'il avait parfois souhaité la mort de son frère aîné et Masza lui répondait qu'elle comprenait ce qu'il ressentait.

Mais ça ne veut rien dire. Elle séchait les larmes sur la joue du jeune homme et y déposait un baiser. Nous ne voulons pas vraiment que ça arrive.

Et si nous le voulions ?
Nous ne voulons pas.
Mais… si ?
Il n'y a pas de si.
Où tu crois qu'ils sont en ce moment ?
En Russie.
Tu penses qu'ils reviendront ?
Je n'en sais rien.

Izsak et Masza continuèrent leurs jeux amoureux dans les clairières jusqu'à la fin de la guerre et aucun de leurs frères ne revint jamais. Peu après la révolution d'Octobre et le renversement de la famille du tsar, juste avant la fin de la Grande Guerre, la Lituanie déclara son indépendance dans l'indifférence des Allemands qui, ayant d'autres chats à fouetter, laissèrent plus ou moins les choses se faire, sans toutefois retirer leur armée du territoire. À l'automne ils perdirent la guerre, et en novembre 1918 on forma le premier gouvernement lituanien. Quelques semaines plus tard le pays s'engagea dans un second conflit, et au début de l'année 1919 Izsak partit au front combattre les communistes russes.

Tu dois y aller, avait déclaré Masza. Elle avait essuyé les larmes sur la joue de son bien-aimé avant d'y déposer un baiser.

Bien sûr que je vais y aller. C'est juste que…
Izsak, n'hésite pas, vas-y.
Je viens de te dire que j'irai. Mais si je ne reviens pas ?
Tu reviendras.
Et si… ?
Il n'y a pas de si.

Izsak n'appréciait guère d'être envoyé combattre l'Armée rouge et ses parents l'appréciaient encore moins. Mais c'était une priorité absolue que de défendre la toute récente indépendance : leur souci de révolution mondiale devrait attendre. Personne ne voulait se retrouver sous la botte des Russes et nul ne pouvait prédire si la révolution prolétaire de Lénine se maintiendrait ni ce qu'elle impliquerait.

2

Arnor vit le jour au département de littérature enfantine de la bibliothèque régionale d'Isafjördur, pour ainsi dire conçu par l'opération du Saint-Esprit (au cours d'une nuit d'amour brûlante avec un marin inconnu venu d'ailleurs, qui était d'astreinte en ville). L'événement remonte aux années soixante-dix. Le bâtiment qui abrite aujourd'hui la bibliothèque était alors un hôpital et le département de littérature une salle d'accouchement. Ce qui ne change rien au fait que sa mère, Sigurbjörg Dosoteusardottir (surnommée Sigga Dos), a occupé le poste de bibliothécaire pendant la majeure partie de l'enfance de son fils dans un placard exigu au-dessus de la piscine, rue Austurvegur.

Né d'une mère fraîchement nommée à un poste de bibliothécaire au département de littérature enfantine – vous croyez peut-être que je plaisante, mais je vous assure que je suis sérieux.

Vous vous dites : évidemment, il est exclu qu'un petit garçon passant son enfance entouré de livres – à raison de quarante-huit heures par semaine sans compter les heures supplémentaires – puisse devenir néonazi. Je vois déjà les spécialistes en sciences de l'éducation protester vigoureusement. Mais on ne saurait discuter les faits. Or, le fait est qu'Arnor se retrouva le nez plongé dans les livres dès sa naissance. Sigga Dos avait en outre l'habitude de s'asseoir dans le canapé pour lui donner le sein. Concentré, il tendait alors le bras vers le rayonnage derrière sa mère et caressait du bout des doigts la tranche des recueils composés par les poètes atomiques, ceux-là mêmes que Sigga Dos appréciait particulièrement. Quand elle était de bonne humeur, elle lui faisait la lecture tout en l'allaitant – "Islande, par mes mains levées et brûlantes, je défends / ton honneur et ta vie contre ce siècle hurlant" – car même si Snorri Hjartarson n'appartenait pas au courant des poètes atomiques dans le sens strict du terme, elle le trouvait sacrément doué.

Arnor passa la première année de son existence derrière le bureau de sa mère. Après avoir fêté son premier anniversaire, il installa sa résidence permanente dans le coin réservé aux livres pour enfants où il passa ses journées plongé dans *Les Cigares du Pharaon*, *Tintin au Tibet* et *Le Crabe aux pinces d'or*.

Quand elle n'était pas occupée à guider les usagers à travers ce mausolée de la connaissance et de la sagesse humaine, à mettre des livres dans des sacs en plastique ou de l'ordre dans ses fichiers, Sigga Dos imitait le capitaine Haddock avec un tel réalisme qu'Arnor riait aux éclats.

Nous n'avons pas l'intention de taire le fait que les albums de Tintin sont considérés par nombre de gens respectables comme promouvant des points de vue racistes. En donnant (entre autres) aux "autochtones" présents ici et là dans le monde l'image de semi-imbéciles (par comparaison avec Tintin, en tout cas, même s'il convient de remarquer qu'un grand nombre de personnages mis en scène dans ces albums ressemblent plus ou moins à des demeurés). En outre, l'ami intime d'Hergé, Léon Degrelle, affirmait avoir été le modèle du personnage de Tintin. Ce dernier n'y allait d'ailleurs pas avec le dos de la cuiller s'agissant du racisme (Tintin n'était qu'un raciste "supposé".) Léon Degrelle a collaboré avec les nazis pendant la guerre et avec les néonazis par la suite. Mais à cette époque-là, le petit Arnor ne savait pas lire et, même si ça l'amusait de voir ces images de Hottentots dans ces albums, il appréciait tout autant les publications antinazies comme *Snorri le Phoque* ou la série de livres suédois *Bamse* qui retraçait les aventures d'un ours communiste. Les choses ne sont pas si simples. Pas si simplistes : les gens ne se résument pas à la somme de leurs expériences.

Un jour, allongé à plat ventre, Arnor bavait au-dessus d'un conte ukrainien où il était question d'une taupe qui trouve un gant dans une forêt et dont voici l'histoire :

Il fait froid. La taupe s'installe à l'intérieur du gant. Arrive le lapin. Aussi transi que la taupe, il lui demande s'il peut entrer. Bien sûr que oui – là où règne la bonté d'âme, il y a de la place pour tous. Arrivent ensuite un blaireau, un lièvre, un hérisson, un renard, un ours brun et, pour finir, une minuscule souris. Brusquement, les coutures du gant cèdent et les animaux se retrouvent sans logis, à la merci du vent et des éléments. La morale du conte est la suivante : ouvrez votre porte à tous ceux qui sont dans le désarroi, et vous mourrez tous de froid.

Fille d'un alcoolique et d'une ouvrière, Sigga Dos était une communiste de la vieille école qui, dotée d'une conscience aiguë des questions de classe, s'était formée à la documentation et à l'accueil en autodidacte. Elle n'occupait pas le premier plan dans les réunions de cellule : il lui paraissait important de laisser les hommes s'acquitter de la parlote quotidienne afin qu'avec d'autres femmes pleines de bon sens elle puisse se consacrer aux questions éternelles – dans son esprit, l'expression ne renvoyait nullement à quelque divinité, mais aux fondements mêmes de la société, au cadre général dans lequel s'inscrivait ladite parlote quotidienne, et qui était l'essence de l'histoire de l'humanité. Non que les femmes ne devaient pas, par égard pour Sigga Dos, se mettre en avant quand elles le désiraient – il lui arrivait aussi de le faire lorsqu'elle trouvait que les réunions étaient peuplées d'imbéciles, ce qui se produisait plus souvent qu'elle ne voulait bien le reconnaître –, mais il lui semblait simplement qu'elle pouvait occuper son temps de manière plus utile.

Belle et jeune, Sigga Dos attirait les hommes et ces derniers n'avaient aucune peine à la convaincre des délices de l'alcôve. Non seulement elle adorait le sexe – "c'est qu'il faut savoir faire feu de tout bois et surtout de toute trique", disait-elle en riant –, mais en outre elle se délectait des manœuvres d'approche et considérait qu'en la matière, elle dépassait nombre de ses consœurs, pourtant plus expérimentées. Cela dit, coucher à droite à gauche n'était pas mieux vu à l'époque qu'aujourd'hui – en tout cas, pas pour une gamine avec un marmot sur les bras aux confins des fjords de l'Ouest –, ce qui explique pourquoi ses amoureux ne restaient jamais bien longtemps. Et, bien évidemment, elle devait alors s'en trouver de nouveaux, quitte à nuire un peu plus encore à sa réputation.

Confronté à des images paternelles plus ou moins proches et reluisantes au fil de son enfance, le petit Arnor acquit assez tôt une piètre opinion des hommes en général (conception sortie droit de la bouche de sa mère) – il plaçait cependant de grandes espérances dans l'avenir de la gent masculine. C'était tout de même dans cette équipe-là que la nature l'avait mis et il était appelé à devenir un homme. Or, bien qu'il ait entendu parler de la possibilité de changer de sexe – beaucoup plus tard –, il est hautement improbable que ce genre d'opération l'ait tenté car c'était un garçon, autant d'un point de vue physiologique que mental, ne lui en déplaise.

Âgé d'à peine quatre ans, il lisait couramment. Même s'il préférait les textes illustrés de grandes et belles images, il était, avec un peu de patience, parfaitement capable de lire des livres plus longs et sans illustrations. Les capacités de lecture de l'enfant ne tardèrent pas à être connues dans toute la ville. Lorsqu'on l'interrogeait, Sigga Dos assurait qu'elle ne l'avait poussé dans cette voie que dans la mesure où il l'accompagnait au travail et où elle étanchait sa curiosité quand il lui demandait les noms des lettres et ce que disaient les mots. Partout où allait Arnor, on s'extasiait sur cet enfant prodige. La plupart des gens, sauf sa mère, n'avaient toutefois pas remarqué qu'il avait été incapable de lacer ses chaussures avant huit ans. Il n'apprit à nager qu'à l'âge adulte et ne sut jamais faire du vélo.

Sigga Dos n'avait certes pas forcé son fils à ingurgiter l'alphabet à la petite cuiller, mais c'était d'elle qu'il tenait sa passion des livres. Dosoteus, le père de la jeune femme, appartenait à la classe d'ivrognes dont l'amour-propre exigeait qu'ils puissent, même ivres morts, réciter par cœur les poèmes d'Einar Ben – il lui arrivait aussi de balancer à la volée quelques joyaux composés par Hallgrimur Pétursson, Jonas Hallgrimsson ou Snorri Sturluson dans les occasions solennelles (mais il était alors bien souvent tellement imbibé que les poèmes se déagrégeaient en une bouillie incompréhensible dont nul ne pouvait deviner l'auteur).

L'année qui avait suivi la naissance d'Arnor, Dosoteus dut remplacer au pied levé un membre de l'équipage du *Viking III* qui demeurait introuvable bien qu'on eût passé au peigne fin les lits de toutes les femmes entre le village de Flateyri et celui de Bolungarvik. Dosi introduisit à bord une bouteille de vodka et, le troisième jour, en proie à une méchante gueule de bois, il tomba à l'eau. Le corps de Dosoteus Arnorsson ne fut jamais repêché. Sinon, pensait Sigga Dos, il aurait sans nul doute été meilleur grand-père que père.

En résumé, Arnor hérita de la passion des livres par le biais de sa mère qui en avait elle-même hérité de son père. En revanche, Bjarnveig, la mère de Sigga, avait tout fait pour la conduire sur la voie des études. Bjarnveig refusait l'idée que sa fille puisse dépendre d'un homme, même si ce dernier était sympathique. Elle voulait qu'elle puisse se débrouiller seule et l'unique solution était d'étudier. N'ayant pas elle-même fréquenté les écoles, elle craignait que la petite Sigga ne suive ses traces. Cela dit, à peine Bjarnveig avait-elle inscrit sa fille au lycée que cette dernière s'était laissée engrosser par un fichu marin venu d'on ne sait où, ruinant les efforts de sa mère depuis des années. Elle aurait voulu que sa fille devienne une femme socialement reconnue, une vraie femme. Bjarnveig n'avait jamais pardonné à Sigga ni à Arnor l'arrivée prématurée de ce dernier – or elle ne pouvait pas s'en prendre au père de l'enfant, ce "Thordur", beaucoup trop loin pour qu'elle puisse lui lancer des regards noirs et, à plus forte raison, d'autres projectiles.

Dès sa tendre enfance, Arnor se mit à répéter tout ce qu'il entendait autour de lui. Alors que les autres bambins de son âge imitaient les voitures ou les animaux, il répétait des mots, voire des phrases entières. Les autres faisaient "miaou" et "vroum-vroum" – Arnor déclamait "unappelpourtoi" ou encore "tuprendsdusucreetdulait". Il n'y avait pas moyen de savoir s'il comprenait ce qu'il disait où s'il se contentait de singer la langue des adultes comme s'il s'était agi de cris d'animaux. Sigga Dos pensait parfois qu'il était le seul à comprendre ce qui sortait de sa bouche car il le disait avec une telle conviction et une telle force qu'elle devait constamment se remettre en mémoire qu'elle avait affaire à un tout jeune enfant. En revanche, il ne répondait jamais aux questions et ne disait jamais rien à moins d'avoir auparavant entendu les mots sortir de la bouche d'un autre. Un beau jour, Sigga Dos fut toutefois interloquée d'entendre son fils âgé d'un an répéter mot pour mot après elle : "Seule la dictature du prolétariat pourra arrêter les spoliations imposées par les suppôts de l'hégémonie capitaliste." Ce jour-là, elle avait pleuré de joie.

À un an et demi, Arnor était capable de se tenir tranquille et de se taire pendant les réunions, qu'il s'agisse de celles organisées par les opposants à la base américaine en Islande, de soirées consacrées à la poésie ou de concerts de ces ballades islandaises qu'on appelle les *rímur*, en présence d'un ponte du genre ou encore de goûters organisés par le Parti communiste. En général, il escaladait une chaise, s'y asseyait et demandait un livre. Puis il n'en bougeait plus et passait son temps à feuilleter les pages dans un sens et dans l'autre, à scruter sous toutes les coutures des photos de chevaux, de marins, de fermes en tourbe typiquement islandaises jusqu'à ce que les participants à la réunion aient eu tout leur soûl de paroles, que le ponte de la poésie ait déclamé sa dernière *ríma*, que le groupe *Thrju a palli* ait achevé de chanter ses chansons populaires, que les poètes aient labouré la terre et réveillé la nation de son profond sommeil, que les défenseurs du peuple aient eu assez de crème fouettée, de sucre, de farine et de fruits en conserve pour faire tout le chemin jusqu'à la place d'Austurvöllur et au parlement de Reykjavik (où on les accueillerait indubitablement avec des friandises tout aussi délicieuses). Arnor restait toujours assis, admirant les poissons, les montagnes, les moutons, jusqu'à ce que sa mère vienne le descendre de sa chaise.

Avant que *Superman* n'entre dans l'Histoire – bientôt suivi par *Star Wars* – les cow-boys américains occupaient une place privilégiée dans le cœur des petits garçons d'Islande. Il est sans doute inutile de préciser que ce genre de compagnie était jugé indésirable au domicile de Sigga Dos. Mais voilà, elle avait beaucoup de mal à donner à son fils des modèles plus convenables – par exemple, les grands héros de sagas comme Njall de Bergthorshvoll ou Gisli Sursson. Arnor savait très bien que les autres enfants s'amusaient en regardant les *pan! pan!* et les films de cow-boys avec John Wayne et Clint Eastwood sur la RUV, la télé nationale. Il refusait également de s'intéresser à Gunnar de Hlidarendi ou à Egill Skallagrimsson – bien que les quatre personnages historiques susnommés fussent appelés à compter, beaucoup plus tard dans son enfance. Il ne manifesta de véritable intérêt à ce que sa mère lui proposait qu'en découvrant les quatre figures tutélaires de l'Islande. Un dragon, un griffon, un taureau et un géant de pierre protégeaient chacun un quart du pays – et préservaient l'île des périls étrangers : "qu'il s'agisse du chien turc, des royalistes du Jutland ou du capital américain", lui expliqua Sigga Dos. "Mais ils sont impuissants si on n'a pas foi en leur pouvoir, or du jus de navet coule dans les veines de notre nation, voilà pourquoi nous en sommes là."

Arnor avait sans doute un peu plus de trois ans, peut-être même quatre, lorsque Sigga Dos évoqua pour la première fois ces figures tutélaires. Elle s'éclipsa un instant entre les rayonnages de la bibliothèque, revint avec *Heimskringla*, *l'Orbe du monde*, de Snorri Sturluson, y chercha la saga d'Olafur Tryggvason et se mit à lire : "Il était de bon aloi en Islande de déclamer des *nidvisur*, des strophes diffamatoires à l'encontre du roi de Danemark, il existait du reste autant de ces poèmes qu'il y avait d'Islandais. Il faut rapporter que chaque fois qu'un bateau islandais s'échouait sur les côtes danoises, les Danois s'emparaient de tous les biens de valeur à bord en prétendant que la mer les avait rejetés sur le rivage." Sigga Dos gloussa puis expliqua que cela signifiait que les Danois pillaient des navires islandais échoués et que les Islandais, connus pour leur solidarité jusqu'aux confins de la Sibérie, s'en offusquaient tous autant qu'ils étaient. Haraldur, le roi de Norvège, avait alors dépêché en Islande un homme à sa solde sous forme de baleine pour qu'il prenne la mesure de la situation.

"Lorsqu'il arriva en Islande, il se dirigea vers l'ouest du pays en passant par le nord. Il constata que toutes les collines et montagnes regorgeaient de gardiens, certains petits, d'autres grands. Il fit halte dans le Vopnafjördur et voulut poser pied à terre pour remonter la vallée. Un grand dragon passa alors dans les airs au-dessus de sa tête, suivi par des serpents, des insectes et des lézards qui crachèrent leur venin sur lui. Il prit la fuite et poursuivit sa route vers l'ouest jusqu'au fjord d'Eyjafjördur où il entra. Vint alors à sa rencontre un oiseau si gigantesque que lorsqu'il étendait les ailes, ces dernières touchaient les deux versants montagneux du fjord ; une nuée d'autres oiseaux, plus petits, volait dans son sillage. Il prit à nouveau la fuite pour se diriger vers le Breidafjördur où il entra également. Vint alors à sa rencontre un taureau" – poursuivit Sigga Dos, face aux yeux écarquillés de son fils – “un taureau gigantesque qui fonça vers la mer en mugissant affreusement, suivi par une foule d’autres gardiens du pays. Il prit une fois encore la fuite, longea le cap de Reykjanes et voulut poser pied à terre à Vikarskeid. Vint à sa rencontre un géant de pierre qui brandissait une canne de fer dans sa main et dont la tête dépassait la cime des montagnes, accompagné par une foule d’autres géants.”

Sigga Dos referma l’incroyable livre.

Au cours de sa brève existence, jamais Arnor n’avait rien entendu d’aussi passionnant et il ne s’attendait pas à entendre quoi que ce soit de comparable même s’il devenait le plus vieux des hommes. Le quart nord-ouest de l’Islande – c’est-à-dire les fjords de l’Ouest et la ville d’Isafjördur – était sous la protection d’un taureau qui se trouvait dans le Breidafjördur. Sa mère lui expliqua qu’il y était allé, âgé d’à peine deux ans, qu’il avait dormi sous une tente à côté d’une rivière poissonneuse pas très loin de Flokalundur, que là-bas, il y avait non seulement ce taureau, mais aussi des milliers d’îles. Arnor ne parvenait pas à se rappeler tout ça ni à se convaincre qu’il se souvenait de ces poissons, ces îles, cette lande tapissée de myrtilles, ces moules et ce thym des montagnes que Sigga Dos lui décrivait pourtant avec force détails. Et, évidemment, il ne se souvenait ni du taureau ni des autres figures tutélaires – qui se faisaient d’ailleurs discrets depuis un certain temps. “Depuis que l’Amerloque s’est mis à beugler son rock tonitruant dans l’air azuré”, conclut Sigga Dos, ostensiblement agacée (comme si elle n’était pas, elle-même, une incorrigible amatrice de rock).

3

Mais nous ferions sans doute mieux de commencer *Illska, le Mal* par le commencement même si le livre est passablement avancé, même si nous aurions dû commencer depuis longtemps. *Illska, le Mal* ne débute véritablement que beaucoup plus tard. À l'époque, Vilhelmas et Izsak dirigeaient leur imprimerie depuis deux décennies, ils étaient depuis longtemps rentrés de la guerre, c'était longtemps, longtemps après tous ces événements – et ce long préambule à l'histoire importe peu, en tout cas ici et maintenant. Nous sommes allés trop vite en besogne, ou pas assez, peut-être. Ici et maintenant, il me semble bien que seul importe l'Holocauste. L'Holocauste. Je vous en prie, allez-y.

En ce dimanche matin du mois de juin, les brins d'herbe luisaient de rosée et l'odeur de la végétation reposait sur la ville comme un voile de brume. Le murmure de la rivière était régulier – jamais il n'est aussi régulier que lorsque le monde fait silence et jamais le monde n'est aussi silencieux que le dimanche matin. Certes, on entendait au loin deux pères de famille avinés qui échangeaient alternativement des embrassades et des coups de poing – il était déjà tard et la nuit s'était beaucoup trop prolongée. Les sautes d'humeur des deux hommes soulignaient la quiétude matinale bien plus qu'elles ne venaient la troubler. Dans les lits de la ville, les couples s'étreignaient en bâillant, repoussaient leurs couettes d'un coup de pied tant il faisait chaud et attendaient d'avoir envie de se lever. S'étant déjà acquittés de la traite, les paysans étaient assis sur le pas de leur porte, la pipe et le café à la main.

C'est le début de l'été, Jurbarkas compte cinq mille habitants. À l'automne, au moment de Yom Kippour, la bourgade en aura perdu la moitié.

Ce fut d'abord un murmure qui rappelait celui du Niémen, on eût dit que le débit de la rivière avait brutalement augmenté. Les deux hommes qui avaient passé la nuit à se battre et à s'aimer dans la clairière étaient maintenant allongés dans l'herbe où, vaincus par l'alcool, ils laissaient le soleil leur cuire la peau. L'escadrille survola la prairie, la rivière, la ville de Jurbarkas et les fermes environnantes. Les paysans plissèrent les yeux tout en continuant de fumer leur pipe. Il était rare que des avions passent dans les parages : ceux qui voyaient plus loin que le bout de leur nez savaient qu'un avion arrivant de l'ouest n'annonçait rien de bon. Mais bien peu s'alarmèrent. La plupart des gens dormaient et ceux qui étaient réveillés avaient l'esprit encore rempli de brume.

Au sous-sol du commissariat de police, quelques communistes s'efforçaient de convaincre un jeune membre du mouvement nationaliste Lietuvos Saulių Sąjunga, ceux qu'on appelait les saulistes, ou encore les "miliciens", qu'il devait renoncer à ses erreurs, ce qui n'allait pas sans mal. Têtu, fier et costaud, le jeune homme, Romualdas Lukauskas, restait impassible face à leurs propos et peu importait l'endroit où ils le pinçaient, le frappaient à coups de poing ou de pied, peu importait l'endroit où ils plaçaient les électrodes ou abattaient leur fouet, il ne bronchait pas. Les communistes lui dirent que l'idée de patrie ancestrale n'était qu'un mensonge capitaliste. Il objecta alors que ce mensonge était tout ce qu'il possédait et leur demanda s'ils voulaient l'en priver comme ils avaient privé les paysans des terres dont ils étaient propriétaires. Les communistes répondirent que le concept de propriété n'était qu'un mensonge capitaliste et le jeune homme leur cracha à la figure. Les communistes s'apprêtèrent à le frapper une nouvelle fois, puis entendirent les avions survoler la ville.

L'eau se mit à bouillonner dans le fleuve et submergea tout à coup les rives, remuant le sable et les algues du fond, érodant les bords. Le Niémen s'agita et se hérissa de vagues comme un champ de lave aux crêtes acérées. Les bombes des nazis tombèrent toutes ou presque dans son lit. Alertés par le vacarme, les habitants de la bourgade se levèrent en bâillant pour observer de près la haine grandissante des Allemands qui déchirait la surface des eaux.

À partir de huit heures, horaire habituel de l'ouverture des boutiques, l'armée soviétique sauta dans ses camions et quitta la ville par l'est pour se diriger vers Kaunas tandis que l'armée allemande y entrait par l'ouest. Désemparés, les Russes ne tentèrent même pas de résister. Ils se contentèrent de lever le camp dès qu'ils comprirent que les Allemands voulaient prendre la ville. Ce n'est qu'à ce moment-là que les habitants s'alarmèrent. Ceux qui avaient collaboré avec les Soviets depuis l'annexion de la Lituanie couraient dans tous les sens comme des fourmis dans une fourmilière saccagée, certains que seule la fuite leur éviterait le peloton d'exécution. Les communistes les plus tenaces partirent, fusil en bandoulière, et marchèrent derrière l'Armée rouge. Quant aux Juifs, ils se réfugièrent du premier au dernier dans les bains publics.

Lorsque l'attaque aérienne allemande cessa, juste avant l'entrée des panzers dans la ville, le ferry desservant Kaunas était toujours à quai. Dès que la rivière retrouva son calme, il quitta le port. Les nazis n'aperçurent que sa poupe et ne manifestèrent aucun désir de l'arrêter. Ayant du reste l'intention d'aller jusqu'à Moscou, ils avaient mieux à faire que de courir au cul des bateaux à vapeur – fussent-ils pleins à ras bord de communistes homosexuels et provinciaux brûlant d'humilier la race germanique, et avec Israël à la place du cœur, et fussent-ils entièrement constitués de chocolat au lait et chargés de beurre, de tabac, de fleurs et d'alcool.

Parmi les passagers du ferry se trouvaient les enfants de ceux qui craignaient pour leur vie – ceux qui avaient été saisis par une peur incontrôlable dès l'explosion de la première bombe, mais ne pensaient pas pouvoir fuir eux-mêmes. Les enfants étaient accompagnés par une jeune femme âgée de dix-neuf ans, enseignante récemment recrutée par l'école primaire Talmud-Tora, Sara Banai, la fille d'Izsak et de Masza – future grand-mère d'Agnes Lukauskaite. Elle ne revint à Jurbarkas que longtemps après la guerre. Et ce ne furent pas de joyeuses retrouvailles, il n'y avait plus que du vide.

Comme nous venons de le dire, les Juifs de la ville se réfugièrent aux bains publics : une grande bâtisse en pierre sur trois étages surmontée d'un grenier et de deux cheminées. Ils pensaient être en sécurité, protégés par les murs épais de cet immeuble imposant. Le malheur du monde ne pouvait s'infiltrer en ces lieux pour les en arracher. Rentrez le ventre, ordonnèrent les rabbins quand tout le monde fut arrivé. Serrez-vous, poursuivirent-ils quand ils crurent entendre les nazis approcher. Louée soit la gloire de Dieu, ajoutèrent-ils quand la porte claqua derrière eux.

Puis les Juifs de Jurbarkas attendirent, apeurés et désespérés. Mais également curieux, car c'était à l'extérieur que tout se passait – les bains publics n'étaient le théâtre d'aucun événement : on y manquait de place, voilà tout. Dehors se trouvaient leurs biens, leurs amis, leurs maisons, leurs rues – sans parler de tous leurs souvenirs, leurs coutumes, leur histoire. Ils étaient arrivés là, poussés par les persécutions subies en Europe de l'Ouest – et, même s'ils étaient venus parce qu'on les avait accusés de propager la peste noire ou d'autres maux comparables, ils aimaient beaucoup cette ville qui était devenue leur foyer au bout de six cents ans. Mais aujourd'hui les persécutions les rattrapaient.

4

Les figures tutélaires étaient présentes sur la majeure partie des pièces de monnaie et billets islandais. Un taureau, un griffon, un géant de pierre et un dragon. Arnor regrettait leur absence sur le billet de vingt-cinq couronnes affichant une image d'Isafjördur – qui ressemblait pas mal à la photo aérienne accrochée dans la cuisine. On eût dit qu'aucun esprit protecteur ne veillait sur la ville. Il alla chercher le portefeuille de sa mère et posa sur le lino de la cuisine un billet de vingt-cinq et un autre de cent couronnes qu'il lissa du plat de la main. Il s'inquiétait un peu pour Isafjördur, cette bourgade sans défense. Puis il vida la menue monnaie du portefeuille et remua le tas, le prenant dans sa paume et approchant les pièces de son œil afin d'y observer les quatre figures tutélaires. Elles permettaient d'acheter tout et n'importe quoi. Il en avait eu la preuve, sa mère s'en était servie bien souvent. Parfois, on achetait des choses dignes d'intérêt – on pouvait par exemple échanger cet argent contre des livres –, mais bien souvent les acquisitions n'étaient que de minables babioles qui ne soutenaient nullement la comparaison avec ces personnages sublimes.

Quelques mois après que Sigga Dos avait parlé des gardiens du pays à son fils pour la première fois, les eaux maritimes islandaises furent le théâtre d'affrontements. On avait étendu la limite des eaux territoriales à deux cents milles marins et résolu de chasser les Britanniques de leurs zones de pêche traditionnelles. La grande puissance envoya une flotte militaire pour protéger ses chalutiers, impuissants face à la technique imparable du capitaine Gudmundur Kjærnested qui coupait sans états d'âme les câbles servant à descendre et remonter les filets. Témoin des conversations entre sa mère et ses amies, Arnor supposa que ce capitaine n'était autre que le géant de pierre en chair et en os car il fallait un homme hors du commun pour se risquer à braver la "grande puissance britannique – qui avait sans le moindre effort réussi à placer sous sa coupe des continents entiers", comme le disait grand-mère Bjarnveig. La grande puissance ne se comportait-elle pas du reste un peu comme un homme à la solde d'un roi étranger, venu en Islande sous la forme d'une baleine ? Une grenouille qui voulait se faire aussi grosse qu'un bœuf, toute gonflée et pataude dans ses gesticulations ? Arnor se disait que le taureau ne tarderait sans doute plus à se manifester.

Maman, c'est où, le Breidafjördur ?

Je te l'ai déjà expliqué. À côté de Flokalundur.

Non, je veux dire, c'est dans quelle direction ?

Viens là. Regarde. Sigga Dos lui fit signe de la rejoindre derrière le comptoir de la bibliothèque pour regarder par la fenêtre. Elle le souleva et le posa sur le bureau puis pointa son index à l'ongle rongé par-dessus la mer et les montagnes couvertes de neige du mois de janvier.

À l'intérieur du mont Kubbur ?

Non, répondit-elle en riant.

Dans la montagne Hnifur ? La vallée d'Engidalur ? Sur la lande ? Arnor tournait la tête dans tous les sens à la recherche de l'endroit que lui indiquait sa mère, mais ne le trouvait pas.

De l'autre côté, répondit Sigga Dos. Très très loin.

Plus loin que Reykjavik ? demanda Arnor qui ne connaissait pas d'autres noms de lieux que celui-là, en dehors de celui du Breidafjördur et des montagnes autour d'Isafjördur.

Non, non, non, s'amusa Sigga Dos, riant de plus belle. C'est bien plus près. Il suffit de franchir ces montagnes et quelques autres.

On peut y aller ?

Nous irons sans doute un de ces jours.

Demain ?

Non.

Mais bientôt ?

Oui, sans doute bientôt.

À l'angle du bâtiment de la bibliothèque – qui faisait en premier lieu office de piscine municipale et de gymnase – se trouvait l'école primaire. Les jours de beau temps, quand Sigga Dos ne se sentait pas trop seule pour consentir à se séparer de son fils, elle l'envoyait à la récré avec les autres gamins, ce qu'il prenait plutôt mal, chaque fois ou presque. Non seulement il figurait en première ligne pour ce qui était du harcèlement – les élèves les plus jeunes de l'école avaient deux ans de plus que lui et pouvaient l'étouffer d'une seule main –, mais en outre il n'aimait pas les séjours au grand air, surtout en hiver. Si les pensées de Sigga Dos n'avait pas été occupées par un homme qui avait déclaré vouloir convoler avec elle en justes noces après une nuit d'amour tiédasse le week-end précédent, elle se serait sans doute montrée plus suspicieuse quand Arnor avait manifesté un grand empressement à rejoindre les autres gamins à la récréation, un matin de fin avril.

L'homme qui se considérait comme le futur époux de Sigga Dos était connu sous le nom de Jon Vargur Hédinsson, autrement dit Jon le Prédateur, fils de Hédinn. Il exerçait la profession de comptable neuf mois sur douze. C'était un type fade âgé d'une quarantaine d'années qui avait peu de succès auprès des femmes. La rumeur disait qu'il avait plus d'argent de côté que quiconque – jamais on ne l'avait vu épargner la moindre couronne, il ne se montrait avare qu'envers lui-même, mais tout le monde savait qu'il possédait une sacrée cagnotte. L'été, il gagnait sa vie en faisant des travaux saisonniers, consistant principalement à chasser le renard. C'est de là que lui venait son surnom. Jon n'avait toutefois rien d'un prédateur et n'appréciait la chasse que dans la mesure où celle-ci lui permettait d'arpenter les montagnes et de perdre son regard dans les immensités. Il y voyait un luxe incomparable.

Alors que la troisième guerre de la morue battait son plein, au printemps 1976 – les Islandais feignaient de s'opposer seuls contre la grande puissance britannique alors qu'ils avaient le soutien des Américains, comme un sale gamin de six ans que personne n'ose frapper parce qu'il a un grand frère de quatorze ans qui est une vraie ordure –, Arnor ne rentra pas à la bibliothèque après la récréation. Âgé de quatre ans et demi, plutôt petit pour son âge, on l'avait aperçu pour la dernière fois devant la piscine de la rue Austurvegur. Il portait un chandail en laine islandaise de couleur verte, orné de motifs rouges, une salopette en velours brun, d'épaisses chaussettes de laine, des chaussures en caoutchouc et avait sur la tête un bonnet de laine noir à rayures blanches.

Personne ne s'étonnera d'apprendre que Sigga Dos était folle d'inquiétude en constatant que son fils avait disparu. Elle n'eut même pas la présence d'esprit de fermer la bibliothèque et courut droit chez Olsen chercher de l'aide auprès de Bjarnveig. Elle s'effondra, épuisée, dans les bras de sa mère et plaqua son visage contre la combinaison de travail blanche qui sentait à la fois la sueur rance, le tabac et la crevette. Elle pleura longuement et bava sur Bjarnveig jusqu'à ce que cette dernière ait l'épaule trempée et que Sigga Dos parvienne enfin à refréner ses sanglots assez longtemps pour lui expliquer la situation.

Et c'est ici que tu viens? s'emporta Bjarnveig. Non mais, tu déraillles complètement, ma pauvre fille. Il faut immédiatement appeler la police.

Mais la police ne retrouva pas Arnor. À la fin de leur journée de travail, les gens se rassemblèrent pour partir à sa recherche. Il fallut d'abord passer au peigne fin les rochers du rivage pour s'assurer que l'enfant n'y était pas coincé, menacé par la marée montante. Puis on fouilla sous toutes les jetées, dans les barques, les chalutiers, les bateaux à rames, les doris, les esquifs, les bacs à poisson et sous toutes les voiles. Certains allèrent fouiller la cale sèche et tous les bateaux à terre. Il fallait avant tout éviter que l'enfant ne tombe à la mer. Il ne faisait plus assez froid pour qu'une nuit passée à l'extérieur mette véritablement sa vie en danger, mais l'océan était capable de tuer des hommes adultes en plein été et, à plus forte raison, des enfants qui ne savaient pas nager.

Jon Une-Bouteille-Ou-Deux avait épousé Gudridur, la sœur de Jon le Prédateur. Alcoolique invétéré, Jon Une-Bouteille-Ou-Deux ne ratait jamais une occasion de prendre une cuite. Pour peu qu'elle se présente. Mais il était dans un tel état au printemps 1976 que la sœur de Jon Vargur ne le quittait pas du regard quand il était à terre, pas même pour aller jeter la poubelle, faute de quoi elle pouvait être sûre qu'il disparaîtrait pendant des jours voire des semaines. Il finissait toujours par rentrer au bercail quand il devenait incapable d'ingurgiter quoi que ce soit, nourriture ou alcool, et revenait juste avant d'être pris d'hallucinations ou de fièvre. Il pleurnichait alors, prétextant la maladie, pour que sa femme le reprenne. Le jour de la disparition d'Arnor, Jon Une-Bouteille-Ou-Deux rentrait justement chez Gudridur. Cette dernière appela son frère un peu avant minuit en lui disant qu'elle avait peut-être une idée de l'endroit où il fallait chercher le petit garçon qui s'était perdu.

Évidemment, il délire et je ne suis pas sûre qu'il faille se fier à ce qu'il dit, mais il m'a raconté qu'il a pris à bord de sa voiture un "petit voyageur" le long de la rue Seljalandsvegur et qu'il l'a déposé à Skeid.

Un petit voyageur ?

Les mots lui manquaient, m'a-t-il dit, pour décrire la paresse de ce gamin incapable de marcher sur une si courte distance. Je n'avais pas imaginé que le gamin dont il parlait était si jeune que ça, puis j'ai entendu l'avis de recherche aux informations de dix heures du soir et alors… et maintenant… Enfin, tu connais ton beau-frère.

Pourquoi tu n'as pas prévenu la police ?

Ah, mon petit Nonni*, je ne voudrais surtout pas que les gens aillent reprocher ça à mon Jon, à moins qu'on ne soit certain de sa responsabilité dans cette histoire – mais je me demandais si tu ne pourrais pas aller jeter un coup d'œil.

Gudridur ! Maintenant ? J'ai passé ma journée à chercher Arnor et nous sommes au milieu de la nuit.

Allons, il fait très clair, il y a la lune et tout ça. Et puis, tu as le béguin pour sa mère, on ?

Qu'est-ce que tu en sais ?

Tous ceux qui ont des yeux le savent. Mon petit Nonni, tu ne voudrais pas faire ça pour moi ? J'irais seule si je le pouvais, mais je ne peux pas laisser mon Jon étant donné son état. Il se fera du mal si je ne le surveille pas. Ou il fera du mal aux enfants. Et puis, si le petit est monté sur la lande, tu connais le coin bien mieux que moi.

Jon le Prédateur faisait en général tout ce qu'on lui demandait pour peu qu'on insiste un peu. Mais il commençait toujours par dire non. Gudridur savait comment s'y prendre avec son frère qui ne tarda pas à se retrouver à Skeid. De là, il entra dans la vallée de Tungudalur, scruta Simsonsgardur, le

* Diminutif de Jon.

parc de chalets d'été et le bois de Tunguskogur – qui n'était constitué que de malheureuses brindilles. Puis il remonta la vallée de Seljalandsdalur et, de là, rejoignit la lande. Mais le petit garçon demeurait introuvable.

Il se maudissait d'avoir écouté les arguments de sa sœur plutôt que de prévenir la police. La lande était beaucoup trop vaste pour qu'il puisse seul espérer retrouver le gamin, et ce même en plein jour. Il n'avait pas les chaussures adéquates, un épais manteau neigeux couvrait encore la lande même si le printemps était arrivé dans la vallée. Et il ne voyait pas comment un enfant aussi jeune aurait pu monter jusque sur ces hautes terres.

Debout sur l'arête du mont Kubbur, Jon contemplait la ville à la clarté de la pleine lune. Tout le monde dormait sans doute depuis longtemps, les lampadaires étaient toujours allumés et des lumières brillaient aux fenêtres des cuisines pour le petit garçon. Il décida de rebrousser chemin. C'était n'importe quoi. Un gamin aussi petit n'aurait jamais eu la force de monter sur la lande et, puisqu'il demeurait introuvable sur les basses terres, c'était sans doute un autre enfant que son beau-frère avait déposé à Skeid.

Arnor réapparut le lendemain matin, allongé à plat ventre sur une congère au bord du lac de Fossavatn, et ce fut Jon qui le retrouva au hasard d'un détour de la route qui le ramenait chez lui. Le petit souffrait d'engelures au visage et aux lèvres. Jon l'attrapa par la peau du cou, le posa sur ses cuisses et le secoua doucement en lui donnant de petites tapes du plat de la main, mais l'enfant ne réagissait pas. Pourtant, il était vivant, il n'y avait aucun doute. Son petit cœur battait à tout rompre dans sa poitrine. Jon se demandait pourquoi il ne l'avait pas entendu depuis Skeid. Il souleva l'enfant, le mit sur son épaule comme un sac de son et retourna vers Bruarnesti où était garée sa voiture.

Sigga Dos avait cessé de pleurer dans la soirée, les larmes laissant place à une sorte de torpeur. Elle n'avait pas participé aux recherches, du reste elle s'effondrait au bout de quelques pas. Elle était restée assise à la fenêtre de sa cuisine, regardant venir le crépuscule, puis le soir, la nuit, et l'aube qui tardait à poindre. Son petit garçon avait disparu de manière inexplicable. Parfois, les picotements qui lui envahissaient les yeux lui rappelaient de cligner des paupières. Il importait qu'elle continue de cligner des paupières. Bjarnveig s'était endormie sur la table, face à sa fille. La circulation était inhabituellement dense, les recherches battaient leur plein, des dizaines de gens allaient et venaient partout en ville. Plus tôt dans la nuit, elle avait appelé Thordur, le père du petit, mais ce dernier n'avait rien voulu entendre, pas plus qu'il ne voulait savoir quoi que ce soit concernant Arnor envers lequel il niait catégoriquement toute responsabilité. Il l'avait traitée de folle avant de lui raccrocher au nez. Et maintenant elle apercevait la jeep GAZ de Jon qui descendait à toute allure la rue Bæjarbrekka, tournait sur le parc de l'hôpital et s'arrêtait au pied de l'escalier. Quelques secondes plus tard, Jon descendit du véhicule en portant Arnor dans ses bras, enveloppé dans une couverture.

L'année qui suivit, le Prédateur fut surnommé Jon le Taureau, la ville entière ne tarda pas à apprendre que le petit Arnor avait voulu partir vers le Breidafjördur à la recherche d'une des figures tutélaires. Gudridur dut en revanche supporter toute sa vie le surnom de sœur du Prédateur. Trois semaines plus tard, Gudmundur Kjærnested gagna la guerre de la morue.

5

Au terme d'un séjour de six cents ans à Jurbarkas, les Juifs s'entassèrent dans les bains publics. Ils y restèrent des heures durant, serrés les uns contre les autres en s'efforçant d'être discrets pendant que les nazis (des nazis *authentiques*) rassemblaient les communistes et les fonctionnaires soviétiques (eux aussi authentiques) pour les mettre aux arrêts. Comme on l'imagine, ils s'étonnèrent quelque peu de ne trouver aucun Juif dans cette bourgade qui abritait depuis longtemps une importante communauté.

Dans les grandes villes, chacun sait qu'on parquait les Juifs dans des ghettos, mais dans les plus petites on procédait autrement. On verrouillait simplement les lieux : personne ne pouvait entrer ni sortir sans autorisation. Les petites villes furent donc transformées totalement en ghettos même si elles abritaient également des chrétiens, même s'il y vivait également des nazis. Or, à Jurbarkas, les Juifs se rassemblèrent d'eux-mêmes dans ce bâtiment qui, en dépit de sa taille imposante, était trop exigu pour les accueillir, à moins qu'ils ne se tiennent debout, serrés les uns contre les autres.

Izsak était au fond de la section réservée aux hommes, les bras posés sur les cuisses de Masza. Assise, le dos courbé, sur le rebord d'une fenêtre placée en hauteur, elle baissait les yeux sur son époux. Inutile de préciser la terreur qui les habitait. En quelques instants, leur réalité avait été mise sens dessus dessous. Ils attendaient, là, comme du bétail devant l'abattoir, et Sara était partie pour Kaunas avec une légion d'enfants. Dehors, les nazis s'en donnaient à cœur joie. Izsak et Masza ne pouvaient s'autoriser le moindre mouvement : il y avait entre eux et la porte du bâtiment deux mille Juifs tétanisés par la peur. Certains murmuraient afin d'imposer le silence. D'autres osaient à peine respirer.

Les Allemands n'étaient pas les seuls nazis à Jurbarkas. De la même manière que les Russes n'étaient pas les seuls communistes. Les nazis étaient présents en Lituanie à partir de 1926, après le coup d'État fasciste d'Antonas Smetona – dont les Soviétiques avaient renversé le gouvernement un an plus tôt. Les vents du désespoir soufflaient sur l'Europe. La tuerie de la Première Guerre mondiale avait éteint la joie des nations qui, désabusées, se tournaient vers Rome – revenant au *Senatus Populusque Romanus*, un despote éclairé qui, sans états d'âme, défendait l'héritage, la culture, la musique et son peuple contre tous les dangers et les menaces, qu'ils viennent de l'extérieur ou de l'intérieur. Afin que la folie meurtrière ne se répète pas, que plus jamais les tranchées d'Europe ne s'emplissent d'une jeunesse innocente, que plus jamais le spectre de la mort n'y plane. Les Allemands n'étaient pas les seuls à chercher les deux mille Juifs, les gens du cru s'y employaient aussi.

Dès que les bruits de bottes de l'infanterie eurent traversé la ville, laissant dans leur sillage toutes sortes d'individus appartenant à la Gestapo, à la Waffen SS ou aux Einsatzgruppen, leurs pairs se manifestèrent. Les partisans de Smetona, qui avaient rasé les murs pendant que les Soviétiques fossoyaient le patriotisme lituanien, et s'étaient embusqués sous les lits et les tables, sortirent de leur cachette pour scruter les alentours – or il n'y avait aucun doute, les bolcheviques étaient partis. Ils avaient fui devant la nation amie des Lituaniens qui, venue de l'ouest, affichait l'intention d'en profiter pour mettre un peu d'ordre. Amputer la gangrène, les chairs pourries, éradiquer la totalité de ces bactéries, de ces parasites qui, depuis six cents ans et en dépit des nombreuses occasions offertes, n'avaient consenti à aucun effort pour s'intégrer ou pour adopter les us et coutumes du pays dont ils bafouaient les traditions, ne faisant preuve de loyauté qu'envers un État arabe et imaginaire, perdu dans le désert.

Les pires, c'étaient les miliciens. Cette troupe de mercenaires actifs pendant la guerre d'indépendance avait embrassé la cause fasciste après la victoire et aidé Smetona à s'emparer du pouvoir. À l'époque, c'était un grand honneur d'appartenir à la milice, qui défendait la patrie et la nation, mais après l'invasion soviétique les miliciens furent éliminés sans pitié et la plupart déportés en Sibérie – pendant que d'autres perdaient la vie ou subissaient des tortures indescriptibles. Quand les Allemands arrivèrent pour soustraire les Lituaniens à la dictature soviétique à l'été 1941, les miliciens survivants avaient grand soif de vengeance.

Leur commandant, un Allemand qui s'appelait Tchaponsas, nomma Mykolas Lukauskas, bachelier de dix-neuf ans, au poste de chef de la police en lui adjoignant le brigadier Kilikevicius, qui avait officié à l'époque de Smetona. Âgé de dix-huit ans, Romualdas, le frère de Mykolas, fut ensuite recruté comme représentant spécial de la Gestapo dans la région. Le maire fut choisi parmi la communauté allemande locale : Jurgi Gepneris avait dirigé une cantine pendant l'occupation soviétique, et à l'époque il soutenait les communistes, mais il n'empêchait qu'il était allemand – il était en outre prévoyant et sympathique, ce qui ne gâchait rien. La première tâche administrative qu'il accomplit fut de déposer une demande pour changer de nom et, par conséquent, il s'appela désormais Georg Höpfner.

Ceux qui n'obtinrent aucun poste dans l'administration, mais tenaient à prêter main-forte, rejoignirent des groupuscules nazis de toutes sortes. Les lycéens, les commerçants, les anciens nationalistes, les paysans et quelques autres qui n'avaient d'autre religion que la brutalité et la bêtise se rassemblèrent en brandissant des fourches, buvant de l'alcool fort pour claironner la bonne nouvelle.

Tu crois que Sara parviendra à fuir ? interrogea Masza, accablée, le corps comprimé dans un coin des bains publics, comme une figurante de *La Liste de Schindler*, icône de la mère juive et éternelle : épuisée, les yeux noirs, un foulard sur la tête et un désespoir insondable au fond du cœur. Telle Yokébed après avoir placé Moïse dans le panier pour l'abandonner aux joncs du Nil. Sainte. Figée dans l'effroi.

Izsak ne répondit rien et se contenta de poser ses mains sur les frêles épaules de son épouse pour la serrer contre lui. Tout se passerait bien. Tout finirait bien. Sauf évidemment l'Holocauste. Lui, il finirait mal. Mais cela, ils ne pouvaient pas le prévoir. Aucun d'entre eux n'était en mesure de le prévoir.

Lukauskas, le chef de la police, et son frère à la Gestapo de Georgenburg, le nom allemand de Jurbarkas, étaient (comme les lecteurs avisés l'ont peut-être noté) non seulement de la même famille, mais également fils de Vilhelmas et de Saule Lukauskas, aussi grand-père et grand-oncle d'Agnès et, par conséquent, parents par alliance d'Omar. Or c'étaient des nazis de la pire espèce, des sadiques souffrant d'un complexe d'infériorité autant que de mégalomanie, épris des éructations de la dictature, de la discipline et de l'ordre, avec des bruits de bottes en guise de cœur et une haine bouillonnante de l'être humain en lieu et place de cerveau.

Or à ce point de l'Histoire, peu après midi, le 22 juin 1941, les deux frères venaient de trouver un emploi. Confortablement installés dans le bureau du maire, ils buvaient le café offert par les nazis tout en les renseignant sur les habitants de la petite ville, les associations, les Juifs, les Tziganes, les bolcheviques et autres nuisibles. Ils répondirent jusque tard le soir à des questions ayant pour but principal de confirmer ce dont les nazis avaient déjà connaissance. Le boulanger Henrikas Strauss était-il réellement catholique ? Et Ronja Mikhaïlovitch – l'épouse du boucher – n'avait-elle pas des origines tziganes ? Les nazis les interrogeaient également sur des choses qu'ils ignoraient. Y avait-il des Tziganes installés en ville ou des campements dans les environs ? Où se trouvait le domicile du rabbin Rubinstein ? Où étaient donc tous les Juifs *en ce moment* ?

Les deux mille Juifs que comptait la ville s'étaient réfugiés aux bains publics. À ce moment-là, on frappa à la porte. D'abord un seul coup – tous retinrent leur respiration et fermèrent les yeux en espérant que ces visiteurs repartiraient –, puis il y eut un deuxième coup et enfin un troisième.

Toc, toc, toc.

À l'extérieur, les quelques dizaines de jeunes soldats allemands à l'air benêt ne semblaient pas franchement doués pour le maniement des armes – ils ne semblaient même pas capables de se servir d'une boussole et, à plus forte raison, de quoi que ce soit d'autre. Ils étaient pourtant armés jusqu'aux dents (mais c'était l'époque qui le voulait). Leurs gestes, leurs paroles et leurs actes n'avaient rien de bestial. Leurs manières n'étaient pas celles qu'on imagine en pensant aux nazis. Plus ou moins engoncés dans leurs uniformes trop amples ou trop étroits, ils se donnaient des coups de coude et des bourrades, comme pour paraître plus grands. Ils firent également preuve d'un étonnant respect alors qu'ils attendaient à la porte, regardant par les fenêtres où ils apercevaient les deux mille Juifs serrés les uns contre les autres. D'un étonnant respect quand ils frappèrent pour la cinquième fois en demandant :

Il y a quelqu'un ?

Euh… répondirent les Juifs réfugiés dans les bains publics. Hmmm…

Nous vous voyons, déclarèrent les nazis en frappant impatiemment des pieds sur le seuil.

Ah ?

Par la fenêtre !

Nous refusons de sortir. Nous savons ce que vous pensez des Juifs.

Ah bon ? Et qu'en pensons-nous ?

On entendit à l'intérieur des soupirs et des piétinements : le rabbin Rubinstein se frayait un chemin à travers la foule jusqu'à la porte. Arrivé au seuil, il sortit un petit livret de sa poche, s'éclaircit la voix et lut :

"Le Juif aux cheveux noirs reste souvent tapi des heures entières dans l'ombre à contempler de son regard satanique l'innocente jeune fille qu'il entend conquérir par la ruse afin de souiller son sang et de l'arracher aux bras de son peuple. Le Juif ne recule devant rien pour saper la pureté raciale des nations qui lui sont supérieures. Dans ses tentatives systématiques de conduire les jeunes filles et les femmes à leur perte, il déploie une énergie sans pareille pour abattre tous les obstacles qui s'élèvent entre lui et les autres nations. Ce furent les Juifs qui, les premiers, importèrent des nègres en Rhénanie dans le but de souiller la race blanche qu'ils méprisent et d'abaisser le niveau culturel de la nation afin que le Juif puisse conquérir le pouvoir. Car tant que la race d'un peuple demeure pure, ce dernier est conscient du trésor que renferme son sang et ne tombe pas sous la coupe du Juif. Jamais en ce monde le Juif ne régnera sur des peuples autres que les peuples esclaves. Voilà pourquoi il s'emploiera toujours à l'avenir et de manière systématique à faire baisser la qualité raciale des peuples en souillant le sang des individus qui les constituent."

Il y eut un long silence pendant que les soldats réfléchissaient à l'étape suivante. Certains voulurent enfoncer la porte sur-le-champ tandis que d'autres jugeaient préférable de continuer à négocier. Le commandant du village, absent, interrogeait des communistes et l'ancien maire – et leur chef était quelque part, occupé à violer des jeunes filles. Quant à ces jeunes gens qui auraient dû marcher sur Kaunas, sur Moscou et pourquoi pas sur Pékin, ils se sentaient plutôt désemparés. Ils avaient reçu l'ordre de rester dans ce trou pour aider les Waffen SS à traquer les opposants politiques avant de reprendre leur route pour mettre le monde à leurs pieds (ou mourir).

Au terme de longues discussions, ils parvinrent à une conclusion quant à l'étape suivante. Ils se choisirent un porte-parole qui se tourna aussitôt vers la porte, frappa et déclara d'un ton ferme :

Arrêtez donc ! Sortez de là !

Il y a un risque, déclara le chef (ayant enfin remonté son pantalon, il venait d'arriver sur les lieux), qu'un des avions survolant les environs prenne pour cible ces bains publics – *très appropriés pour héberger les sales rats*, murmura-t-il à un simple soldat posté derrière lui qui s'appelait peut-être Schultz. Si l'avion bombarde le bâtiment, vous serez tous morts. Quant à ceux qui ne périraient pas dans l'explosion, le toit et les murs s'effondreraient sur eux et ils brûleraient vifs. Ce n'est tout de même pas ce que vous voulez.

Silence.

Étant donné qu'il faut s'attendre à d'autres attaques aériennes, vous seriez plus en sécurité dehors ou même chez vous. En tout cas, il est évident que vous ne pouvez pas rester ici.

Après un long silence, la porte s'ouvrit. Les deux mille Juifs commencèrent – lentement – à sortir. Les jeunes soldats les observaient sans bouger. Rien ne se produisait. Pas d'exécutions, pas d'Holocauste, pas de moqueries ni de coups de pied.

C'est ainsi que les deux mille Juifs de Jurbarkas rentrèrent chez eux, s'installèrent à la table de leurs cuisines en se grattant la tête, cherchant des réponses tant dans les livres saints que dans les manifestes politiques imprimés à Leningrad et à Moscou, se disputant et s'adressant des reproches suffisamment haut pour qu'on les entende à l'intérieur, mais que rien ne filtre à l'extérieur des murs – il ne fallait surtout pas troubler le calme des nazis dont les bruits de bottes ne résonnaient plus dans les rues. On eût dit qu'ils attendaient un signal. Ils avaient fait comme chez eux dans les boutiques et certains, assis à même le pavé, buvaient du lait ou découpaient des tranches de jambon pour leurs camarades (un jambon qu'ils n'avaient à coup sûr pas acheté chez les Juifs). Le soleil brillait et ils semblaient se plaire ici.

Puis ce fut le verrouillage. On boucla la ville à l'est, à l'ouest et au nord – on posta même quelques gardes au sud, sur la rive du Niémen, afin d'empêcher les habitants de fuir. Ce qui ne les aurait du reste conduits qu'à une autre partie du Troisième Reich ; or, en dépit des prouesses mondialement réputées de l'Allemagne – taux de chômage des plus bas, voitures bon marché, système social développé, excellentes autoroutes, hygiène publique, législation du travail avantageuse offrant de longues vacances d'été et bienveillance à l'égard (de certains) des enfants et des animaux (ou plutôt de la plupart) –, ils n'avaient aucune envie d'aller sur les terres du Troisième Reich, destination assez peu prisée. Mais au cas où quelques ordures bolcheviques vivant à Jurbarkas auraient cru pouvoir préserver leurs intérêts en fuyant à travers le Troisième Reich jusqu'au Maroc, on avait posté trois gardes sur le port et trois autres sur la rive.

6

Le médecin recommanda qu'Arnor se repose – son état n'avait rien de préoccupant, il souffrait d'une légère hypothermie qui serait aisément surmontée par un séjour sous une couette bien chaude. Sigga Dos et son fils occupaient un petit appartement rue Hlidarvegur, à deux pas de l'hôpital (à Isafjördur, tout se trouvait à deux pas). Il était un peu plus de huit heures du matin. Le petit garçon endormi dans ses bras, Sigga Dos gravissait la côte en soufflant. Elle regrettait de n'avoir pas accepté la suggestion de Jon le Prédateur (ou le Taureau) qui lui avait offert de rester auprès d'elle – le petit était trop lourd pour qu'elle puisse le porter dans une côte si abrupte –, mais elle ne voulait pas qu'il se fasse des idées. En tout cas, tant qu'il n'avait pas retiré sa demande en mariage.

Arnor passa la journée à dormir. Vers dix heures du soir, le médecin – un certain Dadi, cousin au troisième degré de Halldor, le directeur de la bibliothèque – était passé l'examiner, trouvant ainsi le prétexte idéal pour s'introduire chez la jeune femme de mauvaise réputation. Il fit plusieurs tentatives d'approche sans résultat, puis Sigga Dos proposa de le soulager manuellement de la tension qu'il ressentait à condition de pouvoir le faire dans le couloir. Elle refusait de se livrer à ce genre de chose dans son appartement : l'enfant risquait de ne pas se remettre d'un tel spectacle. Elle ne pouvait pas non plus trop s'éloigner au cas où il se réveillerait. De toute façon, il n'y a jamais personne dans la cage d'escalier après le dîner, assura-t-elle. À peine sorti de l'appartement, le médecin baissa son pantalon. Elle le caressa un bon moment, jusqu'à ce que son regard ne soit plus que braise, puis rentra chez elle, ferma sa porte à clef, laissant le docteur inassouvi, le membre gonflé et le pantalon sur les chevilles, persuadée que

Gunnhildur, sa voisine de palier postée derrière son judas à toute heure du jour, avait assisté à toute la scène.

Le lendemain, Arnor se réveilla après avoir dormi au moins vingt-quatre heures, personne n'étant capable de dire à quel moment le sommeil l'avait vaincu dans la montagne. Il ne se rappelait que le début de son voyage – il avait suivi la rue Seljalandsvegur, on l'avait déposé en voiture à l'entrée de la vallée d'Engidalur qu'il avait remontée en longeant le mont Kubbur, puis les choses se brouillaient dans son esprit, il avait simplement continué à marcher, de la neige jusqu'aux genoux. Malgré une légère fièvre, il allait bien. Sigga Dos était soulagée de pouvoir se passer des services du médecin (et bien décidée à s'arranger pour que le surnom de Dadi la Trique lui colle à la peau jusqu'à la fin de ses jours).

Dans la soirée, elle remarqua chez Arnor quelque chose qui ressemblait à des tics. Assis par terre dans le salon, plongé dans l'histoire des *Dix petits nègres*, il faisait craquer sa mâchoire, clignait d'un œil puis de l'autre et reniflait abondamment. Elle mit son inquiétude sur le compte de l'amour maternel et des conséquences logiques de la fièvre et du rhume. Mais les tics continuèrent le lendemain alors que la fièvre était retombée et augmentèrent en intensité au cours de l'été. Certains jours, son corps semblait n'être que fébrilité – ce n'était pas si grave car, entre les crises, il pouvait rester parfaitement immobile et lire tous les livres qu'il voulait. Sigga Dos réfléchit longuement à l'idée d'aller consulter un médecin à Reykjavik – pour revenir à Dadi la Trique, précisons qu'à l'occasion d'une beuverie et aidé par un autre homme (qui avait lui aussi séjourné chez Sigga Dos), Jon le Taureau (ou le Prédateur) avait flanqué au médecin une raclée si radicale que ce dernier avait dû être plâtré et que sa femme, Halla Gudrun de la Trique (les surnoms ont parfois des conséquences imprévisibles), avait accusé Sigga Dos d'être l'unique responsable et s'était pointée complètement soûle dans la cage d'escalier en menaçant de les tuer, elle et son fils. On comprendra donc qu'une consultation à l'hôpital n'était pas envisageable, en dépit de sa proximité. Pour finir, après avoir pris conseil auprès de Bjarnveig, sa mère, elle décida de s'en remettre à la nature tant que ces tics ne causaient pas trop de tort à l'enfant.

Mais Arnor avait rapporté de la montagne autre chose que ces nouveaux tics : tout à coup, il osait aborder les autres enfants. Jusqu'alors, ces derniers l'indifféraient ou ne lui inspiraient que méfiance. Désormais, il recherchait leur compagnie. Dès que sa mère, (presque entièrement) remise de cette expédition en quête des figures tutélaires islandaises, estima qu'elle pouvait à nouveau le quitter des yeux, Arnor passa ses journées entières en compagnie d'autres enfants, principalement des garçons qui avaient entre deux et six ans de plus que lui et qu'il connaissait de vue pour les avoir croisés l'hiver précédent dans la cour de l'école où sa mère l'avait alors envoyé en récréation.

Dans les années soixante-dix et jusque dans les années quatre-vingts, on voyait régulièrement des enfants âgés de quatre ans qui, surveillés de près ou de loin par leurs frères et sœurs, allaient et venaient en toute liberté dans les rues d'Isafjördur. La plupart des mères de famille travaillaient au minimum à mi-temps et le monde n'était pas encore moderne au point de proposer d'autres solutions aux gens que celle qui consistait à se débrouiller tout seuls. Les femmes au foyer observaient soigneusement les bambins qui arpentaient les rues en groupes (et n'hésitaient pas à leur faire des tartines pour le repas de midi en cas de besoin). En outre, la ville était si animée que les enfants n'étaient pour ainsi dire jamais vraiment seuls : il y avait partout quelqu'un occupé à travailler ou, dans le pire des cas, à s'amuser ou à boire. Arnor était le plus jeune de sa bande, dont il était immédiatement devenu l'un des piliers.

Il comprit rapidement que, puisque les garçons âgés de six ou sept ans ne voyaient aucun intérêt à le frapper, il en allait de même pour ceux qui avaient atteint l'âge de neuf ou dix ans, assez grands pour comprendre qu'ils étaient bien plus forts que lui et que, par conséquent, il ne représentait pour eux aucune menace physique. En outre, ils le plaignaient – il était petit, bizarre, et n'avait pas de père. Tout le monde savait également qu'il avait failli mourir dans la montagne le printemps précédent et le seul fait qu'il soit parvenu jusqu'au lac de Fossavatn par ses propres moyens était considéré comme une telle prouesse que même les vieux loups de mer affirmaient n'avoir jamais rien entendu d'aussi incroyable. Ils éprouvaient à son égard une sorte d'admiration et d'étonnement, qui venait se mêler à leur sentiment de pitié. Les plus âgés protégeaient Arnor, ce qui lui permettait de dire leurs quatre vérités aux autres, plus jeunes, sans courir le risque d'être battu.

Il avait acquis des nuances du langage une maîtrise qui dépassait de loin celle de bien des adultes, très surprenante chez un enfant de cinq ans à peine. Lisant désormais aussi bien que n'importe qui, il dévorait les grandes œuvres littéraires – avec une prédilection pour Thorbergur Thordarson dont il avait entendu dire qu'il était surdoué, tout comme lui. Fort de sa maîtrise de la langue – à l'oral comme à l'écrit –, il prit le commandement des garçons qu'il fréquentait (et dont il n'avait plus peur depuis longtemps : il les trouvait un peu lents et avait, dès l'automne, réussi à exclure les plus idiots).

S'ils voulaient constituer une véritable bande, expliqua-t-il à ses camarades, il leur fallait établir des règles et se donner un nom. Les autres ignoraient qu'ils constituaient une bande et n'avaient jamais envisagé les choses sous cet angle, et encore moins pensé devoir se trouver un nom et fixer des règles par-dessus le marché. Mais Arnor ne leur demandait pas leur avis sauf lorsqu'il estimait qu'ils avaient leur mot à dire, et même dans ce cas, quand les autres n'étaient pas d'accord avec lui, il parvenait à ses fins. Si personne n'est contre, je propose que nous appelions notre bande les Figures tutélaires, proposa-t-il. Examinons maintenant la première et la plus importante des règles : acceptons-nous les filles ?

En réalité, Arnor se fichait éperdument que les filles soient acceptées ou non, mais il savait que la question importait aux autres. Non que la chose ait été un point de désaccord, loin de là, la simple évocation de l'idée leur avait fait dresser les cheveux sur la tête – beurk, des filles ! Puis il y avait eu un concert d'exclamations consternées. Or, pendant que tous s'offusquaient de cette éventualité, le nom de la bande avait eu le temps de s'ancrer dans leurs cerveaux. Ils s'appelleraient désormais les Figures tutélaires. L'affaire était réglée. Arnor était convaincu que celui qui choisissait le nom du groupe avait plus d'emprise sur son avenir et pouvait plus facilement établir les règles que les autres membres. Celui qui choisit les mots gouverne la réalité.

En outre, peu importait qu'on accepte les membres de sexe féminin – la fille qui aurait eu envie d'entrer dans une bande de garçons n'était sans doute pas encore née. Quoi qu'il en soit, on résolut d'interdire formellement la présence des filles ou même de les informer des activités du groupe. Pour plus de sûreté, la seconde règle des Figures tutélaires stipulait qu'aucune situation ne pourrait justifier des aménagements ou un abandon de cette disposition.

La troisième règle énonçait les objectifs du groupe : défendre la mère patrie contre les attaques de l'hégémonie américaine et les autres périls venus de l'étranger. Le quatrième article interdisait la consommation de Coca-Cola ou d'autres boissons importées. Ce dernier posait grandement problème car les petits garçons se délectaient de ce breuvage que Sigga Dos avait surnommé le "sang des prolétaires". Mais Arnor leur rappela l'existence du jus d'orange, de la boisson au malt et d'autres produits typiquement islandais. Voyant que l'argument risquait de ne pas suffire, il déclara que la non-adoption de cette règle mettait en péril les trois précédentes, car toutes étaient évidemment interdépendantes : chacune des règles qui composaient ce corps de lois reposait sur l'ensemble des autres – ce qui incluait celle stipulant l'impossibilité pour les filles d'entrer dans la bande. Profitant de la confusion suscitée par cette déclaration, il fit adopter la cinquième règle selon laquelle le chef de la bande aurait le titre de "secrétaire général" ainsi que le pouvoir de décider de l'admission des nouveaux membres. L'adoption de la cinquième règle entraînait de fait celle de la quatrième, en vertu de l'argument qu'il venait d'énoncer.

Pour finir, il se présenta au poste de secrétaire général et désigna sans plus tarder deux autres candidats. Le premier, âgé de sept ans et prénommé Gunnar Trausti, était surtout connu pour avoir fait pipi dans son duvet pendant une sortie en camping avec les louveteaux, l'été précédent. Le second, âgé de onze ans, se prénommait David, mais tout le monde l'appelait Dölli. Comme Arnor, Dölli n'avait pas de père et c'était à peine s'il avait une mère depuis quelques mois, cette dernière étant partie étudier à l'école normale de Reykjavik en le confiant à ses grands-parents. C'étaient des gens adorables, mais Dölli avait du mal à s'habituer à l'absence de sa mère et passait son temps à se venger par sa méchanceté. Il était toutefois proche d'Arnor, considérant que l'absence de leurs pères créait entre eux une manière de fraternité, alors qu'il se battait avec les autres chaque fois que l'occasion se présentait. Il n'y eut aucun autre candidat au poste de secrétaire général : Arnor fut élu à bulletins secrets pour un mandat dont la durée n'était précisée nulle part.

7

Dès le lendemain matin, les nazis les plus virulents se manifestèrent. Les miliciens se donnèrent le mot et se retrouvèrent sur la grand-place de la ville à midi. Ils passèrent devant la synagogue en marchant au pas et en chantant le *Horst Wessel Lied*, l'hymne du parti nazi, ainsi que des chants lituaniens avant de se diriger vers le commissariat où ils proposèrent leurs services. Peu après cinq heures, on vit affluer des volontaires issus des rangs nationalistes, accompagnés par toutes sortes d'extrémistes de droite, d'origine allemande ou lituanienne – il y eut même quelques Juifs pour venir offrir leur aide, peut-être dans l'espoir de recevoir un bon point. Ce ne fut qu'après le souper que les opportunistes sortirent de l'ombre. Leur groupe était principalement constitué de commerçants désireux d'évincer la concurrence – à Jurbarkas, trois boutiques sur quatre étaient tenues par des Juifs – et de ceux qui avaient simplement tiré les leçons de l'année passée sous l'occupation soviétique : jouer les cireurs de bottes était toujours utile.

Lorsque les Soviétiques avaient attaqué, l'année précédente, ils avaient confisqué toutes les armes. Au fil du temps, ils en avaient rendu quelques-unes. D'abord à ceux qui ne pouvaient s'en passer – les chasseurs qui nourrissaient la ville –, puis à ceux qui étaient parvenus à s'attirer leur bienveillance, les bons communistes et les opportunistes flatteurs. Maintenant que les nazis étaient là, cela posait problème. D'une part, on pouvait supposer que cacher une arme chez soi était passible de la peine de mort – or les nazis ne semblaient pas hésiter à fouiller –, et d'autre part, tout individu détenant une arme alors qu'il ne s'en servait pas pour la chasse devenait hautement suspect. Cela faisait pour ainsi dire de lui un confident personnel de Staline.

Lorsque la nuit noire de l'été tomba, on entendit aux abords du fleuve des pas qui s'avançaient sur le sol spongieux et d'autres, rapides et furtifs, dont le bruit se perdait entre les arbres.

Et que sont devenus les grands propriétaires ? demanda le commandant Tchaponsas. Ces… comment les avez-vous appelés ?

Mykolas leva les yeux. Les *Szlachta*. Les Russes ont réglé son compte à cette noblesse. Il tourna sa cuiller dans sa tasse de café. Vous n'avez pas à vous en inquiéter. C'étaient principalement des Polonais.

La noblesse polaque ne valait guère mieux que les youpins, ajouta-t-il. Elle a opprimé les Lituaniens pendant des siècles par ses manigances et ses trahisons. Ce n'est pas moi qui vais plaindre tous ces gens d'avoir été éliminés – ils ne l'ont pas volé.

Tous les nobles ont été exécutés ? reprit le commandant.

Ou envoyés au diable. Déportés en Sibérie.

Ou leurs biens leur ont été confisqués.

Mais il n'en reste pas en ville ?

Disons trois ou quatre familles qui ont réussi à sauver leur peau. Par d'autres moyens que l'argent – de toute façon, les Russes ont vidé les coffres sans demander la permission. Je crois que les hommes de ces familles ont été affectés sur le port comme dockers. Pour décharger les rafiots des Russes.

Et les prêtres ?

Pendus.

Et les intellectuels ?

Déportés en Sibérie pour la plupart. Sauf les rabbins.

Ah bon ?

Dans cette ville, neuf bolcheviques sur dix sont des youpins.

Et les nationalistes ?

Battus, torturés. Certains ont fui dans la forêt pour combattre les Russes. Surtout les miliciens.

Et ?

Je suppose que la plupart sont morts. Ils n'ont pas donné signe de vie depuis l'hiver dernier. Et l'hiver a été rude.

En effet.

Ils avalèrent une gorgée de café en silence. Romualdas bourra sa pipe. Le commandant sortit son étui à cigarettes et en offrit une à Mykolas.

Non, merci. Je ne peux pas, le tabac me donne des aigreurs d'estomac.

Le commandant alluma sa cigarette. Il regarda les deux frères assis face à face. Visiblement pauvres malgré leur richesse intérieure, ils étaient en guenilles, mal nourris et n'avaient pas fait d'études. Il fallait leur trouver un uniforme au plus vite.

C'est terrifiant, remarqua-t-il avec un soupir en se redressant sur sa chaise. Toute cette cruauté inutile. Tous ces innocents assassinés ou exécutés. Et dire que cette ville a été fondée par l'ordre des chevaliers teutoniques – ces grands héros germaniques – et qu'elle est devenue le repaire de Juifs et de communistes sanguinaires.

Assis à la table de la cuisine, Vilhelmas soupirait lourdement, accompagnant la douleur du monde, les suffocations des pays baltes, les troubles cardiaques du Kremlin et le découragement qui résonnait de Londres à New York et d'Amsterdam à Oslo. Face à lui, Saule pétrissait une pâte au blé complet avec une telle vigueur qu'on eût dit qu'elle empoignait les couilles du Führer en personne. Cette pâte qui donnerait un pain plus sain, plus généreux et lèverait plus majestueusement que toute autre. Elle roulait des hanches et redressait les épaules, tendant son tablier sur sa poitrine – comme si elle avait honte d'avoir enfanté et élevé des serpents en son sein. Puis elle poussait un soupir.

À minuit, personne ne dormait. Les habitants de Jurbarkas se tournaient dans leurs lits – de désespoir, de colère contenue ou de peur. Ils essayaient de fermer les paupières, mais leurs yeux demeuraient ouverts quoi qu'ils fassent – une infime partie de leur conscience refusait de reconnaître qu'ils ne couraient aucun risque à s'endormir. Les nazis craignaient d'avoir laissé échapper des communistes qui viendraient incendier leurs quartiers pendant la nuit. Les Juifs redoutaient d'être réveillés et pendus. Les jeunes filles avaient peur d'être violées. Les mères s'inquiétaient pour leurs enfants, et les hommes pour leurs épouses et leurs petits. Même les nourrissons percevaient la tension nerveuse qui se propageait de maison en maison, envahissant les rues et les corps.

Le lendemain matin, tout le monde se réveilla, bien que personne n'ait trouvé le sommeil.

“En 1932, les Juifs représentaient 1 % de la population mondiale et ils étaient responsables de 34 % du trafic de drogue, 47 % des vols, 47 % de la mafia du jeu, 82 % de l'ensemble des mafias internationales et 98 % de la traite d'êtres humains. Les concepts fondamentaux du crime mondial trouvent leur origine dans le yiddish et dans l'hébreu.”

À proximité du parc Vasilsikov, à droite de la petite église orthodoxe russe et à gauche de la maison des Altman, il y avait deux cinémas. On y rassembla les habitants – sans faire aucune différence, tous étaient véritablement à égalité – pour leur projeter le documentaire *Der Ewige Jude* (*Le Juif éternel*). Afin de mettre tout le monde à la page sur la question juive et de dissiper tout malentendu.

Au nom de tout ce qui est beau et bon, déclara Masza, qui s'était levée et tournée vers la salle, avez-vous sérieusement l'intention d'utiliser le fait que Charlie Chaplin est juif comme argument ? Ce film nous dépeint comme des imbéciles !

La salle se taisait. Masza se tenait sous l'écran où, les mains sur les hanches, elle fixait les nationalistes qui grommelaient, les communistes qui se cachaient, les enfants et les adultes. Au fond, les dernières recrues de la Gestapo de Georgenburg tenaient leurs fusils en bandoulière. Elle fixait l'œil-de-bœuf à travers l'œil du projecteur sans même avoir conscience de la terreur qu'elle inspirait au petit Lukauskas, le nouveau chef de la police. Mykolas avait passé une bonne partie de son enfance dans la cuisine de Masza Banai. Il avait l'âge de Sara – et avait appris à marcher en même temps qu'elle. Appris à parler en même temps qu'elle.

D'ailleurs, Charlie Chaplin, qu'a-t-il donc qui ne vous plaît pas ?

Le soir, alors qu'Izsak et Leib Meigel rentraient de la réunion d'une association juive dont les membres terrifiés s'étaient retrouvés chez Chatzkel Joge, ils croisèrent la route de deux jeunes Lituaniens qu'ils ne connaissaient que de vue, mais qui semblaient être les fils du boulanger Strauss – même s'il était malaisé de les distinguer, le soir étant tombé depuis longtemps. Les deux garçons grognèrent en les croisant et Izsak entendit des crachats fuser dans la nuit, voler dans l'air, puis s'écraser quelque part : Leib laissa échapper un juron et une rixe éclata. Izsak reçut un coup de pied dans l'entrejambe, tomba à genoux et encaissa un second coup en plein visage. La suite des événements est nimbée de brume. La douleur se diffusa dans tout son corps comme une décharge électrique avant de se transformer en engourdissement. Izsak se rappela qu'à un moment, il s'était étonné du calme de cette bagarre – on n'avait entendu que quelques gémissements, quelques coups, mais aucune insulte. Les fils du boulanger Strauss, si c'était bien eux, considéraient sans doute avoir des comptes à régler avec lui et Leib Meigel.

Puis c'était le trou noir jusqu'à son retour à la maison.

Il n'est pas du tout sûr que nous puissions acheter de la viande fraîche pour remplacer ce morceau que tu gâches par bêtise.

Izsak ôta le morceau de viande qu'il avait posé sur son œil en guise de compresse et poussa un soupir. Assise devant sa machine à coudre, Masza s'activait autant que si elle avait pourchassé les nazis jusqu'à Berlin. Elle cousait des étoiles jaunes sur tous leurs vêtements – c'était la loi, or on ne discute pas la loi. Cela, il n'y a que les scélérats qui le font. Tous devaient confectionner leurs propres étoiles mais, comme les magasins étaient interdits aux Juifs depuis quelques jours (pour des raisons compréhensibles), Masza avait dû trouver une solution. Sur le dossier de la chaise à côté d'elle reposait le drapeau de la république qu'elle avait découpé. Du vert, du rouge et il restait encore un peu de tissu jaune.

Permets-moi de te dire, ma vieille, déclara Izsak après un silence, que ce que tu appelles "bêtise", ce sont ma vie et mes membres.

Accompagné par Chatzkel Jofe et Leib Karabelnik, Leib Meigel alla voir le maire, Georg Höpfner, l'ancien directeur de cantine Jurgi Gepneris, afin de se plaindre des agressions croissantes et de l'inaction de la police. Après leur visite chez le bourgmestre, ils allèrent frapper à la porte de Vilhelmas et de Saule chez qui se trouvait également Izsak.

Nous lui avons simplement demandé de parler aux Allemands, expliqua Leib à Vilhelmas et Izsak, assis dans le salon. Allongées à plat ventre, Masza et Isa, les deux jumelles, reconstituaient tranquillement leur puzzle comme si tout allait pour le mieux dans le meilleur des mondes.

Ensuite ? s'enquit Izsak.

Il a répondu qu'il en parlerait à Tchaponsas et nous a demandé d'attendre. Un quart d'heure plus tard, deux types de la Gestapo débarquent, des gamins moqueurs et forts en gueule. Ils pointent leurs fusils sur nous, nous ordonnent de nous lever et de sortir. Là, ils nous donnent des pelles et nous emmènent dans la forêt en marchant derrière nous. Ils crachent dans notre dos, nous traitent de sales youpins, de porcs et d'assassins. Ensuite, nous arrivons à une clairière et là, ils nous disent de creuser.

Nom de Dieu, ce n'est pas possible, soupira Vilhelmas.

Attends, je n'ai pas fini, reprit Leib.

Ils nous disent de creuser, poursuivit Leib, alors nous creusons. Un trou de six pieds, exactement la taille d'une tombe. Ils nous disent d'ôter nos vêtements, alors nous nous déshabillons. Nous sommes là, debout au fond du trou, complètement à poil, les mains posées sur le saint des saints pour le protéger, et ces ordures, ces sales ordures, eh bien – les voilà qui font feu ! Je peux te jurer que si j'avais eu mon pantalon, je me serais sûrement chié dessus. Sauf que. Une fois passée la détonation, je me rends compte que nous sommes vivants – tous les trois – et là, je lève les yeux et je vois les gars de la Gestapo qui hurlent de rire. Puis ils nous tendent à chacun une cigarette en disant : "Les nazis ne tuent pas les innocents." Comme si ça excusait tout le reste.

D'ailleurs, c'est un putain de mensonge, observa Vilhelmas.

Qui donc peut en être certain ?

Vilhelmas ne répondit rien.

Enfin, bref. L'histoire n'est pas finie, reprit Leib. À notre retour en ville, nous avons appris que les deux fils Strauss avaient été fusillés pour troubles de l'ordre public en temps de guerre.

Quoi ?

Eh oui, c'est l'expression qu'ils ont employée : "troubles de l'ordre public en temps de guerre."

Un avis fut bientôt placardé sur les panneaux d'affichage, les murs des rues passantes et les portes des boutiques les plus fréquentées :

> Ceux qui enfreignent les lois concernant les Juifs en les cachant, en les nourrissant ou en les aidant de quelque manière commettent un crime grave. Tous les habitants de la province de Tauragė sont par la présente encouragés à faire tout ce qui est en leur pouvoir pour appréhender les Juifs sans distinction d'âge ou de sexe, les empêcher de fuir et les conduire, de gré ou de force, au commissariat le plus proche. Les personnes coupables de contacts ou d'échanges avec les Juifs seront immédiatement remises aux autorités militaires allemandes. Si des Juifs commettent des actes terroristes ou de sabotage, tous les habitants de la zone où lesdits Juifs se cachent subiront immédiatement les représailles les plus vigoureuses.
>
> Gestapo de Georgenburg, 26 juin 1941

Deux jours plus tard, Mykolas et Romualdas étaient assis dans le salon en compagnie de leur père – leur mère avait pris la porte dès leur arrivée et ne rentrerait à la maison que lorsque ses deux fils aînés en seraient repartis. Venus faire la paix, ils avaient apporté des fleurs et de la vodka polonaise. Les fleurs venaient des environs – des mélampyres des bois mauves dont la tige portait des graines jaune soleil, la fleur nationale de la Lituanie, celle du regret –, mais ils ne les avaient sans doute pas cueillies eux-mêmes. Quant à la vodka, chère et venue de Cracovie, ils l'avaient évidemment volée ou, dans le meilleur des cas, reçue en cadeau des nazis.

Vilhelmas accueillit malgré tout ses fils. Certes, il le fit avec réticence, mais ils demeuraient ses fils et les frères de ses autres enfants (qui, par bonheur, étaient tous au lit). Il remplit leurs verres, mit les fleurs dans un vase, sachant que Saule les jetterait à la poubelle dès son retour. Puis il s'installa avec eux sur le canapé et les écouta vanter les mérites indéniables du Troisième Reich.

À Kaunas, les nationalistes se sont révoltés contre les Russes, déclara Mykolas.

La liberté est en marche, précisa Romualdas, rien ne l'arrêtera.

Et Hitler est en contact direct avec les rebelles.

Hitler est allié des Lituaniens. Les Allemands se sont toujours bien comportés avec nous.

Hitler va restaurer notre dignité. Sans dignité, nous ne sommes que de pauvres types.

Les Juifs n'ont pas leur place ici. Ils n'ont pas envie de vivre chez nous. Ils n'en ont jamais eu envie.

Ils veulent aller en Israël. Et Hitler… eh bien… tu sais quoi. Il va les y aider.

Romualdas était nettement plus stupide que Mykolas, mais ni l'un ni l'autre ne tenaient l'alcool. Ils furent donc bientôt complètement ivres – et plus leur père se taisait (ses silences étaient de plus en plus longs), plus les fils s'enflammaient et laissaient éclater leur haine.

Mais il y en a qui ne sont pas… commença Mykolas.

Qui ne sont pas… répéta Romualdas.

Qui ne sont pas des êtres humains, trancha Mykolas.

Tu crois que ce sont des hommes.

Ils ont des mains, des jambes, une bouche, un nez, ouais, ouais, mais les Juifs n'ont pas d'âme.

Pas d'âme.

Nous en avons buté trois.

Ouais, trois. Tu entends ça?

Regarde-moi dans les yeux.

On le comprend quand on les voit morts. Ils n'ont pas d'âme. Rien que du vide.

Vilhelmas se taisait. Il n'avait plus envie d'écouter ça, ne voulait pas l'entendre, mais ne savait pas comment imposer le silence à ses fils. Sans doute devait-il simplement attendre qu'ils s'endorment. La question n'avait plus rien à voir avec leur adhésion à des idées politiques répugnantes, comme c'était le cas depuis plusieurs années. Cela n'avait plus rien à voir avec la révolte de jeunes hommes qui voulaient se libérer de l'autorité de leurs parents, bâtir un système de valeurs solides qui les aideraient à vivre, se forger eux-mêmes leurs opinions et leurs principes moraux. Ses fils étaient devenus des assassins. Il se contenta donc d'attendre, leur permit de parler tout leur soûl, de boire jusqu'à plus soif et jusqu'à perdre la raison. Et lorsqu'ils s'endormirent – Romualdas, le petit frère, fut en premier vaincu par le sommeil, puis ce fut le tour de Mykolas, l'aîné –, Vilhelmas attrapa ses deux rejetons par la peau du cou, les traîna sur le sol, franchit le seuil de sa maison et les laissa tomber sur l'herbe par-dessus le balcon. Puis il retourna à l'intérieur en espérant qu'ils seraient partis au retour de Saule.

Je n'arrive pas à le croire, soupira Masza.

Vilhelmas ne ment pas, assura Saule. Il ne mentirait jamais sur des choses aussi graves.

Qui ont-ils tué ?

Je n'en sais rien et je n'ai pas envie de le savoir.

Masza poussa le plat de gâteaux secs vers Saule. Je t'en prie, sers-toi.

Saule attrapa un gâteau, le plongea dans l'ersatz de café et grimaça.

Pourquoi les nazis demanderaient-ils à des Lituaniens de commettre de telles horreurs ? Ils seraient sans doute les premiers à s'en plaindre – et à l'apprendre. Je ne suis pas certaine que cela plairait beaucoup à la communauté internationale. En plus, la ville grouille de membres de la Gestapo qui sont parfaitement capables d'assassiner les gens sans que personne le sache.

Les Lituaniens n'ont pas besoin des Allemands pour maltraiter les Juifs, répondit Saule. Les miliciens sont encore pires qu'eux. Les Allemands dessoûlent au moins par moments entre deux cuites et ils obéissent à une sorte de pouvoir qui ne se résume pas uniquement à de la bêtise crasse et à du mépris de l'homme. Et n'oublie pas, ma chère, que ce sont des Lituaniens qui ont frappé Izsak.

Je ne l'oublie pas. Mais ce sont les Allemands qui ont fusillé ses agresseurs.

Ils l'ont, à tout le moins, fait en vertu des lois et règlements.

Masza haussa les épaules.

Tuer les gens au hasard ou les exécuter parce qu'ils ont commis des horreurs sont deux choses tout à fait différentes, fit remarquer Saule.

On les a fusillés pour quelques bleus, un coquard et quelques égratignures, répondit Masza. Je trouve ça un peu exagéré.

La veille du samedi 28 juin, on publia une ordonnance stipulant que tous les Juifs aptes au travail devaient venir à sept heures du matin le lendemain dans la cour du grossiste Motl Levyush, rue Rasenai. La plupart d'entre eux s'y rendirent, curieux et en bâillant, sans avoir quasiment fermé l'œil depuis une semaine tant ils craignaient pour leur vie. Ce n'était pas drôle d'être Juif pendant l'Holocauste. Ou, d'ailleurs, Tzigane, communiste, attardé mental, franc-maçon ou homosexuel.

On alla chercher ceux qui n'étaient pas venus.

Mais c'est shabbat, protesta le rabbin Reuven Rubinstein. Nous ne travaillons pas le jour de shabbat.

Chut, répondirent les Juifs. Tu vas nous faire fusiller.

Le commandant Tchaponsas apparut dans la cour, monta sur une caisse et, sans même saluer l'assistance, déclara que désormais tous les hommes aptes au travail devraient se présenter là chaque matin à sept heures. Puis il envoya tout le monde aux champs pour arracher les mauvaises herbes avec les dents.

Incroyaaaable, s'écrièrent les Juifs en chœur. C'est scandaleux ! Non, mais qu'est-ce que ça veut dire ?

Sur le tableau d'affichage du commissariat, on avait placardé un avis stipulant que les trottoirs étaient désormais interdits aux Juifs.

Où voulez-vous que nous marchions ? gémirent les Juifs.

Pour aller où ? rétorquèrent les nazis.

Eh bien, par exemple, au travail.

Quel travail ? Tas de fainéants !

Qui ira arracher le chiendent si nous n'avons pas le droit d'emprunter les trottoirs ?

Le chiendent ? C'est vous, le chiendent !

Qui ira décharger les bateaux ?

Les bateaux sont là pour vous emmener. La Terre d'Israël, vous allez rentrer chez vous.

Avez-vous l'intention de faire le pain, d'abattre les poulets, de tailler et de coudre vos bottes vous-mêmes ?

Nos bottes ? Nous ne vous laisserions même pas les lécher !

Comment irons-nous aux champs ?

Aux champs ! Aux champs !

Ou à l'imprimerie ?

Vous n'avez qu'à marcher dans la rue, vociférèrent les nazis, furieux. Et cessez vos jérémiades !

8

Âgée de trente-cinq ans et maigre comme un clou, Mar Morales Trujillo habitait au rez-de-chaussée de l'immeuble de Sigga Dos. Cette Cubaine dont la longue chevelure noire tombait jusqu'aux reins et aux yeux d'un bleu profond, aussi sombres que le ciel nocturne sur le Malecon, avait épousé un marin du nom d'Einar la Beigne (dans ses jeunes années il avait la réputation de ne pas rechigner à filer des gnons) qui faisait la tambouille à bord d'un bateau de pêche de Sudavík. Einar approchait la cinquantaine. Après une enfance au village de pêcheurs de Hnifsdalur, il s'était engagé dans la marine marchande dès l'âge de vingt ans. On racontait qu'il avait parcouru toutes les mers du globe, mais c'était un taiseux qui n'avait plus ses parents et personne n'était capable de dire pourquoi chacun lui prêtait tous ces périples. À l'âge de trente-cinq ans, il était rentré au pays, accompagné par cette jeune étrangère – Mar Morales Trujillo avait alors vingt-trois ans, mais on lui en donnait à peine seize. La rumeur disait qu'elle était stérile. En réalité, un grand nombre de rumeurs couraient sur le compte de cette femme – autant que sur celui d'Einar la Beigne – et elles ne brillaient pas par leur fiabilité. Le couple évitait toute vie sociale. Le soir, ils s'offraient de longues promenades en s'exprimant dans cette langue qui ne laissait pas d'étonner les habitants d'Isafjördur. À l'époque, les Islandais commençaient tout juste à envisager les voyages en Espagne qui devinrent plus tard si à la mode (et le dialecte des campagnes cubaines que parlait Mar n'avait pas grand-chose à voir avec l'espagnol pour touristes pratiqué à Majorque). Et, même s'il y avait longtemps qu'on avait lu dans la presse un titre comme "On a vu un nègre dans le fjord de Thistilsfjördur", ceux qui avaient la peau basanée ne se fondaient pas pour autant dans le paysage.

Il existe en général dans les petites villes une règle tacite exigeant qu'on s'abstienne de commentaires en public sur le comportement et les actes d'autrui, une sorte de trêve permanente. À Isafjördur, dans les années soixante-dix et quatre-vingts, un homme aurait pu entretenir deux familles sans qu'aucune des deux femmes ne soit au courant, car même si les ragots n'avaient pas manqué d'aller bon train dans les cuisines, les bars, les mess à deux cents milles marins à la ronde, les lits des putes de Hull et de Hambourg, les gens du cru parvenaient mystérieusement à contrôler le flux d'informations de manière à protéger les intéressés des rumeurs se rapportant à eux. En général, chacun savait tout de tout le monde – sauf ce qui le concernait, lui-même ou ses proches.

L'une des rumeurs sur Mar Morales Trujillo disait que la Beigne l'avait achetée dans un bordel de Mexico ou gagnée au jeu à Copenhague, l'adversaire de la Beigne l'ayant lui-même acquise toute gamine à La Havane, avant la révolution castriste. D'autres affirmaient qu'elle avait fui un harem du Sud marocain et s'était embarquée comme passagère clandestine à bord d'un cargo où son futur époux l'avait découverte, cachée sous une tonne de morue salée. Ou encore qu'en réalité, c'était une princesse indienne originaire des Caraïbes dont la famille avait été enlevée à la fin du XIXe siècle par des pirates danois. Tout cela donnait lieu à des discussions enflammées. Chacun croyait détenir la vérité, même si, au fil des jours, ladite vérité devenait de plus en plus abracadabrante.

Mar Morales Trujillo avait été femme au foyer pendant ses trois premières années à Isafjördur, puis elle avait travaillé à la chaîne à la conserverie Olsen. Elle avait obtenu cet emploi sans problème, les bras manquaient constamment et Einar la Beigne avait malgré tout quelques relations en ville. Elle ne connaissait pas un mot d'islandais et personne à l'usine ne parlait l'espagnol. Fort heureusement, le travail à la conserverie ne nécessitait aucune explication (le plus difficile avait été de lui faire comprendre à quel moment elle devait aller en pause).

Sans rien qui vînt corroborer leurs dires, ses collègues se mirent à conjecturer sur la stérilité du couple que formaient Mar Morales Trujillo et Einar la Beigne – d'abord en chuchotant à la cafétéria quand elle n'était pas là pour les entendre, puis à mi-voix quand elles travaillaient à la chaîne, et enfin à voix haute, sans prendre la moindre précaution (si ce n'est qu'afin que la jeune femme ne comprenne pas qu'elles parlaient d'elle, elles l'appelaient alors Sædis, la déesse de la mer, ayant découvert que Mar signifiait la même chose en islandais et en espagnol). Après quelques semaines de tergiversations, elles étaient parvenues à des conclusions indubitables : des pirates des Caraïbes, d'authentiques sauvages, l'avaient maltraitée et violée avant de lui arracher l'utérus au couteau et de le jeter à la mer. Ayant perdu conscience pendant l'opération, elle ignorait évidemment qu'elle était stérile, à moins qu'elle ne l'ait su et n'ait menti à la Beigne afin de pouvoir l'épouser. Elle avait donc passé les trois années précédentes à la maison, espérant lui donner des enfants qui n'arrivèrent jamais, puis, perdant patience, avait trouvé cet emploi à la conserverie de crevettes histoire de s'occuper (du reste, elle n'avait pas besoin d'argent, elle n'avait pas d'enfants et son mari avait une bonne place à bord d'un chalutier).

Personne ne savait au juste à quel moment Mar Morales Trujillo avait appris l'islandais et peu de gens l'avaient entendue le parler, mais elle avait dû graduellement se familiariser avec la langue. On voyait bien qu'elle comprenait plus ou moins certaines choses aux sourires de moins en moins francs qu'elle adressait à ses collègues, sourires qui finirent par disparaître entièrement. Elle se promenait de plus en plus rarement avec Einar et, ces derniers temps, quand ils étaient ensemble, elle marchait toujours derrière lui, à bonne distance. Jamais elle ne montait avec lui en voiture, à moins de ne pas avoir le choix, comme si elle avait honte qu'on les voie tous les deux (cette fille des Caraïbes, quelle arrogance, quand même ! s'exclamèrent alors les mégères). Pour finir, elle prit de plus en plus de congés maladie, puis cessa de venir au travail, s'enferma chez elle et ne mit plus du tout le nez dehors.

Elles me prennent pour une pute, expliqua-t-elle à son mari.

Allons, tu te fais des idées.

Pas du tout ! Elles en parlent en ma présence comme s'il n'y avait rien de plus naturel.

Arrête donc.

Tu devrais les entendre. D'ailleurs, elles ne me regardent jamais dans les yeux. Elles me jettent un regard à la dérobée pour s'assurer que je ne comprends pas.

Que tu ne comprends pas quoi, mon amour ?

Si tu en avais dans le pantalon, *tu que bebes la leche de tu padre*, toi qui bois le lait de ton père, tu irais tordre le cou à ces corneilles qui salissent ainsi l'honneur de ta femme – mon honneur à moi, Mar Morales Trujillo ! Je ne suis pas une catin !

Ma chérie, c'est qu'en Islande, vois-tu, on ne frappe pas les femmes.

No digas pendejadas! Arrête tes conneries ! Dans ce cas, tu n'as qu'à châtrer les lavettes qui leur servent d'époux, sale fils de pute sans couilles !

Einar la Beigne avait rencontré Mar Morales Trujillo à Torshavn, aux îles Féroé, où il avait été soudeur sur un chantier naval au début des années soixante. Les Féroïens avaient acheté à Fidel Castro quelques chalutiers bizarrement conçus qui avaient un fort tirant d'eau malgré leur fond presque plat et dont l'équilibre était maintenu par d'imposants flotteurs, fixés à bâbord et à tribord. Accompagnés par leurs collègues féroïens, quelques marins et techniciens cubains, ainsi qu'un ingénieur de marine, Gabriel Trujillo, avaient conduit les navires depuis La Havane jusqu'aux Féroé. De là, ils devaient aller avec l'un des bateaux jusqu'à Copenhague où ils prendraient un avion pour rentrer chez eux (en faisant escale à Keflavík et à Mexico). Gabriel était issu d'une famille de grands propriétaires terriens – ses ancêtres avaient cultivé la canne à sucre, le tabac et les oranges – et quand la révolution avait éclaté, un an plus tôt, tous avaient fui à Miami. Tous, à l'exception de Gabriel Trujillo, le plus jeune frère, qui s'était converti au marxisme-léninisme à l'université, comme tant de gens à l'époque.

Gabriel Trujillo avait une sœur beaucoup plus âgée, Anais. Cette dernière était mariée à Jorge Morales, grossiste de son état, aussi riche qu'elle. Ils avaient vécu avec leurs enfants, Mar et Ernesto, dans une grande exploitation à proximité du village de Caimito, non loin de La Havane, jusqu'à Noël 1959, où ils avaient fui le pays. Les exilés cubains ne pouvaient évidemment pas revenir en visite à Cuba (ou plutôt, s'ils le faisaient, ils n'auraient sans doute pas une seconde chance de fuir) et Anais s'inquiétait beaucoup pour son jeune frère qui, à peine plus âgé que ses enfants, était à son avis nettement moins clairvoyant. Jorge et Ernesto avaient laissé la mère et la fille à Miami pendant qu'ils allaient régler à Washington des "affaires commerciales", lesquelles sonnaient de plus en plus aux oreilles d'Anais comme la préparation d'une opération militaire exécutée par des mercenaires. Quand, par une lettre officielle expédiée de La Havane à Torshavn, puis envoyée de Torshavn à Miami par courrier régulier, elle apprit que son frère allait se rendre aux îles Féroé, elle fit immédiatement ses valises et s'envola avec sa fille en direction de Copenhague, d'où toutes deux rejoignirent ensuite l'archipel.

Mar Morales Trujillo et la Beigne se rencontrèrent au bal. Il portait un costume noir et une bouteille de vodka à la ceinture. Âgé d'un peu plus de trente ans, il avait quasiment assommé tous les gars du cru sans oublier de sauter toutes les déesses qui travaillaient à l'usine de poisson. Elle avait dix-huit ans, venait de l'étranger et portait une robe à fleurs qui aurait mieux convenu à une femme plus mûre. Dès que sa mère s'était endormie, elle était sortie en catimini, cherchant l'aventure, et avait atterri dans ce bal. Elle ne parlait que l'espagnol, les gens lui répondaient en danois, mais qu'importe, elle voulait danser et n'avait pas eu besoin de faire un dessin à la Beigne, presque aussi adroit de ses pieds qu'il l'était de ses poings. Ils avaient continué à danser longtemps après que l'orchestre s'était tu, aucun des deux ne se lassait des bras de l'autre, ils se soutenaient et s'entraînaient mutuellement. Au petit matin, ils avaient marché sur le port en silence, longé la plage en écoutant le clapotis et, tout à coup, étaient arrivés devant chez lui. Elle avait prévu de rentrer avant le réveil de sa mère, mais elle n'osait plus, il était trop tard.

Grâce à l'aide diligente de la population locale, on retrouva Mar Morales Trujillo au domicile de la Beigne trois jours avant la date où elle devait quitter les îles avec sa mère. Poussée par la peur autant que par son entêtement d'adolescente, elle déclara alors que, éperdument amoureuse, elle avait l'intention d'épouser cet Islandais et que, par conséquent, elle ne repartait pas à Miami. Au lieu de hurler et de la supplier, sa mère lui répondit : eh bien, c'est à toi d'en décider. Elle ajouta que cet homme devrait subvenir à ses besoins, mais qu'elle pouvait toujours rentrer à la maison – seule –, surtout quand ils auraient arraché leur patrie aux griffes de Castro. Cela ne tarderait plus, elle pouvait en être certaine, avait-elle précisé en faisant un clin d'œil à son petit frère, posté dans l'embrasure. Elle avait fait ce voyage pour récupérer ce frère et y avait perdu sa fille. Sur quoi, elle sortit et n'eut plus aucune relation avec elle, pas même lorsque Jorge et Ernesto perdirent la vie dans la baie des Cochons, l'année suivante, la laissant seule au monde avec sa fortune sur une terre étrangère.

À cette époque, Einar la Beigne ne parlait pas l'espagnol, mais il avait compris que la jeune fille ne voulait pas rentrer avec sa mère, ce qui signifiait clairement qu'elle dépendait désormais de lui. Quand il eut enfin trouvé un interprète et appris qu'elle voulait qu'il l'épouse, il s'était lui-même surpris à se laisser convaincre, n'ayant rien de mieux à faire de son temps que de faire quelques mômes. Il demanda à l'interprète – par ailleurs professeur au lycée de Torshavn – de lui enseigner l'espagnol qu'il apprit sans difficulté et avec une étonnante rapidité. Quelques années plus tard, le couple décida que, puisque l'épouse n'avait pu récupérer sa patrie, ils pouvaient au moins partir à la découverte de celle de son mari.

Ils firent l'amour les nuits de pleine lune. De demi-lune. Ils le firent au rythme des vagues, tentèrent de le faire sur un lit de mousse couvert de rosée à la Saint-Jean, à un carrefour le jour de l'Épiphanie (bien au chaud dans une jeep), à minuit et au point du jour. Puis ils recommencèrent le tout et là, c'était elle qui se mettait sur lui. Mais rien n'y faisait. Ils avaient consulté un médecin après s'être installés à Isafjördur, mais ce dernier avait inspiré un tel dégoût à Mar Morales Trujillo qu'elle avait obstinément refusé de se déshabiller en sa présence, mettant un terme à la consultation. Après de nombreuses tentatives plusieurs fois par jour – évidemment, seulement quand Einar était à terre –, ils avaient fini par renoncer. Mar Morales Trujillo n'était pas aussi douée en langues que la Beigne et elle regrettait d'avoir une connaissance limitée de l'islandais qui ne lui permettait que d'acheter des sachets de lait (d'ailleurs, il lui semblait étrange d'acheter le lait dans des sachets en plastique). Incapable de se débrouiller, affreusement seule, elle avait décidé de chercher un emploi. Au début, ce travail à la conserverie de crevettes lui avait plu. Elle avait apprécié ses collègues, même si elle ne comprenait pas ce qu'elles racontaient.

L'enfermement et la dépression avaient fait de Mar Morales Trujillo une femme pâle et maladive. Elle avait lu et relu les trois romans de gare cubains qu'elle possédait (mais pas ouvert le *Don Quichotte* qu'Einar lui avait offert à Noël – ce n'est pas de l'espagnol ! avait-elle protesté, butée) lorsqu'elle était tombée enceinte, presque par magie. C'est tout juste si elle et son mari s'adressaient encore la parole et ils ne se touchaient plus. S'ils n'avaient pas été plutôt doués pour lever le coude et si l'alcool ne leur avait pas échauffé l'entrejambe, Elias Morales Einarsson n'aurait sans doute jamais vu le jour et ses parents seraient morts d'ennui ensemble.

Elias allait avoir deux ans quand Sigga Dos, enceinte, avait emménagé à l'étage du dessus. Sigga Dos était ravie de faire la connaissance de sa voisine, non seulement plus âgée et plus expérimentée sur les questions liées à la maternité, mais également étrangère, originaire de la République populaire – une vraie communiste en chair et en os, venue du pays de la salsa, ici en ville, juste en dessous de chez elle. De plus, cette sœur d'écurie traînait tout comme elle une réputation sulfureuse. De plus, elle avait été prisonnière dans un harem avant d'être libérée par Einar la Beigne. Sigga Dos était persuadée qu'aucune femme sur terre ne pourrait lui apporter autant que cette Mar Morales Trujillo.

Dans l'esprit d'Einar, Sigga Dos ne faisait qu'apporter de l'eau au moulin de Mar Morales Trujillo, dont le sentiment maternel confinait à l'obsession pure et simple – ils n'avaient pas dormi seuls tous les deux plus de dix minutes depuis la naissance d'Elias. Mais il ne s'en alarmait pas puisqu'il régnait désormais au sein de leur couple une douce entente qu'il ne voulait surtout pas troubler. En outre, Sigga Dos était, en dehors de lui-même et du petit Elias, la seule personne avec laquelle Mar avait échangé plus de trois mots depuis environ 1965. La jeune femme s'intéressait à tout ce qui touchait à la maternité et à l'éducation, or Mar Morales Trujillo se plaisait à lui laisser croire qu'elle avait toutes les réponses clefs en main et qu'elle avait passé toute sa chienne d'existence à pouponner, à allaiter et à changer des couches. Ayant acquis son savoir de manière empirique (après avoir tourné le dos à sa mère, exclu de son horizon la gent féminine d'Isafjördur et refusé tout contact avec le seul médecin de la région), elle connaissait tout des pommades, épingles de nourrice, bouillies, compotes et phases du développement, sans parler de l'art du tricot qu'elle avait appris seule en reprisant les bonnets et les chaussettes d'Einar.

Sigga Dos, quant à elle, avait envie d'échapper à l'emprise de sa mère, laquelle l'avait impitoyablement maintenue sur les bancs de l'école depuis l'âge de cinq ans. En revanche, elle se fiait entièrement à ce que lui disait Mar Morales Trujillo, absorbait son savoir sans émettre aucune critique et écoutait le récit de ses expériences, gloussant lorsqu'elles étaient drôles et hochant la tête dans les moments dramatiques. Pour Sigga Dos, Mar Morales Trujillo incarnait l'intelligence et le savoir. Elle ressentait confusément que c'était de l'extérieur – de l'étranger – que provenaient les connaissances, la sagesse et les sciences, et ne voyait pas en quoi cette idée s'opposait à l'amour de la patrie qu'elle cultivait tout autant que son bon ami, le poète Jonas Hallgrimsson.

Les liens amicaux entre Sigga Dos et Mar Morales Trujillo se renforcèrent au fil de sa grossesse et, le moment venu, ce fut Mar qui assista à la naissance alors que Bjarnveig attendait à la porte de la salle d'accouchement. Les choses n'auraient pas dû se passer ainsi, mais la future mère et son amie avaient pris en tenaille la sage-femme qui, fatiguée et à bout de nerfs, n'avait pas eu la force de protester.

Arnor était mi-jaune, mi-bleu en sortant du ventre de sa mère, tout couvert de liquide amniotique blanchâtre, et il avait immédiatement commencé à brailler avec ses poumons poussifs – prématuré de cinq semaines. Lui et sa mère restèrent trois semaines à l'hôpital, puis purent rentrer à la maison. Le premier mois qu'ils passèrent dans l'immeuble de la rue Hlidarvegur, Mar Morales Trujillo apporta des plats chauds à Sigga deux fois par jour. Cela ne lui coûtait pas grand-chose, disait-elle. En outre, elle avait presque eu l'impression d'avoir donné naissance à un deuxième enfant.

Quand Arnor atteignit l'âge de cinq semaines, Sigga Dos découvrit qu'en dépit de tout ce que cette dernière lui avait généreusement offert, Mar Morales Trujillo n'était nullement communiste : lorsqu'elle dissertait joliment sur sa terre natale, elle ne parlait pas de la République socialiste, mais plutôt d'un paradis mafieux qui avait enrichi sa famille à millions tandis que les enfants des rues crevaient la faim – et pour couronner le tout, son frère et son père avaient perdu la vie pendant le débarquement de la baie des Cochons, auquel ils avaient participé dans les rangs de la CIA et des suppôts de l'hégémonie américaine.

9

Pendant la journée de shabbat, les hommes les plus vigoureux de la ville s'interrogèrent : la discorde née entre les chrétiens et les Juifs ces dernières années n'était-elle pas la conséquence d'un cruel manque de communication ? Les Lituaniens chrétiens n'étaient pas du genre à protester et n'exprimaient pas leurs états d'âme. Qui pouvait s'étonner que les Juifs aient agi à leur guise, ignorant que cela leur déplaisait de voir qu'ils possédaient les trois quarts des entreprises de la ville alors qu'ils ne représentaient que la moitié de ses habitants ? Il est toujours nuisible à la vie commune que l'une des parties impliquées fasse chaque jour preuve d'une réserve polie envers l'autre. Cela, tout le monde le sait.

La journée de travail des Juifs s'acheva là où elle avait débuté, dans la cour Motl Levyush, rue Rasenai. De jeunes hommes arrivèrent, le sourire aux lèvres, poussèrent la grille, donnèrent une tape vigoureuse dans le dos des nazis en leur demandant s'ils ne pouvaient pas leur emprunter "disons, six cents kilos de Juifs", puis éclatèrent de rire.

Romualdas Lukauskas poussa Izsak Banai dans la rivière, puis cracha en l'air. Izsak heurta son ami d'enfance et ancien camarade d'école, Chatzkel Jofe, qui, debout dans l'eau, se nettoyait du crachat, obéissant à l'ordre de Tomas Levickas (or, Tomas était tellement givré qu'il pensait que tous les Juifs étaient "sales". Chatzkel avait beau frotter, laver et déverser sur son corps l'eau glacée du fleuve, Tomas n'était jamais satisfait). Izsak fut suivi par Avram et Moshé Pietrkowska, deux frères qui venaient de passer leur baccalauréat, le sculpteur Vincas Grybas, le chanteur Asa Yoelson et le commerçant Reuben Peres. Le dernier à entrer dans le "père de tous les fleuves" n'était autre que le banquier lui-même, Shmerl Bernstein.

Romualdas remonta sur la rive, promena son regard sur le Niémen, toisa les Juifs ruisselants et leur ordonna de se noyer mutuellement. "Le vainqueur aura la vie sauve." Constatant qu'aucun d'entre eux ne s'apprêtait à agir, il effaça son sourire d'un revers de manche, répéta l'ordre, tira un coup de feu en l'air et fit entendre un petit rire. Aussitôt, les hommes commencèrent à se battre, se donner des coups de poing dans la figure, se mordre, se frapper, s'empoigner et se griffer dans tous les sens. À cet endroit du fleuve, l'eau montait à peine jusqu'aux genoux, il n'y eut donc aucun noyé. Les jeunes hommes campés sur la rive riaient à gorge déployée. À quelques mètres de là, des représentants du Führer qui profitaient de la lumière du soir pour prendre des photos approchèrent et s'étonnèrent de la fermeté avec laquelle ces Lituaniens menaçaient les Juifs. C'est pour l'exemple, répondit l'un. L'autre se contenta de hocher la tête.

Après le dimanche vient le lundi. Encore et toujours ce fichu lundi. Et même si la fin de semaine avait été affreuse, il serait faux de dire que Masza attendait le lundi avec impatience. Personne n'attend jamais le lundi avec impatience.

Le garde-manger serait bientôt vide, il ne leur restait que du pain sec, plus de fromage, ils avaient fini le poulet, la carpe farcie – le *gefilte fisch* – et bu tout le lait. Elle devait donc aller en ville faire quelques emplettes, ce qu'elle n'avait pas fait depuis le début de cette guerre éclair menée par les nazis contre les Soviétiques (pour ainsi dire sur le pas de sa porte), une semaine plus tôt. Elle n'avait pas envie d'assister au spectacle de ces "messieurs" tout de cuir vêtus, venus de Berlin, de Hanovre ou de Hambourg qui se pavanaient dans les rues comme si le monde leur appartenait, et encore moins de tomber sur ces minables nationalistes lituaniens ou sur les miliciens qui écumaient tous les recoins de la ville, ivres de vins rhénans, en se repaissant d'insultes et de violence. Ils étaient responsables des deux coquards d'Izsak et Masza les méprisait.

Mais quand elle arriva enfin au centre-ville, marchant dans les flaques de la rue Dariaus ir Gireno (les trottoirs lui étant interdits autant qu'aux autres Juifs), on la renvoya de manière répétée à la fin des files d'attente. La nouvelle réglementation interdisait formellement qu'on serve une Juive tant que des Lituaniennes attendaient (or seuls les scélérats avaient l'impudence de contourner les lois). Tout ça parce que je suis juive, marmonna Masza en ajoutant quelques mots sur les pogroms, la peste noire et d'anciennes images d'actualités filmées à Nuremberg. On lui ordonna sur-le-champ de fermer sa grande gueule. On en avait assez de cette tolérance de lavettes et c'en était fini de l'orthodoxie politique.

Saloperies de bonnes femmes, lança le policier Kazys Almonaitis, qui observait à distance les tentatives pitoyables de Masza pour acheter quelque chose. Les youpins sont circoncis, et le bout qui leur reste ne suffit pas à calmer les ardeurs de leurs youpines : il faudrait que quelqu'un se dévoue pour donner à ça un bon coup de bite. Et lorsque Masza Banai eut terminé ses courses – elle avait réussi à acheter un demi-pot de lait écrémé à moitié tourné et un quignon de pain rassis d'à peine deux cents grammes –, c'est exactement ce qu'il fit. Kazys Almonaitis s'arma de courage pour donner à "ça" un bon coup de bite avant de laisser "ça", désemparé et haletant de désir ou quelque chose d'approchant, sur le bord de la route.

Izsak et Masza passèrent la soirée à pleurer à chaudes larmes en écoutant la radio qui diffusait des marches militaires allemandes et ne parlait que de la fulgurante progression des nazis sur le front de l'Est : "Le château de cartes du communisme ne tardera plus à s'effondrer, assurait la voix du présentateur à travers les grésillements, la chute de Moscou n'est qu'une question de jours, ce sera la fin de l'alliance infâme des sionistes et des bolcheviques. Les citoyens russes et ceux des autres républiques soviétiques ont accueilli leurs libérateurs du Troisième Reich dans la liesse. Ils se sont parfois soulevés eux-mêmes contre leurs oppresseurs au moment crucial et l'armée allemande n'avait plus qu'à parfaire l'humiliation subie par Staline. Les rares fois où les soldats allemands doivent faire face à de la résistance, cette dernière provient des couches les plus dégénérées de la société : mulâtres de Sibérie, Tartares enjuivés et toutes les sortes de nègres et de sang-mêlé que compte l'Union soviétique. Le Slave typique appartient à cette race d'esclaves intelligente et pure qui sait rester à sa place et se montre reconnaissante aux Aryens robustes de l'avoir libérée. D'ailleurs, il sait d'expérience que vivre sous le joug de ces chiens que sont les Juifs ne saurait rendre heureux. Et c'est la fin de notre bulletin d'actualités."

Quand le silence revint dans le salon, les larmes de Masza et d'Izsak coulèrent de plus belle – ils pensaient à leur fille, leur Sara, sans dire un mot. Puis leurs larmes diminuèrent à nouveau aux premières notes de "*Wenn ein junger Mann kommt*", "Lorsqu'un jeune homme arrive", interprété par la chanteuse à succès hongroise Marika Rökk (chanson extraite du film *Frauen sind doch bessere Diplomaten* – "Les femmes sont quand même les meilleures diplomates", précisa le speaker). Le couple renifla douloureusement, puis continua à pleurer.

Fort heureusement, les nazis vinrent dès le lendemain confisquer leur radio.

Les nationalistes lituaniens considéraient de plus en plus les Juifs de la ville comme leurs marionnettes personnelles qu'ils pouvaient manipuler à leur guise, au gré de leur humour tout aussi personnel. Quand ils furent fatigués de les balancer dans le fleuve, de les contraindre à se donner mutuellement de violents coups de tête sur la place ou de baiser les femmes sous les yeux de leurs époux, ils les rassemblèrent une fois de plus dans la cour de Motl Levyush. Ils chargèrent trois vieillards de porter un énorme buste de Joseph Staline, leur maître à penser, et remirent aux femmes des écriteaux à l'effigie des prophètes Lénine, Molotov, Marx et Engels. Les Juifs restèrent là, désemparés, sous le porche de la maison de Motl Levyush tandis que les nationalistes lituaniens riaient tout leur soûl. Ha ha ha. Ha ha ha. Ha ha ha ha ha.

Ha ha ha. Ha ha ha. Ha ha ha ha ha.
Ha ha ha. Ha ha ha. Ha ha ha ha ha.
Ha ha ha. Ha ha ha. Ha ha ha ha ha.
Ha ha ha. Ha ha ha. Ha ha ha ha ha.
Ha ha ha. Ha ha ha. Ha ha ha ha ha.
Ha ha ha. Ha ha ha. Ha ha ha ha ha.
Ha ha ha. Ha ha ha. Ha ha ha ha ha.

Chantez ! ordonnèrent les nationalistes en pointant le canon de leurs fusils sous leurs nez.

Que voulez-vous que nous chantions ? interrogèrent les Juifs.

Des trucs de youpins !

Par exemple ?

N'importe quoi. "L'Internationale", suggérèrent les nationalistes.

"L'Internationale" n'est pas un chant juif.

Ah, comme ça, vous allez encore ouvrir vos gueules, hein ?

Do, ré, mi, répondirent les Juifs. *Do, ré, mi.*

Allez, envoyez la sauce ! ordonnèrent les nationalistes. (Derrière eux, les nazis souriaient, caméra à la main.)

Debout les damnés de la terre, entonnèrent les hommes et les femmes à l'unisson. *Debout les forçats de la faim.*

On contraignit les Juifs de Jurbarkas à se réjouir par des danses et des chants. On les força à sautiller main dans la main, à rire, à se donner de petites tapes dans le dos, à s'embrasser et à se câliner. Ils proclamèrent leur soutien inconditionnel à Joseph Staline, Abraham et Charlie Chaplin (cette fois-ci, personne ne protesta de la prétendue judéité de l'humoriste). Ils avouèrent être à l'origine d'un complot visant à mettre le monde à leur botte, confessèrent leur implication jusqu'au cou dans la franc-maçonnerie, avouèrent leur penchant pour l'inceste et leur cupidité maladive en plus de leur cleptomanie et reconnurent qu'ils étaient des usuriers d'une malhonnêteté sans borne en affaires.

Romualdas Lukauskas ouvrait le cortège en tirant derrière lui le collègue de son père, Izsak Banai, qu'il avait attaché à une laisse en cuir noir. Iszak, qui mesurait presque deux mètres, avançait en claudiquant, le dos voûté, et tentait de suivre le jeune homme, bien plus petit que lui, risquant constamment de tomber dans la boue. Romualdas se disait qu'il allait peut-être un peu loin, mais les événements s'étaient enchaînés, une chose en avait entraîné une autre. Or il est difficile de faire machine arrière une fois qu'on a passé une laisse à chien au cou de quelqu'un. Et c'était plus brutal qu'il ne l'avait imaginé. Non qu'il regrettât ses actes, les Juifs étaient des Juifs, tout comme les hommes étaient des hommes, et les animaux des animaux. Celui qui ne comprenait pas ça n'avait rien compris à la vie.

Lorsque le cortège arriva devant la bibliothèque, on fit tomber les vieillards qui portaient le buste de Staline au centre de la place et on ordonna aux hommes de lapider l'effigie du leader au regard perçant et à la grosse moustache de pierre. Les femmes durent se mettre à quatre pattes pour bénir leur patrie, la Lituanie, en embrassant la terre. La mascarade durait depuis plus de trois heures, chacun commençait à ressentir la fatigue et se demandait comment tout cela allait finir. Ils ne pouvaient pas continuer inlassablement à donner des coups de pied et à cracher ainsi jusqu'à la fin du jour, comme enlisés dans une réalité qui ne faisait que se répéter encore et encore. Il fallait qu'un événement se produise et, même si tout le monde en avait conscience, personne n'était prêt à l'avouer à haute voix pour l'instant. On décida donc de disperser l'assemblée, non sans avoir auparavant aspergé d'essence le buste de Staline et les pancartes.

Les Juifs rentrèrent chez eux, humiliés et titubants. Les nationalistes lituaniens les suivirent tranquillement. Ils rongeaient leur frein et balançaient des coups de pied dans les cailloux, pensifs et un peu hésitants, comme s'ils s'excusaient de n'être pas encore tout à fait des hommes, de n'être pas encore prêts à aller jusqu'au bout et à faire ce que le devoir leur commandait.

En rentrant chez lui, Romualdas passa voir son frère, le chef de la police. Il entra sans frapper. Assis à son bureau, Mykolas était plongé dans ses papiers.

Ils ne te font faire que de la comptabilité, observa Romualdas en s'asseyant sans le saluer.

Tu connais les Allemands, soupira Mykolas.

Oui, oui, je les connais. Enfin, je te plains.

Tu me plains ?

D'être enfermé comme ça à longueur de journée.

Tu l'as dit.

Coincé dans un bureau. Il n'y a même pas une fenêtre là-dedans ?

Non.

C'est dehors que ça se passe, mon vieux.

Certes, mais il faut bien que quelqu'un tienne les comptes. Si personne ne le fait, c'est comme s'il ne se passait rien.

Je ne comprends pas ce genre de discours.

Je veux dire, pour Berlin. Si je ne fais pas les comptes, personne à Berlin ne verra ce que tu accomplis. Tu ne veux pas qu'ils soient au courant ?

Plus ou moins.

Dans ce cas, il faut que tu me laisses tenir les comptes.

Bon, ben, d'accord. C'est à toi de voir. Tu manges avec les Allemands ce soir ?

Je suppose.

Alors, on se voit là-bas.

Sur ce, Romualdas se leva et quitta la pièce sans un mot.

Assis sur l'un des bancs de ce qu'on appelait désormais le "ghetto" de la rue Dariaus ir Gireno, Izsak serrait Masza dans ses bras. Des vieillards dormaient là, ainsi que des femmes et leurs enfants, et la plupart des gens y prenaient leurs repas, tout du moins le dîner. D'ailleurs, on peinait de plus en plus à remplir son garde-manger – à moins de vendre ses biens de famille et/ou les plus jeunes de ses filles. Ce soir-là, les fesses se serraient les unes contre les autres sur les bancs de bois et les gens avalaient leur soupe au chou en y trempant du pain rassis comme s'il s'était agi d'un somptueux festin. Mais on ne faisait que quelques bouchées de cette tambouille claire, servie dans des écuelles peu profondes.

Je regrette d'avoir envoyé Sara loin d'ici, déclara Masza en levant les yeux de l'écuelle qu'elle tenait entre ses mains. C'est insupportable d'être sans nouvelles. J'ai besoin de la voir, besoin de savoir que rien de ce que je redoute ne lui est arrivé. Qu'elle n'a pas été torturée…

Izsak recracha sa soupe.

… ni violée…

Il essaya de se lever. Masza était toujours assise sur ses genoux.

… ni assassinée et enterrée quelque part au fond d'une fosse.

Femme ! Tu vas fermer ta gueule ? Izsak brandit un poing rageur, qui ne s'adressait pas à elle, mais au ciel. Comme si c'était de là que provenait la guerre.

10

À partir de ce moment, Sigga Dos désigna Mar Morales Trujillo comme le "capital du rez-de-chaussée" sauf quand elle était ivre, que le "capital" devenait la "pute de harem" et le "rez-de-chaussée", "sa putain de chatte". Aveuglée par la perspective de sa maternité – jouant avec Elias, tout heureux de pouvoir caresser son ventre et sentir les petits coups de pied d'Arnor –, Sigga avait totalement négligé la politique et ce ne fut que le jour où elle demanda à Mar Morales Trujillo de garder le bébé une petite heure pour se rendre à une réunion du Parti communiste que... le visage de Mar Morales Trujillo se décomposa : elle cracha par terre en lui demandant pourquoi une jeune femme gentille et charmante comme elle allait s'encanailler avec de sales communistes. Sigga Dos éclata de rire : c'est que la révolution ne se fera pas toute seule ! En moins de temps qu'il ne faut pour le dire, les deux amies se crêpèrent le chignon sur le palier, chacune avec son marmot dans les bras. Mar Morales Trujillo reprocha à Sigga Dos le sort funeste qu'avaient connu son père et son frère et Sigga Dos rendit la Cubaine personnellement responsable des exactions de Fulgencio Batista, voire des famines orchestrées par le capitalisme, puis elle remonta l'escalier et claqua sa porte.

Même s'ils avaient passé leur enfance dans le même immeuble, il fut toujours évident que jamais le "Cubain" ne serait admis au sein des Figures tutélaires. En effet, il avait tout d'un homme à la solde de puissances étrangères, envoyé en Islande sous l'apparence d'un enfant. Il était en outre l'unique représentant du cosmopolitisme dans cette région du monde. Sans doute était-ce le mal incarné, déguisé en môme. Tout idéaliste a besoin d'un ennemi, d'une chose à laquelle il peut s'opposer, qui explique les malheurs du monde et qui, de préférence, est armée d'une volonté tenace d'enfreindre les lois – on peut alors espérer mettre un terme à l'injustice organisée dont nous sommes partout témoins (or si nous privons l'humanité de cette explication, qu'elle soit vraie ou fausse, cette dernière se retrouvera nue et sans défense, en proie à un désespoir absolu).

Elias jouait surtout avec les filles et n'avait nullement conscience d'être devenu l'une des principales menaces de la mère patrie. Il savait qu'il n'avait pas le droit de s'amuser avec le garçon du dessus, mais de toute manière l'occasion ne s'était jamais présentée – il avait deux ans de plus que son petit voisin et ne fréquentait pas les mêmes lieux. En général, les enfants jouaient un peu partout en ville, plutôt que chez leurs parents ou dans leurs jardins. Arnor et Elias avaient beau vivre dans la même cage d'escalier, leur univers était si vaste que, même si leurs mères avaient, au lieu de se haïr, entretenu des relations cordiales bien que distantes, rien ne permettait de dire qu'ils auraient lié connaissance. Il en allait simplement ainsi. Elias ne s'inquiétait même pas de ne pas connaître Arnor – la question ne se posait pas.

En revanche, Mar Morales Trujillo trouvait anormal de voir son fils ne jouer qu'avec des filles – elle se demandait s'il parviendrait à devenir un homme avec un père qui passait le plus clair de son temps en mer et des gamines pour unique compagnie. Les garçons islandais étaient drôlement racistes, pensait-elle. Cela dit, elle s'estimait heureuse que son fils ait tout de même quelques amies – cela relevait presque du miracle. À Cuba, Mar Morales Trujillo faisait partie des Blancs, mais ici, cernée par les albinos, elle était plus noire que la nuit – et même si Elias avait le teint plus clair et qu'il paraissait blanc comme neige en regard des gamins d'ici qui rentraient de Benidorm à la fin de l'été, sa constitution était celle d'un Noir, il était plus négroïde qu'elle, qui aurait pu passer pour une Italienne ou une Espagnole. Fidel affirmait que la nation cubaine était la plus métissée du monde. Elle lança un crachat sur le sol de la cuisine. *Pendejo!*

À l'été 1978, les Figures tutélaires comptaient trente-cinq membres et les plus âgés fréquentaient le collège. Il y avait en ville deux autres bandes – ou, plus précisément, des vestiges de bandes, les très réputés Diablotins de l'Eyri et les Diablotins de la rue Hlidarvegur (lesquels recrutaient désormais assez loin vers l'intérieur de la vallée), et dont les membres étaient admis en fonction de leur domicile alors que tous les véritables Islandais pouvaient entrer dans les Figures tutélaires (pour autant qu'ils soient des garçons). Si deux amis inséparables vivaient chacun d'un côté de la rue Solgata – l'un demeurant donc sur l'Eyri et l'autre dans la ville haute –, ils pouvaient rejoindre chacun la bande de leur quartier ou bien se retrouver au sein des Figures tutélaires. Arnor avait installé le quartier général non loin de la cale sèche, dans un vieux bateau en bois, qu'il avait baptisé *Askur Yggdrasils*, le *Frêne d'Yggdrasill*. L'embarcation reposait sur l'estran. À marée basse, il suffisait d'enjamber le bastingage pour y entrer, mais quand la mer était haute, il fallait s'y hisser par une corde qui pendait le long du flanc orienté vers la terre. Une autre corde, fixée au mât, permettait de se balancer en surplomb des flots.

Petit et chétif, Arnor était incapable de monter à la corde à marée haute, mais les aînés, qui avaient été scouts (le secrétaire général admirait beaucoup les scouts), l'attachaient avec un baudrier afin de pouvoir le hisser à bord et le redéposer ensuite sur la terre ferme. Et même si les plus jeunes garçons ne parvenaient pas non plus à monter à la corde, Arnor avait interdit qu'ils utilisent le baudrier – qui lui était réservé. Entouré de livres qu'il avait volés à la bibliothèque quand sa mère ne le surveillait pas, il s'était installé dans une cabine sous le pont – certes le plancher inclinait à quarante-cinq degrés, mais ça ne le gênait pas. Les autres cabines abritaient quantité de trophées récupérés sur les tas d'immondices, de vieux numéros jaunis de *Valets de carreau*, la revue érotique sans images, et des bouteilles de Coca vides (après bien des tergiversations, on avait décrété qu'en dépit de l'interdiction faite aux membres d'acheter du Coca, ces derniers avaient le droit d'en piquer au magasin Björnsbud).

Sigga Dos n'accepta jamais la proposition du Prédateur. Elle ne l'accompagnait ni au bal ni au cinéma, mais l'invitait souvent chez elle le soir à prendre un café ou un verre et il restait dormir plusieurs fois par semaine. Il devait arriver quand Arnor était endormi, et le matin elle le mettait à la porte avant de réveiller son fils. Ce dernier rencontra évidemment le Prédateur plusieurs fois, il connaissait son existence, mais

Sigga Dos s'employait activement à ce qu'ils n'entretiennent aucun lien de nature filiale – d'ailleurs, elle continuait d'aller courir les hommes le week-end et n'avait pas l'intention de rester indéfiniment coincée avec le Prédateur. Certes, elle pouvait concevoir de le garder au chaud jusqu'au moment où elle avait envie d'une petite escapade, mais il méritait amplement mieux que ça.

Jon le Prédateur savait très bien que d'autres profitaient de ses faveurs, même si personne ne lui en parlait et qu'il n'allait pas au bal, mais il savait aussi qu'il était le seul qu'elle autorisât à revenir encore et encore. C'était quand même mieux que de dormir seul toutes les nuits et parfois, pris d'un accès d'optimisme, il pensait que la gamine – Sigga Dos venait tout juste de fêter ses vingt ans – avait besoin de batifoler. Plus tard, quand elle se serait calmée, ils se marieraient et auraient des enfants. Mais il lui arrivait aussi de s'apitoyer sur son sort : il s'endormait en pleurant en se disant qu'il fallait être un minable sans couilles pour se laisser mener par le bout du nez par une môme qui lui faisait l'aumône comme s'il n'avait été qu'une pute à deux balles. D'ailleurs, elle devait le mépriser. C'était évident.

Les Figures tutélaires fouillaient les immondices en quête de trésors, confectionnaient des radeaux et des voitures en carton, volaient des sodas et des bonbons dans les magasins, délestaient leurs parents de quelques cigarettes, de menue monnaie et de gorgées d'alcool, jouaient aux pirates à bord du *Frêne d'Yggdrasill* et livraient régulièrement bataille contre les autres bandes. On convenait d'une heure et d'un lieu, optant le plus souvent pour la vallée de Tungudalur, qui était en terrain neutre et suffisamment éloigné du regard des parents. Ensuite, on passait plusieurs jours à fabriquer de nouvelles armes – des épées en bois, des arcs confectionnés à partir de gaines d'isolation, des couvercles de poubelles en guise de boucliers – et on rassemblait des clous qui serviraient de projectiles. Puis on se battait entre l'heure convenue et le repas du soir. Arnor ne participait jamais aux batailles, pas plus qu'il ne piquait dans les magasins ou ne buvait d'alcool. En revanche, il haranguait ses hommes avec de longs discours enflammés avant l'affrontement et dirigeait ensuite l'attaque et la défense depuis la ligne de touche.

Vers la fin de l'année 1980, Einar la Beigne annonça à son épouse qu'il devait aller en bateau jusqu'à Reykjavik pour récupérer un moteur en provenance de Hambourg, qui l'attendait à la douane. Il serait donc absent pendant toutes les fêtes. Mar Morales Trujillo garda d'abord le silence, même si elle bouillait de colère – c'était une catholique pure et dure à chaque fois que ça l'arrangeait, surtout à Noël et à Pâques. Elle rétorqua que, dans ce cas, il pouvait au moins emmener le gamin. Elias aurait bientôt douze ans et il continuait à ne jouer qu'avec des filles. Certaines nuits, sa mère avait des insomnies, tant elle redoutait qu'il devienne homosexuel – *mamma mia! maricon!* – et ça ferait du bien au gamin de partir en mer avec quelques demeurés aussi mal embouchés que des bennes à ordures. Il y avait également à bord un magnétoscope et la rumeur (Dieu seul sait où Mar Morales Trujillo avait bien pu l'entendre) affirmait que l'équipage passait ses jours et ses nuits à regarder des pornos. Voilà qui mettrait peut-être les burnes de ce gamin en branle. Einar se contenta d'accepter. Les disputes avaient cessé au sein de leur couple depuis belle lurette. D'ailleurs, ils ne se parlaient pas non plus, se bornaient à se dire mutuellement ce qu'ils devaient faire et à obtempérer.

Même si elle n'échangeait pratiquement plus aucun mot avec Einar la Beigne, Mar Morales Trujillo n'avait pas l'habitude de se retrouver seule. En premier lieu, elle veillait sur Elias depuis douze ans et Einar était évidemment présent par intermittence – bien plus souvent que le comptable Jon le Prédateur ne venait voir la traînée communiste de l'étage du dessus. Mar Morales Trujillo n'avait jamais eu aucune autre amie à Isafjördur. Voilà sans doute pourquoi elle en voulait toujours à Sigga Dos. Le fils de cette dernière, la crevette sautillante et souffreteuse à la naissance de laquelle elle avait assisté, passait le plus clair de son temps entouré de garçons tandis que le sien, descendant des conquistadors et de ces forces de la nature qu'étaient les hommes des fjords de l'Ouest, passait son temps enfermé, occupé à tresser les cheveux des filles. Or il était parti en mer – elle entrevoyait enfin une lueur d'espoir et décida donc d'ouvrir une bouteille de Bacardi pour fêter ça.

Mar Morales Trujillo passa les fêtes de Noël complètement soûle. Soûle et seule. Soûle et heureuse. Soûle et triste. Soûle et haineuse. Debout à sa fenêtre, elle regardait ces montagnes plus oppressantes que jamais, proches et vertigineuses. Debout dans le salon, elle écoutait Irakere, Tito Puente et les Shadows sur l'électrophone afin de ne plus entendre la musique qui venait du premier étage. Debout devant la glace, torse nu, la peau sur les os, elle observait ses seins qui vieillissaient et fondaient – descendante de señoras espagnoles à la poitrine maternelle et généreuse, d'authentiques femmes, elle ressemblait à un aiglefin affamé. Avait-elle encore ce pouvoir ? Le pouvoir de susciter le désir des inconnus ? Était-elle toujours femme ? Elle alla dans la cuisine et se servit un autre Cuba libre.

Comme d'habitude, Sigga Dos était fauchée : comme d'habitude, elle avait claqué presque tout son salaire de décembre en cadeaux pour Arnor – il avait reçu les deux premiers volumes des *Mille et Une Nuits* pour ses neuf ans, le 18 décembre, et le troisième tome ainsi que les *Contes populaires* de Jon Árnason une semaine plus tard à peine. À ce moment-là, il avait déjà dévoré les deux premiers ouvrages de quelque mille pages en grand format. Sigga Dos avait depuis longtemps renoncé à suivre sa cadence et il n'y avait pratiquement plus aucun livre qui l'intéressât et qu'il n'ait lu à la bibliothèque. Heureusement, il commençait à se débrouiller en danois et en anglais, ce qui élargissait un peu son horizon.

Mais ce n'étaient pas uniquement les cadeaux qui avaient ainsi amputé le salaire de la bibliothécaire : les fêtes de fin d'année, elles aussi, coûtaient cher. Sigga Dos se voyait déjà sans le sou à Noël. Elle réveillonnerait certes avec son fils chez Bjarnveig, rue Fjardarstræti, tout en haut d'Aldan, où elle avait passé son enfance, mais supposait qu'elle devrait ouvrir son foyer au Prédateur entre Noël et le jour de l'an si elle ne voulait pas mourir de faim. Dans ce cas, il valait mieux que le petit reste chez sa grand-mère.

Les vacances scolaires marquaient toujours un tournant dans l'histoire des Figures tutélaires. L'été, lorsque les plus âgés de la bande allaient travailler à Nordurtangi ou partaient en mer, l'activité ralentissait, mais un nouveau noyau dur ne tardait pas à se former autour d'Arnor et le groupe renaissait. À Noël et à Pâques, les vacances n'étaient qu'une simple trêve dans les larcins, les guerres et les aventures, et Arnor s'en félicitait. Dès qu'il avait pris la mesure de son pouvoir sur les autres garçons, il n'avait pas hésité à en abuser, même s'il aimait par-dessus tout se retrouver seul en compagnie d'un livre. Il se réjouissait d'autant plus à la perspective de passer quelques jours chez sa grand-mère, cette femme dont la gravité et la profondeur le séduisaient bien plus que la gentillesse un peu puérile de sa mère. Là-bas, il échapperait en outre aux beuveries et aux coucheries qui caractérisaient la vie de Sigga Dos pendant les vacances. Il suffisait qu'il ait autour de lui moins de gens et plus de livres pour que ses tics se calment et, dans ce domaine, le domicile de grand-mère Bjarnveig avait clairement l'avantage.

Le 26 décembre, Jon le Prédateur se présenta rue Hlidarvegur, sa brosse à dents dans la poche arrière de son pantalon, son costume sur un cintre, ses sous-vêtements dans un sac en plastique et son portefeuille garni d'un chéquier tout neuf. Dès le lendemain, Sigga Dos eut de quoi s'acheter des cigarettes et de l'alcool, du rouge à lèvres et des collants, de quoi faire des cocktails et des snacks, du bœuf, des pommes de terre, des légumes et même le tout dernier album des Talking Heads – vraiment génial. Quatre jours et quatre nuits durant, ils mangèrent et ils burent, fumèrent cigarette sur cigarette en gloussant et dansèrent jusque tard dans la nuit – ils faisaient généralement l'amour au petit matin, encore un peu soûls, puis prenaient un bain ensemble, un verre de rouge dans une main et une Camel filtre dans l'autre. Jon, qui ne s'était jamais senti aussi jeune de corps et d'esprit, fut donc quelque peu désarçonné quand, le matin de la Saint-Sylvestre, la jeune femme prit son courage à deux mains pour lui annoncer qu'elle souhaitait passer la soirée avec des copines de son âge et que, en dépit de ses indéniables qualités, il n'était qu'une vieille baderne. Mais ne pouvait-il pas tout de même lui prêter un peu de fric jusqu'à la fin du week-end. S'il te plaît!

Jon débarrassa le plancher et partit la queue entre les jambes après lui avoir signé un chèque en blanc. La banque étant fermée, elle pourrait tout au plus le négocier pour quelques bouteilles d'alcool et une entrée au bal. Et pas avant ce soir car il était évident qu'elle avait l'intention d'aller danser – c'était le but du jeu. Il avait là l'occasion de se montrer grand seigneur et de lui prouver qu'il n'était pas vexé qu'elle le mette à la porte. Pour le coup, elle avait peut-être l'impression de se comporter comme une pute, ce qui n'était pas plus mal.

Assise sur son lit, le chèque à la main, Sigga Dos s'interrogeait. Elle n'arrivait pas à croire qu'elle avait eu le cran de lui demander de partir – simplement comme ça – et le fait qu'il ait accepté sans broncher la surprenait plus encore. Tu es la mieux placée pour savoir combien il te faut, lui avait-il dit. Du fric, j'en ai assez. Sigga alla à la cuisine, se servit un café et s'assit à sa fenêtre. Puis elle prit un stylo et contempla le chèque vierge un long moment. Combien avait-il sur son compte ? Manifestement assez. En tout cas, bien plus qu'elle, la mère célibataire. La banque était fermée. Quel montant pouvait-elle encaisser en échange de ce chèque au magasin du coin ? Devait-elle plutôt attendre lundi que la banque soit ouverte afin d'en tirer un maximum ? Emprunter de l'argent à quelqu'un d'autre pour payer son entrée au bal à Hnifsdalur et s'acheter un peu d'alcool ? Ou bien rester chez elle ? Quelle horreur ! Chez elle à la Saint-Sylvestre ! Elle eut tout à coup une illumination : l'argent du loyer dans l'enveloppe au fond de la boîte à chaussures sous le lit, qu'elle avait prévu de porter à la banque dès l'ouverture. Elle inscrivit la somme sur le chèque et le glissa dans une enveloppe qu'elle alla aussitôt poster, puis rentra chez elle et se prépara pour la soirée. Cet argent ne manquerait pas à Jon.

Sigga Dos appela tous ceux qu'elle connaissait et qui avaient moins de trente ans : lycéennes, marins à bord de chalutiers ou employées de bureau – elle organisait une fête chez elle avant le bal et tout le monde était invité. Elle avait le dernier album des Talking Heads, le gamin était chez sa grand-mère, on allait s'amuser tout son soûl, faire les quatre cents coups en ville et mettre la maison sens dessus dessous. Quand les opposants à la base militaire américaine et ses amis cocos s'étonnèrent – loin d'être des habitués de ses fêtes malgré leur idéologie commune –, elle leur répondit en citant Emma Goldman : "Si je ne peux pas danser, je ne veux pas prendre part à votre révolution."

Chez lui, rue Hrannargata, le Prédateur mangeait du boudin froid qu'il arrosait de vodka pure en regardant la télé d'un œil absent. Le bêtisier politique de fin d'année débutait.

Bien que personne ne pût l'observer, il s'efforçait de ne pas montrer à quel point il s'apitoyait sur son sort, à quel point il était blessé. Non parce qu'il avait honte (c'était le cas de toute façon), mais parce qu'il avait l'impression que s'il cédait à cet apitoiement, il s'effondrerait et ne s'en remettrait jamais. Faisant de son mieux pour se contrôler, il mangea et but avec lenteur, de manière rythmée et machinale, regarda le bêtisier sans rire, sans comprendre l'humour et ne se rendit même pas compte que l'émission était terminée. Âgé d'un peu plus de quarante ans, Jon le Prédateur ne s'était jamais senti aussi vieux.

Au rez-de-chaussée, on entendait de la salsa – que Sigga Dos appelait "musique du monde" – et ses invités montèrent le son de Boney M pour étouffer les percussions, les cuivres et tout ce tourbillon. Toute cette musique née de la même chair était pourtant censée éveiller les mêmes désirs. Debout dans la cuisine, une cigarette au coin des lèvres, elle préparait des cocktails destinés à ceux qui affluaient de la rue et gravissaient les marches en caquetant comme des poules. Toutes les chaises étaient prises depuis longtemps. Alliée à l'épaisse fumée, l'ivresse formait comme un voile sur la réalité, tamisant la lumière, embellissant les convives en les auréolant de romantisme et de mystère. L'appartement de Sigga Dos menaçait d'exploser : l'impatience était à son comble. Le bêtisier était terminé, et de toute façon Sigga n'avait pas la télé. D'ici une demi-heure, la nouvelle année commencerait, et une demi-heure après ça, tout le monde irait au bal à Hnifsdalur. Et là-bas, tout pouvait arriver.

11

Tu ferais mieux de te suicider, suggéra Rolandas Müller au sculpteur Vincas Grybas. Gunnhildur, la maîtresse de maison, avait eu pitié et lui avait permis de se cacher dans leur cave. Tu ne veux pas qu'ils te tuent. Mais ils finiront par t'attraper, tu le sais bien, et là, ils te tueront.

Tremblant, Vincas avala le morceau de pain sans rien répondre.

Sinon, nous le paierons de notre vie. Moi. Gunnhildur. Et nos enfants. À moins qu'ils ne les épargnent, mais dans quel but – pour en faire des orphelins ? Ça m'étonnerait qu'Hitler prenne soin des orphelins.

Vincas mâchait son pain sec. Il aurait voulu répondre, mais il en était incapable. Combien de fois ces pensées lui avaient-elles traversé l'esprit ? L'idée qu'il constituait une menace pour ces gens ? Qu'ils risquaient de payer sa présence chez eux de leur vie. Il le savait très bien.

Tu devrais au moins te rendre. Peut-être qu'ils ne te feront rien.

Je n'ose pas, répondit-il après un silence. Et c'était la vérité nue, l'entière vérité. Il avait envie d'ajouter qu'il n'était qu'un trouillard, une lavette, un pauvre type, qu'il était navré, mais ça non plus, il n'osait pas le dire.

Rolandas ne lui répondit rien. Il se contenta de pousser un soupir, referma la trappe de la cave, puis remit en place le tapis et le gros coffre qui la dissimulaient.

L'hôpital de Jurbarkas abritait deux simples d'esprit, un idiot, un nain, trois muets, deux fous à lier, six mutilés de la Grande Guerre et quatorze estropiés des guerres d'indépendance. Neuf d'entre eux avaient perdu un membre au combat. Certains avaient subi plusieurs amputations ; au total, cela faisait six bras et huit jambes, six coupées au niveau du genou et deux sectionnées en haut de la cuisse. L'un des mutilés n'avait pratiquement plus de visage. Il avait perdu sa joue gauche, la pommette, la mâchoire et même l'œil. Quand il parlait, un filet de salive coulait sous les bandages qui recouvraient le trou. Deux patients étaient paraplégiques, deux autres sourds et cinq avaient perdu la vue. Albert Mazer, le vingtième mutilé, avait perdu trois orteils à la Grande Guerre et trois autres dans les guerres d'indépendance – les Russes blancs en avaient pris un, les rouges un autre et les Polonais un troisième. Juif de père et de mère, Albert était un ardent nationaliste et avait fait partie des milices. Les Soviétiques avaient pris grand plaisir à le torturer et, pour s'occuper, lui avaient coupé tous les doigts.

L'hôpital hébergeait également par intermittence un certain Josef Boniecki, malade des nerfs, qui pleurait parfois des semaines durant. Les médecins étaient incapables de dire s'il souffrait d'autres maux que d'une simple et profonde mélancolie. Il avait perdu ses parents et sa sœur dans son jeune âge, quand une armée ou une autre avait brûlé leur maison tandis que, pour sa part, il brûlait les maisons d'autres gens dans un autre pays. Depuis son retour, un simple toussotement le faisait fondre en larmes.

Mais un jour, le 1er juillet 1941, tous disparurent – les deux simples d'esprit, l'idiot et le nain, les trois muets, les fous, les mutilés, Albert Mazer et Josef Boniecki. Comme ça, pouf! Quelques bonnes femmes ou lavettes levèrent le doigt et s'apprêtèrent à poser des questions gênantes sur un ton désagréablement accusateur, mais se ravisèrent après mûre réflexion. C'eût été courir un risque inutile : l'administration allemande était réputée pour son intransigeance. Il valait mieux attendre. Attendre de voir. On finirait bien par apprendre quelque chose. Par savoir. Oui.

J'ai ici une enveloppe, déclara le Sturmbannführer Hans-Joachim Böhme de la SS de Tilsit. Dix-neuf représentants des autorités locales étaient assis sur trois bancs de la grande salle du commissariat de Jurbarkas. Il y avait là le maire et le médecin-chef, les frères Lukauskas et un certain nombre de dignitaires allemands. Böhme était arrivé en ville sur ordre de Berlin afin de prendre la direction des opérations. Or il était impossible de diriger quoi que ce soit tant la formulation des ordres était vague. On pouvait les interpréter de mille et une façons et le document soulignait constamment leur caractère secret qui exigeait qu'on ne les dévoile à personne. Cela dit, s'il ne les exécutait pas à la lettre, il serait traduit en cour martiale. Mais alors, que devait-il dire ? La seule chose qui fût claire dans tout cela était qu'il avait l'interdiction formelle de parler de quoi que ce soit à qui que ce soit. Et s'il devait effectivement dire quelque chose, il devait procéder par sous-entendus et sans témoins.

Hans-Joachim Böhme soupira. Enfin non, dit-il, oubliez cette enveloppe. Comment se passe le rassemblement des Juifs ?

Romualdas Lukauskas fut le premier à répondre au superbe Sturmbannführer venu de Tilsit.

Tous ceux qui sont inaptes au travail ont été rassemblés dans un hangar de la rue Dariaus ir Gireno.

Böhme grimaça. *Inaptes au travail?* rétorqua-t-il. Pourquoi nourrir des gens inutiles ? Ne vaudrait-il pas mieux s'occuper de ceux qui sont aptes au travail plutôt que de ceux qui ne servent à rien ?

Romualdas hocha la tête, obéissant, et nota la chose dans son calepin.

Et les Tziganes ? Les bolcheviques ?

Nous avons tous les bolcheviques. Il y a une famille tzigane de l'autre côté de la rivière.

Combien sont-ils ?

Je ne sais pas. Nombreux, très nombreux. Vous connaissez ces gens-là. Il vous les faut ?

Böhme regarda Romualdas d'un air consterné.

Oui, excusez-nous, coupa le chef de la Gestapo. Évidemment, il vous les faut.

Böhme garda le silence.

Je m'en occupe. Ne vous inquiétez pas. Romualdas prit cela en note, souligna d'un double trait, leva les yeux et sourit.

Et l'hôpital ? demanda Böhme. Où en est-on ?

Le visage de Mykolas s'illumina comme si c'était son anniversaire, comme s'il venait de recevoir le paquet qu'il attendait et qu'en plus, il était amoureux, de l'argent plein les poches, et que le monde n'attendait que de s'extasier devant ses prouesses. Il leva la main comme un petit garçon à l'école primaire en attendant que Böhme lui donne la parole.

Eh bien, eh bien, eh bien, je, je, je, bégaya Mykolas, j'ai arrangé tout ça.

Il y a aussi, enfin… Böhme fit la grimace. Vous savez quoi.

Les hommes hochèrent la tête.

Il faut bien d'une manière ou d'une autre que nous… hein ?

Exact, répondirent les autres en chœur.

Que nous réglions le problème, hein ? poursuivit Böhme.

Que voulez-vous faire ? demandèrent les autres.

Moi ? Eh bien, je dois partir à Memel. Moi… non, mais vous, oui.

Très bien, répondirent les autres. Parfait, tout à fait. Nous nous en occupons.

Et tout de suite, précisa Böhme. Le Führer ne supporte pas les retards.

Sur quoi, il fit claquer ses talons et se dirigea vers la porte.

Vous enverrez un message à Berlin quand la ville sera nettoyée. Je dois y aller.

Que faisons-nous de l'école juive ? demanda Mykolas à son frère.

Tu veux parler de l'école primaire ou du lycée ? Assis à son bureau, Romualdas rongeait son crayon à papier. Debout à la fenêtre, Mykolas balançait sa matraque qui faillit plusieurs fois atterrir dans la vitre.

Les deux. Et la banque populaire, elle est juive. Tout comme le Hakhnasath Orkhim et Bikur Kholim, l'association de soins aux malades.

Les bibliothèques, ajouta Romualdas en lisant son calepin. La taverne. Les coopératives. Le boulanger Mosheh. Le boucher Leo Shmulovitch. Et la synagogue, évidemment.

Peut-on faire quoi que ce soit de la synagogue ?

Je n'en sais rien. En tout cas, il faut qu'on s'occupe du rabbin Rubinstein.

Oui, mais je veux dire.

Oui, je sais.

Tous deux soupirèrent.

La synagogue en bois de Jurbarkas datait de 1790 et depuis un siècle et demi des gens venus de l'Europe entière faisaient le voyage pour l'admirer. La colonne de prière et la chaise d'Elias étaient en elles-mêmes des merveilles dignes d'attirer les foules et il existait de la sainte arche qui contenait les rouleaux sacrés des photographies à partir desquelles des mains prévoyantes avaient fait des cartes postales, vendues dans les boutiques, de Moscou jusqu'à Paris. Des peintres célèbres, originaires du sud de l'Europe, étaient venus et en avaient fait de magnifiques tableaux. C'était un tel chef-d'œuvre d'ébénisterie et de sculpture, une telle merveille d'artisanat que ceux qui ne l'avaient jamais vue inclus, pas même en carte postale, avaient entendu sur son compte un grand nombre d'histoires. Sur les parois de l'arche qui atteignait le toit s'envolaient des oiseaux de toutes sortes, des animaux du désert rampaient et se dressaient et des fleurs écloses tendaient leurs feuilles parmi les symboles juifs – les étoiles de David, les chandeliers à sept branches et les Tables de la Loi – comme si elles voulaient embrasser l'ensemble du peuple élu. La création divine était ici célébrée par la main de l'homme, à travers cette arche sacrée, cette Aron Kodesh, qui était la fierté de la ville. Les gens affluaient simplement pour la voir. Porter leur regard. Être témoins. Et les Juifs n'étaient pas les seuls à en être fiers : aucun habitant de Jurbarkas n'était insensible à cette union de l'homme et de Dieu sculptée dans le bois.

Les frères Lukauskas soupirèrent à nouveau.

Le lendemain, dix membres de la Gestapo de Georgenburg, vêtus de leurs magnifiques uniformes neufs, vestes grises à épaulettes et à galons, pantalons gris, le visage fatigué sous leurs képis gris, chemises brunes et cravates noires, bottes de cuir noir, retrouvèrent trente collègues de Tilsit, pareillement vêtus, sur la place de la ville dès le point du jour. Ils marchèrent ensemble un moment, écoutant avec délices le claquement rythmé de leurs bottes sur les pavés, se donnant du courage en allant et venant, ne formant plus qu'une entité et qu'un membre du grand corps germanique, un bras long et puissant avec lequel ils attraperaient le Juif. Quand ils eurent marché tout leur soûl, synchronisé leurs mouvements et leurs décisions, ils partirent deux par deux et firent irruption dans les maisons : celles des Juifs, des bolcheviques, des Tziganes, de ceux qu'on soupçonnait d'être homosexuels et de ceux qui devaient toujours être contre tout, mais n'étaient jamais capables de rien proposer à la place. Ils fouillèrent les tiroirs remplis de sous-vêtements à la recherche de propagande soviétique et passèrent leurs mains entre les seins des femmes en quête de bijoux. Ils prirent le talkie-walkie que le fils du boulanger, âgé de seize ans, avait reçu de son grand-père vivant à Cracovie et confisquèrent tous les postes de radio encore en circulation. Ils prirent le fusil rouillé de Léo le boucher et l'un d'eux emporta sous sa veste la collection des timbres de Mme Kubiliene sans que quiconque comprenne en quoi cette collection menaçait le Führer.

Les quarante membres de la Gestapo se postèrent ensuite devant les trois bâtiments de l'imprimerie. On entrait par celui du milieu. À l'une des extrémités se trouvaient la composition, la photogravure et le bureau. Le bâtiment central abritait un moulin à papier dont la gigantesque roue, située à l'arrière, semblait atteindre le ciel et tournait paisiblement, entraînée par le courant de la Mituva. Izsak Banai possédait une partie de l'imprimerie. C'était un sale Juif. Mais l'autre partie appartenait à Vilhelmas Lukauskas. Or, non seulement sa famille était lituanienne depuis des générations, mais il était en outre le père de Mykolas, chef de la police et de Romualdas, chef de la Gestapo.

Qui possède quoi ? demanda le jeune Maleikas, qui venait de voler la collection de timbres de Mme Kubiliene.

Nous n'avons qu'à frapper à la porte et poser la question, suggéra un second, un peu plus âgé et expérimenté. Ou demander à Mykolas.

Peu importe, trancha un troisième. Si la moitié du bâtiment est juif, le bâtiment tout entier est juif.

Tu ne veux pas poser la question à Mykolas avant d'agir ?

Tu n'es qu'un imbécile.

Enfin, tu as raison, ça ne changerait rien.

Et pourquoi ?

Parce qu'on ne peut pas fermer la moitié d'une imprimerie sans que l'autre moitié s'arrête aussi.

Rien n'est plus dangereux que les choses imprimées. Nous devons fermer cette entreprise enjuivée !

Tous acquiescèrent comme un seul homme.

Que savez-vous de ce Vilhelmas ? interrogea l'un des gars qui ne connaissait pas la ville. Est-il du côté du Führer ?

Il possède une imprimerie avec un youpin, vociféra en retour un autre type venu d'ailleurs. Qu'est-ce que tu crois ?

Jésus, Marie ! Désolé, je ne faisais que poser la question.

La roue du moulin tournait au soleil, la Mituva scintillait et les oiseaux n'avaient jamais été aussi heureux, en tout cas ils n'avaient jamais laissé ainsi éclater leur joie, on eût presque dit qu'ils riaient. Les hommes de la Gestapo, qui ne savaient pas quelle porte ouvrir ("Sésame, ouvre-toi" déclara l'un d'eux, déclenchant l'hilarité des autres), allaient et venaient devant le bâtiment, ils piétinaient et marchaient au pas de l'oie, alternativement résolus et hésitants.

On dirait le trou du cul d'une vache, déclara l'un d'eux.

Tu ne serais pas un peu pervers ? renvoya un autre. De comparer cette porte au cul d'une vache ?

Ouais, t'es peut-être habitué à te la mettre dans le cul des vaches à l'étable, hein, Jürg ?

Vos gueules !

Hi, hi. Jürg se tape des vaches.

Fermez vos sales gueules !

Où est donc ce trou ? Je ne trouve pas ce fichu trou.

Vous allez fermer…

Dois-je l'enfoncer dans la vache-youpine ou dans la vache-vache ?

Jürg enfonça la crosse de son arme dans la joue de son voisin qui se mit à saigner. Bon, ça suffit. Sur quoi, il tourna les talons et s'avança vers l'imprimerie.

Ni Vilhelmas ni Izsak n'avaient imprimé quoi que ce soit depuis l'arrivée des Allemands. Et il n'y avait personne quand, le fusil brandi en l'air, Jürg franchit à grandes enjambées la porte que personne n'avait fermée à clef. Il n'y avait personne pour les écouter, lui et les autres membres de la Gestapo, frapper leurs bottes en cuir sur le plancher. Personne pour les regarder retourner les tiroirs et fouiller les lettres en plomb. Personne pour sentir l'odeur de l'encre emplir le bâtiment quand Maleikas vida les tonneaux qui se trouvaient dans la réserve.

Ainsi, on pouvait presque dire que rien n'était arrivé. Exactement de la même manière que le Dieu d'Israël n'existe pas s'il n'y a personne pour le voir et que l'arbre dans la forêt ne tombe pas si personne ne l'entend craquer, comme si les nazis n'existaient que dans les livres d'images. Comme Winnie l'Ourson ou les Moumines.

Vilhelmas fut réveillé par Saule, encore dans son lit. Il ronflait si profondément qu'on eût dit qu'il allait étouffer au lieu d'ouvrir les yeux. Enfin, il éternua bruyamment et regarda autour de lui. Maleikas, Jürg et quatre autres membres de la Gestapo se tenaient dans la chambre. Ils baissaient leurs fusils, mais les tripotaient de leurs mains gantées de cuir noir.

Où est le youpin ? demanda Jürg.

De qui parlez-vous ? répondit Vilhelmas en regardant Saule.

De Banai. Le youpin imprimeur.

Ah bon ? rétorqua Vilhelmas. Le youpin *imprimeur*. Il se débarrassa de son édredon, s'assit sur le bord du lit, enfila ses pantoufles et prit la robe de chambre marron accrochée à un clou à côté de la table de chevet. Le youpin imprimeur, dites-vous ? Il doit être chez lui, non ?

Où habite-t-il ?

De l'autre côté de la rue. Saule lança un regard réprobateur à Vilhelmas qui haussa les épaules. Qu'est-ce que je peux dire d'autre ? plaida-t-il en marmonnant.

Saule ne répondit rien.

Maleikas, Jürg et les autres types de la Gestapo firent claquer leurs talons, quittèrent la chambre, dévalèrent les marches et sortirent dans la rue sans refermer la porte. Le froid de la nuit s'engouffra dans la maison et remonta l'escalier. Saule frissonna.

Ils vont revenir, déclara Vilhelmas en s'habillant. Il y a longtemps qu'ils ont arrêté Izsak, mais je ne vais tout de même pas leur dire ce qu'ils sont censés savoir.

Ni Vilhelmas ni Izsak n'avaient assisté à un tel gâchis de carburant depuis la Grande Guerre. Les types de la Gestapo escaladaient les murs et, postés sur les poutres, des bidons d'essence à la main, ils aspergeaient copieusement les lieux. Que le bois soit vieux, abîmé ou laqué, l'essence semblait y pénétrer par tous les interstices, les entailles et les encoches. L'imprimerie scintillait à la lumière pâle du matin. Comme un château de conte de fées.

Maleikas arriva en courant de la forêt, une torche à la main. Vilhelmas et Izsak ne disaient rien. Il s'approcha, feula, grommela, afficha un rictus et haussa les sourcils comme pour se moquer d'eux.

Alors, lequel de vous deux va mettre le feu ? demanda-t-il.

Les deux hommes gardèrent le silence.

Le youpin imprimeur ou le cryptocommuniste ? C'est à vous de décider.

Vilhelmas regarda Izsak. Qui souriait. Vilhelmas lui renvoya son sourire et Maleikas souriait également.

Vous êtes vraiment… Il éclata de rire. Allez, toi ! Il attrapa Vilhelmas et le traîna derrière lui tandis qu'Izsak regardait à distance son meilleur ami mettre le feu à leur imprimerie. Il observa ces flammes qui tendaient leurs doigts vers le ciel comme en une prière, observa la roue qui effectuait son dernier tour, puis se détachait et tombait dans les eaux de la Mituva, observa Vilhelmas qui revenait vers lui. Tout ira bien, pensa Izsak. De toute façon, les choses ne peuvent pas être bien pires que ça.

Situés rue Dariaus ir Gireno, l'artère principale de la ville, deux hangars constituaient le ghetto de Jurbarkas. Dans le plus petit, les nazis avaient enfermé les hommes en état de travailler, et le plus grand abritait les femmes, les enfants et les vieillards. Dans le premier, les hommes ne savaient jamais s'ils pourraient dormir chez eux ou non le soir. La plupart du temps, Izsak rentrait à la maison, mais Masza n'était pas là ou bien Masza rentrait, mais pas Izsak. Aucun d'eux n'avait moyen de savoir si l'autre était en vie – car même s'ils ne savaient rien, même si les choses ne faisaient que commencer, même si la conférence de Wannsee était encore en gestation, même si les SS plus ou moins indécis continuaient de réfléchir à ce qu'ils devaient faire, même si le temps passait lentement sans que personne ne perde la vie, ne soit envoyé vers Eretz Israel ou Madagascar et même si Das Generalgouvernement qui devait prendre le relais, qui allait indubitablement le faire, même si, en résumé, personne ne savait rien de ce qui se passait et même si la vie se résumait à ces incertitudes permanentes, Izsak se disait souvent que Masza était morte et inversement. Chacune de leurs journées était d'une tristesse sans fond.

Quand tous eurent été rassemblés jusqu'au dernier dans les deux ghettos et que les nazis eurent proposé aux nationalistes lituaniens d'occuper les bâtiments que l'armée allemande n'avait pas réquisitionnés, ce fut presque un soulagement pour tout le monde. Au moins, Izsak savait maintenant où se trouvait Masza et Masza savait où se trouvait Izsak.

L'après-midi du 3 juillet 1941, les nazis vidèrent le ghetto des hommes, les rassemblèrent au soleil, en pleine chaleur et dans la poussière, et les laissèrent là, debout, un long moment. Il faut bien que vous preniez l'air, déclara un SS en ricanant, croyant voir que quelqu'un s'apprêtait à protester (ce qui est évidemment stupide, personne ne proteste face à un nazi armé).

Au bout d'une heure en plein soleil, on les répartit en groupes ; trois personnes dans chaque rang et quinze rangs par groupe. Les nazis leur donnèrent des pelles, mais ils semblaient hésitants et ne s'amusaient pas autant qu'à leur habitude. Inquiets, les Juifs haletaient, serraient les dents en silence et avalaient leur salive pour se débarrasser de la boule qui leur bloquait la gorge. Izsak vomit et reçut un coup de pied. Pour finir, on leur ordonna de remonter la rue, de dépasser le ghetto des femmes et d'aller jusqu'au cimetière juif.

Romualdas leva son arme et enfonça la crosse dans le visage du docteur Balkus.

Laissez-le, ordonna-t-il à un Allemand de la Gestapo qui s'apprêtait à relever le médecin, même s'il n'avait pas l'habitude de donner des ordres aux Allemands. Ce pauvre type peut se soigner tout seul. Il a même été dans une grande école pour apprendre à le faire.

Puis il força le docteur Appelboim à rejoindre son groupe et son rang à l'arrière du camion, laissant le docteur Balkus ensanglanté et étourdi sur le bord de la route. Cinq minutes plus tôt, Balkus s'était adressé à Romualdas – qu'il avait reçu à son cabinet et guéri de la varicelle, de la rougeole et de la rubéole et à qui il avait même prescrit de l'arsenic et du bismuth pour soigner sa syphilis – et lui avait demandé une petite faveur qu'il pensait mériter après vingt ans de bons et loyaux services.

Je ne peux pas m'occuper de mon cabinet tout seul, lui avait dit Balkus. Tu ne pourrais pas m'autoriser à garder Appelboim ? J'ai vraiment besoin de lui.

Et là, Romualdas lui avait donné ce coup de crosse en pleine figure.

La nuit, l'écho de la fête résonna le long de la rue Dariaus ir Gireno. Les verres et les bouteilles s'entrechoquaient sous les éclats de rire, parfois couverts par des chants patriotiques lituaniens. On urinait sur le pavé et l'odeur de la pisse envahissait tout. Ils trouvent ça amusant, pensaient les femmes quand elles entendaient de jeunes hommes vomir de l'autre côté de la grille. Mais ça ne nous amuse pas. D'ailleurs, tout le monde se fiche de ce qui nous amuse, se disaient-elles quand leurs enfants se réveillaient en leur demandant ce qui se passait, en leur demandant où étaient leurs pères et à quel moment ils pourraient rentrer chez eux pour s'amuser avec leurs jouets. *Sieg heil!* éructaient les poivrots en mauvais allemand quand ils passaient le long du hangar, comme si personne ne dormait, comme s'ils étaient seuls au monde. *Sieg über Hitler Volkswagen Deutsch Deutsch Deutsch!* gueulaient les ivrognes en s'esclaffant. *Sieg Strudel Berlin Panzer Dasein Currywurst, ha, ha, ha! Blitzkrieg!*

12

À minuit, la monnaie islandaise perdit deux zéros : cent couronnes anciennes équivalaient à une nouvelle. Ceux qui vendaient les billets d'entrée au bal de Hnifsdalur veillaient soigneusement à ce que les avinés remplissent leurs chèques en fonction de ce grand chamboulement. Cela leur donnait bien du fil à retordre : on acceptait encore les vieux billets et les anciennes pièces, que les gens ne pourraient changer qu'après les fêtes, lorsque les banques rouvriraient leurs guichets.

Sigga Dos avait dépensé un quart de son loyer en alcool, en amuse-gueules pour sa petite fête et en taxi quand elle comprit subitement que le chèque du Prédateur qu'elle avait utilisé pour payer son loyer était daté du 01.01.1981 et qu'elle avait écrit le montant en anciennes couronnes. Encore sous le choc et l'esprit embrouillé par un trop grand nombre de Bloody Mary, elle n'était pas certaine d'en mesurer toutes les conséquences, mais se disait que le chèque n'avait aucune valeur et que maintenant il ne lui restait même pas de quoi régler sa dette. Ce ne fut que dans le taxi qui la ramenait chez elle, alors qu'elle tentait d'expliquer tout cela à son futur visiteur nocturne – ce gamin d'une beauté divine mais dont la grande jeunesse était un péché, après tout elle pouvait bien s'offrir un petit agneau tout frais après avoir passé plusieurs jours de disette avec une charogne –, que ledit jeune homme lui fit remarquer qu'elle se trompait complètement. Elle avait réglé son loyer avec un chèque qui aurait suffi à acheter l'appartement – voire plus encore.

Le Prédateur (ivre et complètement à l'ouest) était venu chez elle plus tôt dans la nuit, espérant que, fatiguée, elle avait renoncé à se rendre au bal. Quand il était passé devant l'immeuble, la ville était plongée dans le silence, si on excluait cette musique de salsa qui sortait sans discontinuer de l'appartement de Mar Morales Trujillo depuis qu'Einar la Beigne était parti en bateau vers Reykjavik. Il n'y avait aucune lumière aux fenêtres de l'immeuble de la rue Hlidarvegur – à part la clarté vacillante des bougies dans l'appartement de Mar Morales Trujillo. Jon espérait que Sigga s'était endormie. Seule. Ainsi, elle le laisserait peut-être se glisser sous sa couette.

La porte n'était pas verrouillée, elle était même entrebâillée, mais il n'y avait personne dans l'appartement. Il ressortit en titubant dans la cage d'escalier et se demanda s'il devait laisser cette porte ouverte, la claquer ou la fermer à clef. Puis il descendit les marches sans même se rappeler ce qu'il avait fait.

Il s'arrêta au rez-de-chaussée pour écouter la salsa. Il y avait derrière cette porte un joli brin de fille qui s'amusait toute seule. Pour sa part, il était plutôt bel homme et s'amusait seul dans son coin. Ils avaient donc au moins un point commun, c'était mieux que rien. Jon le Prédateur frappa et Mar Morales Trujillo vint lui ouvrir.

À son retour, Sigga Dos aperçut le Prédateur en descendant du taxi. Il se servait un verre d'eau, torse nu dans la cuisine à côté de l'évier. Croyant un instant qu'il était chez elle, elle fut envahie d'une colère subite, puis se rendit compte qu'en réalité il se trouvait chez la pute du rez-de-chaussée. Elle se mit à hurler comme si on lui avait tranché les doigts et s'avança à grandes enjambées vers l'immeuble sans s'occuper de ce gamin qu'elle avait dragué au bal pour le coller dans son lit. Jon leva les yeux en entendant ses cris – mais il faisait trop clair dans l'appartement et trop sombre à l'extérieur pour qu'il puisse la voir même si les hurlements se rapprochaient. Elle frappa à la porte et il vint lui ouvrir.

Pendant dix longues minutes, Sigurbjörg Dosoteusardottir et Jon Hédinsson se toisèrent sans dire un mot. Le comptable et la bibliothécaire. Le Prédateur et la jeune fille. Ils gardèrent obstinément le silence et se contentèrent de se fixer. Le gamin se tenait derrière elle. Le Prédateur avait bien envie de lui demander si elle comptait se taper ce môme à peine sorti de l'enfance, puis se rendit compte que l'enfant en question était plus proche d'elle en âge qu'il ne l'était lui. Sigga Dos se disait avec horreur que cette couille molle avait eu l'impudence de lui tourner le dos pour s'encanailler charnellement avec la salope capitaliste du rez-de-chaussée. Les mômes des rues de La Havane devaient se retourner dans leur tombe. Il ne s'était même pas écoulé une journée depuis qu'elle l'avait laissé la sauter et voilà maintenant qu'il... Mais elle se taisait. Elle attrapa le gamin et monta l'escalier en le traînant derrière elle. Sur ce, Jon le Prédateur ferma la porte et retourna au lit avec la catholique accro à la salsa qui, assommée, s'était endormie sur son oreiller et se remettait de ses dix jours de cuite.

Les billets islandais n'avaient pas seulement perdu deux zéros, les figures tutélaires avaient également disparu. La coupure de vingt-cinq couronnes, qu'Arnor admirait tant, n'avait déjà plus cours au moment où il y avait repéré la ville d'Isafjördur – mais on en trouvait encore quelques-unes, même si l'un des rares exemplaires était conservé sous verre et accroché sur un mur de sa chambre. Et maintenant, les figures tutélaires avaient disparu, tout comme ces deux zéros et la capitale des fjords de l'Ouest. Arnor avait vu les nouveaux billets dans le *Morgunbladid* chez sa grand-mère : il ne les aimait pas. Les vrais, il ne les verrait qu'à l'ouverture des banques, quand on pourrait échanger les anciens contre les nouveaux. En dehors des questions d'esthétique et de la décision politique de ne conserver les figures tutélaires que séparément sur les pièces de monnaie – de valeur moindre –, Arnor était dubitatif quant aux bénéfices apportés par cette nouvelle donne à l'économie nationale – les commerçants profiteraient de l'occasion pour augmenter discrètement leurs prix et lorsque les consommateurs en prendraient conscience (ce qui ne manquerait pas d'arriver), ils exigeraient des augmentations de salaire qui engendreraient des surcoûts de production et déclencheraient une spirale inflationniste. Mais que savait-il de tout ça, lui qui venait de fêter ses neuf ans ? Il regrettait surtout ces quatre figures protectrices de l'Islande.

Sigga Dos avait vingt-six ans et en paraissait dix-huit. Âgé de quinze ans, Dölli semblait en avoir vingt et un. Allongés nus l'un contre l'autre, ils ressemblaient à n'importe quel couple se reposant après l'amour lorsqu'Arnor rentra. Il resta un moment à la porte de la chambre à coucher, le temps qu'il fallait pour qu'ils se réveillent et s'aperçoivent de sa présence, mais ne s'y attarda pas assez pour qu'ils puissent réagir. Il ferma la porte, ôta son anorak dans le vestibule et balança son sac dans sa chambre. Sigga Dos pria Dölli de partir. Elle ignorait totalement qu'il était ami avec son fils – Arnor en avait tant – et, d'ailleurs, cette idée lui semblait tout à fait inconcevable. Dölli était un homme. Il avait de la barbe. Arnor n'était qu'un enfant. Si elle les avait vus ensemble, elle n'aurait sans doute pas reconnu son amant de la nuit. Mais elle ne voulait pas non plus que les deux volets de son existence se télescopent – sa vie de femme qui avait des besoins physiques et son rôle de mère.

C'était juste un ami de maman, expliqua-t-elle à son fils sur un ton qu'il perçut comme une insulte à ses capacités intellectuelles. Je l'ai autorisé à dormir ici cette nuit, mais il ne reviendra pas. Maintenant, il n'y a plus que toi et moi.

Sigga avait une gueule de bois trop prononcée pour en parler davantage et trop de choses lui encombraient l'esprit. L'argent du loyer. Le Prédateur. La pute du rez-de-chaussée. Ce gamin qui l'avait tenue éveillée toute la nuit. À l'arrivée d'Arnor, ils venaient à peine de s'endormir. Et c'était le début d'une nouvelle journée. D'une nouvelle année. D'une nouvelle décennie. Arnor ne semblait pas choqué. Assis à la table de la cuisine, il lisait *Le Ministère des Affaires généalogiques* de Njördur P. Njardvík. Njördur venait lui aussi d'Isafjördur. Arnor l'avait un jour aperçu à la coopérative de Kaupfélagid. Sigga Dos mit la cafetière en route. La gueule de bois et la fatigue l'aidaient à garder les pieds sur terre et lui permettaient d'afficher un calme de façade, mais en réalité elle était folle de rage.

Il doit quand même bien y avoir un moyen de se débarrasser de ces saloperies ! Sigga Dos avait puisé son regain d'énergie dans les huit tasses de café qu'elle venait d'avaler avec trente-deux sucres et un bol de riz au lait dont elle avait consommé la moitié. Tu sais que je ne veux pas que tu joues avec ce… cette espèce de sale négro. Elle porta la main à sa bouche, hésita… Je t'interdis…

Je sais que je ne devrais pas dire des choses pareilles, reprit-elle. Maman le sait très bien. Elle passa ses doigts dans les cheveux blonds en bataille de son fils. Arnor n'avait toujours pas levé les yeux de son livre. Maman ne veut pas non plus que tu dises des choses pareilles – que je ne t'entende pas appeler quelqu'un comme ça ! C'est du racisme. Et il ne faut pas qu'on t'entende. Elle marqua une brève pause, puis poursuivit. Si tu ne peux pas t'en empêcher, tu sais, par exemple, pour la capitaliste du rez-de-chaussée, alors tu n'as qu'à me le dire à moi. Parce que je ne te jugerai pas, contrairement aux autres. Toi et moi, nous sommes dans la même équipe. Si tu veux traiter ce gamin de négro de merde, alors fais-le avec moi. Maman te comprend toujours. Maman sait que ce n'est pas du racisme. Il y a des gens qui n'ont pas leur place ici. Ici, chez nous. Pas plus que notre place n'est chez eux. En Afrique, les gens trouveraient immonde que je ne me balade pas les seins à l'air. Sauf en Afrique du Nord, là, ils feraient sans doute une crise cardiaque, ou ils tomberaient dans les pommes rien qu'en apercevant mes cheveux ou le bout de mon nez. Ils sont tout le contraire des autres. Les us et coutumes varient tant d'un pays à l'autre qu'on ne peut arriver en terrain conquis ici ou là. Sauf quand on est chez soi. Mais ici, ces gens sont des étrangers et ils doivent s'adapter. Sigga Dos monologuait depuis plus d'une heure. Arnor avait presque fini son livre. Elle soupira. Enfin, c'est mon opinion. Tu n'es pas d'accord avec moi, mon chéri ? Tu as faim ? Tu veux que je prépare le dîner ? Qu'est-ce qui te ferait plaisir ?

Jon le Prédateur noya son chagrin avec Mar Morales Trujillo tout le jour de l'an et jusqu'au matin du vendredi 2 janvier. Ils s'entendaient bien. Chacun pansait les blessures de l'autre. Alors qu'il venait de rentrer chez lui, il reçut un appel de la banque qui lui demandait de confirmer qu'elle devait payer le chèque qu'il avait fait à Sigurbjörg Dosoteusardottir. Il répondit que oui et demanda le montant.

Je m'attendais à un peu moins, observa-t-il quand le directeur de l'agence lui annonça la somme. Mais une promesse est une promesse et j'ai assez d'argent sur mon compte.

En effet. Ce n'est pas la question. Sinon, je ne vous aurais pas appelé. Mais on ne plaisante pas avec ce genre de chose. En outre, vous savez que le chèque sera encaissé en nouvelles couronnes et non en anciennes.

Oui, je comprends. Il se sentait soulagé. Il avait imaginé que Sigga allait le plumer – or la somme correspondait à peine à son entrée au bal. Elle avait sans doute eu mauvaise conscience de l'avoir ainsi mis à la porte.

Par conséquent, Jon, je paie ce chèque ?

Oui, oui. Il n'y a pas de problème.

Quand la lettre de la municipalité était parvenue à Sigga Dos – on lui expliquait qu'elle avait réglé une somme trop élevée et que la différence lui serait remboursée par chèque –, elle s'était demandé ce qu'elle devait faire. D'une part, cet argent ne lui appartenait pas ; certes, elle pouvait facilement se l'approprier, mais ce n'avait pas été son projet. D'autre part, mère célibataire et occupant un emploi mal payé, elle n'avait jamais pris de vacances d'été depuis qu'elle avait commencé à travailler et il lui semblait parfois que tout le monde était allé en Espagne, sauf elle. Elle pouvait également reprendre ses études. Si elle allait à Reykjavik pour y passer un diplôme en documentation, elle pourrait prendre le poste d'Halldor quand il partirait en retraite – or, ce poste-là était plutôt bien payé et là, elle pourrait rembourser le Prédateur. D'ailleurs, ce salopard ne pouvait s'en prendre qu'à lui-même. Il lui avait laissé ce chèque en blanc et il était plein aux as. De plus, il était allé droit chez cette catin de Cuba. Il méritait une bonne leçon même si elle était fermement décidée à lui rendre jusqu'à la dernière couronne quand elle serait directrice de la bibliothèque afin de lui montrer à quel point elle était honnête.

Arnor avait l'impression de traîner les figures tutélaires derrière lui depuis sa naissance – et c'était presque vrai. Il avait oublié leur raison d'être. Avec le temps, la magie de leurs aventures avait pâli – exactement de la même manière qu'une ascension jusqu'au lac de Fossavatn n'a plus aucun intérêt pour celui qui veut aller jusqu'au fjord de Breidafjördur sur les traces de croyances populaires. Les figures tutélaires étaient plus un symbole qu'une réalité et il commençait à penser la même chose de la bande éponyme. D'une part, il ne savait que faire de ces gamins qui s'empressaient d'exécuter chacun de ses ordres – et l'écoutaient plus qu'ils n'écoutaient les adultes ; d'autre part, il s'interrogeait sur les limites de leur obéissance et se demandait jusqu'où il pouvait les pousser. Jamais il ne s'était heurté à un mur dans ce domaine, mais peut-être ne s'était-il simplement pas montré assez exigeant. Les plus âgés entreraient au lycée à l'automne – ou partiraient en mer – et il fallait leur proposer autre chose que de jouer aux pirates ou de voler du Coca.

Peu après trois heures, le lundi après-midi, Jon le Prédateur quitta la banque, le poing serré autour de ses billets en nouvelles couronnes. Depuis plus de quinze ans, il économisait une somme mensuelle destinée à acheter une maison convenable pour sa future famille. Depuis cinq ans, Sigga le menait en bateau en lui laissant croire que ce n'était qu'une question de temps. Et maintenant, tout l'argent avait disparu jusqu'à la dernière couronne ou presque. Cette salope calculatrice lui avait tout volé. Il l'aurait bien tuée s'il n'y avait pas eu le gamin. Mais il allait lui donner une bonne leçon et lui montrer que Jon Hédinsson ne se laisserait pas plumer impunément.

La première chose que Mar Morales Trujillo fit au retour de son époux fut de lever les bras au ciel et de tout lui avouer. Elle était faite comme ça, ce n'était pas sa faute à elle. Au lieu de rentrer à la maison avec son père, Elias alla directement jouer à la marelle avec sa copine d'en face. Son séjour en mer n'avait rien changé. Tu n'es pas un homme, lança Mar Morales Trujillo à Einar la Beigne. Voilà pourquoi ton fils est comme ça… voilà pourquoi il est comme il est. Il me fallait un homme, un vrai – qui saurait m'en blâmer ? Je suis une femme et j'avais besoin d'un homme. Étant femme, je suis allée en chercher un. C'est mon droit naturel. Tu n'as rien à dire. Tu n'as pas le droit de me refuser d'avoir un homme.

Le jardin devant l'immeuble de la rue Hlidarvegur était légèrement en pente. Quand Jon le Prédateur entra dans la cage d'escalier, il reçut en pleine figure un direct du gauche offert par Einar la Beigne. Debout à la fenêtre du premier étage, Arnor observait le négrillon de merde jouer à la marelle avec une fille dans le froid glacial de l'hiver et vit tout à coup le Prédateur rouler sur la pelouse et se cogner contre la grille. Einar la Beigne s'avançait à grandes enjambées, talonné par Mar Morales Trujillo qui hurlait derrière lui. Elias et la gamine suspendirent leur jeu, levèrent les yeux et fixèrent les adultes. Au moment où les trois s'empoignèrent, Sigga Dos apparut à l'angle de la rue Bæjarbrekka. À la vue du spectacle, elle lâcha son cabas et accourut à toutes jambes.

Au bout d'un moment, la bagarre cessa d'être mixte. Un certain nombre de badauds – entre dix et vingt – s'étaient attroupés pour observer la scène, mais chacun se garda de s'en mêler tant il redoutait de se noyer dans ce déchaînement de violence. Assis à califourchon sur le Prédateur, Einar la Beigne faisait pleuvoir les coups sur le visage tuméfié et sanglant de son adversaire. Il espérait que cette saloperie finirait par s'évanouir, mais à chaque fois, ce connard essayait de se relever au moment où – par charité chrétienne – il s'apprêtait à cesser de le frapper. À quelques mètres de là, assise sur le dos de Sigga Dos, Mar Morales Trujillo lui empoignait les cheveux d'une main, et de l'autre lui tirait la tête en arrière, lui griffait la gorge et lui labourait le visage de ses ongles acérés. Tout à coup, l'œil gauche de Sigga sortit de son orbite. Complètement désorientée, elle se mit à hurler à la mort. L'œil pendouillait, accroché à son nerf optique, juste au-dessus du sol. Mar Morales Trujillo se redressa. Sigga tenta de se mettre à quatre pattes, mais reçut aussitôt un grand coup de pied dans les côtes. Elle retomba sur le dos, l'œil gauche pendouillant sur sa joue, totalement vulnérable, miaulant comme un chaton aveugle. Mar se mit à genoux et tendit la main pour l'arracher – mais Einar la Beigne apparut tout à coup et l'attrapa à temps pour sauver l'organe. Le Prédateur s'était enfin évanoui.

Les infirmiers ne prirent pas la peine de mettre Sigga Dos dans l'ambulance et l'emmenèrent à toutes jambes sur une civière par le chemin le plus court. L'état du Prédateur étant moins grave, il eut droit à l'ambulance – cela dit, ils arrivèrent tous les deux en même temps à l'hôpital. Toujours debout à la fenêtre, Arnor observait la police qui interrogeait Einar la Beigne et quelques-uns des badauds. Mar Morales Trujillo rentrait chez elle en boitillant, son sale petit négro à sa suite. Puis tous disparurent. La police retourna au commissariat et Einar le Beigne rejoignit sa famille.

Arnor faisait de son mieux pour contenir ses sentiments. Il ne supportait pas d'être bouleversé : ça ne servait à rien. Cette bagarre l'avait déconcerté et sa surprise avait redoublé quand il avait vu sa mère s'en mêler. Il ignorait pour quel motif elle avait éclaté et s'en fichait totalement. Les raisons de ce pugilat ne constituaient de toute manière que la partie émergée de l'iceberg : il s'agissait avant tout d'un choc de cultures. Un renard s'était introduit dans le poulailler et il fallait lui tordre le cou avant que les choses ne dégénèrent. Ce goupil, cet intrus, avait déclenché une série d'événements qui ne pouvaient s'achever que par une tragédie. Il s'agissait d'une simple réaction en chaîne. Les motifs de cette bagarre bien précise n'importaient aucunement. Il fallait traiter les causes sous-jacentes. Sinon, cela se répéterait encore et encore avec des prétextes toujours nouveaux, des excuses et des formes toujours différentes. Il fallait arracher le mal à la racine comme on éradique un cancer, un furoncle ou une épidémie – d'un geste sec et résolu, sans pitié. Arnor savait exactement où était la racine. Il ne lui restait plus qu'à trouver Dölli.

13

Le hangar qui servait de ghetto (il n'y en avait plus qu'un) était parfois ouvert pendant la journée. Le commandant Tchaponsas n'avait reçu aucun ordre précis concernant la transformation de la ville entière en ghetto, mais il savait qu'en Pologne et ailleurs, cette pratique était courante afin de circonscrire l'ensemble des Juifs, de ne pas les lâcher d'un œil, d'un doigt, d'une main – une main de fer. Mais puisque rien n'était venu d'en haut, il pouvait se permettre d'agir à sa guise et en fonction de ses besoins. Quand il lui fallait des bras supplémentaires pour des besognes dont les ennemis du Reich et les dégénérés ne pouvaient s'acquitter, il laissait simplement le ghetto ouvert et envoyait les gardes vaquer à d'autres occupations pendant la journée. Il s'autorisait aussi à libérer momentanément ceux qui pouvaient lui être utiles et, si le docteur Balkus lui avait adressé sa requête plutôt que de se tourner vers cet extrémiste de Romualdas, il y aurait sans doute réservé une suite favorable. Par exemple, Tchaponsas avait autorisé tous les paysans à aller et venir à leur guise, pour autant qu'ils n'aient jamais été condamnés pour vol, qu'ils ne soient pas agitateurs ni bolcheviques : le Troisième Reich et l'armée allemande étaient des puits sans fond qui engloutissaient toute la nourriture disponible et on avait grand besoin de paysans.

L'un des Juifs qui allaient et venaient librement à Jurbarkas, ou plus exactement juste à côté de Siaudiné, sur l'autre rive du Niémen, s'appelait Hillel Karabelnik. Joueur de flûte, ce dernier était parvenu après bien des efforts à convaincre le SS qui l'avait trouvé non loin de la jetée qu'il était paysan et possédait une terre fertile de l'autre côté du fleuve. Évidemment, au début, le SS ne l'avait pas cru, mais quand un jeune homme issu des milices lituaniennes, Jurgi Petrauskas – qui avait appris la flûte avec Hillel pendant son enfance –, avait confirmé ses dires, le garde avait cédé et laissé le Juif s'embarquer sur le ferry pour rejoindre l'autre rive. Il y avait passé ses jours à souffler dans sa flûte sur les landes, jouant alternativement des chansons joyeuses pour se donner du courage et des mélodies déchirantes qui exprimaient ses états d'âme et le faisaient pleurer. Parfois, il allait à Jurbarkas, traversait la rivière et descendait la rue Dariaus ir Gireno. Là, il frappait à la porte du ghetto et demandait à voir sa femme et son enfant nouveau-né.

On passa les jours suivants à s'interroger sur l'endroit où étaient les hommes. Les femmes, les enfants et les vieillards les avaient accompagnés du regard tandis qu'ils remontaient la rue, au bout des fusils des SS allemands. Les membres de la Gestapo de Georgenburg et les miliciens s'étaient joints au groupe, crachant et éructant des jurons comme à leur habitude – jamais contents, jamais heureux, jamais amoureux et jamais satisfaits du moindre moment, mais toujours apeurés et haineux : défigurés. Puis tous avaient disparu en haut de la rue, au coin, et la rumeur – dont personne ne connaissait l'origine – affirmait qu'on les avait fusillés et que leurs corps avaient été enterrés à la va-vite dans le cimetière juif de la ville. Le soir même, quelques femmes s'y étaient rendues sans y trouver aucune trace qui laissât penser que le pire était arrivé, en dépit de leur entêtement pour ainsi dire hystérique à croire le contraire. Elles détenaient tout de même des preuves tangibles. Rien n'indiquait que de nouvelles tombes avaient été creusées ou un massacre perpétré. Les femmes rentrèrent au ghetto avant la nuit et demandèrent à leurs sœurs, leurs pères, leurs mères et leurs enfants de se calmer. Sans doute cette affreuse rumeur n'avait-elle aucun fondement. Les hommes travaillaient sûrement sur les routes à Kovno ou à Rasenai, comme le disaient les Allemands. Elles se répétèrent ça tant et tant de fois qu'elles cessèrent d'y croire car il ne suffit pas, loin s'en faut, de répéter un mensonge assez souvent pour qu'il se transforme en vérité.

Après cette visite au cimetière, on informa les femmes que le ghetto serait désormais fermé tous les jours.

Persuadée qu'Izsak était mort, Masza n'avait qu'une idée en tête : retrouver Sara. Quand on l'affecta au ramassage des détritus à l'extérieur du ghetto avec d'autres femmes, quelques vieillards et deux adolescents, elle résolut de fuir. Elle aperçut une bicyclette noire de l'autre côté de la rue, calée contre le mur de la boucherie, attendit que personne ne la regarde, s'approcha, poussa le vélo dans le passage entre la boucherie et la boutique du chapelier, se mit en selle et remonta jusqu'à la rue voisine, puis la suivante, jusqu'à atteindre la rue Gedimino, déserte. Elle tourna à droite, puis à gauche, obliqua vers le nord et quitta la ville en direction de Rasenai. Là-bas, elle avait une amie qui pourrait peut-être l'aider à rejoindre Siauliai et de là, elle parviendrait peut-être à atteindre Riga. Et de là, il lui serait facile d'aller en Russie. Sara était en Russie. Elle ne pouvait être que là-bas. Izsak était mort. Il ne pouvait qu'être mort. Et dans ce cas, Sara était en Russie. Elle pourrait accueillir sa mère, sa mère qui ne supportait pas d'être seule, qui ne le supportait simplement pas.

Demain, j'apporterai un sac à dos et des somnifères, avait promis Hillel à son épouse, Miriam Karabelnik. Et maintenant, il était là, le sourire rayonnant, ce sac à dos sur les épaules. Un vrai héros. Il l'ouvrit, en sortit des sacs en toile de jute remplis de sable et tendit à Miriam un petit étui contenant trois gélules.

Je les ai eues chez le docteur Balkus. On peut lui faire confiance.

Tu en es sûr ? s'inquiéta Miriam.

Oui. De toute façon, je ne lui ai rien dit. Donc, même si… Enfin, tu sais. Ne t'inquiète pas. Allez, au travail.

Hillel poussa les sacs sous la paillasse de Miriam et en garda un.

Ne pleure pas, dit-il. Il le faut. Ne pleure pas. Je trouverai un moyen de te faire sortir, toi aussi. Arrête de pleurer.

Miriam ouvrit les gélules, vida la poudre dans un bol d'eau, souleva la tête de la fillette endormie et versa précautionneusement le liquide entre ses lèvres. La petite toussa, se réveilla et régurgita, puis avala ce qui restait du bol.

Je ne sais pas si ça suffira, observa Miriam.

Elle n'a pas besoin de dormir bien longtemps, juste le temps qu'il me faudra pour passer les gardes sans qu'ils me repèrent.

Dix minutes plus tard, Hillel plaça sa fille âgée de deux mois au fond du sac à dos et posa sur elle un des sacs de sable. Puis il chargea son fardeau sur ses épaules, l'arrima solidement, sourit à sa femme ("tout ira bien") et sortit.

Le lendemain de la fuite de Masza, le facteur passa dans le ghetto. Ce n'était pas un SS venu donner des ordres, ni un type de la Gestapo muni d'un mandat d'arrêt, ni le commandant ou l'un de ses sous-fifres porteur d'un message, d'un avis annonçant de nouveaux règlements. C'était le *facteur*. Valentas Svilpas distribuait le courrier à Jurbarkas depuis l'Indépendance. Et sans doute depuis la grande époque de la république polono-lituanienne, car Valentas devait compter parmi les doyens de la province de Tauragé, voire de la Lituanie entière.

Il apportait aux femmes un sac rempli de lettres : une à l'intention de chaque épouse. Toutes rédigées dans le même registre :

> Ne vous inquiétez pas. Nous travaillons sur les routes dans les environs de Kovno, nous pelletons des cailloux, mais à part ça, tout va bien. Le travail est pénible, mais les rations sont plus importantes. Gardez espoir, nous reviendrons sans doute bientôt à Yurburg*.
>
> Vos époux qui vous aiment,
> Les hommes juifs.

Debout au centre de la pièce, Valentas Svilpas sortit presque trois cents missives de sa sacoche et lut les noms des destinataires qui, les yeux emplis de larmes, vinrent les unes après les autres chercher leur consolation.

Masza Banai ? répéta-t-il plusieurs fois sans obtenir aucune réponse.

Masza Banai ? Elle n'était pas là, mais les femmes ne le précisèrent pas. On eût dit qu'elles ne le croyaient pas, que l'idée elle-même était inconcevable.

Bon, dans ce cas, dit Valentas. Frida Stern ? poursuivit-il. Mme Stern s'avança à pas lents mais résolus, prit sa

* Nom yiddish de Jurbarkas.

consolation et retourna se fondre dans le groupe sans décacheter l'enveloppe.

Peu de choses sont plus importantes que de veiller sur sa santé en temps d'occupation. Le manque de savon, de nourriture et d'espace sont propices au développement de la crasse, des maladies et des épidémies.

Mykolas, chef de la police, toisa le groupe, plissa les yeux face au soleil et grimaça. Il avait demandé qu'on rassemble quarante hommes. Tous avaient dépassé la cinquantaine, il n'y en avait pas de plus jeunes, si ce n'étaient les adolescents et les paysans.

Certains d'entre vous sont en pleine forme, me semble-t-il. Aptes au travail, comme on dit. Vous allez donc retrousser vos manches, il vous faut œuvrer pour notre patrie et pour assurer votre subsistance. Vous l'ignorez peut-être, mais les Russes n'ont pas quitté le pays en silence. En plus d'avoir assassiné de sang-froid des dizaines de milliers de patriotes, ils ont saccagé le réseau vital de la nation. La plupart des axes de circulation sont coupés. Ils ont dynamité les ponts, détruit les routes et brûlé les maisons. Un gigantesque travail de reconstruction nous attend et tous doivent y participer.

Les hommes renâclèrent, sachant que s'ils quittaient la ville, ils n'y reviendraient pas. La rumeur affirmait que dans la capitale, on abattait les gens en pleine rue, à la vue de tous.

Nous irons à Rasenai, reprit Mykolas. Là-bas, vous subirez un examen médical. Ceux d'entre vous qui ne sont pas assez solides seront évidemment renvoyés ici, mais les autres travailleront à la réfection des routes.

Les hommes se taisaient.

Allez, emportez vos savons et vos serviettes. Rien d'autre.

Hillel et Rakel Karabelnik finirent par arriver à Siaudiné et à la clairière où Hillel se cachait sans que les pleurs de Rakel les dénoncent. Alors qu'il allait traverser la rivière, il avait répondu au garde de la Gestapo que le sac contenait de l'engrais, acheté au magasin Export Handel. L'autre s'en était tenu là et n'avait exigé aucune précision.

Hillel n'avait jamais été aussi reconnaissant d'être libre que depuis le jour où les nazis avaient envahi le pays. Il y avait quelque chose de grisant à être une exception, à pouvoir aller et venir à sa guise alors que les autres étaient enfermés. Il se délesta de son fardeau, s'accroupit, détacha les lacets qui fermaient le sac et souleva en douceur le sac en toile de jute qui cachait sa fille. Elle, si petite et si délicate, et dont on eût dit qu'elle rapetissait à chaque fois qu'il la regardait. Il savait pourtant que le lait de Miriam était bon, même s'il n'y avait pas grand-chose à manger dans le ghetto.

Il prit Rakel dans ses bras, caressa du bout des doigts ses paupières, son crâne duveteux et la berça sur sa poitrine en attendant qu'elle se réveille. Mais Rakel ne se réveilla pas.

Une heure plus tard, le dernier soupir d'Hillel Karabelnik s'évanouissait dans la clairière où il s'était pendu.

La population du ghetto diminuait rapidement. En dehors de ceux qui disparaissaient par groupes entiers, il y avait aussi des morts isolées. On ne revoyait plus ces jeunes filles qui hurlaient quand on les traînait de force hors de la ville. Les adolescents revêches, les mégères aigries et les vieillards grincheux ne revenaient pas ; ceux qu'on soupçonnait de cacher des objets de valeur sous leur oreiller ou au creux des cloisons ne revenaient pas ; ceux qui avaient fait quelque chose à quelqu'un ne revenaient pas ; ceux qui s'étaient disputés, même dans un passé lointain, ne revenaient pas ; ceux qui étaient courageux ne revenaient pas ; ceux qui s'accrochaient à leurs principes ne revenaient pas ; on ne revoyait pas ceux qui s'accrochaient à leur foi. En un mot comme en cent, aucun ne revenait parmi les gens qui possédaient une chose susceptible d'éveiller la convoitise, les gens qui avaient causé du tort à quelqu'un ou étaient trop entiers pour courber l'échine. Demeuraient ceux qui ne possédaient rien, les innocents, les simples, ceux qui ne représentaient aucune menace et ceux qui étaient prêts à lécher les bottes des nazis.

Il ne restait pas grand monde pour démonter la synagogue. Il n'y avait plus aucun homme qui fût fort comme un bœuf, plus aucun docker, aucun ouvrier, aucun artisan – tous étaient partis, comme on disait, "travailler sur les routes" quelque part dans les terres. Pourtant, la synagogue ne serait pas épargnée. Il fallait à tout prix effacer ce symbole criant de la propagation du cancer juif. Non seulement les Juifs s'étaient installés en Lituanie, mais ils en avaient pris possession – Vilnius n'était-elle pas surnommée "la Jérusalem du Nord" ? Vilnius et ses synagogues, ses hassidim, ses ashkénazes et tous ces gens-là, quel que soit leur nom. Or Vilnius n'était en rien une Jérusalem, mais simplement la capitale lituanienne.

Il fallait arracher cette mauvaise herbe jusqu'à la racine.

Ce furent des hommes et des femmes usés par l'âge, des mères allaitantes, des adolescents et des enfants qui entreprirent la destruction de la synagogue, planche après planche. Tous les Juifs qui restaient, la moitié peut-être, un millier, diraient les sources si nous prenions la peine de les consulter. Évidemment, ils ne le firent pas pour se divertir, mais le cœur brisé et parce qu'on leur en intimait l'ordre. La synagogue de Jurbarkas n'était pas uniquement le signe que sur cette terre vivait le peuple d'Israël. Elle symbolisait aussi un horizon de possibles, le progrès, le présent: puisque, un bon siècle plus tôt, malgré la pauvreté, malgré l'indigence, on avait pu ériger cette merveille, alors aujourd'hui rien n'était impossible. Mais si elle disparaissait, si elle n'était pas aussi éternelle qu'on l'avait cru et qu'elle semblait l'être, alors l'horizon des possibles s'évanouissait. De même que le progrès. Et le présent.

Il fallut quinze femmes pour sortir l'arche sacrée qu'elles portèrent sur leurs épaules et quatre hommes âgés de plus de soixante ans emmenèrent dehors la chaire d'Elias. Le rabbin Rubinstein serrait les rouleaux contre sa poitrine. On tria le tout en deux tas. D'un côté, celui où les Lituaniens venaient se servir – évidemment, les gens manquaient toujours de planches, de clous, d'objets de toutes sortes pour orner leurs murs, ils manquaient de lin, de cotonnades et de velours, de coussins, de chaises et de tables, cela, tout le monde le savait. L'autre tas contenait ce qui serait brûlé. Les objets considérés comme trop juifs, les choses inutiles, le bois moisi, pourri ou abîmé, et ce que personne ne voulait du premier tas. Ce qui, au bout du compte, représentait une étonnante quantité car certains avaient la nausée face à ce déchaînement sans être aucunement des amis de Sion et ce bâtiment était, eh bien oui, non seulement imposant, mais également partie intégrante de la représentation qu'ils avaient de la ville de Jurbarkas, de l'image et de l'idée qu'ils se faisaient d'eux-mêmes. Les Juifs n'étaient pas les seuls à pleurer l'arche sacrée et la chaire d'Elias qui auraient l'une comme l'autre pu orner les plus anciennes bâtisses de la ville. Désormais, cet édifice magnifique se voyait réduit à deux tas de planches, son style gothique se perdait dans un monstrueux chaos, dans la haine et la colère, et personne ne s'en réjouissait à part ceux qui venaient d'ailleurs. Quand on eut mis le feu au bûcher qui, huit heures plus tôt, avait été l'une des plus sublimes synagogues d'Europe du Nord, on se mit à danser. Les vieillards, les femmes, les enfants et tous les gens jugés inaptes au travail dansèrent autour des flammes en chantant leurs plus beaux poèmes, en regardant les canons des fusils de ces hommes, les canons qui riaient et le brasier qui rappelait de plus en plus l'enfer – la géhenne – au fur et à mesure que le jour avançait. Ils poussaient des hourras quand on le leur disait, débitaient des blasphèmes sur commande, sifflaient, gloussaient, se mettaient seins nus et laissaient les nationalistes et les nazis tripoter leurs poitrines, introduire les doigts dans leur intimité, comme s'il s'était agi d'une débauche plutôt que d'une monstrueuse humiliation. Malheur !

Le brasier refroidit plus vite que les autorités ne l'auraient souhaité. Au lieu de disperser l'assemblée et de prendre le chemin du retour, on décida de continuer à extirper la juiverie de la terre d'Europe et de s'en prendre à l'abattoir de Shmulovitch où l'on tuait exclusivement des poulets selon un rituel religieux ancestral que les Lituaniens trouvaient cruel et contraire aux valeurs de leur nation, ces valeurs d'humanité qui avaient cours depuis le règne du prince Mindaugas – eh bien, *dans cet abattoir*, on trouvait des calices remplis de sang ! Et pendant qu'ils démontaient la bâtisse, que Dieu les bénisse, les Juifs furent aspergés de sang et couverts de plumes qui s'élevaient du sol en tourbillonnant, se collant sur leurs corps plus ou moins dévêtus. Dehors riaient les gens et les bêtes, dehors riaient les arbres et l'astre de la nuit, dehors riaient le Niémen et le ciel du soir au spectacle et au nez de ces Juifs couverts de sang et de plumes ; d'ailleurs, évidemment, tout cela était très drôle, cela crevait les yeux à tout le monde sauf aux pires des bonnets de nuit (et maintenant, vous allez croire que ces écrits visent à absoudre les actes des nazis, or on ne badine pas avec le politiquement correct et me voici déjà en train de m'excuser alors même que ce livre n'est pas achevé, et encore moins publié).

Pour finir, on poussa les mille Juifs, sanglants et emplumés, jusqu'au bord du fleuve. On leur ordonna de s'y plonger pour se rincer. Il était presque minuit, l'eau était froide. Jugés inaptes au travail seize heures plus tôt, lorsque la journée avait commencé, les Juifs étaient maintenant épuisés. Certains protestèrent timidement et reçurent un coup de crosse dans le ventre, sur la tête, les épaules, les genoux, les orteils, reçurent une estafilade au crâne, un coup de râteau dans le dos, un coup de queue dans la chatte et cessèrent de protester, ils firent ce qu'on leur ordonnait et mirent fin à leurs fichues jérémiades. Pour la plupart, ils étaient vêtus de guenilles informes qu'on balança au feu. Quelques SS passèrent parmi eux pour leur distribuer des vêtements qui avaient appartenu à de jeunes hommes et n'allaient pas à des vieillards, à des enfants ou à des femmes. Les chemises flottaient autour des corps qui ressemblaient à des épouvantails. Il fallait faire des nœuds aux pantalons afin qu'ils tiennent sur les hanches. Mais c'étaient tout de même des vêtements et la nuit était froide. En outre, certains leur étaient familiers, si familiers qu'une femme crut reconnaître une chemise qu'elle avait cousue elle-même. On l'emmena immédiatement à l'écart pour la faire taire.

Je veux que règnent ici l'ordre et la loi, déclara le commandant Tchaponsas. Debout sur la plateforme d'un camion stationné sur la grand-place, il caressait sa barbe et réajustait ses lunettes. Ce n'était pas un habitué des discours ; parler le mettait mal à l'aise. Il s'en tirait plutôt bien quand il s'agissait de diriger des hommes, mais c'était à regret qu'il s'exprimait face à une assemblée qui se fichait peut-être de ce qu'il racontait.

Il faut arracher la nation à l'anarchie bolchevique et restaurer sans tarder un État de droit. Ceux qui troubleront l'ordre public et mettront en péril le pacte que nous devons passer avec nous-mêmes et nos voisins par le vol, le vagabondage, les menaces ou la violence seront broyés par la main de fer de la justice. Car Hitler l'a promis, le Reich veillera sur les siens, mais il s'occupera aussi des autres.

Tout à coup, Tchaponsas hésita. Il n'était pas certain d'avoir dit ce qu'il voulait dire. Afin de lever le doute, il remercia l'assemblée et fit signe à Romualdas de donner l'ordre au peloton d'exécution. Alignés le long d'un mur, les treize Tziganes reçurent une rafale et s'écroulèrent.

14

On informa Sigga Dos qu'elle avait été soignée par Dadi la Trique. Elle était inconsciente en arrivant à l'hôpital et lorsqu'elle s'était réveillée, il n'était plus là. Pourtant, elle se sentait sale. Certaine qu'il l'avait tripotée, elle avait l'impression de sentir encore ses sales pattes dans tous ses orifices. La soirée était avancée. Les infirmières lui interdirent formellement de rentrer chez elle avant que Dadi ne l'examine à nouveau et qu'il ne donne son feu vert. Elle se leva d'un bond et trépigna en pleurant et en hurlant qu'il était hors de question que ce sale pervers la touche encore une fois et les infirmières finirent par céder. Elles ne pouvaient pas la retenir de force, après tout, elle était libre.

À une heure et quart du matin, Sigga Dos rentra donc chez elle. Arnor avait laissé la porte de sa chambre grande ouverte et disparu. Ce gamin ! Ce gamin ! Elle n'en pouvait plus, ne comprenait pas ce qui arrivait, ce qui était arrivé, et ignorait à quel moment elle avait perdu le contrôle. Elle essaya d'appeler le Prédateur qui ne lui répondit pas. Sans doute était-il encore à l'hôpital. Bjarnveig dormait manifestement d'un sommeil de plomb et ne décrocha pas non plus. Sigga Dos, qui avait tant d'amis quand elle allait au bal, qui depuis tant d'années séduisait tous les hommes de ce fjord et des villages voisins, ignorait maintenant vers qui se tourner. Il ne lui restait que la police.

Halldor et Brynjolfur Brjansson, les deux policiers de garde, somnolaient devant leur café quand elle les appela pour leur demander de retrouver son fils. Le règlement exigeait que l'un d'eux reste au commissariat : ils devaient être joignables par téléphone à tout moment en cas de besoin. Depuis cinq ans qu'ils occupaient leur poste, rien ne s'était jamais produit les nuits du lundi au mardi. La météo était trop mauvaise pour que ceux qui sirotaient chez eux quittent leur domicile, mais pas assez déchaînée pour semer la pagaille. Et les deux frères Brjansson eurent pitié de la jeune femme – ils venaient de lire le rapport de l'équipe de jour et savaient ce qui s'était passé rue Hlidarvegur. Ignorant le règlement, ils quittèrent donc tous deux le commissariat. Halldor prit la voiture et ce fut à pied que Brynjolfur passa au peigne fin la langue de terre d'Eyri.

Plus tard dans la nuit, Sigga Dos s'endormit sur la table de sa cuisine. Arnor demeurait introuvable. Brynjolfur était passé la voir en lui conseillant de se mettre au lit. Il avait tenté de la calmer, posé à côté d'elle une bouteille de sherry qu'il avait trouvée dans le placard au-dessus de la cuisinière et lui avait adressé un clin d'œil. Ce petit était un débrouillard. Il ne courait pas plus de risque la nuit que le jour. Sans doute était-il allé dormir chez un copain, croyant que sa mère passerait la nuit à l'hôpital. Il réapparaîtrait dès son réveil, le lendemain matin. Cédant finalement aux prières de Sigga, Brynjolfur consentit toutefois à se rendre chez Bjarnveig et à la réveiller par tous les moyens, puis à prévenir immédiatement la jeune mère si son fils était là-bas.

Arnor se trouvait en effet à Alda chez sa grand-mère où il était arrivé dans la soirée. Bjarnveig avait appelé l'hôpital. On l'avait informée que Sigga ne rentrerait chez elle que dans plusieurs jours. Elle avait donc installé le petit dans la chambre d'amis et réchauffé quelques restes : de l'aiglefin et des pommes de terre, le tout arrosé de graisse de mouton fondue.

Brynjolfur était resté sur le palier une demi-heure entière à frapper comme un forcené chez Bjarnveig avant que cette dernière ne se lève enfin. Arnor n'avait pas fermé l'œil de la nuit. La chambre d'amis donnait sur l'entrée, mais il n'avait pas voulu aller ouvrir et son cœur s'était serré quand il avait entendu sa grand-mère traverser le salon, puis la cuisine et tourner la poignée.

Bjarnveig alluma la lumière et informa le petit qu'il devait rentrer chez sa mère, qui l'attendait à la maison, morte d'inquiétude. Arnor fit d'abord semblant de dormir, puis feignit de ne rien comprendre et se leva d'un bond comme s'il avait tout à coup eu une illumination. Il s'habilla, mit ses chaussures en caoutchouc sans prendre la peine d'enfiler des chaussettes et entraîna si vite le policier Brynjolfur à sa suite que ce dernier n'eut le temps de saluer Bjarnveig que par un borborygme qui ressemblait vaguement à un "au revoir".

Dès qu'Halldor eut des nouvelles de son frère – le gamin était sain et sauf – il retourna au commissariat. Il y découvrit Dölli, assis dans l'escalier. On oubliait parfois que Dölli n'était qu'un enfant, étant donné sa corpulence. Mais là, on ne pouvait faire erreur : recroquevillé sur lui-même, le gamin sanglotait. L'averse de neige s'était calmée. Quand Halldor l'interrogea sur ce qui l'affligeait ainsi, il leva les yeux et la neige accumulée sur son bonnet retomba dans son col. Il sursauta, renifla et tenta de lui répondre, mais on eût dit que le Seigneur le forçait constamment à ravaler les mots qui voulaient sortir de sa bouche – avec une telle violence qu'il semblait sur le point d'étouffer. Halldor fit de son mieux pour le relever et entendit le téléphone sonner à l'intérieur du commissariat.

Il parvint non sans peine à traîner Dölli dans le bâtiment et à le déposer, toujours en larmes, sur le canapé. Puis il sauta à pieds joints vers le téléphone qui continuait de retentir comme les trompettes du Jugement dernier. Dans son empressement, il heurta l'appareil qui tomba à terre avec un claquement sourd et une sonnerie stridente. Le combiné glissa sur le sol au bout de son fil à ressort et termina sa course sous l'armoire. Halldor se mit à quatre pattes et l'attrapa, haletant et en sueur. Allô ? souffla-t-il dès qu'il eut placé le combiné à son oreille. Allô ? Qui est à l'appareil ?

C'était Gunnar le Gars d'En-Face, un voisin de Sigga Dos. Ce dernier lui expliqua sur un ton extrêmement posé qu'il souhaitait signaler un délit. Il s'était réveillé pour aller boire un verre – Halldor ne le questionna pas sur la nature de la boisson : tout le monde savait que Gunnar le Gars d'En-Face picolait chez lui en cachette et que, ne voulant pas que cela se sache en ville, il buvait surtout de la liqueur de cardamome sous prétexte que c'était pour faire de la pâtisserie. En tout cas, il avait vu un jeune homme enflammer une bouteille, puis la balancer sur l'immeuble de la rue Hlidarvegur. Halldor observait Dölli, toujours recroquevillé sur le canapé, tandis que Gunnar d'En-Face se plaignait du temps que la police avait mis pour répondre à son appel et s'inquiétait de savoir s'il ne vaudrait pas mieux prévenir les pompiers avant que l'immeuble ne soit réduit en cendres.

Endormie sur son canapé, Mar Morales Trujillo fut réveillée en sursaut par le bruit de verre cassé et les crépitements du feu qui s'étendait rapidement sur le sol du salon. Elle était encore étourdie par sa grande beuverie de fin d'année, courbatue après la bagarre, à peine réveillée et épuisée par la longue dispute qu'elle venait d'avoir avec Einar pendant qu'Elias s'endormait en pleurnichant (comme une fille). Tout cela ne l'empêcha pas de réagir instantanément. Elle traversa les flammes, claqua la porte, ouvrit d'un coup de pied celle de la chambre à coucher et hurla sur Einar. Puis elle se précipita dans la chambre d'Elias et l'arracha à son lit, le tirant par le bras sans même le réveiller. À peine une minute plus tard, tous trois étaient dans la rue. Einar vit de la lumière chez Gunnar le Gars d'En-Face et tenta de le convaincre de les soustraire au froid glacial de la nuit, mais le voisin se contenta de sourire, de lui montrer le combiné qu'il tenait à la main et de faire un signe du pouce à la famille frigorifiée.

Le feu détruisit surtout le salon de Mar Morales Trujillo et d'Einar la Beigne, il avait à peine commencé à dévorer la porte quand les pompiers, héroïques, arrivèrent à grand bruit. L'immeuble fut sauvé même si le domicile de Mar et d'Einar serait inhabitable pendant plusieurs semaines. Au premier étage, Sigga Dos s'était endormie sur la table de la cuisine. Quand la fumée avait envahi l'appartement du rez-de-chaussée, elle s'était infiltrée par les trous et les conduits électriques. Et une grande partie était montée chez Sigga – qui, profondément endormie, n'avait même pas bougé pendant que le monde noircissait, puis disparaissait.

Quand il apprit la nouvelle, Arnor resta prostré de longues heures, les yeux rivés sur ses paumes. Il pensa à la suie et à la fumée et toussota, pensa aux romans policiers, aux agents de police, aux salauds et aux honnêtes gens. Pensa aux tragédies et à sa mère. Il pleura un peu, autant qu'il l'osait, certain qu'on le découvrirait s'il pleurait trop. Au bout d'un moment, il leva les yeux et décida d'arrêter. Et, en effet, il arrêta.

On se demandait s'il fallait ajouter foi aux propos de Dölli, qui semblait, pour sa part, à peine croire ce qu'il racontait. Le Prédateur et Mar Morales Trujillo l'avaient vu rentrer avec la défunte Sigga Dos la nuit de la Saint-Sylvestre – de même que le chauffeur de taxi et la moitié de ceux qui étaient allés au bal à Hnifsdalur. Gunnhildur, la voisine de palier, avait vu Sigga le mettre à la porte sans ménagement le lendemain matin. Et même la grand-mère du jeune homme déclarait que depuis une semaine il se comportait de manière très étrange, cynique et paranoïaque. Son professeur de danois affirmait que c'était un solitaire qui n'avait pas d'amis et refusait l'autorité. Quand on lui demanda si Dölli était susceptible d'obéir à un garçonnet de neuf ans, l'enseignant répondit que c'était impensable. Ce doit être une plaisanterie, s'offusqua-t-il, une plaisanterie aux dépens d'un petit garçon qui vient tout juste de perdre sa mère.

Pourtant, quand Ebbi le pompiste – toujours plus ou moins ivre, mais souvent plus que moins – se mit à raconter qu'Arnor était venu acheter un litre d'essence dans une bouteille à la station-service, on commença à prêter l'oreille au repentir de Dölli. Je ne vois pas ce que ça apporterait, rétorqua Ebbi à Brynjolfur Brjansson qui voulait le convoquer au commissariat pour prendre sa déposition. À part ce que je viens de vous dire : j'ai vu ce que j'ai vu et j'en suis sûr. Ebbi avait un bon coup dans le nez. Ce samedi midi, Brynjolfur l'avait interrompu alors qu'il balançait sa carabine sur la banquette arrière de sa Ford Bronco et qu'il s'apprêtait à partir à la chasse – au beau milieu de sa beuverie. Brynjolfur le raccompagna chez lui – âgé de dix-huit ans, Ebbi vivait chez ses parents. Le policier pria le jeune homme de prendre les choses avec calme et de se présenter au commissariat le lendemain.

Quand Halldor Brjansson alla le chercher le dimanche soir, Ebbi assura ne se souvenir de rien. Non seulement il affirmait n'avoir jamais vu Arnor acheter de l'essence le jour où Dölli avait balancé le cocktail Molotov dans l'immeuble de la rue Hlidarvegur, mais il soutenait également n'avoir jamais promis à Brynjolfur qu'il se présenterait au commissariat. Quoi ? Faire une déposition ? De toute façon, hier, j'étais soûl, répondit-il en reniflant. Et je ne me souviens pas de ce gamin. Je ne connais même pas son nom. Je ne traîne pas avec les mômes de neuf ans.

Arnor n'eut jamais à répondre à aucune question. D'ailleurs, nul ne le croyait impliqué dans cette affaire. Et même si Dölli l'avait envoyé acheter de l'essence à sa place, cela ne changeait rien – c'étaient des broutilles qui ne suffisaient pas à justifier qu'on importune un pauvre orphelin de neuf ans avec des insinuations ridicules. Et même s'il avait une part de responsabilité – expliqua Halldor à son frère Brynjolfur ou peut-être était-ce l'inverse –, il n'était de toute manière pas possible de le traduire en justice eu égard à son âge, sans parler du fait qu'il avait été assez puni comme ça par le décès de sa mère. Arnor, quant à lui, garda le silence. Il répondait à peine aux sollicitations. Allongé du matin au soir sur le canapé de sa grand-mère, il lisait constamment, comme si le monde extérieur n'existait pas.

Ce ne fut qu'à l'automne, après le procès de Dölli, qu'on plaça dans une institution de Reykjavik, que le Prédateur alla voir Bjarnveig. Face à elle, il avait toujours eu honte de sa liaison avec Sigga Dos – du reste, il était plus proche en âge de Bjarnveig que de sa fille même si toutes deux étaient plus jeunes que lui. Mais voilà, une grosse somme était en jeu et, maintenant, il en avait besoin. Einar la Beigne avait abandonné sa femme et son fils, qui s'étaient installés chez le Prédateur. Jon avait donc enfin une famille et il ne lui manquait plus qu'un toit sur la tête. Pour cela, il fallait de l'argent et il en avait, ou plutôt, il pensait en avoir.

Cet argent a été utilement dépensé, ça ne te suffit pas ? interrogea Bjarnveig quand elle eut enfin reconnu qu'elle savait de quoi il parlait. Mais il n'en reste plus.

Et à quoi l'as-tu consacré ? s'emporta le Prédateur (autant que ses capacités physiques le lui permettaient – c'était un freluquet).

En tout cas, pas à moi.

À l'enterrement ?

Non plus.

Au gamin ?

Bjarnveig garda le silence.

Tu as dépensé trois cent mille couronnes pour ce gamin ?!

Pour ainsi dire.

Pour ainsi dire ?!

Oui.

Qu'est-ce que ça signifie ?

Ce n'est pas ton affaire.

Mais cet argent était à moi !

En effet, il t'appartenait, mais ce n'est visiblement plus le cas. Tu vas devoir en faire ton deuil.

Arnor n'eut pas besoin de dissoudre les Figures tutélaires – il ne sortit désormais de chez lui qu'en cas de besoin, cessa de fréquenter les autres, et les Figures tutélaires moururent de leur belle mort. Peu à peu, les membres de la bande rejoignirent les Diablotins de l'Eyri, ce qui restait des Diablotins de la rue Hlidarvegur (très peu nombreux) et le groupe tout récent des Diablotins du Fjord, sans parler de ceux qui entrèrent au lycée ou s'embarquèrent sur des chalutiers. Le *Frêne d'Yggdrasill* continua d'être le terrain de jeu des gamins, mais tous oublièrent rapidement le nom du bateau et sa destination. Un jour, une tempête fit tomber tous les livres d'Arnor à la mer, et pour finir les pompiers utilisèrent l'épave lors d'un exercice incendie – désormais, le bateau n'était plus que cendres.

15

Bras droit du rabbin Rubinstein, le chantre Saul Alperovitch s'enorgueillissait de sa barbe longue et fournie. Elle avait autrefois été rousse, mais depuis presque vingt ans elle grisonnait et lui descendait aujourd'hui pratiquement au nombril. Une fois par semaine, Saul Alperovitch taillait sa moustache. Elle se salissait vite et le gênait quand il avalait sa bouillie du matin – car le chantre de la synagogue aimait pardessus tout la bouillie de sarrasin, de préférence agrémentée de baies de la forêt ou de fruits secs. Or depuis plus d'un an, depuis que les Russes avaient envahi le pays, il négligeait sa barbe qu'il n'avait simplement plus le courage de tailler. Et l'arrivée des Allemands n'y avait rien changé. Saul Alperovitch se contentait d'aspirer la mauvaise soupe au chou des nazis à travers ses poils.

Aujourd'hui, on vous autorise à rentrer chez vous, déclara Romualdas. Les quelque mille Juifs échangèrent des regards et froncèrent les sourcils en haussant les épaules. Que se passait-il encore ? Était-ce une plaisanterie ?

Romualdas affichait un rictus comme pour signifier qu'il n'avait pas achevé sa phrase, mais qu'il préférait attendre un peu encore avant de leur annoncer la couleur. Autant leur laisser une lueur d'espoir, se disait-il peut-être, après tout, c'est tout ce qui reste à ces malheureux.

Vous irez y chercher tous les objets de valeur pour qu'ils ne disparaissent pas, nous les entreposerons ici, c'est plus sûr. Voilà. Romualdas continua de sourire en coin, baissa les yeux et se garda de croiser aucun regard. Les quelque mille Juifs se sentaient soulagés. C'était plus agréable quand on ne vous mentait pas, quand on ne vous faisait pas avaler des couleuvres. Ceux qui avalaient des couleuvres ne revenaient jamais.

Mais pas les livres, poursuivit Romualdas. Eux, vous les porterez à la synagogue, enfin, sur l'emplacement… là où elle était, vous savez. Ha, ha!

Personne ne posa aucune question. Pourtant, Romualdas se sentait assailli de toutes parts. Quelques instants plus tard, il vociféra : oui, nous allons les brûler ! Et puis quoi encore ?

Sur quoi, il quitta le hangar d'un pas décidé.

Sans un mot, le chantre Saul Alperovitch remit aux deux SS qui l'avaient escorté chez lui le Talmud et la Tora. Il n'en avait cure. À présent, il se fichait de tout. C'était trop insupportable, cela l'atteignait si profondément qu'il n'avait pas la force de s'y opposer. Il tendit la main vers la bibliothèque à côté de la porte, dévoilant les plis de peau grisâtre de son bras décharné.

Là, ce sont surtout des partitions.

Des partitions ?

De la musique.

De quel genre ?

Le chantre Alperovitch soupira. De la musique *religieuse*, principalement, répondit-il. Mais pas seulement juive. Il y a aussi des requiem, des messes chrétiennes et d'autres choses intéressantes.

Posez les messes et les requiem sur la table, le reste partira sur le tas.

Saul Alperovitch avait tout juste fini de trier le contenu de la bibliothèque et de séparer les œuvres désirables des indésirables quand le milicien Jurgi Petrauskas apparut, accompagné de Darius, son frère. Jurgi avait ouvert la porte d'un coup d'épaule et s'était presque cassé la figure en arrivant dans le salon. Darius – âgé de treize ans – était entré à sa suite, une pierre percée d'un trou dans les bras.

Attrapez ça ! lança Jurgi aux SS, qui se demandaient ce qui se passait.

Tu te prends pour qui ? rétorqua l'un d'eux. Ici, ce n'est pas toi qui commandes. Il pressa son canon sur le cou de Jurgi et le poussa sans ménagement contre le mur.

Attends, attends, attends, haleta Jurgi. Je vais vous montrer. J'ai une idée.

Le SS garda le silence.

Je veux juste faire un petit truc. Regarde. Jurgi se libéra. Tu peux le tenir ? demanda-t-il au second SS, l'index pointé sur Alperovitch. Le SS hésita un instant, attendit le signal de son collègue, attrapa les poignets du chantre de la synagogue et le força à mettre ses bras derrière le dos.

Jurgi Petrauskas s'avança vers le vieil homme, suivi par son petit frère. On eût dit qu'il voulait examiner de près ce spécimen de la race juive comme s'il n'avait jamais vu aucun Juif alors qu'il avait passé sa vie entière parmi eux. Dès qu'il se fut assuré que le chantre Alperovitch n'avait ni cornes ni queue, il fit signe à son petit frère de prendre la pierre trouée sur sa poitrine, enfila la barbe du vieil homme dans le trou et y fit un nœud.

Vilhelmas et Saule ne s'étaient pas accordé de promenade depuis l'invasion allemande même si juillet avait été beau. Et depuis l'incendie de l'imprimerie, Vilhelmas n'était sorti qu'une seule et unique fois de chez lui. Sa femme se chargeait des courses, s'occupait de l'intendance, faisait du troc, achetait au marché noir et s'arrangeait pour assurer la subsistance de la famille. Car, bien que Romualdas et Mykolas aient quitté le foyer parental, il leur restait encore sept enfants à nourrir et la maîtresse de maison refusait le moindre sou de ses deux fils, sachant qu'ils l'avaient gagné en travaillant pour les nazis. Quand Saule avait annoncé à son mari que Masza s'était évadée, il s'était contenté d'acquiescer. Comme s'il n'avait pas entendu, ou peut-être avait-il entendu, peut-être était-il trop abattu pour ouvrir la bouche ou peut-être trop heureux de la nouvelle pour lui demander confirmation. Mais en ce beau dimanche de fin juillet, Saule avait décidé que cela suffisait et l'avait forcé à sortir avec elle pour profiter du soleil.

Tu n'as pas le droit de tourner le dos à l'existence, plaida-t-elle, même si les vents sont contraires. Nul n'a jamais dit que la vie est facile.

Saule avait pris le chapeau blanc et l'ombrelle que sa sœur lui avait envoyés de Rotterdam, mais avait échoué à convaincre Vilhelmas de faire un effort vestimentaire. Je vais sortir puisque tu m'y forces, répondit-il, mais ne t'attends pas à me voir sauter de joie.

Debout à l'angle des rues de Kaunas et Vytauto Didziojo, ils observaient les frères Petrauskas qui faisaient avancer à coups de pied Saul Alperovitch dont la barbe était nouée à une énorme pierre. Le vieil homme avait le visage tuméfié et couvert d'entailles, le sang ruisselait sur son cou. Il était manifestement tombé maintes fois à terre. À moins qu'on ne l'ait poussé.

Qu'est-ce que je t'avais dit ? murmura Vilhelmas à leur passage.

Tu ne m'as rien dit du tout, répondit Saule. Tu ne dis jamais rien. C'est bien là le problème.

Mon amour, je crois qu'il vaut mieux rentrer.

Tu as sans doute raison, convint Saule, mais ne t'imagine pas que c'est de gaieté de cœur.

Le 1er août, la pluie arriva enfin. La terre craquelée et assoiffée par le soleil but les gouttes avec délices. Partout dans la province de Tauragé, tous se réjouissaient et murmuraient à leurs voisins que maintenant le sol de Lituanie soupirait de plaisir. Oh ça oui, répondaient les gens, c'est vrai, on l'entendrait presque soupirer.

C'est ce jour-là que Masza revint à Jurbarkas, assise seule à l'arrière d'une bétaillère, éplorée.

La police l'avait ramassée une semaine plus tôt dans une ruelle de Rasenai où elle dormait parmi les chiens et les rats. Elle avait d'abord refusé de donner son nom, mais avait fini par le dévoiler. Les autorités de Rasenai s'étaient immédiatement défaussées de toute responsabilité la concernant et l'avaient renvoyée chez elle. Nous avons déjà fort à faire avec nos problèmes, avait expliqué le chef de la police à son collègue Mykolas Lukauskas, qui avait espéré n'avoir plus à se soucier de cette Juive-là. Mais il en était allé autrement.

À Kovno, j'ai vu un Lituanien assassiner presque cent Juifs, expliqua Masza. Il avait une matraque gigantesque qui pesait sans doute trente kilos et il a dû tuer cent personnes avec ce machin-là. Peut-être même plus encore. On racontait que les communistes en fuite avaient fusillé ses parents, qui étaient nationalistes. Les bolcheviques les avaient sortis du lit le matin où les Allemands avaient attaqué et les avaient fusillés sur les marches de leur maison. C'était là que leur fils les avait trouvés. Leurs dépouilles avaient été profanées et maintenant le fils se vengeait. Il se tenait debout au centre de la place du marché et les miliciens lui apportaient ses victimes, les unes après les autres. Aussi fort qu'un géant, il leur assénait alors un coup de matraque en pleine tête. La victime tombait à terre – ce n'étaient que des hommes, tous Juifs – et là, il lui donnait un second coup. Comme pour être bien sûr. Il y avait du sang partout : des morceaux de cervelle, des tendons, des veines, des muscles. Il y en avait partout et personne ne s'en souciait. La populace continuait de l'exciter avec ses cris de joie. Dans la soirée, sa colère était enfin retombée. Alors il a attrapé son accordéon, enjambé les cadavres, s'est installé au milieu de ce champ de bataille à vomir et s'est mis à jouer l'hymne national. Calme comme un pape.

L'agitation se déchaîna dans le hangar. Les femmes agrippèrent les vieillards, les vieillards agrippèrent les enfants et tous poussèrent des cris de douleur et de terreur. Jusque-là, personne n'avait assisté à une exécution. Des gens avaient disparu. On les avait menacés, torturés, battus et violés. Mais jusque-là, personne ne pouvait affirmer avec certitude qu'on massacrait systématiquement les Juifs.

Masza était connue pour son honnêteté et sa franchise : maintenant, tout cela devenait réel, c'était donc vrai. On ne pouvait qu'être fou de rage et de désespoir, abandonner son cœur aux griffes de la folie, les laisser le serrer jusqu'à ce que des larmes de sang sortent par tous les pores et jusqu'à tomber à genoux d'impuissance : désemparé.

Dehors, des policiers et quelques membres de la Gestapo de Georgenburg montaient la garde. Tout étonnés d'entendre l'agitation subite qui secouait l'intérieur du hangar, ils se grattèrent la tête et laissèrent les Juifs exprimer leur désespoir.

16

Tout commença par la découverte des sagas des Islandais et de théories américaines dépeignant l'époque de la colonisation de l'Islande comme l'une des périodes exemplaires de l'histoire de l'humanité – les colons vivaient à leur guise sur cette nouvelle terre, libérés du joug des rois de Norvège. Cette théorie s'accordait bien avec l'anarchisme à tendance nationaliste qui avait remplacé le marxisme-léninisme, hérité de sa défunte mère. Arnor contacta quelques punks de Reykjavik. Ces derniers lui envoyèrent toute une littérature – constituée de livres et de manifestes. Mais au bout de quelques tentatives pour ingurgiter leur message, il tourna le dos à l'anarchisme. Cette théorie qui portait aux nues le faible et monsieur Tout-le-Monde s'opposait à sa conception de la politique. Et même s'il avait envie d'échanger, il n'était pas disposé à renoncer à ses idéaux. Il perdit – ou plutôt coupa délibérément – toute connexion avec le monde. Bjarnveig passait son temps au travail ou devant la télé. Ses camarades de classe perdaient leur pucelage. Arnor n'était même pas encore pubère. Quant aux enseignants, aussi inutiles que des pantins muets, ce qu'ils racontaient ne lui apportait rien.

À quatorze ans, il trouva *Le Déclin de l'Occident* d'Oswald Spengler dans une foire aux livres à Hnifsdalur. Le titre, puissant et solennel, l'avait interpellé. Après Spengler, Arnor se plongea dans Nietzsche où il s'attarda longuement, ne sachant vers qui se tourner ensuite. Il tenta de lire d'autres philosophes – Socrate, Kant, Hegel et Marx – qui le laissèrent perplexe. Ce n'était pas la philosophie elle-même qui l'enivrait chez Spengler ou chez Nietzsche, ce n'était pas la pensée en général, mais leur pensée à eux qui l'exaltait. Il lut *Mein Kampf* en s'efforçant de lui laisser sa chance, de le lire avec l'ouverture d'esprit nécessaire, comme n'importe quelle autre œuvre exposant des idées, mais rien n'y faisait, il n'y trouva aucun intérêt. Il dégota des revues néonazies suédoises : leur contenu était ridicule. Les théories du complot et les slogans tonitruants l'agaçaient au plus haut point. Puis il découvrit *Imperium.*

"Francis Parker Yockey, qui écrivait sous le pseudonyme Ulick Varange, se considérait comme l'héritier d'Oswald Spengler", avait-il lu dans *Ragnarök* ("Le Crépuscule des dieux"), une revue bimensuelle de deux pages photocopiées qu'on lui envoyait depuis Uppsala, en Suède. "Il affirmait qu'*Imperium*, son œuvre majeure, était la suite du *Déclin de l'Occident.* Mais, alors que les théories par ailleurs géniales de Spengler débouchent sur ces impasses que sont le pessimisme et l'utilitarisme, Yockey relève le défi : pour lui, la culture blanche n'est pas condamnée. Il lui suffit de tirer les enseignements des erreurs commises par les anciennes civilisations et de refuser sa propre décadence pour survivre. La force de la civilisation blanche ne réside pas uniquement dans la conscience qu'elle a de sa propre histoire, mais aussi dans la connaissance des mécanismes d'apparition, de développement et de chute d'autres univers culturels."

Il fallut à Arnor plus d'un an pour se procurer *Imperium.* Chaque minute était pour lui une souffrance. Il se sentait vieillir, il avait l'impression que sa vie lui échappait – il fallait qu'il trouve ce livre, cela ne pouvait pas attendre. Et pourtant, cela attendit. Il appela la Bibliothèque nationale, qui ne l'avait pas. Il téléphona aux plus grandes librairies des pays nordiques et de Grande-Bretagne – en vain. Il envoya des lettres aux rédactions des revues néonazies et passa son temps à attendre sur le canapé de sa grand-mère, séchant les cours pour attendre, se levant en pleine nuit pour attendre, comme s'il avait passé un accord avec l'attente elle-même et que, plus il attendait, plus ses chances augmentaient. Comme si l'avenir de la culture blanche dépendait entièrement de ce livre qu'il devait avoir coûte que coûte et aussi vite que possible.

L'un des rédacteurs de la revue *Vit kultur* ("Culture blanche") le trouva enfin chez un bouquiniste de Stockholm. Il l'acheta et le lui envoya gratuitement. Quand le facteur apporta le trésor, Arnor était une fois de plus assis sur le canapé, occupé à attendre. Sans doute avait-il perdu espoir car il fut grandement surpris de trouver *Imperium* dans le paquet. Il ne s'était pas imaginé qu'il arriverait comme ça, par la poste. Il commença par observer la tranche en fronçant les sourcils. L'attente était devenue sa seconde nature au point qu'il lui semblait étrange d'y renoncer. Il lut la page de garde. L'expéditeur y avait écrit un message en suédois : "De la part d'un homme blanc à un autre, de la part de Jimmy à Arnor, pour une Islande plus pure et plus forte."

Une pensée lui traversa tout à coup l'esprit : que ferait-il si ce livre n'avait aucun intérêt ? Si c'était simplement un torchon – un machin aussi brouillon que les vociférations d'Hitler ou encore une de ces conneries néonazies obsédées par la théorie du complot ? Et si le livre n'était pas à la hauteur de ses espérances ? Je l'attends depuis plus d'un an et je me suis fait une idée de plus en plus haute de son contenu. Et j'espère que cette lecture changera le monde. Peut-être pas le monde entier, mais en tout cas le mien. Arnor inspira profondément et ouvrit le livre.

"Le mot Europe change de signification ; à partir de maintenant, il signifiera : civilisation occidentale, unité organique qui a créé, en tant que phases de sa vie, les Idées-nations d'Espagne, d'Italie, de France, d'Angleterre et d'Allemagne. Ces vieilles nations sont moribondes ; l'ère du nationalisme politique est dépassée. Ce n'est pas arrivé à cause d'une nécessité *logique*, mais à cause du processus *organique* de l'histoire de l'Occident. Une nécessité organique est la source de notre impératif, et de l'intégration de l'Europe. La signification de l'organique est celle de l'alternative : faire ce qu'il faut, ou s'affaiblir et mourir."

"Notre époque est la première dans l'histoire occidentale où une absolue soumission aux faits a triomphé de toutes les autres attitudes spirituelles. C'est le corollaire naturel d'une époque historique, quand les méthodes critiques ont épuisé leurs possibilités. Dans le domaine de la pensée, la pensée historique triomphe ; dans le domaine de l'action, la politique occupe le centre de la scène. Nous suivons les faits, peu importe où ils nous mènent, même si nous devons abandonner des schémas, des idéologies, des fantaisies de l'âme et des préjugés très chers. Dans l'histoire occidentale, les époques précédentes écrivaient leur histoire pour qu'elle soit adaptée à leurs âmes ; nous faisons la même chose, mais notre vision n'a pas d'équipement éthique ou critique précédent en elle. Au contraire – notre impératif éthique est dérivé de notre regard historique et non l'inverse."

Ce fut pour Arnor le début d'une nouvelle vie. Une union maritale et purement spirituelle le liait désormais à Francis Parker Yockey. Il n'allait nulle part sans emporter le livre dont il citait le contenu à tout bout de champ, y compris dans les occasions les plus improbables. Cette œuvre était une mine de connaissances d'une infinie richesse spirituelle, les arguments qu'elle développait étaient imparables et sa nécessité historique indubitable. Isafjördur regorgeait de Blancs qui avaient fui la décadence culturelle de leur propre pays. Des Sud-Africains racontaient les actes de violence dont ils avaient été témoins : les attentats à la bombe du Cap et les émeutes de Pretoria. Les Australiens et les Néo-Zélandais dissertaient sur le peuple des pirogues et les cannibales, les maladies et l'indécrottable fainéantise de toutes ces populations. Bjarnveig travaillait avec ces gens à la conserverie. Elle répétait ces histoires en les enjolivant un peu pendant qu'elle préparait le dîner, d'ailleurs c'était pratiquement les seules occasions où Arnor prêtait attention à ce qu'elle pouvait dire. Mais tout cela était très clair, parfaitement limpide.

Lorsqu'il passa son bac, Arnor avait encore l'*Imperium* sous le bras. Le livre partait en lambeaux, une partie de la reliure et certains chapitres s'étaient détachés. Mais il l'avait toujours. Il avait même posé avec sur sa photo de bachelier, rituel auquel il avait consenti à sacrifier par idéalisme. Certes, il n'éprouvait aucun respect pour ses camarades de classe, ces crétins au cerveau rempli d'alcool et de sécrétions sexuelles, mais son respect de l'institution scolaire – non pas de ce lycée précis, mais de l'idée qui plongeait ses racines dans l'Athènes antique, englobait la Sorbonne, Humboldt et la vieille école qu'était le respectable lycée de Reykjavik, l'idée qui avait jeté les fondations de la civilisation blanche – était bien plus fort que le mépris que lui inspiraient ses camarades et ses professeurs. Il était donc venu à la séance photo uniquement par loyauté envers l'institution – et, afin de bien souligner ses opinions en la matière, il avait emporté son *Imperium*.

De plus, étant sorti premier de sa promotion, son absence aurait attiré sur lui une attention qui lui déplaisait, aussi contradictoire que cela puisse paraître.

Ce ne fut qu'après l'âge de vingt ans qu'il atteignit véritablement la maturité sexuelle – certes, il avait des poils sur les bourses, mais jusque-là, il ne s'était pas envisagé en tant qu'individu sexué. De manière générale, il avait du mal à se percevoir comme appartenant au genre humain et se fichait d'autant plus d'aller frotter ses organes génitaux contre une autre personne. Mais voilà que se déversaient sur lui des désirs d'une nature autrement irrépressible et divine que tous ceux qui l'avaient jusque-là assailli. Il ne tenait plus en place et ne parvenait plus à rester plongé dans les livres sans se caresser. Pourtant, la masturbation le dégoûtait. Cela revenait à se gratter le nez ou à tripoter ses croûtes : c'était signe de faiblesse. Or, il n'avait jamais adressé la parole à une femme pour obtenir autre chose qu'un renseignement.

Et ce n'étaient sûrement pas les renseignements qui faisaient exulter le corps.

Il avait déménagé à Reykjavik et vivait dans une chambre d'étudiant située boulevard Hringbraut, à un jet de pierre de la Bibliothèque nationale où il passait tout son temps à faire des recherches quand il n'assistait pas à des conférences. Devant sa table de travail défilait un flux interrompu de femmes qu'il aurait voulu toucher, bien qu'osant à peine s'avouer ses désirs qu'il trouvait honteux et irrespectueux. Jusqu'à présent, il avait toujours respecté les femmes autant que les hommes et se demandait comment interpréter cette obsession des seins et des entrejambes qui lui envahissait ainsi l'esprit et lui donnait envie de se lever pour se jeter sur elles.

Il se livra d'abord à quelques expériences : glissant dans les cartables ou les manuels scolaires laissés ouverts par leurs propriétaires des messages anonymes de la part d'un "admirateur secret", il observait les réactions à distance en essayant d'imaginer ce que feraient ces jeunes filles s'il se dévoilait. Parviendrait-il à se maîtriser et à ne pas leur sauter dessus – se laisseraient-elles faire, céderaient-elles à ses désirs ? Sûrement pas. Envoyer des messages anonymes était signe de faiblesse – même si ça semblait amuser certaines filles. Cela revenait à engager une conversation en prévenant son interlocutrice qu'on était moche et dénué de charme. Et ça ne pouvait déboucher que sur d'embarrassantes excuses.

L'action directe. Il fallait se jeter dans le grand bain, puis en assumer les conséquences. Se préparer à la bataille – et correctement. Arnor repensa à cette époque où, tout gamin, il avait mené des tas de gens par le bout du nez – comment s'y était-il pris ? En étant résolu et vif d'esprit – deux avantages majeurs ; il avait tellement l'habitude de réfléchir à tout, seul dans son coin, qu'il se demandait comment les gens faisaient pour supporter d'avoir des conversations – n'avaient-ils pas conscience que leurs propos manquaient cruellement de réflexion, de profondeur et de perspicacité ?

Il se plongea dans les manuels de développement personnel, dont il dégagea bientôt deux principes fondamentaux : 1) les autres souffrent des mêmes tares que nous ; 2) il n'y a aucune raison d'avoir peur à ce point.

Il découvrit également un certain nombre de choses par lui-même. Premièrement, les belles femmes étaient plus sensibles aux compliments que les laides : c'étaient les jolies filles qui souriaient le plus en découvrant ses messages. Il était persuadé qu'elles ne doutaient pas de leur beauté et qu'elles croyaient à ses compliments, même très exagérés. En outre, elles étaient sans doute plus futiles et se souciaient plus de leur apparence. En deuxième lieu, on n'était jamais trop résolu ni trop collant. Il fallait être juste assez courageux et toujours plus collant : commencer par de petites remarques polies, puis ne pas hésiter à recourir aux paroles et aux actes les plus fous et les plus directs. En troisième lieu : courage et vivacité d'esprit ne se résumaient pas à de simples mots. Il ne devait ni bégayer ni transpirer. Et ne fallait-il pas qu'il se débarrasse de ses tics ?

Il passa son mastère à l'université Humboldt à Berlin – son mémoire de licence traitait du nationalisme dans la poésie islandaise du XIXe siècle. Il continua sur sa lancée en étudiant les écrits de Jonas Hallgrimsson à la lumière de l'émergence des mouvements nationaux en Europe à la même époque. Il vivait à Kreuzberg, parmi les Arabes vendeurs de kebabs, juste à côté du quartier général de la mafia vietnamienne du tabac, il y avait des junkies partout – Berlin s'insultait elle-même. La ville était l'image même de la "cité déchue" dont

Johann Sigurjonsson parlait dans son célèbre poème et Arnor avait l'impression d'avoir sous les yeux l'avenir de l'Europe, tout en crasse et en négligence. "Au fond des puits obscurs veillent de mortelles vipères/et la nuit s'apitoie sur tes ruines", déclamait-il depuis son balcon, surplombant les relents de kebab, les junkies pisseux, l'asphalte brûlé par le soleil et les cinémas pornos. "Donnez-moi du sel pour pitance, que ma langue s'assèche au fond de ma bouche et que ma douleur enfin se taise."

Le Mur était tombé depuis cinq ans. Partout dans les rues, on voyait des Russes légèrement vêtues, des Allemandes de l'Est aux formes généreuses, des Italiennes juchées sur leurs hauts talons, des Françaises aux yeux rieurs et des Espagnoles provocantes dont le vent soulevait les jupes. Le regard perdu dans son verre de bière dont il n'avait bu que la moitié – cette boisson lui étant encore étrangère –, Arnor ne s'était toujours pas débarrassé de ses tics ni de son bégaiement et il transpirait toujours à l'idée d'aborder une fille. "Le féminisme a libéré les femmes du respect naturel qu'elles doivent à leur sexe en faisant d'elles des hommes de seconde zone", écrivait Yockey. Mais les pensées d'Arnor s'arrêtaient sur une goutte de sueur descendant le long d'une cuisse ou sur les chatoiements des robes à fleurs. Il lui arrivait d'envisager de faire un tour au bordel, mais il n'y alla jamais. C'était signe de faiblesse. Tout comme se gratter le nez.

L'événement se produisit en hiver. Arnor se tritura copieusement les méninges pour en déceler la cause précise, mais ne la trouva pas. En tout cas, une digue avait enfin cédé en lui. Il aborda une fille dans un bar en lui disant qu'il voulait la voir nue. Il avait, comme qui dirait, le cœur à l'avant du pantalon et la demoiselle lui opposa un refus. Le lendemain, il recommença son approche dans un autre bar. La fille éclata de rire, le dragua un peu puis s'en alla. Le cinquième jour, Arnor perdit son pucelage – à vingt-trois ans –, et au bout de deux semaines, il avait eu au total onze rapports avec quatre femmes. Six mois plus tard, il avait cessé de tenir les comptes – plusieurs dizaines, peut-être une centaine. Ses conquêtes féminines nuisirent grandement à ses études, d'autant plus qu'il souffrait d'une tendance naturelle à la dispersion. Tant de choses le passionnaient. Il avait fait le tour de Jonas Hallgrimsson depuis un bon moment, même s'il lui restait encore à consigner ses idées sur le papier et à les défendre devant un jury. Il lui fallut donc six ans et demi pour terminer son mastère. Il déménagea à Saint-Pétersbourg peu avant le 11 septembre inutile-de-vous-préciser-l'année.

Quand il reçut sa bourse de recherche, il alla immédiatement consulter un médecin. Ayant depuis longtemps épuisé ses droits auprès de LIN, l'organisme islandais des prêts étudiants, ses derniers mois à Berlin, il avait vécu de l'air du temps – vendant également presque tous ses livres pour payer son loyer et s'acheter à manger. Ses soupçons s'avérèrent fondés. Il avait contracté deux maladies vénériennes, la syphilis et la chaude-pisse. Il se jura que, désormais, il prendrait des précautions et, chevaleresque, se tint à l'écart des femmes en attendant que son appareil génital soit remis en état.

Pour sa thèse, Arnor projetait d'explorer la correspondance que des Islandais vivant en Islande avaient entretenue avec leurs compatriotes expatriés (principalement en Europe de l'Ouest, mais aussi en Russie, au Canada et aux États-Unis) sur une période qui s'étendait de 1875 à 1955. Il s'agissait d'une étude comparative sur l'attitude de la nation face à la question de sa propre indépendance et sur celle que cette même nation adoptait face à la montée des nationalismes européens, telle qu'elle s'était manifestée pendant la Première et la Seconde Guerre mondiale. Son sujet nécessitait de constants allers-retours entre la Russie et l'Islande.

Pour des raisons incompréhensibles, la moralité le rattrapait dès qu'il posait le pied en Islande alors qu'elle ne l'embarrassait pas à Berlin ou à Saint-Pétersbourg. Reykjavik était vierge – même si le nombre d'immigrés y augmentait de façon inquiétante –, alors que ces deux autres villes semblaient irrécupérables. Et là-bas, ce n'était pas le nombre d'immigrés qui était gênant – Saint-Pétersbourg ne pouvait d'ailleurs pas rivaliser avec Berlin –, mais la corruption qui y régnait. Ces deux villes déchues avaient perdu leur dignité, leur personnalité et leur culture – et même si on y trouvait l'Histoire à chaque coin de rue, c'était comme pour mieux souligner encore leur dégringolade et leur décadence. Autrefois, ces villes avaient été au cœur de grands empires, mais c'était bien fini. Certes, si l'Islande était demeurée vierge, c'est parce qu'elle n'était pas assez grande pour participer au concert des nations, pas assez grande pour être invitée au bal, mais il n'empêchait qu'Arnor ne pouvait se résoudre à y introduire les souillures du monde extérieur. Non seulement il se fichait de l'actualité – des discours ampoulés et triomphateurs du président de la République ou de ces nouveaux Vikings banquiers, aveugles à la culture –, mais en outre il ne pouvait se permettre d'être aussi direct avec les femmes islandaises. Arnor était aussi chaste en Islande qu'il était débauché à Saint-Pétersbourg. À Reykjavik, c'était tout juste s'il ne dormait pas avec ses vêtements alors qu'il les enfilait à peine à Saint-Pétersbourg, sauf quand il voulait avoir le plaisir de demander à une femme de le déshabiller.

Cela dura des années. Il photocopiait des lettres, déchiffrait les écritures manuscrites, essayait de déceler entre les lignes une problématique générale sur la manière dont ces Islandais percevaient les autres nations européennes (en fin de compte, il méprisait le chauvinisme de ses compatriotes, même s'il avait été historiquement utile). En Islande, il travaillait comme un forçat ou un docker alors qu'à Saint-Pétersbourg, il se roulait dans le stupre comme un marin en escale à Hambourg.

Jusqu'à ce qu'il rencontre Agnes.

Agnes n'est pas islandaise, mais lituanienne, pensa Arnor, il est normal que j'agisse avec elle comme je le ferais avec n'importe quelle Européenne pervertie. Sauf que l'idée ne tenait pas la route – à sa manière personnelle, Agnes était plus islandaise que la poésie de Jonas Hallgrimsson. Qui plus est, la nationalité importait beaucoup moins que le lieu – Arnor était dans l'impossibilité de faire preuve de l'entêtement nécessaire avec les femmes qui venaient faire du tourisme en Islande tout autant qu'avec les autochtones, alors qu'il n'avait jamais hésité à se taper une compatriote à l'étranger. Cela avait à voir avec Agnes elle-même. Elle avait touché la corde sensible. Et elle ne se fondait pas dans la masse, elle n'avait pas le statut de simple élément dans un ensemble, elle était un individu. S'il s'excluait lui-même, elle était sans doute le premier individu qu'il rencontrait depuis sa naissance.

Dans son esprit, il y avait quelque chose d'humiliant à retourner solliciter une femme qui l'avait éconduit. Ainsi, il avait pris l'habitude de ne pas insister. L'existence pour ainsi dire bestiale qu'il menait était d'ailleurs aux antipodes des valeurs familiales traditionnelles prônées par Yockey – mais bon, il fallait bien reconnaître que Yockey ne s'y était pas lui-même entièrement conformé. Tous deux étaient des guerriers bien plus que des pères tranquilles.

Mais là, Arnor était coincé : il devait impérativement revoir Agnes. Il fallait qu'il parvienne à l'approcher. Il ressentait au plus profond de son être qu'elle lui était destinée et il allait s'employer à la conquérir, même s'il devait pour cela l'assiéger pendant des dizaines d'années. À cette époque-là, il ne la connaissait pourtant presque pas, mais il y avait dans tout cela une chose qu'il ne maîtrisait pas, une chose qui le dépassait.

Il sollicita l'autorisation de terminer sa thèse en Islande – arguant que les voyages l'épuisaient mentalement et que sa bourse de recherche ne suffisait plus à couvrir ses dépenses : depuis l'effondrement de la couronne au début de l'année, les billets d'avion étaient inabordables. Il obtint l'autorisation au printemps, s'installa à la Bibliothèque nationale et s'arrangea pour qu'Agnes croise sa route mais, en dépit de tous ses efforts, ils ne se voyaient que brièvement dans la cage d'escalier. Dès qu'elle l'apercevait, elle plongeait le nez dans ses livres. Malgré ça, il se sentait plus calme. Il était chez lui, enveloppé tout entier dans les langes de sa langue maternelle, auprès de cette femme qui finirait par apprendre à l'aimer au fil du temps. En fin de compte, tourner le dos à cette vie de débauche devenue répétitive et à ces coucheries aussi obsessionnelles que compulsives le soulageait beaucoup. Désormais apaisé, il pouvait s'en passer.

L'effondrement du système bancaire islandais ne l'affecta pratiquement pas. Il ne s'y intéressa que lorsqu'il perçut que le sens des mots et leurs connotations avaient tout à coup changé. Les termes "nouveaux Vikings" et "liberté d'entreprendre" furent (un bref instant) mis à l'index : tous affirmaient vouloir revenir à des valeurs authentiques et se protégeaient de la tempête économique en tricotant des chandails en laine islandaise ou en fabriquant du boudin selon la méthode traditionnelle. Certaines théories décrivaient le phénomène comme un *paradigm shift*, une "refonte totale du modèle de pensée" censée attester d'une remise en question globale du discours jusqu'alors dominant dans la société. Désormais, on pouvait réellement changer les choses. D'autres théories parlaient d'une "fenêtre propice à la révolution". Les gens s'unissaient dans la colère en prenant le plus minable des dénominateurs communs qui soit : le mécontentement. Au moment précis où il ressentit enfin le besoin de s'exprimer sur l'actualité nationale, alors qu'il ne trouvait personne pour en discuter, Agnes lui téléphona.

Il était fasciné par la passion flamboyante des jeunes révolutionnaires qui fréquentaient le bar où il la rencontrait tous les samedis. C'étaient des anarchistes – certains étaient même trop idiots pour mériter ce titre – mais leurs cœurs battaient d'une manière qui ne pouvait que le séduire. Ils se sentaient concernés par l'avenir de la société, mais surtout et contrairement à nombre de gens qui s'occupaient de politique en Islande, ils croyaient à fond en leurs idées. Et même s'ils étaient profondément unis, aucun d'eux n'était prêt à mettre de l'eau dans son vin : ils ne marchandaient pas leurs idéaux comme des maquignons et refusaient clairement d'apprendre à le faire.

Arnor aimait Agnes par-dessus tout. Il aurait fait n'importe quoi pour lui plaire. Si elle lui avait demandé de laisser de côté ses tics, il se serait débrouillé pour s'en débarrasser. Si elle l'avait prié de renoncer à ses idées, il y aurait renoncé – ou d'en embrasser d'autres, même fort déplaisantes, il les aurait adoptées sans rechigner. Mais elle ne lui demandait rien et ne cédait pas à ses avances répétées – même s'il la caressait, lui massait les orteils, la plante des pieds, les mollets, les épaules et même s'il lui exposait longuement ses désirs jusque dans les détails les plus grotesques. Elle ne lui cédait pas, sans toutefois jamais le repousser entièrement. Depuis plus de dix ans qu'il fréquentait la gent féminine, il n'avait jamais réellement appris à séduire, se contentant de jeter son dévolu sur une nouvelle proie quand la précédente l'éconduisait. Ignorant entièrement comme s'y prendre, il devait maintenant amener Agnes à changer d'avis.

Yockey affirmait que les gens ordinaires vénéraient la jeunesse et, même si le phénomène touchait surtout les femmes – qui avaient toutes envie de rester gamines –, il épargnait de moins en moins les hommes. Yockey avait écrit cela dans les années cinquante, mais c'était toujours vrai, et plus encore aujourd'hui. Arnor prit la décision tout à fait réfléchie de se conformer à cet idéal de jeunesse et de s'employer à devenir jeune et beau pour qu'Agnes le regarde. Des mois durant, il s'enduisit de toutes sortes de crèmes achetées en pharmacie, fit de la musculation afin d'acquérir de la masse corporelle, de la piscine afin d'avoir l'air fort et sain et s'offrit des UV pour prendre des couleurs – il ne consommait que du bio, beaucoup de fibres et de légumes. Mais cela n'avait pas plus d'effet que quelques malheureuses gouttes de colorant alimentaire dans un océan. Son corps absorbait les crèmes, les aliments bio, les rayons ultraviolets et soulevait les haltères sans qu'apparaisse le moindre changement.

Quand ils parlaient de la Seconde Guerre mondiale, il avait l'impression qu'ils étaient les meilleurs amis. Même si leurs opinions divergeaient sur l'issue souhaitable du conflit : Arnor considérait que la victoire d'Hitler eût été un moindre mal. Ils pouvaient aborder ensemble tant de questions qu'ils s'interdisaient avec d'autres. Ils passaient des soirées entières à discuter des raisons qui avaient poussé Rudolf Hess à s'envoler pour l'Écosse au beau milieu de la guerre ou s'interrogeaient sur le nombre total des victimes de l'Holocauste. Ils restèrent une semaine entière plongés dans la lecture d'*En crabe*, le roman de Günter Grass qui décrivait, entre autres, des gens qui leur ressemblaient : deux jeunes hommes qui devenaient amis en dépit de leurs positions divergentes sur la Seconde Guerre mondiale – et qui échangeaient des idées sur la manière dont les Allemands devaient considérer ce conflit. Et tout se passa très bien (nettement mieux que dans le livre). Se parlant d'égal à égal, ils éprouvaient l'un pour l'autre un grand respect. Mais il avait beau s'entêter, elle s'obstinait à refuser de coucher avec lui.

Arnor finit par renoncer. Agnes avait un petit ami et elle n'était pas le genre de fille qui allait voir ailleurs. D'autant qu'elle n'avait même pas voulu coucher avec lui quand elle était célibataire. Mais cette nouvelle donne n'impliquait aucunement qu'ils devaient renoncer à se voir. Ils avaient toujours en commun la révolution des Casseroles, l'Holocauste et la Seconde Guerre mondiale et ce n'était pas rien. Peut-être pouvait-il simplement l'aimer ainsi. Séparé d'elle par ce dictaphone constamment posé sur la table comme un alibi. Il pouvait aussi repartir à Saint-Pétersbourg, maintenant qu'il avait épluché toutes les lettres, qu'il les avait photocopiées et classées. Rien ne lui interdisait de retourner se vautrer dans la luxure si la solitude lui pesait tout à coup.

17

Le lendemain, on rassembla les femmes et leurs enfants en bas de la rue, à côté de l'école primaire Talmud-Tora. On les divisa en groupes et, comme si elles avaient assez de place pour tenir sans problème dans la cour de l'école alors qu'elles étaient presque six cents, on leur demanda de maîtriser leurs petits. Il fallait que tous se tiennent tranquilles : on ne bougerait pas d'ici tant que cette exigence fondamentale ne serait pas remplie. Les enfants avaient faim, les femmes étaient éreintées, les gamins criaient, les mères les grondaient, les gamins pleurnichaient, les mères pleuraient et nul n'était capable de faire régner l'ordre dans tout ce chaos. La journée s'écoula ainsi, une heure, une deuxième, une troisième et ainsi de suite sans que rien ne vienne changer le cours des choses. Quelques SS supervisaient les membres de la Gestapo de Georgenburg et les dizaines de volontaires lituaniens qui attendaient tous d'obtenir le silence, d'obtenir l'ordre, d'obtenir que ces femmes imposent la discipline à leurs enfants – même s'il était trop tard pour leur apprendre les bonnes manières. Il semblait que ces lamentations ne cesseraient jamais. Les SS déclarèrent : eh bien, soit ! Pleurez jusqu'à ce soir si ça vous chante, mais vous ne quitterez pas cet endroit tant que vous ne serez pas calmés.

Le soir, on constitua de nouveaux groupes et on mit les femmes en rang par deux. Puis on leur ordonna de remonter la rue. Celles qui n'avançaient pas assez vite ou déviaient de la route recevaient aussitôt un coup de crosse sur les reins, une botte en cuir dans les fesses ou un coup de matraque sur la nuque quel que soit leur âge. Les miliciens dirigeaient les manœuvres. Chacune de leurs actions paraissait motivée par une colère noire et impitoyable qui bouillonnait depuis des temps immémoriaux. Et cette colère éclatait, chaotique, tout en grincements de dents, en crachats, en éclats de rire avinés, sans que personne comprenne pourquoi. Ces gens n'étaient-ils pas nos voisins ? Les pères et les frères de nos voisines ? pensaient les femmes. Comme à leur habitude, les Allemands de la SS se tenaient à distance avec leurs caméras, fixant le tout sur pellicule. Perdue dans cette haine, ce chaos et cette violence, Masza se dit qu'ils filmaient la scène afin de prouver au monde qu'ils n'avaient absolument pas commis *ces* horreurs, au cas où ils perdraient la guerre.

Le sol vibrait sous les quelque mille cinq cents pieds de femmes, d'enfants et de miliciens armés. Le bruit inquiétant emplissait la forêt, enserrait les branches, les écorces et les troncs qui soupiraient encore d'aise après la pluie de la veille. Le soleil n'était pas couché, mais la clarté filtrait à peine à travers la clairière. Quelques rayons, de vagues vestiges du jour, c'était tout. Ils descendirent le sentier, croisèrent des écureuils et des lièvres et, peu à peu, le silence se fit. Peu à peu, le monde fit silence. Même le gravier ne crissait plus sous les pieds : on eût dit que quelqu'un avait muselé le réel ou l'avait éteint comme on coupe une radio. Les enfants, les femmes et les miliciens s'avançaient toujours plus doucement, plus précautionneusement, ils marchaient plus lentement, comme si aucun d'entre eux n'avait réellement le courage d'atteindre une destination que personne n'osait évoquer à voix haute.

Peu avant la fin de la marche, alors que les ultimes rayons du soleil nimbaient la terre, Masza Banai sursauta, scruta les alentours et se laissa discrètement tomber dans un buisson. Elle dévala la pente abrupte, plongée dans le noir, priant de rouler ainsi sans que rien jamais ne l'arrête jusqu'à atteindre Moscou, Jérusalem ou Pékin. Ses vêtements arrachaient les brins d'herbe et la végétation sur leur passage. Couverte de mousses, d'humus, de racines et de bruyère, elle avait le visage égratigné, mais aucune blessure grave. Et ce n'était pas cette fuite qui avait engendré sa fatigue et sa faim. Elle se leva et se mit à courir sans même savoir où elle allait. *Wer ist hier?* ("Qui va là ?") cria une voix. Quelque part dans le ciel luisait la lune. Elle entendit des coups de feu, sans être toutefois capable de dire si elle s'éloignait du tireur ou si elle s'en rapprochait. Au bout de quelques minutes, elle s'effondra entre les arbres, épuisée, se nicha dans un creux tapissé d'herbe en espérant échapper au pire. Tremblante, elle ferma les yeux et tendit l'oreille jusqu'au matin.

Il ne restait maintenant plus que deux cent soixante-sept Juifs à Jurbarkas. Si on excluait les femmes et les vieillards, la plupart d'entre eux étaient des paysans qui approvisionnaient les autorités. Certains se cachaient dans les greniers et les caves. Certains s'étaient réfugiés dans la forêt pour combattre dans les rangs d'une résistance dont personne n'était sûr qu'elle existait vraiment, mais que beaucoup évoquaient à mi-voix quand ils voulaient se donner du courage. Deux d'entre eux, les frères Lev et Moshe Mazur, anciens membres du NKVD, la police politique soviétique, étaient incarcérés dans une cellule du commissariat de Mykolas Lukauskas depuis le matin de l'invasion allemande. On les avait frappés, lacérés et fouettés ; on leur avait arraché les cheveux, les ongles et les dents, brisé les rotules : ils avaient subi mille supplices et perdu la parole, rendus fous par les coups et les tortures. Ils avaient toutefois échappé à la mort. Mykolas se serait fait un plaisir de la leur infliger s'il avait obtenu l'aval des Allemands. Mais ils doivent quand même bien détenir un tas de renseignements capitaux, s'était exclamé Tchaponsas. Ça ne fait aucun doute !

Quand Masza se réveilla, le soleil brillait déjà haut dans le ciel. Elle était en nage, encore tremblante, toujours nichée dans cet arbre creux. Elle s'y était installée, la nuit précédente, pensant y être en sécurité, mais s'apercevait maintenant que ce tronc de chêne était en terrain découvert, à la lisière de la forêt. Si quelqu'un était passé par là, il l'aurait immédiatement repérée. Elle se mit debout et scruta les lieux qu'elle connaissait bien. C'était juste à côté de l'imprimerie, ou plutôt de ce qui restait de ses murs calcinés. La roue du moulin à papier reposait à l'horizontale dans la rivière. Masza avait couru plus longtemps et plus loin qu'elle ne l'avait pensé. C'était à nouveau une fuyarde. La première fois, elle était allée jusqu'à Kovno, puis repartie à Rasenai dans l'espoir d'y retrouver des connaissances ou de la famille. Maintenant, elle ne savait pas où aller. En tout cas, elle n'irait pas à Rasenai. Pas plus qu'à Kovno, il n'y avait là-bas aucun secours. Jamais elle ne parviendrait à rejoindre la Russie. Elle devait trouver un endroit où se cacher jusqu'à la fin de ce cauchemar. Quelques minutes durant, elle envisagea de se réfugier chez Saule et Vilhelmas, mais se ravisa, pensant que malgré tout, le chef de la police et celui de la Gestapo passaient régulièrement voir leurs parents et qu'ils ne seraient sans doute pas très compréhensifs s'ils la découvraient chez eux.

Elle résolut donc de marcher jusqu'au village d'Erzvilki. Non qu'elle s'attendît à y trouver de l'aide, pas plus qu'ailleurs, mais parce que là-bas ne vivaient à sa connaissance ni Juifs ni communistes et, espérait-elle, il y avait moins d'Allemands qu'à Yurburg ou à Rasenai. Préférant éviter les chemins, elle prit la forêt. Peu lui importaient les épines et les égratignures. Tandis qu'elle avançait, elle se persuada que les gens d'Erzvilki étaient meilleurs que les autres. Ils lui redonneraient un espoir qu'elle ne trouverait nulle part ailleurs. Peut-être l'un d'eux l'aiderait-il à s'embarquer sur un bateau pour Klaipeda et, de là, un paquebot l'emmènerait en Amérique. S'il y en avait encore qui allaient là-bas, ça, elle ne le savait pas. Peut-être était-il plus réaliste d'aller en Suède ou en Finlande. Mais l'idée de l'Amérique lui faisait chaud au cœur, sans doute parce qu'elle était si lointaine. Si loin de tout cela. Les gens d'Erzvilki sauraient lui dire ce qui était le mieux. Oh oui! Ah ça, oui!

Elle frappa à une première maison. On la chassa. Elle voulait demander un peu d'eau au paysan qui lui répondit par un grommellement en lui disant de déguerpir avant même qu'elle n'ait le temps d'ouvrir la bouche. Elle lapa dans une flaque devant l'entrée de la ferme et décida de retourner voir le paysan qui sortit sur le pas de sa porte, cette fois, un fusil à la main. Masza préféra repartir.

Une demi-heure plus tard, elle atteignit une seconde ferme. Dans le champ d'à côté, une femme étendait son linge. La voyant arriver, maigre, couverte de sang et en guenilles, elle jeta quelques regards alentour et s'avança vers elle à grandes enjambées, lui attrapa le bras d'un geste brutal, la conduisit jusqu'à l'étable, lui fit signe de s'asseoir sur le seau en bois retourné sur la paille, et lui donna un peu de lait dans une poche de cuir. Rita, c'était son prénom, n'avait pas du tout l'air bienveillant. Elle ne souriait pas, ne la touchait pas et ne s'était pas non plus présentée, mais Masza était trop fatiguée et affamée pour y réfléchir.

Quand elle eut fini de boire, la fermière la conduisit à une pièce située à l'arrière de l'étable et la fit descendre dans une cave qu'on venait de creuser sous le bâtiment et où deux jeunes hommes jouaient aux cartes.

Hirshke et Yakov Klein, deux frères originaires de Jurbarkas, et que Masza connaissait de vue, étaient partis à la chasse le jour de l'invasion allemande et s'étaient immédiatement cachés. Les premières semaines, ils avaient dormi dans la forêt. Puis ils avaient rencontré Rita et son époux, qui étaient amis avec leurs parents. C'était elle qui avait proposé de les cacher. Quand Masza arriva, ils venaient d'achever de creuser cette cave. La nuit, ils allaient relever des pièges et apportaient du gibier à Rita. Le jour, ils dormaient et jouaient aux cartes.

Ils voulurent savoir ce qu'étaient devenus leurs parents. Masza n'avait pas aperçu leur père depuis l'invasion. Elle avait vu leur mère et leur sœur dans la forêt avant de s'enfuir. Mais elle préféra ne pas le leur dire. D'ailleurs, elle ne savait rien, comment pouvait-elle savoir ce qui leur était arrivé ? Que pouvait-elle répondre à ces jeunes gens ? La seule chose qu'elle pouvait leur dire, c'était qu'elle avait vu leur mère et leur sœur dans la forêt, mais ce genre de nouvelles qui n'en sont pas n'aurait fait que les terrifier.

Je ne sais pas, répondit-elle. Puis elle se tut.

Nous réduirons cette saloperie de ville en cendres, promit Yakov à son frère quand tous deux eurent compris, confrontés au silence entêté de Masza, que tout le monde était mort, que tous avaient été assassinés.

Il ne restera plus une seule planche qui tienne debout, répondit Hirshke.

Non, pas une seule, confirma Yakov.

Notre vengeance retombera sur sept générations, promit Hirshke.

Sept des leurs et sept des nôtres, assura Yakov.

Le sang appelle le sang.

Et nous allons répondre.

Même si nous devons aller nous venger jusqu'à Berlin.

Même si nous devons exterminer tous les Allemands.

En leur coupant la tête.

Je tiendrai dans ma main leurs cœurs encore palpitants, renchérit Yakov.

Sur sept générations, répéta Hirshke.
Sept des leurs et sept des nôtres, confirma Yakov.
Nous ne prendrons aucun repos, déclara Hirshke.
Nous ne dormirons pas, promit Yakov.
Et nous ne baisserons jamais les yeux, reprit Hirshke.
Sur sept générations, confirma Yakov.
Sept des leurs et sept des nôtres, conclut Hirshke.

Les frères étaient partis relever leurs pièges, à l'arrivée des Allemands. Masza entendit le bruit de pas des nazis un long moment avant qu'ils ne découvrent la trappe et passa tout ce temps à prier ardemment pour qu'ils partent. Peu à peu, tous les muscles de son corps se contractaient, son âme était à l'agonie, elle suffoquait. Lorsqu'elle vit la trappe se soulever, ce fut presque un soulagement. Comme si elle préférait encore mourir. Comme si, finalement, elle méritait de mourir comme tous les autres. Comme s'il était injuste qu'elle ait le droit de vivre. Comme si rien n'importait plus que d'être libérée de cette oppression et de ces incertitudes.

Quand on la poussa vers le pas de la porte, elle aperçut Rita et son époux allongés au pied des marches. Ils avaient reçu une balle en pleine poitrine et maintenant ils reposaient, les mains croisées sur leur plaie, et le sang avait commencé à sécher. Elle tenta d'évaluer depuis combien de temps les Allemands étaient arrivés à la ferme, mais le temps lui-même s'était disloqué pour ne former qu'une incompréhensible éternité.

Le jour s'était levé. Les frères Klein n'étaient pas rentrés.

Assise au salon, Saule filait la laine. Vilhelmas et les enfants dormaient. Saule et son époux n'avaient pas mis le nez dehors depuis qu'ils avaient vu ce qu'on avait fait au chantre Alperovitch. Le garde-manger était presque vide. Saule avait bien des tickets de rationnement remis par les Allemands, mais elle n'avait plus aucun appétit, elle ne pouvait pas… Cette ville était devenue une ville fantôme. La synagogue avait disparu. L'imprimerie n'était plus qu'un souvenir. Les gens – les Juifs, évidemment, les Juifs… Les autres non plus ne sortaient pratiquement pas. Des gamins avaient pris le contrôle de la ville et, à en juger par leur comportement hautain, on se demandait presque s'ils ne réglaient pas aussi la course des planètes. Ses fils aînés n'étaient plus les garçons qu'elle avait élevés. Ils n'étaient plus ces enfants vifs auxquels elle avait enseigné la lecture, l'écriture et le calcul. Ses six filles et son benjamin, âgé de trois ans, ne comprenaient quasiment rien à ce qui se passait dans le monde – du reste, que pouvait-elle leur expliquer ? Que leurs grands frères étaient des assassins ?

Izsak avait disparu. Masza s'était à nouveau enfuie. Sara se trouvait en Russie, en tout cas elle l'espérait, à moins que la petite ne soit morte. Vilhelmas avait l'âme vermoulue comme une planche et menaçait de s'effondrer à tout instant. C'était fini. Tout était fini. Et Saule ne pouvait pas...

Dis donc, déclara Mykolas, levant brièvement les yeux de sa pile de documents. La soirée était avancée et son frère Romualdas sifflotait sur le vieux canapé dans le bureau du chef de la police où il lisait le *Völkische Beobachter* à la lueur d'une bougie.

Dis donc, répéta Mykolas.

Quoi ?

Tu ne trouves pas... euh...

Quoi donc ?

... que ça... enfin, comment dire... que ça déraille un peu ?

Quoi donc ? Romualdas plia son journal qu'il posa sur ses cuisses.

Ben, tout ça.

Tout ça, quoi ? s'agaça Romualdas. Si tu disais les choses un peu plus clairement...

Mykolas caressa sa barbiche. *L'occupation.*

Romualdas le dévisagea.

Je veux dire, reprit Mykolas. Combien de temps les Allemands prévoient-ils de rester ?

Aussi longtemps que durera la guerre, je suppose. Sans doute pas très longtemps.

Qu'est-ce que tu en sais ?... Et tu vois... enfin, nous ne pouvons quand même pas...

Quand même pas quoi ?

Tous les Juifs !

Comment ça, tous les Juifs ?

Ah, laisse tomber.

Bon, dans ce cas... Romualdas rouvrit son journal.

Ce n'était pas un reproche. Je suis un peu fatigué, c'est tout. Excuse-moi.

Pas de problème. De mon côté, tout va bien.

Comme beaucoup l'avaient redouté sans oser le mentionner, les vieillards furent les prochains à disparaître. On les convoqua les uns après les autres à une visite médicale dont aucun ne revint. Postées à côté de la grille, les femmes prêtèrent l'oreille aux bruits de la nuit. À travers le murmure du silence, certaines crurent distinguer des détonations et des hurlements tandis que d'autres priaient les enfants de se taire. Puis les premières affirmèrent qu'elles n'entendaient rien.

Nous devons rester raisonnables, conseilla l'une.

Gardons-nous de céder à la panique, ajouta une deuxième.

Ne laissons pas notre imagination nous jouer des tours, affirma une troisième.

C'est quoi, ça ? s'alarma une quatrième.

Je n'ai rien entendu, éluda une cinquième.

Si, écoutez bien, commanda une sixième.

Arrêtez donc, s'agaça une septième.

Je pourrais en jurer, assura une huitième.

Reprenez-vous, conseilla la neuvième.

Mais j'ai entendu un coup de feu, contredit la dixième.

Tu n'as rien entendu du tout, tonna la onzième.

D'ailleurs, il n'y avait rien à entendre, s'enflamma la douzième.

Tu ne pourrais pas faire taire ces sales gamins, s'agaça la treizième.

Écoutez, pria la quatorzième.

La quinzième garda le silence. Et c'était la dernière d'entre elles, elles étaient les dernières du ghetto.

La collection de timbres de Mme Kubiliene reposait sur le bureau de Mykolas Lukauskas, chef de la police de Jurbarkas. On l'avait découverte au domicile de Stepas Maleikas qui, pieds et poings liés, debout au centre de la pièce, reniflait et s'efforçait de sécher ses larmes en frottant ses joues contre ses épaules, ce qui n'allait pas sans mal. Le jeune homme suffoquait.

J'ai cru… commença-t-il. Pris d'un haut-le-cœur, il tomba à genoux et vomit par terre.

Vous avez cru, reprit Mykolas, que nous vous avions recruté pour voler le bien des autres, n'est-ce pas ? C'est ça que vous avez pensé ?

Maleikas continuait de vomir.

Les fonctionnaires de l'État, surtout ceux recrutés par la police ou l'armée, doivent non seulement respecter la loi, mais faire preuve d'exemplarité partout où ils officient. S'ils se rendent coupables de vols et de larcins, la honte ne retombe pas juste sur eux, mais sur l'ensemble du système, elle vient souiller l'État lituanien, ses alliés allemands, la police et – si j'en restais là, ce qui n'est pas mon intention – elle m'éclabousserait également. Stepas Maleikas, je ne vous laisserai pas souiller notre honneur.

Mykolas dégaina le révolver qu'il portait à la ceinture et visa Maleikas qui vomissait et pleurait à quatre pattes au centre de la pièce, puis lui tira une balle dans la tête. Il pria ensuite son adjoint Kilikevicius de nettoyer le vomi et le sang, et d'enlever le cadavre. Sur quoi, il partit déjeuner.

Valentas Svilpas retourna dans le ghetto, désormais presque vide, où ne restaient plus que quelques enfants et quelques femmes. Il pensait avoir vu bien des choses au fil de son existence et se plaisait à dire que telle ou telle d'entre elles était advenue, puis avait sombré dans le souvenir, que tel ou tel événement n'était pas aussi remarquable que les jeunes voulaient le dire, que le monde était fait comme ça et ainsi de suite – il ne disait pas tout ça parce qu'il se sentait une âme de philosophe, mais parce que ça correspondait à sa vision de la vie, qui était dans son esprit un éternel retour. Si ce n'était que maintenant, sur ses vieux jours, il lui semblait que le monde déraillait, qu'il marchait sur la tête et cela l'étonnait. Il ne comprenait plus rien à rien et ceux qui l'entouraient lui paraissaient trop agressifs pour qu'il ose leur demander ce qui se passait – il aurait bien voulu que quelqu'un le fasse à sa place.

Valentas s'avança doucement dans le hangar où Masza était assise et lui tendit une lettre.

On m'a dit que vous étiez revenue, précisa-t-il. Vous avez reçu ça pendant votre absence. Puis il repartit par le même chemin.

Mon amour,
Nous travaillons sur les routes. Tout va bien. Nous sommes bien nourris. C'est mieux comme ça. Ne t'inquiète pas. Les Allemands ne nous font aucun mal. Les miliciens non plus. Ne perds pas courage. C'est mieux comme ça. Nous sommes biens nourris. Nous pelletons du gravier et nous allons bien. Il fait un peu chaud. Ne t'inquiète pas. Personne ne nous fait de mal. Il faut réparer les routes. On nous donne à manger de la viande. Le midi, c'est du poisson. Tout le monde est en forme. C'est mieux comme ça. On nous donne du lait. Et du café. Et des gâteaux secs. Et de la bouillie. Et du beurre. Nos journées sont longues, mais nous sommes solides. Tout le monde est bon avec nous. Ne t'inquiète pas pour nous. Nous grossissons. Qui ne le ferait pas ? Avec tout ce qu'on mange ! Tu me manques. Je t'aime. C'est mieux comme ça.

À toi,
Izsak Banai.

Quand ils étaient arrivés là, environ mille personnes, la place manquait dans le hangar. Les lieux étaient si exigus qu'ils devaient presque dormir les uns sur les autres. Ils passaient des nuits agitées et se donnaient des coups de pied dans leur sommeil. Maintenant, ils n'étaient plus que quatorze : Masza, huit autres femmes et cinq enfants. Chaque geste résonnait dans cet espace immense qui amplifiait le moindre soupir. Tous faisaient de leur mieux pour se tenir tranquilles, rester assis sans bouger et en silence afin de ne pas s'enfoncer plus encore dans cet affreux sable mouvant, ce bâtiment qui arrachait leur âme, lambeau après lambeau. Si ce hangar continuait à grandir ainsi, à se boursoufler dans tous les sens, il finirait par avaler la terre entière. Par cacher toute l'humanité. Alors, plus personne n'aurait besoin de partir pour ne jamais revenir.

Quand Saule arriva au ghetto de la rue Dariaus ir Gireno, tout le monde était parti. Il n'y avait plus aucun garde. La grille était grande ouverte sur la cour, la porte du hangar ouverte et le hangar désert, complètement désert, il n'y avait plus rien que du vide. Elle avait su que Masza avait été reprise et elle voulait la voir. Elle avait prévu d'exiger, de frapper du poing sur la table, de prendre ses deux fils sur ses cuisses et de leur asséner une monumentale fessée en pleurant s'ils n'obéissaient pas – ruisselante de sueur, le visage rougi par l'effort, les ongles rongés jusqu'à la chair, grinçant des dents, les cheveux hirsutes. Mais il n'y avait ici aucun membre de la Gestapo qu'elle aurait pu secouer, aucun policier pour baisser les yeux de honte. Il n'y avait ici ni Romualdas ni Mykolas Lukauskas. Ni, non plus, Masza Banai. Il n'y avait personne. Et même si Saule ne pouvait savoir ce qu'étaient devenus tous ces gens, au fond, elle le savait quand même. Elle renifla, rebroussa chemin et rentra chez elle en sanglotant.

Un jour – cela datait de plusieurs années – Vilhelmas avait tenté de se pendre à cette poutre. Il avait lancé le cordon du double rideau par-dessus, y avait fait un nœud et s'était pendu. Il était resté là quelques instants et son visage avait viré au bleu – Saule venait de lui refuser sa main pour la sixième, la septième ou huitième fois. Le lendemain matin, il était arrivé chez elle, accompagné de son père. Ils avaient voulu à parler aux parents de la jeune femme pour leur demander sa main, avaient évincé l'intermédiaire gênant et intraitable qu'était Saule, s'étaient tournés vers le père de famille pour obtenir une réponse conforme à leur désir. Pourtant, elle ne le trouvait pas vilain, bien au contraire. Elle admirait beaucoup Vilhelmas – jusqu'à ce qu'il lui demande sa main. Car elle refusait de se marier à quinze ans. Elle n'avait pas envie d'avoir neuf enfants et un homme qui déciderait de son existence. Elle ne voulait pas rester coincée dans cette ville de province minable et n'avait aucune envie de passer sa vie à Jurbarkas. Elle voulait voir Paris, Berlin et Vienne et ne voulait pas mourir à Jurbarkas. Mais aujourd'hui, vingt ans plus tard, son corps se balançait à cette même poutre : elle était morte à Jurbarkas.

Yom Kippour, le jour du Grand Pardon, débuta dans la nuit du 1er octobre 1941. Ce soir-là, Romualdas et d'autres membres de la Gestapo se trouvaient à l'entrée de la ville, sur la route de Rasenai. Après avoir creusé le trou, ils avaient enfoncé le poteau et tassé la terre. Et maintenant ils se disputaient.

Nous aurions dû accrocher l'écriteau avant de le planter, déclara l'un des hommes de la Gestapo.

C'est trop tard pour y penser, rétorqua Romualdas. Ce qui est fait est fait. Toi, tu tiens le poteau – et toi, tu soulèves l'écriteau. Moi, je vais le clouer.

À la fin de la manœuvre, le soleil s'était couché. Quand ils rentrèrent chez eux, il faisait nuit noire. Au lever du jour, tous pouvaient lire l'inscription :

Georgenburg ist Judenfrei. ("Il n'y a plus aucun Juif à Georgenburg.")

III

You aren't sick and unhappy, only alive and stuck with it.

“Vous n'êtes ni malade ni malheureux, mais simplement vivant et vous devez faire avec.”

Margaret Atwood, *Power Politics* (*Politique du pouvoir*)

1

Debout et ruisselante dans la salle de bains, elle s'était mise à pleurer en se rendant compte qu'elle avait oublié de prendre une serviette et qu'elle devait marcher sur le sol glacé, cul nu et toute mouillée, pour aller en chercher une dans le placard de la chambre. Elle avait alors fondu en larmes. Pleurant de plus en plus à chaque pas, elle leva les yeux, les paupières gonflées, pour observer cette vie qui lui échappait, puis, arrivée dans la chambre, se coucha en se recroquevillant sur le lit en désordre. Maintenant, la housse de couette était toute mouillée et elle avait froid. Ses pleurs redoublèrent d'intensité. Elle n'y pouvait rien. Il était trop tard. Le poids de l'Histoire. Putain de poids de l'Histoire!

Tu es prêt?

Il était certes ridicule d'imaginer qu'un enfant conçu avec un néonazi serait immanquablement nazi lui aussi. Après tout, n'avait-elle pas, elle-même, des ancêtres nazis? Agnes n'y pouvait rien, elle croyait bien plus qu'Arnor à la génétique. Un enfant conçu par lui risquait de devenir un antéchrist complètement cinglé, à moins qu'il ne soit immunisé par ses origines. Ou il pouvait devenir cette femme. Peut-être portait-elle Pia, là, dans son ventre. Dans son utérus, tout au fond de sa chatte.

Bien qu'elle ne crût pas sérieusement que son enfant puisse devenir nazi, Agnes ne parvenait pas à refréner cette pensée. Au lieu d'apprendre à marcher, le gamin avancerait au pas de l'oie. Il aboierait en postillonnant au lieu de parler. Elle se souvint d'une photo, vue dans le *Morgunbladid* et prise à l'occasion d'une exposition historique consacrée aux objets quotidiens du Troisième Reich. Le cliché en question représentait un hochet orné d'une croix gammée, complètement déplacée. Partout! Cette putain de croix gammée était partout, pensa-t-elle en caressant son ventre nu.

Eh bien, non!

Elle pouvait au choix:

Garder l'enfant sans en parler à Arnor. Le garder en lui en parlant, mais en lui demandant d'en rester là. Garder l'enfant, exposer la situation à Omar – et faire un test de paternité. Opter pour une IVG sans le dire à personne. Le faire en le disant à Omar, mais pas à Arnor. Le faire en informant Arnor, mais pas Omar. Le faire et leur en parler à tous deux.

Elle pouvait aussi avorter en faisant croire à chacun qu'il était le père, sans leur dire que tous deux pensaient l'être.

Agnes sécha ses larmes, prit le téléphone et appela le service de gynécologie.

Tu es quelque chose.

Elle décida d'être muette comme la tombe, la mort, les ténèbres et les cadavres, comme l'embryon qui se développait sous sa ceinture et n'aurait jamais d'yeux, d'oreilles, de bouche ou de nez. Une femme doit savoir souffrir en silence, murmura-t-elle d'une voix inaudible alors que pendant le dîner l'envie de pleurer la saisissait de nouveau.

Je ne me sens pas très bien, annonça-t-elle, dans l'espoir de pouvoir rester à la maison sans éveiller les soupçons d'Omar.

Ah, ma chérie, j'en suis désolé, répondit-il sans lever les yeux de Facebook. Tu n'as qu'à rester ici demain et te reposer un peu, non?

Oui, marmonna-t-elle, même si elle mourait d'envie de hurler tout autre chose. Comment pouvait-il être mou à ce point? Pourquoi ne la serrait-il pas dans ses bras? Pourquoi n'arrangeait-il pas tout ça? Elle se leva de table et alla dans les toilettes pour y pleurer. Ses larmes n'avaient rien à voir avec cet embryon qu'elle allait détruire, mais avec une découverte qu'elle venait de faire, presque par hasard: ce n'était pas Omar qui la détestait, mais elle qui le haïssait.

Ils appellent ça le destin ou l'origine du monde.

Omar était sorti. Elle avait cessé de le haïr. Et savait très bien qu'il ne la détestait pas, non. Les hormones, pensa-t-elle. Les hormones.

Tu n'as jamais demandé à venir au monde.

De toute façon, elle n'en avait pas envie. Elle ne voulait pas d'enfants. Elle n'avait pas la sérénité ni la patience nécessaires pour les élever. Les enfants, c'était un truc pour celles qui aimaient traîner sur les aires de jeux après une nuit hâchée, un gobelet en polystyrène rempli de café brûlant à la main. Celles qui aimaient disserter sur la couleur des selles de leur nourrisson, les couches écologiques et les rougeurs aux fesses. Or elle ne voulait pas d'enfant. Absolument pas. L'idée qu'elle puisse supporter une chose pareille était le comble du ridicule. Les enfants étaient des ignorants avec lesquels on ne pouvait avoir aucune discussion. Ils pleuraient et hurlaient le jour comme la nuit. Quand ils arrêtaient enfin de chialer, ils entraient dans la période du refus puis plongeaient directement dans l'âge bête avant d'aller, à peine débarbouillés, se cogner aux dangers de la vie, puis quittaient le domicile de leurs parents vieillissants – qu'ils appelaient peut-être à Noël, à Pâques et aux anniversaires. Avec un peu de chance. Et encore, seulement pour leur emprunter de l'argent.

Tout ça lui donnait envie de gerber. À moins que ce n'aient été les fameuses nausées matinales.

Ce n'est pas si simple de venir au monde.

Droite comme un piquet, Agnes regardait par la fenêtre. Elle portait son manteau rouge qu'elle avait boutonné jusqu'en haut. Il faisait chaud dans la salle d'attente, pourtant l'automne arrivait. Au centre de la pièce, trois canapés bleus en tissu étaient disposés autour d'une table basse chargée de magazines. Dans un coin, on avait installé un espace de jeux. Des châteaux en plastique, des cubes, des voitures et toutes sortes de jouets d'éveil. Sur l'un des canapés, une jeune mère vêtue d'une camisole de force tenait son bébé dans les bras, la bouche ouverte si largement que, même si elle s'efforçait de ne pas la regarder, Agnes avait l'impression que cette femme s'apprêtait à dévorer son rejeton. Cette dernière avait vingt ans tout au plus. Presque dix de moins qu'elle. Peut-être plus encore. Le père, assis à ses côtés, semblait un peu plus vieux – mais n'avait pas plus de vingt-cinq ans. Les grands-parents étaient installés face à eux – admiratifs, tout sourires et gloussements. Tout ça était tellement génial.

Après quelques siècles de babillage, de bisous et de câlins, le tour d'Agnes arriva enfin. Elle faillit frapper l'aide-soignante qui la conduisit au bureau de l'assistant social.

Et chez d'autres, la vie est le fruit d'un long processus.

Que voulez-vous savoir ?

La raison pour laquelle vous ne voulez pas de cet enfant.

Et si je vous donne une mauvaise réponse, vous allez me recaler ? Que se passera-t-il ? J'aurai droit à une session de rattrapage ?

L'assistant social, un homme à moitié chauve âgé d'une cinquantaine d'années, essaya de sourire. Sans doute s'efforçait-il de s'acquitter au mieux de son travail.

Pourquoi m'avoir imposé cette pièce de théâtre dans la salle d'attente ?

De quoi parlez-vous ?

De toute cette connerie de maternité.

La maternité se trouve à côté. C'est là que naissent les enfants, nous n'y pouvons rien.

C'est lamentable.

L'idée de devenir mère vous semble lamentable ? C'est pour cette raison que vous ne voulez pas d'enfant ?

Oui. C'est une réponse correcte ?

Elle est un peu méchante.

Pas possible !

Qu'en pense le père ?

Il n'est pas au courant.

Vous allez le lui dire ?

Non.

Vous savez qui c'est ?

Évidemment que je le sais ! Pour qui vous me prenez ?

Inutile de vous mettre en colère. Je suis de votre côté. Je suis là pour vous aider. Pour vous assister.

Je ne suis pas une gamine ni une oie blanche, mais une femme adulte qui se sent insultée de devoir répondre aux questions qu'un assistant social lui pose sur une décision qu'elle a déjà prise. Je sais ce que je fais et je sais aussi pourquoi je le fais. Je ne suis pas une ado à problèmes. Plus vite vous le comprendrez, mieux ce sera.

D'accord.

D'accord ?

Dans ce cas, je n'ai pas d'autres questions.

Et vous me croyez ?

Oui, je vous crois.

Waouh !

Bien prendre son élan. Il le faut, tu le sais, même si tu feins l'innocence.

Notre service pratique principalement les interventions suivantes : ablation du col de l'utérus, laparoscopie, laparotomie, hystérectomie, traitement de l'incontinence urinaire et anale, interruption volontaire de grossesse et curetage. Mais également : ablation des tumeurs mammaires, ablation et reconstruction mammaires.

Voilà ce qu'énumérait la plaquette d'information du service de gynécologie 21A.

Après son rendez-vous avec l'assistant social, on la renvoya à la salle d'attente où elle dut patienter jusqu'à ce qu'un médecin la reçoive. Elle se demanda s'il n'aurait pas mieux valu qu'elle souffre d'incontinence anale plutôt que de grossesse – qu'elle accouche de son propre trou du cul plutôt que d'un enfant. Il y avait assez d'enfants comme ça sur terre. Non que la terre manquât de trous du cul. Les trois quarts des individus qui la peuplaient méritaient amplement ce titre, pensa-t-elle, se trouvant très drôle.

La famille du nourrisson avait quitté la pièce en laissant derrière elle des jouets éparpillés. Des peluches usées et écrasées, des voitures cabossées et rayées. Ces jouets avaient été malmenés par amour – un amour démesuré.

Le médecin n'était pas là pour lui parler, mais pour examiner sa chatte. Bien qu'Agnes comprît les désirs qui animaient cet homme, l'examen ne lui parut pas plus agréable pour autant.

Et on lit sur les forums de discussion que la vie n'est qu'amour. Quelle connerie !

Interrompre une grossesse. Supprimer un embryon. Annihiler un fœtus. Agnes se perdait dans les slogans. "Le droit de la femme à disposer de son corps." "Péché." "Meurtre." "Horreur et terreur."

Elle refusait de prêter l'oreille au murmure qui résonnait constamment dans sa tête. Plus rien n'avait de sens, tout était vanité. Le médecin lui expliquait qu'on procéderait à un curetage afin de détacher l'embryon, elle aurait voulu se précipiter dans le couloir et hurler – se désagréger, se mettre en pilotage automatique et s'autodétruire en une action purement mécanique, exempte de toute volonté. De toute façon, elle était foutue. Finie en tant que femme, mère lamentable – inutile, vaine, fichue. Mais ça aussi, ce n'était que vanité. Égoïsme. Elle refusait de se reproduire. De mûrir. De porter un enfant et de le mettre au monde. Surtout s'il avait Arnor pour père. Et, de toute manière, elle n'en voulait pas non plus s'il était d'Omar. Cela dit, son suicide n'eût été, lui aussi, que vanité. Elle n'était pas la seule à être concernée.

Je ne suis pas la seule à être concernée, déclara-t-elle à voix haute.

Le médecin (brun, grand et bel homme) leva les yeux de son entrejambe poilu et de ses cuisses nues. Il la regarda, vexé, comme s'il lui reprochait de l'avoir déconcentré. Elle, pourtant si belle, si indubitablement belle.

Pardon ? dit-il.

Rien, répondit Agnes. Peu importe.

C'est la vie. C'est aussi simple que ça. C'est ainsi.

L'intervention aurait lieu trois jours plus tard. Le médecin lui donna un rendez-vous. La secrétaire lui confirma l'heure. Tous étaient si gentils. Si prévenants. Disposés à lui accorder une heure de leur temps. Ils ne seraient pas si sympas avec moi si ma décision était moralement condamnable. Si l'avortement était répréhensible d'un point de vue éthique.

Elle ne voulait pas d'enfant, mais ne voulait pas non plus de cet avortement. Qui donc aurait envie de subir une IVG ? Peut-on envisager pire que ça? Et si on ne peut envisager pire, dans ce cas, pourquoi le faire?

Parce qu'on n'a pas le choix. Qu'on ne veut pas de cet enfant. On ne peut pas. On ne peut pas. C'est absolument inconcevable. Le cœur refuse, le corps s'y oppose. Le cerveau s'efforce de vous dissuader, mais vous savez que vous avez fait le bon choix. Même si vous êtes incapable d'imaginer pire que ça.

Tu as maintenant plutôt intérêt à faire preuve de discrétion.

Agnes consacra le reste de la journée à s'empêcher d'annoncer à Omar qu'elle était enceinte, recourant à une tactique qui consistait à s'enfermer dans les toilettes des heures entières et à faire semblant d'être distraite au point de ne pas entendre ce qu'il lui disait.

Tu sors ce soir?

Hein?

Tu sors?

Toi?

Non, et toi?

Non, et toi?

Et ainsi de suite. Elle s'arrangeait pour éviter toute conversation, persuadée que, si un dialogue s'instaurait, ils finiraient par aborder le sujet de la maternité et que là, elle se mettrait à lui mentir. Et puisqu'il n'était pas possible de fuir toute discussion en s'enfermant la journée entière dans les toilettes, il valait mieux reculer le moment crucial, feindre de ne rien entendre, de ne rien comprendre ou d'avoir oublié ce qu'Omar venait de dire, en espérant qu'il ne perde pas patience.

Tu imagines avoir des droits, mais il n'en est rien.

Agnes enfouissait son chagrin et souffrait en silence. Tant qu'elle était en présence de témoins. Assise, tout habillée, sur le tabouret dans le vestibule de leur maison du boulevard

Sæbraut, elle se haïssait. Pleurait et hurlait alternativement. Les jointures de ses doigts craquaient chaque fois qu'elle desserrait les poings. Ses chaussures d'hiver n'étaient pas lacées, mais elle n'avait pas le courage de se baisser pour le faire. C'était le 6 septembre. Il s'était mis à neiger dans la matinée. La météo était complètement détraquée. Elle ferma les yeux et renifla en s'interdisant de donner des coups de tête dans le mur ou de s'arracher les cheveux et les yeux.

Il était une heure et demie. Elle avait rendez-vous dans trente minutes à l'hôpital pour subir ce curetage qui détacherait l'embryon de son utérus. Le lendemain, elle entamerait sa treizième semaine et là, plus question d'aller voir un médecin, plus question d'arranger ça. L'idée de ce curetage qui détacherait l'enfant l'insupportait. C'était aux antipodes de la vie. Ce n'était pas juste. Elle tenta de se consoler en se disant qu'au moins, elle n'avait pas figuré parmi les victimes de l'Holocauste – ni même parmi les survivants –, mais rien n'y faisait. Elle n'avait pas rendez-vous avec le docteur Mengele, mais avec Oskar Hardarson, gynécologue. Bien que ce dernier fût brun, grand et bel homme, tout comme Mangele – mais cela, c'était sans doute le fruit du hasard.

On ne te voit pas. Tu ne le sais pas. Et une seule personne sait que tu l'ignores.

Omar gara la camionnette rouge et bleu de Domino's devant la maison et monta les marches en tee-shirt. Quand il était parti faire sa première tournée, il ne neigeait pas encore et il avait laissé sa veste au travail. Il faisait maintenant tellement froid dans la voiture qu'il ne pouvait continuer sa tournée si légèrement vêtu et, au lieu de retourner chez Domino's, il avait décidé de faire un saut chez lui dès qu'il serait dans le coin pour y prendre son autre veste. Ainsi, on ne l'accuserait pas de traînasser – c'était plutôt mal vu de repasser au quartier général avec une camionnette encore à moitié pleine de pizzas à livrer.

Ohé ! Je viens chercher mon autre veste ! cria-t-il dans l'entrée.

Aucune réponse.

Ohé ! Tu es là ?!

Il alla dans le salon sans ôter ses chaussures et jeta un coup d'œil dans la chambre. Agnes s'était endormie sur le lit, emmitouflée, chaussures d'hiver aux pieds. Il se retourna et vit les traces de neige qu'il venait de laisser sur son passage fondre et disparaître sur l'épaisse moquette.

Soit, c'est un moment difficile, mais ça n'ira pas en s'arrangeant.

Agnes se tourna en marmonnant et s'éveilla, des lambeaux de pensées plein la tête.

Pourquoi tu t'es couchée avec ta doudoune ? s'inquiéta Omar. Ça ne va pas ?

Qu'est-ce que tu fais ici ? éluda Agnes, encore à moitié endormie. Ils se fixèrent un moment, se regardèrent droit dans les yeux, s'accordant quelques instants pour évaluer la réalité contenue entre les murs de la chambre : détail après détail, objet après objet, pensée après pensée.

Je suis enceinte, annonça Agnes. Nous allons avoir un enfant. Elle baissa les yeux comme si elle avait honte. Je ne mens pas, pensa-t-elle. C'est vrai. Tout à fait vrai. C'est on ne peut plus vrai.

Omar continua de la fixer. Incapable de dire si la nouvelle la rendait heureuse ou malheureuse, il ne savait pas comment réagir. Non seulement la grossesse elle-même, mais aussi tous les sentiments qu'elle engendre sont le privilège de la femme – c'est entre ses mains que tout repose et Omar voulait s'abstenir de toute déclaration qui eût risqué de semer le désordre. Ses sentiments à lui devaient s'accorder à ceux d'Agnes. S'il sautait de joie alors qu'elle voulait supprimer cet embryon – *cet enfant*, elle avait parlé d'enfant et non d'embryon –, elle risquait de se mettre en colère. S'il se montrait inquiet ou triste alors qu'elle tenait à le garder, il risquait aussi de s'attirer ses foudres. Il s'efforça donc de se détendre, inspira profondément et s'employa à ne montrer qu'une simple surprise.

C'est tout ce que ça te fait ? s'agaça Agnes. Tu vas quand même devenir père !

Tu n'imagines pas que les autres puissent te haïr. Et pourtant.

2

Omar fréquenta cinq établissements avant de décrocher son bac. Il débuta sa seconde au lycée MH à Reykjavik, partit au Danemark en plein hiver et termina son année au Gymnasium de Thisted. Puis il se retrouva à ME, le lycée d'Egilsstadir, partit à Selfoss au FSu et à MK, le lycée de Kopavogur, avant de revenir à la case départ et à MH pour achever son cursus – après cinq années d'études au lieu des quatre initialement prévues.

La première personne qu'il rencontra en arrivant à MH habitait rue Stigahlid et se prénommait Linda. Linda fut bientôt rejointe par Gerda qui demeurait au 5 de la rue Mavahlid, puis par Eddi, un garçon qui vivait au numéro 7 de la même rue. Outre leur grande timidité, tous quatre avaient en commun d'être tenus à l'écart par l'élite de la cafétéria de Nordurkjallari – des originaux qui se voulaient artistes en route vers la célébrité mondiale, conformément à la réputation de l'école, considérée comme une pépinière de génies et de grands maîtres. Certains venaient de loin, animés d'ambitions artistiques, et dès la rentrée le virus toucha presque tous les autres. Les quatre camarades mentionnaient eux aussi dans leurs conversations Dostoïevski, Kaurismäki, Ride et Rimbaud, mais ils le faisaient discrètement, à voix basse dans les couloirs, et n'évoquaient que rarement les figures politiques attachées à cette littérature, Trotski, Rosa Luxemburg ou Naomi Wolf – dont les livres étaient constamment empruntés au centre de documentation du lycée.

Omar n'en pinçait pas plus pour Linda que pour Gerda. Sans doute n'était-il amoureux ni de l'une ni de l'autre. Elles n'étaient ni vilaines ni véritablement ennuyeuses. Cela dit, comme bien d'autres questions, celle-là ne l'intéressait pas. Certains jours, il était même convaincu qu'il aimait les garçons – ces sentiments ne lui étaient pas étrangers. Mais ça représentait une sacrée décision – assortie d'une ribambelle d'excuses et d'explications. Par conséquent, mieux valait s'en tenir aux filles. Ou plutôt, à une fille. Mais là encore, il peinait à trancher. Linda ou Gerda ? Là encore, il ne parvenait pas à se décider. Et dans ce cas, autant baiser avec son copain Eddi.

Un lundi matin, après un week-end de beuverie qui s'était achevé sur un black-out pour lui, Eddi lui raconta qu'il avait essayé de rouler une pelle à Gerda le vendredi soir. Il lui avait tripoté les seins et s'était comporté comme un vrai pervers. Omar s'en défendit évidemment, comme il s'en défendait chaque lundi depuis l'époque où, un an plus tôt, il avait commencé à consommer de l'alcool. En général, il oubliait tout jusqu'au moment où d'autres lui rappelaient les événements et là, des images lui revenaient peu à peu en mémoire. Omar connaissait bien ces désirs, ces envies pressantes qui lui commandaient de prendre, prendre, prendre, et dont la bestialité lui faisait honte. Y avait-il quelque chose de plus moche sur terre qu'un homme en rut ? Gerda ne mentionna pas l'événement et Omar n'avait pas l'intention d'en parler tant qu'elle s'en abstenait. La honte céda graduellement place à l'oubli.

Le mois de décembre était arrivé. "Le Eddi et la Gerda" sortaient ensemble depuis deux semaines et, le matin même, Omar avait appris qu'il déménageait au Danemark dès la fin des vacances de Noël pour rejoindre son père à Thisted. Ce serait donc Linda ou personne, maintenant ou jamais.

Ils passèrent toute une soirée à boire de la bière attablés l'un en face de l'autre, à la discothèque Tunglid, "la Lune". Ils écoutèrent la musique sans rien dire pendant un long moment. C'était une soirée à thème drum'n'bass. Omar déclara qu'il était soulagé d'échapper à Babylon Zoo qu'on entendait partout. Puis le DJ, ce satané Spaceman, entreprit une espèce de remix complètement nul d'un des morceaux du groupe et Omar éclata de rire. Linda ne voyait pas ce qu'il y avait de si drôle. Sans doute n'avait-elle pas entendu ce qu'il venait de dire.

Tout à coup, ils se décidèrent, traversèrent le quartier ouest de Vesturbær en marchant main dans la main sans échanger un mot, évitant les rues envahies par la foule devant les bars qui venaient de fermer. Ils voulaient être seuls sans avoir besoin de se le dire. Il faisait étonnamment tiède et l'herbe était encore verte malgré l'obscurité hivernale qui enveloppait la ville la majeure partie de la journée. Ils déambulèrent deux heures durant jusqu'à ce que Linda s'arme de courage, s'arrête et l'attrape pour le tirer vers elle. La nature et les hormones se chargèrent du reste. Ils s'allongèrent dans l'herbe – sur la pelouse de l'université – et, s'il n'avait pas fait nuit noire, chaque voiture passant sur le boulevard Hringbraut les aurait aperçus. Omar glissa sa main sous la ceinture de Linda et, quand ses doigts eurent atteint la muqueuse de velours, il jura de ne jamais les en retirer tant qu'il vivrait. Puis ils pleurèrent, blottis l'un contre l'autre, et firent l'amour dans l'herbe glacée.

3

Les mois suivants, Agnes gonfla comme une baudruche. Elle prit d'abord un peu de graisse, puis un peu plus encore et finit par devenir énorme, marchant en crabe, comme une baleine qui aurait pris appui sur sa queue. On entendait des *plouf* à chacun de ses pas.

Elle n'échappa à aucun des symptômes de la femme enceinte, à en croire ceux qu'énumèrent les magazines féminins. Elle eut d'abord droit aux nausées matinales et, tenaillée par l'angoisse, se comporta comme une garce avec Omar. Elle lui présentait ses excuses en mettant le tout sur le compte des hormones, ce qui lui permettait de recommencer aussitôt à jouer les garces (et malheur à celui qui invoque les hormones à une femme en furie arrivée à sa trentième semaine !). Le soir, elle s'empiffrait de chocolat, éclusait de la boisson au malt le jour, délaissait son dîner et envoyait Omar chercher toutes sortes de produits étranges à des heures tout aussi farfelues – avalait des frites d'apéritif au petit-déjeuner, des Cheerios et des oursons gélifiés au dîner, sans parler des crevettes grillées qu'elle dégustait en pleine nuit. Ce qui l'exaspérait le plus, c'était d'être à ce point prévisible. Elle ne s'était pas attendue à ça. Saloperie de presse féminine, pensait-elle. Putain de journaux pour bonnes femmes !

C'est important : tu n'as pas demandé à exister. Tu as été conçu et voilà !

Elle rêvait que l'enfant naîtrait noir, jaune, couvert de croix gammées ou d'étoiles de David. Quand Geert Wilders remporta les élections aux Pays-Bas, le bébé naquit avec un sourire mielleux, les cheveux peroxydés et coupés à la Pompadour. Quand les démocrates suédois – qui n'ont de démocrate que le nom – entrèrent au parlement de Stockholm, le petit naquit tout bleu, une grande croix jaune sur le ventre. Quand la commission de liquidation des actifs de la banque Landsbanki prit en main l'entreprise Domino's, débitrice de deux milliards de couronnes, Omar perdit son travail et l'enfant naquit avec un domino rouge et l'insigne SS sur le dos. Parfois, il était mort-né, sans bras ni jambes. Parfois, il arrivait en version démultipliée. Son ventre s'ouvrait alors jusqu'au nombril et ses boyaux s'amoncelaient par terre, surmontés par une ribambelle de mômes. Une nuit, le gamin ne voulut pas sortir, les médecins refusèrent de déclencher l'accouchement ou de pratiquer une césarienne – sa grossesse dura vingt-quatre mois et ne prit fin qu'au moment où Agnes éclata.

Début mars, elle perdit les eaux. Réveillée en pleine nuit, elle pensa qu'elle avait rêvé – une fois de plus.

Tu es innocent. Ne laisse personne te persuader du contraire. Tout ça n'est pas ta faute.

Agnes et Omar n'avaient pas de voiture. Ils vivaient du mauvais côté du boulevard Sæbraut et attendirent le taxi pendant une éternité. Omar serrait dans ses bras la jeune femme qui, le front plaqué contre le mur, les yeux fermés, faisait de son mieux pour respirer correctement, se concentrer et se détendre chaque fois qu'elle avait une contraction. La main droite agrippée à la poignée, elle tremblait comme une feuille. Dehors, le temps était déchaîné.

Tu ne préfères pas attendre à l'intérieur ? suggéra Omar. Elle ne répondit rien et serra plus fort encore la poignée, les yeux fixés sur la neige. Dès que la douleur fut passée, elle se redressa et fit non de la tête.

Le taxi arriva en même temps que la contraction suivante. Agnes passa son bras droit sur l'épaule d'Omar qui la soutint à travers la tempête et la poudreuse qui volait de toutes parts. Le taxi démarra aussitôt. L'air grave et concentré, le chauffeur ne prononça pas un mot de tout le trajet. Il y en avait pour mille deux cents couronnes et, quand Omar lui tendit un billet de deux mille, l'homme lui répondit qu'un billet de mille suffirait, en ajoutant que cette petite remise était, disons, son cadeau de naissance. Omar accompagna Agnes en la tenant dans ses bras jusqu'à la maternité. Elle voyait à peine le sol tant elle avait mal. Les infirmières lui demandèrent son numéro de Sécu. Omar répondit. Elles lui demandèrent quand elle avait perdu les eaux. Omar répondit. Elles lui demandèrent à quel moment l'accouchement était prévu. Omar répondit. Elles l'emmenèrent dans un box, l'installèrent sur une table, ôtèrent son pantalon et palpèrent son entrejambe. D'abord la première – qui consulta sa collègue du regard afin qu'elle vienne vérifier. Les deux femmes hochèrent la tête. La première repartit dans le couloir et la seconde se tourna vers Agnes qui, en sueur et les yeux fermés, haletait comme si on lui transperçait lentement le corps.

Le col est dilaté de dix centimètres. Vous allez accoucher sans tarder.

Tu n'es pas celui que tu regardes, mais celui qui regarde. Et on te regarde.

Le petit garçon né à peine vingt minutes plus tard mesurait cinquante et un centimètres et pesait trois kilos et demi. Bleu pâle à la naissance, sa peau rosissait graduellement et l'examen très complet qu'il subit ne révéla aucune trace de croix gammée ou d'étoile de David sur son corps. S'il n'avait pas tant ressemblé à Kyle McLachlan (l'agent Dale Cooper de *Twin Peaks*) – avec son menton imposant et ses pommettes saillantes –, il aurait été parfait. N'ayant manifestement hérité ni d'Omar ni d'Arnor, sa tignasse noire rabattue en arrière sur la tête, il ouvrit des yeux stoïques dès la naissance – un sourire semblait se dessiner à la commissure de ses lèvres pincées, bien que la chose fût évidemment impensable.

Je ne vois pas comment un bébé pourrait ressembler à un acteur de *Twin Peaks*, observa le père d'Agnes quand elle l'appela pour lui annoncer la nouvelle.

C'est vrai, je reconnais que c'est étrange, convint-elle. Je t'enverrai une photo, tu verras. Tu me passes maman ?

Elle est partie faire les courses. Je lui dirai de te rappeler dès son retour.

Tu l'ignores, mais désormais tu es une vie. Peut-être pas plus importante que celle d'un pissenlit, mais une vie quand même.

Omar quitta l'hôpital l'estomac noué. Il travaillait à mi-temps, devait rembourser des prêts correspondant à presque dix années d'études et ce, en pleine crise. Il fallait réparer le toit, refaire l'escalier, remettre la maison en état, la rhabiller de tôle ondulée et installer une clôture autour du terrain. Il fallait acheter une voiture. On ne pouvait pas se permettre d'interminables promenades à pied dans ce vent et cette neige fondue qui faisaient Reykjavik. Mais Omar n'avait pas plus d'argent à consacrer à une voiture qu'à un toit ou à un escalier. Il occupait un emploi à mi-temps mal rémunéré. Certes, le taux de chômage n'était pas très élevé, mais des gens plus qualifiés que lui étaient plus à plaindre. Et maintenant, voilà qu'il était papa. Le mot "père" avait quelque chose de tellement solennel. Quelque chose de grave. Il s'agissait d'arrêter les conneries. Cette minuscule vie dépendait entièrement de lui.

Seins. Tétons. Poitrine. Mamelles. Nénés. Nibards. Nichons. Tu te demandes bien pourquoi il n'existe qu'un seul mot pour lait.

Jusqu'alors, Omar et Agnes avaient vécu en vase clos – dans leur petite bulle, chacun ne voyait que rarement la famille et les amis de l'autre et ils passaient le plus clair de leur temps chez eux quand ils ne travaillaient pas. Or la naissance de Snorri Omarsson Lukauskas s'accompagna d'innombrables visites. Des tantes et des oncles que personne n'avait vus depuis des dizaines d'années arrivèrent en cohortes boulevard Sæbraut, ainsi que des amis, des connaissances et d'anciens copains de classe – leur domicile tenait alors autant d'une gare routière que d'une salle des fêtes tandis que Snorri pleurait et que ses parents tombaient de sommeil, les poches remplies de jouets en peluche et un bout de tarte à la crème dans la bouche. Agnes avait l'impression d'avoir constamment les seins à l'air. Snorri n'était pas un vorace, il léchouillait et suçotait de toutes les manières imaginables les tétons qui en étaient rougis et gonflés. Parfois, elle mourait d'envie de le balancer sur le mur du salon avant de prendre la porte – enfin, quand même pas. Évidemment qu'elle n'aurait pas fait ça. Car jamais le monde n'avait vu une pareille merveille que ce petit Snorri Omarsson Lukauskas.

Tu ne regardes pas, mais tu vois. Tu n'écoutes pas, mais tu entends. Tu perçois, mais cela ne t'atteint pas.

Les parents d'Omar leur rendirent plusieurs visites les premières semaines, ce qui représentait un sacré changement. Depuis plus de deux ans qu'ils étaient en couple, Agnes n'avait pas réussi à faire leur connaissance. D'ailleurs, elle ne les connut pas beaucoup plus à l'occasion de ces visites. Ils venaient surtout offrir des vêtements, gazouiller pour amuser leur petit-fils et interroger leur fils à tour de rôle pour savoir s'il leur manquait quoi que ce soit.

Quand Agnes demanda à Omar – une fois de plus – pourquoi il n'était pas plus proche de ses parents, il lui répondit que, précisément, il en était peut-être beaucoup trop proche.

J'ai habité alternativement chez l'un et chez l'autre jusqu'à l'âge adulte, expliqua-t-il. Et ce n'est pas la même chose de vivre avec un parent célibataire et de partager le quotidien de ses deux parents en couple. Un père et une mère célibataires se sentent seuls, ils ont besoin d'amitié et tiennent à avoir le soutien moral de leurs enfants. Ils ne peuvent pas jouer à la fois le gentil flic et le méchant, être à la fois durs et aimants, imposer la discipline et donner de la tendresse, et ils ne peuvent pas se partager les tâches. C'est donc par pure nécessité qu'ils choisissent l'amour – et l'amour pur engendre une proximité gênante. L'enfant unique de parents divorcés court le risque de se transformer en confident et les enfants n'ont pas à être les confidents de leurs parents.

Tu emplis tes poumons. Tu expires l'air. Tu observes cet air qui va se répandre dans le monde. Cela s'appelle respirer. Et c'est important.

La première semaine, Omar n'alla pas à la RUV, la radio-télévision nationale. Il resta à la maison à pouponner et à chercher un nouvel emploi – mais le jour où il reprit le travail, dix minutes après qu'il eut franchi la porte, Arnor apparut au sommet de l'escalier. Agnes l'aperçut par la fenêtre de la cuisine et courut se réfugier dans le salon. Snorri était endormi. Arnor frappa. Elle ferma les yeux et tenta de se convaincre qu'elle était ailleurs. Elle n'avait vu Arnor qu'une seule fois depuis son retour de Toronto – et encore, juste pour lui dire qu'elle n'avait plus besoin de discuter avec lui, qu'ils en avaient terminé, que tout était bouclé et que désormais elle devait se tourner vers d'autres interlocuteurs. Elle n'avait pas même mentionné leurs relations sexuelles, se contentant de se lever, puis de sortir. Il n'avait pas semblé vexé. Mais là, il frappait avec insistance à sa porte. Comme s'il savait – savait… comment ça ? Il n'y avait rien à savoir. C'était cinquante-cinquante. Snorri ne lui ressemblait vraiment pas. Mais alors, pas du tout. Cela ne le regardait pas. Que venait-il faire ici ?

Il cessa de frapper. Agnes se plaqua contre le mur afin qu'il ne puisse pas la voir par les fenêtres. Puis elle attendit en retenant son souffle. Il ne va pas me tuer, pensa-t-elle. Ce n'est quand même pas… Ce n'est pas un assassin. Qu'est-ce qui me prend ? Je pourrais tout de même lui parler. Il n'a rien d'un fou furieux.

Quand elle le crut enfin parti, elle inspira profondément et s'effondra dans le canapé pour y sangloter plusieurs semaines, mais Snorri se réveilla en hurlant.

Deux mains, deux pieds et cinq doigts. Cinq orteils, deux yeux et deux oreilles. Un zizi, des cuisses, des genoux et des mollets. Toi, tu ne vois rien que ton nez.

À la mi-avril, Omar se rendit à un entretien d'embauche. Sur proposition du Comité de défense de la langue islandaise, le ministère de l'Éducation avait décidé de publier un manuel du bon usage, destiné aux fonctionnaires, et on cherchait un rédacteur. Le profil du poste précisait que le manuel devait particulièrement s'attacher à proposer et promouvoir des mots nouveaux ainsi qu'à l'islandisation du jargon scientifique, domaine où l'anglais devenait vraiment trop envahissant. Il convenait aussi de répertorier et corriger les nombreuses fautes d'usage, telles la maladie du datif, les erreurs de concordance des temps, les erreurs de déclinaisons et la nouvelle voix passive.

Mais tout cela n'a bien sûr rien de limitatif, observa Sigridur, chargée de piloter le projet. Jeune, elle avait sans doute cinq ou six ans de moins que lui, de longs cheveux blonds et sa tenue était impeccable. C'était à se demander si elle n'avait pas suivi une formation dans le domaine. Médaille d'or olympique en brushing, diplôme du MFA en ombre à paupières et en fond de teint. Nous souhaitons aussi que ce livre soit un appel – une exhortation passionnée pour que les gens témoignent à la langue le respect qui lui est dû. Nous voulons que la protection de l'islandais ait quelque chose de sexy, vous me comprenez ?

Omar sursauta en entendant le mot. Lui faisait-elle subir un test ? Devait-il s'offusquer de l'anglicisme – ou opter pour le "sois beau et tais-toi" ?

Sexy ?

Oui, enfin, vous voyez. Séduisante, attrayante.

Ah oui.

Nous souhaitons que les fonctionnaires se sentent intelligents et beaux quand ils corrigent les fautes de grammaire des usagers – plutôt que d'avoir l'impression de se comporter comme d'insupportables *besserwisser*.

Des besser... ?

Oui, je voulais dire, des messieurs Je-Sais-Tout. Il faut parvenir à changer le point de vue des gens et gagner leur cœur... afin qu'ils désirent s'exprimer dans une belle langue. L'islandais correct doit redevenir la règle dans le management... pardon, je voulais dire, dans l'administration.

Il est trop tôt pour débattre des grandes questions philosophiques, mais en l'état des choses tu n'as pas le choix. Nul ne t'a jamais demandé ton avis.

Omar inspira profondément. Sigridur, la chef de projet, le regardait comme si elle avait eu un petit garçon face à elle. Un petit garçon dont la tête reposait sous le couperet d'une guillotine. Et Omar avait la même impression. Il ne parvenait pas à se détendre et à être lui-même – n'arrivait pas à se concentrer sur autre chose que la question de savoir s'il devait déboutonner sa veste et desserrer sa cravate afin d'avoir l'air plus à l'aise, ou ne rien changer afin de donner l'image d'un adulte responsable. L'enjeu était énorme. Il ne devait pas laisser cette occasion lui passer sous le nez.

Du plus loin que je me souvienne, j'ai toujours tenu la langue islandaise en très haute estime, commença-t-il, comme s'il débitait un article publié dans les années trente. J'observe son devenir autant dans les grandes occasions que dans des occasions moins solennelles. Je l'ai vue fleurir et s'épanouir dans la bouche de ceux qui lui témoignent leur affection et se flétrir sur les lèvres des incultes. Et je peux dire, sans l'ombre d'une hésitation, que ce serait pour moi la marque d'un honneur insigne que de me voir confier la tâche que vous évoquez. Et je crois, en toute humilité, que je l'accomplirai avec panache. Non seulement je me suis attaqué aux abus de langage dans le cadre de mes travaux universitaires, mais surtout rien ne m'est plus cher que la langue et son maniement. Et pour peu que quelqu'un ait le pouvoir de transmettre au monde la passion et l'amour de son idiome maternel, je me promets d'être de ceux qui lutteront sans merci pour le faire.

Exister. Tu t'efforces d'exister. Tu t'efforcerais aussi d'être bon si tu savais qu'on attend ça de toi. Mais tu l'ignores.

Allongé cul nu sur le tapis en plastique de la cuisine, Snorri urinait en l'air comme une fontaine tandis que ses parents prenaient leur café du matin. La neige commençait à fondre et tous semblaient si parfaitement heureux. Bientôt, l'été serait là. Snorri regardait ses parents, qui répondaient à ses regards – ils ne le quittaient pratiquement jamais des yeux. Un bonheur sans nuages. Omar se leva, attrapa une feuille d'essuie-tout sur le plan de travail et se pencha pour éponger l'urine. Snorri babillait en observant son père qui, lui aussi, gazouillait. Agnes bâilla et mordit dans sa tartine de pain grillé, surmontée d'une tranche de fromage et de marmelade.

Tu crois que tu auras le job ? demanda-t-elle la bouche pleine.

Je n'en sais rien. Ils m'ont promis de me recontacter.

L'entretien s'est bien déroulé, non ?

Oui, je lui ai dit ce qu'elle voulait entendre. La question n'est pas là, mais plutôt de savoir si elle m'a cru.

Ah bon ?

La défense de la langue n'est pas ce qui me passionne le plus. J'espère juste qu'elle n'ira pas lire mon mémoire de mastère.

Tu y dis quoi ?

Que la défense de la langue islandaise, telle qu'envisagée par le ministère de l'Éducation, revient à tuer dans l'œuf toute forme de pensée moderne ou postmoderne dans notre pays et qu'elle a pour conséquence de transformer les Islandais en paysans arriérés, plongés dans un total isolement.

Comme nous l'avons dit, tu as des pieds et des mains. Parfois c'est la main droite qui est aux commandes, parfois c'est la gauche. Tes pieds, quant à eux, vont ici et là à leur gré, parfaitement autonomes.

Je trouve ça fascinant, reprit Agnes, de pouvoir façonner une langue et de manipuler toute une société. Diriger une nation en définissant la nature même des concepts auxquels ses citoyens devront recourir pour penser. Par exemple, ça change tout si on traduit un mot étranger couramment utilisé comme *objektift* par les termes purement islandais signifiant *objectal* ou *impartial*. Aucun de ces deux termes ne correspond vraiment à la notion exprimée par *objectivement*.

Mais est-ce vraiment un boulot que j'ai envie de faire ? poursuivit Omar, incapable de trancher la question.

Agnes haussa les épaules. Je te conseille Victor Klemperer. Son livre *Lingua Tertii Imperii* existe en islandais.

Klemperer, tu veux parler de ce nazi ?

Il n'était pas nazi, mais juif. Ou plutôt protestant luthérien d'origine juive. C'est d'ailleurs pour cette raison qu'il a perdu son travail. Pour s'occuper, il s'est penché sur les changements linguistiques opérés par le Troisième Reich, en temps réel. Il notait à longueur de journée ce qu'il entendait à la radio, dans les films, les discours, ce qu'il lisait dans la presse, consignait l'apparition de mots nouveaux et calculait le nombre d'occurrences, la fréquence de leur utilisation.

Au lieu de s'intéresser au grotesque – et aux grosses ficelles – comme le faisaient la plupart des opposants au Reich, il s'attachait à l'usage quotidien de la langue. Quand on lit son livre, on a de la peine à le croire – il y mentionne des trucs complètement délirants. Avec le recul, on voit le ridicule de certains glissements de sens dans la langue quotidienne, pervertie par le Reich.

Tu as des exemples ?

Tiens, le recours au nom d'Hitler en tant qu'adjectif ou adverbe à connotation positive. Au lieu de dire "Il fait une douceur incroyable ces temps-ci", les gens disaient "Quelle douceur-Hitler ces temps-ci !"

Ha, ha, ha !

Je ne te le fais pas dire !

C'est évident : tu ne peux plus reculer. Ce n'est pas le genre de chose qu'on abandonne comme ça, au beau milieu. Je parle évidemment de cette vie.

4

Linda et Omar eurent le temps de recommencer quatre fois avant la fin du semestre, et une dernière entre Noël et le jour de l'An, puis le jeune homme partit rejoindre son père à Thisted. Il voulait prévenir Linda qu'il allait déménager, mais n'en trouva jamais le courage. Les choses étaient parfaites en l'état et c'était assez douloureux pour lui de savoir qu'il allait partir sans qu'il puisse y faire quoi que ce soit (même s'il n'avait rien tenté pour rester). S'il l'apprenait à Linda, ils ne parleraient plus que de ça. Linda était la plus belle personne qu'Omar ait jamais touchée, vue, léchée, mordillée et lapée – il refusait de la voir malheureuse. Elle pouvait jouir de son bonheur tant qu'ils étaient ensemble et être triste quand il serait parti. De cette manière, il pensait décupler leur joie tout en évitant les heurts, les conflits, les problèmes et la douleur. Ainsi, ils conserveraient de cette aventure le meilleur des souvenirs.

Comme tous les lycéens de son âge, il venait de passer l'examen sanctionnant ses connaissances en danois, langue qu'il étudiait depuis sept ans, et, comme eux, il était bien incapable de la parler, en dépit du travail qu'il avait fourni et de ses résultats honorables. Ses parents n'avaient pas envisagé ce problème, pas plus d'ailleurs que son nouvel établissement à Thisted qui, sachant qu'il avait réussi son examen de danois, ne voyait aucune raison de mettre en doute la valeur du diplôme islandais. Or, il ne parvenait même pas à se faire comprendre quand il voulait acheter un hot-dog – dans une baraque de rue qui ne vendait que ça. Incapable de dire à quels cours il assistait, il ne comprenait pas ce que disaient les profs ni ce qu'ils écrivaient au tableau et encore moins le contenu des manuels scolaires. Certains de ses camarades tentèrent de lui parler anglais, mais en général un enseignant ou un surveillant surgissait alors de nulle part pour leur dire qu'ils devaient être à même de communiquer en danois, étant tous ressortissants des pays nordiques. Au bout d'un mois, Omar cessa d'aller au lycée.

Jusque-là, il ne lui était jamais venu à l'idée qu'on puisse simplement sécher les cours et mettre fin à sa scolarité. Certes, il disait au revoir à son père et quittait la maison le matin, mais il rentrait dès que celui-ci était parti au travail. Il s'affalait alors sur le canapé, regardait des vidéos, jouait à Sonic Hedgehog, écoutait Nirvana ou se masturbait sur les annonces coquines des journaux du soir tout en essayant de se rappeler le sexe de Linda – la seule et unique – avec des résultats plus ou moins convaincants.

Un soir, son père lui annonça que le lendemain, ils quitteraient enfin "l'indigence et les ténèbres du Moyen Âge" – en d'autres termes, il avait acheté un ordinateur. Un Macintosh Performa 2500 flambant neuf, équipé d'un lecteur de CD-ROM, d'une encyclopédie et d'un accès Internet. Peut-être cette décision subite avait-elle été motivée par le coup de fil qu'Örn avait reçu du lycée deux jours plus tôt, qui l'avait informé que son fils n'assistait plus aux cours depuis trois semaines. L'atmosphère à la maison oscillait entre déception et colère – Omar avait promis de retourner en cours, mais n'en avait rien fait – et Örn avait l'impression de le trahir dans tous les sens du terme. En fin de compte, le père avait fini par s'avouer que ce n'était pas tant l'absence d'Omar au lycée qui l'inquiétait, mais plutôt le fait qu'il ne consacrât pas ses journées à des activités dignes d'intérêt. On pouvait toujours reprendre ses études – mais c'était une autre paire de manches d'insuffler une vie nouvelle à un cerveau mort d'inanition.

Délaissant la SEGA Megadrive et la lecture des annonces coquines, Omar commença à traîner sur l'IRC, l'Internet Relay Chat, tout en attendant que sa connexion 14,4 Mo/seconde charge le porno Internet balbutiant. Sur l'IRC, il s'appelait "Pesto" (il avait d'abord opté pour "Dosto", mais s'était ravisé au dernier moment) et il lui était aussi facile d'être charmant dans ces salons de discussion qu'il peinait à séduire les autres dans le "monde réel". Sur l'IRC, il pouvait également changer d'identité à sa guise, adopter n'importe quelle opinion et, point capital : on ne le forcerait jamais à en déménager. Si sa mère demandait à le récupérer – peu importait quand –, il aurait simplement besoin d'emporter Internet dans ses bagages. Il l'emporterait quand son père irait vivre ailleurs, s'il allait en internat ou s'il quittait le domicile familial, il emporterait avec lui ce lieu qu'était le salon #ICELAND et sans doute tous les autres. L'IRC annihilait à la fois la notion d'espace physique et les barrières mentales qui l'avaient jusque-là séparé d'autrui. Et l'IRC était éternel. On n'arrêtait pas le progrès.

Omar calcula que, non seulement d'un point de vue économique, mais aussi pour gagner du temps, il valait mieux acheter la revue porno *Rapport* à la station-service du coin que d'attendre des journées entières le chargement de quelques photos. L'ordinateur était tout neuf et, malgré ça, la plupart des gens avaient des connexions deux fois plus rapides que la sienne. Il mit à profit ce gain de temps pour exprimer ses sentiments à travers des poèmes. “Je suis le sillon sur le vinyle de la solitude, écrivait-il, mais le monde ne me chante que silence” et ainsi de suite. Pesto distribuait ses poèmes aux filles qui discutaient sur l'IRC – en tout cas, elles prétendaient être de sexe féminin, ce qu'il lui arrivait également de faire. Et ça n'avait que peu d'importance, se disait-il. Tant que personne ne découvrait la supercherie, on ne pouvait pas le montrer du doigt, ce qui se produisit malgré tout quelquefois, comme il fallait s'y attendre, et là, il s'en trouvait très vexé.

À l'approche de l'été, Örn tint à ce que son fils mette un peu plus souvent le nez dehors. Le visage d'Omar continuait en effet de refléter le scintillement verdâtre et pâle de l'écran, y compris quand l'ordinateur était éteint. Et, pour l'encourager à prendre l'air, Örn lui dégota un emploi comme arpette chez un paysagiste de la ville, le privant ainsi de tout ce qui avait donné une valeur à sa vie depuis son arrivée au Danemark. Le travail n'était pas aussi barbant qu'Omar l'avait imaginé et le grand air n'eut pas pour seule conséquence de l'empêcher de se consacrer aux muses de la poésie. Il n'avait plus du tout l'impression d'être un sillon sur le vinyle de la solitude. Cela n'avait sans doute que peu à voir avec le soleil, l'air frais ou la douce odeur de l'herbe fraîchement tondue, mais bien plus avec Mette, la fille du paysagiste, qui draguait l'Islandais avec une telle ardeur que ce dernier avait l'impression de planer sur un nuage rose bonbon à longueur de journée, le visage empourpré, gloussant comme une gamine.

Or, à quinze ans, Mette n'était pas disposée à se donner à tous ceux qu'elle allumait sous prétexte qu'elle les trouvait mignons. Et Omar était incapable de lui demander quoi que ce soit. Certes, son anglais était convenable, mais il était trop chamboulé pour exprimer clairement ses désirs – et encore plus pour les satisfaire. Avec Linda, il avait simplement attendu qu'elle prenne l'initiative et brise la glace. Il pouvait donc bien patienter jusqu'à ce que Mette lui saute dessus.

Un jour, elle le laissa lui caresser les seins sous ses vêtements. Le soir même, son père lui annonça qu'on lui proposait un poste à Egilsstadir et qu'ils rentraient en Islande dès la fin du mois. Omar préférait ne rien dire à Mette – même s'il refusait que le silence s'installe entre eux. Mais voilà, espérant coucher avec elle avant son départ, il ne pouvait risquer de mettre en péril le fragile équilibre de leur relation naissante. Mette apprit toutefois la nouvelle par son père. Örn l'avait appelé pour le prévenir qu'il devait rompre le contrat de son fils et l'entrepreneur l'avait répété à sa fille. Là, tous les verrous sautèrent, Mette et Omar firent l'amour en pleurant jusqu'au départ du jeune homme et, au moment des adieux, ils se promirent de garder le contact quoi qu'il arrive, même si ni l'un ni l'autre ne se donnèrent jamais aucune nouvelle.

5

Agnes voulait discuter en tête à tête avec Arnor. Or une jeune mère ne saurait aller nulle part sans son enfant, aussi coincée que si le petit était agrafé à ses seins. Le nourrisson se contente de manger et de dormir, et il ne peut faire ni l'un ni l'autre en l'absence de sa mère. Elle pouvait demander à Omar de surveiller Snorri – mais seulement pour faire un saut au magasin du coin, sortir un moment et prendre un peu l'air. Seule. Il n'était évidemment pas question qu'elle lui demande de s'occuper plus longuement du petit car jamais elle n'aurait le courage de lui dire pour quelle raison il était si urgent qu'elle voie Arnor – afin de lever chez lui toute forme de doute. Quoi qu'il en soit, les jeunes mères n'avaient en général aucune raison de fréquenter des historiens néonazis.

Tu n'es qu'un nourrisson. Non, ce n'est pas un problème. Mais tu n'as pas accès à la cuisine. Tu ne décides de rien et c'est comme ça.

Dès que Snorri pleurait, Omar le prenait dans ses bras, l'enveloppait, le pressait doucement contre sa poitrine. Il le berçait, le balançait, gazouillait, lui chantait des chansons, lui tendait sa sucette et un biberon, changeait sa couche et s'efforçait de le rendormir. Mais Snorri ne trouvait le sommeil que dans les bras de sa mère. Ce n'était pas qu'il eût toujours faim ou qu'il dût s'alimenter constamment : il voulait simplement s'assurer que la source de nourriture était toujours à proximité et vérifier que tout était en ordre. Mon sein, semblait-il dire. Qu'on m'apporte mon sein !

Omar était le type d'homme désireux de partager les tâches ménagères. Il faisait la vaisselle, préparait les repas et passait la serpillière. Certes, il n'était pas très doué avec l'aspirateur dont le bruit strident lui perçait les tympans, mais il se pardonnait ce petit écart – bien qu'imparfait, il était tout de même un homme moderne. Et ne supportait pas que son fils le rejette.

Le soir, quand Agnes et Snorri étaient endormis, il se réfugiait dans la salle de bains et pleurait en silence. Il aurait voulu pouvoir faire les mêmes choses qu'Agnes – mais en était incapable et sentait l'enfant s'éloigner de lui tandis qu'il se rapprochait de sa mère sans qu'il puisse rien y faire. Au bout de quelques semaines – pour le meilleur et pour le pire –, Snorri était devenu le domaine exclusif d'Agnes sans qu'Omar eût son mot à dire. Peu à peu, il se fit une raison et cessa de pleurer.

On essaie de ne pas trop compatir à ta situation. Ce serait épuisant. On ne s'en remettrait pas.

Omar obtint le poste. Il en était heureux même s'il n'avait pas vraiment envie de faire ce travail. Il avait surtout hâte d'être payé, satisfait de recevoir des émoluments non seulement supérieurs au traitement de base dont il avait dû se contenter jusque-là, mais qui atteignaient en outre pratiquement le salaire moyen national. Il aurait désormais de quoi s'acheter une voiture, refaire son toit et son escalier. Il pourrait acheter un porte-bébé Babybjörn, un lit à barreaux, des couches en tissu, un ours en peluche énorme et des fleurs pour sa dulcinée. Et peut-être même s'offrir un iPad. Pour la maison. Un vidéoprojecteur. Pour la maison. Une friteuse électrique et une machine à faire les pâtes. Pour la maison. Il pourrait emmener sa petite famille à Jurbarkas et rendre visite aux grands-parents de Snorri. Il pourrait l'emmener sur la Costa del Sol, à New York ou au ski à Akureyri.

Tu commences à regarder le monde qui t'entoure. Il te laisse assez perplexe, mais cela ne changera pas. Tu t'attendais à mieux.

Arnor ne revint pas. Trois semaines passèrent, puis quatre – sans qu'Agnes parvienne à oublier ses inquiétudes. Ça la rendait dingue. Les quelques heures où elle aurait eu le temps de dormir, elle restait allongée, les yeux ouverts, cherchant une solution. Comment pouvait-elle empêcher Arnor de venir troubler ce bonheur familial idyllique ? Reykjavik était si petit, c'était insupportable. Arnor avait dû apprendre la naissance d'une manière ou d'une autre. Peut-être l'avait-il aperçue à la Bibliothèque nationale – avec son gros ventre et ces *plouf* qu'on entendait quand elle avançait. Même si elle était surtout restée travailler à la maison les derniers mois, elle était allée là-bas pour y emprunter des livres à raison d'une fois toutes les deux semaines. Quelqu'un avait appris sa grossesse à Arnor. Les filles qui travaillaient au self-service. Celles qui étaient au service des prêts. D'autres étudiants. Tous savaient qu'ils se connaissaient – ou s'étaient connus. Qu'ils passaient des heures ensemble. Il fallait qu'elle le voie. Qu'elle l'affronte. Qu'elle lui explique. Qu'elle lui fasse comprendre quelque chose. Mais quoi ? Quoi exactement ?

Tu ne ressembles pas à la plupart des enfants. Pas plus qu'aucun enfant ne ressemble aux autres. Vous êtes tous intensément uniques. Intensément, intensément. Simplement intensément. Je ne saurais le souligner avec l'intensité adéquate.

Trois ans plus tôt, Agnes avait découvert Arnor dans un vieux numéro de *Renaissance aryenne* – non qu'il ait été l'un des contributeurs, mais parce que la revue renvoyait à un article qu'il avait publié dans le *Morgunbladid*. La citation, des plus ampoulées, soulignait l'importance de la notion de nation et de la culture dans leurs pires acceptions – avec une pincée d'islamophobie assortie d'une peur de voir l'Occident disparaître, *sic transit gloria mundi* et tout le bataclan. Agnes avait cherché l'article sur le site Internet du journal, pensant d'abord qu'il était le fait d'un vieux ronchon. Le style, guindé et ronflant, était puant de pédanterie. Pour peu, on aurait cru Hannes Hafsteinn revenu d'entre les morts. Elle avait regardé la photo de l'auteur, un drôle d'oiseau plutôt bel homme, Arnor Thordarsson, qui se donnait le titre de doctorant en histoire et qu'elle reconnut immédiatement, ayant assisté à des conférences qu'il avait données au Goethe Institut de Reykjavik l'année précédente. Il avait traité du soutien du politologue allemand Carl Schmitt aux autodafés pratiqués par les étudiants du Troisième Reich. Schmitt était d'avis qu'ils n'allaient pas assez loin – car les étudiants ne brûlaient pas les œuvres d'auteurs aryens ayant subi des influences juives. Agnes avait consulté son agenda afin de vérifier si elle avait pris quelques notes :

"Nos respectables grands-mères et tantes lisaient les poèmes de Heinrich Heine les yeux humides de larmes bourgeoises en s'imaginant qu'il était allemand." Agnes avait également noté la phrase suivante : "Le fait d'écrire en allemand ne transforme pas un Juif en Allemand, pas plus que de faux billets en marks ne donnent au faussaire la nationalité allemande."

Agnes se souvenait clairement que ces citations étaient de Schmitt – et n'avaient rien à voir avec les opinions personnelles ou les interprétations d'Arnor Thordarsson –, elle avait décidé de contacter cet homme étrange si profondément nationaliste, si jeune et pourtant si vieux. Et si irrésistiblement mignon. Peut-être l'aiderait-il à définir son angle de recherche.

Tu vois la volonté d'autrui devenir action. Une chose en entraîne une autre. Désir devient accomplissement. Tu sais que tu peux apprendre, mais tu ignores simplement par où commencer.

Comme la plupart des Islandais, Arnor Thordarsson était sur Facebook. Encore plus mignon sur sa photo de profil que sur celle publiée par le *Morgunbladid*, il avait un peu plus de deux cents amis, était membre de toutes sortes de clubs – principalement étrangers – qui se passionnaient pour l'histoire, et parmi lesquels figuraient The London Third Reich Society et Holocaust Enthusiasts. Il était par ailleurs inscrit à l'université de Saint-Pétersbourg même s'il semblait demeurer à Reykjavik. Agnes l'avait invité comme ami, expliquant que, étudiante en mastère, elle travaillait sur le populisme et les néonazis en Islande. Elle lui proposait une rencontre autour d'un café. Il l'avait ajoutée à sa liste d'amis dès le lendemain et avait répondu à son message en lui disant qu'il était libre dans l'après-midi, mais qu'ensuite, il serait à Saint-Pétersbourg pendant quatre semaines. Il avait proposé qu'ils se retrouvent au Café Hresso à quinze heures. Au lieu de conclure son message par un smiley, il l'achevait par la formule “Amour et baisers!”. Agnes avait trouvé ça aussi bizarre qu’intrigant, mais également plutôt gonflé, même s’il était très mignon. Elle lui avait quand même répondu en le remerciant pour sa réactivité et en lui disant qu’ils se verraient donc au Hresso.

Puis elle était allée voir son mur.

Tout est si diablement prévisible. Tu actionnes un nerf et tu clignes des yeux. Tu en actionnes un autre, tu serres les dents. Un troisième – et là, tu reçois le jet en plein visage.

Sur Facebook, on met son âme à nu – on se dénude face à tous ses amis et connaissances en criant: me voici! Jugez-moi à l’aune de ce que je partage ici avec vous! Le mur de Facebook est là pour alimenter l’image que les gens ont d’eux-mêmes – il est vide à votre inscription, c’est une *tabula rasa*, une *carte blanche* (on pourrait décliner le concept dans d’autres langues élégantes), un nourrisson sur lequel on inscrit des symboles. Et bientôt vous devenez la somme de ces symboles.

Arnor partageait des vidéos qu’il glanait sur Youtube: Joseph Göbbels présentant le *Horst Wessel Lied*, négationnisme et blagues racistes – citations de Francis Parker Yockey ou de Willis A. Carto, sans oublier celles de Göbbels –, reportages traitant d’attentats terroristes, de constructions de mosquées, de mutilations sexuelles, d’interdiction du port de la burqa, d’agressions à l’acide, de rebelles africains et de… soupir consterné… soupir consterné… soupir consterné…

Pauvre Agnes qui s’était imaginé avoir rendez-vous avec un historien nationaliste au regard fascinant. Dans quoi s’était-elle donc fourrée?

Cela n’a rien de drôle et tu n’es pas mignon. Ce gazouillis permanent commence à t’agacer. Tu veux savoir des choses. Tu entends acquérir des connaissances. Ta patience a ses limites. Ça suffit! Ça suffit!

Arnor était professionnel dans la mesure où l’image qu’il donnait de lui dans son travail – à travers ses conférences ou les articles qu’il publiait dans le *Morgunbladid* – n’avait rien de commun avec l'homme qu'il était réellement dans la vie quotidienne. D'une certaine manière, c'était la première fois qu'Agnes rencontrait cet homme qui, assis à une table dans un coin du Hresso, feuilletait un numéro du magazine *Mannlif* en avalant son café. Elle n'avait jamais croisé quelqu'un qui lui ressemblât de près ou de loin. Arnor Thordarsson était en proie à une permanente agitation, comme si ses membres grouillaient de serpents à sonnette – hyperactifs – et il offrait un spectacle vraiment fascinant. Il feuilletait le magazine d'une main, comparait les rubriques qui le composaient tout en les lisant tandis que, parallèlement, il regardait les photos et lisait un autre article. Son autre main tenait sa tasse de café dans le vide, l'approchant et l'éloignant de ses lèvres en un manège aussi imprévisible qu'aléatoire. Agnes le toisait comme si elle avait eu face à elle une personnification de l'arrivée du printemps, une nuée d'oiseaux volant de branche à branche tandis que le soleil brillait toujours plus haut.

Celui qui ne t'aime pas ne t'aime pas, non pas à cause de ce que tu es, mais de ce qu'il voit en toi. Celui qui t'aime ignore qui tu es. Cela, nul ne le sait.

Dès qu'elle eut allumé le dictaphone, Arnor prit la parole.

Je suis un homme à l'état brut et j'en viens droit au fait quand je le juge nécessaire. Je n'ai aucune raison de me comporter face à toi comme face à une enfant ou une demeurée – nous sommes deux adultes dotés d'une conscience mature, animés de désirs matures, nous avons tous deux un niveau d'études élevé et nous avons peu, extrêmement peu de temps, n'est-ce pas ?

Agnes cligna des yeux et hocha la tête. Tiens, pourquoi donc avait-elle cligné des paupières ?

J'ai toujours beaucoup aimé le verbe *enjôler* – en islandais *gilja*, un proche parent de l'anglais *beguile*, qui signifie non seulement faire la cour à une femme, l'attirer et lui faire l'amour, mais aussi l'amuser, la distraire, se plier en quatre pour lui plaire. Il y a dans ce verbe quelque chose de très joueur – quelque chose d'aussi taquin, d'aussi mutin et d'aussi beau que tu es belle.

Agnes ne répondit rien.

En outre, il rappelle le mot *gil* – qui signifie *faille* et dont je n'ai pas besoin de t'exposer les connotations sexuelles –, quant à *gilli*, c'est un mot ancien pour parler de la fête. Et je suis doué pour la fête.

Agnes continuait de se taire.

Et j'ai mes désirs. Que l'omniscient m'en soit témoin, j'ai mes désirs et mes besoins. Dès que je t'ai vue avancer vers ma table, cette façon que tu as de marcher, de sourire poliment – oui, poliment, parce que évidemment, d'une certaine manière, je te dégoûte – dès que je t'ai vue me tendre la main, je n'ai plus eu qu'une seule envie : t'enjôler. En clair, j'ai eu envie de coucher avec toi.

Tu n'aimes pas aussi ardemment que tu le crois. Pas plus que tu n'aimes ce que tu crois aimer.

Tu aimes plus fort que tu ne le penses. Ce que tu ne soupçonnes pas d'aimer.

Tu n'imaginerais jamais. Combien tu aimes. En y regardant de plus près.

Au lieu de lui répondre, Agnes éteignit le dictaphone, se leva et s'avança vers le comptoir pour y commander un grand café *latte*. La serveuse lui répondit qu'elle lui apporterait la consommation à sa table, mais Agnes objecta qu'elle préférait attendre. Quelques minutes plus tard, l'employée posa sur le zinc une longue cuiller et un grand verre transparent rempli de café au lait. Agnes attrapa les bords brûlants et retourna à la table d'Arnor.

Tu ne crois pas qu'on devrait tout reprendre au début ? Je m'appelle Agnes.

Arnor répondit par un rire tonitruant. Là, tu me coupes la chique ! Dire que je m'amusais tant à te couvrir de compliments et à te regarder trembler comme une feuille.

Agnes ralluma son dictaphone. Tu appelles peut-être ça des compliments, mais pour moi, c'est vulgaire et insultant.

Vulgaire et insultant ?

Et artificiel. Nous avions prévu d'aborder d'autres sujets.

Le lait se fait attendre. L'urine te brûle la peau. La morve coule en cascade sur ta lèvre supérieure. Des inconnus te serrent dans les bras et appuient sur ta couche, l'urine remonte, la merde te colle au bas du dos. Il y a des jours où la vie n'est qu'une longue épreuve.

Arnor fit taire son rire. Écoute, ma petite, il ne faut pas s'étonner qu'aujourd'hui une personne sur deux souffre de troubles liés à l'angoisse ou d'hyperactivité – on a éradiqué toute forme de joie au sein de l'existence. Nous jugeons les paroles et les actes d'autrui avec une telle véhémence – celui-là est trop vulgaire, celle-là trop artificielle, ceux-là sont trop Windows et lui, il est raciste, telle chose est du machisme et une autre du machisme inversé. Bref, nous avons tous quelque chose à nous reprocher. Et en général, pas une seule, mais toute une panoplie de menus défauts de comportement. Nous savons très bien que nous sommes coupables, c'est d'ailleurs pour ça que nous souffrons – en général, nous n'avons pas besoin qu'on nous détaille la liste de nos tares. Soit, il m'arrive de l'oublier. D'oublier d'avoir honte d'être tel que je suis. Mais excuse-moi, ma chère petite, si ma vulgarité t'a insultée.

Sur quoi, Arnor se leva et se dirigea vers la sortie.

Trop occupé à lutter pour ta survie, tu ne peux te permettre de lâcher les rênes, ni t'autoriser à t'extasier. Tu veux regarder sans qu'on te regarde.

Ce qui éveilla la curiosité d'Agnes – ce qui l'attira – chez Arnor était précisément ce qui la dégoûtait dans son attitude : cette propension irrépressible qu'il avait de toujours dire ce qu'il pensait, sans se soucier de savoir si c'était approprié à la situation ni mesurer les conséquences de ses propos. Et ce, quel que soit le sujet. La plupart de ses opinions avaient quelque chose de déplaisant – il éprouvait une véritable aversion pour une bonne partie du genre humain, non seulement pour les "Hottentots et autres nègres à plumes", mais aussi pour les banals citoyens, ses coreligionnaires racistes, les politologues, les hommes d'affaires, les artistes, les intellectuels, les ouvriers et même les enfants qu'il trouvait dorlotés et surprotégés au point d'en devenir insupportables – bien qu'il soulignât que les parents étaient les premiers responsables. Mais, parallèlement à ce mépris, on décelait son désir enfoui de voir les choses s'amender pour l'avènement d'un monde meilleur. Certains de ses propos laissaient entrevoir qu'il considérait la société humaine comme sacrée, les hommes eux-mêmes étant des saints égarés du droit chemin. L'être humain avait au fond de lui toutes les ressources nécessaires pour tendre vers le sublime ; il suffisait qu'il renonce à l'hypocrisie et à la bêtise : *il pourrait ainsi devenir humain*. Quand Agnes envisageait Arnor sous son jour le plus positif, il lui semblait qu'il était la seule personne vraiment libre parmi ses connaissances – et la liberté qu'il affichait en actes, en pensées et en paroles l'attirait irrésistiblement. Comme une mouche vers une bouse de vache, se disait-elle, fort peu flattée de la comparaison.

Peut-être que, en fin de compte, l'amour est la trame de la vie. Mais il faut d'abord apprendre à tenir sur ses jambes. Allez, Snorri, debout ! On aurait tous aimé passer notre vie au sein, mais les autres ne nous en ont pas laissé le loisir.

Ils se croisèrent par hasard pendant l'été. Arnor avait pris un bureau à la Bibliothèque nationale. Il était installé au troisième étage, Agnes au deuxième. Ils tombèrent nez à nez dans la cage d'escalier. Elle s'arrêta et lança un salut avant même de le reconnaître et de se rappeler où elle l'avait vu. Elle ne pouvait s'empêcher d'être avenante, elle était comme ça. Elle disait bonjour à tous ceux qui croisaient sa route, au point que la chose devenait parfois gênante, comme le jour où elle avait salué chaleureusement cet acteur qu'elle avait vu deux jours plus tôt sur scène, mais qu'elle ne connaissait ni d'Ève ni d'Adam. Et celui où elle avait souri de toutes ses dents à Gisli Marteinn, l'ancien présentateur télé devenu homme politique. Et cette fois où il l'avait saluée, le lendemain. Comme s'ils étaient copains.

Te voilà de retour, commenta Agnes. Les bras chargés d'un gros carton sans doute rempli de notes et de photocopies, Arnor afficha un large sourire. Ses cheveux avaient considérablement poussé et gagné en volume depuis l'hiver.

On m'a autorisé à finir ma thèse ici. Je crois que c'est important que je sois en Islande, c'est là que sont mes sources et mes racines et…

Oui, c'est une très bonne chose. Agnes lui retourna son sourire. Mais bon, excuse-moi, je dois filer. Sur quoi, elle descendit les dernières marches et disparut à l'intérieur de la cafétéria.

Pourtant, tu es heureux la plupart du temps. Y compris quand tu pleures, tu es content. Car l'amour est sans doute la trame de la vie, voilà de quoi se réjouir, même quand ça ne tourne pas rond, même quand tu sanglotes. Nul besoin d'y voir une contradiction.

À l'automne, les banques firent faillite. La nation "se rassembla" et, debout comme un seul homme sur la place d'Austurvöllur, exigea que les responsables se dénoncent. Au même moment, Agnes perdit le contrôle de son mémoire de mastère – elle ne savait plus ce qu'elle faisait ni pourquoi. La charge qu'elle avait voulu livrer contre la xénophobie qui régnait en Islande n'avait plus aucune raison d'être, c'était la disette, le texte de son mémoire lui glissait entre les doigts. Désormais coupé de toute connexion avec le réel, il se désagrégeait dans le lointain, comme un nuage de poussière. Désespérée de voir que tous ses interlocuteurs avaient disparu, elle se tourna à nouveau vers Arnor qui était solide comme un roc. Sa philosophie demeurait inchangée. Contrairement à d'autres, il ne brassait pas l'air en quête de réponses. Non seulement il savait ce qu'il pensait, mais il était capable de l'exprimer clairement et, malgré le caractère volontiers sentencieux et provocant de ses propos, frappés au sceau du dégoût que lui inspiraient nombre d'individus, il avait au moins l'avantage de ne pas se contredire.

À partir de ce moment-là, ils se virent une fois par semaine au bar *Kaffibarinn* – après la manifestation du samedi. Assis dans un coin, ils discutaient à voix basse tandis que les autres clients – principalement des hommes entre vingt et trente ans – relataient leurs accrochages avec la police, comparaient la taille de leurs bleus et le gonflement de leurs yeux, dû aux gaz lacrymogènes. Leurs blessures de guerre.

Tu observes le monde, désireux de savoir comment nommer chaque chose. On te donnera les réponses, puis elles seront démenties. On te dira que ce n'est pas si simple, tu étais prévenu. Tout cela est très, très complexe, ajoutera-t-on.

La nation a perdu le nord, commenta Arnor. En à peine vingt ans, elle est parvenue à se façonner une image de soi entièrement neuve qui se fonde sur de simples intuitions et sur une puissance pour ainsi dire matriarcale – cette nouvelle image s'inspire de valeurs féminines beaucoup plus que de celles, masculines, qui étaient autrefois à l'honneur. En dépit de toutes les élucubrations romantiques sur la lutte pour l'indépendance, il est évident qu'à l'époque, on exaltait les valeurs de réalisme et d'éducation – et leur romantisme tenait largement au fait qu'elles s'opposaient à l'obscurantisme et prônaient les idées des Lumières. Il fallait éduquer la nation et prouver que ceux qui vivaient ici n'étaient ni des elfes ni des géants, mais des gens.

Il n'y a pas entre les nouveaux Vikings et la *Cute Generation* de Sigur-Ros, Mum et compagnie un fossé aussi large que tu l'imagines. Les uns comme les autres considéraient avoir des talents naturels, pouvoir se passer d'éducation autant que de conseils, ignorer les antiques valeurs païennes et l'ancienne morale. Ils envisageaient la nature islandaise comme un simple décor bien pratique pour le commerce – qu'il s'agisse de vendre de la musique, de l'aluminium, des emprunts ou des filles faciles.

Arnor parlait de manière ininterrompue, structurée et réfléchie, comme s'il lisait un texte. Il arrivait parfois qu'Agnes ne fasse rien d'autre que changer les cassettes de son dictaphone pendant leurs entrevues.

Tu te crois démuni, mais tu n'imagines pas ce qui t'attend. Avec le temps et les années, la vie t'arrachera tout ce qu'elle t'a donné – elle te donnera la force, puis te quittera, impuissant et désemparé. Tu verras !

Pendant que les musiciens flirtaient avec les mythes sur les elfes, poursuivit Arnor sans reprendre son souffle, les hommes d'affaires s'offraient leur petit trip viking ; or, qu'il s'agisse des elfes ou des Vikings, les uns comme les autres ne sont en réalité qu'une mémoire mythique – ils symbolisent un univers encore vierge des idées véhiculées par la philosophie des Lumières. C'est l'univers auquel les nationalistes, partisans de l'indépendance, voulaient nous arracher et que les détracteurs du même nationalisme veulent restaurer – l'univers de la bêtise. Ces gens ne revendiquent pas l'héritage de ceux qui ont couché les sagas sur le parchemin ou des érudits, mais celui des Vikings et de leurs hordes, une peuplade enlisée dans ses superstitions et le paganisme – ceux-là mêmes que les auteurs de sagas et les érudits du Moyen Âge tournaient en dérision.

L'image que les Européens ont d'eux-mêmes, à la différence des Arabes, des Asiatiques, des Africains et des Américains, se fonde sur les acquis des Lumières – et sur une réflexion consciente, que ce soit dans le domaine de la philosophie, des arts, de l'artisanat ou du commerce. Le monde vient de s'effondrer, le ballon de baudruche vient d'exploser et il ne reste qu'une plaie béante. Or quand les gens évoquent un retour aux bonnes vieilles valeurs, ils demandent qu'on revienne à celles des Lumières – qui sont les fondements de la nation européenne. Les Islandais veulent panser leurs blessures et reconstruire le monde, mais ils refusent de mettre la main à la pâte au nom d'idées fumeuses sur de prétendues dispositions naturelles – nous ne voulons plus de joueurs amateurs de mandoline ou de mélodica, nous ne voulons plus de banquiers gangsters qui n'ont peur de rien car ils sont privés de toute conscience, nous ne voulons plus de gens qui précipitent notre honneur à tous dans les ornières puantes de l'incompétence et de l'imprudence. Notre nation exige à présent du professionnalisme – elle tourne le dos au mépris qu'affiche l'imbécile face à la connaissance et à l'expérience.

Tu auras beau étudier sans relâche, ton ignorance ira grandissant. Sans doute cela implique-t-il d'avoir la sagesse de ne jamais renoncer. Mais ce n'est nullement certain. Gardetoi de limiter ton existence à ce jeu de cache-cache. La vie est plus vaste que ça.

Agnes et Arnor se retrouvaient ainsi, semaine après semaine, quelques heures durant, tandis que Reykjavik brûlait et que les Islandais envahissaient la Banque nationale, les antennes et le bâtiment du Parlement. Et petit à petit, Agnes s'habitua à lui, comme on s'habitue à un chat errant qui vient pisser dans le salon et faire ses griffes sur le canapé. Peu à peu, on arrête de penser qu'il le fait exprès et on se dit que c'est simplement sa nature. Arnor était comme ça et il n'y pouvait rien. Cela dit, il avait malgré tout certaines qualités. En dépit de son irrépressible grossièreté – il n'hésitait pas à lui mettre la main aux fesses si elle baissait la garde – et de sa xénophobie, qui se limitait toutefois aux individus n'appartenant pas à la sphère culturelle européenne, il avait quelque chose d'entier et de vrai. Exempt de toute fausseté, ses joies – ou ses consternations – n'étaient jamais feintes. Il ne souriait que lorsqu'il était véritablement content. Et même s'il ne craignait pas de haïr – de toute son âme, pensait Agnes –, il eût été injuste de le lui reprocher sans prendre en compte le fait qu'il ne craignait pas non plus les autres sentiments qui l'habitaient. Non seulement Arnor était capable d'aimer, mais il semblait parfois se consumer d'amour. Et Agnes avait beaucoup de mal à contenir ses effusions.

La vie est la trame de l'amour et elle finira par tout t'arracher. Elle t'élèvera dans le seul but de t'abattre à nouveau, de t'abandonner, mourant, avant de s'en aller pisser sur ta tombe à peine creusée. Rira bien qui rira le dernier.

Malgré son insistance, Arnor n'était pas violent. Quand il caressait Agnes d'une manière déplaisante, elle repoussait sa main comme si de rien n'était – sans hésiter ni balbutier. Persuadée d'être trop forte pour se laisser troubler par ce genre de chose, elle ne se sentait menacée ni sexuellement ni physiquement. S'il allait trop loin, elle n'hésiterait pas à refroidir ses ardeurs avec un bon coup de poing. Et, surtout, il était presque nain – elle le dépassait en taille et pesait bien dix kilos de plus. Parallèlement, elle se demandait si l'attitude qu'elle avait face à lui ne relevait pas d'une forme d'asservissement. Chaque fois qu'elle le laissait la tripoter – car elle le laissait effectivement le faire, elle laissait constamment ses petites mains revenir à la charge, le revoyait en connaissance de cause, même si elle le repoussait aussitôt –, elle lui laissait entendre qu'en fin de compte ce n'était pas un problème.

Comme s'il avait le droit de lui mettre la main aux fesses, aux seins, ou de lui caresser l'intérieur de la cuisse.

Nous ne voudrions pas te pousser au pessimisme, pas plus que nous ne voulons te forcer à ingurgiter de l'huile de foie de morue rance, te trouer la peau avec une aiguille pour te vacciner ou attendre que tu t'endormes en te laissant pleurer. Nous sommes la vie et nous connaissons l'avenir ; nous t'aimons et nous savons ce qui adviendra.

Il y avait ensuite les zones grises, les ambiguïtés. Comment devait-elle réagir quand il lui massait les épaules, lui caressait le dos parce qu'elle était fatiguée, lui passait la main dans les cheveux, lui grattait la nuque parce qu'elle avait mal à la tête, ou encore quand il lui ôtait ses chaussures pour lui masser la plante des pieds ? Tout cela ne revenait-il pas pour lui à assouvir ses désirs charnels ? Et quand il lui posait la main sur la cuisse ou venait poser son visage au creux de son cou ?

Elle voulait pouvoir décider et lui dire non. C'était agréable de connaître une personne qui soit capable de prendre le temps de lui masser les pieds, mais ça lui déplaisait que cette même personne ait la sale habitude de la surprendre en arrivant par-derrière pour lui peloter les seins. Car même si l'individu était très mignon et – à sa manière fort étrange – très séduisant, c'était également un odieux nazi et là, difficile d'en faire abstraction. Surtout si vous aviez des origines juives et que les nazis avaient assassiné vos arrière-grands-parents maternels. Tout cela n'était ni souhaitable ni très malin.

Mais tant qu'elle le maintiendrait à distance respectable, elle parviendrait sans doute à éviter le pire.

Tu n'as jamais entendu parler de l'histoire de l'humanité. Et si c'était le cas, tu n'aurais pas compris ce qu'on entendait par là. Cela dit, tu en fais maintenant partie et tu y as ton importance, même si, pour l'heure, nul ne sait ce que tu accompliras au fil du temps. Félicitations !

Agnes invita Arnor à l'anniversaire de ses trente ans au tout début de l'année. Elle le fêta dans un pub irlandais, rue Hverfisgata, profitant d'une offre spéciale – le sous-sol était fermé aux autres clients jusqu'à minuit. Elle portait une robe noire au-dessus du genou. Ses cheveux qu'elle venait de teindre en noir corbeau étaient joliment relevés. La plupart des invités avaient pris place à la grande table, couverte d'innombrables amuse-gueules, certains discutaient, debout au bar et, installé dans un coin, Arnor était venu – à sa grande surprise. Seul. Comme s'il était trop timide pour engager la conversation et qu'en même temps il ne voulait pas s'abaisser à ça, pensa Agnes, préférant le laisser tranquille. S'il était venu pour faire la gueule, alors qu'il fasse la gueule.

Quand tout le monde fut arrivé, les amis d'Agnes et ses camarades d'école passés et présents entonnèrent la chanson de circonstance, puis la reine de la fête eut droit aux discours et à la projection d'un diaporama de photos, accompagnés par les gloussements des convives. À la fin, on joua à "Mensonge ou vérité ?", un jeu de société que les copines d'Agnes (le comité des fêtes) avaient trouvé dans un numéro récent du magazine *Vikan*.

En résumé – reprit Sibba, qui connaissait Agnes depuis l'école primaire de Hjallarskoli –, chacun doit écrire deux phrases le concernant. La première doit dire la vérité et la seconde un mensonge. Les autres devront deviner laquelle est vraie et laquelle est fausse. Quand on a fini, on passe le relais son voisin et ainsi de suite jusqu'à ce que tous aient lu leur papier.

Tu as tout de même compris ce détail : tu ne proviens pas du divin, mais du vide. Ton origine n'est pas en Dieu. Tu es un exemple de génération spontanée tel qu'exposé dans un manuel scolaire, quoi que cela puisse laisser présager de la fin qui, immanquablement, sera la tienne. Peut-être n'as-tu rien à redouter.

Quand tous eurent devant eux de quoi écrire, Agnes commença. Elle se mit debout sur une chaise et le regretta aussitôt. Tout d'abord, sa robe était courte et l'idée que les autres puissent voir en dessous l'embarrassait. Ensuite, elle avait du mal à garder l'équilibre, juchée sur ses chaussures à talons hauts et, pour finir, elle en avait sans doute un petit coup dans le nez.

Ok, ok, ok, ok. Elle fit un grand sourire, s'efforça de prendre un air sévère, comme pour contrebalancer la légèreté de sa robe. Le moment est grave, mes chers invités. En premier lieu, je tiens à souligner que je lirai ce que j'ai écrit sans respecter aaaaaaauuuucun ordre, mais comme je le voudrai. Enfin, bref. Alors, mensonge ou vérité : je n'ai jamais… de toute ma vie… ma longue vie… *roulement de tambour !…* embrassé une fille !

Elle avait eu l'intention de dire *visité Auschwitz* – comme elle avait écrit sur son papier –, mais tout à coup cela lui avait semblé tellement lourd, même si cette visite était l'une des choses qui l'avaient le plus marquée de toute sa vie. Toute cette histoire humaine. Toute cette tragédie. Tout ce malheur. Elle avait quitté le camp en pleurant. *Embrasser une fille* n'était qu'une solution de rechange trouvée à la va-vite – une solution plutôt consternante. L'espace d'un instant, elle avait regretté de ne pas avoir dit *sucé une bite* – ce qui aurait été un peu plus croustillant. Et, d'ailleurs, elle n'était pas du genre à aller rouler un palot à des filles face à un appareil photo, même si elle l'avait fait une fois. Même si le moment avait été immortalisé sur une photo qu'on pouvait trouver sur Internet. Quand elle avait fait ça, elle n'était pas vraiment elle-même. Mais alors, vraiment pas.

Ensuite, mensonge ou vérité : j'ai… un frère jumeau qui me colle au cul !

Tous éclatèrent de rire.

Tu essaies de dégager un sens à tout ça, mais tes efforts sont vains. Soit personne ne t'écoute, soit tu ne t'exprimes pas assez clairement. À moins que ce ne soit le sens lui-même qu'il faille mettre en cause, que ce ne soit lui qui se dérobe constamment et non toi, qui serais incapable de le saisir.

On oublia Arnor. Assis seul dans son coin – le sourire narquois – il écoutait les autres confesser toutes sortes de comportements sexuels, de beuveries, de maladies, de liens familiaux et de choses d'une vulgarité à peine avouable et que personne n'aurait jamais réellement confessés en présence d'une assemblée sans doute capable de s'en souvenir et de les colporter. *Meurt le bétail, meurent les parents.* Et meurent les imbéciles bavards, pensa-t-il.

Il attendit patiemment que son tour arrive – prêt à se lever et à participer à la fête, enfin, après avoir passé tout ce temps à rêvasser en solitaire. En fait, il avait envie de participer – tout ça avait l'air assez drôle. Ce n'était pas seulement le jeu, mais aussi la compagnie qui lui plaisait, de même que l'idée de s'intégrer à ce groupe. Mais, juste avant que vienne son tour, on envoya la musique, on baissa la lumière, on poussa la grande table contre le mur et on se mit à danser. Ça aussi, c'était plutôt sympa, mais il était trop tard, pensa Arnor. Trop tard pour établir un contact, pour s'intégrer au groupe.

Vers minuit, juste avant l'ouverture du sous-sol aux autres clients – un peu après le départ d'Arnor –, Agnes trouva son papier. En tout cas, elle supposait que c'était lui qui avait écrit ces deux phrases :

Je t'aime.

Je ne t'aime pas.

Évite de te bercer d'illusions, nous pouvons tout de même te promettre ceci : par moments, tu jouiras de la vie, mais gardons-nous de trop embellir les choses. Tu connaîtras aussi des passages difficiles, terribles à pleurer. Quant aux choses que tu aimeras le plus, elles seront la cause de ton pire désespoir.

Après la fête, Agnes rencontra Omar – tandis qu'elle faisait la queue pour un taxi. Il y avait très longtemps qu'elle n'avait attendu un taxi au centre-ville. Non seulement parce que, aujourd'hui, ils vivaient si près du centre, mais aussi parce que ces soirées arrosées appartenaient bel et bien au passé. Maintenant qu'elle n'avait plus besoin de prendre des taxis, elle aurait préféré habiter à l'extérieur, dans une banlieue adaptée aux enfants, plutôt que d'être ainsi coincée, d'un côté par les fêtards bruyants et de l'autre par l'océan.

Snorri s'était endormi au sein. Pourquoi ne ressemblait-il à aucun de ses pères possibles ? Afin qu'elle puisse au moins savoir elle-même de qui il était ? S'il avait tenu d'Arnor, alors soit, elle aurait fini par s'en remettre. Et s'il avait ressemblé à Omar, elle aurait été libérée de toute mauvaise conscience envers Arnor, n'ayant plus l'impression de le spolier.

Elle se frotta les yeux, prit son portable et invita Arnor à passer la voir.

6

Régulièrement dépossédé des choses qui lui tenaient à cœur, Omar avait fini par se faire une raison. Egilsstadir était sa dix millième résidence et il avait connu bien pire. En tant qu'ingénieur, son père trouvait du travail sans difficulté mais, porté sur la boisson, solitaire et dépressif, il n'avait aucune peine non plus à le perdre tout aussi rapidement. Sa mère ne valait guère mieux – également ingénieur, bien que ne souffrant pas du démon de son ex-mari, elle était dirigiste, avait une tendance au harcèlement et n'était jamais restée bien longtemps nulle part sans entrer en conflit à la fois avec ses supérieurs et ses subordonnés. Et, comme si tout cela n'avait pas été assez chaotique, les parents d'Omar s'employaient à se renvoyer leur fils comme une balle de tennis, en vertu d'une règle tacite. En général, ils s'en débarrassaient dès qu'ils rencontraient un nouvel amant ou une nouvelle maîtresse, puis lui demandaient de revenir quand la petite aventure se terminait – par un naufrage.

Omar avait compris depuis longtemps que s'il gardait le contact avec tous ceux et celles qui avaient compté dans sa vie sentimentale, il passerait tout son temps pendu au téléphone ou à écrire des lettres. La démultiplication de son moi et la nostalgie déstabilisante qui s'ensuivrait lui ferait perdre la raison. Habitué à oublier, il oublia Mette plus vite encore que Linda. Certes, il se remettait en mémoire le souvenir de leurs corps en cas de besoin – le grain de la peau, l'odeur et le goût –, mais en dehors de ça elles avaient disparu de son existence. Et c'était mieux ainsi, pensait-il. S'il n'effaçait pas de son corps le souvenir de ses anciennes conquêtes, il n'aurait jamais la place pour en accueillir de nouvelles. Et il deviendrait comme ses parents, restés tellement proches – ils se parlaient chaque jour au téléphone – qu'il leur était graduellement devenu impossible de se lier vraiment avec quelqu'un d'autre. En tout cas, c'était l'opinion d'Omar, qui n'avait aucune envie de commettre la même erreur. Son départ sonnait la fin de l'histoire. Point final.

Bien qu'ayant oublié Mette et Linda, il ne rencontra aucune fille à Egilsstadir. En réalité, il ne fit aucune connaissance jusqu'à la fin de l'été. Il essayait parfois de traîner à la *sjoppa**, mais la plupart des adolescents occupaient un emploi saisonnier et l'IRC l'absorbait de plus en plus. Ceux avec qui il dialoguait sur le réseau venaient presque tous de Reykjavik, en tout cas à ce qu'ils prétendaient. Örn se plaignait chaque fois qu'arrivait la facture de téléphone et Omar promettait de s'amender afin que son père ne lui confisque pas l'ordinateur. À sa manière toute personnelle, il parvint d'ailleurs à faire des économies même si le montant des factures ne diminuait pas. Le prix de la minute de communication étant largement divisé par deux après minuit, il prit l'habitude de veiller jusqu'au matin et de dormir le jour – comme la plupart des mordus de l'IRC. Il faisait alors semblant de se réveiller le matin, prenait le petit-déjeuner avec son père, puis retournait se coucher dès que ce dernier partait travailler. Malgré tout, les factures ne baissaient pas, car il fallait bien qu'il trouve à s'occuper entre le moment où ses amis de l'IRC se couchaient – vers quatre heures du matin – et celui où son père se levait, trois heures plus tard. Et là, il restait connecté.

Il ingurgitait alors quantité de connaissances plus ou moins utiles et fiables sur tous les sujets imaginables. Une nuit, il se plongeait dans la poésie d'Ezra Pound, une autre, il parcourait les articles polémiques qu'Engels avait adressés à ses contemporains. Persuadé que ce qu'il comprenait le moins avait le plus de valeur, il se délectait de textes dont il ne saisissait pas un traître mot, mais qu'il lisait, comme en transe – buvant avidement les phrases, convaincu qu'elles resteraient gravées dans son esprit, où il pourrait ensuite les retrouver en

---

* Une *sjoppa* (anglais : *shop*) est une particularité islandaise qui n'a pas son équivalent exact en France et n'a rien à voir avec nos bureaux de tabac. C'est un petit magasin qui vend des cigarettes (cachées derrière un rideau), des friandises, des sodas, des magazines, des journaux et, parfois, des hamburgers, glaces, soupes chaudes, sandwichs, hot-dogs. C'est souvent aussi un lieu où les jeunes se retrouvent.

cas de besoin. Et, bien qu'il n'en fût rien, tout cela n'était pas complètement inutile. Ces lectures semblaient ménager un espace vide quelque part dans sa tête, une manière de refuge et, bien qu'on pût affirmer que ce refuge n'était bâti que sur sa bêtise – dans la mesure où la bêtise est justement cet espace personnel qui n'abrite aucune pensée raisonnée –, c'était tout de même là une nourriture intellectuelle. Son âme et son intellect ne pouvaient qu'en ressortir grandis et il se sentait lui-même plus important et plus intéressant.

Sur l'IRC, on parlait de tout et de rien. Âge, sexe, lieu et centres d'intérêt. Pesto préférait faire de nouvelles rencontres plutôt que d'approfondir les choses avec ceux qu'il connaissait déjà. Il pouvait ainsi se redécouvrir à chaque fois et se prêter encore et toujours de nouvelles passions. Il lui arrivait de se faire passer pour une gamine de quatorze ans qui n'écoutait que du classique ; parfois, âgé de dix-huit ans, il fréquentait déjà l'université, ayant passé son enfance et son bac aux États-Unis – mais là, il était dans une école d'ingénieurs à l'université d'Islande. Parfois, il se disait écuyère et étudiait le français dans un centre d'enseignement des langues en France, et parfois, il était hard rocker et sortait tout juste d'une cure de désintox. Il arrivait également qu'il discute avec des gens avec qui il avait déjà échangé, mais en prétendant être sa mère, laquelle se disait très inquiète des heures interminables que son fils passait sur Internet. Mais ce qui l'amusait le plus, c'était de se mettre dans la peau d'un vieux pervers de trente-sept ans qui draguait les jeunes filles – de préférence à peine sorties du collège. Peu importait toutefois l'identité qu'il endossait devant l'ordinateur – y compris quand il était "lui-même" –, il conservait le même nom, le même surnom : *Pesto*. Pesto était l'ancrage qui lui permettait de garder les pieds sur terre.

Ce fut par le biais de Pesto-Pervers qu'Omar fit la connaissance d'Egill. Âgé de dix-sept ans et originaire de Seydisfjördur, ce dernier se connectait parfois sous le pseudonyme "Jana13" sur l'IRC. Une nuit, Pesto-Pervers demanda à Jana13 la couleur de sa petite culotte, il lui demanda si elle avait déjà vu un membre en érection et s'il lui arrivait de se toucher le "bas". Jana13 répondit à ses questions avant de lui dévoiler la réalité : ce n'était pas une fille de treize ans mais un garçon de dix-sept et, qui plus est, il connaissait l'identité réelle de Pesto. Omar éprouva d'abord comme un soulagement. Il n'aimait pas que ses interlocuteurs le percent à jour sur le Net, mais quand ces derniers sortaient eux aussi de l'ombre, c'était un moindre mal. La situation était assez comique. Tous deux avaient menti – le premier sur sa perversion, le second sur son innocence. Egill envoya les informations qu'il s'était procurées grâce à l'adresse IP de l'ordinateur d'Omar afin de lui montrer qu'il ne plaisantait pas :

> Örn Omarsson
> Koltröd 15
> 700 Egilsstadir.

Nous serons chez toi d'ici une demi-heure. Tu peux faire ta prière, espèce d'ordure.

Puis il se déconnecta.

Il était plus de trois heures, cette nuit du mercredi au jeudi de la fin août. Örn Omarsson dormait comme une souche après sa demi-bouteille de cognac et ses deux cents pages d'un roman de Steinunn Sigurdardottir. Son fils n'avait en revanche jamais été aussi réveillé de sa vie. Debout en pantoufles, jean et tee-shirt sur le trottoir, il scrutait les environs, s'attendant à voir apparaître une bande de costauds armés de battes de base-ball – les garçons de sa génération avaient tous fabriqué des battes pendant les cours de technologie au collège, même si aucun ne connaissait ce sport et n'avait la moindre envie de le pratiquer. Mais là, elles seraient bien utiles pour défoncer le crâne de son père. Voire le sien. Il savait cette peur irrationnelle. Il pouvait facilement dissiper le malentendu et tout le monde trouverait ça très drôle. Deux gars en train de s'amuser. L'un endossant le rôle du coupable et l'autre, celui de l'innocent. Omar s'interrogeait sur leur âge et leur nombre. S'ils étaient nombreux, il aurait sans doute du mal à les calmer. Ils s'énerveraient pendant le trajet et arriveraient assoiffés de sang et de coups jusqu'à leur totale victoire. Et là, pas question de les inviter à entrer prendre un thé en attendant que ça passe. Il fallait qu'il élabore un plan. Tout à coup, une voiture déboula au coin de la rue. Quinze minutes à peine s'étaient écoulées depuis qu'Egill s'était déconnecté : il n'avait pas pu venir de Seydisfjördur en voiture en si peu de temps. Évidemment, se dit Omar, il avait peut-être aussi menti sur son domicile. Contrairement à Jana13, Egill n'avait d'ailleurs jamais affirmé être originaire de Seydisfjördur. Egill pouvait être n'importe où.

Omar quitta le trottoir et recula dans le jardin. Egill s'était ravisé, ce n'était pas lui. Il fallait trouver un plan de rechange. La voiture qui remontait la rue Koltröd était une Subaru blanche équipée d'un gyrophare. Omar ouvrit la porte et retourna à l'intérieur. La police n'acceptait aucune explication. Elle ne comprenait pas les plaisanteries. Et de toute façon, n'avait-il pas tenu des discours de nature pornographique à une gamine censée avoir treize ans ? Qu'importait qu'il en ait dix-sept ou trente-sept ? Le fait qu'il ait vu ça comme une simple plaisanterie était-il une excuse ?

Il alla s'enfermer dans sa chambre, éteignit l'ordinateur, se mit au lit et fit semblant de dormir tandis que la sonnette retentissait dans la maison.

Quelques minutes plus tard, on frappa à sa porte. Il se leva, feignant de se réveiller. Son père s'excusa de le déranger même s'il n'avait fait qu'exécuter un ordre. Il entra dans la chambre, suivi par un jeune policier. Manifestement ivre, Örn empestait aussi fort qu'un tonneau. Omar n'avait pas encore eu le temps de décider ce qu'il allait dire.

Où est l'ordinateur lui-même ? interrogea le policier.

Comment ça ? Il est là, rétorqua Örn.

Je ne vois que l'écran.

C'est un Mac, précisa Örn. Un tout-en-un.

Le policier marmonna quelques mots sur les accros à l'informatique, débrancha l'ordinateur et le porta à son véhicule. Örn observait son fils qui, assis sur le lit, honteux, se demandait ce qu'il allait raconter à son père quand ce dernier se dirigea vers la porte en secouant la tête et en marmonnant quelques mots. Omar n'était pas sûr d'avoir bien entendu. Son père avait-il dit : "T'es quand même un drôle d'oiseau" ou "C'est quand même un sacré scénario" ? Et maintenant, il était seul.

7

Il y a des jours où tu n'as pas le courage de réfléchir. Les *réponses ultimes* – n'auraient-elles pas dû arriver en dernier au programme ? En tout cas, tu refuses de t'en inquiéter pour l'instant. Qui vivra verra – au fait, qui a dit ça ? Et mon sein, où est-il ? N'était-il pas là ? À l'instant ?

Omar n'acheta ni iPad, ni machine à pâtes, ni vidéo-projecteur. Il n'acheta ni toit ni escalier. Tout cela attendrait des temps meilleurs. Il acheta en revanche un lit à barreaux d'occasion et des fleurs pour sa dulcinée, puis posa son congé parental d'une durée de sept semaines pour les mois de juillet-août et prit un billet d'avion pour Stockholm, un autre de Stockholm à Vilnius d'où il prendrait un car avec sa famille pour rejoindre Jurbarkas, toute proche de l'enclave russe de Kaliningrad. Il voulait faire la surprise à Agnes. Il était temps qu'il rencontre ses beaux-parents ailleurs que sur Skype, que Snorri voie son grand-père et sa grand-mère. Que la famille profite de la douceur de l'été lituanien au lieu de grelotter en manches longues dans l'été islandais. Les autres dépenses attendraient l'automne, Noël, voire les mois suivants.

Tu es tel que tu es parce qu'on t'aime. Ou qu'on t'a aimé. Tu es tel que tu es parce que plus personne ne t'aime. Ou bien qu'on a cessé de t'aimer. Celui qui t'aime ne te voit pas. Celui qui te voit ne t'aime pas.

Pendant qu'Omar s'ennuyait ferme au travail – où il répertoriait les fautes d'orthographe et de déclinaison les plus fréquentes –, Agnes préparait un café pour Arnor, confortablement assis dans le canapé du salon. Snorri dormait dans son landau à l'extérieur.

Si tu souhaites qu'on fasse un test de paternité, je ne pourrai évidemment pas m'y opposer, déclara Agnes en apportant la cafetière. Mais j'aimerais que tu fasses l'effort de te mettre à ma place et de voir les choses de mon point de vue.

Il avala une gorgée au lieu de lui répondre. Elle s'installa sur un tabouret. Comme toujours, Arnor avait la bougeotte. Agnes décelait toutefois en lui une surprenante sérénité. D'habitude, elle avait l'impression de devoir s'armer de précautions, de devoir s'avancer sur la pointe des pieds en sa présence afin de ne pas déclencher sa colère, mais cette fois-ci elle pouvait sans doute se permettre de s'adresser à lui comme à un adulte.

Je m'en fiche éperdument, observa-t-il.

Agnes haussa les sourcils. Éperdument ?

Je crains que tu ne me confondes avec ces gens qui se font tout un plat de la génétique. Il ne suffit pas d'enfoncer sa queue à l'intérieur d'une femme pour devenir père. On devient père en élevant des enfants. Ce n'est pas toi qui m'as raconté cette blague avec les chevaux ?

Avec les chevaux ?

Si un cheval naît dans un trou à rats… est-ce que ça fait de lui un rat ?

J'ai l'impression que tu inverses la plaisanterie, c'était le contraire.

Ouais, ouais. Peu importe. En tout cas, si le cheval en question se prend pour un rat et que personne n'y voit à redire, je n'en ferai pas une maladie.

Tu passes tes journées à te creuser la tête. Malgré ça, tous semblent te prendre pour un simple d'esprit. Parfois, une idée saugrenue te taquine et tu esquisses un sourire. Alors, on se penche sur ton berceau en te demandant si tu n'as pas mal au ventre.

Agnes ne s'était pas attendue à une telle réaction. Elle était totalement déconcertée – pourquoi était-il passé l'autre jour si ce n'était pas pour revendiquer sa paternité ? Puis elle se rappela qu'en réalité il n'était venu qu'une seule fois frapper à sa porte, peut-être juste pour lui présenter ses félicitations. Malgré tout, elle s'était attendue à autre chose. Ne venait-il pas, en outre, d'insinuer que son fils était un rat ? On entendit dans l'écoute-bébé des grésillements, bientôt suivis de pleurs. Snorri était réveillé. Elle l'avait couché une demi-heure plus tôt, espérant qu'il dorme jusqu'au départ d'Arnor. En général, ses tranches de sommeil duraient deux heures, et au minimum une. Elle se leva, enfila ses chaussures et sortit dans la neige sans rien dire.

Deux minutes plus tard, elle remonta les marches en tirant le landau derrière elle, enjamba le seuil et entra dans le vestibule, comme une triathlète au visage buriné par les éléments. Elle retira la housse antipluie transparente, dégrafa les boutons de la capote et souleva Snorri qui affichait une mine déconfite, comme s'il était frustré. C'était peut-être d'ailleurs le cas. Le monde l'avait forcé à se réveiller et il se demandait bien pourquoi.

Parfois, tu t'éveilles en pleine nuit en te demandant où tu es. Parfois, tu te demandes même *si* tu es, *si* tu existes. Tu scrutes les ténèbres en attendant qu'il se passe quelque chose, que tu (si tant est que tu *existes*) reçoives un signe, un indice. Mais un indice de quoi, que diable ? Tu l'ignores. D'ailleurs, personne ne le sait.

Assis sur la chaise, Arnor avait laissé le canapé à Agnes qui, Snorri dans les bras, s'apprêtait à soulever son chandail pour lui présenter son sein droit. Ce qui lui sembla tout à coup déplacé. En dépit de son attitude posée (bien que frétillante), Arnor ne manquerait pas de baver en voyant sa poitrine. Quant à elle, elle l'imaginerait en train de lui lécher les tétons tandis qu'il fixerait ses seins et ainsi de suite, à l'infini. La scène dégoûtante qui en découlerait n'aurait alors plus rien à voir avec l'allaitement. Le petit avait le droit de manger en paix. Mais elle ne pouvait rien dire. Afin de limiter le champ de vision d'Arnor, elle attrapa la nuque de Snorri et lui plaça la tête bien haut sur le sein, souleva son pull-over et pressa la bouche de l'enfant sur le téton. Sa poitrine avait toujours été plus que généreuse et elle avait encore pris du volume pendant la grossesse. La tête de Snorri ne la cachait pas vraiment, mais, au moins, le téton n'était pas visible.

Ils gardèrent le silence tandis que Snorri buvait. Le rythme de ses succions emplissait le salon. *Slurp, slurp, slurp*. Ses lèvres allaient et venaient, le téton disparaissait dans sa bouche et il fermait les yeux. Quand il eut terminé, Agnes remercia Arnor de sa visite et le raccompagna à la porte. Comme pour qu'il comprenne bien que, maintenant, le spectacle était terminé.

Tandis que tu reposes sur son sein, elle murmure à ton oreille qu'un jour tu auras oublié ces moments. Que ce sont des souvenirs qui disparaîtront. Brusquement, le désespoir t'envahit ; tu te dis que ça ne vaut pas le coup de penser et de réfléchir. Certains ne gardent aucun souvenir avant l'âge de sept ans… parfois huit, dit-elle. Et tu ne comprends pas ce qu'elle veut dire.

C'était impossible qu'il s'en fiche à ce point-là ! Qu'il se fiche de savoir si sa semence avait fécondé un ovule et engendré un enfant qui était le sang de son sang ! Soit, il n'y avait aucune certitude. Peut-être sa semence avait-elle uniquement coulé sur le drap. Agnes fixait Snorri, allongé sur le sol, vulnérable. Il était incapable de se retourner pour se mettre sur le ventre, et même s'il l'avait pu, il n'était pas en mesure de tenir sa tête. Il tentait désespérément de porter son poing à sa bouche, mais manquait sa cible. L'ensemble de la communication passait par le regard. Dès sa naissance, il avait observé le monde avec une curiosité pour ainsi dire professionnelle.

Omar proclamait qu'il avait hérité de ses orteils. Il a mes orteils ! s'était-il écrié à la maternité. Juste après la naissance. Agnes les avait regardés, mais n'avait décelé aucune ressemblance. Certes, ils n'étaient pas non plus très différents de ceux de son père. Mais un orteil était un orteil et ceux-là auraient tout aussi bien pu être ceux d'Agnes.

On ne t'a jamais promis que ce serait facile. Tu voudrais qu'on te laisse croire que tout ira bien. Au lieu de ça, les gens t'assurent à tour de rôle qu'ils veilleront sur toi comme sur la prunelle de leurs yeux – comme si le ciel leur tombait régulièrement sur la tête et que les océans submergeaient les continents.

Omar avait mis son cerveau en location et, pour la première fois de sa vie, cela ne lui faisait ni chaud ni froid. Le Comité de défense de la langue islandaise pouvait bien posséder ses pensées, cela ne le gênait pas, tant qu'il pouvait passer une bonne partie de sa journée à traîner sur Facebook tout en continuant à économiser pour s'acheter un iPad. De toute manière, il n'avait rien de précis à faire de ses pensées. Quand il travaillait chez Domino's, il passait ses journées entières à réfléchir, et maintenant ça suffisait. En se plongeant dans la rédaction du manuel, il comprit enfin à quel point c'était un soulagement d'être mentalement débarrassé de son moi. De pouvoir n'être plus qu'un corps – certes rivé à une chaise – seul avec les pulsations de son cœur, sa digestion, sa circulation sanguine et son influx nerveux. Tandis que son cerveau corrigeait des fautes dont il n'avait que faire – en tout cas, il s'en fichait dans la mesure où il ne voulait pas savoir ce qui se passait dans sa tête. Sa tête pouvait faire le travail sans qu'il pinaille sur les implications politiques de tel ou tel choix, comme un emmerdeur.

Tu t'étonnes de toute chose. La vie n'en est qu'à son début et toute vie qui débute est constante terreur. Il suffit d'un hoquet pour que tu entrevoies ta dernière heure. Une douleur à la poitrine et tu crois que tu meurs. Une envie de dormir et tu crois que tu meurs. Mais tu ne meurs pas. Tu n'es même pas malade.

Elle se disait parfois que Snorri était un fardeau. Assise sur le canapé à longueur de journée et de nuit tandis qu'il grandissait et grossissait, elle était coincée et n'avait aucune prise sur sa propre existence. Non qu'elle ait voulu faire des choses précises, se rendre quelque part ou qu'elle ait craint de passer à côté de quelque chose. Elle n'avait pas envie d'être ailleurs qu'auprès de son fils. Sur ce canapé, le sein droit ou gauche sorti de son corsage. Mais elle refusait d'être coincée là sans avoir le choix. Elle tenait à ce que ce soit un choix et souhaitait qu'on lui demande son avis. Or ce n'était pas au programme. Omar travaillait douze heures par jour – il rentrait éreinté et balançait dans la poêle un truc informe qui en ressortait complètement difforme. Ensuite, ils avalaient ça, épuisés l'un comme l'autre avant que Snorri ne fasse sa nuit, qu'il commençait après avoir hurlé copieusement pendant une heure. Parfois, à bout d'exaspération et de fatigue, ils se disputaient avant de s'endormir. Mais, trop agacés et épuisés pour avoir l'énergie nécessaire à une véritable engueulade, ils s'effondraient en ravalant leur rancœur.

Tu te sens vide. Tu essaies de faire naître une pensée dans ta tête, en vain. Tu fronces les sourcils, tu dépêches ton esprit jusque dans les recoins de ton crâne, mais tu ne trouves que le néant. Rien. Tu es creux. Toute pensée a déserté ta tête. Il n'y a rien qui puisse être pire que ça. Et tu désespères.

Assis à son ordinateur, Omar attendait que les choses bougent sur Facebook. Il se sentait vide. Voyant que Facebook était à l'arrêt, il alla consulter ses courriels et commença à rédiger à l'intention du ministre de l'Éducation une lettre où il sollicitait l'autorisation d'un léger dépassement de la dotation financière afin de couvrir les frais de conception graphique et…

Il interrompit sa rédaction pour retourner sur Facebook. Quelqu'un venait d'avoir un iPad. Le fil d'actualité affichait la photo d'une jeune femme brandissant un gros iPad tout neuf. La légende précisait: mon cadeau d'anniversaire offert par Baddi. Qui était ce Baddi? Et qui était cette fille? Quelqu'un qu'il avait connu à la fac? Il cliqua sur son profil et regarda ses photos. Elle était mignonne. Mais son visage ne lui disait rien et ils n'avaient pas d'amis en commun. En revanche, elle avait un iPad. Cette salope avait un iPad!

Ce qui, à l'instant, n'était pas une pensée n'en est pas encore une. Ton domaine est celui de la sensation pure. Tu t'emploies à jouir de l'ennui et du manque. Existerais-tu encore si tes sensations venaient à s'évanouir? Autre chose?

Tu aimerais pouvoir disparaître. Non, pas mourir, mais seulement disparaître. T'accorder quelques vacances. Tout ça ne t'amuse plus.

L'infirmière l'avait prévenue que l'allaitement pomperait au début une bonne partie des réserves de son cerveau en omégas 3 – or les omégas 3 étant très lourds, l'organe perdrait jusqu'à 20 % de sa masse. Pourtant, elle avait l'impression d'avoir une chape de plomb à la place dudit cerveau.

Juste après l'accouchement, ses besoins en sommeil semblaient presque inexistants. Dès que Snorri se manifestait, elle se levait sans problème. Mais à l'approche de l'été, les choses se compliquaient. La quantité d'hormones diminuait dans le corps et elle ressemblait de plus en plus à un fantôme, de jour comme de nuit. Elle tenta d'obtenir qu'Omar se lève à sa place pour s'occuper de Snorri pendant la nuit – au minimum le week-end –, mais c'était peine perdue. Il dormait comme une souche sans même se tourner dans le lit quand Snorri braillait à tue-tête – en général, cela lui coûtait moins d'efforts de se lever elle-même pour remettre la sucette dans la bouche du petit que d'essayer d'arracher au sommeil la masse qui ronflait à ses côtés.

Depuis tout ce temps, quoi qu'on puisse dire, tu penses. Tu ne le saisis que maintenant. La conscience que tu avais de l'absence de pensées qui te définissait était en elle-même une forme de réflexion. Toute interprétation des sensations constitue une pensée. Peut-être les sensations éprouvées sont-elles une forme de pensée. Toute existence consciente d'exister est une pensée. Tu souris.

Oh non, là, ce n'est pas à cause du mal de ventre.

Agnes aimait Omar. Là n'était pas le problème. Elle était certaine de l'aimer, mais se sentait tellement seule et abandonnée. Snorri ne constituait pas une compagnie, pas vraiment. Il avait beau être adorable et l'écouter parler, il ne lui répondait pas. Quand elle lui chantait une berceuse, il ne l'accompagnait pas. Elle aurait voulu que quelqu'un fasse quelque chose pour elle, mais elle n'avait pas le courage d'entreprendre quoi que ce soit. C'était à Omar de prendre l'initiative. Ce n'était pas qu'elle ne l'aimait pas, mais ça ne pouvait plus durer. Pas comme ça. Pourquoi ne lui prouvait-il pas son amour par des actes ? Il ne lui avait offert des fleurs qu'une seule fois depuis la naissance et encore, il l'avait surtout fait pour fêter son nouvel emploi. Et ce bouquet planait au-dessus de la tête d'Agnes comme un alibi – comme si désormais Omar n'avait plus rien à faire pour lui prouver son amour. C'était clair – clair et net. Douze roses depuis longtemps mortes et desséchées à la fenêtre de la cuisine, flétries et oubliées, qui tombaient en poussière. Et qui le dispensaient d'aimer – à tout le moins, en actes.

Tu connais désormais une dizaine de choses. La femme. L'homme. La tétine en caoutchouc. Le téton de la femme. Le pipi. Le caca. Les vêtements. Le hochet. Sans oublier la couche. Ce n'est pas beaucoup, surtout après trois mois d'une lutte incessante pour apprendre. Mais tu ne sais pas non plus compter et, par conséquent, tu ignores combien d'objets te sont familiers. Tu as simplement l'impression qu'ils ne sont pas nombreux.

La rencontre avec Agnes mit un terme à la solitude d'Omar. Les années précédentes, il s'était peu à peu confiné en un lieu reculé, oublié du monde, où il pouvait se passer de tout contact. Il allait à la fac, au travail, à la piscine, puis rentrait chez lui, étudiait et regardait la télé.

Il avait pourtant envie de parler à quelqu'un, envie d'échanger, mais quand il approchait les doigts du clavier pour écrire un commentaire, quand la boulangère lui demandait comment il allait ou que ses parents lui posaient des questions sur ses occupations quotidiennes, sa main tâtonnait en quête de réponses et se refermait sur du vide. Il n'avait rien à dire. Quel que soit le sujet.

Jusqu'à ce qu'il rencontre Agnes. Quand elle s'était blottie contre lui dans la file d'attente de la station de taxis, elle avait rompu son isolement social – elle avait glissé ses mains sous ses vêtements et jusqu'à son dos où, lui caressant la moelle épinière, elle avait actionné ses centres langagiers.

Et voilà maintenant qu'il était à nouveau seul. Agnes s'était enfermée avec Snorri dans une bulle qui couvrait tous ses besoins tandis qu'Omar restait là comme un crétin à se gratter le nez. Tout seul. Elle ne lui adressait la parole que pour lui demander quelque chose – faire une tournée de linge, mettre un bol de sauce au congélateur, acheter de la crème hydratante, sortir la poubelle –, mais à part ça plus personne ne parlait à Omar.

D'ailleurs, tu conserves de certaines choses un souvenir assez flou. Par exemple, tu ne discernes pas toujours la différence entre ta tétine en caoutchouc et le téton de la femme. Surtout si tu viens juste de te réveiller. En général, tu es terrifié au réveil et là, tu téterais n'importe quoi. Tu téterais même ta couche crasseuse si on te la tendait. Tu es persuadé que, parfois, il vaut mieux en savoir le moins possible.

Ça ne te dirait pas de te remettre à ton mémoire cet été ? demanda tout à coup Omar à la table du petit-déjeuner. De reprendre le collier ?

Agnes lui répondit par un marmonnement. Elle n'était qu'à moitié réveillée et la moitié en question allaitait Snorri.

Quoi ? rétorqua Omar.

Elle leva les yeux. Je n'en sais rien. Je ne vois pas où je trouverais le temps.

Peut-être à Jurbarkas, avança Omar, si nous y allons.

Tu en as envie ?

J'ai réfléchi à l'idée, oui.

Agnes ne disait rien. Elle fit craquer sa nuque, se massa la tempe gauche avec le poing et tendit le bras vers sa tasse. Et tu comptes t'occuper de Snorri ?

Je ne lui donnerai pas le sein et on verra pour les nuits, mais à part ça, oui. Je m'occuperai de lui avec l'aide de tes parents, évidemment. Avec ton père et ta mère.

Ah bon, pas avec mes autres parents ?

Hein ? De quoi tu parles ?

Ah, laisse tomber.

Tu ne veux pas qu'on y aille ? J'ai déjà posé mes congés au boulot et tout ça.

Déjà ? Tu vas me dire que tu as aussi pris les billets, tant que tu y es ?

…

Omar – tu plaisantes ?

Tu n'as pas envie d'aller là-bas ?

Si, bien sûr. Mais tu… tu aurais quand même pu me demander mon avis !

Eh bien, c'est ce que je fais ?

Il fallait me consulter avant. Et… et si je dis non – je veux dire, si j'avais dit non.

Je pensais que tu serais contente. Je l'ai fait pour toi.

Oui, c'est vrai – je suis contente. Mais Omar, sérieusement, tu aurais dû me consulter avant.

Excuse-moi d'avoir essayé de te faire plaisir.

Pourquoi est-ce qu'on ne discute jamais ?

Agnes, je ne supporte pas ce genre de conversation. Si nous la poursuivons, elle va résonner dans ma tête toute la journée au boulot et ce n'est pas le moment. J'ai trop à faire. Bon, j'y vais – je préfère avaler un hot-dog et un café à la station-service Select.

Hein ?

Eh oui, c'est comme ça ! Il se leva et alla dans le vestibule.

Omar, tu ne serais pas un peu givré ?

Bye bye, éluda-t-il en agitant la main devant Snorri. Nous verrons ça ce soir, ma chérie. Puis il ferma la porte du vestibule et laça ses chaussures.

Les objets que tu connais atteignent désormais le nombre de dix : tu t'es vu dans une glace et tu penses pouvoir te reconnaître. Tu te demandes combien d'objets contient le monde, sans parvenir à aucune conclusion (d'ailleurs, tu ne sais pas compter et n'as qu'une idée très vague de la notion de numération).

Agnes finit par accorder son pardon à Omar. Ils échangèrent quelques textos furieux dans la journée et gardèrent le silence tout le dîner, jusqu'à ce que Snorri s'endorme. Ensuite, ils discutèrent la gorge serrée et l'estomac noué, puis s'embrassèrent et se souhaitèrent bonne nuit.

Je suis vraiment heureuse d'aller à Jurbarkas avec toi et le petit, assura-t-elle en séchant les larmes – d'abord les siennes, puis celles d'Omar. Et aussi de pouvoir me replonger dans mon mémoire.

Excuse-moi de ne pas t'avoir consultée avant de prendre les billets, répondit Omar.

Les épais rideaux bleu sombre de la chambre occultaient toute clarté extérieure. C'était le noir complet. Allongés l'un face à l'autre les yeux grand ouverts, ils ne voyaient rien et ne disaient rien. La dernière fois qu'ils avaient fait l'amour, c'était un mois avant la naissance de Snorri. Leurs pensées se frayaient un chemin dans l'obscurité et jusque sous la couette, cherchant la chaleur d'un corps. Mais tous deux demeuraient immobiles, les mains sous leur oreiller. Ils rêvaient d'une peau, se prenaient à désirer des effleurements – mais se disaient que ce n'était pas possible. Il aurait pourtant suffi qu'un doigt en frôle un autre pour que disparaissent les mains, les jambes, les corps, les torses, les bouches, les langues, les nez, les sexes et les trous du cul – ne formant plus qu'un enchevêtrement.

Ils finirent par trouver le sommeil. Omar rêva d'étoiles filantes, Agnes rêva qu'elle était l'une d'elles.

Tu es un garçon. Tes parents imaginent que tu ne le sais pas. Que tu es trop petit pour le comprendre. Mais tu l'as bien compris. Tu as toutefois l'impression que ce n'est pas le genre de chose qu'on a besoin de savoir. Et si on est au courant, on n'a pas besoin de le préciser ni même de parader quand on nous pose la question.

Omar pensait à ses parents qui avaient divorcé afin de n'être pas forcés de l'éduquer ensemble. Ses parents, qui avaient perdu patience l'un envers l'autre – mais qui s'étaient remis en couple dès qu'il avait disparu. Il savait que Snorri n'était nullement à l'origine des conflits entre lui et Agnes. Ces conflits dataient de longtemps avant sa naissance. Ce n'était pas la première fois qu'ils avaient des difficultés à communiquer et à se toucher. Tous deux ayant vécu la plus grande partie de leur vie d'adultes en célibataires, ils avaient longtemps mené leur barque sans que nul n'intervienne. Leur personne avait toujours été prioritaire sur le reste. Ils s'étaient habitués à vivre en égoïstes et, maintenant qu'ils devaient se partager, maintenant qu'ils n'étaient plus seuls – qu'ils ne figuraient qu'en troisième, quatrième ou cinquième position des priorités, après Snorri, la maison, leur couple, la famille et les factures –, leur égoïsme s'était transformé, ils se lamentaient sur leur sort.

Parfois, il aurait tout fait pour Agnes – jusqu'à sacrifier sa vie –, et parfois, il refusait de renoncer à une once de sa liberté. Il aimait Agnes – ce n'était pas un choix, mais une réalité ; or, l'amour était une grâce qui ne supportait pas les limites. Et cette grâce exigeait qu'il se donne tout entier, sans aucune restriction. Mais c'était plus facile à dire qu'à faire. Peut-être n'y avait-il rien au monde de plus difficile que d'aimer.

Ce n'est pas que tu risques de dévoiler ton sexe, en tout cas, pas dans l'immédiat. Tu n'as même pas encore appris à parler. Tu louches à chaque fois que tu tentes d'observer le monde en cachette. Tu as d'autres chats à fouetter que d'apprendre à disserter sur ton propre sexe. Autant garder le silence sur cette question.

Agnes ne parvenait pas à digérer qu'Arnor se fiche de savoir s'il était ou non le père de Snorri, persuadée qu'au fond de lui il était tout bêtement terrifié à l'idée d'endosser la responsabilité de sa paternité. Ce n'était qu'un pauvre type, sans doute ne fallait-il pas chercher plus loin. Une lavette minable qui ne voulait pas risquer de troubler sa sérénité, de semer ne fût-ce qu'un peu de désordre dans son existence, totalement incapable de s'impliquer dans la vie d'autrui.

Debout à sa fenêtre, elle observait la circulation sur le boulevard Sæbraut. Il pleuvait des cordes. Les essuie-glaces des voitures allaient et venaient sans relâche. Snorri s'était endormi. Elle avait envie d'aller faire un tour, mais n'était pas certaine d'en avoir le courage. Envie d'aller dans un bar, mais elle devait faire les valises. Dans trois jours, ils partaient. Et il pleuvait. Si elle allait prendre un verre dans un bar, Snorri risquait de se réveiller et là, elle devrait rentrer à la maison de toute façon. Il était hors de question qu'elle parte si elle devait ensuite rebrousser chemin.

Quel connard, marmonna-t-elle avant de retourner se faire un café.

Non que la verge n'ait pas d'importance. Tu es aussi différent de cet homme que tu l'es de cette femme. Tu ne ressembles à personne et tu n'as pas envie de ressembler à quiconque. Tu veux que les autres t'aiment parce que tu es unique et non parce qu'ils voient leur reflet en toi. Mais personne ne t'aime. Les gens n'aiment jamais qu'eux-mêmes. Ils n'en ont que pour leur nombril. Nous sommes tous pareils.

Se lever avec Snorri. *Fait.* Donner le sein. *Fait.* Prendre le petit-déjeuner. *Fait.* Le café. *Fait.* Mettre les valises dans le couloir. *Fait.* Vérifier les couches, la tétine, les jouets et les vêtements. *Fait.* Appeler un taxi. *Fait.* Habiller Snorri chaudement. *Fait.* Porter les valises jusqu'au taxi. *Fait.* Plier le landau et le mettre dans le coffre. *Fait.* Installer le siège-auto. *Fait.* Y attacher Snorri. *Fait.* Vérifier les papiers, les clefs et les passeports. *Fait.* Éteindre les lumières. *Fait.* Débrancher tous les appareils ménagers. *Fait.* Demander au chauffeur d'attendre un moment. *Fait.* Pisser. *Fait.* Monter en voiture. *Fait.* Démarrer. *Fait.* Dévêtir Snorri. *Fait.* Arriver à la gare routière et se rendre compte qu'on a oublié sa carte de paiement à la maison. *Fait.* Retourner la chercher. *Fait.* Retourner à la gare routière et manquer de peu le bus emprunté par Omar et Snorri. *Fait.* Prendre le prochain pour Keflavík. *Fait.* Trouver Omar et Snorri dans la file d'attente. *Fait.* Procéder aux formalités d'embarquement. *Fait.* Emballer le landau et le mettre avec les bagages hors gabarit. *Fait.* Donner le sein. *Fait.* Passer le contrôle des passeports. *Fait.* Prendre un sandwich, avaler un café. *Fait.* Changer la couche. *Fait.* Embarquer. *Fait.* Attacher la ceinture. *Fait.* Attacher Snorri. *Fait.* Le bercer pendant tout le vol jusqu'à Stockholm. *Fait.* L'endormir dans le porte-bébé. *Fait.* Manger un hamburger et des frites en attendant la correspondance pour Vilnius. *Fait.* Faire pipi. *Fait.* Café. *Fait.* Changer la couche. *Fait.* Donner le sein. *Fait.* Embarquer. *Fait.* Attacher sa ceinture. *Fait.* Attacher Snorri. *Fait.* Décollage. *Fait.* Avaler un sandwich. *Fait.* Troisième tétée. *Fait.* Atterrissage à Vilnius. *Fait.* Récupérer les bagages. *Fait.* Ôter la bâche plastique du landau. *Fait.* Passer la douane. *Fait.* Changer la couche. *Fait.* Prendre un taxi jusqu'à l'hôtel. *Fait.* Quatrième tétée. *Fait.* Coucher Snorri. *Fait.* Embrasser Omar et lui souhaiter bonne nuit. *Fait.* S'endormir. *Fait.*

Puis tu apprends à reconnaître le landau. La couette et l'oreiller. Les murs, le plafond et, pour finir, le sol (c'est toujours en dernier qu'on remarque les choses qui crèvent les yeux). Désormais, tu es capable de ramper. Chaque jour, tu apprends à reconnaître un nombre d'objets équivalant à la somme de ceux que tu as assimilés depuis le début de ton existence. On appelle ça le progrès. On appelle ça la maturité, l'éducation, le savoir. Pourtant, il ne s'agit que de simple comptabilité, de connaissances qu'on répète comme des perroquets. Mais tu ne peux t'en passer.

Le car pour Jurbarkas partait à dix-huit heures. Agnes se réjouissait à la perspective de faire visiter la capitale lituanienne à Omar en début de journée. Snorri passa une mauvaise nuit. Perturbé par le vol et la rupture de ses habitudes, il se réveillait constamment et ne trouva véritablement le sommeil qu'au petit matin. La famille fit une grasse matinée des plus généreuses et se leva aussi sonnée que si elle était passée sous un bulldozer.

Quelle heure est-il ? marmonna Agnes par-dessus Snorri qui, couché entre ses parents au milieu du lit, était aussi déphasé qu'eux. Apparemment, tous trois s'étaient réveillés en même temps, mais ils somnolaient encore. Omar scruta la chambre d'hôtel, grimaça et attrapa son jean en boule sur le sol pour en sortir son portable.

Une heure, répondit-il.

Waouh ! On n'a pas fait la grasse matinée comme ça depuis Noël.

Attends. Je suis encore à l'heure islandaise. Ici, il est quatre heures de l'après-midi.

Merde !

Le bus part dans deux heures.

Je suppose que c'est raté pour le petit-déjeuner.

Tu m'étonnes.

Ah, *fuck !* Dépêchons. Je dois vraiment avaler un truc avant de prendre ce car. Sinon, je vais crever.

Snorri semblait avoir compris que c'était le jour : il l'accueillait avec ses pleurs.

Une semaine durant, tu t'efforces d'analyser la musique. Tu perçois chaque note de chaque instrument comme un élément isolé, indépendant des autres, et chaque fois tu te crois tout près de trouver la clef. Chaque jour, tu assimiles des centaines de notes. Le soir, elles ne sont plus en toi qu'un vague écho.

Renonçant à ta quête, tu te mets à écouter, tu te laisses porter. Et là, une chose se produit.

8

Quand ils avaient frappé à la porte, Omar était pratiquement sûr d'avoir été découvert. L'ordinateur se trouvait dans sa chambre et son père n'était pas ivre au point de ne pas savoir qu'il dormait comme une souche au moment de l'infraction. Il n'avait pas imaginé que la police était entrée uniquement afin de saisir l'ordinateur. Et qu'ensuite il se retrouverait seul. Soit son père ignorait de quoi il retournait, soit il avait décidé de le protéger – ce qui durerait jusqu'au moment où il dessoûlerait. Quand Örn Omarsson avait la gueule de bois, il ne s'en prenait qu'à lui-même. Quoi qu'il en soit, Omar calcula qu'il avait au mieux jusqu'à midi pour trouver Egill. Il ignorait comment s'y prendre pour découvrir son domicile à partir de son adresse IP et, de toute façon, il n'avait plus d'ordinateur. Tout ce qu'il savait d'Egill se résumait à son pseudonyme, Jana13. Il n'était même pas sûr qu'Egill soit son vrai prénom.

Il était interdit de se connecter à l'IRC sur les ordinateurs des bibliothèques municipales, qui n'ouvraient qu'à neuf heures. En outre, il y avait peu de chances que Jana13 soit connectée – les salons de discussion étaient déserts le matin. Cela dit, Omar n'avait pas le choix : il devait attendre, enfreindre la règle et prier pour que tout se passe bien. Le seul indice qu'il avait en main se résumait à ce Jana13.

La bibliothèque d'Egilsstadir n'offrait qu'un seul ordinateur en accès libre et l'écran était tourné vers le bureau du bibliothécaire. Le règlement stipulait que les usagers pouvaient l'utiliser pendant une demi-heure, mais le jeune bibliothécaire l'avait autorisé à s'en servir plus longtemps si personne n'en avait besoin. Heureusement car il lui avait fallu une demi-heure entière pour télécharger le programme mIRC. Le bibliothécaire n'avait rien remarqué, mais Omar était certain qu'il reconnaîtrait l'IRC dès que ce dernier s'afficherait sur l'écran. Il attendit donc qu'il s'absente et procéda à toute vitesse : se connecta, entra à la fois dans les salons #ICELAND et #NICELAND et parcourut la liste des pseudonymes aussi vite que la bécane le lui permettait.

Il inspira profondément.

Jana13 était en ligne sur #ICELAND

Qui es-tu ? écrivit Omar. On ne rigole plus. Ils ont emmené mon père.

On relâcha Örn un peu avant onze heures. Apparemment, il n'avait commis aucun délit. Le délit supposé n'était en fin de compte qu'une plaisanterie de potaches. La police voulut conserver l'ordinateur afin de vérifier que le disque dur n'abritait aucun contenu à caractère pédophile – et pour cela, il fallait l'envoyer à Reykjavik –, mais en dehors de ce détail, l'affaire était close. Histoire de parfaire encore un peu plus les choses, la "victime" – un adolescent de l'âge d'Omar, cloué sur un fauteuil roulant – arriva et demanda à se rétracter. L'agent de service lui répondit que, de toute façon, cela ne changerait rien. En outre, la police avait dépouillé leur conversation sur l'IRC et ce n'était sans doute pas légalement possible de rétracter des choses bien réelles et dûment consignées dans les arcanes de l'Internet, même si les choses en question ne tombaient pas sous le coup de la loi. Il devait d'abord voir ça avec le préfet. Et, de toute manière, ils avaient tous deux menti, ce qui était inadmissible. Egill rentra chez lui, penaud, en reprenant le taxi aménagé qu'il avait commandé une heure plus tôt. Örn rentra également mais, triomphant, il appela son employeur pour signaler qu'il était souffrant, fit un sort à sa bouteille de cognac et au bouquin de Steinunn Sigurdardottir, puis alla se mettre au lit.

À la rentrée des classes, Egill et Omar s'installèrent l'un à côté de l'autre en cours et ne tardèrent pas à devenir inséparables. Egill enseigna l'informatique à Omar – le html, le basic et le c++ – , lui apprit à jouer à *Doom* et lui montra comment trouver du bon porno. Omar ne tirait toutefois qu'un profit limité de ses nouvelles connaissances puisque son ordinateur était toujours coincé au service de la scientifique à Reykjavik. En outre, il possédait un Mac alors que la machine d'Egill, comme toutes celles du lycée, était un PC. Omar tenta plusieurs fois de suggérer à son père d'acheter un nouvel ordinateur, mais apparemment Örn était ravi de la situation. Il n'était même pas pressé de récupérer son Mac auprès de la police. Omar passa donc de plus en plus de temps à Seydisfjördur où il restait parfois dormir.

Le mois de février arriva. Rien ne laissait présager qu'Örn risquait de perdre son emploi pour cause d'alcoolisme en dépit de l'odeur qui émanait de lui dès le matin. En revanche, il avait de plus en plus de mal à supporter les regards de ses collègues à la mairie, osait à peine saluer ses voisins ou faire la queue à la coopérative. Tout avait commencé quand le pasteur de la paroisse l'avait convoqué pour le sermonner longuement sur les dangers que représentaient les désirs débridés et la nécessité absolue qu'a l'être humain de renoncer au péché – qui nous est inné à tous autant que nous sommes. Örn avait alors compris que l'homme d'Église était persuadé d'avoir face à lui un délinquant sexuel multirécidiviste et pédophile. Il s'en était défendu avec la plus grande vigueur face au pasteur incrédule et consterné de voir l'ingénieur employé par la municipalité à ce point inconscient de ses propres travers, à moins qu'il ne lui ait simplement menti. Comprenant peu à peu que tout le monde le considérait comme un pervers, il caressa l'idée de publier un droit de réponse dans le journal de la région. Le procédé lui sembla toutefois exagéré et, après réflexion, il comprit que le moment était venu de reprendre la route.

Omar avait déjà décidé de quelle manière il ferait ses adieux aux fjords de l'Est.

Le soir qui précédait son départ, il était dans la chambre d'Egill. Tous deux écoutaient Rage Against the Machine et regardaient des photos de femmes aux lèvres pulpeuses et à forte poitrine, aspergées de sperme.

Tu arrives à bander ? demanda Omar de but en blanc en plein milieu d'une partie de *Killing in the Name of.*

Assis sur son fauteuil roulant derrière lui, Egill ne savait pas quoi répondre.

Tu y arrives ou pas ? répéta précautionneusement Omar avant de tendre la main pour rabattre en douceur la frange blonde qui couvrait les yeux d'Egill.

Egill hocha la tête.

Tu me fais voir ? Omar descendit la main vers le pantalon de son ami. Egill ne disant ni ou ni non, il sauta sur l'occasion. C'était là une sensation nouvelle et un autre type de chair – ça ne faisait pas la même impression que quand on touchait son propre membre. C'était plus doux, d'une certaine manière, plus doux encore que le sexe d'une fille.

Egill prit son plaisir. Omar leva les yeux des cuisses de son ami après avoir avalé sa semence et constata qu'il était en larmes.

9

Le voyage en car jusqu'à Jurbarkas durait presque trois heures. Il incluait une pause pipi et cigarette dans un routier équipé des toilettes les plus infectes qu'Omar ait vues de toute sa vie. L'établissement ressemblait à n'importe quel restaurant situé en bord de route, même si Omar était loin de connaître tous les plats affichés au menu. Les toilettes – une cabane en bois bringuebalante – offraient une espèce de trou creusé dans le sol, rempli d'excréments et de mouches bourdonnant au sommet du tas de merde comme un épais nuage de fumée noire. On pouvait à peine s'y tenir debout tant les mouches prenaient de place. N'ayant aucune envie de sortir son membre face à tous ces insectes inconnus, Omar rouvrit la porte et s'empressa d'aller pisser dans la forêt. Agnes changea Snorri à l'intérieur du restaurant et préféra se retenir.

C'est comme ça partout ? demanda Omar dès qu'ils furent remontés dans le car.

Tu veux parler des toilettes à la turque ?

Oui, ce genre de chiottes, il n'y a que ça ?

Non, pas à Jurbarkas ni dans les villes. Mais on en trouve encore à la campagne, dans les endroits où il n'y a pas de tout-à-l'égout.

C'est dégueulasse.

On s'y fait.

Ouais, mais quand même. Il haussa les épaules, consterné, comme s'il n'avait jamais rien vu d'aussi terrifiant que ces fichues toilettes.

La musique t'ouvrit à d'autres niveaux d'existence : tu n'avais encore jamais rêvé, tu ne savais pas danser, incapable de tenir sur tes jambes, tu ne savais pas lire et tu n'étais jamais allé au cinéma. Tu n'évoluais pas au sein d'une autre dimension, tu ne te trouvais pas sur une planète lointaine mais, ayant entrevu ces nouvelles sphères d'existence, ce qui t'avait autrefois séduit te semblait désormais fade.

Ils atteignirent Jurbarkas juste avant neuf heures du soir. Dalia et Kestutis Lukauskas les attendaient sur le parking de la pension à trois étages dont ils étaient propriétaires. En plus de leur fille, de leur gendre et de leur petit-fils, quelques touristes arrivaient par le car. Dieu seul savait ce que ces voyageurs venaient chercher ici. Le silence. Un peu de nature. La verdure, les arbres et la proximité du fleuve. Si on excluait ceux qui attendaient l'arrivée de produits de contrebande depuis l'enclave russe de Kaliningrad – cigarettes, essence, vodka et héroïne. Plus personne ne pratiquait la contrebande des livres sur le Niémen. Cet âge d'or était définitivement révolu, comme toutes les bonnes choses.

Dalia embrassa rapidement la petite famille avant d'aller montrer leur chambre à deux Allemands venus œuvrer à la restauration et à l'entretien du cimetière juif – la plupart des étrangers qui travaillaient au cimetière pendant l'été optaient pour le Lukauskas Hostel Jurbarkas. Kestutis accueillit avec un large sourire les voyageurs au long cours heureux d'être enfin arrivés à destination. Il les conduisit jusqu'à la vaste maison sur deux niveaux qu'il occupait avec son épouse, en retrait de la pension et plus près du fleuve. Les deux bâtiments peints en noir étaient surmontés de toits bordeaux et leurs murs percés de fenêtres blanches.

Tu t'es vite lassé de la musique. Dès que fut passé l'attrait de la nouveauté, tu as voulu retrouver le silence, préférant à cette rengaine la solitude puissante du flux de ta pensée. Tu voulais être discret au réveil pour ne pas déranger les autres, afin que personne ne se lève, n'allume la radio, ne tripote les casseroles, les paquets de bouillie, la cafetière et le grille-pain. Mais en dépit des nombreuses connaissances que tu avais acquises, tu n'étais ni serein ni capable de te taire.

Durant des années et des siècles (et du plus loin qu'on se souvienne), la ville de Jurbarkas avait connu la contrebande. Quand, alliés aux Polonais, les Lituaniens avaient combattu l'emprise russe, on avait fait passer des armes sur le fleuve. Quand les Russes avaient interdit l'usage de l'alphabet latin, les Lituaniens avaient introduit en fraude des livres et des revues imprimées à Königsberg ou à Tilsit. Quand les Lituaniens s'étaient battus pour reprendre Vilnius aux Polonais, on avait à nouveau utilisé le fleuve pour transporter des armes. En temps de paix, c'étaient l'ambre et les bijoux qui attiraient les convoitises – même si une quantité d'ambre bien plus importante transitait par Varsovie plutôt que par Vilnius en remontant le Niémen. Après la chute de l'Union soviétique, on se rabattit sur les cigarettes, l'alcool, l'essence et les voitures – et sur toutes les denrées transportables. La plupart des gardes-frontières fermaient les yeux en échange de cinq dollars et il vous suffisait de doubler la mise pour qu'ils consentent à vous prêter main-forte. Mais depuis que le pays avait rejoint la chaleureuse étreinte paternelle de l'espace Schengen, les contrôles avaient été sacrément renforcés. Tout à coup, les enjeux étaient devenus beaucoup plus importants. Au lieu de passer des Volga cabossées venues de Moscou ou des Mercedes de Berlin, au lieu de remplir le réservoir à lave-glace de gnôle et la roue de secours de fausses Marlboro, les contrebandiers s'attachaient désormais à des produits d'une tout autre valeur – Jurbarkas était devenue une porte ouverte sur l'Europe de l'Ouest. Il suffisait d'y arriver avec de l'héroïne, de l'ecstasy ou des putes et c'était ensuite presque un jeu d'enfant d'emmener le tout à Berlin, mais également Paris, Rome, Barcelone et Oslo.

Omar ne remarqua toutefois la présence d'aucun trafiquant. Mais peut-être ces derniers ne s'arrêtaient-ils en ville que pour faire le plein ou de s'acheter un hot-dog.

Cette insupportable angoisse t'afflige tout autant qu'elle nous tenaille. Si ce n'est qu'évidemment, tu ne sais pas encore vivre avec elle. Nous la voyons comme une trisaïeule acariâtre, mais pour toi, c'est une bête indomptable capable du pire, et qui se perd en vociférations. D'ailleurs, elle te veut du mal, ce n'est pas un secret. Mais (soit dit entre nous) elle est surtout forte en gueule et il ne faut pas croire ce qu'elle te raconte.

Dalia Lukauskiene se balançait d'avant en arrière sur le canapé en pleurant à chaudes larmes. Le flot qui coulait sur ses joues avait même mouillé le col de son chemisier blanc. Dalia était ce qu'on appelle une femme charmante et élégante qui ne faisait pas son âge, bien qu'elle ne semblât pas s'employer particulièrement à paraître plus jeune. Ses longs cheveux noirs toujours impeccablement relevés en chignon commençaient à grisonner sur les tempes – les mèches s'enchevêtraient et formaient un joli motif tressé, maintenu par une longue aiguille en bois. La coiffure paraissait assez complexe, même si elle la réalisait l'air quasiment absent et avec une certaine nonchalance, comme s'il s'était agi d'un jeu d'enfant.

Assise avec Snorri dans les bras, elle sanglotait et lui chantonnait doucement une berceuse lituanienne. Snorri s'était mis à hurler quand sa mère l'avait confié à Omar pour aller aux toilettes et, voyant que le papa échouait à le calmer, grand-maman avait pris le relais. Tout à coup, le silence était revenu, l'enfant s'était tu et endormi avant le retour d'Agnes. Bouleversée, Dalia avait fondu en larmes.

Aucun des événements dont tu es le témoin n'est banal au point de ne pas te fournir une excuse pour te mettre à hurler et pleurer à tue-tête. Aucun des événements dont tu es le témoin n'est banal au point de ne pas être un signe annonciateur de la fin du monde, tu le sais très bien. Rien ne coule de source et tu ignores encore que la terre n'engloutit pas les maisons ou que les adultes ne dévorent pas les petits enfants. En tout cas, pas simplement comme ça.

À Jurbarkas, le soleil brillait du matin au soir et, quand il se couchait, il faisait nuit noire. Il y avait évidemment des lampadaires en ville, mais on les éteignait après neuf heures du soir. La pension se trouvait à environ cinq cents mètres du centre, en léger surplomb du fleuve. Les premiers soirs, profitant d'avoir constamment sous la main Dalia et Kestutis qui jouaient les nounous, Agnes et Omar s'éclipsaient – allaient au pub pour s'offrir un thé sur la terrasse couverte jusqu'à une heure tardive – en longeant la route plongée dans la nuit. Parfois, quand Snorri s'endormait tôt, ils faisaient seulement le chemin du retour dans le noir, mais bien souvent ils étaient plongés dans l'obscurité également à l'aller. Des chiens attachés à leur chaîne aboyaient dans la nuit.

Jurbarkas étant une petite ville et l'électricité plutôt chère, les lieux étaient pour ainsi dire exempts de toute pollution lumineuse. Lorsqu'ils marchaient main dans la main sur la route en gravier, il leur semblait que le monde avait fermé les yeux. Omar avait songé à se jeter dans le fossé pour y faire l'amour à Agnes. Elle avait tenté de s'armer de courage pour l'entraîner vers la forêt avec la même intention. Mais, comme quand ils étaient en Islande, allongés tous deux, cernés par la nuit, ils n'osaient pas se toucher et rien ne se produisait – jusqu'au moment où, rentrés chez les parents d'Agnes, ils s'offraient mutuellement une sérénade de lamentations.

J'espère vraiment que Snorri va faire sa nuit, déclarait Agnes. Je n'en peux plus.

Ouais, à force de ne pas dormir, je vais finir par crever. En plus, j'ai un sacré mal de dos.

Moi, j'ai mal au ventre depuis ce matin.

Ce serait le comble qu'on n'arrive pas à trouver le sommeil.

Eh bien moi, je n'arrive pas du tout à me remettre à mon mémoire.

Et ainsi de suite jusqu'à ce que toute trace de désir s'évanouisse pour l'un comme pour l'autre.

Tu te prends brusquement à souhaiter qu'aujourd'hui diffère de la journée d'hier et de la précédente. Tout à coup, tu voudrais qu'aujourd'hui ne ressemble à aucun autre jour. Qu'il soit unique. Ton environnement immédiat t'étant devenu familier, tu désires quitter le cocon – voir le monde et faire l'expérience de tout ce qu'il recèle. Or, comme tu le sais, tu n'es pas autonome. Il faudrait que quelqu'un t'accompagne. Mais qui diable y consentirait ?

En reprenant son mémoire, Agnes commença par effacer ce qu'elle avait rédigé en Italie un an et demi plus tôt. Elle en était d'autant plus désolée qu'elle n'avait pratiquement rien écrit depuis cette époque. Non seulement le texte tenait plus du coup de gueule personnel que d'un travail universitaire, mais il véhiculait en outre un certain nombre de contrevérités. Ainsi, il était tout bonnement faux d'affirmer que les délinquants n'étaient jamais envisagés en tant que personnes en Islande – que jamais on ne citait leur nom ou que jamais ils n'acquéraient une forme de célébrité. L'exemple le plus récent et le plus éclatant n'était pas encore parvenu sur le devant de la scène à l'époque du séjour romain d'Agnes – en la personne d'une mère maquerelle bravache, Catalina Ncogo. Mais il suffisait de remonter dans un passé récent pour trouver Kio Briggs, le sympathique trafiquant de drogue. Gediminas, Darius, Deividas, Sarunas et Tadas, les gentils membres d'un réseau de traite d'êtres humains. Et on ne devait pas non plus oublier ceux qui remontaient à un passé lointain, comme Evald Mikson, cet inoffensif vieillard nazi, qui avait pourtant joué un rôle dans l'Holocauste. Ou encore Jörgen Jörgenssen, le charmant imposteur et aventurier danois – que les Islandais surnommèrent Jörundur, le "roi de la canicule", et qui s'était proclamé protecteur de l'Islande l'été 1809.

Agnes devait s'en tenir à la réalité. Elle devait bâtir sa démonstration sur des faits avérés, tangibles parce que mentionnés dans les notes en bas de page et les sources, plutôt que sur de vagues impressions qui se fondaient sur son sentiment d'infériorité face à cette Islande qui ne l'accueillerait jamais complètement – parce que la terminaison de son nom n'était pas en *-dottir*, qu'elle n'avait appris les berceuses islandaises qu'une fois adulte, qu'elle ne connaissait pas la littérature enfantine nationale, qu'elle n'avait pas passé tous ses étés à la campagne et qu'elle n'avait en Islande ni oncles, ni tantes, ni grands-parents. Et aussi, parce qu'elle ne croyait pas aux elfes – même pas pour rire – et qu'en général, elle se fichait complètement du temps qu'il pouvait faire.

Dernière nouvelle: tu n'appartiens ni à un sexe ni à une race, et de toute manière ces notions se verront déconstruites en vertu des plus récentes théories sociologiques concernant le genre, le rôle et l'*habitus*. Mais d'abord, il te faudra sexualiser en te fondant sur l'appareil urinaire. Il te faudra distinguer les races en te fondant sur la couleur de peau. Ensuite, on te dira que tout ça, c'est des conneries. Que tu n'es pas plus garçon que blanc et que jamais tu ne deviendras un quinquagénaire grassouillet bedonnant et au crâne dégarni.

Enfant, Agnes avait rejeté la Lituanie. Avec violence. Comme un corps rejette un organe greffé. Ayant enfin renoncé à l'idée qu'il ne fallait pas la perturber en lui parlant deux langues, ses parents avaient essayé de la pousser à apprendre le lituanien, obtenant d'abord des résultats assez probants. Puis, brusquement, elle avait déclaré ne plus rien comprendre, être incapable de lire toutes ces lettres bizarres. Elle prétendait avoir oublié les comptines et feignait même parfois de ne pas entendre quand on lui parlait dans cette langue. À l'école, elle rendait ses copies sous le nom d'Agnes Lukasdottir. Comme si elle avait pris une nouvelle identité et qu'elle était la fille d'un certain Lukas, lequel vivait en province. Tiens, par exemple à Patreksfjördur où demeuraient aussi ses grands-parents. Ils vivaient en maison de retraite et faisaient des *kleinur*, ces beignets typiquement islandais, tout en tricotant des chaussettes en laine de pays et en chantant "Dors, mon jeune amour" ou "L'hiver s'est installé sur Fron*". Toutes ces chansons que les autres chantaient à l'école. Et que tout le monde connaissait.

Cela n'avait pas duré très longtemps – six mois tout au plus. Comme la plupart de ses autres manies, celle-là fut mise sur le compte de la révolte adolescente et bien vite oubliée. Mlle Lukasdottir redevint bientôt Fröken Lukauskaite et tout rentra dans l'ordre. Mais cette période avait laissé des traces – qui perdureraient sans doute jusqu'à la fin de sa vie. Avant cette époque, Agnes ne s'appelait pas Agnes, mais Agné.

Tu ignores ce qu'implique pour toi de devenir ou non un quinquagénaire de race blanche grassouillet et bedonnant, et par conséquent tu t'en fiches. Mais l'alternative est la suivante : soit tu as été spolié de tous tes droits à la naissance, de la prédominance planétaire accordée à ton sexe et à ta race, soit tu n'as aucune responsabilité dans l'injustice qui règne sur terre. Quoi qu'il en soit, cela ne te concerne pas, tu ne sais rien ni ne comprends rien à tout ça. Or, si tu le comprenais, ce serait peut-être une forme de soulagement.

---

* Fron est l'un des autres noms de l'Islande.

Omar ne savait rien de cette Agné et encore moins de Mlle Lukasdottir. Il avait entendu ses parents l'appeler par ce prénom à leur arrivée, mais supposé que c'était un surnom affectueux – les Agnes étaient surnommées Agné de la même manière que les Sigridur se faisaient appeler Sigga. Il n'y avait rien de plus normal.

Dalia et Kestutis lui racontèrent tout ça en riant aux éclats pendant le dîner, un soir de la fin juin. Rouge comme une pivoine, Agnes se taisait en se disant qu'elle aurait peut-être dû en parler plus tôt à Omar. Lui dire qu'elle avait eu un autre prénom. Qu'elle avait vécu toute son enfance en portant un autre prénom. Même si elle avait depuis longtemps oublié cette Agné.

Il était trop tard pour reprendre mon ancien nom, précisa-t-elle quand ses parents eurent calmé leurs rires. Mes copines avaient pris l'habitude de m'appeler comme ça et elles ont continué. J'ai repris mon vrai prénom quand je rendais mes copies, mais j'ai arrêté au bout de quelques mois. J'étais devenue Agnes et je n'y pouvais plus rien.

Elle se tourna vers Omar qui faisait de son mieux pour continuer à sourire. Comme s'il savait qu'il ne devait absolument pas se sentir trahi, mais que, malgré ça, il était un peu vexé, persuadé qu'Agnes lui avait menti.

En fait, je ne trouve pas ça drôle du tout, conclut Agnes.

Tu connais ce vieux monsieur et cette vieille dame. En réalité, tu as l'impression de les connaître depuis toujours. Ils t'ont accueilli comme un ami perdu de vue qui réapparaît tout à coup. Elle a pleuré – il a ri. Tous deux étaient manifestement bouleversés. Tu te dis que ce sont de braves gens et que leur compagnie est agréable, mais tu aimes bien aussi quand cet autre mec est présent. *Papa.* Il veut que tu l'appelles papa. Toi, tu n'y vois rien à redire.

Quand Agnes avait suivi ses parents à Jurbarkas peu avant la fin du siècle – ou juste après, la réponse variait en fonction de celui qu'on interrogeait sur la question –, elle avait emporté tous ses livres. À son retour en Islande, elle avait laissé en Lituanie quantité d'ouvrages documentaires et de romans sur la Seconde Guerre mondiale et l'Holocauste aussi bien en islandais qu'en anglais ou en lituanien. L'idée reçue était vraie : comme on l'admettait couramment, la présence du Kremlin était très perceptible dans les livres lituaniens. De la même manière que la victoire contre le nazisme appartenait à Staline dans les œuvres lituaniennes, elle appartenait à Churchill dans les ouvrages britanniques et à Roosevelt et Eisenhower dans les publications américaines. Historiens et écrivains chantaient les louanges de leur propre nation. Quant aux livres publiés dans la petite Islande, le point de vue variait en fonction du camp que défendait leur auteur pendant la guerre froide. Les communistes dépeignaient les nazis comme des ultracapitalistes – en soulignant que les membres du parti nazi islandais avaient été absorbés par le Parti de l'indépendance – et les conservateurs affirmaient que les nazis étaient une version extrême de Per Albin Hansson, ce socio-démocrate suédois plein de bonnes intentions (qui avait en commun avec les nazis d'avoir fait stériliser les handicapés, comme on l'a appris plus tard). Agnes ne s'estimait certes pas capable de consigner l'Histoire en conservant une parfaite neutralité politique, mais elle s'étonnait tout de même de constater que presque tous ces livres avaient été écrits par des auteurs qui se posaient en défenseurs de la vérité. C'était à se demander s'ils ne souffraient pas d'une forme d'aveuglement moral et si les hémisphères de leurs cerveaux étaient interconnectés.

Jamais tu n'as eu aussi chaud. Pour l'instant, tu ignores si tu apprécies la chaleur. Tu aimes être nu comme un ver à l'extérieur et ça, ce n'est possible que quand il fait chaud. En fin de compte, tu préfères la chaleur au froid. Cela dit, il y a des limites : tu ruisselles de crème solaire et passes la plupart du temps à l'ombre.

Agnes alla chercher les cartons de livres à la cave pour les monter au grenier où elle s'était isolée pour travailler. Elle disposait de toute la superficie des combles, soit presque quatre-vingts mètres carrés. Certes, le plafond était si bas qu'elle ne pouvait se tenir debout qu'au centre de la pièce et il n'y avait que deux fenêtres – une sur chaque pignon –, mais elle était bien décidée à passer le mois qui s'annonçait assise sur une chaise, rivée à son bureau, le nez dans ses livres ou sur son écran. La pension était équipée du wifi et, même si la connexion atteignait sans peine le rez-de-chaussée et le premier étage de l'habitation de ses parents, elle était de qualité plus que médiocre dans le grenier. Elle permettait tout juste d'effectuer une recherche, mais n'était pas assez puissante pour vous permettre d'oublier le monde en vous jetant à corps perdu dans la fange des médias avant de balancer votre cadavre encore frais dans la blogosphère. Agnes détestait qu'on perde son temps, chose qu'elle considérait comme une forme de suicide – cela dit, elle était aussi très douée en la matière quand l'occasion se présentait et n'hésitait pas à se suicider de temps à autre. Oh que oui !

Aujourd'hui, maman t'a embrassé – lui, c'est papa ; elle, c'est maman – aujourd'hui, elle t'a embrassé comme si elle allait partir pour un long voyage. Puis elle a disparu dans un trou percé dans le plafond et a refermé la trappe derrière elle. Tu es sur l'herbe avec papa, le vieux monsieur et la vieille dame (ils veulent aussi que tu les appelles par des noms précis, mais tu n'as pas bien saisi, ils ont une façon de parler assez bizarre – mais ils ne sont pas les seuls). Tout va bien.

La fenêtre du pignon étant au ras du sol, la lumière du jour venait éclairer sa table de travail par en dessous. Allongée, la joue posée sur un livre illustré traitant du débarquement en Normandie, Agnes ronflait sur une photo de prisonniers de guerre allemands en route vers un camp britannique. À son réveil, elle donna plusieurs coups de tête agacés sur le plateau du bureau avant de descendre chercher un verre d'eau. Elle n'avait rien à faire du débarquement en Normandie et, de toute manière, elle en savait nettement plus sur la question que ce fichu bouquin – le cinquième d'une série de vingt-cinq qu'elle avait achetée avec son salaire de l'été 1992, à l'âge de treize ans. Chacun de ces ouvrages abordait une période de la Seconde Guerre mondiale. Le salaire empoché après huit semaines de travail dans les parcs et jardins de la ville avait tout juste suffi à cette acquisition. Elle avait commandé sur catalogue toute la collection publiée en Grande-Bretagne alors que ses amis s'offraient des chaînes hi-fi, des télévisions, des magnétoscopes ou des trousses de maquillage et des vêtements.

Gênée, elle expliquait à qui voulait l'entendre que ses parents lui avaient ordonné de garder l'argent pour le voyage qu'ils feraient en Lituanie à Noël. Certes, ils prévoyaient d'aller voir grand-mère Sara – veuve de Henrikas qui était décédé au début de l'été –, mais il n'avait jamais été question qu'elle paie son voyage. Tout simplement, elle n'avait pas envie que ses amis la prennent pour une fille bizarre. Et même si elle était effectivement étrange, ça ne les regardait pas.

Tu deviendras grand. Un jour. Tu ignores combien de temps cela prendra, mais tu as compris que tu grandis et qu'un jour tu seras grand. Tu sais qu'autrefois ton papa était petit et aussi ta maman. Tous étaient petits et maintenant ils sont grands. Toi, tu es encore petit, mais un jour tu seras grand. Tu te demandes si tu finiras par rattraper ton père ou si, lui aussi, il continuera de grandir.

Ils avaient cessé de sortir le soir, sans doute parce que tout cela leur semblait trop tragique. Agnes passait désormais ses soirées à fixer le plafond d'un air furieux en trayant son lait afin d'être libérée des tétées pendant la journée. Omar en profitait pour avaler des kilos de romans policiers – tout du moins, quand Snorri dormait. Il passait ses journées avec Snorri et Dalia pendant que Kestutis s'occupait de la pension et qu'Agnes travaillait à son mémoire. Il faisait constamment soleil, la température oscillait autour de trente degrés et ils étaient rarement dans la maison. Snorri buvait son biberon et prenait ses bains en plein air et, pour la première fois, il s'était retourné pour se mettre sur le ventre dans l'herbe – le corps tout enduit de crème solaire. Ce fut un sacré traumatisme pour lui de se retrouver à plat ventre, le visage dans l'herbe et dans la terre. Il s'était mis à pleurer, c'était sa seconde nature, mais il n'y avait rien de grave car tous savaient combien la vie est difficile, et même si ça ne s'arrangeait pas quand on grandissait, au moins on apprenait à faire avec.

Le monde s'est retourné d'un coup et, apparemment, c'est grâce à toi. Papa et la vieille dame se sont mis à t'applaudir et à dire bravo. Tu ne vois vraiment pas ce qui les réjouit à ce point. Tu n'en as aucune idée. Mais bon, ce n'est pas la première fois qu'une chose t'échappe. Parfois, tu as l'impression de ne jamais rien comprendre.

Pour résoudre son problème d'éclairage, Agnes dut acheter une lampe. La lumière diurne, qui éclairait le dessous du bureau, ne lui était d'aucune utilité. La lampe noire était munie d'un long bras – ou d'un long cou, Agnes trouvait que cela ressemblait plus à un cou qu'à un bras – qu'on pouvait étirer jusqu'au milieu du plateau afin d'éclairer les livres remplis d'illustrations. La tête encore plongée dans l'Holocauste, elle n'avait pas écrit une seule ligne à propos du populisme en Islande depuis qu'elle s'était remise au travail, la semaine précédente, même si elle se disait parfois que le fossé entre les deux questions n'était pas si large. Elle se documentait sur l'histoire du judaïsme en Islande. Au moment où les derniers Juifs de Jurbarkas étaient exterminés, une cérémonie juive avait lieu en Islande pour la première fois. Pour la première fois depuis l'an 1000 et l'adoption du christianisme, la première fois en neuf cent quarante ans, une cérémonie religieuse officielle autre que chrétienne était organisée. Vingt-cinq Juifs originaires d'Angleterre, d'Écosse et du Canada étaient venus fêter le Yom Kippour avec huit réfugiés.

Snorri. C'est toi. Tu serais incapable de le prononcer même si on te payait. Snorri. Tu supposes que quelqu'un t'a donné ce nom. Que tu n'es pas né avec. Tous les enfants ne s'appellent pas forcément Snorri sous prétexte qu'ils sont petits. Tu ignores la différence entre les noms propres et les noms communs, la notion de classes de mots t'est étrangère, mais tu comprends tout de même ça.

Ton prénom n'a manifestement pas été choisi en fonction de tes besoins. Sinon, on t'aurait baptisé *Ua* ou *Mada*.

Quand le chef Thorgeir Ljosvetningagodi sortit de la fourrure sous laquelle il avait passé une nuit de réflexion au parlement de Thingvellir en l'an 1000, il décida que tous les Islandais seraient désormais chrétiens en précisant que chacun pouvait continuer à sacrifier aux dieux païens pour peu qu'il le fasse à l'abri des regards : ceux qui contreviendraient à cette règle seraient condamnés à l'exil. Thorgeir expliqua qu'il voulait ainsi préserver l'Islande des troubles qui avaient secoué les autres pays du Nord où le christianisme s'était imposé par l'épée. Parallèlement, il refusait d'annuler les lois autorisant l'abandon des enfants en pleine nature. Agnes était fort tentée de croire qu'en ces neuf cent quarante ans de pur christianisme, un certain nombre d'événements avaient eu lieu à l'abri des regards. Il y avait toutefois là-dedans une chose délicieusement improbable : c'était le judaïsme qui avait rompu cette hégémonie chrétienne vieille de presque mille ans. Or, il n'y avait jamais eu de Juifs en Islande, si on faisait abstraction de quelques importateurs de tabac qui n'y ont fait qu'un bref séjour au XVIIe siècle. Le premier Juif ne l'était même pas vraiment puisqu'il s'était converti au protestantisme. Originaire de Copenhague, Daniel Salomon avait bénéficié d'une aide financière danoise en 1625 pour venir en Islande faire une chose que tout le monde ignore et que personne ne découvrira jamais. Qui sait, peut-être lui avait-on alloué cette somme pour qu'il aille y fêter Yom Kippour à l'abri des regards ?

Senele et *senelis*. La vieille dame et le vieux monsieur. Tu commences à apprendre le lituanien. Le soir, *senele* te souhaite *labanakt* quand tu vas te coucher. “Oui” se dit *taip* et “non”, *ne*. Tu ne parles pas encore, pourtant tu t'intéresses aux langues étrangères. Tu aimerais bien pouvoir dire quelque chose, mais voilà, dès que tu ouvres la bouche… cela semble si simple – or c'est si compliqué. Ce n'est pas facile de produire un son, il faut beaucoup d'entraînement. Mais ça te plaît beaucoup de les écouter.

Agnes soupira puis effaça ce qu'elle avait rédigé. Encore. Une fois de plus. Elle recula sa chaise et se leva pour s'étirer afin de stimuler sa circulation sanguine. Elle avait mal au dos et à la nuque. Elle se demandait si sa tête n'allait pas exploser avec toutes ces connaissances accumulées, ce savoir qu'elle était incapable de mettre à profit. Elle avait l'impression de détenir un savoir immense et inutile, mais de n'avoir pas les connaissances dont elle avait besoin. Des éclats de rire montèrent du jardin. Elle se mit à quatre pattes, s'accroupit sous le bureau et regarda par la fenêtre. Snorri observait le monde, allongé entre son père et sa grand-mère qui le contemplaient en riant. Il venait sans doute de faire quelque chose de drôle – mais il était trop petit et Agnes trop loin pour voir. Il ne ressemblait pas à un néonazi en herbe, pensa-t-elle. En tout cas, pas quand on le regardait depuis le grenier.

Tu ne comprends pas tout, mais tu saisis un grand nombre de choses. Ta maman te murmure parfois à l'oreille qu'il faut être gentil. Qu'il ne faut pas que tu deviennes nazi en grandissant. Elle te dit des choses qui t'échappent, mais tu as envie de la rassurer, de lui dire de ne pas s'inquiéter comme ça. Que tout ira bien et que ça ne sert à rien de s'alarmer en envisageant le pire.

Agnes avait travaillé au bar Monopolis Plius pendant son année à Jurbarkas – entre le 16 août 2000 et le 9 septembre 2001, deux jours avant le fameux 11. Elle avait passé ces longs mois à se lamenter sur son sort. Le bar était installé dans les anciens bains publics où les Juifs s'étaient rassemblés le jour de l'arrivée des nazis. Mais ce n'étaient pas ces murs qui la rendaient malade. Elle avait en horreur le machisme des hommes lituaniens – et ne supportait pas non plus de voir à quel point les femmes du pays se comportaient en subalternes. Juchées sur leurs talons aiguilles, elles trottinaient en minijupe avec leurs soutiens-gorges pigeonnants et venaient se frotter avec langueur aux plus consternants des machos. C'était à se demander si les représentants des deux sexes ne passaient pas leur temps à se congratuler mutuellement d'être à ce point prévisibles, victimes des clichés et simplement lamentables. Les hommes semblaient prendre modèle sur les stars du basket et les gangsters. Les femmes s'inspiraient des *pom pom girls* et des mannequins. Soir après soir, Agnes avait servi leur bière, leur vin et leurs shots. Elle avait ouvert leurs paquets de cigarettes, vidé leurs cendriers, balayé les verres qu'ils cassaient, épongé leur pisse du sol des toilettes, fermé les poubelles, passé sans conviction un chiffon humide et crasseux sur les tables et les murs, et accessoirement appelé la police pour qu'elle vienne coffrer ceux qui ne payaient pas. Ce ne fut que deux ans plus tard – en travaillant dans un bar à Reykjavik – qu'elle découvrit qu'il n'y avait aucune différence entre les Islandais et les Lituaniens. Le choc culturel qu'elle avait vécu à Jurbarkas ne tenait qu'à une chose : là-bas, elle était sobre.

Le soleil. Toujours ce soleil. Apparu tout à coup, il ne te laisse plus aucun répit. Et qui dit soleil dit aussi crème, chapeau, ombrelle et verres d'eau froide dont on t'asperge sans crier gare. Oui, ça te dérange. Tu es ravi d'être débarrassé de tes vêtements, content de sentir la caresse du vent sur tes cuisses, mais si tu dois supporter ces douches froides, tu n'es pas certain que ça vaille le coup. Même si, ici, le soleil disparaît à la fin de la journée, il revient toujours le lendemain. Ça, c'est certain.

Omar était couché sur le dos dans l'herbe. Snorri, toujours à plat ventre et nu comme un ver. Le père se reposait, sourcils froncés, les yeux levés vers le ciel, tandis que le fils faisait sa gymnastique et s'efforçait de lever la tête. Maintenant qu'il était enfin remis du grand renversement – et qu'il avait cessé de pleurer –, il ne voulait plus être sur le dos. C'était bien plus intéressant d'être sur le ventre.

On entendit un aboiement. Omar ouvrit les yeux. Snati, l'un des deux terriers de ses beaux-parents, arriva, langue pendante, et lécha le visage du bébé. Tétanisé, Snorri se tut quelques secondes, puis se mit à hurler.

Quand papa t'assoit et entasse des serviettes derrière ton dos pour te caler solidement, tu as l'impression d'être vraiment grand. Alors (plus rien n'est important et) plus rien ne te différencie des autres. Tu es comme tout le monde et ça te rend heureux. Ton altérité se définit par tes limites – ces choses dont tu n'es pas capable – et même si on te dit qu'il faut être reconnaissant d'être particulier, tu sais que ce n'est pas drôle d'être bizarre sauf dans certaines conditions bien précises.

Le pire avec ce pub, c'était le salaire. Payée au taux minimum, elle recevait quatre cent vingt litai lituaniens par mois – ce qui équivalait à environ dix mille couronnes. Plus les pourboires. Quand elle racontait ça à ses amis en Islande, ils lui servaient systématiquement la même rengaine : mais le coût de la vie est incroyablement moins élevé, n'est-ce pas ? En effet, une cuisse de poulet, un café, une robe achetée dans une friperie ou un kilo de carottes coûtaient moins cher. Cependant, en premier lieu, les prix n'étaient pas incroyablement bas et, en second lieu, les téléphones portables et les ordinateurs étaient tout aussi ruineux qu'ailleurs. De même que les CD et les DVD de films récents. Et ce n'était vraiment pas, mais alors pas du tout moins cher d'acheter un billet d'avion, un ticket de train ou de car pour s'offrir des vacances à Berlin ou à Ibiza. Or Agnes n'avait pas prévu de claquer tout son salaire en carottes et en cuisses de poulet. Il semblait maintenant qu'elle allait devoir économiser pendant des mois et des mois uniquement pour rentrer en Islande – parce qu'elle ne supportait plus la Lituanie.

Beaucoup plus tard, elle comprit qu'on l'avait roulée – à Jurbarkas, on n'acceptait pas de travailler pour le salaire minimum, ni avant qu'elle arrive, ni après son départ.

Tant que tu ne comprenais rien à rien, le monde était une abstraction. Tu occupais tes jours à découvrir tes sentiments et tes pensées et à y chercher un sens. Maintenant que tu saisis certaines choses, l'ennui de la routine t'assaille. Parfois, tu es fiévreux ou tu sombres dans la torpeur. Alors, l'univers abstrait de la pensée pure t'envahit à nouveau, t'arrachant à l'ennui de la routine, à la répétition, au temps lui-même, aux objets, aux gens et au monde. Et là, tu t'appartiens entièrement. Autrement, non – jamais.

L'été à Jurbarkas était un vrai délice, mais l'hiver un enfer. Les maisons étaient mal isolées et, quand la température descendait en dessous de moins vingt degrés, Agnes avait envie de s'emmitoufler dans une couette et de plonger dans l'eau bouillante avant d'enflammer le tout. Si seulement cela lui avait pu lui permettre d'avoir un peu chaud ou, au moins, de ne pas mourir de froid, elle s'y serait résolue. Les Lituaniens ne comprenaient pas les jérémiades de cette *Islan-*

daise, comme l'appelaient les clients du bar. Quoi ? Elle se plaignait du froid ? N'était-elle pas censée y être habituée ? La température devait rarement monter au-dessus des moins vingt degrés en Islande, non ?

Quand elle avait tenté de leur expliquer qu'au contraire, elle descendait rarement en dessous de moins cinq – et qu'elle dépassait rarement dix degrés – les vauriens avaient éclaté de rire. C'est quoi, ce pays ? avaient-ils rétorqué en ricanant (tandis que les bimbos gloussaient). Il n'y fait jamais chaud ni jamais froid ?

L'Islande est un tel trou, avait lancé l'un d'eux, que même la météo refuse d'y mettre les pieds !

Tous avaient ri de plus belle en commandant une autre tournée.

Il y a en toi une certaine gravité. Personne ne l'imaginerait en te voyant rire et sourire ainsi. Mais, au fond, tu es sérieux et réfléchi. Ce sont les bêtises et les grimaces des tiens qui te font rire, tu ne rirais pas tout seul comme ça, de ta propre initiative, et tu serais rudement content de pouvoir t'en passer. Non que tu sois bougon ou boudeur, tu n'as rien contre quelques chatouilles. Mais, en réalité, tu es quelqu'un de grave, c'est indéniable.

Agnes alla se faire du pop-corn en cachette. Puisque tout le monde était dans le jardin, la cuisine devait être déserte. Elle souleva la trappe, tendit l'oreille, déplia l'escalier, descendit, puis chercha un grand saladier en plastique, une casserole et du maïs. Sans doute se trouverait-il quelqu'un pour remarquer que la quantité dans le pot avait diminué. Mais qu'importe, ce n'était pas un crime de faire un peu de pop-corn à la mi-journée, cédant à une envie subite. Elle mit de l'huile au fond de la casserole, y jeta trois grains et referma le couvercle. Dès qu'ils eurent éclaté, elle versa le reste du maïs.

Cinq minutes plus tard, elle était de retour sous la trappe, le grand saladier bleu en plastique dans une main et un verre d'eau fraîche dans l'autre. Elle devait maintenant emporter tout ça au grenier. Elle abandonna le pop-corn sur le sol, alla poser le verre en haut, redescendit, prit le saladier et remonta les marches en le tenant dans ses bras. Puis elle replia l'escalier, referma la trappe et s'installa par terre pour regarder en boucle *Le Triomphe de la volonté* sur son ordinateur.

Tu ne pries pas Dieu car tu ignores qui Il est. La foi du charbonnier ne t'a pas encore touché. Mais tu entends parfois *senele* prier et, parfois, elle demande à *senelis* de prier avec elle. Juste après ton arrivée, on t'a emmené à l'église, tu l'as trouvée si belle que tu en aurais presque perdu la raison. Si tu avais connu la nature de la bonne nouvelle, tu l'aurais avalée tout rond sans poser aucune question. Mais comme tu ne sais rien de rien, les choses en restent là.

Allez, encore un petit coup, suggéra Dalia en lui présentant le goulot de la bouteille. Omar fronça les sourcils et prit son verre d'une main, tandis que de l'autre il explorait la nuit noire. Quand il eut saisi le goulot, Dalia leva le cul de la bouteille pour verser le brandy, aspergeant d'abord le plancher, puis le verre.

Il lui arrivait de passer les soirées sur la terrasse en compagnie de sa belle-mère pour profiter de la nuit et de son étonnante tiédeur – cette tiédeur nocturne dont il avait si peu l'habitude. Les très rares soirées où il faisait bon être dehors en Islande, les nuits étaient claires – le soleil ne se couchait pratiquement pas. Et en général il ne faisait pas aussi chaud qu'ici. Omar se demandait s'il était arrivé que la température nocturne atteigne les vingt degrés en Islande, mais il en doutait fort.

À la tienne ! Il porta son verre à ses lèvres. Et à Jurbarkas, ajouta-t-il avant d'avaler une gorgée.

Et à notre famille ! compléta Dalia.

Tu es maître de ton existence. Tu es le roi et la reine, tu es l'ensemble du royaume : ses destriers et ses princes, ses paysans, ses familles et ses vierges. Tu ne renonces pas, tu avances, tu triomphes. Le poids de l'Histoire et sa force d'inertie n'ont pas leur mot à dire dans ta progression, laquelle n'est tributaire que de ta volonté (et du moment où cette dernière se manifeste). Tu ris au nez du poids de l'Histoire et de tous ses pauvres pions. Le destin est l'apanage de ceux qui manquent autant de force que de courage et de persévérance. Les autres en sont esclaves, mais pas toi.

Elle travaille beaucoup trop, observa Dalia. On entendait le murmure du fleuve dans la nuit. Ce n'est pas sain de travailler comme ça.

Omar acquiesça en marmonnant.

C'est la manière la plus sûre d'abréger son existence. Ça et le stress.

Omar acquiesça en marmonnant de nouveau. Il y avait quelque chose d'étrange à discuter ainsi, plongé dans la nuit. Dalia avait beau être assise à deux mètres, il ne distinguait pas les contours de sa silhouette et encore moins les traits de son visage.

Et peut-être aussi le malheur, poursuivit-elle. Omar essayait de se rappeler combien de verres ils avaient bu. Il consulta sa montre sans parvenir à déchiffrer l'heure malgré ses efforts. Étaient-ils là depuis une heure ? Ou peut-être trois ? Ils s'étaient resservis, mais il avait oublié combien de fois.

Fichu malheur, reprit Dalia à mi-voix. Il t'assassine comme un cancer et te vide de toute énergie vitale en ne laissant que la coquille. Et pour finir, il écrase la coquille elle-même – *pan !*

Dalia fit claquer un de ses sabots sur les planches de la terrasse et la contrée entière résonna.

Et ensuite, tout est fini. Ensuite, on est mort.

Maintenant que te voici privé du téton de la femme – on ne te donne plus que la tétine en caoutchouc –, tu te demandes constamment pourquoi tu n'aurais pas droit à la photosynthèse. Les plantes n'ont besoin de rien pour assurer leur subsistance, elles se contentent d'exister, en toute liberté. Pourquoi les hommes – et donc les enfants – ne pourraient-ils pas s'alimenter par photosynthèse ? Dire que toi, qui es le seigneur de la terre (comme tu l'as souvent entendu dire par *senele*), tu dois te contenter de te nourrir à travers une vieille tétine de caoutchouc râpeux. En criant de douleur. Tu es convaincu que les plantes ne connaissent jamais ni la faim ni la soif. Elles se nourrissent, puis meurent, rassasiées.

C'était aussi comme ça à sa dernière visite, ajouta Dalia après un long silence. Elle a passé ses journées enfermée dans sa chambre en nous adressant à peine la parole. À Noël ! Dire qu'elle n'a même pas été fichue de passer Noël avec ses parents !

Omar continuait d'acquiescer en silence, se demandant quelle position adopter dans cette conversation. Ce n'était sans doute pas son rôle de critiquer l'attitude de sa femme auprès de sa belle-mère.

Elle avala une gorgée. Il distinguait maintenant sa silhouette dans la nuit. Soit ses yeux s'étaient habitués à l'obscurité, soit le jour n'allait plus tarder à se lever.

Évidemment, elle était sur Skype, reprit-elle. Je n'ai rien contre, mais on ne doit pas non plus négliger ses parents. Ah ça, non !

Omar toussota. Nous n'avons discuté sur Skype que très rarement, en fait, pratiquement pas.

Mais à qui diable parlait-elle donc comme ça à longueur de journée et jusqu'au milieu de la nuit ? Dieu Tout-Puissant !

Omar ne répondit pas.

Dalia prit appui sur l'assise de son fauteuil et se leva.

Bon, conclut-elle, si je veux me réveiller demain, je ferais mieux d'aller dormir. Toute chose a ses conséquences, je vais te dire. Voilà, je t'ai donné un aperçu de ce qu'est l'univers d'une vieille bonne femme – mais il te faudra payer si tu veux en savoir plus !

Omar ne répondit rien. Dalia riait aux éclats.

Tu es un enfant. Tu es un homme. Tu ne peux jamais être sûr de rien. La vie ne se résume pas à une série de problèmes pratiques et à leurs solutions, il ne s'agit pas uniquement d'assouvir sa faim, de grandir et d'avoir un toit au-dessus de la tête. Mais tu ne peux jamais être sûr de rien.

La vie n'est pour ainsi dire que perte de temps et fugaces satisfactions – à moins qu'elle ne soit pratiquement que bonheur ? Mais ce n'est jamais suffisant. Même si ce bonheur est durable, même s'il est assorti de justice. Il ne suffit pas. Or il n'y a jamais moyen d'être sûr de rien. C'est insupportable. Tu es enfant, tu es homme.

Assis dans la nuit qui se dissipait peu à peu, Omar s'efforça de finir la bouteille de brandy que lui avait laissée Dalia. Installés de chaque côté de son fauteuil en osier, Snati et Audra, les deux chiens, se disputaient son attention. Omar n'ayant qu'une main libre – l'autre tenait son verre ou sa cigarette –, il ne pouvait caresser qu'un seul animal à la fois. Snorri ne tarderait plus à se réveiller – et ses deux nounous, son père et sa grand-mère, étaient ronds comme des queues de pelle. Quant à sa mère, elle avait passé toutes les nuits des précédentes vacances de Noël sur Skype avec *quelqu'un* tandis que son père, resté en Islande, se débattait contre la grippe porcine.

Et dire qu'elle ne me contactait jamais, pensa Omar. Ou peut-être une fois… en tout cas, très, très rarement. Quelle salope ! Qu'est-ce qu'elle avait donc à être tellement… tellement… *comme ça* ? Pourquoi ne s'était-elle pas même fendue d'un petit courriel puisqu'elle passait tout son temps sur Internet ? C'était quand même un minimum, non ? À Noël ! Pendant ces putains de fêtes de Noël ! Elle n'aurait pas pu penser un peu à lui pendant ces putains de saloperies de conneries de fêtes de Noël ?

10

Ils se firent leurs adieux en disant que, quoi qu'il en soit, ils n'étaient pas pédés. C'était à la demande d'Egill. Omar n'en avait rien à faire. Il se fichait éperdument de l'être ou pas. Tout ça ne voulait rien dire et les rares fois où il entrevoyait un sens, ce dernier demeurait très relatif. Omar n'avait jamais été très doué pour trancher. Il considérait d'ailleurs que c'était une force bien plus qu'une faiblesse de se laisser porter par le monde et les événements. Il tenait aussi, notez bien, à se garder de se définir comme bisexuel, ce qui serait revenu à anticiper des décisions futures et, donc, nécessairement imprévisibles. Mais si Egill se sentait mieux en se disant qu'ils n'étaient pas pédés, il n'y voyait rien à redire.

Sigurlaug Hansen alla chercher son fils à l'aéroport de Reykjavik pour le ramener avec elle à Selfoss, dans sa nouvelle maison. Omar était parti vivre chez son père parce que sa mère avait déménagé à Marseille pour y étudier la gestion des ressources humaines et les procédés de fabrication de la brioche. Elle caressait le rêve d'ouvrir une boulangerie – ou plutôt toute une chaîne – avec son nouveau petit ami, Claude, Français d'Algérie et diplômé d'une école de commerce. Sacrément optimiste, elle avait vendu presque tous ses meubles en quittant l'Islande, puis était arrivée là-bas les mains vides, prête pour un nouveau départ. Au bout du compte, sa nouvelle vie était bien loin de ressembler au rêve qu'elle avait espéré. Les cours étaient difficiles, il pleuvait constamment et ce pauvre Claude dégageait quantité d'odeurs – pieds, sueur, verge, pets, sans parler de la mauvaise haleine – dont Sigurlaug se plaignait à tout bout de champ. Quand il en avait eu assez d'être mis de force sous la douche et de retenir ses flatulences, il avait flanqué sa copine à la porte en lui conseillant de repartir en Islande, cette île où les gens ne puaient pas, mais où ça empestait partout le parfum. De retour au pays, Sigurlaug avait trouvé un travail à MS, la laiterie de Selfoss, et loué une maison dans la bourgade. Évidemment, puisqu'elle avait tout vendu avant son départ pour la France, ce nouveau domicile était vide.

Omar dormait sur un matelas à même le sol, tout comme sa mère. Ils prenaient leur petit-déjeuner et leur dîner sur le salon de jardin laissé par le propriétaire. Il n'y avait pas d'autres meubles et aucun ordinateur. Sigurlaug donnait de l'argent à son fils pour qu'il puisse manger le midi. La plupart des soirs en semaine, elle ne rentrait que vers neuf heures avec une pizza ou des hamburgers et des frites – il n'y avait pas trop le choix en ville, elle aurait bien sûr préféré une alimentation plus saine, d'ailleurs toute cette malbouffe nuisait à sa santé bien plus qu'à celle d'Omar. La pression au travail était telle qu'elle aurait eu besoin d'une nourriture qui lui tienne au corps et d'exercice physique régulier, mais elle n'en avait ni le temps ni l'énergie, justement à cause de ladite pression. Omar était heureux quand il était seul, il lisait allongé sur son matelas ou s'offrant de longues promenades sans but précis. Il avait pris un tel retard dans sa scolarité et changé si souvent d'options qu'il ne comprenait plus que des bribes des enseignements qu'on lui dispensait et cela le mettait mal à l'aise. Il l'était tout autant au contact de sa mère à la fois distante, intransigeante, tatillonne et stressée. Le pire de tout, c'étaient les reproches qu'elle s'adressait sans cesse à elle-même, et qui ne faisaient que renforcer ses autres défauts.

Dès le début de la nouvelle année, Omar s'intégra à une bande de copains. Un coin aménagé d'une grande table et de chaises leur était réservé dans les couloirs de l'école. Leur groupe se définissait avant tout par ce qu'il n'était pas. Ses membres ne fréquentaient pas la salle de musculation et ne pratiquaient aucun sport de compétition (si on excluait les échecs et les jeux sur console pour certains d'entre eux). Ils se souciaient très peu de leur apparence – et s'ils le faisaient, ce n'était pas pour s'embellir, mais plutôt le contraire – et se montraient bien plus discrets dans ce domaine que leurs camarades. Les garçons de la bande ne copiaient pas le style d'Alpha, le groupe de trip-hop britannique, et les filles ne se prenaient pas pour des princesses. C'était l'époque où la mode latino cédait la place au minet branleur à grosse bagnole. Les jantes en alu et les tatouages chinois devenaient ringards alors que le tribal et le rasage des parties intimes faisaient fureur. Des voitures allemandes plus coûteuses remplaçaient les petites japonaises, les tee-shirts moulants blancs supplantaient les noirs. Ce n'était plus cool de fumer, enfin, mais chiquer, ah ça oui ! Santana et Ricky Martin étaient *in*, Will Smith et Puff Daddy *out*. Les tablettes de chocolat, les grosses poitrines, les gros biceps et les fesses rebondies étaient plus à la mode que jamais. Mais Omar et ses copains s'en tapaient. Ils n'étaient rien de tout ça. Ils étaient tout le contraire.

Ce serait exagéré, voire mensonger, de les décrire comme des *nerds*, des *geeks* ou des *no-life* – car ils ne l'étaient que dans la mesure où c'était cool – pas cool à la manière de Ricky Martin, mais à celle de Steve Jobs. Ou – mieux encore – à celle de Dante et Randal dans *Clerks* ou à celle de David Thewlis dans *Naked*. Certains d'entre eux aimaient lire de la science-fiction, écouter du hip-hop Old School ou passer leur temps sur l'IRC – qui commençait à reculer face à MSN. D'autres jouaient les monsieur et mademoiselle Je-Sais-Tout et ne se lassaient jamais de préciser à leurs camarades que la Grande Muraille de Chine n'était absolument pas visible depuis la lune, que les taureaux ne voyaient pas le rouge car ils étaient daltoniens, que les tomates n'étaient pas des légumes mais des fruits ("à strictement parler") et que les petits pois étaient des légumineuses et non des féculents. Ces derniers passèrent le plus clair de l'hiver à s'agacer de l'ineptie qui consistait à fêter le nouveau siècle maintenant – au début de l'an 2000 – plutôt qu'un an plus tard. Ils furent les premiers à s'inquiéter du virus de l'an 2000 et, après le nouvel an, se moquèrent de tous les imbéciles qui l'avaient redouté. D'autres s'empoignaient sur la politique – droite-gauche, gauche-droite – et organisaient des réunions où il était question de leur petit nombril (les garçons étaient socialistes ou socio-démocrates, les filles, féministes ou rien. Quant à tous les autres, soit ils avaient tort, soit ils avaient définitivement le fond mauvais). Omar se sentait si bien dans le cocon de la bande qu'il aurait aimé y passer ses journées entières, mais ses amis étant nettement plus assidus que lui en cours, il n'avait pas envie de rester là tout seul.

L'année 2000 commença sans affecter le système informatique mondial ni déclencher aucune guerre nucléaire. Omar décida de se reprendre en main puisqu'on n'attendait plus la fin du monde. Il avait hélas pris trop de retard pour pouvoir achever en quatre ans le cursus qui lui permettrait de valider son baccalauréat. C'était sa troisième année au lycée et, pour l'instant, il n'avait validé que deux semestres d'unités et encore, il avait acquis plus de la moitié d'entre elles pendant son semestre passé à MH, le lycée de Hamrahlid à Reykjavik. S'il s'inscrivait à autant d'unités qu'il le pouvait légalement à partir de maintenant, il aurait son diplôme en poche à Noël 2001, au pire au printemps de l'année suivante. Il rentrait juste d'un rendez-vous avec le conseiller d'orientation qui avait pris acte de ses nouvelles ambitions tout en lui rappelant le proverbe selon lequel qui veut aller loin ménage sa monture, quand sa mère lui annonça qu'elle avait repris sa relation avec Claude et qu'elle l'emmenait avec elle à Marseille. Omar entra dans une colère phénoménale et cassa les deux assiettes de la cuisine. Sigurlaug le prit au dépourvu en lui proposant de rester à Selfoss, seul dans la maison. Ainsi, il n'aurait pas besoin de changer une fois encore de lycée.

Le numéro 6 de la rue Seftjörn n'était pas plus meublé au départ de Sigurlaug qu'à son arrivée. Le peu de temps qu'elle avait passé là, elle l'avait surtout consacré à dormir et maintenant elle était partie. Elle avait dit au revoir à son fils la veille au soir, puis était allée prendre son avion très tôt le matin à Keflavík. C'était samedi, Omar s'accorda une grasse matinée. Il se leva vers midi, commença par traîner les pieds dans la maison, jeta quelques regards par les grandes baies vitrées et inspira le vide. Il se sentit d'abord un peu seul, quelque peu abandonné, mais surtout ravi de sa nouvelle liberté. C'était nettement plus confortable de rester là que d'être trimbalé n'importe où, une fois encore. Il avait enfin l'impression de pouvoir mener sa barque tout seul sans avoir à se conformer à la volonté d'autrui. En accord avec sa mère, ils avaient décidé qu'il resterait à Selfoss jusqu'à l'été, voire jusqu'à la fin de son cursus. Ainsi, il passerait trois ans en un seul et même lieu. Jamais il n'était resté aussi longtemps quelque part depuis le divorce de ses parents, au point qu'il avait oublié ce que ça représentait. Sans doute une éternité. Et cette éternité lui appartenait.

11

Qu'est-ce au juste qu'être un enfant ? te demandes-tu tout à coup. Ça n'implique pas seulement d'être petit, plus petit que les adultes. Peut-être cela signifie-t-il surtout être dépendant. C'est ce qui te différencie non seulement des adultes, mais aussi des jeunes de la plupart des animaux – chiots, chatons, poulains et veaux – qui en venant au monde sont presque immédiatement capables de se débrouiller. Tu ne connais aucun animal qui passe des mois allongé sur le dos, ne craignant rien d'autre que de se retrouver à plat ventre, ne craignant rien d'autre que de devoir tenir sa tête tout seul.

Quand elle ne regardait pas *Le Triomphe de la volonté*, Agnes visionnait *Le Juif Süss*. Et quand ce n'était pas *Le Juif Süss*, elle optait pour *Le Juif éternel* ou *Männer gegen Panzer*. Elle ressentait une certaine gêne à se gaver de pop-corn devant ces films – cela ne revenait-il pas à justifier la propagande ou à minimiser les horreurs de la guerre ? – mais elle s'y autorisait tout de même. Après tout, les nazis avaient été assez ignobles, ils n'allaient pas, en plus, la priver de pop-corn. Enfin, cela lui posait tout de même problème.

Allongée sur le sol, elle mettait un casque afin que les autres n'entendent pas qu'elle regardait des films. Personne ne montait jamais au grenier. Par conséquent, elle n'avait pas à craindre pas d'être vue sauf quand elle descendait à la cuisine. Elle était évidemment censée travailler. Rédiger son mémoire. Quand la connexion Internet était à peu près stable, elle faisait un tour sur Facebook où elle constatait une recrudescence de la xénophobie et des rumeurs sur les étrangers. Celle qui avait eu le plus de "likes" affirmait que les Polonais au chômage envoyaient leurs allocations en Pologne et allaient faire la queue à l'Aide aux familles pour se nourrir.

Pendant un moment, l'association caritative avait mis en place deux files d'attente, l'une pour les Islandais et l'autre pour les Polonais.

Tu regardes et tu vois, écoutes et entends, absorbes et perçois. Sinon, tu n'apprendrais rien, mais tout cela exige des efforts. Tes cinq sens monopolisent ton attention et te privent de la sérénité dont tu pourrais jouir pour te concentrer sur les problèmes éternels et les réponses ultimes. Or chacun de ces sens fait interférence avec les autres : tu commences à peine à écouter le chant d'un oiseau et voici que l'air te caresse les pieds, qu'un nuage aux formes étranges passe dans le ciel bleu lilas de l'été ou que papa marmonne en parlant de short et de café. Puis vient le murmure du fleuve, la brume de chaleur posée sur le pré et l'amour. Quand tu reviens à toi, l'oiseau s'est tu.

Agnes ne voyait pas pourquoi ces gens n'auraient pas eu le droit d'envoyer leurs allocations chômage dans leur pays d'origine. Pour peu qu'ils aient réellement existé et que cette rumeur ne relève pas de la plus pure invention, ils avaient évidemment travaillé en Islande et y étaient venus, entre autres, afin de pouvoir subvenir aux besoins d'un proche resté au pays. Une mère en maison de retraite à Varsovie, une nièce étudiante à l'université de Cracovie ou un frère au chômage à Bytom. Quand ils avaient perdu leur emploi suite à la crise, les besoins de ceux qu'ils aidaient n'avaient pas disparu pour autant. Et puisqu'ils avaient travaillé en Islande, ils ne pouvaient prétendre à aucune indemnité chômage en Pologne – alors qu'ils y avaient droit dans leur pays d'accueil, où ils avaient d'ailleurs payé des impôts. Toute cette histoire ne tenait pas debout. Comme si c'était un crime d'avoir à sa charge d'autres que soi-même. En fait, l'idée d'aller chercher des colis de nourriture à l'Aide aux familles pour continuer à aider quelqu'un en Pologne plaisait énormément à Agnes. Elle ne voyait là rien de méprisable, bien au contraire, cela forçait son admiration.

Elle tenta de commenter ces rumeurs. Dans l'espoir d'y mettre un terme et d'exprimer le fond de sa pensée. Mais la connexion Internet hoquetait. Facebook ramait à qui mieux

mieux. Tout à coup, l'écran se figea et le navigateur se ferma. Elle fit une seconde tentative, rédigea une nouvelle fois son commentaire, mais la connexion fut définitivement coupée. Qui allait maintenant régler leur compte à tous ces racistes ?

En général, tu t'éveilles sans savoir où tu es, même si tu n'as pas connu tellement de lieux pendant ta courte vie. En soi, cela ne t'inspire aucune terreur. Le monde entier t'est de toute manière plus ou moins inconnu et tu n'as pas de raison de croire qu'un endroit nouveau est plus dangereux qu'un lieu familier. Ta peur de l'inconnu et des inconnus ne naîtra que plus tard. Elle ne viendra que quand tu auras appris à parler, à écouter et à comprendre. Pour l'instant, tu es à l'abri.

Le jour était levé depuis longtemps au réveil d'Omar. Encore à moitié ivre, sonné par les vapeurs d'alcool, il se frottait les yeux installé dans l'un des fauteuils en osier de la terrasse. Il se leva et rentra à l'intérieur.

Kestutis était assis dans la cuisine et, allongé à plat ventre par terre, Snorri babillait, heureux de vivre. Comme si rien n'était arrivé. Comme si rien n'avait changé.

Parfait que tu es réveillé, déclara Kestutis dans son islandais très approximatif en tournant sa cuiller dans sa tasse. Je ne sais pas si je peux avoir le petit avec moi dans la pension. Il y a beaucoup à faire. Hier, c'étaient des Hollandais dans le car, et pour midi, il y aura des archéologues ukrainiens.

Omar attrapa une tasse et s'installa à côté de son beau-père. Quand il la reposa sur la table, il remarqua qu'elle était maculée de taches noires et mates qui ressemblaient à de l'encre. Il regarda ses mains, ses paumes étaient noires.

Qu'est-ce que tu faisais ? demanda Kestutis.

Je n'en sais rien, répondit Omar.

Tu as caressé les chiens ? Il grimaça, les dents serrées, les lèvres ouvertes, dévoilant ses gencives.

Oui, hier, ou plutôt cette nuit.

Mon pauvre, ne faut pas faire ça ! Ils nagent dans le fleuve et les poils sont couverts d'essence et de saletés. Je les lave, mais ça ne change rien. Ils redeviennent dégueulasses aussitôt. Tu vaudrais mieux te laver les mains – moi, je vais frire du bacon et des œufs.

Tu verras (espérons) bien des choses. (Espérons-le) tu visiteras des pays et des continents. L'histoire de l'art est encore pour toi un secret. L'histoire de la philosophie et de la littérature sont pour toi livres clos. Jusqu'alors, tu as grossi et grandi chaque jour, extérieurement et intérieurement, et (espérons-le) cela continuera. Tu ne prévois pas (espérons-le) de mourir dans l'immédiat. C'est trop tôt. Tu verras (espérons) tant et tant de choses. Allez, essayons de respirer par le nez.

Quand elle eut enfin économisé assez d'argent pour rentrer en Islande après son année dans ce lointain pays, il y avait maintenant si longtemps, si longtemps…, elle avait emprunté à ses parents de quoi payer son premier loyer. Mais elle n'avait plus eu envie de partir. L'hiver avait été affreux, mais l'été délicieux. La ville s'était emplie de touristes. Il y avait toujours mille choses à faire – concert de jazz le premier jour, colloque littéraire le lendemain, conférence d'histoire le troisième jour, pièce de théâtre le quatrième, séance de cinéma italien le cinquième, vernissage le sixième, et le septième elle se reposait afin de pouvoir commencer la semaine suivante avec plus d'énergie encore pour en profiter au maximum.

Agnes ne se sentait pas chez elle à Jurbarkas en hiver, mais l'été elle y était parfaitement à sa place. Et voilà maintenant qu'elle était revenue, avec sa petite famille, et que c'était l'été. Elle était retournée en ville la première semaine, mais depuis elle s'était enfermée. Elle n'avait aucune envie de traîner tout le monde derrière elle. D'avoir Omar à ses basques, Snorri à ses basques, son mémoire et ses parents à ses basques. Autrefois, elle avait été libre. Mais c'était fini, elle ne l'était plus.

Tu gardes le souvenir d'un murmure incessant dans le ventre de ta mère. Le monde est lui aussi empli par un murmure. Il t'a fallu un certain temps pour l'entendre (et il t'échappe régulièrement). Les premières semaines, tu ne le percevais pas. À toute heure, tu étais triste. Puis, tout à coup, il est apparu au creux de ton oreille. Tu ignores la nature des sons qui le composent, tu ne saurais dire d'où il vient, mais il te rappelle celui que tu entendais *in utero*. Sauf qu'il est à la fois plus discret et beaucoup, beaucoup plus vaste. Peut-être le monde flotte-t-il également dans une poche de liquide amniotique, te dis-tu, c'est là une idée qui te réjouit grandement.

Agnes rentra en Islande le soir du dimanche 9 septembre 2001. Quelque part en Amérique, des terroristes se préparaient à percuter des gratte-ciel en avion. L'atmosphère était encore paisible et elle ne soupçonnait pas que, bientôt, le monde allait être transformé. Pour peu qu'on puisse effectivement affirmer qu'il ait changé depuis cette époque. Elle prit un taxi à la gare routière du BSI pour aller directement à l'appartement qu'elle allait occuper en colocation avec son amie Sigurbjörg. Il était encore l'heure de dîner et Sibba l'attendait avec des spaghettis bolognaise et du pain à l'ail à peine sorti du four. Pour une fois, Agnes avait envie de parler du temps. Quand elle avait quitté Jurbarkas, c'était le plein été. Mais à Reykjavik il faisait cinq degrés, le ciel était lourd et il pleuvait. D'après les prévisions, ce n'était pas fini. Aussi loin que voyaient les plus visionnaires.

Sibba soupirait et riait alternativement. Elle demanda à Agnes de lui épargner le récit de ses aventures sous le soleil qu'elle avait l'impression de ne pas avoir vu dans le ciel depuis le début de l'été. Mais c'est ce qu'on croit toujours, n'est-ce pas ? ajouta-t-elle. D'ailleurs, en y repensant, il a quand même brillé sur la place d'Austurvöllur de temps à autre. Il y a eu quelques jours où on a pu se mettre en jupe. Pas très nombreux, c'est vrai, mais quelques-uns quand même.

Et dire qu'en Lituanie, je me promenais constamment en tenue légère, observa Agnes avec un profond soupir.

Il y a en toi du pessimisme bien que tu aimes beaucoup la vie, que tu apprécies ce lieu et ces gens, bien que tu sois certain que la vie est plus intéressante que la mort et qu'elle se termine mieux (malgré tout, malgré tout). Ton pessimisme n'est pas le simple corollaire de ton ennui existentiel – ni même de ton angoisse. Tu t'efforces d'espérer (et tout au fond de toi, tu es peut-être persuadé) que tout se passera bien.

Évidemment, tout ira bien. En outre, c'est la possible déconvenue qui t'effraie le plus, et non le malheur lui-même.

Un soir, la famille mangeait du poulet accompagné de carottes, de petits pois et de purée de betteraves rouges. La radio était allumée. Omar entendit le présentateur répéter plusieurs fois les mots "glutamate de sodium", mais n'osa demander à personne de quoi il était question dans le reportage. Il leva les yeux vers ses beaux-parents, les regarda à tour de rôle et leur demanda ce qui avait motivé leur installation en Islande. Pourquoi avaient-ils quitté cette ville sublime qui, dans l'esprit du jeune homme, ressemblait à l'univers d'Astrid Lindgren, avec cette végétation luxuriante et ce fleuve majestueux? Cette ville préservée du "confort moderne" qui n'était en fin de compte ni moderne ni confortable. Cette ville préservée des voitures et des lumières, de ce vacarme incessant, et où tout se trouvait à deux pas. Cette ville bien à l'abri du harcèlement publicitaire et de toutes ces choses qui rendaient la vie parfaitement insupportable partout ailleurs qu'à Jurbarkas.

Kestutis et Dalia échangèrent un regard. Dalia toussota. Kestutis l'imita.

Eh bien… commença-t-il. Par quoi débuter? Il regarda Dalia.

Omar, tu as déjà entendu parler de l'*Union soviétique*?

Averses et soleil alternent en toi – constamment. Un jour les routes te semblent ouvertes, le lendemain toutes se ferment: te voici dans l'impasse. La vérité n'est nulle part et partout à la fois. Ce ne sont pas les paradoxes qui te définissent; ils t'impriment un mouvement et ce mouvement est ta nature. Chaque être vivant fonctionne en vertu de systèmes aléatoires, tout être vivant est constitué de systèmes aléatoires. Toute organisation figée, toute voie à sens unique, toute harmonie est signe de mort et tu dois vivre. C'est l'énergie générée par la présence de différents pôles qui fait avancer l'existence (et là, on pose une question en toute candeur: ce mouvement, serait-ce l'amour?).

Kestutis et Dalia lui exposèrent calmement, en termes choisis, clairs et précis, les raisons pour lesquelles la vie dans cette région reculée d'Union soviétique n'avait pas été si agréable que ça. Ils parlèrent d'abord de la pénurie permanente – évoquant seulement les produits principaux : dresser la liste complète eût été trop long. Puis ils détaillèrent les choses qui ne manquaient pas et dont ils se seraient bien passés. En résumé, la vie au pays des Soviets ne leur plaisait pas. Ils n'aimaient pas cette dictature de la pensée, les tickets de rationnement et, oui, même s'il y avait eu un léger mieux après Staline, le goulag était également une horreur et planait comme une ombre au-dessus de tout le monde, une ombre qui occultait constamment le soleil.

Mais il n'y avait pas que ça, reprit Dalia.

Ah bon ? dit Omar.

Agnes a dû te raconter cette histoire – tu as entendu parler de l'Holocauste, n'est-ce pas ?

En effet, répondit Omar, qui sentait le rouge monter à ses joues.

Pendant la guerre, mon père travaille dans Gestapo de Jurbarkas, glissa Kestutis. Et son frère, il était chef de la police.

Et ils ont assassiné mes grands-parents dans la forêt, compléta Dalia. On ne peut pas dire que nos familles étaient amies. On était seulement vaguement au courant de cette histoire quand on s'est connus.

On n'aurait pas été en couple si on avait été au courant de ça.

Mais on n'en parlait pas beaucoup – en tout cas, le moins possible, confirma Dalia.

Après la guerre, mon père voulut se cacher, mais il changeait d'avis, et ça l'a sauvé, reprit Kestutis. Les miliciens sont partis à la forêt. Ils se sont battus contre les Soviétiques pendant des années. Mon oncle Mykolas était dans la forêt. Mais mon père reste à la maison. Il pensait que les Russes le tueront, mais ils l'ont laissé tranquille. Il n'a même pas été, comment dit-on ? *entendu* ? Après la guerre, pas mal de nazis occupent des postes importants.

Mais pourquoi avoir émigré en Islande ? s'entêta Omar.

Nous n'avons pas émigré en Islande, répondit Dalia.

Nous avons parti en Israël, compléta Kestutis.

Parfois, couché dans l'herbe, tu lèves les yeux sur la façade de la maison où tu aperçois brièvement ta mère. Elle te manque. Ses seins te manquent. Tu voudrais être allongé sur ses cuisses et tendre la main vers son visage pour essayer de lui attraper le nez. Tu voudrais pouvoir lui mordiller le menton. Ton père n'a pas la même douceur ni les mêmes gestes, sa peau est rugueuse comme la pierre. Pourtant, tu l'aimes bien aussi, à ta manière. Il sait faire un certain nombre de choses et il est parfois assez drôle, on ne peut pas lui enlever ça.

Ma mère était juive, reprit Dalia. Je pouvais donc obtenir un passeport immédiatement à l'ambassade israélienne. La seule manière de quitter l'URSS était de passer par Israël.

Moi, je partais avec elle, comme bagage, parce que j'étais son mari.

Mais c'est grâce à toi qui nous avons atterri en Islande, déclara Dalia en regardant son époux.

Pourquoi n'êtes-vous pas restés en Israël ?

Omar… tu as entendu parler de l'OLP ? De l'occupation, de la colonisation ? De Gaza ? Est-ce que tout ça te dit quelque chose ?

Oui, oui, pardonnez-moi, répondit-il, confus. Bien sûr. Ne faites pas attention, je ne suis qu'un imbécile.

Quand j'étais à l'université de Vilnius, j'ai connais un marin islandais qui s'appelait Sigurdur Palsson, comme le poète. Il était venu en URSS pendant un voyage du parti communiste, avec d'autres Scandinaves. Mais il n'avait rien à voir avec le poète. Il était capitaine sur un chalutier, un vrai communiste, et il boivait comme un trou. L'été, il y avait plein de touristes à Vilnius et je travaille comme guide, au noir, forcément, parce que tout c'était interdit. Je les montrais les bars clandestins et je les trouvais ce qu'ils voulaient, par mes relations à l'université. Je ne connaissais pas bien tout ça, mais je connaissais des gens qui connaissaient des gens, enfin, tu sais. Kestutis adressa un clin d'œil à son gendre.

Omar acquiesça d'un hochement de tête.

J'ai trouvé Sigurdur Palsson ivre mort, sur un banc à côté de la cathédrale. Il avait veste en cuir américaine, c'est comme ça que j'ai vu qu'il n'était pas lituanien. Si on aidait les Occidentaux, ils nous donnaient souvent un peu d'argent. Je l'ai mis debout, il était en colère ! Je l'ai apporté chez moi pour qu'il dormait.

Papa veut te mettre au lit alors que tu somnoles dans l'herbe depuis ton réveil : tu n'es pas fatigué, tu ne veux pas dormir. Tu pleures. Il ne t'écoute pas. On dirait qu'il ne t'entend pas, qu'il ne perçoit pas, ne comprend pas, ne voit pas. Tu hurles plus fort encore, mais il s'entête. Il te berce dans ses bras en chantonnant et te met dans ton lit. Tu ne dois pas céder. Tu sais que s'il gagne cette fois-ci, cela se répétera à l'infini. Et tu seras forcé de supporter cette situation toute ta vie. Tu n'as pas le choix, tu dois résister et hurler plus fort encore.

Le lendemain, j'ai fait visiter la ville à Sigurdur Palsson.

Et tu t'es soûlé avec lui.

Oui, ça aussi.

Et la police vous a arrêtés, complètement nus dans la fontaine.

J'allais le dire.

Pourquoi étiez-vous nus ?

Nous ne voulaient pas mouiller nos vêtements.

Omar sourit.

Il n'avait pas de problème parce qu'il était islandais, mais moi, j'ai croyais qu'ils me tuaient.

Hein ?!

Non, pas vraiment ! Ce n'était pas affreux comme ça. Mais j'allais peut-être être au tribunal, avoir une amende ou une condamnation, une peine de prison. Et j'allais peut-être être viré de l'université.

Comment tout ça s'est-il terminé ?

Sigurdur Palsson appelle sa mère. Elle téléphone son frère qui est au bras droit du ministre islandais des Affaires étrangères. Sigurdur appelle le secrétaire général du parti communiste islandais, qui contacte l'ambassadeur d'URSS à Reykjavik. J'étais encore soûl, mais le chef de la police de Vilnius recevait coup de fil de Kremlin – rien que ça ! Il fallait qu'il relâchait tout de suite le "bras droit" de Sigurdur Palsson, représentant du parti communiste d'Islande. Et qu'il oubliait cette histoire !

Tout à coup, tu débordes d'un amour infini. Mais tu ne sais ni pourquoi ni envers qui. L'amour ne supporte pas l'analyse (il fait abstraction du statut social, dit ton père) et toi, tu aimes tout ce qui croise ta route. Ce n'est pas gênant, penses-tu. Le plus difficile, c'est sans doute d'accepter l'idée que tu doives exclure certaines personnes – mais lesquelles ? Car un amour universel ne saurait avoir de valeur véritable. Et peut-être dans ce cas ne change-t-il pas grand-chose. Tout cela te laisse perplexe.

J'ai rencontré Dalia un an après. Nous avons marié et partis en Israël.

Nous avons vécu trois ans à Jérusalem. Ça nous a suffi. Mais ce n'était pas seulement lié à la situation qui était désastreuse et qui n'a pas changé. Il y avait bien d'autres choses.

La chaleur.

La langue.

Et nous étions au chômage.

Et il y avait ce quotidien terrible, on ne peut dire le contraire. La violence était partout. Nous avons vu une poubelle exploser sur la place Sion quelques mois avant notre départ. L'attentat a fait un mort et treize blessés.

Mais nous décidions déjà partir, l'hiver avant.

C'était une expérience terrible.

Une horreur.

Mais comment…

… avons-nous fini par arriver en Islande ?

Par Sigurdur Palsson. Je l'ai appelé, répondit Kestutis, et il nous trouvait un travail à Isbjörnin.

La conserverie ?

Oui, celle dont Bubbi parle dans sa chanson, glissa Dalia.

Je décharge les bateaux et Dalia fait filetage de poisson.

Ce n'était pas vraiment un travail pour moi, j'étais constamment malade.

Ensuite, tu trouvais du boulot à maison de retraite, ajouta Kestutis.

C'est vrai, j'ai travaillé à Grund, mais c'était après la naissance d'Agnes. Dès que nous avons trouvé une nounou.

Si tu ne t'épuisais pas aussi facilement, si le monde ne se mettait pas à tourner ainsi au fond de tes yeux dès que tu essaies d'entreprendre *la moindre chose*, peut-être que tout changerait.

Mais ce n'est pas à l'ordre du jour. La vie n'est qu'amusement permanent, tout en hochets et en babioles, jouets en plastique et poupées de chiffon, images de bonshommes souriants et animaux domestiques – sans oublier les gens, le temps et ces deux chiens qui viennent parfois te lécher le visage jusqu'à te faire pleurer. Le repas constitue l'événement le plus notable de la journée – on t'alimente. Tu supportes tout et n'importe quoi. Dans la vie, tous sont acteurs, sauf toi.

Agnes se rappelait comme si elle l'avait lu la veille le récit de l'adoption du christianisme en Islande suite à la décision de Thorgeir Ljosvetningagodi, qui avait refusé d'interdire l'abandon des enfants en pleine nature. En parcourant l'Internet vacillant du grenier, elle venait de trouver un article intitulé *Tragédie à l'hôtel Fron*: "Décrite par tous comme souriante et courageuse, Agné Krataviciuté aurait abandonné son nouveau-né dans un container à poubelles." Le fait qu'elles portaient toutes deux le même prénom la frappa, elle qui avait passé des journées à refuser l'idée d'avoir un enfant. Mais cette Lituanienne âgée de vingt-deux ans n'était encore qu'une enfant elle-même. "Le gardien de nuit de l'hôtel la décrit comme secrète et réservée: elle se tenait à l'écart et avait du mal à s'intégrer à l'équipe." C'était pour Agnes une lecture aussi pénible que si on lui avait extrait une hémorroïde au pied-de-biche. La douleur physique était si violente qu'elle craignait de s'évanouir.

Sans parler de l'ironie contenue dans le nom: hôtel Fron. Fron, l'un des noms poétiques de l'Islande. Agné y travaillait depuis quatre mois, son enfant y était né – et mort. L'article laissait entendre que le déni de grossesse dont elle souffrait expliquait son acte. *Lisez le blog lié à cet article*. L'un des commentaires affirmait qu'il fallait se garder de juger cette jeune femme trop durement, elle ne pouvait pas savoir qu'en Islande les enfants étaient toujours les bienvenus même s'il en allait autrement en Lituanie. Elle avait sans doute eu peur. On eût dit que le commentateur envisageait cette tragédie comme un problème social lié à la Lituanie et non à l'Islande. Comme si l'Islande n'était pas ce bagne pour étrangers que personne ne voit. Comme si la condition des immigrés économiques était la meilleure qui soit – le contraire était simplement impensable et personne n'osait ne serait-ce qu'évoquer cette éventualité. Comme si venir travailler en Islande était aussi banal que partir en mer pour la saison de pêche.

Tu n'es pas le seul à penser que la vie n'est que cycles et répétition. D'autres que toi sont attachés à bord du navire sans pouvoir poser pied à terre – les conditions, la situation, toujours cette *fameuse* situation. Elle ne te laisse pas d'autre choix que celui de te cramponner solidement en espérant que tout se passera bien. En gardant les doigts croisés, mais jamais les jambes, afin que tout aille pour le mieux.

Tu regardes *senele* qui espère, tu regardes *senelis* qui espère. Leur situation est différente de la tienne. Ils avaient sans doute imaginé qu'arrivés à leur âge, ils seraient enfin libres (et depuis longtemps). Mais ce n'est pas si simple. Les conditions. Ces fichues conditions sont toujours une entrave et tu ne saurais, toi non plus, échapper à leur emprise.

Agnes finit par quitter le grenier. Les racines blondes de ses cheveux en bataille commençaient à se voir sous le noir corbeau de sa teinture. On aurait dit qu'elle rentrait d'un exil de plusieurs années – elle descendit l'escalier en plissant les yeux face à la lumière, comme Aung San Suu Kyi à sa sortie de résidence surveillée. Omar montait au premier étage avec Snorri dans les bras.

Tu descends ?

Je n'en peux plus.

Tu ne dois pas rédiger ton mémoire ?

Je n'en peux plus.

Tu as fini ?

Arrête !

Tu manques à Snorri.

Au secours !

C'est le troisième repas de ta vie. Tu tiens la fourchette et la frappe plusieurs fois sur la table jusqu'à ce qu'elle tombe par terre. *Senelis* se baisse pour la ramasser et tu profites de l'occasion – machinalement, involontairement, tu as tant et tant d'excuses valables –, tu attrapes le bord de l'assiette et la balances par terre, elle aussi. Elle atterrit sur la nuque de *senelis*. Il sursaute et jure, puis l'assiette se brise en mille morceaux. Le contenu – ce qui reste des carottes bouillies, réduites en une purée insipide – s'écrase sur le sol de la cuisine. En se relevant, *senelis* pose son pied sur un éclat qui s'y enfonce profondément.

On en sait souvent plus qu'on ne le croit, pensa Omar. On est au courant d'un certain nombre de choses sans avoir besoin d'aucune preuve – pas même d'un indice. On pourrait s'employer à le nier par un raisonnement froidement intellectuel – non, il n'y avait rien, absolument aucun signe indiquant qu'un an et demi plus tôt, aux vacances de Noël, Agnes avait passé toutes ses soirées dans son antre à draguer un type. Et pourtant, c'est effectivement ce qu'elle avait fait. Indubitablement. Si elle l'avait dragué, il y avait toutes les chances pour qu'elle l'ait également rencontré – en tout cas, avant son voyage en Lituanie et sans doute après. Il se rappelait à quel point elle s'était montrée froide et distante, à quel point il était difficile de la toucher, de tendre sa main vers elle. Et tout à coup il se disait que tout ça était parfaitement normal. Évidemment qu'elle était distante. Évidemment qu'elle ne voulait pas qu'il la touche. Elle recevait assez de caresses comme ça. Un autre l'avait touchée sous toutes les coutures et elle n'avait aucune raison d'être frustrée. Chaque centimètre carré de sa peau portait les empreintes de cet homme – ou peut-être même de ces hommes. Étaient-ils nombreux ? Plusieurs à la fois ou plusieurs à la suite ? Étaient-ils au courant de l'existence d'Omar – se moquaient-ils de lui ou le plaignaient-ils ? À qui pouvait-il poser ces questions et comment pouvait-il les formuler sans avoir l'air complètement idiot ? À moins que ce ne soit que de la paranoïa ?

Tu ne peux plus avoir confiance et être sûr que ton biberon ne contient que du lait. Trois fois, on y a mis de l'eau et une autre, un breuvage dégoûtant qui ressemblait à du lait écrémé (tu n'as même pas essayé de retenir le nom, mais tu le regrettes : il est plus facile de se protéger des choses qu'on connaît que de celles qu'on ne connaît pas). Ta colère bouillonne, tu trembles de tout ton corps. Secoué de pleurs irrépressibles, tu ne contrôles rien. Il faut toujours qu'on s'en prenne à toi, simplement parce que tu es petit. Personne ne mesure l'ampleur de l'espoir dont on te prive, ni ne comprend la valeur du plaisir qu'on t'interdit.

Je n'ai pas regretté de devenir mère, observa Agnes. Snorri était endormi et Omar faisait du café dans la cuisine tandis qu'elle regardait le soleil par la fenêtre.

En tout cas, pas les deux premiers mois, ajouta-t-elle. Mais peu à peu, c'est venu. Quand j'ai vu la différence avec toi. Je sais que mon mémoire n'est pas la chose la plus importante sur terre – et je sais que je devrais être plus impliquée dans mon rôle de mère. Mais ce travail est ma contribution au monde. Il s'adresse à tous et vient enrichir la pensée.

Et Snorri alors ? rétorqua Omar en haussant les sourcils. Il voulait éviter de déclencher une dispute.

Snorri n'est qu'un être humain de plus sur terre, une page blanche.

Ce sont les gens qui peuplent la terre qui font des choses merveilleuses – qui découvrent les nouveaux médicaments, emplissent le monde de rires, de bonheur et d'œuvres d'art...

En tout cas, pas quand ils ont un enfant au sein. Si l'humanité entière allaitait, le monde serait à l'arrêt. À ton avis, pourquoi trois prix Nobel sur quatre sont-ils des hommes ? Parce que les Suédois sont des gros machos ? Non, parce qu'un homme n'a pas de poitrine. Ni d'utérus. En outre, il y a déjà trop de gens sur terre.

Eh bien dis donc, tu es heureuse !

Oui, excuse-moi, mais ce n'est pas moi qui voulais un enfant. Moi, je voulais juste avorter.

Ah bon ?

Oui, quand j'ai vu à quel point tu en avais envie, j'ai décidé de le garder. Et maintenant, tu peux t'en occuper, c'est ton tour.

Après une longue période de calme entrecoupée d'agitation, le monde est mis sens dessus dessous. Tu n'es plus nu, dehors, au soleil. On t'a rhabillé et on te trimbale constamment, parfois tu es dans les bras de maman, parfois dans ceux de papa, on te pose sur des chaises, des canapés, des lits et même sur le sol. Maman balance des vêtements à papa, papa balance des vêtements à maman. Tu ne comprends pas les mots qu'ils s'aboient mutuellement, mais tu as l'impression qu'ils ne sont pas gentils, qu'ils ne portent en eux aucune amitié (mais de la colère). Si tu savais parler, tu leur dirais de SE CALMER UN PEU.

Ils rentrèrent en Islande au mois d'août. Cette fois-ci, Agnes tenait Snorri dans le porte-bébé en passant la douane. Elle lui attacha sa ceinture dans l'avion, le changea dans les toilettes de l'aéroport et lui donna à boire – pas avec la tétine en caoutchouc, mais directement au sein.

Ils retrouvèrent enfin leur maison de Sæbraut bien après minuit. Les trois voyageurs étaient éreintés, l'un pleurait, le second soupirait d'agacement et le troisième serrait les poings pour contenir sa colère.

Bien que nouvelle, cette réalité t'est familière. Tu as l'impression d'être déjà venu ici (en effet, mais tu oublies si vite…). Peut-être as-tu rêvé ces murs, ce sol, ce lit. Maintenant, on te donne le sein quand tu veux. Le téton, tu ne l'as pas oublié. Papa est absent pendant la journée : il n'a pas de seins. Maman et les tétons restent à la maison. Tout est comme il faut, si ce n'est que la réalité est nouvelle. Peut-être est-ce celle-là qui t'est destinée depuis le début, peut-être n'étais-tu pas censé passer tes journées allongé nu au soleil. Même si c'était bien agréable.

12

La bande de copains comptait jusqu'à trente membres et se divisait en groupes plus restreints qui s'étaient formés en fonction de l'âge, des centres d'intérêt et du niveau d'études des uns et des autres. Les plus proches amis d'Omar s'appelaient Frank et Einar. Ce dernier était constamment accompagné par Beta, sa petite amie. Frank et Einar passaient leur temps libre à concevoir des jeux électroniques rudimentaires tandis que Beta se demandait ce qu'elle faisait au lycée : elle ne comprenait rien à ce qu'elle étudiait et ne s'intéressait à aucune matière. Einar avait raconté à Omar que les notes de sa copine ne descendaient jamais en dessous de 9 sur 10. Et elle lui avait confié qu'elle avait un an d'avance – elle était âgée de seize ans, Frank et Einar, de dix-sept et Omar de dix-huit. Omar traînait avec eux car il se croyait capable de programmer, mais en fin de compte, il ne l'avait été qu'à l'époque où il avait vécu dans les fjords de l'Est : comparé à Einar et Frank, constamment plongés dans Perl, Python, Javascript et Dieu sait quoi encore, il n'en connaissait pas plus en programmation que le comique Hemmi Gunn.

En dehors des cours, le groupe passait le plus clair de son temps au numéro 6 de la rue Seftjörn. Malgré l'absence gênante de mobilier, le lieu présentait un avantage évident : il n'y avait pas de parents. En outre, il leur fut facile de se procurer des meubles – ils trouvèrent de vieilles chaises mises au rebut par les entreprises de la ville, un canapé et deux fauteuils sur les tas de détritus et récupérèrent une vieille cabine téléphonique dont ils firent une table. Beta dégota ensuite des baffles et un ampli dans la cave de son père et, quand Omar eut acheté un lecteur CD portatif, la maison était fin prête pour accueillir des fêtes – en l'espace d'une semaine, il avait accompli ce que sa mère n'avait pas réussi en plusieurs mois. Il se sentait désormais adulte, et bien plus qu'elle.

Ils écoutaient alternativement Autechre, Kraftwerk, The Last Poets, Public Enemy et Eminem en buvant de la bière Egils Gull et de la vodka Absolut Citron qu'ils mélangeaient à du Coca. Ils jouaient à "Cent minutes en enfer", tombaient ivres morts, se réveillaient, vomissaient et pleurnichaient, jouaient à "Je n'ai jamais..." et se disputaient sur la politique de regroupement des communes ou le dernier disque de Beck tout en se demandant s'ils faisaient partie de la e-génération, de la génération Y, de la génération "next" ou s'ils étaient simplement le dix millième avatar de la génération X. L'un parlait de Fukuyama, de Fukushima et du Fuji Yama, l'autre monologuait sur le parti socialiste Samfylkingin ou sur la gauche verte et la "prétendue prospérité", et il était aussi parfois question de Dickens. Omar ouvrit la porte de la terrasse pour dissiper la fumée et la referma dès qu'il eut froid. Il alluma une cigarette et alla se rasseoir. Tout le monde jetait ses cendres par terre – il n'y avait aucun cendrier. Il était arrivé à la quatre-vingt-dixième minute de "Cent minutes en enfer" – il avait jusque-là avalé quatre-vingt-neuf verres à liqueur remplis de bière. Il ne restait plus que le noyau dur de la bande. Einar était hors jeu, Beta avait jeté l'éponge, quant à Frank et Omar, ils se disputaient la victoire. Bois, ordonna Beta, un œil sur le chronomètre. Puis ce fut le noir complet.

Il se rappela ensuite qu'elle lui avait demandé pardon en quittant sa chambre. Il ne se souvenait pas s'il dormait lorsqu'elle y était entrée, mais il pensait que oui. Il ne lui avait jamais adressé le moindre signe indiquant qu'il avait envie de coucher avec elle. Il ne la trouvait pas mignonne ? Il crut d'abord avoir rêvé, mais le brouillard s'était peu à peu dissipé. Il la revoyait, debout à côté du lit, le regardant les yeux baissés, avec son pull à col roulé noir, sans ses lunettes et complètement soûle. Elle avait ôté son pantalon et sa culotte. Il se rappelait même avoir aperçu les lèvres gonflées de son sexe sous sa toison pubienne claire et peu fournie. Il s'était apprêté à lui dire quelque chose mais, intimidé et nauséeux, il avait gardé le silence et s'était figé. Ou peut-être qu'il ne s'était pas figé. Peut-être n'avait-il simplement pas voulu la troubler. Soûle et sans ses lunettes, elle le confondait sans doute avec Einar. Quant à lui, il ne pouvait dire qu'il ne voulait pas, ni qu'il n'avait pas envie, ni qu'elle lui déplaisait. Ensuite, après avoir obtenu ce qu'elle voulait, elle était repartie en murmurant pardon, comme si elle hésitait à le réveiller. Ce n'est que le lendemain qu'Omar comprit qu'elle l'avait violé.

Le mot "viol" le gênait, s'agissant d'un événement qu'il avait vécu comme un simple désagrément même s'il le concevait par ailleurs comme une trahison impardonnable envers Einar. Il se disait toutefois qu'en refusant d'appeler un chat un chat, il entrait peut-être dans une forme de déni et s'interdisait d'éprouver de la colère, de la tristesse ou de la terreur. Et pourquoi ? Parce que Beta était jolie ? Parce que, au fond, il avait lui aussi envie d'elle ? Ou plus exactement, il en aurait eu envie dans d'autres circonstances ? Elle faisait partie du stock de ses fantasmes quand il se masturbait – ce simple fait ne suffisait-il pas à la disculper ? Ou tout du moins à prouver qu'il était largement complice ? Était-ce parce qu'il était plus vieux qu'elle – qui n'avait que seize ans ? Ou parce qu'il était un garçon ? Il ne s'était pas senti agressé physiquement et n'avait pas non plus l'impression d'avoir été souillé. Il n'éprouvait aucun des sentiments que ressentent les victimes de viol, telles qu'on les décrit dans les manuels de sciences sociales. Son professeur avait expliqué pendant un cours que lesdites victimes niaient l'événement parce qu'elles avaient honte et qu'elles se mentaient à elles-mêmes. Or Omar ne se voyait pas du tout comme une victime. Est-ce qu'il n'avait pas simplement pris son pied ? Y avait il de quoi faire un drame ?

Il aurait voulu pouvoir se mettre en colère. Insulter Beta jusqu'à ce qu'elle s'excuse de s'être ainsi masturbée sur lui alors qu'il était ivre mort. Rien de plus. Il aurait voulu qu'elle reconnaisse qu'on ne se comporte pas comme ça. Ensuite, ils pourraient – sans problème – se mettre en couple. Ou simplement copains. Il n'avait pas envie de l'étrangler, de la frapper ou de porter plainte. Il voulait lui parler. Apparemment, ce n'était pas à l'ordre du jour, à moins qu'il ne soulève la question lui-même. Parce que Beta agissait comme s'il ne s'était rien passé. Et il n'osait pas évoquer l'événement. Peut-être qu'elle l'avait oublié, peut-être avait-elle cru faire l'amour à Einar. Mais, dans ce cas, pourquoi lui avait-elle demandé pardon ? Il eût été surprenant qu'elle présente ses excuses à son petit ami pour avoir couché avec lui. Omar se consolait en se disant que cette blessure d'amour-propre guérirait bien vite, mais ce n'était pas le cas, bien au contraire, et Beta continuait d'agir comme si de rien n'était. Pourtant, il était sûr qu'elle savait. Elle devait savoir. Ça se voyait.

Mais peu importe. On continua de faire la fête au 6 de la rue Seftjörn où, chaque jour, il y avait foule après les cours et jusque tard le soir. Omar obtenait des résultats scolaires nettement meilleurs que ceux qu'il aurait pu escompter – étant donné le profond trouble émotionnel dans lequel il était plongé – et manifestement, il allait réussir tous ses examens pour la première fois depuis sa seconde au lycée de Hamrahlid à Reykjavik. Il buvait moins pendant les fêtes auxquelles il continuait toutefois de participer sans que cela lui pose problème. Il avait l'impression que tous, et surtout Beta, avaient beaucoup augmenté leur consommation d'alcool. Mais ce n'était peut-être que le fruit de son imagination. En général, quand il se levait, des copains dormaient un peu partout dans la maison. Un matin, il se réveilla aux aurores pour aller aux toilettes et vit Beta allongée sur le canapé. Après avoir pissé, il inspecta toutes les pièces et vérifia qu'ils étaient seuls. Il s'approcha du canapé et s'allongea, encore un peu ivre, à côté de Beta et la secoua doucement : elle ne se réveillait pas. Il lui ôta son pantalon et sa culotte, passa un long moment à regarder son sexe en silence sans rien faire, puis lui écarta les cuisses et la pénétra. Au moment où elle ouvrit les yeux, il vit la terreur au fond de son regard. Mais tu m'as fait ça l'autre fois, plaida-t-il, déconcerté par sa réaction. Tout à coup, elle le repoussa violemment, le projetant sur le sol où il éjacula et se mit à pleurer.

Il se confondit en excuses, fit de son mieux pour s'expliquer, mais rien n'y fit. Beta se rhabilla à toute vitesse et quitta la maison en courant. Il fuma quelques cigarettes et essaya de se rendormir. Au bout d'une petite demi-heure, la police arriva et l'emmena au commissariat pour interrogatoire. Comme il était encore trop ivre et fatigué, on le plaça en cellule de dégrisement. Il se réveilla quelques heures plus tard, tenaillé par une monumentale envie de pisser, frappa de toutes ses forces à la porte, mais, voyant que personne ne l'entendait, alla uriner dans un coin de la pièce. Lorsque les policiers arrivèrent enfin, ils ne firent aucun commentaire sur la flaque au sol et l'emmenèrent pour l'interroger. Il reconnut les faits et fut aussitôt relâché.

Le lendemain, il appela son père. Ce dernier vivait désormais à Kopavogur, mais vint le rejoindre à Selfoss et resta avec lui jusqu'à la fin des examens de printemps. Omar ne put passer la session habituelle – parce que celle désormais désignée comme la victime y participait –, il fut donc admis à une session de rattrapage. En réalité, il n'avait plus envie de passer aucun examen, même si sa mère et son père l'exigeaient. Cette histoire sera vite enterrée, lui avait dit son père, alors autant avoir un diplôme en poche.

13

Plus il y réfléchissait, plus Omar se disait que l'évidence crevait les yeux. Agnes travaillait jusque tard le soir – à la Bibliothèque nationale, prétendait-elle – et quand elle rentrait à la maison, elle se replongeait dans les livres. N'avait-elle pas passé toute sa journée à étudier ? Depuis combien de temps rédigeait-elle ce mémoire ? Qui donc passait quatre ans à écrire un putain de mémoire de mastère ? Qui plus est, à raison de seize heures par jour – à moins qu'elle ne les ait passées à baiser sans relâche ? En résumé, elle n'avait pas arrêté de sucer ce sale type sauf pour reprendre son souffle, et surtout pas pour étudier.

La moquette du bureau était marquée par ses passages incessants. Il avait fait les cent pas toute la matinée en se demandant comment s'y prendre pour avoir une discussion avec elle. Comment diable pouvait-on accuser son conjoint d'infidélité sans semer la zizanie ? Il fallait qu'ils parlent, mais ils devaient le faire sereinement et là, il avait juste envie de hurler – de la frapper, de frapper à poings fermés *la mère de son enfant* en plein visage. Et c'était impossible, c'était hors de question. Elle s'emporterait également, et la colère n'apportait rien. On ne gagnait rien à se disputer. Qu'avait dit Martin Luther King Jr. ? On ne fait pas reculer les ténèbres par les ténèbres, mais par la lumière. On ne vainc pas la haine par la haine, mais par l'amour.

Il devait donc se montrer patient. Attendre des jours, des semaines, des mois. Voire une année entière. Il devait apprendre à se contenir.

Tu fais de ton mieux pour ne susciter aucune dispute et ne pas excéder les adultes par tes pleurs et tes cris car tu as remarqué que lorsque tu hurles, ils s'en prennent violemment l'un à l'autre (et tu refuses d'endosser cette responsabilité sans pouvoir intervenir – tu préfères qu'ils te grondent plutôt que de les entendre se disputer). L'atmosphère est électrique, tout en agressions passives. Certes, ils sourient beaucoup, mais tu vois clair. Leur sourire n'exprime pas leur satisfaction, ce n'est qu'un masque. Ils s'efforcent de sauver la face – pour se préserver eux-mêmes, pour épargner l'autre, pour plaire à la société, par idéalisme. Qui sait ? Tu ne parviens plus à trouver le sommeil tant tout cela t'inquiète.

Dans un premier temps, Omar décida de s'en tenir à la bonne parole et de chasser la haine de la maison en l'inondant d'un amour sans limites. Il quittait le bureau plus tôt pour acheter des fleurs et préparer des petits gâteaux, acheter du lubrifiant et des menottes, faire le ménage, briquer les sols, cuisiner le dîner, masser les mollets, les orteils, la plante des pieds, faire à Agnes une petite gâterie, suivre des cours de danse et de cuisine, déposer Agnes à son club de tricot, à sa soirée entre filles ou à des conférences en sciences humaines. Cela dura des semaines. Des mois. L'automne arriva et il faisait tout ce qu'il pouvait pour donner corps à son amour, pour en faire émerger une réalité solide par ses actes, ses paroles et l'ardeur de ses sentiments. L'hiver arriva. Le cœur d'Omar réchauffait la maison tandis qu'à l'extérieur, il gelait à pierre fendre. Il se levait le premier pour préparer le petit-déjeuner alors que Snorri et Agnes dormaient encore comme des loirs. Et il le faisait même s'il avait à peine fermé l'œil de la nuit – il osait à peine s'endormir afin d'épargner à sa compagne les pleurs de Snorri.

Tu ne marches pas encore, tu ne rampes pas encore, mais tu contrôles de mieux en mieux tes membres. Peut-être était-ce la chaleur qui te ramollissait (dans l'autre réalité, l'ancienne). Désormais, tu es capable de te retourner tout seul pour te mettre à plat ventre et tu observes le monde sans peur, les yeux écarquillés. Tu tournes la tête à gauche et à droite en regardant ton univers – cette maison familière remplie d'objets tout aussi familiers. Tu sais même poser tes mains par terre pour y prendre appui, soulever ton corps du sol et tendre ton visage vers le ciel. Tu te sens bien là-haut.

Te voici enfin un peu acteur de ta vie. Et c'est un sentiment délicieux.

Agnes se montrait efficace dans son travail – à ses dires, elle avançait assez vite sur son mémoire. Heureuse qu'Omar se plie en quatre pour lui faire plaisir, elle se demandait toutefois pourquoi, bien qu'elle se refusât à lui poser la question. Malgré tout ce bonheur, elle sentait dans son estomac un nœud étrange qui avait peut-être pour origine l'incroyable empressement d'Omar. Elle se sentait redevable et sa dette augmentait constamment. D'autant plus qu'elle n'avait rien fait pour mériter tout cela.

Le premier jour de l'hiver, elle s'installa confortablement pour réfléchir. Pour essayer de voir clair dans ses sentiments et de délier ce nœud. Elle sortit son journal intime et un stylo, s'efforça de faire le vide dans son esprit et de noter tout ce qui lui passait par la tête – tout ce qui pouvait être la cause de son malaise. Elle inspira profondément, expira, posa la pointe sur la page et écrivit.

Puis elle ouvrit les yeux.

Il n'y avait sur la feuille qu'un seul mot : *Arnor*.

Au bout de quelques jours, tu te rends compte que *senele* et *senelis* sont restés dans l'ancienne réalité. Ils sont encore pieds nus au soleil. Jamais personne ne t'a manqué jusque-là, à l'exception de ta mère (tu te dis que c'est sans doute arrivé à un moment, mais tu ne te souviens plus quand). Jamais personne ne t'a manqué jusqu'à présent – c'est la première fois que tu éprouves ce sentiment de nostalgie. Tu l'éprouveras souvent au fil de ta vie, et chaque fois ce sera comme la première fois – tu auras toujours l'impression que jamais personne ne t'avait manqué jusque-là. Que jamais cela n'a été aussi douloureux. Chaque fois. Dans certains domaines, le temps semble immobile, tu n'acquiers aucune expérience sans en perdre aussitôt le bénéfice.

C'était le premier jour de l'hiver et il n'était pas tombé un seul flocon. De toute façon, il n'y avait jamais de neige ce jour-là, pensa Agnes. On aurait dû déplacer cette journée plus loin dans l'hiver, loin du réchauffement climatique. Elle trouvait déprimant de faire ses adieux à l'automne aussi tôt, alors qu'octobre n'était pas encore arrivé à sa fin. Tout ça était franchement contrariant.

Elle attendit quelques semaines. Les fêtes de Noël approchaient. Elle rouvrit son journal intime. Il était toujours là, ce fichu prénom. Évidemment. Elle devait trouver une solution. Peut-être n'était-il pas vital qu'elle connaisse l'identité du père de Snorri, mais elle avait besoin de discuter avec Arnor – de lui faire comprendre quelque chose. De lui faire entendre qu'il *aurait dû* avoir *envie* d'être le père – mais qu'elle ne *voulait* pas qu'il le soit. Il devait accepter l'idée que jamais il ne serait le père de cet enfant, même s'il en formulait le souhait à l'avenir. Car même si ce n'était pas le cas pour l'instant, rien ne permettait de dire qu'il ne changerait pas d'avis. Cela relevait pour lui d'une opinion politique – selon laquelle les gènes n'avaient aucune importance –, or il arrivait que les gens changent d'opinion politique. Tout comme on changeait de petite culotte dans un bordel.

Après la position à plat ventre, tu acquiers la position assise, puis tu apprends à te mettre à quatre pattes. Tu ne rampes pas vraiment, tu tangues, tombes à plat sur le sol et avances comme une grenouille, les paumes appuyées par terre, en poussant sur tes jambes. Tu soupires profondément ; tu voudrais faire mieux, mais tu ne peux pas. Parfois, papa te prend les mains et te met debout – mais maman le lui interdit. Elle dit que tu ne dois pas apprendre à marcher avant de savoir ramper correctement. Tu trouves qu'elle ferait bien d'essayer un peu de ramper sur le sol, comme ça elle verrait combien c'est plaisant.

En venant ici, murmura Arnor à l'oreille d'Agnes, je suis passé devant un abribus couvert de marteaux et de faucilles.

Agnes poussa un soupir.

Je ne comprends pas pourquoi les gens trouvent normal de taguer des marteaux et des faucilles sur les abribus alors que la croix gammée est taboue. Alors là, c'est non, non et non.

Le marteau et la faucille représentent une belle idée, répondit Agnes, les yeux fermés, les dents serrées. Elle inspira profondément. La croix gammée représente l'exclusion alors que le marteau et la faucille symbolisent la solidarité.

En tout cas, pas avec les capitalistes !

Nuance, pas avec le *capital*. Idéologiquement, le capital est aux antipodes de la solidarité. La solidarité fait appel à l'être humain et se fiche des richesses qu'il a amassées.

Tu hais le péché, mais tu absous le pécheur ? interrogea Arnor, la bouche plaquée tout contre son oreille.

Celui qui place la croix gammée au même niveau que le marteau et la faucille n'envisage que les conséquences désastreuses de certaines idéologies et non les idéaux eux-mêmes. Il n'évolue pas dans le monde des idées. Il ne comprend que les actes – or celui qui ne voit que par les actes n'est pas un être humain, mais un animal.

Arnor se retira et se mit à genoux. Agnes attrapa son membre et le caressa jusqu'à ce qu'il inonde son ventre de sa semence.

Non seulement il fait plus froid dans cette réalité que dans celle que tu as laissée derrière toi, mais la température baisse constamment. Les rares occasions où on te sort de la maison – presque toujours dans les bras de ta mère –, tu es tellement emmitouflé sous plusieurs couches de vêtements, tricotés, rembourrés et imperméabilisés que même si tu levais les yeux et recevais une rafale de neige en plein visage, tu aurais à peine l'impression d'être dehors. Parfois, maman reste avec toi à la fenêtre et vous contemplez la mer déchaînée. Elle te demande si tu trouves ça beau. Mais tu trouves cette mer affreuse. L'idée elle-même te semble complètement ridicule. Toi, tu aurais juste envie d'être allongé tout nu dans l'herbe.

La situation demeurait stationnaire. Jour après jour. Semaine après semaine. Omar avait l'impression de vivre une trêve. Agnes attendait qu'il se passe quelque chose. Puis ce fut Noël, la nouvelle année commença, la neige arriva, fondit, puis revint avec une intensité redoublée. La nuit du mercredi au Jeudi saint, Omar attendait que Snorri se réveille – en général, le bébé se manifestait vers trois heures et il était moins dix. Tout à coup, Omar fut persuadé qu'Agnes l'avait trompé, certes, mais pas avec plusieurs hommes (comme il lui était arrivé de le croire). En tout cas, il lui apparaissait qu'il ne pouvait exclure l'idée que Snorri soit le fils d'un autre homme. Peut-être que, en fin de compte, l'enfant n'avait pas hérité de ses orteils. Peut-être ces orteils étaient-ils ceux d'un étudiant en histoire, en école de commerce, en philosophie, d'un futur poète, d'un auteur de littérature enfantine, d'un journaliste… Oh, mon Dieu, peut-être n'était-il pas le fils d'un étudiant, mais d'un enseignant !

La colère qu'il contenait depuis des mois s'exprima par des gémissements qui s'amplifièrent bientôt en un hurlement rauque. Agnes se réveilla en sursaut et s'assit dans le lit. Snorri se réveilla lui aussi. Omar était rouge comme une pivoine, des jets de larmes jaillissaient littéralement de ses yeux.

ESPÈCE DE SALE PUTAIN ! hurla-t-il, dès qu'il fut calmé – en effet, dès qu'il fut calmé – et qu'il eut attrapé ses lunettes sur la table de chevet. TA CHATTE TE DÉMANGEAIT À CE POINT ?! ESPÈCE DE SALE PUTAIN !

Une fois de plus, tu es réveillé en pleine nuit. Les cris des adultes te percent les tympans en rebondissant sur les murs. Tu voudrais pouvoir pleurer, mais tu te l'interdis. Il y a assez de bruit comme ça et tu te demandes ce que tu pourrais bien faire pour leur venir en aide. C'est tellement désolant d'être incapable de se faire comprendre : si seulement tu connaissais la nature de leur problème, tu pourrais y remédier. Peut-être ou peut-être pas. Tu es si petit. Cela dit, ils pourraient sans doute s'aider mutuellement. En tout cas, ils feraient bien de discuter un peu tous les deux. À haute voix. Et de s'exprimer clairement.

Mon chéri ! Qu'est ce que tu racontes ? Il y a un problème ?

Agnes s'approcha d'Omar, qui se préparait à lui asséner un coup de poing mais se contenta de frapper le mur avant de se remettre à pleurer. Allons, allons, le calma-t-elle en fermant les yeux. Que se passe-t-il ? Tu as rêvé ? Cauchemardé ?

Tu… Omar suffoquait. Il avait envie de vomir autant que de hurler, mais ne pouvait faire ni l'un ni l'autre. Tu…

Allons, allons, mon amour. Respire profondément. Qu'est-ce qui s'est passé ?

Tu… tu étais sur Skype, hoqueta Omar.

Skype ?

À Jurbarkas… à Noël !

Qu'est-ce que tu racontes ?

Ta mère m'a dit que… tu avais passé ton temps… que tu étais tout le temps… sur Skype… en train de parler… avec quelqu'un.

Agnes se taisait.

Et ce n'était pas… pas à moi que tu parlais…

Et ce n'est que maintenant que tu me dis ça ? s'agaça-t-elle, manifestement acculée.

Snorri… n'est pas… n'est pas… mon fils. Il n'a pas… mes… mes… orteils. Agnes avait du mal à comprendre ce qu'il disait tant les mots étaient entrecoupés de sanglots.

Je ne suis allée sur Skype avec personne, répondit-elle calmement. Et Snorri est ton fils.

Mais ta mère… m'a… raconté que…

J'écoutais mes enregistrements.

DE QUELS PUTAIN D'ENREGISTREMENTS TU PARLES ?!

Des interviews pour mon mémoire. Pour le mémoire de mastère que je suis en train de rédiger. Ça te revient ?

Omar avala sa salive.

Jamais tu n'es aussi désemparé que lorsque tu entends les sanglots des autres. Ils te prêtent parfois l'intention de régler tous tes problèmes par tes pleurs – tu hurles jusqu'à ce que quelqu'un vienne te tirer d'embarras. Mais quand ce sont eux qui pleurent, ça ne fonctionne plus. Et là, tu es désemparé, aussi bien pour régler tes problèmes que ceux des autres.

Tu fixes le plafond. Tu écoutes sans rien comprendre. Ni ces cris. Ni ces gens. Ni le monde qui les entoure. Il se passe quelque chose de grave. C'est plus sérieux que d'habitude. Tu ignores si cette stratégie fonctionnera, mais tu décides de te mettre à hurler.

Agnes se débarrassa de la couette et courut jusqu'à la chambre de Snorri. Omar resta au lit à fixer le plafond. Il frotta son poing fermé contre sa paume, fit craquer ses doigts et se prit le visage à deux mains. Que faisait-il donc ? Quel était ce cauchemar ? Étaient-ce des hallucinations – du delirium tremens – était-il en train de perdre la raison ? Finalement ?

En tout cas, il n'était pas question qu'il retire ses paroles. Qu'il s'excuse de cet accès de furie gratuite. Il n'était pas quelqu'un de bien, il était injuste, jaloux, paranoïaque et mythomane.

Il posa les pieds sur le sol, enfila son jean, passa un tee-shirt, alla dans le vestibule, mit ses chaussures et son anorak, prit son bonnet et noua son écharpe, puis ouvrit la porte et sortit dans la nuit. D'ici quatre semaines, il reviendrait dans cette maison – juste le temps d'y mettre le feu.

Maman arrive et tu continues à pleurer pour qu'elle reste, pour la retenir. Elle ne partira pas tant que tu pleureras et, tant qu'elle ne quittera pas ta chambre, tes cris ne cesseront pas. Peu à peu, tu te calmes, mais tu décides de continuer à pleurer un moment. C'est une manœuvre tactique – destinée à donner à chacun le temps de se reprendre – et à te prouver que tu en es capable, que la situation ne t'échappe pas. Tu cries avec constance, sans verser aucune larme, comme si tout cela n'était que l'ombre d'une angoisse véritable. Tu crains que maman ne voie clair dans ton jeu, mais elle ne dit rien. Tu t'arrêtes enfin. Tu te tais, tu fermes les yeux et tu te rendors.

En revenant à la chambre, Agnes constata qu'Omar était parti – mais bon, nous l'avons su avant elle. Il était parti en laissant derrière lui sa jeune compagne et son enfant par une nuit froide au début du printemps. Quand elle se réveilla, le matin du Jeudi saint, il n'était toujours pas rentré. Quand elle se leva pour aller s'occuper du bébé en pleurs, le grand lit était vide, comme déserté. Omar n'était pas là pour y ronfler. Il n'était pas non plus dans la cuisine avec un café frais, du jus d'orange, des gaufres et des fruits. On n'entendait pas son jet d'urine bruyant résonner dans les toilettes. Et il ne déneigeait pas non plus les marches devant la maison. Il était parti. Il avait passé la nuit dehors. Et, maintenant, c'était le week-end de Pâques. Peut-être était-il mort de froid, allongé sur une congère ? S'était-il jeté dans la mer ? Avait-il été écrasé par une voiture ? Les bars n'ouvraient sûrement pas avant midi en ce Jeudi saint – en outre, ce n'était pas vraiment son truc. Il devait être en train de marcher, pour le bien de tous.

Agnes sortit Snorri de son lit et le serra dans ses bras. Dès qu'il cessa de pleurer, elle prit le relais.

La vie se définit par l'absence : non seulement l'herbe est plus verte dans le champ d'à côté, mais surtout il n'y a pas d'herbe de ce côté de la clôture. De ce côté de la clôture, il n'y a même pas de clôture. Rien n'est plus normal que le départ de papa, ainsi va la vie, c'est comme ça : ce sont l'absence et le manque qui donnent aux choses leur valeur. Ceux qui ont tout ne sont pas heureux, bien qu'ils ne se sentent pas vides à l'intérieur. Ceux à qui tout manque se sentent vides et creux. Certes, leur pouvoir est immense et ce manque donne sens à bien des choses, mais pas à leur existence. Nous n'aimons personne aussi ardemment que les absents et notre amour confère un sens à leur existence. Rien n'est plus naturel que le départ de ton père. C'est la vie.

En général, Omar recevait de la visite à peu près une fois par an. Quand il avait terminé son dîner et préparé un café frais – c'est-à-dire vers dix heures trente le soir du Vendredi saint –, ses parents venaient prendre le café chez lui et grignoter quelques friandises. Il en avait toujours été ainsi depuis qu'il les avait quittés. Ce serait également le cas ce soir, Agnes le savait. Ils ne venaient jamais fêter son anniversaire et passaient Noël aux îles Canaries la plupart du temps. Quand ils l'invitaient chez eux pour d'autres occasions, il n'y allait pas.

Seulement, aujourd'hui, Omar ne serait pas là pour les accueillir à la porte. Il n'y aurait que cette mère célibataire et son fils unique – le papa, lui aussi tout à fait unique, était parti et elle ignorait où.

C'est toujours comme ça à Pâques. Sauf cette fois. Ce sont tes deuxièmes Pâques, il y a là quelque chose de familier. Tu ne gardes sans doute aucun souvenir des premières – tu avais à peine un mois. Mais tu perçois le caractère hédoniste de l'événement. Et tu te rappelles Noël. Assez vaguement, mais tu t'en souviens quand même. Depuis ta naissance, tu n'as vécu que pour le plaisir de téter les seins lourds de ta mère jusqu'à plus soif. Tu vis afin d'amasser autour de toi tous les objets du monde. Ta conception de la propriété privée est assez simple : tout ce que tu vois t'appartient (au pire : tout ce qu'on te montre). Tu ne laisses personne te convaincre du contraire. Le monde t'appartient, la maison, les gens, l'herbe, le soleil, la neige et le ciel. Tu jouis au maximum de chaque journée et Pâques ne te fait donc ni chaud ni froid.

À vingt-deux heures et vingt-trois minutes, Örn Omarsson et Sigurlaug Hansen frappèrent à la porte. Agnes était assise dans le salon avec Snorri, trop occupé à manger des gâteaux pour qu'elle ose le mettre au lit. Elle se leva et traversa pieds nus le parquet froid pour aller à la rencontre de son destin.

Saaaaalut ! s'exclama Sigurlaug en souriant de toutes ses dents. Joyeuses Pââââques ! Sa belle-mère s'invita à l'intérieur, l'éjecta du vestibule, frappa ses chaussures sur le tapis pour les débarrasser de la neige et se tourna vers Örn. Allez, entre, chéri. Ferme, il fait froid. Le mari s'exécuta avec un sourire qui n'avait rien à envier à celui de sa femme.

Joyeuses Pâques !

Agnes se taisait, s'attendant à ce qu'il ajoute quelques mots solennels sur la Passion du Christ ou ce genre de truc, mais il s'abstint. Elle se rendit brusquement compte qu'ils lui avaient tous deux souhaité de joyeuses Pâques et qu'elle ne leur avait pas répondu. Or le jour de Pâques n'était véritablement que le dimanche, et dans la famille d'Agnes on ne badinait pas avec ça. Elle était déconcertée.

Où est Omar ? interrogea Sigurlaug après avoir jeté un coup d'œil dans le salon. Et voilà, c'était fini. Il était trop tard pour s'embrasser sur les joues et faire comme si tout allait pour le mieux. Faire comme si c'était Pâques.

Tu te lèves en t'agrippant à la chaise, presque aussi haute que toi. Tu attrapes le dossier, puis tu te laisses tomber sur les fesses sans le lâcher. Tu hurles pendant ta chute et tu ris aux éclats quand tes fesses touchent le sol. Jamais tu ne t'es autant amusé. Tu lâches prise, tu te redresses, remets la chaise debout, puis tu recommences le jeu. Ta mère est triste, mais elle glousse quand même (discrètement). Ton grand-père et ta grand-mère suffoquent. Mais que fait donc cet enfant ? Il ne risque pas de se faire mal ? Tu te relèves et tu recommences.

Oui, joyeuses Pâques. Soyez les bienvenus, répondit Agnes. Débarrassez-vous – il y a des cintres dans la penderie, n'est-ce pas? Sinon, vous pouvez aussi poser vos vêtements sur la commode, ce n'est pas gênant.

Le sang lui montait aux joues. Elle se retourna pour aller dans le salon et prit Snorri dans ses bras. Regarde un peu qui est là, mon petit Snorri! Papi et Mamie! Tu peux dire "Mamie"?

Snorri restait muet. Il ne parlait pas encore. Il lui arrivait de rire, mais à part ça, il ne semblait pas pressé de s'adresser au monde. Le monde était là, partout autour de lui, et ça ne le dérangeait pas du tout.

Örn se laissa tomber de tout son poids sur le canapé. Sigurlaug alla pousser la porte des toilettes pour regarder à l'intérieur. Où est donc Omar?

Il dort, répondit Agnes. Il a attrapé une saloperie et passé sa journée à vomir. Il s'est mis au lit il y a deux heures, juste après manger.

Maman t'encourage à parler, comme s'il n'y avait rien de plus facile. Évidemment, tu ne dis rien et tu te demandes ce qui t'arrive. Tu affiches une moue et tu les dévisages. Ces gens doivent avoir perdu la tête. Tu es encore trop petit pour savoir parler. Ce n'est pas la première fois. Depuis quelque temps, on te demande cela de manière répétée. Toujours selon le même rituel: tu es censé dire des mots bien précis à une personne précise. Apparemment, ce n'est pas un ordre, on essaie de t'enseigner quelque chose. Cela dit, cette méthode d'enseignement te semble des plus chaotiques, car on te demande de parler aux heures les plus improbables – parfois, tu viens de te réveiller. Et tu ne vois pas comment tu pourrais parler à peine sorti du sommeil.

Oui, il n'en pouvait plus et il a préféré se mettre au lit.

Quel dommage, observa Örn. Affalé sur le canapé, il avait manifestement bu, ce qui mettait Agnes encore plus mal à l'aise. Premièrement, elle savait que Sigurlaug ne prenait jamais le volant, mais surtout, elle n'aimait pas être à jeun quand les autres avaient un petit coup dans le nez. Surtout quand il s'agissait d'hommes d'âge mûr. Comme ça, il n'est pas très en forme ?

Enfin Öddi ! Tu n'as pas écouté ce qu'elle vient de dire ? Il a passé la journée à vomir. C'est certain qu'il n'est pas en forme !

Örn haussa les sourcils et soupira, puis se remit à sourire. Puisqu'on est là, autant nous offrir un petit verre, non ?

Pas question ! s'agaça Sigurlaug. Nous repasserons plutôt demain.

En fait, nous sommes invités à dîner demain soir, mentit Agnes.

Ah bon ? s'étonna Sigurlaug. Où donc ?

Chez une amie.

Bon, dans ce cas, disons le lundi de Pâques ?

Agnes se contenta d'esquisser un sourire gêné.

Alors la semaine prochaine, ou la suivante. Allez, Örn, debout. Nous devons passer chez Gugga et Viktor et je voulais appeler ma mère avant minuit. Merci, ma petite, embrasse notre fils de notre part. Quant à toi, sois bien gentil avec ton papa, conclut Sigurlaug en caressant la tête de Snorri.

Maman te laisse seul dans ta chambre (c'est la nuit). Allongé avec ton nounours dans les bras, tu essaies de t'endormir, puis tout à coup tu t'assois dans ton lit. Depuis quelques semaines, tu es capable de le faire tout seul, à moins que ce ne soit depuis quelques mois (tu ne perçois pas le temps, tu ne le comprends pas et il t'indiffère éperdument), mais jusqu'à présent l'idée ne t'était pas venue de refuser de dormir et de t'asseoir dans ton lit pour veiller. Tu peux ainsi mener ta vie à ta guise et sans témoins. Certes, tu ne parviens pas à enjamber le rebord ni à passer entre les barreaux de ton lit, mais vous êtes là tous les deux, toi et ton nounours, et ensemble vous trouverez bien une façon de vous divertir.

Snorri s'endormit juste avant minuit. Agnes alluma l'ordinateur et se connecta à Facebook. Elle resta un moment à fixer l'écran qui affichait des centaines de notifications qu'elle avait négligées. Un vieux copain d'école avait écrit quelques mots sur son mur. Elle n'était pas allée sur le site depuis des mois entiers.

La case de son statut proposait : *Quelle est votre humeur du moment ?*

Omar est parti. Quelqu'un l'aurait-il vu ? Que dois-je faire ?

Elle alla dans la cuisine, brancha la bouilloire, remplit la boule à thé de Rooibos, s'assit sur une chaise et regarda par la fenêtre en attendant que l'eau soit chaude. En l'entendant frémir, elle se leva d'un bond, retourna dans le salon, ralluma l'ordinateur et effaça son statut.

Cette histoire ne regardait personne.

Elle décida de sevrer Snorri, vida l'eau de la bouilloire dans l'évier et ouvrit la bouteille de Finlandia qu'elle conservait au congélateur depuis leur installation.

Tes gazouillis s'adressent à ton nounours. Tu sais qu'il ne te comprend pas, mais tu sais également qu'il ne te juge pas. Il ne se moque pas de ta prononciation, ne fait jamais semblant de ne pas comprendre ce que tu dis ou d'ignorer de quoi tu parles. En résumé : il ne te traite pas comme un demeuré. Comme un bon copain, il reste assis là et t'écoute en silence. De toute manière, personne ne te comprendra jamais, jamais complètement. Tu gazouilles afin d'entendre tes pensées prendre forme et c'est peut-être mieux que personne ne soit présent – ainsi, tu peux les retirer, les développer, les reprendre et les répéter plus tard.

Tout à coup, tu entends maman sangloter.

14

Örn et Omar, délinquants sexuels présumés, occupaient un appartement situé rue Furugrund. Ils ne s'adressaient pratiquement pas la parole, pas plus qu'ils ne communiquaient avec le monde extérieur. Être accusé de viol impliquait avant tout une interminable attente. Omar restait la plupart du temps allongé par terre dans sa chambre, à pleurer en serrant les poings. Il avait beau se repasser mentalement le fil des événements – mille fois, un million de fois –, il ne comprenait pas comment il avait pu faire ça. Comment il avait pu en arriver là. Faire ce qu'il avait fait. Il suffit d'un moment pour que votre vie bascule et que c'en soit fini. Non que la faute fût insignifiante. Cette "chose-là" était un crime ignoble et peu importait combien l'événement avait transformé le jeune homme, il ne parvenait toujours pas à appeler ça un viol. Toute cette histoire lui semblait tellement injuste, si terriblement, si affreusement injuste. Il aurait tant voulu pouvoir effacer ce qu'il avait fait ou se dire que rien ne s'était passé.

Assis sur son fauteuil au sixième étage, il regardait le parking. Chaque journée de cet été magnifique était plus belle que la précédente. Il contemplait Reykjavik, de l'autre côté de la vallée, contemplait le monde en s'estimant heureux d'être seul, en un lieu où il demeurait invisible aux autres. Un lieu où il ne pouvait nuire à personne. Où personne ne le jugeait. Il lui semblait n'avoir plus aucun droit à part celui de rester assis à attendre. Sa honte était telle qu'il fuyait les endroits où il risquait d'être vu, qu'il s'agisse de MSN ou du supermarché Noatun, et il n'avait aucune envie de descendre au centre-ville. Il restait là, à fixer ce parking baigné de soleil en s'apitoyant sur son sort – et même cela, il se l'interdisait. Il se lamentait de s'être mis au ban du monde, d'avoir perdu tous ses droits en se comportant comme un impardonnable salaud l'espace d'un instant qui planerait désormais comme une ombre au-dessus de sa tête jusqu'à la fin de ses jours.

Un nouveau lycée, une fois encore – les cours reprirent à l'automne. Omar fit preuve d'une grande assiduité, évitant de regarder les gens dans les yeux et rentrant aussitôt étudier chez lui, persuadé que toutes les messes basses le concernaient et que les regards des autres le jugeaient avec dégoût. L'Islande était petite et Selfoss proche de Reykjavik. Les journaux avaient publié un article sans citer aucun nom. Accusé de viol sur une jeune fille de seize ans après une fête. Quatre mois avaient passé et, pour l'instant, on n'avait pas encore dressé l'acte d'accusation. On lui avait pourtant dit qu'il ne faudrait qu'un mois. Il se demandait ce qui expliquait ce retard. On ne l'informait pas. On ne disait rien à l'auteur des faits. Du reste, il avait avoué, même si son avocat avait quelque peu simplifié la réalité quand il l'avait couchée sur le papier. Et Omar n'avait posé aucune question. Il préférait ne rien savoir, ne se sentait pas le droit de demander des précisions. Cela serait revenu à tenter de se défendre, lui, ce coupable dont la faute se lisait sur le visage. Tout le monde le voyait, tous le savaient. Et c'était mieux comme ça. Ainsi les autres pouvaient se protéger de lui. Jamais il n'avait voulu nuire à personne et, pourtant, il l'avait fait. Il ne pouvait pas avoir confiance en lui, il se l'interdisait.

Örn buvait en cachette. Omar passait trop de temps dans sa chambre pour s'en rendre compte. Son père avait toujours beaucoup bu – quelques bières pour accompagner le dîner et du cognac ou du whisky plus tard dans la soirée quand il se plongeait dans un livre, n'ayant pas la télévision. Il frappait à la porte de son fils juste après la vaisselle pour lui dire qu'il allait se coucher. Puis il lisait et buvait dans son lit jusque tard dans la nuit. Il en était même arrivé à uriner dans des bouteilles afin de ne pas éveiller les soupçons d'Omar par de constantes allées et venues aux toilettes. Mais ce dernier était bien trop absorbé par ses problèmes – trop replié sur lui-même – pour remarquer quoi que ce soit. Örn aurait pu être ivre mort dans le salon tous les soirs, Omar ne s'en serait pas rendu compte.

À l'approche de Noël, il vécut quelques journées agréables. Il lut les livres récemment sortis que son père avait rapportés à la maison, s'offrit de longues promenades dans la vallée et alla même au cinéma à Reykjavik. Quelques heures durant, il avait l'impression que cette histoire tomberait effectivement bientôt dans l'oubli. Qu'il pourrait – littéralement – retrouver l'innocence qu'il avait perdue. Puis tout lui revenait à la figure. Il *n'était pas* innocent. Pour l'instant, l'acte d'accusation ne lui avait pas été communiqué. Et il ne s'était pas renseigné pour savoir où en était la procédure. Pendant l'été, il avait eu un rendez-vous chez le psychiatre à la demande de la police. Était-ce une simple demande ou une injonction ? Il l'ignorait. Et même s'il s'était senti mal à l'aise, il aurait aimé pouvoir se confier de nouveau à quelqu'un. Mais dès qu'il avait envie de quelque chose, il se l'interdisait. Il se refusait le droit d'avoir des désirs, le droit de prendre plaisir à quoi que ce soit, le droit de s'adonner à une activité qui lui fasse du bien ou lui permette de se sentir mieux. Puisqu'il n'était qu'un salaud, il ne méritait pas d'être heureux.

Il ne se trouva personne pour répondre au premier coup de téléphone de Beta, même si Omar et son père étaient à la maison. Örn s'était endormi sur son lit son whisky à la main et *La Cloche d'Islande* d'Halldor Laxness à côté de lui – et Omar n'avait pas eu le courage de se lever. Il avait écouté la sonnerie dans l'espoir que son père réponde, ce qu'Örn ne fit évidemment pas. La seconde fois, il avait décroché et Beta avait aussitôt raccroché. Il avait haussé les épaules, puis s'était remis à manger sans s'interroger davantage. Ce fut Omar qui répondit à son troisième appel. La voix du jeune homme convoqua en elle tant de souvenirs, et pas uniquement de mauvais. Elle s'était attendue à ressentir une forme de terreur. Mais cette voix lui rappelait aussi de bons moments, des instants agréables – c'était encore pire que la terreur qu'elle avait redoutée. Elle s'était figée au téléphone. Omar avait dit "allô" et demandé qui était à l'appareil plusieurs fois, puis il avait raccroché.

Quelques semaines après Noël, après la véritable fin du siècle, elle rappela. Omar répondit à nouveau et, au lieu de lui dire bonjour poliment et d'un ton glacial comme elle avait prévu de le faire, elle en vint droit au fait : je veux que tu reconnaisses que ce que tu m'as fait subir est mal. Il y eut un silence, bientôt troublé par la respiration lourde et irrégulière du jeune qui bredouilla, soupira et parvint enfin à lui dire : c'est toi ?

Omar sanglotait. Beta entendit son père lui demander à qui il parlait et ce qui se passait. Il était juste à côté du combiné. Oui, répondit Omar d'une voix étonnamment claire. Örn lui arracha le téléphone des mains et demanda qui était au bout du fil. Beta serra les dents, raccrocha et s'effondra sur le sol, en larmes.

Une semaine plus tard, le père et son fils furent informés que la plainte pour viol avait été retirée. L'avocat – qui ne leur avait donné aucune nouvelle depuis l'été – affirmait que la gamine avait posé toutes sortes de "problèmes" à la police depuis le début de l'automne, au moment où l'acte d'accusation officiel devait être rédigé. Beta avait modifié sa déposition, s'était entièrement rétractée puis avait à nouveau voulu porter plainte – ce n'étaient là que les explications fournies par la police et l'homme de loi ignorait les détails. Il n'était même pas en mesure de dire si les poursuites avaient été abandonnées sur le conseil de l'avocat de la plaignante ou si c'était le fait du procureur. La cause était manifestement perdue étant donné la nature peu convaincante de la déposition de la victime présumée. Peut-être avait-elle simplement décidé de retirer sa plainte. En tout cas, l'affaire était enterrée – il en avait la certitude, le dossier était définitivement clos. Et à part ça, à qui devait-il envoyer sa note d'honoraires ?

Il fallut à Omar une semaine pour intégrer cette idée et une autre pour comprendre que la plainte elle-même n'était pas importante – son existence ou sa subite disparition ne changeait rien à ce qu'il avait fait, pas plus que cela ne modifiait l'opinion qu'on avait de lui. Il savait qu'il ne susciterait aucune compassion s'il racontait cette histoire. Désormais, il serait toujours en solde débiteur, toujours en train de s'efforcer de remonter la pente – il ne serait jamais heureux, jamais apaisé, il ne se pardonnerait jamais et ne cesserait jamais non plus de se lamenter sur son sort. Jamais il ne se mettrait debout pour couper court à ses jérémiades car c'était là une chose réservée aux hommes et il n'en était, n'en avait jamais été et n'en serait jamais un. À partir de maintenant, sa vie se résumerait à une honte éternelle – il aurait dit qu'on l'avait mis au piquet si l'expression n'avait pas été trop faible, mais il s'interdisait d'utiliser des litotes pour décrire sa situation.

Peu à peu, les moments de répit se firent plus nombreux et formèrent bientôt des minutes, des heures et même des jours. Il lui arrivait de discuter avec un enseignant ou des camarades pendant les pauses cigarette et là, il se laissait porter – on eût dit qu'il s'engouffrait dans la discussion, il écoutait une fille qui n'arrêtait pas de parler et de rire de manière communicative, ou s'intéressait à l'actualité. Le Salvador venait d'être frappé par un tremblement de terre, George W. Bush était élu président et Douglas Addams était mort. Mais cette honte insurmontable revenait toujours envahir son esprit. Alors, il s'éclipsait, allait aux toilettes pour pleurer, séchait ses larmes devant la glace, se regardait droit dans les yeux en se demandant pardon – recourant à une méthode dont il avait entendu parler, comme s'il était en mesure de s'accorder l'absolution ou qu'il considérait que c'était de son ressort, comme s'il s'était nui à lui-même et non à quelqu'un d'autre. Puis il restait à l'écart et ne revenait parmi les autres qu'au moment où il parvenait à nouveau à oublier.

Örn avait perdu son travail peu avant Noël, mais n'en parla qu'après Pâques. Il avait déjà trouvé un autre emploi dans un cabinet d'architectes à Lund, en Suède. Sigurlaug étant toujours en France, Omar eut le choix : il pouvait rester dans l'appartement jusqu'à la fin du printemps, puis partir rejoindre son père à Lund ou sa mère à Marseille. Ou encore, ta mère et moi pouvons te trouver un petit appartement meilleur marché que celui-là. Il faudra que tu trouves un petit boulot en dehors de tes cours – et aussi cet été. Nous ne paierons que le loyer et seulement jusqu'à ce que tu obtiennes ton bac. Après ça, tu pourras prendre un prêt étudiant. Ça ne devrait pas durer plus d'un an, répondit Omar sans hésiter. Dès qu'il se mit à réfléchir, il fut envahi par le doute. Avait-il envie d'être seul ? Était-il capable de se débrouiller sans personne étant donné la manière dont les choses s'étaient terminées la dernière fois ? Mais il savait ce qu'il voulait et plus encore ce qu'il ne voulait pas – or il refusait de se retrouver frappé de mutisme dans un lycée à l'étranger, entouré d'élèves bien plus jeunes que lui.

Le 17 juin 2001, Omar fêta ses vingt ans. Il occupait un petit appartement dans le quartier de Thingholt et avait décidé de terminer son cursus dans le lycée où il l'avait commencé, à MH. Il en serait alors au même point que Linda qui avait, elle aussi, pris du retard. Quelque temps après s'être installé au centre-ville, il la croisa au café Mokka où elle était serveuse. Elle vint s'asseoir à sa table un moment et ils évoquèrent le bon vieux temps. Elle s'était écartée du "droit chemin" au cours de sa deuxième année au lycée et avait fini au foyer Studlar, destiné aux jeunes à problèmes. Mais aujourd'hui elle était de nouveau sur les rails, elle avait même "trouvé Dieu" à un moment, mais s'était ensuite contentée d'être "un peu plus optimiste face à la vie". Omar lui en raconta le moins possible. Moins il en disait, moins il lui mentait. Il préféra l'interroger sur Eddi et Gerda. Ils sont bacheliers, répondit Linda. Eddi est inscrit dans une école d'art dramatique à Londres et Gerda est enceinte d'un lycéen de MR dont j'ai oublié le nom. Un type bien, le mec "impec", ce n'est pas plus mal.

Ah oui, le 17 juin, Omar fêta ses vingt ans. L'année précédente, un tremblement de terre avait secoué Reykjavik le jour de son anniversaire, mais ce jour-là, rien. N'ayant toujours pas trouvé de travail, il était plutôt fauché, mais caressait tout de même l'idée d'aller faire un tour au Rikid, le magasin d'alcools, puisqu'il en avait enfin le droit. Sa mère lui avait envoyé un peu d'argent en cadeau d'anniversaire. Sans doute lui auraitelle aussi passé un coup de fil si elle avait été au courant que son père lui avait offert un téléphone portable. Justement, voilà qu'il l'appelait pour lui dire que tout le monde possédait ce genre d'appareil à Lund. C'était le dernier cri. Un Nokia. Équipé d'un appareil photo. Omar marmonna quelques mots dans le combiné – il n'aimait pas le téléphone –, il remercia son père et prétexta qu'il devait aller au Rikid avant la fermeture. Örn répondit à son fils que "enfin, mon petit", on peut parler en marchant, c'est justement le but de ces appareils. Il descendit la rue Austurstræti. Son père toujours collé à l'oreille semblait de plus en plus éméché et guilleret au fur et à mesure qu'il approchait du magasin d'alcools.

Excepté ses parents et Linda, tous ignoraient que c'était son anniversaire – l'information lui avait échappé devant cette dernière pendant une de ses tentatives pour fuir quantité d'autres sujets. Elle l'avait invité à prendre une bière dans la soirée et, quand il lui avait demandé si cela ne posait pas de problème, elle lui avait répondu qu'elle ne voulait pas vivre une vie de moine sous prétexte qu'elle s'était une fois écartée du droit chemin. Quand il rentra chez lui, elle l'attendait sur les marches. Son père étant toujours collé à son oreille, il s'efforça de prendre congé tandis qu'il faisait signe à Linda de le suivre à l'intérieur. Un quart d'heure plus tard, il se débarrassa enfin de son correspondant entêté. Assise dans le salon avec une bière, Linda avait allumé la télévision qui passait une rediffusion de *Johnny National*, mais coupé le son. Il aboie tellement, expliqua-t-elle. Omar avait l'impression d'être face à quelqu'un qui n'avait plus rien à voir avec celle qui lui avait pris la main dans le centre-ville quatre ans plus tôt. Une personne plus tonique, plus joyeuse. Évidemment, il avait également évolué. Tu trouves que j'ai changé ? demanda-t-il. Pas tant que ça. Enfin, au fond, qu'est-ce que j'en sais ?

Ils restèrent sur le canapé à boire leur bière et à se peloter. Omar ne s'étant pas touché depuis plus d'une année, il éjacula avant même d'avoir eu le temps d'enlever son pantalon. Ils prirent une douche, continuèrent de se caresser, s'allongèrent sur le canapé, enveloppés dans leurs serviettes, et ouvrirent une autre bière. Omar savait qu'il se mettrait à pleurer s'ils couchaient ensemble. Il préféra la prévenir afin qu'elle ne soit pas déconcertée. Elle éclata de rire et lui répondit qu'elle était déjà au courant, que ça ne la gênait pas et qu'il avait pleuré plus qu'elle quand ils avaient fait l'amour dans les environs de l'université même si, jusqu'à preuve du contraire, il n'avait pas d'hymen. Ils firent donc l'amour. Omar pleura et, quand ils eurent fini, au petit matin, il lui relata les événements de Selfoss – en détail – et en larmes. Elle crut d'abord qu'il la faisait marcher. Au bout d'un moment, elle se tut. Quand il se réveilla, au tout début de l'après-midi, elle était partie.

15

Quand Snorri se réveilla en réclamant le sein vers quatre heures du matin, la tempête de neige faisait rage. Agnes avait passé le début de la nuit dans le canapé à somnoler par intermittence tout en buvant une bonne partie de la bouteille de vodka. Puis elle s'était mise à siroter du vin rouge par pur ennui en se lamentant sur son sort. Elle avait évoqué la disparition d'Omar sur Facebook de toutes les manières qui lui étaient venues à l'esprit, mais avait à chaque fois effacé la phrase. Cette histoire ne concernait personne. Elle aurait simplement voulu que quelqu'un soit au courant et, bien qu'assez ivre pour raconter n'importe quoi, elle demeurait suffisamment lucide pour supprimer aussitôt les phrases qu'elle avait postées sur le site.

En se levant pour aller dans la chambre de Snorri, elle frôla la bouteille de vodka qui, heureusement, ne fit que vaciller sur sa base, comme un éléphant dressé sur ses pattes arrière, avant de retrouver son équilibre.

Tu ne permets pas qu'on te vole ton bonheur. Tu ne te laisses pas perturber par la mauvaise humeur des autres. Si ces gens veulent passer leur temps à se rendre la vie difficile, ils doivent en assumer les conséquences car elles ne te concernent pas. Tu as fait de ton mieux pour être gentil avec tout le monde. Tu es trop petit pour assumer la vie sentimentale des grands. En réalité, tu as la taille parfaite, mais la vie émotionnelle des adultes est trop vaste pour toi. Quoi qu'il en soit, si elle n'arrête pas de pleurer, elle va te rendre dingue. Tu sais qu'il est parti, mais tu ne comprends pas pourquoi elle prend ça tellement à cœur. D'ailleurs, elle pleurait déjà avant son départ. À ce moment-là, elle pleurait plus fort, mais moins longtemps.

Snorri ne voulait pas de carottes bouillies. Il repoussait les brocolis à la vapeur, la compote de poires et la banane. Il recrachait le lait de vache, qu'il soit tiède ou froid. Agnes refusait de lui donner du sucré, du salé, ou des aliments qui contiennent de la viande, de l'oignon, des arachides ou encore des arômes de synthèse. Ses seins lui faisaient mal, mais elle avait trop bu pour l'allaiter. Ses tétons étaient durs comme de l'acier et sa poitrine tellement gonflée qu'elle se demandait si elle n'allait pas se détacher de son buste ou simplement exploser, éclaboussant de lait tout le salon. L'idée avait beau sembler saugrenue, c'était quand même son impression. Elle savait qu'elle ne pouvait pas donner le sein à son fils après avoir passé la nuit à picoler, mais ignorait les conséquences qu'un tel acte pouvait avoir sur la santé de l'enfant. Serait-il simplement soûl ? Ne risquait-il pas de s'arrêter de grandir, d'avoir les pieds plats ou une cirrhose, un infarctus ou le scorbut ? Cela n'augmentait-il pas le risque qu'il devienne alcoolique ? Et, ensuite, supporterait-il le lait maternel après avoir goûté aux délices des dieux, à l'eau-de-vie elle-même ?

Elle décida de tirer son lait chargé d'alcool et de le verser dans l'évier afin de soulager la douleur. Snorri était manifestement affamé, bien qu'il refusât d'avaler quoi que ce soit. Il pleurait, repoussait la main nourricière et tendait la sienne vers le sein d'Agnes. À la douleur qu'elle ressentait à la poitrine venaient s'ajouter les larmes qu'elle retenait et qui lui transperçaient le cœur. Elle se frotta les yeux et prit son téléphone – il y avait quelque chose de sacrément malsain à solliciter constamment cet homme.

Elle te présente des aliments – tout en sueur, elle n'est pas dans son état normal et ses yeux louchent – mais ce n'est pas cette nourriture-là que tu veux, elle le sait parfaitement. Et elle sait que tu le sais. Elle se livre à un jeu incompréhensible. Elle ne veut pas te donner le sein, mais ne t'explique pas pourquoi. Aurait-elle un problème à la poitrine ? Aux deux seins ? Les tétons seraient-ils infectés ? À moins que ses glandes mammaires n'aient explosé ? Tu vois parfaitement que les seins sont à leur place sous son chemisier du dimanche, sous son soutien-gorge. Ils sont bien là. Dans ce cas, qu'est-ce que ça veut dire ? Que se passe-t-il, espèce de vache crétine ?! Je veux du lait, maintenant !!! Tu ne comprends rien, ou quoi ?!!! Allez, sors tes nichons !!! Je veux du lait !!!

Arnor frappa. Elle alla à la porte et attrapa le paquet de lait en poudre qu'il lui tendait.

Mais il est déjà ouvert, s'étonna-t-elle.

Oui. Tu me fais entrer, oui ou non ? Tu sais, il fait plutôt froid et j'ai mis plus d'une heure à venir ici.

Agnes s'écarta pour le laisser passer. D'accord, mais tu ne peux pas rester très longtemps. Omar va rentrer d'un moment à l'autre.

Rentrer ? À cette heure ? Où est-il donc ? Arnor ôta ses chaussures et la suivit dans le salon.

Agnes ne répondit pas à ses questions. Snorri s'était endormi sur le canapé, épuisé par les larmes autant que par la faim. C'était le Vendredi saint. Il était presque sept heures du matin.

Je croyais qu'il avait faim, commenta Arnor, l'index pointé vers le petit tandis qu'il lançait sa veste sur le dossier d'une chaise. Agnes ne l'avait pas revu depuis la fin novembre, depuis cette fois qui aurait dû être la dernière, la toute dernière. Apparemment, il ne s'était pas rasé depuis. Il portait maintenant une longue barbe, couverte de neige fondue. Il s'ébroua. Il dégoulinait de partout : barbe, bonnet et veste.

Tu aurais tout aussi bien pu garder tes chaussures. Tu ressembles vraiment à un Juif.

Arnor baissa les yeux sur la flaque qui se formait à ses pieds. Aïe, s'agaça-t-il, je suis désolé. Il ramassa ses vêtements mouillés pour les déposer dans l'entrée.

Pour la première fois (tout se produit toujours pour la première fois), tu rêves. Tu flottes, allongé sur le ventre, à la surface d'une piscine remplie à ras bord de lait maternel tiède et sucré que tu ingères par tous les orifices de ton corps. Il s'infiltre dans tes orbites, dans ton nez, à l'intérieur de tes oreilles, entre dans tes fesses et inonde toutes les cellules de ta peau. Tu te retournes sur le dos et tu regardes le ciel limpide. Tu oses à peine cligner des yeux après avoir repris ton souffle.

Puis tu heurtes quelque chose. C'est un autre enfant. Allongé sur le ventre, il boit le lait. Il boit *ton* lait. Tu agites les bras dans tous les sens et tu pleures. Mais personne ne te vient en aide.

Pourquoi est-il entamé ?

Tu crois vraiment que les magasins sont ouverts en pleine nuit ? C'est Vendredi saint. Tu es soûle ?

Au lieu de lui répondre, Agnes agita le paquet de lait en poudre.

Oui, tu es soûle. Arnor s'approcha pour renifler son haleine. C'est pour ça qu'il te faut du lait en poudre et pas parce que tu ne peux pas lui donner la tétée.

Agnes continuait de se taire. Elle se tourna vers le plan de travail et alluma la bouilloire électrique même si Snorri était toujours endormi.

Il est entamé parce que je l'ai emprunté.

Elle posa les mains sur la table et soupira, tenaillée par l'envie d'aller se resservir un verre de vin au salon. Elle commençait à dessoûler : la fatigue lui lestait le corps et l'esprit, comme un empoisonnement au plomb.

Et qui te l'a donné ?

Solveig.

De Klubbhusid ?

Je ne connais qu'une Solveig.

Et tu veux que je donne à l'enfant du lait que tu as emprunté à cette fille ?!

L'enfant ? Il s'appelle Snorri, non ?

Occupe-toi de tes oignons. Tu veux que je donne à mon fils du lait que tu as pris chez cette salope de nazie ?

Tu as picolé toute la nuit ?

T'occupe.

C'est du lait en poudre. Je lui ai expressément demandé un mélange garanti sans traces de nazisme. Parce que je sais ce que tu penses de nous. Donc, elle t'a donné le mélange négro. Je suppose que ça te convient.

Tu ne fais pas d'autre rêve. Tu ronfles paisiblement, allongé sur le canapé. Tu es mort de faim et furieux, mais assommé de fatigue. Le sommeil t'offre un bref répit. Tu n'es pas vraiment libre, mais plutôt à l'écart. Cette douleur physique est toujours là, même si tu ne sens plus rien. Tu n'entends pas tes intestins se plaindre. Tu es ailleurs, en un lieu exempt de tout gargouillis, un lieu où ne règne qu'un silence absolu et où le temps ne passe pas. Le corps continue de se débattre avec la faim et, quand tu te réveilleras, tu seras éreinté plutôt que reposé. Ici, dans le monde, le temps continue de s'écouler. Chaque minute de ce sommeil t'épuise plus encore. Tu auras mal au ventre à ton réveil, mal à la tête, aux orteils et aux coudes. Mal à la tempe et à la poitrine.

Le Vilain Petit Canard.

Quoi ?

Dans la bibliothèque de Snorri.

Et alors ?

Eh bien, c'est un livre raciste.

Tu ne confondrais pas avec *Dix petits nègres* ?

Non. Tu ne l'as jamais lu ou quoi ? Quel est son message principal ?

Pff… C'est vraiment n'importe quoi.

Ce livre dit qu'on est beau et juste parmi les siens. Si on perd le lien avec son chez-soi, les autres nous repoussent et on les repousse, on dérive. Mais quand on trouve les siens, on le sait. On se sent parfaitement à sa place. On devient un cygne majestueux et on oublie le vilain petit canard.

N'importe quoi !

On reconnaît les siens. Ils veillent sur nous. Et on désire veiller sur eux. Être solidaire avec eux.

Les canards n'auraient pas dû être méchants avec le petit cygne – voilà le message du bouquin ! Il ne faut pas se fier aux apparences.

Dans ce cas, pourquoi les canards ne finissent-ils pas par adopter le cygne ? Pourquoi ne lui disent-ils pas, allez, le cygne, tu es un type bien et nous t'apprécions. *Le Vilain Petit Canard* est aux racistes ce que *La Petite Poule jaune* est aux ultralibéraux.

Je croyais que tu n'étais pas raciste ! Que pour toi, tout était une question de culture.

Agnes. Je te taquine. Allez, on se calme.

Ben. Tu… Pourquoi tu…

Tu as besoin de sommeil. Il faut que tu te reposes.

J'attends que Snorri soit réveillé pour le faire manger.

Ah, parce que tu arrives à dormir quand il est debout ?

Ah, fais pas chier !

Tu t'éveilles en sursaut, la tête encore emplie de vagues souvenirs : le lait, le ciel et d'autres enfants. Cela évoque en toi un paradis si merveilleux que tu pleures. Parallèlement, tu es assailli de toutes parts et tu dois te battre comme un lion, sinon on t'arrachera cette félicité sans la moindre pitié. Ton bonheur excède les autres. Ils te l'envient. Mais il ne te reste que les vestiges d'un rêve qui s'évanouit. Bientôt, tu oublieras aussi le lait, le ciel et les autres enfants. Tu ne conserveras que le souvenir des sensations. Il y a d'un côté ce bonheur mérité, et de l'autre la peur panique de le perdre. Tu te dis que l'un pourrait sans doute exister sans l'autre : peut-être suffit-il d'avoir le détachement qu'il faut.

Snorri finit par se réveiller. En hurlant. Agnes était aux toilettes. Les mains plaquées sur le visage, elle avait mal aux yeux, derrière les yeux, aux tempes, à la nuque, au front, aux pommettes et aux mâchoires. Elle passait son temps à vomir et se brossait les dents entre deux vomissements. Arnor, qui attendait que la tempête se calme, assis dans la cuisine en lisant le journal devant un café, alla s'occuper de l'enfant. Il le changea, lui enveloppa les fesses dans une serviette et lui donna un biberon. Au retour d'Agnes, tous deux étaient assis sur le canapé, la tête penchée, les yeux fermés.

Je n'arrive pas à croire que tu lui donnes le lait de cette demeurée ! s'exclama Agnes.

Toi, tu ne lui donnes rien du tout, rétorqua Arnor sur un ton cassant qui fit sursauter Snorri. Moi, je lui donne du lait parce que tu es trop soûle pour l'allaiter. Ça te revient ?

Agnes s'installa dans le fauteuil. Omar est parti hier.

Arnor tira légèrement sur le biberon et Snorri se remit à boire.

Il m'a quittée. Par ta faute.

Les bruits de succion résonnaient dans le salon.

Il faut que tu tiennes le biberon à la verticale. Comme ça. Elle tendit la main et s'apprêta à le redresser. Sinon, il n'avale que de l'air.

Arnor la repoussa.

Tu écoutes ce que je dis ?

Oui, oui.

Il m'a quittée par ta faute.

Évite de me mêler à tes affaires.

Elle ferma les yeux et bâilla. Tu ne peux pas simplement… Elle hésita… Tu ne peux pas…

Je ne peux pas quoi ? rétorqua Arnor.

Agnes s'était endormie.

La faim vous pousse à accepter un certain nombre de choses. Tu t'accroches à la tétine comme si ta vie ne tenait qu'à elle, comme si tu risquais de tomber dans un précipice en son absence. Ce n'est pas le lait de ta mère et tu ne connais pas l'homme qui tient le biberon même si tu as l'impression de l'avoir déjà vu. En fait, peu importe qui il est. Tout ce qui compte, c'est qu'il tienne ce biberon aussi fermement que tu tiens à la vie : ce biberon, c'est la vie. Tu avales goulûment le liquide par tes succions répétées, les bras ballants le long du corps, la tête et les lèvres accrochées à la tétine, et cette boisson riche en énergie te restaure. Tu ronronnes de contentement. Si tous tes repas étaient aussi bons, jamais tu ne rechignerais à les prendre.

La maison vibrait de part en part. Ce côté du boulevard Sæbraut était si peu construit pour de bonnes raisons. La mer était à la porte, la brise marine et l'air salin rongeaient la tôle ondulée qui habillait les murs – et il y avait cette solitude. Être une maison isolée du mauvais côté de la rue, face aux immeubles à quatre ou cinq étages. Être en terrain découvert, en plein désert, et craquer de toutes parts, rouiller et moisir tandis que les voitures passent et que la ville se cache derrière les bâtiments d'en face. Cachés, les bars et les boutiques, les cafés, le pouvoir politique et les salons de coiffure. Le monde était de l'autre côté de cette grande artère, derrière ces immeubles. Mais ici, à la lisière, à l'écart, il n'y avait que la tempête et nul endroit où s'abriter.

Agnes ronflait sur le canapé. Snorri rampait sur le sol. Il attrapa une saleté qu'il porta à sa bouche. Apparemment, il ne sentait pas les courants d'air. Arnor remonta la fermeture éclair de sa doudoune jusqu'au menton, s'emmitoufla dans son écharpe, se moucha et ressortit affronter la tempête.

Quand ta mère reçoit de la visite, tu occupes toute la conversation. Il n'est question que de tes dons. De ce que tu as fait, de ce que tu sais faire. Tu as tellement grandi. C'est ce que tout le monde dit. Et tu ne tarderas plus à marcher. Et à parler. La semaine dernière, une dame a soutenu à ta mère que tu ne serais pas capable de mentir avant l'âge de trois ans. Et que, jusque-là, tu n'aurais pas la moindre idée de ce que pensent les autres. Elle a continué en expliquant que tu ne comprendrais les notions abstraites – comme l'"amour", "Dieu" et la "justice" – que lorsque tu atteindrais l'âge de ta communion (tu te demandes quand). En tout cas, tu te dis que c'est un tas de conneries. Que savent donc de toi tous ces gens-là ? Tu mens quand tu veux et comme tu veux.

Omar déambula dans les rues tout le Jeudi saint, la nuit précédant le Vendredi saint, de même que le samedi, le dimanche et le lundi de Pâques. Il marcha les yeux baissés, sans jamais ralentir ni dormir. La ville était pratiquement déserte à cause de la tempête. Parfois, il faisait encore et encore le tour du même pâté de maisons, parfois il montait jusqu'à la colline d'Öskjuhlid ou descendait vers le port, arpentait le quartier de Skuggahverfi, celui de Nordurmyri ou marchait jusqu'à Fulatjörn. S'il craignait d'être renversé par une voiture en traversant alors que le bonhomme était au rouge, il n'attendait pas que ce dernier passe au vert, mais se contentait de tourner et de poursuivre sa route – pour peu qu'on pût véritablement parler de *route* : il n'allait nulle part. Mais qui aurait bien pu le renverser et qu'est-ce que ça aurait changé qu'il se fasse écraser à un carrefour ?

Il avait besoin de se débarrasser de lui-même, de se mettre en vacance. Il ne supportait pas ses propres pensées, ne voyait qu'une solution pour les chasser (le suicide), mais était bien trop lâche pour ça. Peut-être n'était-il d'ailleurs pas aussi atteint qu'il se plaisait à le croire, peut-être voulait-il simplement donner un sens à sa vie en agissant ainsi. Après tout, il s'en fichait. Tout cela avait-il la moindre importance ? Une bite de plus ou de moins, quelle différence ? Où était le problème ?

De plus en plus souvent, maman te laisse seul. Elle ne t'emmène plus avec elle aux toilettes, tu ne dors plus dans sa chambre, et parfois elle te laisse par terre dans le salon pour aller dans une autre pièce – tu ne sais ni où ni pour quoi faire. Tu te dis qu'elle est malheureuse, mais n'abordes pas la question avec elle (même si tu n'es capable d'en aborder aucune). Peut-être qu'elle se cache pour pleurer. En tout cas, elle ne pleure pas quand tu es là, même si tu crois parfois l'entendre sangloter la nuit (mais c'est peut-être ton imagination ou un rêve). Elle te pense endormi et parfois, tu restes assis dans ton lit à discuter avec ton nounours. Lui, il ne fait jamais de problème.

Le matin du mardi, Omar se rendit au refuge Farsott destiné aux sans-abri, rue Thingholtsstræti. On lui donna un lit et une couette après le petit-déjeuner, quand ceux qui avaient passé la nuit ici commençaient à sortir. Il avait du mal à trouver le sommeil et regrettait de ne pas avoir apporté un livre. Il se tournait d'un côté et de l'autre, s'asseyait dans le lit, fixait le plafond et écoutait deux clodos se disputer pour une histoire de fric dans la chambre voisine. Ils s'engueulaient en anglais, mais ce n'était pas leur langue maternelle. Omar regrettait vraiment de n'avoir aucun livre sous la main. Un bon petit polar pour se vider la tête. Liza Marklund ou Jo Nesbo. Il désirait se plonger sans le moindre effort dans le malheur des autres afin de pouvoir plus aisément oublier le sien et trouver l'apaisement en constatant que pour ces autres, tout finissait bien. Les clochards s'étaient mis à se battre. On entendit un grand bruit. L'un d'eux poussa un cri – qui suggérait que l'autre lui arrachait les cheveux, mais pas qu'il l'avait poignardé. Quelqu'un accourut et les mit à la porte. C'était sans doute habituel. Personne ne voyait là de quoi s'offusquer, à l'exception des deux intéressés.

Tu ne comprends pas pourquoi les gens rient, pas plus que tu ne saisis pourquoi ils pleurent. Tu ne ris pas vraiment (bien qu'il t'arrive d'afficher des sourires narquois) et tu pleures toujours dans un but précis (même si tu peines parfois à exprimer tes désirs et à te faire entendre). Cela te perturbe de ne pas comprendre, mais ce qui te dérange le plus, c'est de voir maman rire aux éclats avec ses copines le soir, comme si de rien n'était. Puis de l'entendre pleurer toutes les nuits quand tout le monde est parti, qu'il n'y a plus que toi, toi qui ne peux rien faire. Tu n'es même pas capable de sortir de ton lit, et d'ailleurs tu n'es pas censé l'entendre sangloter. Elle veut que tout le monde croie qu'elle est heureuse, mais elle ne l'est pas.

Quand Omar s'endormit, il ronfla sans arrêt pendant quarante heures, le visage écarlate et ruisselant de sueur. Les cris qu'il s'était interdits en état de veille sortaient par tous les pores de sa peau pendant son sommeil. Cela n'avait rien à voir avec un accès de colère hystérique, mais avec un flux continu, profond et puissant comme un brise-glace qui se fraye un chemin à travers la brume.

Il se réveilla la faim au ventre. À minuit, il quitta le refuge et se remit en route. N'ayant rien avalé depuis une semaine, il était épuisé et avait du mal à réfléchir, mais il parvint tout de même à descendre jusqu'au supermarché 10/11 de la rue Austurstræti. Il y acheta un sandwich aux crevettes qu'il mangea, assis derrière la vitrine. C'était mercredi soir, les bars fermaient. Pourquoi les gens parlaient-ils si fort dès qu'ils avaient bu ? Il sortit sur le trottoir, alla vomir sur les marches de l'ancienne poste et retourna acheter un sandwich au mouton fumé avec de la salade, une boisson au malt et une grande boîte de Pringles. Il fallait absolument qu'il arrête de vomir et qu'il parvienne à garder la nourriture dans son estomac.

Tu te dis que tout n'a pas nécessairement un but, peut-être n'y a-t-il pas toujours de raison précise (à toute chose sur terre). Peut-être nous arrive-t-il de pleurer pour rien. Simplement comme ça. Pour vider le trop-plein du cœur. Peut-être as-tu surévalué certaines choses. Après tout, tu n'as pas tellement d'expérience et tu ne saurais exclure l'idée que tes perceptions soient faussées. Tout simplement, tu manques d'expérience. Peut-être que les gens pleurent parfois sans raison. Rient sans raison. Parce que ça leur convient à cet instant-là. Tu dois te garder de conclusions hâtives. Il vaut mieux comprendre qu'interpréter. Tu n'as aucune envie de rire (pas plus que l'autre jour), mais ça ne te dérangerait pas de pleurer.

C'était la mi-avril. Agnes était debout à côté du lit à barreaux depuis trois heures et Snorri ne se taisait jamais plus de cinq secondes d'affilée. Elle finit par le prendre pour l'allonger à côté d'elle. Elle le coucha sur le dos et s'installa à droite, l'enserra de son bras pour qu'il ne tombe pas et se mit à chanter "L'Étoile de mai", puis "*Zuikis vaika lingavo*", "Fais dodo" et "*Ciucia Liulia*". Elle fredonna tout son répertoire : des bribes de chansons de l'Eurovision, des mélodies entendues à la radio, des variations de toutes sortes, mais rien n'y faisait. Les hurlements de Snorri emplissaient la chambre, faisant vibrer les murs, trembler le sol et secouant toute la maison.

Agnes tenta de se calmer. Elle rassembla ses pensées dans un coin tout au fond de sa tête, ferma les yeux et reprit "L'Étoile de mai". Puis elle chanta à nouveau "*Ciucia Liulia*". Repliée sur elle-même afin de ne pas perdre les pédales, elle inspirait profondément en s'imaginant qu'elle était ailleurs, chanta les "*Visur*" de Vatnsenda-Rosa, se vit allongée dans l'herbe sur le bord du Niémen où elle écoutait le vent et le clapotis. Les cris de Snorri s'unirent alors au murmure du monde, sombrèrent dans l'éternel écho du commencement et un miracle se produisit.

Agnes s'endormit.

Tu hurles. Le sang pulse si fort sous tes tempes que les veines gonflées menacent d'éclater. Ta tête s'enfonce dans les profondeurs de l'oreiller. Des lignes rouges forment une toile ondoyante au fond de tes pupilles. Les larmes coulent de tes paupières en feu jusque sous ta nuque posée sur le tissu trempé. Tu essaies d'arrêter, mais tu n'y parviens pas. Tu n'es pas malheureux, tu ne manques de rien, mais tu n'arrives plus à te taire. Les pleurs obéissent à leur propre loi et, chaque fois que tu tentes de reprendre ton souffle, l'énergie s'accumule au fond de ta gorge dans l'attente d'être expulsée en une nouvelle bourrasque, plus violente encore que la précédente, et qui asservit tout ton petit corps. Les yeux fermés, tu te débats en agitant les jambes et les bras, tu te cognes les doigts sur les barreaux du lit – ça fait mal ! – et tu te mets à hurler de plus belle.

Elle ouvrit les yeux à midi passé. Agnes sentait la faim l'envahir. Peu à peu, sa conscience revenait au monde, comme une plume qui virevolte doucement dans les airs pour descendre vers la terre. Avant que la plume n'atterrisse, elle se rendit compte que Snorri pleurait encore. Elle se tourna sur le côté. Il avait le visage violacé et les lèvres plus foncées encore, comme s'il étouffait. Il ne parvenait plus à reprendre son souffle entre les hurlements.

Agnes bâilla, s'assit dans le lit et le prit dans ses bras. Allons, allons, dit-elle, encore un peu endormie. Allons, allons, calme-toi. Elle prit son sein, pressa le téton entre ses doigts, mais rien n'en sortait. Il y avait presque un mois qu'elle ne l'avait pas allaité. Elle posa Snorri sur ses cuisses, dégrafa son soutien-gorge, se frotta les yeux et le front, souleva son tee-shirt et approcha la tête de Snorri de sa poitrine. Trempé de larmes, il était plongé dans un autre monde et ignorait ce qui se passait dans le nôtre. Elle frotta son téton contre ses lèvres. Tout à coup, il se tut, attrapa le sein en battant des mains, téta d'abord doucement, puis plus fort. Le lait ne venait pas et Snorri n'était pas dupe. Il tétait de plus en plus fort, serrait le sein dans ses mains. Brusquement, il le mordit.

Les hurlements d'Agnes résonnèrent longuement dans la chambre.

Parfois, les cris se transforment en silence. Tu ouvres la bouche, contractes tous tes muscles, fermes les yeux – trembles de la tête aux pieds – mais aucun son ne sort. Tu as l'impression d'avoir involontairement ouvert un trou noir qui engloutit tes pleurs incontrôlables, comme si monde en avait assez de t'entendre hurler et qu'il avait fait disparaître tes sanglots afin de s'accorder un bref répit. Aucun silence n'est aussi irréel, aussi incroyable que celui-là, mais tu y crois quand même : il t'envahit. Puis, alors que tu abandonnes tout espoir d'entendre des sons sortir de ta gorge, les hurlements submergent le monde comme un fleuve en crue, comme un raz-de-marée qui arrive de l'horizon, gonfle la surface de l'océan, frappe la côte et n'épargne rien ni personne – on appelle ça les catastrophes naturelles.

Elle étala sa combinaison rembourrée sur le sol du salon, l'y déposa et le laissa le temps d'aller à la salle de bains pour désinfecter la plaie. Elle avait dû recourir à la force pour le détacher de son sein. Non seulement il l'avait mordue au sang, mais un bleu sombre s'était formé sous le téton. Elle ôta son tee-shirt et regarda dans la glace : un filet de sang lui coulait sur le ventre. Avec ses yeux cernés et ses épaules tombantes, elle ressemblait à une morte en sursis. On eût dit qu'elle allait se bourrer de médicaments et mourir, le cul posé sur les toilettes et le visage plaqué sur ses cuisses.

Elle attrapa le flacon de désinfectant sur l'étagère du haut, en versa un peu dans sa paume et se frictionna le sein en serrant les dents. Elle rejeta sa tête en arrière et inspira profondément pour calmer la douleur. Le désinfectant se diffusait dans la plaie, sa poitrine enflait. Elle reposa le flacon sur le lavabo et retourna dans le salon, les bras ballants.

Snorri hurlait toujours.

Au bout d'un moment, tu as l'impression de n'avoir jamais rien fait d'autre que crier et pleurer, l'impression que tu es un moteur affolé, une machine éternelle qui exprime tout le malheur du monde, expulse ta haine et ton mépris dans l'air stagnant, une bouche d'aération grande ouverte qui ne parvient pas à reprendre son souffle. Les assauts vont par vagues. Quand ces vagues se forment, ton corps tremble. Les valves de ton cœur vibrent, tes intestins se nouent, tes poumons vacillent et tes nerfs se contractent comme un fil fermant une nasse. Quand les vagues atteignent leur point culminant, tu ne sens plus rien, c'est le vide et tes yeux s'emplissent de nuit. Peu importe le nombre de fois où elles t'envahissent, peu importe que tu survives à chaque fois, telle est à chaque fois ton intime conviction : maintenant, je vais mourir.

Snorri ne s'endormit que dans la soirée. Agnes le laissa sur le canapé – n'osant le déplacer – et s'allongea sur un matelas qu'elle installa sur le sol. Elle ferma les yeux en douceur afin de ne pas risquer de le réveiller en claquant des paupières, s'efforça de respirer en silence et remonta sa couette jusqu'au menton. Elle craignait que le moindre mouvement ne le réveille. Ses nerfs et ses muscles étaient tendus à l'extrême. Elle essaya de compter les moutons, de se détendre, d'inspirer régulièrement par le nez en expirant par la bouche, de fixer son esprit sur le vide, d'écouter ses battements de cœur et sa résonance interne, mais rien n'y faisait. Un petit tremblement se frayait un chemin à travers ses muscles tendus. D'anciennes douleurs se manifestaient : ses reins, ses chevilles et ses aphtes. Jamais elle ne parviendrait à s'endormir et Snorri ne tarderait pas à se réveiller. Elle éternuerait et ça le réveillerait. Elle aurait mieux fait de se lever plutôt que de rester allongée là : ça ne servait à rien.

Puis elle s'endormit.

Le calme. lme. Le calme. Le calme. Le calme. Le calme. Le calme. Le calme. Le calme. Le calme. Le calme. Le calme. Le calme. Le calme. Le calme. Le calme. Le calme.

Le calme. Le calme *véritable*. Qui n'a rien à voir avec un cri abandonné dans le vide ni avec des sanglots silencieux qui secouent le corps. Mais le calme. Ce sentiment-là est pur bonheur.

Une demi-heure plus tard, Snorri se remit à pleurer.

Réveillée en sursaut, Agnes lança quelques regards alentour en se demandant ce qu'elle faisait par terre. Il lui fallut presque une minute pour retrouver ses marques. Elle le prit dans ses bras, fit les cent pas dans le salon en fredonnant des chansons devenues méconnaissables : un babil vaguement mélodique mêlé à des *la, la, la* et à du délire verbal, résultat de son épuisement. Comme une corne de brume en haute mer. Le chant des oiseaux ivres de baies à l'automne. Des hurlements lointains provenant d'un asile.

Les mélodies plus qu'aléatoires se perdaient dans les craquements et les grincements de la maison, les cris, la solitude, le découragement et le chaos. Elles se mêlaient aux incessantes giboulées de printemps, au bruit des pas sur le parquet, à la messe de Pâques diffusée à la radio allumée en sourdine dans la cuisine, aux pulsations qu'Agnes sentait sous ses tempes, au souvenir d'un homme qui avait disparu et que tous auraient oublié depuis longtemps si la vie n'avait pas été aussi difficile, si l'existence n'avait pas été à ce point insupportable.

Tu viens juste de te réveiller. Tu n'as même pas le temps de t'estimer heureux que tu comprends que le calme qui avait envahi ton âme n'était pas du sommeil, mais un évanouissement : tu hoquettes comme un vieux moteur assoiffé et furieux. Dès que tu reviens à toi, tout recommence comme si ça ne s'était jamais arrêté. Ce répit n'était qu'une illusion. Jamais tu n'as été aussi près de perdre la raison.

Les pleurs. Tu voudrais sangloter. Tu en as tellement marre de t'entendre. Tu voudrais te mettre en position fœtale et sangloter doucement, mais tu ne maîtrises rien : allongé sur le dos, tu agites tes bras dans tous les sens et tu hurles comme si tu voulais que le soleil t'entende. Mais il reste sourd. Apparemment, personne ne t'entend.

Dans les pays lointains, une règle connue de tous dit que si un appareil ménager tombe en panne et qu'on ne parvient pas à le remettre en route, il suffit d'appeler le réparateur (et dans certains cas de payer) pour qu'il fonctionne à nouveau, comme par miracle. La même règle dit que si on est fatigué d'attendre le bus, le plus raisonnable est d'allumer une cigarette et le bus arrive.

Agnes en avait assez d'entendre les hurlements de Snorri et, en vertu de cette règle (étant d'origine étrangère), elle alluma une cigarette et appela les urgences. Snorri continuait de pleurer, allongé sur le grand lit. Elle avait fermé la porte de la chambre en attendant que la “musaque” d'accueil de l'hôpital se taise.

Agnes à l'appareil, répondit le médecin.

Elle fut prise au dépourvu.

Allô ? répéta le médecin.

Agnes la maman avait l'impression qu'Agnes le médecin perdait patience. Il lui semblait l'entendre lever la main et pointer son index vers le bouton qui lui permettrait de passer à l'appel suivant et au prochain patient. Elle avait assez à faire comme ça. Tout le monde était malade. Agnes la maman ouvrit la bouche et dit :

Je m'appelle aussi Agnes.

Que puis-je pour vous ?

C'est mon fils. Mon petit garçon, corrigea-t-elle, pensant que la formule "mon fils" était un peu trop formelle.

Oui ?

Il n'arrête pas de pleurer.

Depuis combien de temps ?

Depuis hier matin.

Il pleure depuis plus de vingt-quatre heures ?

Oui.

Constamment ?

Il s'est arrêté un moment hier soir.

Et vous n'appelez que maintenant ?!

Que dois-je faire ?

Je crois que vous feriez mieux de venir aux admissions.

Aux admissions ?

Enfin, à l'hôpital, évidemment ! Agnes le médecin était non seulement à bout de nerfs, mais également furieuse. La jeune maman avait l'impression d'entendre le plastique du combiné craquer sous la pression de ses doigts.

D'accord, répondit-elle, humble et docile. Quand elle eut prit congé de son interlocutrice en lui promettant de venir immédiatement, Snorri cessa subitement de pleurer.

Les cris se sont peu à peu calmés. Tu ne le remarques que lorsqu'ils ont complètement cessé.

Tu essaies de sourire. Ce n'est pas si facile. Tes lèvres forment une grimace : doit-on appeler ça un sourire ? Ta respiration est profonde, elle ventile ta gorge, bien plus rafraîchissante que tes cris dont la chaleur moite t'étouffait. Tes organes sont éparpillés à l'intérieur de ton corps, épuisés comme après plusieurs semaines passées sur des montagnes russes. Assis sur le grand lit, tu regardes le monde, assommé. Tu ne t'attendais pas à une chose pareille. Tu n'avais jamais imaginé que ton corps puisse prendre le pouvoir, que la matière puisse diriger l'esprit tout autant que l'esprit dirige la matière – tu te croyais entièrement à l'abri d'une telle expérience. Maintenant, ton corps tout entier n'est que souffrance.

Comme par magie, il était allongé sur le lit, parfaitement calme, les yeux fermés, le sourire narquois et semblait dormir comme un bienheureux – Comment ? Moi ? Vous devez faire erreur, je suis resté là à dormir comme un loir pendant tout ce temps, vous affabulez !

Maintenant que Snorri s'était endormi, Agnes avait l'impression d'enfreindre gravement sa conception de la maternité en le réveillant pour l'habiller chaudement, l'emmener dehors parmi les voitures, laisser un médecin le tripoter, lui examiner la bouche et tester ses réflexes. En ce moment précis, elle ne pouvait rien imaginer de plus cruel. Elle se fichait des guerres lointaines et des génocides : la seule chose qui comptait, c'était le calme après tous ces hurlements, ce calme qui enveloppait la terre au présent et pour toujours. La tempête s'était calmée, son cœur avait repris un rythme normal, la messe du dimanche était terminée à la radio et le présentateur permettait au silence d'étendre sa main sur des kilomètres au-dessus du réel.

Il fallut plusieurs heures au journal *Fréttabladid* pour descendre dans la boîte à lettres avec un léger bruit de papier froissé et il lui fallut aussi longtemps pour atterrir sur le paillasson à l'intérieur de la maison. Agnes alla dans le vestibule en glissant sur la pointe des pieds, ramassa le journal en douceur et retourna au salon. Avec un soupir de soulagement, elle s'affaissa de tout son poids sur le canapé et lut un article qui évoquait les dernières victoires remportées par les partis racistes en Europe.

Quand tout est terminé, tu éprouves un désir qui te met mal à l'aise : tes souffrances passées t'apparaissent comme autant de mirages fascinants ; en leur absence, la vie est fade et aseptisée. Tu ne comprends pas comment une telle chose est possible et, bien que tu aies envie de t'abîmer à nouveau dans ce tourbillon de folie, tu es immensément heureux d'en être sorti : tu as survécu et tu *en es* reconnaissant. Ce n'est pas *la question*. Tu n'as pas envie de souffrir, mais tu ne parviens pas à te défaire du sentiment que, tant que tu étais happé par ce vortex, ta vie avait un but dont elle est désormais privée. Et même si ce but se résumait à sortir de l'impasse, c'était mieux que de rester allonger sur le dos en attendant qu'enfin *quelque chose* se produise. Tu t'ennuies, c'est peut-être simplement ça.

16

Omar allait mieux sans savoir exactement pourquoi, et surtout il n'en ressentait plus aucune honte. N'ayant toujours pas trouvé de travail au mois de juillet, il économisait ses allocations chômage – roulait ses cigarettes, mangeait de la bouillie de flocons d'avoine et du riz et ne fréquentait plus le magasin d'alcools. Il s'offrit tout de même une carte de bibliothèque et un abonnement à la piscine. Il commençait ses journées en allant nager à la piscine de Vesturbæjarlaug, faisait de longues promenades en ville avec son baladeur CD en poche, regardait *SkjarEinn* en soirée et lisait jusque tard la nuit. Il ignorait les causes de ce nouveau bien-être – elles étaient nombreuses. Il se sentait plus léger, il avait reçu de la tendresse, décidait de la manière dont il menait sa barque et ne croisait jamais ses anciennes connaissances dont il redoutait le jugement. Il était enfin libre, débarrassé de ses parents, et rien ne l'obligeait à faire de nouvelles rencontres. Et peut-être qu'en effet, le temps guérissait toutes les blessures.

Il envisageait parfois de passer au café Mokka pour saluer Linda. Histoire de lui donner au moins son numéro de téléphone afin qu'elle puisse le joindre. Cela dit, elle pouvait aussi venir frapper à sa porte si elle voulait le voir. Et si elle était superficielle au point de le rayer de ses relations parce qu'il avait commis un petit écart de conduite, eh bien, soit, il n'allait pas lui courir après. Il se sentait enfin à l'aise dans sa bulle et n'avait pas besoin que quelqu'un arrive avec ses gros sabots en exigeant qu'il "fasse un travail sur lui-même" – comme si l'événement venait de se produire au moment où ce quelqu'un l'apprenait alors que les faits dataient considérablement. Omar était bien résolu à ne pas laisser un moment sombre de son passé définir l'homme qu'il serait pour le restant de ses jours. Il avait eu assez honte comme ça.

Les cours reprirent à l'automne. Il dénicha un petit boulot comme vendeur à la librairie Eymundsson, rue Austurstræti. Linda ne mettait pas les pieds au lycée. Il apprit qu'elle avait suivi une nouvelle cure de désintox à Byrgid et qu'elle avait à nouveau "trouvé Dieu", mais quitté son travail au café *Mokka* et il ne la voyait jamais en ville. C'était Gerda qui lui avait raconté tout ça quand il l'avait croisée sur la place Lækjartorg, juste après le 11 Septembre. Elle poussait un landau avec un sourire rayonnant – d'une certaine manière, elle était méconnaissable. Elle avait beaucoup maigri, ce qui ne l'avantageait pas, bien qu'elle semblât nager dans le bonheur. Au moment où ils s'étaient connus, ils n'étaient encore que des enfants, évidemment. Et aujourd'hui, elle était mère de famille, en route vers un bar pour avaler un café *latte* avant son brushing. Omar prit congé aussi vite qu'il le put et continua sa route vers la piscine de Vesturbæjarlaug avant d'aller au travail. Tout cela lui semblait tellement surréaliste.

Les lycéens qu'il avait connus s'étaient tous – ou presque tous – évanouis dans la nature. Demeuraient les enseignants, pour ainsi dire inchangés. Il y avait aussi les murs, les salles de cours, la cafétéria de Nordurkjallari, sa fumée et le reste : tout cela lui procurait un sentiment de sécurité. Les journaux croulaient sous les déclarations terrifiées affirmant que le monde ne serait plus jamais le même et que l'innocence était perdue pour l'éternité. Omar refusait d'intégrer ces discours des Cassandre en se disant que tout cela n'était sans doute qu'une réaction hystérique, un orage passager, comme on en voit dans les *James Bond* ou les westerns. Bientôt, le générique défilerait sur l'écran, tous les spectateurs se lèveraient en brossant les restes de pop-corn sur leurs vêtements avant de quitter la salle obscure pour retrouver le soleil. À part ça, il faisait de son mieux pour ne pas prêter attention aux discours sur le terrorisme musulman et la fin de la fin de l'Histoire. Son désir le plus cher – dans ce domaine comme dans tous les autres – était de préserver sa tranquillité et sa sérénité.

2001 s'acheva et 2002 prit le relais, comme prévu. Omar obtint tous ses examens et il ne lui restait plus que deux matières à valider au semestre de printemps. Beta avait tout à fait déserté son esprit, il lui arrivait de penser à Linda quand il en ressentait le besoin, il pensait parfois à Mette ou à Egill, mais jamais à Beta. Il avait décidé d'enterrer cette histoire et de ne plus en parler à personne aussi longtemps qu'il vivrait. C'était la seule solution pour continuer de vivre. D'autant plus que maintenant il ne pensait plus à elle. Il allait devenir bachelier, devenir un homme parmi les hommes. Il se rendit à la journée de présentation organisée par l'Université, séduit par les propos de l'écrivain Andri Snær qui affirmait dans la brochure que ceux qui choisissaient d'étudier en fac de lettres avaient tout le loisir de passer leurs journées allongés sur un canapé à dévorer des romans. C'était justement ce dont il rêvait. Une agréable tranquillité, accompagné par les pensées des autres. Il regarda ses camarades fêter la fin des cours déguisés en Halldor Laxness, brilla de tous ses feux pendant ses dernières épreuves d'examen – BIO403 ET ESP302 – puis fit ses adieux au lycée pour l'éternité et n'en éprouva jamais la moindre nostalgie.

Il demanda à ses parents un ordinateur portable pour le récompenser d'avoir eu son bac, mais ceux-ci lui offrirent à la place un stylo, une cravate, des boutons de manchettes et une visite impromptue. Alors qu'ils étaient tous deux domiciliés à l'étranger, ils débarquèrent tout à coup à sa porte avec leur paquet cadeau et un bouquet de fleurs en lui disant qu'ils l'invitaient au restaurant Grillid, au dernier étage de l'hôtel Saga. Omar s'était assoupi sur le canapé. En retard au travail, il se mit en route au pas de course. Pour qui ces gens se prenaient-ils ? Ils auraient quand même pu le prévenir – ne pouvaient-ils pas imaginer qu'un jeune homme comme lui ait quelque chose de prévu un vendredi soir ? Il les laissa en plan dans l'escalier où il les avait trouvés et emmena le paquet au travail. Il faillit le mettre à la poubelle sous le comptoir de la librairie, mais se ravisa. Il ne pouvait pas être à ce point ingrat. Cette visite l'avait désarçonné. Ses parents avaient fait intrusion dans son existence rangée, si pauvre en événements et centrée sur lui-même, certes quelque peu à l'écart du monde, mais diablement confortable.

Örn et Sigurlaug se marièrent pour la deuxième fois entre Noël et le jour de l'an. La cérémonie eut lieu en présence de leur fils unique qui leur servit de témoin, du pasteur et de son assistant, qui fut leur autre témoin. Ils allèrent ensuite manger au restaurant Grillid, à l'endroit même où les braises de leur ancienne passion s'étaient rallumées, six mois plus tôt. Omar n'ouvrit pas la bouche de tout le repas. Tout cela était tout à fait anormal. On se serait cru dans une pièce de théâtre. La vie était plus authentique quand ils vivaient chacun de leur côté. Peut-être parce qu'il avait si souvent rêvé de ce moment pendant son enfance. Ce repas en famille lui semblait aussi irréel que l'idée de pouvoir voler ou de coucher avec une vedette de cinéma. Örn et Sigurlaug n'en avaient que pour eux-mêmes. Ils passèrent leur temps à répéter qu'en fait, ils n'avaient jamais cessé de s'appartenir même s'ils avaient perdu cette réalité de vue pendant un moment. Ils répétaient qu'ils étaient très amoureux, jeunes d'esprit, et demandèrent à leur fils s'il n'avait pas envie d'emménager avec eux dans la maison qu'ils venaient d'acheter dans le quartier de Seltjarnarnes. Comme quand il avait cinq ans, pensa Omar, ainsi ils pourraient peindre un ciel étoilé sur le plafond de sa chambre et, pourquoi pas, lui acheter des mobiles et des peluches. Les opinions tranchées n'étaient pas le fort d'Omar, qui essayait toujours de se laisser porter en évitant les accrochages. Mais, cette fois-ci, il leur répondit non, merci, termina son repas et repartit chez lui.

Être inscrit en fac de lettres revenait principalement à acquérir des compétences en analyse phrastique, à interpréter un schéma et à intégrer un discours truffé de concepts spécifiques – et beaucoup moins à passer son temps allongé sur un canapé, plongé dans la saga de Njall, Salka Valka ou Steinunn Sigurdardottir. Omar prit cela comme une petite claque qu'on oublie aussitôt. Finalement, il se fichait que ce ne soit pas intéressant. Ce n'était pas le principal. Il avait commencé à collectionner les recueils de poésie islandaise du XXe siècle, passait pas mal de temps au marché aux puces de Kolaport ou chez Emmaüs et en d'autres lieux où il pouvait trouver des livres d'occasion. Bien qu'il travaillât en parallèle de ses études, il disposait d'assez de temps pour se consacrer à sa collection, qui occupait deux petites bibliothèques à la fin de sa première année à l'université. C'était un hobby assez coûteux, mais il avait calculé que cela lui revenait moins cher que de boire dix bières par semaine comme le faisaient bon nombre d'étudiants. Et les recueils de poésie valaient nettement mieux que ça – certains poèmes le mettaient presque en transe. La lecture d'Einar Benediktsson ou de Sigfus Dadason l'embarquait vers un ailleurs intemporel où le sens des mots devenait accessoire – ce n'étaient que sonorités, émotions et mystères, comme à l'époque où il avait lu Engels et Pound sur l'écran de son ordinateur à Egilsstadir, il y avait maintenant des centaines d'éternités.

Les semestres s'enchaînaient sans heurts. Pendant quelques semaines, il avait envisagé de "se faire poète", écrivant surtout pour remplir son tiroir même s'il avait un jour participé à une soirée "micro ouvert". La poésie contemporaine ne l'intéressait pas – et encore moins l'*avant-garde* –, sa vocation fut donc tuée dans l'œuf. La poésie était un refuge qui lui permettait de se fuir lui-même et ce n'était plus le cas s'il devait la composer lui-même. Quand il dut choisir le sujet de son mémoire de licence, il s'y reprit à trois fois et tenta d'écrire sur la poésie, puis renonça et finit par rédiger un pensum aride et dénué d'inspiration sur la conjugaison faible des auxiliaires. Il s'accorda deux années sabbatiques pour réfléchir à son avenir, continua sa collection de recueils poétiques, regarda *SkjarEinn*, fréquenta la piscine et fit de longues promenades. Mais rien n'y faisait, l'avenir demeurait égal à lui-même. Puis il écrivit un mémoire de mastère sur la nouvelle voix passive.

Il était plongé dans sa rédaction lorsque la révolution des Casseroles éclata. C'était un événement auquel il se devait de participer – peut-être par solidarité, par colère, par exigence de justice ou parce qu'il avait simplement envie de balancer des œufs et de se prendre du gaz irritant dans la figure. Peu importe, il voulait être en ville à chaque instant plutôt que chez lui ou à la bibliothèque. Mais, en fin de compte, il reculait dès qu'il arrivait sur la place d'Austurvöllur et s'engouffrait dans un bar au lieu d'aller rejoindre les manifestants. En général, il se justifiait – à ses yeux, pas à ceux des autres qui s'en fichaient, y compris ses parents qui manifestaient tous les samedis après-midi – en se disant qu'il devait terminer son mémoire. Il savait pourtant qu'il eût sans doute été plus intelligent de retarder le moment d'achever ses études. Les entreprises ne s'étaient jamais battues pour employer des diplômés en lettres avant la crise, et maintenant il n'y avait plus de travail pour personne.

En décembre, les manifestations semblèrent s'essouffler. Les fêtes de Noël portèrent un coup violent à la révolution et Omar eut enfin le loisir de mettre un point final à son traitement de la nouvelle voix passive – qui l'intéressait moins que jamais. Il fêta Noël tout seul – ses parents étaient aux îles Canaries, comme d'habitude, mais, trop préoccupé par son avenir – ou plutôt par son absence de perspectives –, il ne s'en offusqua nullement. Sa Saint-Sylvestre fut également solitaire, il mit un poulet à cuire au four, but quelques bières et regarda le bêtisier de fin d'année. Quelques jours plus tard, il reçut un SMS au milieu de la nuit. *Je t'ai aperçu à la fac. Pouvons-nous discuter?* Le message avait été envoyé depuis le: 845-2685. Il l'entra sur ja.is, le site de l'annuaire téléphonique. Elisabet Hallgrimsdottir. C'était Beta. Elle vivait à la résidence universitaire.

Ils se donnèrent rendez-vous au café Loahreidur qu'ils ne fréquentaient ni l'un ni l'autre. Beta précisa qu'elle était ivre quand elle lui avait envoyé ce message. Elle s'était inscrite en fac de psycho à l'automne et avait à peine osé mettre les pieds à la bibliothèque depuis qu'elle l'y avait aperçu, peu après la rentrée. C'était d'ailleurs toujours le cas. Elle avait eu l'intention de le contacter plus tôt, mais s'était à chaque fois ravisée – toujours très marquée par ce qui s'était passé, elle y avait pensé chaque jour. Depuis presque dix ans. Elle ne pouvait se confier à personne, pas même à son petit ami. Et cet hiver avait été particulièrement horrible, elle avait échoué à presque tous ses examens, ne pouvant se rendre à la bibliothèque. Par conséquent, on lui supprimerait son prêt étudiant. En résumé, cela suffisait. Elle ne pouvait pas vivre comme ça, elle ne pouvait pas être une victime pour l'éternité. Les mots sortaient de sa bouche en un flux continu. Elle n'avait commandé aucune consommation ni ôté son manteau et semblait prête à s'enfuir en courant d'un moment à l'autre.

Omar eut d'abord envie de hurler qu'elle l'avait violé *en premier*. Il se dit ensuite qu'il allait se lever, lui demander pardon, la serrer dans ses bras, lui jurer qu'il s'en voulait pour l'éternité d'avoir été à ce point ignoble avec une personne aussi gentille qu'elle, en espérant qu'elle se sentirait mieux s'il faisait preuve de la plus grande humilité – peut-être serait-elle capable de reprendre sa vie en main s'il lui disait ce qu'elle voulait entendre et s'il montrait du repentir. Puis il eut simplement envie de lui dire la vérité : il ne fréquentait plus l'université et espérait bien ne jamais devoir remettre les pieds dans cette satanée Bibliothèque nationale. Il se tut un long moment. Beta semblait à bout de nerfs et il se refusait à la torturer plus longtemps. Il finit par lui répondre que c'était d'accord – il s'effacerait et elle ne le verrait plus jamais. Beta se leva, lui dit merci – retira ses paroles –, non, pas merci, mais simplement adieu ! Adieu, répondit Omar en la regardant partir. Sur quoi, il se leva et se dirigea droit vers le magasin d'alcools, le Rikid.

Il ne connaissait personne. Il n'avait ni amis proches ni copains. Dans la soirée, il alla au Dubliners où il discuta avec un quinquagénaire qui semblait persuadé que le monde entier le méprisait. Peut-être n'avait-il pas tort. Quand ce dernier fut dans l'incapacité de former des phrases compréhensibles – ou qu'Omar fut dans l'incapacité de les comprendre –, il partit au Næsta Bar, puis entra dans l'Amsterdam. Là, il embrassa une fille qui s'éclipsa presque aussitôt. Il sortit la chercher dans la rue, et à son retour le videur lui barra la route. C'était l'heure de la fermeture. Omar décida de suivre le conseil du videur et de rentrer chez lui avant qu'il ne lui arrive des bricoles. Rue Lækjargata, il passa devant les gens qui faisaient la queue en attendant un taxi. Il repéra une jeune fille qui lui rappelait quelqu'un au bout de la file et se posta derrière elle. Qui était-ce ? Ne travaillait-elle pas à la librairie Eymundsson au centre commercial de Kringlan ? Tout à coup, elle se retourna. Pardon, dit-elle, mais je ne peux pas m'en empêcher. Elle déboutonna la veste d'Omar et glissa ses mains gantées de laine islandaise sous ses vêtements.

17

Omar dormait à Farsott, le refuge pour sans-abris, quand on le lui permettait. Dans le cas contraire, il passait la nuit dans les cages d'escaliers des immeubles, assis dans les toilettes publiques ou sur le sol nu et glacé de maisons abandonnées dans lesquelles il entrait par effraction. Parfois, elles étaient déjà occupées par des squatters et il disparaissait aussitôt, n'ayant aucune envie de se retrouver en compagnie de junkies. Il s'efforçait d'être indifférent aux gens, mais ne pouvait s'empêcher d'avoir peur de certains d'entre eux. Il craignait que les junkies ne le poignardent, que la police ne le ramasse dans la rue pour le ramener chez lui, que quelqu'un le reconnaisse et aille dire à Agnes où il était (d'ailleurs, où était-il ?) mais, surtout, il se craignait lui-même. Redoutait d'aller se jeter depuis une falaise après avoir rassemblé son courage. Pour l'instant, un courant d'air ascendant l'empêchait de le faire et il espérait que ce courant d'air ne faiblirait pas car il ne voulait pas mourir.

Ça y est, tu te mets debout et tu commences à marcher, mais tu te sens plus rassuré quand tu rampes. Tu vacilles encore sur tes jambes : tu n'es pas pressé. Ce n'est pas plus intéressant de marcher. De toute manière, les poignées des portes sont trop hautes pour que tu puisses les atteindre. Tu ne peux qu'aller d'un mur à l'autre, d'une porte à l'autre et recommencer, toujours à l'intérieur d'une seule et même pièce. Tu étais autrement plus digne allongé sur le dos ou accroché sur le torse de tes parents, autrement plus digne comme passager que comme pilote. Non seulement, tu tombes, mais tes mains se dérobent sous toi quand tu rampes et ta tête heurte le sol, tu trébuches en essayant de te relever et tu te cognes partout, tu tombes à la renverse et tu gémis.

Tu es sur le déclin. Tout devient plus difficile dès qu'on doit se débrouiller seul.

Agnes était incapable de se maîtriser en présence d'Arnor. Elle se reprochait de n'avoir aucune volonté. Sauf qu'elle se le disait uniquement afin de justifier ses actes. Je suis une adulte capable de se contrôler et maîtresse de son corps. Personne ne me baise sans ma permission, se répétait-elle.

Mais elle avait beau se le dire, cela ne changeait rien à l'affaire, elle ne se maîtrisait pas plus pour autant. Une semaine suffit pour qu'elle se retrouve sous la couette en sa compagnie – elle endormit Snorri dans son landau devant chez Arnor, puis entra chez lui et ils firent l'amour. Si encore il avait été un amant hors pair, elle aurait pu comprendre, mais il était moyen. Parfois bien, parfois moins, et on ne savait jamais à quoi s'attendre. Ce qu'elle trouvait irrésistible, c'était son attitude qui suggérait qu'il pouvait faire éclore en elle une multitude d'univers intérieurs aussi facilement qu'il aurait attrapé une poignée de myrtilles au creux de sa paume. Et peu importait que ce soit entièrement faux.

Tu commences enfin à entrevoir ce qu'est l'esprit d'un enfant : tu acquiers peu à peu cette innocence dont on te dit qu'elle est l'apanage naturel des petits. Tu as un peu plus d'un an et tu mets cette évolution sur le compte du langage. Il y a quelques semaines et quelques mois, tu possédais tout un univers de pensées, une réalité immense et sans limites, mais à chaque fois que tu intègres un nouveau concept, ce monde se restreint et s'enferme dans de petites cases bien étanches. Tout cela est censé construire du sens, ces concepts sont des unités de construction – sans concepts, il n'existerait évidemment aucun présent. Toi, tu ignorais que tu avais besoin de ces unités pour bâtir des maisons, tu ignorais qu'il te fallait des fenêtres pour voir à l'extérieur : tu vivais jusque-là en plein air, les orteils dans l'herbe, la tête dans les nuages et la nature plein les narines. Maintenant des murs s'élèvent partout où tu regardes, bientôt tu ne pourras même plus rentrer chez toi, perdu dans ce labyrinthe. Tu es en train de devenir bête.

Arnor lui demanda de passer le voir tard dans la soirée et de venir en voiture. Quand elle arriva – Snorri dormait dans son siège-auto – il lui fit jurer sur son "honneur d'universitaire" qu'elle se contenterait de regarder.

Regarder quoi ?

Tu verras bien, mais je veux ta promesse. Je ne peux pas t'emmener là-bas si tu as l'intention d'intervenir.

Quelle raison aurais-je de le faire ? Que se passe-t-il ?

Rien. Je sais que tu as envie de voir ça. Peut-être que ça changera tout pour ton mémoire.

Arnor, que se passe-t-il ?

Tu verras. Si tu me jures sur ce que tu as de plus sacré que tu ne descendras pas de voiture et que tu ne feras rien sans me demander la permission, alors, tu verras.

Tu as un problème, ou quoi ?

Agnes.

Arnor.

Tu jures ?

...

Jure ! Sinon, je ne t'emmène pas.

Ok, je le jure.

...

Sur la tête de Dieu. Que mon mémoire et tous mes biens brûlent dans les flammes de l'enfer si je te trahis.

...

Il est hors de question que je jure sur la tête de Snorri, si c'est ce que tu attends.

Parfait.

Bon, alors ?

En route.

Mais, dis-moi, je ne ferais pas mieux de prendre des notes ?

Je n'en sais rien. Tu en as besoin ?

Attends, je vais chercher mon ordinateur.

Dépêche, sinon on risque d'arriver trop tard.

Tu as vu des gens porter des lunettes – ton père et ta mère en portent – et tu sais qu'elles servent à y voir plus clair. Maintenant, tu es dans le brouillard – ce n'était pas le cas hier, mais c'est ainsi aujourd'hui – et tu te dis que ce serait bien si tu avais des lunettes, tu t'interroges sur la manière dont tu dois t'y prendre pour les demander. Tu as mal à la tête à force de regarder (de voir, de ne pas voir) et tu as de plus en plus de mal à te concentrer. Les jeux éducatifs que tu méprisais tant – que tu considérais comme autant d'insultes à tes capacités – te semblent de plus en plus difficiles à manipuler (tu oses à peine t'avouer que tu as essayé de résoudre cette histoire de cubes et de rues, sans y parvenir). Et le brouillard qui te cerne n'arrange rien : il te fait peur.

Ils ont pour slogan "*Freedom in Iceland – the affordable way*" ("Liberté en Islande – d'une manière abordable") – plutôt cynique, non ?

Qu'est-ce qu'on fout ici ? Agnes remonta la fermeture éclair de sa parka, ouvrit sa vitre et alluma une cigarette. Snorri dormait d'un sommeil de plomb à l'arrière du véhicule. Arnor lui avait indiqué le chemin jusqu'au FIT-Hostel de Njardvík – le centre d'accueil et de rétention des demandeurs d'asile.

Il y a quelques années, un Lituanien s'est suicidé ici, observa Arnor. Je peux te prendre une clope ?

C'était un Letton. Agnes lui tendit le paquet.

Les autorités islandaises s'apprêtaient à l'expulser. Il n'était pas le premier à faire une tentative, mais il a été le premier à réussir. Maintenant, on informe les gens qu'ils seront expulsés à la toute dernière minute – on vient te chercher, généralement en pleine nuit, afin d'éviter ce genre de drame.

Pas toujours. Tiens, par exemple, ce gars qui a essayé de s'immoler par le feu.

Mehdi Kavyaan Poor. En effet, pas toujours. Pas s'ils ont réussi à s'échapper du centre.

Chaque fois que tu parles de ça, j'ai toujours l'impression que tu éprouves une certaine compassion pour ces malheureux.

Et pour quelle raison je n'en aurais pas ?

Eh bien…

Je me dis parfois que tu n'as vraiment pas compris qui je suis.

Avoue que tu n'aides pas beaucoup. Alors, qu'est-ce qu'on fout ici ?

C'est donc ça, être adulte, te dis-tu, alors que tu deviens chaque jour plus bête, maladroit et innocent. Le fil de ta pensée t'échappe constamment, tu gazouilles dans ton coin et fredonnes la mélodie d'une comptine sans intérêt dont tu ne te rappelles que des bribes. "Ma chandelle est forte, je n'y vois plus d'yeux…" Ce n'est pas que les mots te manquent, mais plutôt qu'ils t'assassinent. Tu te demandes si tu ne pourrais pas faire machine arrière – oublier les mots et récupérer l'univers, à moins qu'il ne te faille apprendre tous ceux qui existent avant de comprendre le monde. Et de te bâtir une demeure si vaste que tu t'y sentirais comme bercé au sein de la nature aussi verte que divine. Tu en doutes grandement. Jamais plus tu ne pourras penser librement.

Omar traversa le boulevard Sæbraut, aveuglé par les phares, et se retrouva subitement sur le pas de sa porte. Il ne pouvait pas prétexter être arrivé là par hasard. Il avait déambulé en ville et dans les environs sans que rien ne vienne perturber sa marche si on exceptait un sandwich aux crevettes, quelques feux tricolores et une météo capricieuse. Parti depuis trois semaines et cinq jours, il s'était plus ou moins attendu à ce qu'on le retrouve ou à ce qu'Agnes l'aperçoive – il s'en rendait compte maintenant, rétrospectivement. Mais, évidemment, elle avait passé son temps à la maison sans mettre le nez dehors et, par conséquent, n'avait pas pu le croiser.

Il n'avait pas vu son fils depuis trois semaines et cinq jours. Cela lui semblait une éternité. Demain, ce serait le 1er Mai – plus tôt dans la journée, il avait vu les employés municipaux installer le podium pour la fête sur la place Ingolfstorg. Il était maintenant presque onze heures du soir. Aucune lumière n'était allumée. Agnes et Snorri devaient dormir. À moins qu'ils n'aient déménagé. Il n'avait aucun moyen d'être au courant. Peut-être une autre famille avait-elle emménagé ici. Quatre semaines ou presque, c'est long, surtout quand on est sans nouvelles. Il aurait dû l'appeler – il tripota son portable au fond de sa poche – l'appareil s'était déchargé dès le premier jour de son errance. Et dès le premier jour, il était trop tard. Il avait oublié son chargeur à la maison. Mais il avait toujours la clef.

On te tend une fourchette avec laquelle tu dois manger – ça, tu l'as compris, ce n'est pas compliqué. Tu la plantes dans le morceau de viande, puis oublies aussitôt ce que tu voulais faire, comme si un court-circuit s'était produit dans ton cerveau. Tu souris avant de la balancer par terre. Tu es tellement déconnecté que tu recommences dès que l'occasion t'est à nouveau offerte et tu recraches le morceau que tu as dans la bouche. La viande mâchouillée et le blé concassé coulent le long de ton menton et tombent sur la nappe. Honteux, tu t'efforces de sauver la face et tu souris à ta mère qui commence à perdre patience (tu le vois bien, d'ailleurs ça ne t'étonne pas). Tout cela ne te ressemble pas. Ta mère est habituée à mieux : vous êtes tous les deux habitués à mieux. Tu étais un être humain et, peu à peu, tu te transformes en animal.

Omar avait enfin assez de courage pour frapper à la porte. La Honda n'était pas sur le parking – Agnes était absente. À moins qu'elle ne l'ait vendue. N'aurait-elle pas mieux fait de se débarrasser de la Yaris ? La Honda était à elle et la Yaris à Omar – même si les deux voitures étaient enregistrées au nom d'Agnes. En tout cas, elle aurait récupéré plus d'argent en vendant la Yaris et la Honda était meilleure. Mais bon, ces temps-ci, plus rien n'obéissait aux lois de la raison.

Il frappa à nouveau. Aucune réponse. La maison était toujours plongée dans l'obscurité et le silence. Bien qu'il fasse nuit noire sur le boulevard Sæbraut, il alla jeter un coup d'œil à l'intérieur de la voiture : aucun siège-bébé. Agnes n'était pas à la maison. Elle était partie quelque part avec la Honda. Quelque part dans le vaste monde. Avec Snorri. Omar se remit à bouillonner de colère. *La salope !* Elle était partie en pleine nuit avec leur enfant – pour peu qu'il en soit effectivement le père. Cette connasse n'était qu'une sale menteuse. Elle mentait comme elle respirait.

Tu pourrais en jurer : ton caca sent plus mauvais qu'avant, ton pipi aussi, tu as mauvaise haleine le matin, et le soir tu pues parfois la sueur. Cela empire de jour en jour. Tu as l'impression que tu vas mourir. Tu as vu des vieillards dans le même état : idiots, amnésiques, puants et impotents. Ils boitent en gémissant tandis que les liens qui les unissent au réel se disloquent peu à peu, puis finissent par mourir sur leur déambulateur avec des borborygmes et d'interminables râles. Tu ne veux pas mourir. Ce n'est pas ton tour. Tu n'es qu'un enfant. Un nouveau venu. Tu commences à peine à t'habituer au monde. Ce n'est pas juste. Quelqu'un doit bien pouvoir faire quelque chose. Quelque chose pour arrêter ça. Mais tu ne sais pas vers qui te tourner – ni ce que tu es censé lui dire.

Au moins, Agnes n'avait pas fait changer la serrure, contrairement à ce qu'Omar avait cru un instant. Il s'attarda dans le vestibule, comme dans un rêve. Il ferma la porte d'entrée : chacun des gestes qu'il exécutait lui était familier, mais cela relevait plus d'une mémoire corporelle, purement musculaire, inconsciente. Il avait depuis longtemps oublié tout ça, la manière dont il claquait cette porte d'un revers de la main gauche avant d'entrer dans le salon. Pour un peu, il se serait déjà retrouvé assis dans le canapé à allumer la télé. Mais il n'en fit rien – la télécommande n'était pas sur la table basse. La télévision était à sa place, mais la télécommande avait disparu. Cet endroit. Cette vie. Il balaya la pièce du regard, comme s'il le faisait pour la dernière fois. Enfin ! Tout cela n'existait déjà plus. Ce qu'il voyait n'était que l'écho d'une journée engloutie, les vestiges d'un rougeoiement crépusculaire.

Ta mère halète dans la chambre voisine et, bien que tu saches qu'elle n'est pas en train de mourir (à en juger par ce que tu entends), tu es loin d'être rassuré (ces bruits sont terrifiants). Tu suffoques, te tournes vers les barreaux face au mur de la chambre, enfonces ta tête sous la couette et tu tousses. Tu tousses à nouveau sans que personne n'y prête attention. Ce soir, tu es seul au monde. Tu te remets sur le dos et tu serres ton nounours de toutes tes forces en fixant la nuit noire et vide. Fut un temps où ce moment était ton préféré de la journée – seul dans ton lit avec ton nounours. À répéter des mots, fasciné par leur nouveauté. Mais c'est du passé. Aujourd'hui, le monde est vide. Ça ne t'a même pas étonné de voir ton nounours se taire quand tu as commencé à assembler des mots pour former des phrases. À ce moment-là, ton meilleur ami est devenu muet et idiot.

Sois un peu patiente et ouvre les yeux. Arnor porta un doigt à sa bouche pour enlever un morceau de nourriture resté coincé entre ses dents. Agnes ne lui répondit pas – ça ne servait à rien de le cuisiner, il était buté. Il ne cédait jamais un seul pouce de terrain.

C'étaient les dernières nuits de printemps. Bientôt, le jour serait éternel, mais là, il faisait noir sur le cap de Sudurnes. Snorri dormait sur la banquette arrière. Sa mère était au volant. Elle aurait voulu qu'Arnor l'embrasse même si elle savait bien que ce n'était pas le moment. Malgré tout, cette balade en voiture ressemblait à un rendez-vous amoureux. Pour un peu, elle se serait crue dans un cinéma en plein air. Un drive-in. Plongés dans la nuit et dans le silence, ils attendaient que le film commence. Elle avait éteint les phares, certaine que le spectacle serait intéressant. Elle s'attendait à voir la police sortir du bâtiment avec deux opposants syriens. Ces derniers hurleraient, refusant d'être envoyés vers une mort certaine, mais incapables d'apporter la preuve des tortures qu'ils avaient subies ou qu'ils subiraient immanquablement en rentrant chez eux, incapables de produire un document imprimé attestant qu'ils étaient condamnés à mort. Ils hurleraient. La police leur dirait qu'ils étaient entrés illégalement en Islande. Arnor ajouterait qu'on n'avait aucune preuve, que c'étaient peut-être des tortionnaires, des violeurs d'enfants, des assassins (après tout, on fuit parfois autre chose que les persécutions politiques). Puis ils seraient conduits à l'aéroport – à dix minutes en voiture – et on les expédierait vers le Lointainistan, où ils deviendraient le problème de leur pays et non du nôtre. *Good riddance* ("Bon débarras"), commenterait Arnor tandis qu'Agnes pleurerait à chaudes larmes. Pourquoi n'avait-elle rien fait ? Elle aurait quand même dû tenter quelque chose.

Mais on n'en était pas encore là. Pour l'instant, elle avait envie qu'il l'embrasse. Un dernier baiser avant les actualités.

Jadis capable de développer parallèlement deux idées contradictoires, tu ne parviens plus à te concentrer sur les pensées les plus élémentaires que quelques secondes. Y compris les besoins et désirs les plus primaires ne t'encombrent jamais la tête plus d'une demi-minute – à peine as-tu commencé ton repas que tu oublies déjà ta faim et que tu veux quitter la table pour aller retrouver tes voitures, tes bonshommes et tes poupées. Quand tu as tellement pleuré que maman te sort de ta chaise pour te poser par terre, tu as oublié les petites voitures et tu te rends compte que tu as faim, tu veux qu'on te redonne un morceau. Et ça continue, encore et encore, tu ne sais pas ce que tu veux, tu es toujours avide de nourriture et de jeu jusqu'au moment où, épuisé, tu refuses d'aller dormir (parce que tu n'es jamais sûr de te réveiller). Ta mère soupire – sauf que, sauf que…

Ce n'est qu'un acte politique, grogna Arnor. Ils s'empoignaient sur le trottoir à côté de la voiture dont ils avaient laissé les portes avant ouvertes. Snorri s'était réveillé et mis à pleurer. Ils étaient assez proches du FIT-Hostel pour voir ce qui se passait et assez éloignés pour qu'on ne les entende pas. Agnes se débattait dans les bras d'Arnor. Elle se disait qu'elle pouvait se libérer si elle le voulait vraiment – elle était plus forte que ce gringalet. Mais elle avait peur et se demandait ce qui l'attendait si elle parvenait à lui échapper.

Jonas et Dölli – deux gars de Klubbhusid – venaient d'incendier le bâtiment. Elle les avait immédiatement reconnus en dépit de leurs cagoules. Ils étaient arrivés en voiture, s'étaient arrêtés et avaient balancé deux cocktails Molotov sur la façade. Agnes et Arnor avaient d'abord gardé le silence. Abasourdie, Agnes était incapable du moindre mouvement. Arnor l'avait emmenée jusqu'ici pour… quoi ?! Regarder deux néonazis mettre le feu à un bâtiment empli de gens qui n'avaient rien fait ? Était-il détraqué à ce point ?

Je tiens à te préciser que je n'ai rien à voir là-dedans. J'ai simplement appris par hasard qu'ils allaient faire ça…

Agnes avait ouvert sa portière et couru vers le bâtiment. Arnor l'avait rattrapée et plaquée sur le trottoir où ils avaient lutté un moment. Il était parvenu à la retenir, mais elle continuait de se débattre en poussant des cris étouffés par ses propres sanglots.

Ce n'est qu'un acte politique, répéta-t-il. Il la plaqua vigoureusement à terre. Si tout se passe bien, il n'y aura aucun blessé. Ils veulent juste que les gens sachent qu'ils ne plaisantent pas. Et que maintenant la coupe est pleine. En tournant la tête,

Agnes vit Jonas et Dölli remonter dans leur voiture tandis que l'essence enflammée coulait sur les murs du bâtiment. Ils démarrèrent en trombe et, presque aussitôt, quelqu'un sortit du centre au pas de course, armé d'un extincteur.

Finalement, il ne s'était rien passé. Rien du tout. La peinture au coin du bâtiment avait cloqué, une vitre avait noirci et les bouteilles des cocktails Molotov avaient éclaté en mille morceaux sur le trottoir. Le veilleur de nuit et les étrangers avaient eu une petite frayeur – et une bonne femme de Reykjavik avait chialé. Et alors ? Le monde n'avait-il pas connu pire que ça ?

Pour celui qui oublie perpétuellement, chaque journée est unique. Tu ne te rappelles pas tout, mais tu te souviens avoir formulé ce souhait. Tu voulais que toute chose soit chaque fois nouvelle. Eh bien, te voilà servi ! Tu devrais être heureux. Si ton cerveau n'était pas en bouillie, tu verrais à quel point il est inutile de te reprocher quoi que ce soit. Mais tu n'y peux rien. Tu es trop idiot pour savoir que ce n'est pas ta faute si le monde est comme il est. Tu te crois responsable du cours des planètes, tu imagines que tout ce qui cloche ou déraille le fait à cause de toi. Tu ne fais que des bêtises et tu n'es qu'un imbécile. Tout ce qui déraille déraille à cause de toi. Et ces journées uniques n'ont en fin de compte rien d'exceptionnel, elles sont toutes pareilles. D'ailleurs, tu les oublies toutes.

Omar enleva sa veste, alluma quelques bougies et alla s'asseoir à la fenêtre. Agnes n'était pas là, Snorri n'était pas là. Ils n'avaient pas déménagé, leurs affaires traînaient partout et elle n'avait même pas fait la vaisselle. Ils habitaient encore ici, mais étaient absents au beau milieu de la nuit. Ils devaient donc être chez *lui*, quelle que soit l'identité de ce type… Arnor ? Oui, ce devait être Arnor. Cette saloperie de nazillon. Cette raclure merdeuse élevée dans le trou du cul du monde. Nourri aux entrailles de poisson et au guano. Comment des gamins élevés loin de la culture mondiale pouvaient-ils devenir des gens normaux ? C'était déjà assez difficile de vivre à Reykjavik – assez difficile de passer son enfance ballotté à droite à gauche – mais c'était pire encore de n'avoir qu'un horizon restreint, bouché par des montagnes vertigineuses et de ne voir rien d'autre jusqu'à l'âge adulte. Évidemment, ça ne pouvait que laisser des traces. On ne grandissait pas dans de telles conditions sans devenir une ordure. On ne grandissait pas sans faire l'expérience de la pluralité et du foisonnement des univers culturels pour devenir ensuite un type à l'esprit ouvert. Ah ça, non! Saloperie de péquenot! Saloperie de nazi à la Hillbilly!

Rien ne t'insupporte autant que la bêtise. Rien ne te déplaît autant que d'être devenu l'individu le plus imbécile partout où tu vas, seul ou dans les bras des autres. Jusqu'à présent, ton esprit faisait ta force, il était ton arme la plus efficace pour livrer bataille contre le monde. Tu t'en servais pour résoudre les problèmes, chasser les pensées qui te terrifiaient – et afin de te convaincre que n'avais rien à craindre. Maintenant, il ne sert à rien, tu as peur de tout ce que tu vois, peur qu'on te regarde. Tu redoutes la brise et la lumière du jour, tu crains la nuit et le calme. Tu crains les gens et les lieux inconnus, tu as peur des tondeuses, des animaux, des chaises, des montagnes à la fenêtre et même de la vitre qui ouvre sur le vaste monde et te présente l'océan qui te terrifie plus que tout avec sa houle et ses vagues qui avancent pour t'engloutir.

Et alors? C'était fini. Soit, mais Omar refusait de retourner à la rue. Il ne voulait plus dormir à Farsott ni dans les toilettes publiques. Il n'était ni sans-abri ni sans le sou. Il avait ici une maison et pouvait tout se permettre. Partir dans le vaste monde. Élargir son horizon. Voir du pays. Il glanerait sans doute quelques réponses en chemin. En Europe. Rien ne l'obligeait à rester attaché à cette bicoque et à cette famille qui n'était pas la sienne. Il pouvait tout quitter et partir à l'aventure pour accumuler des expériences, même s'il n'était plus un adolescent. Rien ne disait que tout était fini – qu'il était une œuvre achevée, peaufinée, définitivement figée. Rien ne lui interdisait d'essayer. Il avait la possibilité de devenir un homme meilleur, plus doué, plus accompli et plus intéressant, peut-être même plus beau. Tout était possible.

Jadis, peu t'importait où tu allais et où on t'emmenait. En ce moment, tu ignores où tu vas et tu y vas la peur au ventre.

Peut-être n'as-tu jamais su ce qui se trouvait derrière les portes et les murs, ce qui se cachait dans la voiture ou dans la tempête – tu as tout oublié, y compris ça. Mais tu te souviens de ceci (un souvenir assez vague, mais dont tu es certain) : jadis, tu considérais que ce qui était ailleurs ne te concernait pas. Ton univers se résumait à ton environnement immédiat et tout le reste était trop loin pour que tu t'en inquiètes. Désormais, tu regardes à peine ce qui te crève les yeux. Tes pensées s'attachent à d'autres choses : ce que tu ne vois pas, mais qui pourrait te nuire, les lieux où tu serais en danger et les gens qui pourraient te faire du mal.

Juste avant de quitter la maison, il prit son chargeur, posé sur le rebord de la fenêtre dans la cuisine. Il venait de trouver cet anneau pénien et avait fait tomber l'une des bougies. La maison brûlait. Assis dans le fauteuil du salon, il regardait les flammes dévorer ce qu'il avait aimé, il les regardait effacer le passé, non seulement soulagé, mais tout simplement content. Incapable de dire s'il l'avait fait exprès, il était simplement reconnaissant de voir cette maison en flammes. C'était exactement ce dont il avait besoin. *Une catharsis. Un holocauste.* Des flammes purificatrices. Leur vie était dans l'impasse, ils s'étaient acculés sans même s'en rendre compte. Ce statu quo permanent qu'il retrouvait chaque matin au réveil lui était devenu insupportable. Maintenant, les choses étaient claires, il avait tranché, que ce soit volontaire ou non. Désormais, il était libre.

Regade les oitures. Belles oitures. Oitures bleues, oitures chaunes. *Voum, voum, voum.* Mettre monsieur dans oiture. Monsieur aller tavail. Monsieur casser tout. Monsieur faire bateau, gros bateau. Gros bateau et grosses oitures. *Boum! Boum! Boum! Boum!* Mmm… Aïe! Bisou bobo! Bisou bobo!

Ça va!

Pas manger. Snolli pas manger. Faire grosses oitures. Belles grosses oitures. Pas manger. Eau. Boire eau. D'abord faire oitures. Maman eau. Pas manger. Maman eau. Eau froide. Maman boire eau. Snolli boit eau. Aammammamm. Maman cochon. Maman eau par terre. Manger. Pas jeter par terre. Pas beau! Pas beau! Aïe, aïe! Tombé par terre. Maman chercher.

Pas beau jeter poire. Poire pou Snolli. Snolli manger. Snolli manger. Miam, miam, miam.

À bras, à bras. Snolli bisou maman.

Le jour se levait. Agnes s'était garée à côté du nouvel Opéra et scrutait le boulevard Sæbraut. Elle avait abandonné Arnor devant le FIT-Hostel et Snorri s'était endormi dès qu'elle avait démarré.

Elle ouvrit sa vitre, alluma une cigarette et regarda l'incendie. Sur un coin d'herbe, juste à côté de la mer, plus bas sur la rue, sa maison brûlait. Elle n'était même pas surprise et se disait qu'elle le méritait – ce n'était là qu'un dénouement logique, une sorte d'harmonie universelle. *Deux ex machina, emmène-moi jusqu'aux cieux.*

Les pompiers luttaient sans conviction contre les dernières flammes : la maison était fichue et il n'y avait aucun danger que le feu se propage aux bâtiments voisins, très éloignés. Il ne leur restait plus qu'à fouiller les décombres à la recherche des cadavres et, bien évidemment, ils n'étaient pas pressés.

En fin de compte, cette maison n'abritait rien qui puisse lui manquer, à part les murs eux-mêmes et ils avaient brûlé. Non, rien de tout cela ne lui manquerait. Sauf peut-être Omar.

IV

I see that it never matters who the enemy is. We became so hypnotized by the spectral words Nazi and Führer that we forgot the real enemy is always Evil and Folly. The Führer might be a symbol, but he was not a comprehensive symbol. Evil is greater even than he. Hitler must acknowledge that on suzerain. Unlike Christ who, taken as a symbol, need not to acknowledge love's perfection as greater than himself, for they are co-equal. It was darkness that we were fighting; darkness which is eternal, and which depends for its existence on no one man, nor for its annihilation upon his overthrow.

"Ce qui compte, ce n'est pas l'ennemi. Tellement hypnotisés par ces mots spectraux que sont nazi et Führer, nous avons oublié que les ennemis véritables sont toujours le Mal et la Folie. Le Führer est peut-être un symbole : mais il n'est qu'un symbole incomplet. Le Mal est plus vaste que ça. Hitler doit le reconnaître comme unique suzerain. Contrairement au Christ qui, également envisagé en tant que symbole, n'a nul besoin de reconnaître la perfection de l'amour comme lui étant supérieure, car lui et cette perfection sont égaux. Ce sont les ténèbres que nous avons combattues : les ténèbres éternelles qui ne sauraient dépendre d'un seul homme pour exister, pas plus que leur annihilation ne serait tributaire de la chute de cet homme."

Lester s'adressant à Helen dans *Grand Canyon*,
d'après Vita Sackville-West

1

Agnes retenait son souffle. Il était presque midi et elle n'avait toujours pas dormi. Elle avait confié Snorri à ses beaux-parents. Elle frappa à la porte d'Arnor, les yeux gonflés de larmes. Sa maison avait été réduite en cendres en moins d'une heure sans que personne n'y puisse rien. Les pompiers l'avaient autorisée à fouiller les décombres dans la matinée. Le visage aussi noir qu'un charbonnier, elle dégageait une odeur de pain grillé. Chancelante, elle se cramponnait à la poignée. La réalité tournoyait. Agnes était étourdie et fatiguée, si incroyablement fatiguée. Elle avait mal partout et doutait que ses jambes continuent de la porter bien longtemps. Et maintenant, elle était là, gorge serrée, devant la porte d'Arnor, lui-même impliqué dans un autre incendie, la veille au soir. Ou plutôt, *complice* d'une *tentative* d'incendie criminel. Non qu'elle veuille minimiser les choses. Pourtant, elle était dans cette cage d'escalier et frappait à sa porte d'une main, tandis que dans son autre main elle serrait un Luger vieux de soixante-dix ans.

Vilhelmas suit discrètement le groupe qui remonte la rue, sort de la ville et traverse la forêt en direction du cimetière juif. La rue est légèrement en pente sans être véritablement abrupte. Il fait encore chaud, bien que la nuit soit tombée depuis longtemps. Il suit les SS qui ferment la marche à petite distance et se tient dans l'ombre, derrière la lueur des flambeaux. Mais ils savent qu'il est là. Romualdas et Mykolas l'ont salué tous les deux, Izsak s'est arrêté un instant face à lui pour le dévisager. Les deux amis n'ont pas trouvé les mots. Les frères d'armes ne sont plus au même endroit dans le monde. Leur destinée n'obéit plus aux mêmes règles. Vilhelmas ne se cache ni des nazis, ni des Juifs, ni des nationalistes. Il fuit d'autres regards.

Agnes s'écroula dans le canapé, posa ses pieds sur un pouf et se frotta les yeux, le Luger à la main. Arnor ne savait pas quoi dire. Elle ne lui avait encore rien expliqué. Quand ils s'étaient quittés, douze heures plus tôt, elle lui avait lancé qu'elle ne voulait plus jamais le revoir. À ce moment-là, elle pleurait, hystérique, furieuse et, d'une certaine manière, parfaitement vivante – maintenant, elle était épuisée, lessivée, au bout du rouleau. Comme si, entre-temps, quelqu'un ou quelque chose l'avait vampirisée au point qu'elle n'avait plus la force de pleurer. Le pistolet, qui semblait énorme dans sa main, n'était même pas inquiétant. Il faut être capable de tenir debout pour tirer sur quelqu'un, pensa Arnor. Apparemment, elle n'avait pas conscience de tenir la mort entre ses doigts. Peut-être était-elle d'autant plus dangereuse, pensa Arnor, sans se sentir menacé pour autant. Il se pencha en avant pour desserrer les doigts d'Agnes de la crosse – elle écarquilla les yeux et les referma aussitôt –, puis il posa le Luger sur la table. Il lui prit les jambes, l'allongea sur le canapé et la couvrit d'un plaid.

Quand ils ont fini de creuser, le chef des SS leur ordonne de se battre à coups de pelle. Leib Meigel prend la fuite et reçoit une balle dans le dos. Vilhelmas entend sa tête heurter le sol et aperçoit ses jambes qui dépassent du buisson. Emil Max, qui s'est battu aux côtés des Allemands pendant le premier conflit mondial et a reçu la croix de guerre, fonce la tête la première et donne un coup dans le ventre de Romuldas qui tombe à la renverse dans la fosse. Mykolas et deux autres attrapent Emil et l'emmènent dans le buisson. Il trébuche sur le corps agonisant de Leib Meigel et on l'exécute dans cette position.

Leib Karabelnik fait tournoyer sa pelle et l'abat sur la nuque d'Izsak qui s'affaisse et ne se relève pas. Pendant quinze longues minutes, les Juifs se battent à coups de pelle, métal contre métal, métal contre peau, plongeant dans le sang et brisant les os. Le communiste Antanas Leonavicius profite du désordre pour détaler vers la forêt. Mykolas fait feu dans la nuit, mais personne ne poursuit le fuyard. Enfin, Romualdas se relève, sort de la fosse et met un terme à la lutte.

Agnes ne se réveilla que dans la soirée. Arnor était absent. Elle dormait dans cet appartement pour la première fois. Jusque-là, il lui était tout au plus arrivé d'y somnoler – elle ne s'en souvenait pas vraiment. En tout cas, elle n'avait jamais dormi sur ce canapé. Elle avait faim et n'avait jamais non plus mangé ici. Elle s'y était déshabillée, y avait fait l'amour, s'y était lavée, y avait lu des livres et parlé avec Arnor, mais jamais elle n'y avait ni dormi ni mangé, autant qu'elle se souvienne. Elle se demanda le sens qu'il fallait y voir. Cet appartement lui semblait en dehors du réel. Elle n'avait jamais fait caca dans ces toilettes. Peut-être ne pouvait-on le faire que chez ceux en qui on avait toute confiance. Ceux qui faisaient partie de notre réalité. Manger, dormir et déféquer. Peut-être était-ce les seules choses qui comptaient au monde.

Romualdas et Mykolas se donnent l'air aussi important qu'ils le peuvent, mais il est manifeste qu'ils ne décident de rien. Un SS allemand que Vilhelmas ne connaît pas – et ne veut pas connaître – dirige les opérations et ses hommes exécutent ses ordres. Les miliciens et d'autres habitants de la ville se tiennent au milieu de la foule comme des pingouins, assénant quelques coups, lançant quelques jurons, quelques crachats et quelques coups de pied. Mais ils consultent à chaque fois le chef SS du regard avant et après. Si ce dernier secoue la tête, ils affichent un petit sourire gêné et reculent. Quelques-uns vont s'installer dans le cimetière, debout autour d'un grand flambeau, ils se passent une bouteille, roulent des cigarettes et vont à tour de rôle pisser sur les tombes.

Vilhelmas recule sur la prairie et se réfugie dans la nuit quand un nouveau groupe arrive derrière lui depuis la ville et descend le sentier. D'autres nazis. D'autres flambeaux. D'autres Juifs. D'autres nationalistes avinés. On se croirait presque dans une kermesse. Il ne veut pas être vu, ne veut pas être là. Le groupe qui arrive est bruyant, contrairement à celui de tout à l'heure. Tout le monde s'engueule. Les Juifs avancent à coups de pied. Tous n'ont que la justice à la bouche. Tous sont d'ardents défenseurs du droit. Les Juifs invoquent la justice. Les nazis et les nationalistes avinés invoquent le droit.

Un portrait de Jon Sigurdsson, le héraut de l'Indépendance, et les armoiries de l'Islande ornaient le mur du salon. La bibliothèque regorgeait de belles éditions soigneusement reliées – les sagas des Islandais, Stephan G. Kvaran, Torfhildur Holm, Johannes Ur Kötlum pour n'en nommer que quelques-uns. Arnor possédait aussi quantité de livres élimés, d'éditions de poche et toutes sortes de bouquins de toutes tailles qu'il gardait dans sa chambre à coucher. Son bureau abritait deux bibliothèques supplémentaires et les livres s'empilaient un peu partout. Ceux du salon avaient surtout une fonction décorative. Agnes détailla avec soin l'appartement. Elle se leva et alla d'une pièce à l'autre comme si elle visitait cet endroit pour la première fois. Complètement éveillée. Ce n'était plus une cachette, un lieu en dehors du réel, derrière les apparences. Peut-être était-elle à ce point sensible au mobilier et à l'agencement parce qu'elle venait de perdre tout ce qu'elle possédait. Était-ce cela qui modifiait ainsi sa perception du lieu ? Elle osait à peine penser aux tracas qui l'attendaient. Au fait, n'était-elle pas assurée ? Elle devait refaire sa garde-robe, mais également celle de Snorri. Même le landau avait brûlé. Elle décida de profiter de l'absence d'Arnor pour aller aux toilettes.

Quinze minutes plus tard, Romualdas appelle ses camarades, toujours debout en cercle dans le cimetière. Il a attrapé le Juif Jankel Rizmann par la nuque et le traîne derrière lui vers le grand poirier sur la prairie où Vilhelmas s'est caché dans la nuit. Romualdas pousse Jankel et le fait tomber à terre, puis sort son arme de sa ceinture. Les nationalistes s'approchent, éclairés par leurs flambeaux, attirés par le bruit et les gémissements de Jankel qui reçoit un coup de botte dans le dos, dans les fesses, dans la cuisse. Vilhelmas entoure l'arbre de ses bras et se tait afin que son fils ne remarque pas sa présence. Les camarades de Romualdas remontent leurs braguettes et se lèchent les babines, ah, ce qu'on rigole.

Grimpe, commande Romualdas à Jankel qui attrape le tronc et monte aussi vite qu'il le peut. Il tombe, reçoit un coup de botte dans l'os du bassin et remonte, puis s'assoit sur une branche, cramponné au tronc. Vilhelmas refrène ses sanglots. Le flambeau n'éclaire que faiblement, mais si tous ces individus étaient à jeun, ils l'auraient repéré depuis longtemps.

Agnes n'avait pas fermé la porte des toilettes qui faisait face à celle de l'entrée. Arnor arriva avant qu'elle n'ait terminé. Dans la cage d'escalier, une famille au complet attendait l'ascenseur. Ils échangèrent quelques coups de coude en la voyant assise sur la cuvette. Arnor toussota et referma derrière lui, un sac du supermarché 10/11 à la main. Il le posa dans l'entrée, traversa le salon, prit le Luger sur la table et ferma les toilettes. Agnes tendit la main vers le rouleau de papier.

Pourquoi tu viens chez moi avec une arme ? demanda Arnor. D'ailleurs, pourquoi tu viens chez moi tout court ?

Agnes s'accorda un instant de réflexion. C'est tout ce qui me reste.

Ce qui te reste ?

Ma maison a brûlé.

Quoi ?!

Oui, tout a brûlé sauf ce pistolet.

Je n'ai rien à voir avec l'incendie de ta maison. Je te le jure ! Qu'est-ce que tu fais à te balader avec une arme ?

C'est le seul souvenir que j'ai de mon grand-père.

Le nazi ?

Agnes ne répondit pas.

Allez, comme l'alouette ! crie Romualdas, son Luger pointé vers Jankel qui s'efforce de siffler plus juste. Plus fort que ça ! Je ne t'entends pas ! Jankel s'arrête de siffler et se met à pépier, à crier, à chanter d'une voix de fausset, à hurler d'une voix éraillée.

Plus fort !

Plus fort !

Plus fort !

Les autres rigolent. Ah, ce qu'on rigole. Tandis que Jankel hurle toujours plus fort, le chant de l'alouette rappelle de plus en plus la corne de brume enrouée d'un navire.

Vilhelmas a l'impression que Jankel a pleuré sur son visage. Qu'il a versé des larmes et qu'elles sont tombées droit sur ses paupières. C'est inconcevable. Et pourtant il a le visage trempé.

Pour finir, Romualdas tire une balle dans l'œil de Jankel, elle ressort par l'arrière du crâne, le corps sans vie tombe de l'arbre, le sang gicle dans la nuit. Éclaboussé par des morceaux de cervelle, Vilhelmas se lève d'un bond et s'enfuit. Il entend une détonation et des bruits de pas derrière lui.

Qui va là ?

Ne tire pas ! C'est papa !

Il ressent une douleur intense à la cuisse, juste à côté de l'aine, croyant d'abord qu'une balle l'a atteint. Bientôt, il comprend que la même botte s'enfonce dans sa poitrine et se sent subitement soulagé. Il n'est pas mort.

Agnes dormit toute la nuit sur le canapé – enfin… *dormir*… on appellerait plutôt ça une nuit d'insomnie. Elle resta allongée à regarder le plafond, à se tourner dans tous les sens et à s'inquiéter. Tant de choses la tracassait. Tant de choses lui échappaient. Sans qu'elle ait pu lever le petit doigt, sa vie s'était subitement transformée en un mauvais soap-opéra. Où était Omar ? Qui avait mis le feu à leur maison ? Qui était le père de Snorri ? Que faisait-elle ici ? Pourquoi n'avait-elle pas cherché refuge ailleurs ? Si ça continuait comme ça, une de ses connaissances changerait de sexe, aurait un cancer du sein, disparaîtrait dans un accident d'avion dans les Andes et reviendrait d'entre les morts quelques mois plus tard après avoir vécu parmi les sauvages qu'elle aurait fuis en comprenant qu'ils s'apprêtaient à la manger – et les médecins seraient bien incapables d'expliquer la chose, mais le cancer se serait tout bonnement envolé. Peut-être était-ce justement là le sort d'Omar. Peut-être était-il dans les Andes, atteint d'un cancer du sein. Finalement, ce n'était pas plus improbable que tout le reste.

Les exécutions commencent, les exécutions se poursuivent. Il y a trois fosses devant lesquelles se tiennent vingt personnes et autant de tireurs, et d'où dépassent des bras et des jambes. Les cadavres s'entassent. Chaque rafale est suivie d'une seconde qui balaie la fosse, malgré ça tous ne meurent pas. Parfois, certains parviennent à se jeter à plat ventre dans un buisson, à descendre la colline ou à ramper hors de la fosse à la faveur de la nuit, blessés plus ou moins grièvement, et à s'enfuir. Cela n'inquiète personne. Ils mourront plus tard. D'une manière ou d'une autre. La terre boit le sang. On balaie les entrailles.

Romualdas et Mykolas encadrent leur père. Ce dernier baisse les yeux, Mykolas lui enfonce le canon de son arme dans les côtes, Romualdas lui attrape la mâchoire et serre de toutes ses forces, Mykolas lui assène un grand coup de talon dans le tibia, Romualdas feule. Vilhelmas regarde les cadavres qui s'entassent. Les exécutions recommencent, elles continuent, puis recommencent. Chaque rafale est suivie d'une seconde qui balaie la fosse, malgré ça tous ne meurent pas.

Quelques jours plus tard, elle alla chercher Snorri chez ses beaux-parents et l'installa dans le bureau d'Arnor qui, de toute manière, ne travaillait jamais chez lui. Une journée chassait l'autre, et au bout d'un moment elle quitta le canapé pour aller se glisser dans le grand lit d'Arnor et occuper la place restée vide. Il semblait si seul, pour ne pas dire solitaire. Snorri entra à la maternelle. Agnes travaillait à la maison. Son mémoire commençait à prendre forme. Enfin! La crise qui l'avait tellement mis à mal semblait maintenant bien loin. On eût dit qu'elle n'avait jamais existé. Les élections législatives approchaient, de nouvelles listes apparaissaient presque tous les jours et certaines d'entre elles avaient leur place dans ce mémoire. Peut-être même toutes, y compris celles, traditionnelles, pour lesquelles personne ne voulait plus voter. La politique dans son ensemble sombrait dans le populisme, elle se résumait à une course permanente au succès et au pouvoir. Tous étaient l'"autre" – soit le petit frère impuissant, mais tout de même dangereux, soit le grand frère tout-puissant, peu importe qu'il s'agisse du patriarcat, du matriarcat, de l'État, des banquiers gangsters ou des nouveaux Vikings : il n'existait (plus ?) rien qui puisse passer pour une vision politique sans être teinté de populisme. Peut-être était-ce le résultat de cette société des apparences, de cet Internet omniprésent. Les gens étaient tellement conscients d'être observés en temps réel qu'ils n'avaient plus le temps de réfléchir pour mettre les choses en perspective et ils avaient du mal à reconnaître que ces choses n'étaient pas si simples ni manichéennes – tout bêtement, la réalité était complexe. Les discussions et les débats étaient menés à chaud et à toute vitesse car si on faisait le choix de s'attaquer trop violemment à son adversaire, ce dernier risquait de riposter tout aussi violemment et de nous mettre en difficulté et là, on perdait la bataille. Agnes soupirait et faisait de son mieux pour avancer dans sa rédaction, animée d'un seul désir : en finir au plus vite.

Les flambeaux éclairent la fosse et le charnier, ils éclairent les bourreaux allemands et ceux qui rient avec eux, mais derrière le rideau de la nuit, on ne voit rien ni personne. Pourtant, on entend le murmure des habitants de la ville. On les entend traverser la prairie, les uns après les autres, les uns cachés derrière les autres. Ils viennent voir. Et nous nous prenons à rêver – oh, les beaux rêves – qu'ils vont intervenir et infléchir le cours des événements. Que les paysans arriveront sur leurs tracteurs, armés de carabines, et qu'ils mettront un terme à cette horreur, que les bouchers viendront avec leurs couperets, les chasseurs avec leurs fusils, les journaliers avec leurs fourches et les mères de famille avec leurs couteaux à pain et leurs tranchoirs. La nuit est remplie de bruits, mais personne n'approche de la lueur des flambeaux. Les fusils, les corps s'affaissent, des cris étouffés montent de la fosse et, tout au fond de la nuit, on n'entend que l'écho lointain de quelques soupirs.

Ce qui rassemblait le plus clairement les populistes – le point de friction où tous convergeaient, qu'ils soient de droite ou de gauche, libéraux ou conservateurs, mondialistes ou racistes, ou qu'ils se proclament en dehors de tout courant politique –, c'était leur propension à mettre leurs adversaires en échec pendant les débats, en usant de la technique du ippon. Ils se disaient tellement affligés de voir que leurs opposants – réels ou imaginaires, politiques ou démographiques – n'avaient aucun argument pour contrer les vérités qu'ils énonçaient et affirmaient que, par conséquent, ils détenaient effectivement la vérité ultime. La seule chose qui ressortait alors des débats était qu'ils avaient raison et que tous les autres étaient des idiots ou des salauds qui avaient tort. Quant à l'aristocratie universitaire – qui aurait dû s'opposer à ces béotiens racistes –, elle ne faisait que défendre une classe ouvrière imaginaire, douée mais opprimée, tout en méprisant ce qui représentait la classe ouvrière réelle – la téléréalité, la malbouffe et les séries policières. En fin de compte, cette aristocratie universitaire ne valait guère mieux que les fascistes de la lutte des classes qui vénéraient leur propre classe ouvrière imaginaire, constituée de pères de famille courageux effectuant des travaux de force ou de mères au foyer élevant une quinzaine d'enfants (que les étrangers affamaient et à qui ils refilaient des poux).

Le communiste Povilas Striaukas sort d'une fosse en rampant. Il a dix-huit ans – il était assis à côté de Mykolas à l'école primaire et tout le monde se souvient qu'ils s'entendaient bien à l'époque. Povilas s'apprête à bondir pour disparaître dans la nuit, dévaler la colline et rejoindre le Niémen. Il jette un coup d'œil par-dessus son épaule avant de s'élancer et ses genoux fléchissent. Il s'assoit sur le bord de la fosse, observe cet océan mouvant de bras et de jambes et sanglote jusqu'à ce que le chef SS le rejoigne et lui tire une balle dans la nuque.

Vilhelmas regarde les derniers corps avancer vers le bord de la fosse pour être fusillés en se disant qu'il est sans nul doute le prochain. Ce sont ses fils. Une idéologie leur tient lieu de cerveau : ils ont asservi leur part d'humanité à des idéaux politiques qu'ils mettent en pratique sans se poser de questions – et personne n'a jamais changé le monde en haussant les épaules. Dans un sens, ils ont perdu la raison même s'ils semblent savoir ce qu'ils font, connaître la différence entre la nécessité et la cruauté. Mais Vilhelmas n'est plus sûr de rien. Peut-être est-ce lui qui est fou. Fou de ne pas voir les dégâts que causent les Juifs et les bolcheviques. N'était-il pourtant pas sur les lieux – ne l'a-t-il pas vu de ses yeux, ce jour, l'an dernier, où les Russes ont fusillé des gamins qui allaient encore à l'école ? Pour une raison quelconque – il a oublié ce qu'on leur reprochait. Activités subversives contre le prolétariat ?

Peut-être est-ce lui qui a perdu la raison.

Agnes n'évoquait rien de tout cela dans son mémoire. Il lui semblait parfois qu'il était vide et elle aurait bien voulu y ajouter un certain nombre de choses. Quelques kilomètres de suppositions ici et là. Mais on n'obtenait pas son mastère en poussant des coups de gueule. Il existait des règles à l'université. Il fallait respecter un certain cadre, certains objectifs et des méthodes de travail. Or toutes ces réflexions n'apportaient rien. Elles tenaient plus du coup de gueule – des coups de gueule bien plus longs que jamais ne le serait ce mémoire. Et encore, elle ne parlait là que de ceux qu'elle n'avait pas aussitôt effacés de son texte. Si elle les avait tous gardés, elle aurait sans doute été en mesure de publier plusieurs volumes de coups de gueule qui auraient exposé à quel point le monde était lamentable et à quel point ceux qui voulaient le changer étaient nuls. Elle avait lu quelque part que le pire dans le nazisme – et dans l'Holocauste –, c'était que les nazis avaient été guidés par l'espoir. Le nazisme ne s'était pas fondé sur la haine, le mépris, l'agressivité et la mégalomanie, mais sur l'espoir. Pas sur la volonté de pouvoir, mais sur le désir de créer un monde meilleur. Et il a échoué là où toute politique échoue – si elle échoue – au moment où il a privé les autres de leur part d'humanité en les réduisant à des "individus" pour ou contre, gênants ou pas.

Il est évident que ces gens cachés dans la nuit ne poseront aucun problème. Ils ne viendront pas crier leur révolte. Ils ne viendront pas le sauver, ni lui ni personne. Il est le seul qui pourrait l'être – car, pour les autres, il est trop tard. Plusieurs centaines de mains et de jambes sont tendues vers le ciel au fond des trois fosses. Il est désemparé. De toute manière, il est trop tard. Il n'a sauvé personne, personne ne le sauvera.

Peut-être les Juifs auraient-ils réussi à arrêter tout ça s'ils s'étaient rebellés dès le début en se jetant sur les baïonnettes et en leur arrachant leurs armes. Après tout, ils étaient supérieurs en nombre. Mais à quoi bon lutter contre toute une armée – contre une nation entière –, il arriverait toujours de nouveaux soldats et, quoi qu'ils fassent, les Juifs finiraient tous par perdre la vie. Car ils n'étaient pas seulement face à deux cents nazis, mais à une nation de millions de gens que rien n'arrêtait. S'ils en tuaient un, il en arriverait dix pour le remplacer et dix encore pour remplacer chacun de ces derniers. C'était peine perdue d'opposer une résistance. Et maintenant tous étaient morts, sauf lui. Sauf Vilhelmas qui n'est ni Juif, ni communiste, ni Tzigane. Qui n'est qu'un simple citoyen.

Sa respiration est saccadée. Romualdas lui tend le Luger, prend les doigts de son père et les plaque contre l'arme qu'il cale solidement. Ne le lâche pas, prévient Romualdas. Tiens-le bien.

Puis vint une autre nuit, puis une autre encore. Parfois, Agnes écoutait les ronflements d'Arnor. Parfois, elle dormait. Parfois, ils couchaient ensemble avec plus ou moins de passion, plus ou moins de mauvaise conscience. Mais sans doute cette mauvaise conscience n'était-elle pas si terrible. Peut-être en avaient-ils simplement assez de cette histoire qui avait perdu de son piquant, surtout maintenant qu'ils formaient presque une famille avec son quotidien, sa routine. Certes, Arnor ne s'occupait pas beaucoup de Snorri, mais il était présent et il arrivait qu'avec le petit, ils échangent des sourires. Il arrivait qu'ils communiquent. Ils semblaient s'apprécier même s'ils ne le reconnaissaient qu'avec une certaine réticence. Puis vint une autre nuit, et une autre encore sans qu'Agnes ait la moindre idée de l'endroit où se trouvait Omar ou de l'identité de celui qui avait incendié leur maison. Évidemment, elle nourrissait quelques soupçons. Elle restait allongée sans dormir en pensant à Omar, en pensant aux objets qu'elle avait possédés. Autrefois. En pensant à tout ce qu'elle avait perdu et qu'elle devait racheter. Elle pensait au Luger, toujours posé sur le rebord de la fenêtre, comme un bibelot. Elle n'y connaissait pas grand-chose en armes, mais savait tout de même qu'elle n'aurait pas dû laisser ce pistolet à cet endroit et se disait qu'elle n'était qu'une idiote de ne pas s'en être débarrassée. Non, pas vraiment idiote, mais peut-être seulement… Quoi donc ? Paresseuse ? Un peu nunuche ? Et parfois, elle restait allongée sans penser à rien. À fixer le plafond sans se poser de questions. Sans obtenir de fait aucune réponse – comme d'habitude.

Et bientôt Vilhelmas pleure en voyant ses fils relever Izsak qui, après avoir reçu le coup de pelle, s'est effondré et n'a plus bougé. Ils le hissent en le tirant par les bras et le maintiennent entre eux comme un crucifié. Vilhelmas serre les dents et s'assure que son ami n'est plus vivant avant de tirer. Il pourrait tirer sur Romualdas. Ou sur Mykolas. Ils sont si proches de lui – si proches qu'il pourrait presque les toucher, presque les serrer dans ses bras. Mais il pourrait aussi les tuer. Tuer ses propres fils. Dévier très légèrement l'arme – quelques centimètres vers la droite ou vers la gauche et là, c'en serait fini. Ses fils seraient morts. Comme Izsak. Ensuite, il recevrait une balle allemande dans la nuque. Tant mieux.

Les frères se montent la tête et se défient mutuellement. Ils ordonnent à leur père de tirer à nouveau. De cribler de balles le corps de son ami défunt dont le sang continue à couler. Il vise toujours le ventre. Sans réfléchir. C'est le centre de l'homme. Et il se souvient à quel point ça fait mal – non parce qu'il l'a vécu lui-même – mais parce qu'il se rappelle les hurlements pendant la guerre. Les cris affreux de ceux qui étaient touchés par une balle dans le ventre. Ces hurlements déchirants qui les empêchaient de dormir, lui et Izsak. Alors, il vise plutôt la poitrine de son ami, même si, mort et bien mort, ce dernier s'en fiche. Et bien que, ensuite, on permette à Vilhelmas de rentrer chez lui – après avoir balancé dans la fosse ce qui reste du corps d'Izsak –, il s'en fiche éperdument car, cette nuit, il est mort lui aussi.

2

Partout où Omar se rendait, les chiens aboyaient sur son passage. Certains étaient attachés à leur laisse, d'autres enfermés dans des chenils où ils allaient et venaient comme des lions dans un zoo, puis bondissaient sur le grillage et aboyaient.

Aboyaient à son passage.

Cela ne le gênait pas quand il faisait jour, mais quand il rentrait à la maison le soir – surtout s'il n'avait pas bu – et qu'ils bondissaient dans la nuit sans qu'il puisse voir la chaîne ou le grillage qui les retenaient, c'était une autre affaire. Dans ces moments-là, il aurait voulu que la terre l'engloutisse à jamais.

Pourquoi les lampadaires étaient-ils toujours éteints dans cette fichue ville ? Il se demandait presque pourquoi il avait tant apprécié son dernier séjour ici. Cette bourgade n'était vraiment qu'un trou.

Vilhelmas rentre chez lui à l'aube. Les chiens aboient à son passage. Son sang bouillonne dans ses veines, il a un mal de tête horrible et la faim le tenaille. Et il le mérite bien. Il a tué un homme. Qui plus est, un homme juste et bon. Un homme à qui il doit tant – la moitié de ce qu'il est, se disait-il jadis. Si Saule commençait ses phrases, Izsak les achevait. Maintenant, il est mort et elle se réveille. Vilhelmas l'observe par la fenêtre de la cuisine. Elle pétrit de la pâte. Elle n'y a tout de même pas passé la nuit ? Il préfère ne pas entrer. Elle est sans doute de mauvaise humeur. Il n'a pas envie d'entendre ses reproches. Pas maintenant. Il connaît déjà la litanie. Elle a mal au dos, il n'y a plus rien dans la réserve, la maison est sale et elle n'a pas le temps de faire le ménage, les gamins se sont réveillés à tour de rôle toute la nuit et lui, où était-il donc ? Évidemment, elle n'imagine pas où il était. Et sans doute est-elle aussi un peu inquiète. Mais tout cela serait trop long à expliquer et il n'en a pas envie.

Dalia ne savait pas quoi dire à sa fille, pas plus que Kestutis n'avait su quoi dire à son gendre quand ce dernier était brusquement apparu sur les marches de leur maison, aussi hagard et perdu que s'il avait passé toute sa vie en marge de la société.

Mais dis-moi, que t'a-t-il raconté ? demanda Agnes.

Pas grand-chose, ma chérie, répondit Dalia. Ton père l'a installé dans la chambre 12. Il va bien, si c'est ce que tu veux savoir. Elle éloigna légèrement le combiné et soupira. En tout cas, physiquement.

Qu'est-ce que tu entends par là ? Il aurait un problème de "santé mentale" ?

Nous avons l'impression qu'il n'est pas très bien, répondit Dalia. Mais il ne se confie pas. Disons qu'on craint qu'il ne soit un peu, comment dire, dépressif.

Et alors ? Agnes avait envie de fracasser le téléphone par terre.

Comment ça, et alors ?

Il a demandé à me parler ?

Ta question laisse entendre que *tu* demandes à lui parler.

Ah, maman…

Il n'y a pas de maman qui tienne. Vous avez un enfant ensemble, martela Dalia.

Je suis au courant.

Et ?

Eh bien, il est simplement parti. Cela fait des mois et… Et je n'ai pas la force de lui parler.

Tu vas devoir mettre ta fierté de côté, ma petite. Tu n'as pas le choix.

Oh my God!

Eh oui ! C'est comme ça.

Il veut dormir. Se reposer. S'il lui raconte tout cela maintenant, il ne pourra plus s'arrêter, elle sera affolée et jamais il ne s'endormira. Peut-être vaut-il mieux qu'elle ne sache rien. Peut-être vaut-il mieux se taire. Ça ne sert à rien de se lamenter : ce qui est fait est fait. Le soleil du matin luit sur la vitre derrière laquelle Saule pétrit avec une telle ardeur qu'on dirait qu'elle veut assassiner la pâte. Vilhelmas entre dans l'arrière-cour, s'allonge dans l'herbe à côté de la cabane à outils et s'endort aussitôt.

Agnes ne parvenait pas à trouver le sommeil. Elle se leva, fit ses bagages, prit un billet d'avion, prit le téléphone pour l'annuler, mais la compagnie ne répondait pas. Elle décida qu'elle rappellerait le lendemain, le nota sur un papier qu'elle colla sur le frigo d'Arnor, puis défit ses valises et se remit au lit. Arnor ronflait toujours plus fort, avec des râles de plus en plus impressionnants, le corps tendu, le visage empourpré et en sueur. On eût dit qu'il étouffait. Tout cela avait cessé de l'inquiéter. Elle lui donna quelques petites tapes, mais c'était inutile. Il se remit aussitôt à ronfler de plus belle. Et elle ne trouvait toujours pas le sommeil. Elle se leva pour faire du café. Il était presque cinq heures du matin, il faisait encore sombre.

Saule voudrait elle aussi mourir. Maintenant, tout le monde voudrait mourir. Mais, ne pouvant le faire, elle soupire et fait claquer un autre pâton sur la table, fait claquer sa langue sur son palais, relève ses manches et se remet à pétrir. Vilhelmas est sans doute mort. Il a dû faire Dieu sait quoi et quelqu'un a fini par le tuer. Il y a trop d'armes dans cette ville pour qu'on puisse faire le malin. Quand il y a tant d'armes quelque part, il est inévitable qu'il y ait aussi des morts. Et pas seulement un ou deux. Inutile d'être bien futé pour le savoir. Et là, il a dû faire le malin, les gens comme lui ne peuvent s'en prendre qu'à eux-mêmes. On ne peut plus se fier à rien. C'est ainsi. Nom de Dieu, ce fichu mal de dos. Et dire que, par-dessus le marché, il faut supporter cette épreuve. Et qu'elle est incapable de ne pas y penser. Sa tristesse est si profonde qu'elle devrait faire taire les douleurs physiques, mais le corps reste sourd. Elle soupire, renifle et pétrit cette pâte qui a séché et commence à s'effriter entre ses doigts.

Agnes appela plusieurs fois pour annuler son billet. Soit le standard de la compagnie ne répondait pas, soit elle raccrochait. Elle n'avait pas pardonné à Arnor d'être celui qu'il était, mais l'avait malgré tout accepté, se disant qu'il n'y pouvait rien. Elle devait le prendre avec ses défauts et ses qualités ou le laisser complètement tomber. Pourquoi ne pouvait-elle faire de même s'agissant d'Omar ? Pourquoi éprouvait-elle toute cette colère dès qu'elle pensait à lui – alors qu'elle était capable de supporter nuit après nuit les ronflements d'Arnor et de l'apprécier (dans une certaine mesure) ? Malgré tout.

Bientôt, il se met à pleuvoir. Les gouttes s'accumulent dans la gouttière de la cabane à outils et tombent sur l'épaule de Vilhelmas qui ne se réveille pas, continue en rêve ce qu'il vient de vivre éveillé : horreur, carnage et terreur. Il se tourne, hurle, ronfle, gémit et se débat en suffoquant jusqu'à ce que Masza et Isa, les jumelles, découvrent leur père et aillent prévenir leur mère. Saule réveille son époux en lui donnant quelques gifles et tente de le mettre debout – malgré cela, il est encore à demi inconscient. Il pleure les yeux fermés, tremble de tout son corps, ses jambes cèdent régulièrement sous son poids. Saule doit employer toute sa force pour qu'il ne s'affaisse pas dans l'herbe, ne trébuche pas sur les marches en pierre, sur le seuil de la maison, dans la cuisine, le salon et l'entrée. Puis elle le dépose, toujours sanglotant, dans le lit conjugal. Quelques coups de tonnerre retentissent dehors, puis le ciel s'éclaircit.

Le chemin le plus court pour rentrer chez lui sans retourner en Islande était d'aller à Jurbarkas. D'ailleurs, il ne pouvait pas rentrer en Islande. Là-bas, il devrait gérer tous les problèmes en même temps. Passer son temps au téléphone. Omar avait l'impression d'être un de ces nouveaux Vikings en fuite après la crise. Ils s'y prenaient comme ça : ils allaient s'enterrer dans un trou à l'étranger en attendant qu'on les oublie et qu'on leur pardonne. Il refusait d'endosser l'entière responsabilité de ce qui était arrivé. Si seulement il avait pu régler les principaux problèmes sans devoir affronter ses parents, Agnes, Snorri et ses rares connaissances. Il refusait de soutenir le regard de ses proches et ne supportait pas l'idée de croiser ces visages inconnus. Il rêvait d'une étreinte authentique et sincère, mais doutait que quiconque veuille le serrer dans ses bras. Il aurait voulu rentrer chez lui, mais ne trouvait plus le chemin.

Je n'ai rien à ajouter, conclut Vilhelmas, assis sur le bord du lit, tremblant de tous ses membres après avoir dormi une demi-heure et avalé une tasse de mauvais café.

Saule garde le silence. Manifestement, son époux délire et raconte n'importe quoi. En outre, il empeste l'alcool. Les événements des derniers temps l'ont sans doute tellement atteint qu'il a perdu la tête. C'est la seule explication plausible. Les gens civilisés n'assassinent pas les autres sans procès. Il faut quand même qu'il y ait une raison, quelle que soit la nature de cette guerre. Cette situation la rend tout aussi malade que les autres, mais aller raconter qu'une grande partie des habitants de la ville a été fusillée et enterrée dans un charnier… juste comme ça… *non*… il ne faut pas exagérer.

Pourtant, Vilhelmas ne semble pas ivre au point d'avoir tout imaginé. Saule est persuadée qu'il croit ce qu'il lui raconte. Et peut-être y a-t-il dans tout cela un fond de vérité. Peut-être a-t-il véritablement tiré sur Izsak, ce qui expliquerait son état. Mais pourquoi ?

Agnes vomit pendant le vol. N'ayant pas souffert du mal de l'air depuis bien longtemps, il lui paraissait peu probable que ça arrive mais sa bouche s'était tout à coup emplie de glaires qu'elle avait aussitôt ravalées. Enfant, elle avait souvent vomi en avion, mais depuis qu'il était interdit de fumer à bord des appareils, elle ne se souvenait pas avoir vu de passagers malades ou avoir eu elle-même le moindre haut-le-cœur. Elle fouilla dans la pochette du siège devant elle pour y chercher un sac à vomi sans être sûre d'en trouver un. Peut-être ces sacs appartenaient-ils au passé, comme les téléphones à cadran et les maisons en tourbe. Mais il y en avait un dans la pochette. Elle le déplia, le plaqua à deux mains contre son visage et, les yeux révulsés, vomit jusqu'à Vilnius.

Tu devrais te reposer un peu plus, conseille Saule en lui prenant les jambes pour l'allonger sur le lit. Il la laisse faire, pose sa joue sur l'oreiller et regarde les murs crème de la chambre à coucher qui semblent sales à la lumière du jour. Il faudra qu'il trouve un moment pour refaire la peinture. Il y a si longtemps.

Il avait pensé que Saule lui demanderait des explications, s'était attendu à devoir répéter cette histoire plusieurs fois, mais elle ne paraissait pas désireuse d'en savoir plus. Elle s'attendait sans doute à ce que tout ça arrive. Ou des événements de nature comparable. Ne l'avait-elle pas laissé entendre, à mi-voix ? Il ne l'écoutait pas. Ne l'écoutait jamais suffisamment. Saule est une femme clairvoyante qui ne se laisse pas abuser par les mensonges, elle voit tout et comprend tout. Il ne doit pas l'oublier.

Vilhelmas s'allonge sur le dos. Saule a-t-elle quitté la chambre ? Il règne un silence de mort dans la pièce et il n'ose même pas lever la tête de l'oreiller pour vérifier si elle est encore là. Elle est sans doute partie. Elle a préféré le laisser seul, le laisser se reposer et digérer les choses. Et maintenant, que va-t-il faire ?

Omar était assis dans l'herbe, silencieux. Il venait ici depuis dix jours. C'était le seul endroit où il pouvait échapper aux aboiements. Debout à un jet de pierre, Giedre relevait une stèle. Elle venait également ici chaque jour. Parfois vers midi, parfois vers quatre heures de l'après-midi. Le cimetière était en friche, les inscriptions sur les tombes, pour la plupart devenues illisibles. Giedre et Omar ne se disaient pas grand-chose. Devant la grille, des jeunes postés à côté de leurs voitures fumaient et discutaient au téléphone. Giedre affirmait que c'étaient eux qui renversaient les pierres tombales et que, parfois, ils les brisaient. J'ai passé ma jeunesse dans ce cimetière, déclara-t-elle. Je me souviens que je scrutais longuement chacune de ces inscriptions – parfois une demi-heure entière – en essayant d'imaginer ce qu'elles signifiaient. Elles me semblaient sorties droit d'un livre de contes de fées. Plus tard Giedre avait appris l'hébreu, et depuis presque dix ans elle luttait pour entretenir le lieu. Elle nettoyait les pierres, les peignait, restaurait les inscriptions, les traduisait, creusait sous les buissons et la mauvaise herbe à la recherche de tombes enfouies, en relevait d'autres qui avaient été brisées et les reconstituait. L'été, elle recevait souvent des renforts de l'étranger. Des descendants de ceux qui reposaient là.

Le soir, quand Vilhelmas s'est réveillé et que les enfants sont couchés, il s'installe avec son épouse sur la terrasse, sort sa blague à tabac et roule deux cigarettes. Ils restent ainsi à fumer en silence dans la nuit pendant un long moment. Le temps est couvert et la lune invisible. Ils ont posé une petite bougie sur la table, mais elle n'éclaire pratiquement pas.

Et les autres ? interroge Saule, rompant le silence.

Les autres ? répète Vilhelmas bien qu'il sache parfaitement ce qu'elle entend par là. Les autres, il n'y a même pas réfléchi.

Eh bien… Masza, par exemple. Saule se masse le nez entre son pouce et son index qu'elle presse ensuite sur ses paupières closes.

Je suppose qu'elle est toujours dans le hangar. Vilhelmas s'éclaircit la voix. Tu ne vas jamais la voir ?

Je voulais y aller aujourd'hui, mais je n'ai pas osé.

Un silence.

Et si elle n'y est plus ? s'inquiète Saule.

Mais si, bien sûr qu'elle y est… rassure Vilhelmas qui s'éclaircit à nouveau la voix. Où veux-tu qu'elle soit, ailleurs que là-bas ?

Parfois, je ne te comprends pas, et je me demande si tu as la tête sur les épaules, répond Saule. Elle se met debout et rentre dans la maison, sa cigarette incandescente aux lèvres.

Toujours assis dans l'herbe, Omar fumait une cigarette en silence tandis que Giedre travaillait. Dès qu'elle eut fini, ils en prirent une ensemble – en fin d'après-midi, les jeunes avaient en général quitté les abords du cimetière. Elle montra à Omar une stèle qu'elle venait de découvrir sous les broussailles. Seul le sommet dépassait de l'enchevêtrement de racines et de mauvaises herbes. Elle lui indiqua le carré réservé aux enfants et lui montra quelques inscriptions intéressantes. Tous ces gens sont décédés avant l'Holocauste. Les autres sont dans le charnier qui est aujourd'hui devenu un jardin du souvenir, de l'autre côté des grilles – c'est là que repose Izsak, le grand-père d'Agnes – et d'autres encore sont disséminés çà et là dans la forêt alentour. Masza repose quelque part dans cette forêt, personne ne sait où. Certains restes avaient été transférés au jardin du souvenir, nul ne pouvait toutefois affirmer que ceux de Masza s'y trouvaient. Sara, la grand-mère d'Agnes, était enterrée auprès de son Henrikas au cimetière catholique, nettement mieux entretenu. C'était aussi là que Vilhelmas et Saule avaient été inhumés – de même que Romualdas, décédé d'une crise cardiaque, vers la cinquantaine, alors qu'il pêchait à la ligne au milieu de la rivière. Mykolas avait quant à lui disparu dans la forêt. À moins qu'il n'ait fini en Sibérie, ce qui revenait à peu près au même.

Quand ils eurent fini leur cigarette, Giedre et Omar s'avancèrent jusqu'au croisement de deux allées où leurs chemins se séparèrent. Il ne savait rien d'elle, si ce n'était que Giedre n'était pas son véritable prénom. Un jour, il lui avait demandé la profession qu'elle exerçait – quand elle ne travaillait pas à restaurer le cimetière –, mais elle lui avait répondu qu'elle n'avait pas envie d'en parler, préférant ne pas mêler ses activités d'entretien à son autre vie. Les gens me prennent plus ou moins pour une illuminée, avait-elle précisé.

Autant qu'on sache, aucun massacre n'est perpétré cette nuit-là. Pourtant, Saule se réveille en nage à maintes reprises, haletante et désemparée. Elle s'assoit dans le lit et s'efforce de reprendre ses esprits. Y a-t-il quelqu'un de blessé ? Chaque fois, il lui faut une minute pour comprendre qu'elle a fait un cauchemar. Elle s'extrait du sommeil, se frotte les paupières, plisse les yeux et regarde Vilhelmas qui ronfle à côté d'elle. Comment peut-il dormir ? Après tout ce qui s'est passé. D'autant qu'il a dormi toute la journée. Et qu'il continue maintenant. Comme un enfant. Comme une masse. Comme un camion. Elle le secoue légèrement et se blottit contre lui. Son corps est brûlant, mais c'est toujours le cas quand il dort. Au fil du temps, elle a appris à dormir malgré ses ronflements en se serrant contre lui plutôt qu'en s'éloignant. Ainsi, elle a l'impression de se transformer peu à peu en ronflement elle-même. Au moment où elle s'apprête à s'endormir, elle sent tout à coup un liquide tiède couler le long de sa jambe et mouiller l'édredon. Elle sursaute, sort de sa torpeur et, les yeux écarquillés, regarde Vilhelmas qui urine dans le lit sans que cela le réveille.

Agnes déposa son sac dans la cuisine de sa mère et se dirigea sans tarder vers le cimetière, à cinq minutes de marche, pour y chercher Omar. Il suffisait de remonter la rue et de traverser un petit bosquet. Omar était assis à côté de la grille. Un livre sur les genoux, il fumait cigarette sur cigarette. Un petit sentier goudronné menait à l'entrée, bordée par deux grands arbres et, s'il avait levé les yeux de sa lecture, chose qu'il ne fit pas, il aurait aperçu Agnes.

Elle toussota. Il la regarda sans rien dire. Elle se demanda s'il était surpris ou content de la voir, mais apparemment il n'éprouvait que de l'indifférence. Apparemment, cela ne le concernait pas. À quelque distance, une femme rousse vêtue d'une salopette en jean, debout au milieu d'un océan de rumex à longues feuilles, passait un pinceau sur une stèle. Giedre s'était levée en entendant Agnes toussoter, puis à nouveau accroupie quand elle eut compris que ce n'était pas elle que cette demoiselle venait voir. Agnes savait qu'une femme s'occupait d'entretenir et de restaurer le cimetière, mais c'était la première fois qu'elle voyait ce visage.

Ah, te voilà ? déclara finalement Omar.

3

Tiens, ce truc t'appartient, poursuivit-il en lançant l'anneau pénien sur le parking. Ou plutôt, il appartient à ton copain.

…

À Arnor ?

…

Omar avait l'impression de s'être débarrassé de son cordon ombilical. Il eut envie de bondir pour aller le récupérer avant qu'Agnes ne le ramasse. Mais elle demeurait immobile et ne regardait même pas l'objet, refusant de céder à la provocation.

Où étais-tu ? demanda-t-elle.

À la guerre. Il se mordit la lèvre et serra les dents afin de garder son calme. Plongé dans le Troisième Reich. Dans l'histoire de l'humanité. Le plus souvent en train. Et toi ?

Agnes donna un coup de pied dans les gravillons qui tombèrent en pluie sur Omar, assis sur l'un des piliers de l'entrée. Il leva les mains pour se protéger le visage, mais sans se lever ni réagir.

Debout au coin de la rue en face du ghetto des femmes pendant plus d'une demi-heure, Saule essaie de rassembler son courage pour aller raconter à Masza ce que Vilhelmas lui a dit. Ce n'est pas qu'elle le croie vraiment, mais il doit bien y avoir un fond de vérité. Il faut qu'elle en parle à Masza et qu'elle lui dise qu'Izsak est sans doute mort. Vilhelmas n'inventerait jamais une chose pareille. En revanche, il n'est pas impossible qu'il ait exagéré le reste tant le décès de son ami l'a bouleversé. Il se peut que les choses se soient passées différemment. Il n'est pas dans son état normal. Et tout ça semble quand même… enfin, tellement… Si les choses se sont réellement passées comme il le dit, il ne serait sans doute pas capable de les raconter, ce serait tellement tragique. Si affreusement tragique. Le fait qu'il soit capable de raconter de telles horreurs semble bien exclure qu'elles aient pu avoir lieu. Et du reste, que va-t-elle dire à Masza ? Salut ma chère, tous vos hommes sont morts ? Ou, en tout cas, le tien, le père de ta fille n'est plus. C'est mon mari qui l'a tué. Peut-être, mais peut-être pas. Allons, ma chère, arrête un peu de pleurer. Rien n'est certain.

Nous devons cesser de nous faire du mal, déclara l'un d'eux ou peut-être le dirent-ils tous les deux.

Je t'aime, murmurèrent-ils en chœur ou chacun de son côté.

Sans se regarder dans les yeux.

Ils fixaient la rue. On avait forcé ces gens à descendre cette rue, c'était là que les premiers avaient été tués. Agnes et Omar en avaient parlé si souvent. Et, bien sûr, ils étaient déjà venus là plusieurs fois l'un comme l'autre, mais jamais ensemble. Peut-être n'avaient-ils jamais rien fait tous les deux. Jamais vraiment.

Mais, en ce moment, une chose particulière et tout à fait différente était en train de se produire.

En fin de compte, Saule n'a pas besoin de raconter quoi que ce soit. Tous sont déjà au courant et l'histoire rapportée est chaque fois la même. Les Allemands et les miliciens ont emmené tous les hommes de moins de cinquante ans au cimetière et leur ont fait creuser leur propre tombe avant de les abattre comme des chiens. Évidemment, les coupables démentent. Les Allemands feignent de ne rien comprendre et les miliciens répondent que c'est n'importe quoi. Les hommes ont été envoyés travailler sur les routes.

Nous voulons des preuves, demande Masza.

Comment ça, des preuves ? Ils sont partis ! rétorque Romualdas.

Un soldat du Reich crie quelque chose en allemand à Romualdas qui se tourne à nouveau vers Masza et lui répond : il dit qu'ils peuvent vous écrire des lettres, si vous voulez.

Masza hoche la tête.

L'Allemand lui crie autre chose.

Vous pouvez aussi aller vérifier au cimetière, répète Romualdas en lituanien. Et chercher des traces, si ça peut vous rassurer.

Je ne comprends pas ce que tu voyais en moi, déclara Omar. Je ne suis pas un homme, mais un trou noir.

Je t'en prie, ne parle pas au passé.

Essaie de comprendre ce que je ressens. Ils ne quittaient pas la route des yeux.

Ce que tu ressens, je m'en fiche, répondit Agnes. J'ai passé assez de temps à m'en soucier.

Ce n'est pas que je ne t'aime pas, observa Omar.

Tu ferais mieux d'arrêter de t'apitoyer sur ton sort et de penser un peu aux autres pour changer.

À qui donc – à toi ?

Par exemple.

Dix femmes du groupe sont désignées pour monter au cimetière et dresser aux autres un rapport de ce qu'elles y ont vu. On ne fermera le ghetto que dans l'après-midi et les autres iront travailler. Masza figure parmi les désignées. Saule s'arrête à la porte en voyant son fils argumenter avec son amie. Elle n'a aucune confiance en lui, mais ne le croit pas capable de se livrer à de telles choses. Cela dit, elle voit bien qu'il ment. Elle est sa mère. Or Romualdas lui a menti assez souvent pour qu'elle repère ses mensonges rien qu'à son attitude. Malgré ça, ce petit a trop de qualités pour commettre de telles horreurs, trop de qualités pour tuer des innocents qui ne lui ont rien fait. Il est parfois idiot et buté et soutient bien souvent des choses tordues, mais ça – non, ça, c'est impensable.

Masza attrape Saule par le coude en sortant et l'entraîne avec elle. Romualdas fait volte-face et a tout juste le temps d'apercevoir sa mère avant qu'elle ne disparaisse.

Je crois que nous sommes dans la même situation, déclara Agnes, rompant le silence.

La même situation que qui ?

Toi et moi, répondit-elle, agacée. Je suis dans la même situation que toi et tu es dans la même que moi.

Comment peux-tu penser une chose pareille ?
Tu ne m'as pas écoutée ou quoi ?
Toi ? Omar s'accroupit et plongea dans le regard d'Agnes.
Oui, et aussi ce que tu as dit, toi. Franchement, je ne te comprends plus du tout.
En tout cas, j'espère que je ne me plains pas autant que toi.

Inquiètes et bouleversées, elles marchent entre les stèles et vont inspecter le petit bois. Masza et Saule descendent la colline en se retenant aux arbres pour ne pas tomber sur les fesses, puis remontent à quatre pattes en examinant le sol. Elles n'y trouvent rien. Juste des arbres, des pierres, des mauvaises herbes et de l'humus. Pas de douilles. Aucune tombe fraîchement creusée. Pas de sang. Pas de cheveux. Aucun tas de cadavres criblés de balles. Elles continuent d'inspecter les lieux jusque dans la soirée. Renversent les gros blocs de pierre, regardent derrière les troncs d'arbres, s'accroupissent sur les tombes, soupirent et pleurent.

La vie n'a absolument aucun sens.
Allez, ça recommence.
Je suis sérieux. Et peu importe que ce soit vrai ou non – qu'elle ait un sens ou pas – moi, je ne lui en trouve aucun. Si je ne parviens pas à m'impliquer, je ne vois pas comment je ferais semblant d'avoir envie de vivre.
Quoi ?! Tu n'as pas envie de vivre ? interrogea Agnes.
Si… Enfin, je veux dire. Ce n'est pas le mot adéquat. Je ne trouve pas le bon.
Franchement, je ne vois pas du tout de quoi tu parles.

Si quelque chose a eu lieu, ce n'était pas ici, déclara l'une d'elles.
Et qu'est-ce qui se serait passé ? demande Masza. Je veux dire, exactement. Qui a raconté ça ?
Jamais on ne nous aurait laissées venir ici si un massacre y avait été commis.
C'est bien ce que je disais, reprend Masza, ça ne sert à rien.
Saule se tait. Elle voudrait ajouter quelque chose, mais ne trouve pas les mots.

Omar se leva. Il se fichait qu'Agnes le traite de tous les noms. Même s'il ne désirait pas vivre, la vie s'entêtait à le garder. Mais il s'en fichait.

En arrivant, Agnes avait enlevé ses chaussures – des bottines – et maintenant elle les attrapait pour les remettre à ses pieds. Il faisait froid. Sombre. C'était le soir et l'automne approchait.

Omar toussota.

C'est aussi ce que dit Vilhelmas, déclare tout à coup Saule alors qu'elles descendent la rue.

Masza se tourne vers elle, perdue dans ses pensées : tu disais ?

Là-dessus, répond Saule. Il a passé la nuit dehors et, quand il est rentré à la maison, il m'a dit qu'il avait été témoin de ces horreurs dans le cimetière.

Masza s'arrête, se poste au bord du trottoir, s'adosse à un tronc d'arbre et baisse les yeux vers la prairie. Et Izsak ?

Il ne m'a pas dit un mot sur lui, ment Saule.

Il en aurait quand même parlé, tu ne crois pas ?

Saule pose une main sur l'épaule de son amie. Il m'a juste parlé de "tous les hommes". Enfin… il ne sait pas vraiment ce qu'il raconte.

Masza se dit qu'elle va s'effondrer, mais ne vacille même pas, à sa grande déception. Comme si elle était insensible. Inhumaine et froide. Mais que sait-elle ? Rien, elle ne sait rien.

L'énergie, reprit Omar. Il me manque l'énergie. Non que je n'aie pas envie de vivre – ou que j'aie l'intention de me suicider, y compris par imprudence. Je n'ai pas l'énergie nécessaire pour affronter la vie. Je croyais l'avoir, je croyais avoir soif de vivre. Mais, en fin de compte, les jours où j'étais le plus heureux, c'étaient ceux où il ne se passait rien. Et pourtant, j'aurais tellement besoin de trouver un sens à ma vie. De lui fabriquer un sens qui n'existe pas. Voilà pourquoi je me sens vide à l'intérieur et pourquoi j'essaie de combler ce vide par tous les moyens. J'ai essayé de le combler en buvant, en baisant, en le remplissant de papillons, d'exigence de justice et de toutes sortes d'idéaux et de hobbies plus ou moins respectables. Mais rien n'y fait : ce vide est un trou sans fond.

Toutes les femmes sont redescendues en ville. Adossée à l'arbre, Masza et Saule regardent la prairie où sont disséminées quelques fermes. Des enfants jouent aux gendarmes et aux voleurs à côté d'une grange. Un paysan observe le Niémen dont la surface reflète le soleil du soir. Il cherche à prédire le temps qu'il fera les jours prochains. Compte les nuages. C'est que les paysans doivent être attentifs aux signes de la nature.

Et Snorri ?

Ah, quand même !

Comment ça, quand même ?

Tu poses enfin la question que tu aurais dû me poser il y a une heure si tu n'étais pas persuadé que le monde tourne autour de ton petit nombril.

Il faut toujours que tu m'en balances plein la tête.

Ah bon, je t'en balance plein la tête quand je te dis que tu es un peu trop occupé par ta petite personne ?

Contente-toi de me rassurer et de me dire que tu ne l'as pas confié à Arnor.

...

Agnes !

...

Tu dérailles complètement !

Je vois l'intérieur d'une cuisine, déclare Masza. Dans la ferme là-bas – avec le toit vert. Ce n'est pas celle de la famille Buktus ?

Saule ne répond rien.

En tout cas, je vois l'intérieur de cette cuisine. J'aperçois même un pot de géraniums blancs à la fenêtre. Et des rideaux à fleurs.

Saule garde le silence.

On sent l'odeur du dîner. Du cumin, des pommes de terre. Elle a fait du pain de seigle.

Saule se tait.

S'il était vraiment arrivé quelque chose, ils l'auraient dit. Ils l'auraient forcément vu et raconté.

Saule garde le silence.

En tout cas, les enfants. Les enfants en auraient parlé. Ils auraient bien dit quelque chose.

Le soleil se couchait. Pour Omar, l'été qui s'achevait se résumait à un long crépuscule. Enfin, la vraie vie allait commencer. Agnes se refusait à le reconnaître, mais se disait qu'au fond, tout était terminé. Les choses n'avaient jamais été aussi claires. Et jamais elle n'avait eu autant de difficultés à nier la réalité. Omar voulait revenir. Elle voulait fuir. Ils se taisaient, assis devant la clôture, et sanglotaient tandis que le soleil brillait de ses derniers feux. En quittant le cimetière pour rentrer chez elle, Giedre s'arrêta, les regarda, marmonna quelques mots en lituanien qu'Agnes n'entendit pas et qu'Omar ne comprit pas. Agnes leva les yeux, Giedre lui adressa un bref regard, puis alluma une cigarette et descendit la rue bordée d'arbres pour aller retrouver le monde des vivants.

On ne peut imaginer une chose pareille tant qu'on ne l'a pas vécue, pense Saule, et pourtant tout cela lui semble tellement irréel. Cette prairie, ce champ, le soleil du soir, son amie peut-être devenue veuve, son mari qui marmonne en permanence, tétanisé dans son lit, le cimetière, le ghetto, les Allemands, ses fils – c'est elle qui a élevé ces garçons et ils ne sont pas comme ça. On ne peut imaginer une chose pareille tant qu'on ne l'a pas vécue dans sa chair et vue de ses yeux. Elle refuse de se répéter pour la millième fois que ce sont de gentils garçons, de braves petits, mais ne peut s'en empêcher. C'est une évidence. Ce ne sont pas des assassins. Ça, ce n'est pas possible.

Le soleil se coucha et la nuit s'installa. Adossés contre la clôture du cimetière, Agnes et Omar se taisaient, le visage éclairé par la lueur de leurs deux cigarettes. L'un comme l'autre ignoraient l'heure qu'il était : pour l'instant, c'était la nuit et, demain, un jour nouveau se lèverait. Avec son lot de nouvelles disputes. Et là, espérons que toute cette histoire

– quelle qu'en soit la nature véritable – serait terminée. Alors, ils sauraient où ils en étaient, connaîtraient leur prochaine destination et auraient une idée précise de leur avenir. Et même si, d'une certaine manière, ils avaient hâte de le découvrir – car ces moments détermineraient la suite de leur existence –, leur hâte était beaucoup moins forte que l'agacement généré par ce statu quo imposé.

Ils écrasèrent leurs cigarettes en grinçant des dents.

Peu avant la nuit, elles redescendent en ville. Elles ne disent pas un mot et, à part le bruit de leurs pas sur le gravier, on n'entend que le bourdonnement des insectes et quelques chants d'oiseaux. La gorge serrée, elles avalent régulièrement leur salive. Quand elles arrivent au ghetto, les portes sont fermées. Dans l'obscurité de l'autre côté de la grille, des centaines de femmes assises se plaignent et gémissent, courbées, le visage éclairé par la lueur vacillante des bougies, serrées les unes contre les autres. Saule voudrait inviter Masza chez elle, mais se dit que ce serait idiot. Ce n'est pas comme si Masza n'avait pas de chez-elle. Elle qui possède une maison avec un grand lit, rue de Kaunas, une maison avec un grand et beau jardin fleuri, une cuisine et un salon entièrement vides qui ne servent plus à personne. En marchant assez vite, il lui suffirait de trois minutes pour y aller. En outre, Masza n'a pas besoin que Saule l'invite. Ce serait presque l'insulter de lui proposer une chose pareille, cela reviendrait à souligner qu'elle a été expulsée de sa propre demeure.

Agnes se leva d'un bond, sauta au cou d'Omar qui lâcha sa cigarette et tomba à la renverse sur l'herbe couverte de rosée. Elle sanglotait, le souffle court. Omar l'imita sans en avoir conscience. Tous deux avaient le visage baigné de larmes, chacun léchait les paupières mouillées de l'autre à tour de rôle. Ils se roulèrent dans l'herbe et arrachèrent leurs vêtements, haletants sous l'effort autant que de désir. Omar chercha l'anneau pénien à tâtons dans l'herbe, mais Agnes le retint. Il tendait sa main vers l'objet. Agnes l'immobilisait.

Non, dit-elle.

Omar ne savait pas quoi répondre. Pourquoi pas ?

Omar, murmura-t-elle, la gorge serrée, je t'en supplie.

Entrer sortir.
Aller venir.
Entrer sortir.
Aller venir.
Reprendre son souffle.
Entrer sortir.
Aller venir.
Entrer sortir.
Reprendre son souffle.
Aller venir.
Entrer sortir.
Stop, stop, stop, stop, stop, stop…
Se reprendre.
Aller venir.
Entrer sortir.
Attends.
Attends.
Doucement.
Entrer sortir.
Aller venir.
Entrer sortir.
Et le monde se dissout en espoirs déçus et en félicité.

Une bouffée, une autre, puis une autre.

Reprendre son souffle et s'embrasser. Le corps sensible et nonchalant comme si on l'avait raclé de l'intérieur pour en vider le contenu. La tête vide. Soupir partagé de plaisir, tourbillon qui emplit le néant. C'est ainsi que tout a commencé et c'est peut-être la raison pour laquelle cela doit s'achever. Entrer sortir. Aller venir. Ce n'est pas pour autant aussi inutile qu'on pourrait le croire. Et le vide qui s'ensuit n'est pas si glacial. Il est tout en chaleur et en beauté. Les vestiges de votre âme s'évaporent et montent vers l'éther.

Sans parler du silence. Ce merveilleux silence.

Une autre cigarette.

Une bouffée, une autre, encore une autre.

Tandis que Saule regarde Masza traverser le portail et marcher vers les bougies, elle pense aux insectes attirés par la lumière pendant la nuit, elle pense aux mythes qui parlent de garçons aux ailes enduites de cire, elle pense aux flammèches qui s'élèvent des brasiers. Elles n'ont pas échangé un mot en se quittant. Pas même un au revoir. De toute façon, elles se reverront bientôt, cette situation ne peut tout de même pas durer indéfiniment. La société ne peut fonctionner que si on laisse les gens travailler et profiter de la vie. On ne peut pas les enfermer comme ça et les oublier. Saule reviendra demain. Avec de meilleures nouvelles. En tout cas, cela ne peut pas être pire.

4

Je t'aime, dirent-ils tous deux ou peut-être ni l'un ni l'autre. Je te hais et je t'aime. Assis côte à côte dans l'avion entre Vilnius et Keflavík, ils avaient la bouche pleine de poulet reconstitué. Nous sommes des victimes, déclarèrent-ils en chœur. Je suis la tienne et toi la mienne. Et chacun la sienne propre. Pourquoi ne pouvons-nous pas être gentils l'un avec l'autre ? Pourquoi faut-il toujours que ça se passe ainsi ?

Ça n'a pas toujours été comme ça.

Bien sûr que si.

En général, nous ne parlons pas et il n'y a entre nous aucun éclat de voix.

Quand nous nous taisons, nous hurlons.

Mon Dieu, ce que tu peux être profond !

Ah, arrête. Tu sais très bien ce que je veux dire.

Non, je ne vois pas du tout.

Quatre hommes d'âge mûr – l'un d'eux est rabbin, les trois autres, communistes – se disputent dans le bureau du chef de la police. Ils sont venus ici pour être enregistrés, certains volontairement, d'autres de force. Les communistes affirment que les sociétés capitalistes pratiquent les recensements uniquement à des fins discriminatoires.

Pourquoi le chancelier a-t-il besoin de savoir qui nous sommes – et si, par hasard, nous ne serions pas juifs ?

Personne n'est juif par hasard, rétorque le rabbin.

Si tu recommences avec ces histoires de "peuple élu", je te frappe, s'agace le communiste David Portnoy. Ils ont encerclé le rabbin dans un coin du bureau. La file d'attente est longue, la place manque, les soldats sont donc pour la plupart à l'extérieur. Les communistes poussent le rabbin contre le mur en fronçant les sourcils.

Arrête de jouer les martyrs, s'agaça Omar. Il fit une boule avec sa serviette en papier et la mit dans son gobelet vide. D'abord, tu me trompes, puis tu me mens en me faisant croire que je suis le père – et, pour finir, tu fais comme si j'étais l'unique responsable de notre relation, ou je dirais plutôt de notre absence de relation.

Ce n'est pas ce que je voulais dire. Agnes regarda par le hublot qui donnait sur l'aile. Elle avait envie de sortir, l'air dans la cabine était étouffant.

Tu as pourtant dit que nous en étions exactement au même point, non ? Dans la même situation ? Tu as passé ton temps à lire des livres d'histoire illustrés au lieu de travailler et tu as mauvaise conscience parce que tu n'es pas quelqu'un de bien, que tu agis mal envers les autres, envers moi. Bouh-ouh-ouh ! Franchement, je te plains. Omar se leva et enjamba Agnes pour aller aux toilettes.

Nous n'allons pas pouvoir nous enregistrer. Tu verras bien. Nous aurons des rations plus maigres et moins de droits. Ça s'est déjà vu en Allemagne. Le rabbin gémit, place ses mains devant son visage pour se protéger et tente d'échapper à ses assaillants.

Je tiens de source sûre que c'est ce qui nous arrivera, plaide-t-il.

De source sûre, comment ça ? interroge David Portnoy, hésitant.

Je ne peux pas le dire, hélas. Mais vous me connaissez et je n'ai pas la réputation d'être un menteur.

Quant à toi, tu t'es barré, reprit Agnes dès qu'il revint des toilettes. Tu as abandonné femme et enfant.

Je me suis barré ? Quand ça ?

Tu t'en souviens parfaitement…

Non, je veux dire, dans quelle situation étais-je quand je suis parti ?

…

Ma femme me trompait avec un néonazi. Et "mon fils" n'est en fin de compte pas le mien. Je n'ai pas d'amis. Je ne supporte pas ma famille. Je n'avais plus d'enfant, j'étais redevenu célibataire – contraint et forcé. Qui ai-je donc abandonné ? Qui ai-je laissé derrière moi ? Vas-y, réponds-moi. Je n'avais plus personne !

Quelques soldats allemands leur ordonnent de se calmer. C'est le genre de tâche dont ils ont l'habitude. Les gens les écoutent quand ils parlent. Avant qu'ils n'entrent dans l'armée, personne ne prêtait attention à ce qu'ils disaient. Ils vivent pour la plupart encore chez leurs parents quand ils ne sont pas occupés à tuer. Il y a quelques semaines, quelques mois ou quelques années, c'étaient les vieux qui leur en remontraient et leur donnaient des leçons. Maintenant, c'est le contraire. Les vieux les écoutent et leur obéissent. Évidemment, ce David Portnoy proteste. Il est le plus jeune parmi ces anciens, certains ont été envoyés au cimetière alors qu'ils étaient plus âgés que lui et c'est par hasard qu'il est encore là. Il est le père d'une gamine de seize ans qui s'est entichée d'un sergent instructeur, s'est offerte à lui, puis a regretté et a fait tout un drame. Et ce gars-là prend la chose assez mal, il dit qu'il ne va pas en rester là. Voilà qu'il traite les soldats de violeurs, de minables et pire encore. Mais bon, ce petit coup de crosse dans l'estomac l'a calmé. C'est qu'il faut contenir la colère. Il suffit que l'un d'eux s'énerve pour que tous s'y mettent et là, on ne contrôle plus rien. Personne ne trouve ça très agréable – comme tout le monde, les soldats allemands n'apprécient pas la violence, mais voilà, on ne fait pas toujours ce qu'on veut.

Il faut que tu comprennes, plaida Agnes. Il faut que tu essaies. Quand je t'ai rencontré, je n'étais pas heureuse. Je n'étais sans doute même pas aussi heureuse que je croyais l'être. Rétrospectivement, tous ces instants sont parés d'une aura romantique mais, sur le moment, on est simplement seul. On se dit qu'on va remédier à cette solitude en liant connaissance avec un charmant garçon, et finalement on se rend compte que ça ne change rien. On est toujours aussi seul. On voudrait meubler le vide – ce trou sans fond dont tu parles –, tromper cette solitude en laissant quelqu'un entrer dans sa vie, en laissant quelqu'un nous étreindre pour satisfaire… ce qui se résume sans doute à un besoin maladif d'attention… or ce besoin n'est jamais comblé. Il s'apaise peut-être un peu les premiers temps, mais quand l'autre – et là, je parle de toi, quand tu étais devenu une partie de moi-même, alors, j'ai eu envie d'autre chose. L'énergie, c'est le mot que tu as utilisé, n'est-ce pas ? Cette énergie qui nous pousse à vouloir toujours plus. Évidemment, c'est presque une forme de cupidité ou de gourmandise, on en veut toujours plus et, évidemment, il y a là quelque chose de maladif. Mais c'est quand même comme ça et je suppose que je ne suis pas la seule dans ce cas. J'essaie d'être quelqu'un de bien, comme toi, comme tout le monde et même comme Arnor. Mais on n'y parvient pas toujours. Je ne suis pas parfaite. Désolée.

Dans un premier temps, David Portnoy croit être le seul à avoir été extrait du groupe. Puis il remarque qu'ils ont pris les quatre hommes à l'origine de la dispute – même si le rabbin n'en est nullement responsable. En fin de compte, il apparaît qu'ils emmènent tous les hommes, à l'exception de quelques paysans. Quarante-cinq hommes d'âge mûr, dont cinq d'âge canonique. Ils attendent devant le commissariat dans la chaleur poussiéreuse tandis que les Allemands discutent avec les autorités locales. Un tracteur arrive avec une grande remorque à bestiaux dans laquelle on les entasse.

Au début, je croyais que je serais heureuse si je parvenais à t'attraper. Ensuite, pendant un moment, j'ai cru que je le serais si je réussissais à me débarrasser de toi – sans te blesser. Puis ce truc est arrivé avec Arnor. Et là, j'ai cru que si je me débarrassais de lui – sans que tu apprennes quoi que ce soit –, je serais heureuse. J'aurais voulu être une bonne compagne. Ensuite, j'ai imaginé que si j'étais une bonne mère, je serais heureuse. Heureuse n'est peut-être pas le mot adéquat. Je devrais plutôt dire : "plus toute seule." Et je ne dis pas "moins seule", car ce ne serait pas l'expression adéquate non plus, mais simplement "plus toute seule", c'est-à-dire, "accompagnée". Je me trompe peut-être, mais j'ai parfois l'impression que tout le monde est heureux à part moi. Et là, j'ai envie… je tends la main dans l'espoir que quelqu'un m'invite à danser en me disant que lorsque ça se produira, je serai vraiment satisfaite. Et finalement je me rends compte que j'avais envie de prendre part à un autre jeu et ma satisfaction s'évanouit. Tu comprends ce que je veux dire ? Ce n'est pas que je ne vous aime pas, toi et Snorri. Absolument pas. Tu aurais beau essayer, tu ne comprendrais jamais à quel point j'aimerais que nous puissions être gentils l'un avec l'autre, nous amender et être bons l'un pour l'autre.

Mykolas Lukauskas leur explique qu'ils vont être conduits à Rasenai pour y subir un examen médical. Ceux qui seront déclarés en bonne santé iront travailler et les autres reviendront ici. David Portnoy demande pour quelle raison emmener les plus vieux, objectant qu'ils ont peu de chances de passer cet examen "avec succès". Mykolas Lukauskas répond que c'est pour les papiers. L'administration allemande ne plaisante pas, ajoute-t-il. Celui qui n'a aucun document attestant qu'il est inapte au travail n'est pas reconnu comme tel aux yeux du chancelier.

Il suffit que je regarde en arrière pour me dire : je n'ai pas toujours été seule, déclare Agnes. Mais ce n'est pas vrai. C'est une illusion. J'ai l'impression d'être toujours seule et, en même temps, l'impression que c'est toujours la première fois, comme si j'avais jadis vécu au sein d'une société plus vaste et plus heureuse. Quand je riais, je me forçais. Quand je pleurais, je faisais semblant. J'étais toujours seule et personne ne me voyait, mais je faisais comme si, comme si je devais vous montrer que j'avais des sentiments. Que j'étais en prise directe. Évidemment, tu vas penser que je me lamente encore. Pourtant, même en ce moment, je fais semblant. Je passe mon temps à jouer la comédie. Je ne suis pas malheureuse. Je m'en fiche complètement, je n'ai aucune ambition dans la vie et je ne ressens rien. Rien de tout cela n'existe. Nous ne sommes pas assis ici, toi et moi. Ce n'est qu'un rêve. Snorri ne m'attend pas. Peut-être t'attend-il, toi. Mais il ne m'attend pas car je n'existe pas. Mes expériences ne m'atteignent pas et donc, je n'existe pas, de même que tout ce qui m'arrive n'existe pas non plus. Cela ressemble à de l'angoisse. Mais ce n'en est même pas.

Quarante-cinq hommes sont entassés dans une remorque à bestiaux qui bringuebale sur la route cahoteuse entre Jurbarkas et Rasenai. On leur a dit qu'ils allaient subir un examen médical qui déterminera s'ils sont aptes au travail, mais en fin de compte, on leur a remis des pelles sans aucune précision et ils n'ont pas osé protester. Si les nazis vous ordonnent de creuser, alors vous creusez, peu importe que vous ayez quatre-vingt-dix ans, les hanches fatiguées et que vous souffriez d'arthrose. Mais personne ne leur a donné aucun ordre et tous les nazis sont restés à Jurbarkas. Il n'y a ici que quarante-cinq hommes, dix miliciens et les fils Lukauskas. Et aussi Müller, le paysan, car il faut bien quelqu'un pour conduire le tracteur.

Évidemment, tu me dégoûtes aussi, reprend Omar. Ça tombe sous le sens, non ? C'est peut-être désagréable à entendre, mais j'ai l'impression que tu es… non pas une denrée avariée, mais disons plutôt souillée. Comme si tu étais tout entière couverte des fluides de ce nazi. Ai-je tort ? Mes propos seraient-ils antiféministes ? Qu'aurais-tu pensé si je m'étais tapé une nazillonne ?

Agnes se taisait.

Tu n'aurais pas, toi aussi, l'impression que je pue ? Tu n'aurais pas reniflé toute la maison en y cherchant l'odeur de chatte d'une autre femme ? Ou c'est juste moi qui suis anormal ?

Comme convenu, le tracteur s'arrête à l'hôpital de Rasenai. Les hommes s'étirent et grimacent, prêts à descendre. Mais la grille de la remorque ne s'ouvre pas. Un homme en blanc – un médecin – sort de l'hôpital avec son bloc-notes et s'avance à grandes enjambées vers la remorque. Il lève les yeux vers ces hommes, ces Juifs, les examine quelques instants, fait une moue et fronce les sourcils. Puis il lève le bras et frappe sur les barreaux d'acier comme pour vérifier leur solidité. Parfait, dit-il en lituanien. Il écrit quelques mots sur son calepin, détache la feuille et la tend à Romualdas. Parfait, répète-t-il. Romualdas fait claquer ses talons : *Heil Hitler !*

Sur ce, ils redémarrent.

Avoir atterri dans les bras d'un homme que je méprise est une ironie du sort. Mais tu dois comprendre. Tu dois essayer. Je l'enviais : il s'impliquait, il avait des opinions. Toute ma vie, j'ai été plongée dans l'Holocauste. La Shoah et la Seconde Guerre mondiale. Ce genre de chose revient à hurler à chaque instant et à s'arranger pour que tout le monde te hurle à la figure de jour comme de nuit. Au début, on trouve ces cris gênants, puis on s'y habitue et, pour finir, on ne peut plus s'en passer. Le monde devient une sorte de rumeur permanente. Arnor en était au même point que moi, sauf que, pour lui, ce bruit n'était pas une rumeur, mais quelque chose de plus précis. Je ne sais pas si ça vaut le coup que je t'explique tout ça. Tu risques de ne pas comprendre… J'avais simplement envie de percevoir la différence de texture entre ces deux bruits dans mon existence, le sien et le mien… Est-ce si bizarre que ça ?… Omar ?… J'étais fascinée par Arnor car il était présent sur le même front que moi – même s'il faisait partie des adversaires – et il tenait bon. Et tout ce sang ne le rendait pas dingue. J'étais dingue. Je suis dingue. C'est sans doute une forme de folie d'être comme je suis. Il faut que tu comprennes.

La remorque à bestiaux s'arrête sur l'accotement, tout près de Kalnujai. La route traverse une forêt qui semble s'étendre à l'infini. Une allée large de deux mètres passe entre les arbres. Évidemment, il y a au bord de ces chemins quelques maisons voire quelques hameaux qui ne sont pas reliés au réseau routier principal. Ce sont pour la plupart des chalets en bois, des taudis infâmes dénués de cheminée. Ceux qui les occupent doivent évacuer la fumée en faisant des courants d'air, ouvrant portes et fenêtres, ou choisir de ne pas faire de feu et geler tout l'hiver. Mais le problème ne se pose pas en ce moment alors que les quarante-cinq Juifs et communistes avancent, plongés dans la chaleur de l'après-midi, devant les baïonnettes pour creuser un fossé dans la forêt.

Je ne sais plus si je t'ai déjà parlé de Gällivare, cette ville au nord de Suède. Ses habitants – pas tous, évidemment, mais un pourcentage assez important – souffrent d'une maladie rare qui s'attaque au système nerveux et qui les rend insensibles à la douleur. J'ai lu l'histoire d'une petite fille qui s'est jetée plusieurs fois du haut d'une maison car elle aimait le joli bruit que faisaient ses genoux en se brisant. C'est ce que je ressentais en compagnie d'Arnor. J'avais l'impression d'entendre mes genoux se briser et j'attendais de ressentir la douleur. Et, parfois, je percevais effectivement quelque chose. Pourtant, toutes ces sensations faisaient pâle figure face à mon intellect. Ma vie n'était apparemment pas menacée. Arnor lui-même n'avait aucune importance – il n'était à mes yeux qu'une espèce d'Hitler. Un garçon givré – ou plutôt un vieux bonhomme – qui vivait en Islande. Farci d'idées reçues. D'obsessions et de tics. Et moi, j'étais quoi là-dedans ? La maîtresse de l'excité ?

David Portnoy ne croit pas une seconde qu'ils vont simplement creuser un fossé. Il ne croit pas une seconde à la bienveillance des nazis. Le rabbin s'est trompé. Tout simplement. Ils s'apprêtent à les abattre comme des chiens. Ils ont abattu d'autres hommes au cimetière, ils ont violé sa fille et Dieu sait combien d'autres et maintenant ils les emmènent dans une forêt où ils pourront tranquillement leur mettre une balle dans la nuque sans que personne n'entende les détonations. Les frères Lukauskas ne valent pas mieux, bien qu'ils ne soient pas allemands. Peut-être sont-ils pires encore. Romualdas a même enfilé leur uniforme. Tout fier d'appartenir à la Gestapo. Mais ils sont moins nombreux. Certes, ils ont des fusils et des revolvers, mais nous avons pour nous la supériorité du nombre. Ils sont douze et nous, quarante-cinq, pense David Portnoy. Cela fait quatre contre un, nous sommes peut-être vieux, mais nous avons des pelles.

Je trouvais qu'il avait une certaine noblesse. J'avais l'impression qu'il tenait le monde entre ses mains – et qu'il se fichait de l'écraser entre ses doigts ; pour lui, ce n'était qu'un détail. Il s'attaquait aux éternelles questions et sa pensée sublime était encore en formation. Je me disais parfois que c'était idiot, quand je levais les yeux pour prendre de la distance. Mais c'était si rare.

Omar gardait le silence.

En outre, je pensais que si je le croyais fort, il le serait peut-être effectivement. Que si je pouvais l'admirer comme il s'admirait lui-même – alors, il était peut-être réellement admirable. Et, même si je t'apprécie beaucoup, ton caractère un peu… un peu mou… n'arrangeait vraiment pas les choses.

David Portnoy lance sa pelle en direction de Romualdas Lukauskas qui l'esquive machinalement et ne comprend ce qui lui arrive qu'au moment où son frère tire. Les deux amis de David Portnoy, également communistes, sursautent. Le rabbin s'élance vers la forêt, mais se fige dès la seconde enjambée. Tout cela se produit en l'espace d'un instant sans que personne n'ait le temps de dire un mot. Dans cet ordre :

La pelle fend l'air avec un sifflement.

Romualdas l'esquive, stupéfait.

Le Luger clique quand Mykolas le dégaine.

La détonation.

Le bruit sourd du Juif qui s'effondre.

La brève fuite du rabbin.

Le sang qui éclabousse la végétation du sous-bois.

David Portnoy n'a jamais su qu'il avait reçu une balle dans la tête.

Et cela continue.

Debout à côté du tapis roulant, ils surveillaient les bagages qui passaient et repassaient. Omar soupçonnait tous les passagers du vol d'être trafiquants de drogue, mais évidemment ce n'étaient que des hommes d'affaires. Et apparemment aucun n'appartenait à ces gangs de motards mafieux qui sévissent dans le nord de l'Europe.

Parfois. Je n'aurais pas dû te dire ça. Mais c'est juste que… Tu es peut-être simplement comme moi. Et “mou” n'est sans doute pas le mot adéquat. Tu m'as dit que tu manquais d'énergie pour affronter la vie. Moi, cette énergie, je l'avais – mais je n'arrivais jamais à être en phase avec cette fichue vie. Et je me fiche qu'elle me bousille, même si c'est affreusement douloureux. Voilà pourquoi je suis allée avec Arnor. Pourquoi j'ai eu Snorri. Pourquoi je suis venue te chercher. Pour me confronter à toi. Tout ça est un peu autodestructeur. Soit je vais revivre, soit je meurs. Mais tu n'es pas un mollasson. Ce n'est pas ce que je voulais dire.

Dès que la fosse est creusée, ceux qui sont armés exécutent ceux qui le ne sont pas. Puis c'est la pause cigarette. Et on rebouche le trou.

Agnes se taisait. Omar se taisait. Il n'avait aucun bagage à récupérer, elle attendait son sac à dos. Fusionnant en un mal de tête commun et permanent, chacun était la douleur dans les tempes de l'autre. Omar avait envie de faire un tour au *duty free*, mais l'idée lui semblait déplacée. Il devait se concentrer sur sa relation avec Agnes. Pas sur les alcools forts, les cigarettes et les friandises. Elle avait parlé sans cesse pendant le vol et maintenant elle se taisait enfin. Peut-être avait-il vécu en solitaire pendant trop longtemps. Loin des putes et des trafiquants de drogue. Il se fichait de l'avenir. Il allait attendre que ça se passe, ensuite il verrait bien. Peut-être apercevrait-il enfin le bout du tunnel.

Agnes prit son sac à dos et entra, comme en transe, dans la boutique détaxée pour y acheter deux cartouches de cigarettes. Omar la suivit. Deux douaniers, un homme et une femme, se tenaient à la porte avec leur chien. La femme arrêta Omar et lui demanda s'il avait un bagage. Il lui répondit que non. Elle lui demanda d'où il arrivait. Vilnius. La douanière se mordilla les lèvres. Venez par ici, dit-elle.

Agnes avait passé le contrôle et l'attendait avec Snorri dans les bras. Il avait tellement grandi. Omar avait envie de courir vers lui, de l'étreindre et de ne plus jamais le lâcher. Tout à coup, le monde lui importait. La vie n'avait plus rien d'une plaisanterie. Cette fois, c'était du sérieux.

Il aperçut Arnor à la caisse. Il payait un sandwich, juste à côté d'Agnes dans la boutique du hall des arrivées.

5

Omar était assis à l'arrière avec Snorri. Le boulevard de Reykjanes défilait à la vitre. Les champs de lave. Il se demandait combien de cadavres avaient été jetés là au fil du temps. Peut-être n'étaient-ce que des histoires. Omar et Snorri regardaient chacun par leur vitre tout en écoutant Arnor et Agnes discuter à voix basse sur les sièges avant. Agnes conduisait. La radio était allumée et, même s'ils ne distinguaient que des bribes, ils entendaient tout de même que c'était d'eux qu'il était question. De paternité. De droit de visite. De détails pratiques. Omar avait l'impression d'être un meuble pour lequel ils devaient trouver une place. Ou, au mieux, un animal de compagnie. Peut-être était-ce pour cette raison qu'il restait en dehors de la conversation, il ne disait rien et n'avait aucune attente. Il se demandait s'il n'allait pas tout bêtement finir en taule. Après tout, c'était un fuyard. On l'avait attrapé. À moins qu'il ne se soit livré de lui-même. Il risquait en tout cas de se retrouver à l'asile. Pour un moment. C'était le minimum.

L'important c'est ce que nous voyons, ceux qui nous voient et les fautes que nous commettons ou que nous évitons. Nous pouvons essayer de penser à autre chose, nous concentrer sur d'autres problèmes afin que personne, ni nous, ni vous, ne se rende compte de rien. Mais c'est inutile si, en fin de compte, nous sommes incapables de nous entendre sur l'apparence et l'organisation du monde. Si vous affirmez une chose et que vous en faites une autre.

La voiture s'arrêta au pied d'un grand immeuble. Omar avait cessé de regarder le paysage. Il supposait qu'ils étaient dans le quartier de Breidholt. Le coin faisait très Breidholt.

Non qu'il le connaisse pour y avoir beaucoup traîné. Il avait toujours imaginé que seuls des étrangers et des danseurs de hip-hop vivaient dans cette banlieue. Et maintenant Arnor s'ajoutait manifestement à la population. Agnes coupa le moteur. Arnor ouvrit sa portière et sortit dans la pluie automnale. Agnes se retourna et regarda Omar. Elle semblait s'apprêter à lui dire quelque chose, mais se contenta d'ouvrir sa portière et de sortir. Le coffre et la portière de Snorri s'ouvrirent au même moment. Omar et le petit étaient parvenus à parler un peu tous les deux à voix basse. C'était incroyable de voir comme il s'exprimait bien alors qu'il était si petit. Arnor attrapa le sac à dos d'Agnes, qui prit Snorri dans ses bras. Les portières claquèrent et Omar resta seul dans la voiture, comme s'il s'attendait à ce qu'on vienne l'en sortir, lui aussi. Que quelqu'un le prenne dans ses bras ou sur son dos. Il se frotta les yeux, attrapa la poignée et ouvrit. Il pleuvait. Agnes et Arnor coururent vers un immeuble et y entrèrent.

Obéissez et écoutez-nous : nous sommes constitués de vide. Votre regard nous traverse sans nous voir. Quelque part dans le salon, un éléphant capte toute votre attention. Nous devons discuter de cet animal, dites-vous, curieux. Si vous pouviez nous voir, nous hocherions la tête. Mais nous laissons le silence se charger d'acquiescer. Vous observez cet éléphant, tirez un peu sur sa queue, inspectez ses dents. C'est qu'on peut avoir un bon prix d'un tel animal.

Arnor avait commandé une pizza. Omar fixait Snorri et tentait de le faire sourire afin de ne pas être forcé de regarder Arnor et Agnes, assis face à eux. Snorri buvait un Coca à la paille et montrait le monde à Omar. La pendule, la pizza, maman et Arnor. Il appelait Arnor par son prénom et Omar papa. C'était déjà ça. Une certaine consolation. Même s'il ne s'agissait pas d'une preuve médicale. Après le repas, Omar put brosser les dents de son fils et lui faire la lecture. Snorri profita de l'occasion pour lui montrer ses jouets. Papa était parti si longtemps. Ils lurent un livre qui racontait l'histoire de deux lièvres qui se disputaient pour savoir lequel aimait le plus l'autre. Puis Snorri retourna dans le salon pour dire bonne nuit à Arnor et à sa maman. Omar fredonnait tout bas la berceuse islandaise “Dorment les petits phoques”. Il ne voulait pas qu’on les entende. Puis il coucha Snorri sur son matelas à côté du bureau d’Arnor, le couvrit de sa couette et retourna au salon en chancelant dans le noir. Il avait l’impression de flotter dans ce monde. Comme si, incapable de porter son corps, il risquait de s’effondrer à tout instant.

Et puis *pouf!*

Sous nos pieds apparaissent des traces de pas qui ressemblent aux espaces séparant les pièces d’un puzzle. On voit des pointillés sur l’éléphant. L’inscription “Déchirez ici”, écrite en grosses lettres, s’étale sur toute la longueur de son corps. Nous déchirons donc ici, nous obéissons toujours et *pouf!*

Pouf, pouf, pouf!

Ils regardèrent *Game of Thrones* sur l’écran de l’ordinateur. C’était mieux que de discuter. Certaines images avaient été prises en Islande. C’est le glacier de Svinafell, commenta Arnor, une main tendue vers le pop-corn. Omar sursautait à chaque fois que l’un d’eux faisait un geste, soupirait ou reniflait. Il lui semblait qu’on lui retirait des échardes ou qu’on lui arrachait les dents. Il ferma les yeux et écouta la violence. Écouta la débauche. Écouta l’Islande en arrière-plan. Agnes montra l’un des acteurs en précisant : il a dit qu’en Islande, on se croirait dans un monde infographique. Personne n’ajouta quoi que ce soit.

Certains affirment qu’en jouant avec l’ombre et la lumière, on peut faire disparaître des objets de la surface de la terre. Ce n’est nullement prouvé, mais certains l’ont effectivement avancé, et pas uniquement des idiots. Installez une lampe dans un coin, fixez quelques tentures. Puis fermez les yeux, et des univers entiers s’évanouissent. Des éléphants disparaissent. *Badabing, badaboum.*

Omar regardait par la fenêtre. L’appartement se trouvait au troisième étage et rien ne lui semblait familier. Il avait le sentiment d’être ailleurs qu’à Reykjavik. Il connaissait Reykjavik, mais pas cette ville-là. Ni ces immeubles. Tout était transformé. Peut-être était-ce le même endroit, mais à une autre époque. Un philosophe chinois n'avait-il pas dit qu'on ne mettait jamais le pied dans la même rivière – que la rivière était chaque fois nouvelle ? Ce n'était pas la ville qu'il avait quittée. Ces montagnes étaient-elles nouvelles ? Tout cela paraissait tellement irréel. Il avait oublié à quand remontait la dernière fois où il avait entraperçu quelque chose qui puisse avoir l'apparence de la réalité. D'une réalité à laquelle se fier. Palpable et sensible. Peut-être que Snorri était réel, mais il était bien le seul. Et peut-être était-il aussi la réalité de quelqu'un d'autre.

Bonne nuit, dit Agnes.

Omar se retourna. Elle lui avait préparé son lit sur le canapé et s'apprêtait à entrer dans la chambre d'Arnor. Il crut qu'elle allait lui demander de l'excuser, mais elle n'ajouta pas un mot. Bonne nuit, répondit-il.

Puis Agnes ferma la porte.

Nous ignorons à quel point ces théories sont recevables. Nous sommes réalistes. Si les anneaux du magicien passent les uns dans les autres, c'est qu'il y a un truc. Si la colombe sort du chapeau, c'est sans doute que quelqu'un l'y a mise. Mais nous devons malgré tout reconnaître qu'il manque quelque chose. Que nous décelons comme un espace vide dans le monde, à l'endroit même où il devrait y avoir quelque chose. Mais quoi donc ?

Allongé sur le dos, Omar comptait les moutons. Craignant de ne pas trouver le sommeil, il voulait s'abstraire des chuchotements qui provenaient de la chambre. Il refusait de les écouter et n'avait aucune envie d'entendre ce qu'ils disaient sur lui. Mais il entendait quand même entre deux moutons, à moins que ce n'ait été le fruit de son imagination. Peut-être qu'en réalité, il ne comptait pas les moutons. Peut-être avait-il l'oreille collée à la porte. Un verre plaqué sur le bois et le lobe contre le verre. Agnes disait qu'elle trouvait étrange de coucher avec Arnor alors qu'Omar était sur le canapé. Omar se demandait ce qu'elle entendait par coucher : baiser ou dormir ? N'avait-elle pas envie d'être dans cette chambre ou ne voulait-elle pas qu'Arnor lui monte dessus pour la prendre ? Quelle que soit la réponse, c'était là un égard touchant de sa part et il lui en était reconnaissant. Arnor était furieux. Il rétorquait que si Agnes n'était pas sa copine, ni elle ni Omar n'avaient rien à faire dans son appartement. Cette malencontreuse cohabitation se justifiait par l'hypothèse, la théorie et l'exigence suivante : elle était sa copine. Sinon, ils n'avaient qu'à chercher un autre toit. Agnes pleurait de honte. Omar comptait les moutons. Arnor lui ordonnait d'arrêter de pleurnicher. Il ne lui devait pas l'aumône et elle n'avait pas à faire la fine bouche. Montre un peu de fierté, disait-il. Tu crois que Hallgerdur Langbrok* se serait mise à pleurer ?

Une fosse, deux fosses, trois fosses qu'on recouvre. Des lambeaux de cervelle et des os brisés. Le sang germe et nourrit la terre. Poussent des arbres, descendants de Juda, des fleurs et des herbes, descendantes d'Abraham et d'Adam, les enfants d'Israël qui regardent les banals monuments qui les commémorent. Bouche bée.

Plus tard dans la nuit, Omar crut les entendre faire l'amour. Peut-être pleuraient-ils, peut-être baisaient-ils, peut-être les deux. Ou peut-être était-il simplement endormi, ayant compté tous les moutons du monde et se trouvant bien loin d'ici. Ce n'était pas facile à dire. Il les voyait nettement, leurs corps nus, leurs caresses, leur douceur, leur intimité. Deux jours plus tôt, lui et Agnes avaient fait l'amour dans le cimetière de Jurbarkas. Cet instant n'était désormais plus qu'un rêve et la vision qui l'envahissait – qui évidemment n'était qu'un rêve – ressemblait à la réalité. Il se tourna et se remit à compter les moutons. L'Europe ressemblait à un rêve. Snorri ressemblait à un rêve. Hitler ressemblait à un rêve. Il envisagea de se lever pour aller voir le petit dans le bureau, mais s'enroula finalement dans le drap. Il envisagea de tousser afin qu'ils s'interrompent. Envisagea de se mettre debout, de frapper à leur porte pour leur demander un peu plus de discrétion. Il avait une érection d'acier et n'y pouvait

* Personnage de la saga de Njall, réputée pour être une femme de caractère.

rien. Quand il se réveilla, il avait joui dans son sommeil et la semence s'était collée au drap. Il tira sur le tissu, arrachant quelques poils pubiens. Il faisait encore nuit. Omar se remit à compter les moutons. De tous côtés, il n'entendait que ronflements.

6

Snorri décida du moment où le monde se remit à exister. Jusqu'à ce qu'il réveille la maisonnée avec ses exigences, les autres dormirent d'un sommeil léger, conscients de devoir se lever d'un instant à l'autre pour lui apporter un verre d'eau, l'emmener aux toilettes, lui chanter une comptine, le changer ou le bercer pour qu'il se rendorme, même si depuis plusieurs mois il faisait ses nuits. Mais les habitudes ont la peau dure. Alors qu'il n'était même pas six heures du matin et que les trois hommes de la maison dormaient encore, Agnes était réveillée. À moins qu'elle n'ait pas fermé l'œil de la nuit, cela, elle n'en était pas sûre. Soit elle avait été réveillée en sursaut par ses inquiétudes, soit ces mêmes inquiétudes l'avaient empêchée de trouver le sommeil, mais de toute manière, cela ne changeait pas grand-chose. Elle bâilla et prépara le café.

Évidemment, l'Holocauste pose problème à tous ceux qui se penchent sur la question. Peu importe que, depuis, beaucoup d'eau ait coulé sous les ponts.

Omar fut réveillé par les cris. Arnor venait de balancer un pot en grès sur le mur, depuis la porte de la cuisine, et l'eau brûlante fumait sur le parquet du salon. Agnes enjamba la flaque en sabots, posa sa tasse de café sur la commode et ouvrit la porte de Snorri qui s'était mis à hurler. Dans l'embrasure de la cuisine, Omar voyait le dos d'Arnor. Appuyé sur le plan de travail, il respirait si fort que son corps enflait et désenflait au rythme de son souffle. Il ne s'apprêtait pas à ramasser les morceaux de grès qui jonchaient le sol, mais restait planté là, oscillant légèrement. Omar s'assit sur le canapé, prit son pantalon, ses chaussettes et son tee-shirt dans la ferme intention de quitter les lieux. Tout cela ne le concernait plus. Il n'avait rien à voir avec cette histoire et refusait d'y être mêlé. Arnor et Agnes pouvaient bien s'entretuer si ça les amusait. Et s'il n'y avait pas eu Snorri qui pleurait maintenant un peu moins fort dans le bureau, il se serait sans doute simplement barré. Une fois encore.

Concentrez-vous sur le haut-de-forme. Concentrez-vous sur la colombe. Sur les gants blancs du magicien. Ne vous laissez pas distraire par son assistante si légèrement vêtue. Observez bien l'oiseau. Bientôt, vous entendrez une petite détonation. Ne la laissez pas vous distraire. Ne quittez pas des yeux les gants du magicien. Bientôt, quelque chose va se produire.

Une demi-heure plus tard, Omar, Agnes et Snorri mangeaient leur porridge à la table du petit-déjeuner. Arnor était parti calmer sa colère dans sa chambre dès qu'Omar et Snorri s'étaient levés. Omar trouvait déplacé de prendre le petit-déjeuner d'un étranger à la table de cet étranger et avec une famille qui était sans doute celle de cet homme, mais il savait aussi qu'il n'avait pas le choix. Snorri avait séché ses larmes. Il était maintenant gai comme un pinson, conscient de sa capacité à enchanter le monde. Agnes et Omar s'efforçaient de feindre la bonne humeur. Entre deux sourires et deux acquiescements adressés à Snorri, elle s'amusait à de petits jeux pour lui faire avaler sa bouillie qu'il mangeait normalement tout seul et tentait d'expliquer quelque chose à Omar. Elle s'interrompait, hésitait, se tournait à nouveau vers son fils, reprenait son explication, s'interrompait, hésitait une fois de plus et s'occupait à nouveau de Snorri. Ah, où en étais-je? Oui, ce que je voulais dire, c'est juste que… non, Snorri, on ne joue pas avec la nourriture… oui, Snorri… voilà, c'est très bien… si tu finis ta bouillie… nous pourrons sans doute… allez, il n'en reste presque plus… nous allons sans doute… nous… non, non, non, tiens-toi tranquille… nous ferons… enfin, tu sais, tu sais – Snorri ! Arrête !

Omar n'avait pas fini son café, il ne savait toujours pas ce qu'Agnes essayait de lui dire et ignorait les raisons de la colère d'Arnor.

La colombe étend ses ailes pour prendre son envol. Quatre caméras sont installées dans la salle et deux sur la scène. Dans une cabine située en coulisse, des experts assis face à leurs écrans évaluent chaque tour et décomposent chaque mouvement. Un ornithologue, un magicien, un créateur de mode et un chapelier. Rien ne leur échappe et, en actionnant une clochette, ils peuvent interrompre la représentation pour se concentrer sur un détail et le visionner au ralenti – afin de procéder à son évaluation définitive. À la fin du spectacle, ils s'isolent pour discuter et rendre leur verdict.

Snorri envisagea de se mettre à pleurer, mais il fallait faire vite : le temps était compté. Il était difficile pour un petit garçon de monopoliser l'attention de deux adultes. S'il pleurait, on lui ferait quitter la pièce et là, tout pouvait arriver. Il ne comprenait pas pourquoi les grands se mettaient en colère dès qu'ils échangeaient deux mots, mais savait que c'était inévitable. Il n'y avait aucun moyen de faire taire le bruit, la violence et les déchaînements de ces gens incapables de mesurer leur force, sauf en s'attaquant à la racine du mal : en les empêchant de se parler.

Une heure après la fin de la représentation, les experts rendront leur verdict. Mais ça n'a aucune importance. Il y a longtemps que nous avons cessé de nous intéresser aux gants du magicien. Longtemps que le haut-de-forme et la colombe ont disparu. Et que tous sont rentrés chez eux.

Assise à la table de la cuisine, Agnes se prenait le visage dans les mains et levait par moments les yeux vers Omar en haussant les épaules comme s'il n'avait pas compris qu'elle ne savait plus où elle en était. Tous deux avaient les yeux marqués de cernes. Snorri babillait, frappait sa cuiller sur la table et faisait la conversation pour toute la maisonnée, y compris pour ses jouets. Arnor attendait quelque part que sa colère retombe. Nous devons être ensemble, observa Omar. Ensemble, répéta Snorri comme l'écho. Nous formons une famille, convint Agnes. Mais comment faire ? s'inquiéta Omar. Comment ? répéta Snorri en regardant sa mère. Nous n'avons plus de chez-nous, observa Agnes. Mais nous ne sommes pas non plus chez nous ici, nota Omar. Chez nous ici, répéta Snorri. Ici, c'est chez *Arnor*, conclut Omar en se retenant d'abattre son poing sur la table.

Peut-être que tout n'est pas terminé. Peut-être tout cela ne s'achèvera-t-il qu'au moment où les spectateurs auront retrouvé leur foyer, quand le magicien aura rangé son matériel et pris son bus pour rentrer chez lui. Quand il se sera glissé dans les draps auprès de son épouse endormie qui ignore qu'il porte sur lui le parfum de son assistante, tout autant que lui-même ignore qu'elle porte sur elle l'odeur du plombier. Personne ne voit ni n'entend rien. Nul ne perçoit aucune odeur. D'ailleurs, il n'y en a pas.

Agnes s'était rongé les ongles jusqu'au sang ou presque. Va-t-il se décider à revenir, oui ou non ? s'agaça-t-elle. Omar ne lui répondit pas. Snorri était assis sur le pot dans les toilettes, un livre plastifié à la main. Autrefois, Omar avait été le plus nerveux des deux, mais les rôles s'étaient inversés dans leur relation. Agnes tapotait obstinément la table du bout des doigts, il avait envie de lui prendre les mains et de la secouer jusqu'à ce qu'elle s'arrête. Ce bruit incessant les rendait fous. On eût dit qu'elle se préparait à la guerre et cherchait le tempo adéquat pour marcher vers la ligne de front. Or, ayant passé tout l'été à courir après la guerre, il n'avait aucune envie de livrer bataille. Il en avait largement assez.

Il n'y a rien d'anormal à mourir. Tout le monde meurt. Ce n'est pas la question. La question est tout autre.

Il est sans doute anormal de mourir de la main d'un autre. Je suppose que c'est ce que je veux dire.

Snorri avait fait caca et Omar l'essuyait. Il n'avait pas nettoyé les fesses de son fils depuis que ce dernier savait marcher. Six mois, c'était long dans la vie d'un enfant d'un peu plus d'un an. La texture de ses selles s'était modifiée, elles semblaient plus sales, plus adultes. Non qu'elles le dégoûtent. C'était encore là les selles les plus jolies du monde et il espérait qu'elles le resteraient aussi longtemps qu'il vivrait. Ils se lavèrent les mains et retournèrent dans la cuisine où Agnes continuait de tapoter frénétiquement la table. Snorri parcourut les derniers mètres sur les genoux, puis escalada le fauteuil dans le coin, s'y installa et toisa ses parents avec l'air d'un philosophe. Peut-être était-il le seul à mesurer la gravité de la situation. De ce naufrage. Être coincé dans l'appartement d'un étranger sans avoir nulle part où aller. N'avoir personne. Aucune famille (supportable), pas d'argent, aucun refuge. Mais il était aussi le seul à ignorer que cet étranger était peut-être son père et que, par conséquent, il n'avait rien d'un étranger. Le seul à ignorer qu'il eût peut-être été plus juste de flanquer l'autre effronté à la porte, ce type qui les avait abandonnés et avait disparu sans donner de nouvelles sous prétexte qu'il était si affreusement "malheureux".

Permettons-nous ici de glisser une remarque d'importance. Primo Levi a dit que nous avions le devoir de ne jamais essayer de comprendre l'Holocauste. Nous ne rions pas de la mort. La mort, nous la redoutons et nous ne rions que pour des raisons incompréhensibles.

Quand Arnor réapparut enfin, il ne s'était nullement calmé. Il avait suffi qu'il ouvre la porte de la chambre pour qu'Agnes se lève d'un bond et se réfugie dans un coin de la cuisine. Ils l'entendirent marcher en chaussettes sur le parquet du salon. Agnes retenait son souffle et fermait les yeux. Elle écoutait les battements de son cœur, ceux du cœur de Snorri, du cœur d'Omar. Elle entendait ceux d'Arnor avancer dans le couloir. Omar prit Snorri dans les bras et s'approcha d'elle. De la femme qu'il aimait. Quand Arnor apparut à la porte, ils étaient blottis les uns contre les autres. Snorri se débattait dans les bras de son père, mais ce dernier le tenait solidement.

Arnor avait le souffle court. Il tremblait. Jamais ses yeux n'avaient été aussi écarquillés. Il leva le bras un peu trop vite et, dans son empressement, fit tomber le Luger par terre. L'arme glissa jusqu'au canapé en crissant sur le sol. Il se mit à plat ventre pour la récupérer. Omar, Agnes et Snorri demeuraient immobiles. Figés dans leur coin, certains que s'ils faisaient un geste, Arnor les tuerait. Snorri voulait s'échapper, mais son père le retenait. Arnor se releva, s'approcha de la porte et les mit en joue, le visage cramoisi et ruisselant de larmes.

7

Ils avaient à la fois l'impression d'être dans un film et dans le plus banal des quotidiens. L'un et l'autre échappaient à leur entendement. Ils auraient voulu agir en héros (braver les balles et plaquer l'agresseur au sol), mais en même temps chacun désirait se recroqueviller dans ce coin de la cuisine en se servant de l'autre comme d'un bouclier. Certains détails du monde semblaient s'estomper, remplacés par d'autres, venus d'une dimension parallèle. Cinq acteurs : un homme, une arme, un homme, une femme, un enfant. Les règles du jeu avaient changé avec l'arrivée de ce cinquième et dernier participant dans la discussion. Désormais, tous jouaient contre tous.

Mme Perl Badar-Stern refuse de jeter sa fillette âgée de deux ans et demi dans la fosse. Mykolas observe de loin le milicien qui tente de la maîtriser. Ils ne peuvent se permettre ces tergiversations. Ces hésitations. Il y a là surtout des enfants et des femmes, certaines sont enceintes et d'autres estropiées ou rongées par la vieillesse. Mais le groupe est bien trop important pour qu'ils puissent se permettre d'en perdre le contrôle, ne serait-ce qu'un instant.

Je ne te laisserai pas me voler ma famille. Je te l'interdis.

Arnor poussa Omar à travers le salon et jusqu'au couloir. Il le conduisit vers la porte d'entrée en lui enfonçant le canon dans le dos. Les deux hommes tremblaient, les yeux remplis de larmes.

Je ne voulais pas, plaida Omar. Je ne sais pas ce que je voulais. Il suffoquait, incapable de dire si c'était parce qu'il avait peur de recevoir une balle dans le dos dans la cage d'escalier de cet immeuble de la banlieue de Reykjavik ou parce que la perspective de perdre sa famille lui était tout aussi insupportable qu'à Arnor. Ou encore parce qu'il ignorait comment Arnor se comporterait avec Agnes et Snorri étant donné que pour sa part, il le voyait bien, il allait continuer d'avancer vers la porte en pleurant, il allait les abandonner avec cet homme qui le menaçait, la main serrée sur une arme datant de la Seconde Guerre mondiale.

Toute violence nous prive d'humanité. Que nous soyons celui qui frappe ou celui qui encaisse les coups.

Puis une de ces deux choses se produit, ou peut-être les deux.

La porte se ferme en claquant. Omar fixe la moquette bleue de l'escalier. Il se retourne et envisage de frapper. Recule de quelques pas. Se cramponne au vide-ordures, persuadé qu'il va s'évanouir.

Omar s'arrête juste avant que la porte ne se referme. Il fait volte-face, rapide comme l'éclair, et lance un coup de pied dans l'entrejambe d'Arnor qui s'effondre. Agnes réagit au quart de tour, attrape Snorri et quitte l'appartement en courant pour se jeter dans les bras d'Omar.

Adossée à un arbre, le visage en sang, Masza Banai regarde Mme Perl Badar-Stern qui crache tout à coup par terre et lève les bras au ciel avec des hurlements. Le milicien lui assène un coup de crosse. Elle tombe sur sa petite fille qui pleure, allongée sur le sol. En se relevant, Mme Perl Badar-Stern prend sa fillette et la balance contre un arbre. Vous n'avez pas le droit de nous tuer, hurle-t-elle. Le milicien recule de quelques pas. Qu'est-ce qui arrive donc à cette femme ?

Omar vomit dans la cage d'escalier. Il vomit sur le mur, sur la moquette, sur son pantalon et sur ses chaussettes. Il ne maîtrise plus les réactions de son corps qui tremble et convulse, comme s'il faisait une crise d'épilepsie. Ses yeux baignés de larmes ne voient plus que du noir.

Ils descendent l'escalier main dans la main vers la liberté, vers l'extérieur. Un peu sonné, Snorri ne comprend pas ce qui se passe, mais ne s'inquiète pas. Il fait confiance à ses parents, ils savent ce qui est bien pour lui.

Jamais nous ne sommes aussi heureux que lorsque nous montrons les autres du doigt en proclamant qu'ils sont le mal incarné. Jamais nous ne sommes aussi propres qu'à côté de ceux que la merde a éclaboussés. Mais nous pourrions être n'importe qui. Être autres que ceux que nous avons imaginés. Nous pourrions être plus sales.

Il fixe la porte de l'appartement et entend des coups de feu à l'intérieur. Peut-être cela signifie-t-il que tous trois sont encore en vie – ou que tous trois sont morts. D'autres coups de feu retentissent. Que fait la police ? Que font les voisins ? Pourquoi personne ne vient ? Est-ce que tout le monde s'en fout ?

Ils arrêtent une voiture qui les emmène au commissariat où ils font leur déposition avant de porter plainte. Le policier assure qu'Arnor sera condamné à une lourde peine et qu'ils n'ont rien à craindre. La priorité absolue est de l'empêcher de nuire à d'autres personnes. Puis tous trois sont relogés dans un hôtel aux frais de l'État.

Dans la pénombre, des hommes fracassent la tête des enfants contre les troncs des arbres afin d'économiser les balles. Ils les attrapent par les pieds, les balancent à travers la nuit, tête la première contre les plus gros troncs. Ils balancent les enfants d'un an contre les troncs. Les enfants de deux ans, de trois, de quatre, de cinq ans meurent, la tête fracassée sur les troncs. Ceux qui ont six ans restent avec les autres, qui seront ensuite abattus par balles. Les petits saignent surtout des oreilles. Leurs corps sont entassés avant d'être emmenés par les hommes qui les prennent sur leurs épaules pour aller les jeter dans la fosse que leurs mères ont creusée.

D'autres coups de feu retentissent. Ils sont sans doute encore en vie. Mais aucun d'eux ne dit rien. En tout cas, Omar n'entend rien et n'ose pas écouter à la porte. Sans doute n'est-ce qu'une question de temps : dès qu'on se sert d'une arme dans un petit appartement, ceux qui sont à l'intérieur ne tardent pas à mourir. Omar se bouche les oreilles dans l'espoir de faire cesser ces bourdonnements. Mais cela ne sert qu'à les enfermer dans sa tête.

Les parents d'Omar meurent dans un accident de voiture sur le boulevard Kringlumyrarbraut et il hérite. Agnes rend son mémoire dès qu'ils ont acheté un appartement coquet dans le quartier ouest. Elle obtient la mention *très bien.* Snorri grandit. Il est toujours aussi mignon. L'enterrement se fait dans l'intimité, ils ne sont que trois à y assister, endimanchés. Ils achètent même un costume au petit pour l'occasion. Son premier. En quittant l'église, Omar demande Agnes en mariage et elle accepte sur-le-champ.

Peut-être est-ce malgré tout important de comprendre : cesser de rire et se regarder en face. Peut-être est-ce malgré tout important, rétrospectivement, de ne jamais avoir été impliqué dans la mort de personne.

Quand Omar arrive à l'extérieur, il s'est mis à pleuvoir. Il sort sur le parking et demeure immobile. Les gouttes froides lavent son pantalon et le vomi coule dans le caniveau. Il tremble et pleure de plus en plus fort. Il voudrait tant que quelqu'un vole à son secours. Que quelqu'un ait vu ce qui s'est passé. Quelqu'un finira bien par venir. Il se laisse tomber de tout son poids à genoux sur le goudron grossier, se relève et se laisse à nouveau tomber. Ce bruit. Comme si on écrasait une biscotte avec de grosses chaussures.

Ils se marient à Pâques. Agnes obtient un poste au sein d'un grand organisme financier et Omar s'accorde quelques vacances pour écrire un ouvrage fort distrayant sur la langue islandaise dans lequel il enjoint les gens de parler comme il leur plaît. Le livre, intitulé *Ta langue*, paraît à l'automne et reçoit des critiques plutôt élogieuses. Snorri fête ses trois ans. Tous s'accordent à dire que c'est l'enfant le plus merveilleux du monde. Il est le meilleur, tout simplement.

Mme Perl Badar-Stern est au bord de la fosse, du charnier, de la tombe. Il y a deux semaines, elle demandait qu'on abrège ses souffrances, mais aujourd'hui elle ne veut plus mourir. Un jeune Lituanien avait passé toute la journée à la torturer. Il l'avait mise dans une brouette pour descendre la rue Rasenai. Elle avait alors aperçu un officier allemand. Elle s'était levée, avait couru vers lui et s'était jetée en pleurs dans ses bras en le suppliant de la tuer. Il lui avait répondu qu'il était trop tard pour s'adresser à lui, ce n'était plus lui qui décidait de ceux qu'on fusillait. C'était désormais du ressort des Lituaniens. Puis il l'avait repoussée dans la brouette.

Omar lève les yeux sur l'immeuble blanc qui lui semble si petit. En arrivant ici, il avait eu l'impression que c'était un bâtiment immense, comme une tige de haricot géant montant jusqu'au ciel. Pourtant, il ne comptait même pas dix étages. Les pleurs et les tremblements se calment. La vie continue. Il *sent* que *la vie continue* et la terreur l'envahit. Est-ce donc tout ? Il se retourne et regarde le boulevard. Où aller ?

Après le procès d'Arnor, ce dernier est derrière les barreaux, Omar et Agnes ont affronté ensemble les interrogatoires et la presse – dressés comme deux rochers, deux falaises face à la tempête. Omar *exclut* définitivement l'idée d'un test de paternité. Je suis son père, assure-t-il. Rien n'y changera quoi que ce soit. Ce genre de test ne ferait que semer le doute – or je n'ai aucun doute et je ne veux pas douter. Omar fête ses trente-deux ans. Agnes lui remet les résultats du test. Je l'ai toujours su, dit-elle. Moi aussi, depuis toujours, convient-il, puis ils tombent dans les bras l'un de l'autre.

Nous ignorons ce que ça fait de recevoir un coup de baïonnette dans le ventre. D'en recevoir un dans le dos. Nous sommes tous persuadés que, s'il le fallait, nous nous jetterions sur la baïonnette afin de sauver une vie innocente. Nous nous jetterions sous les roues d'un bus. Nous croyons être saints. Et c'est vrai. Nous sommes des saints. Mais pas de la manière dont nous le concevons.

Omar traverse le boulevard au risque de se faire renverser. Il aurait presque envie qu'une voiture l'écrase. Envie d'atterrir à l'hôpital. Il voudrait mourir, mais n'en a pas le courage. Les véhicules klaxonnent et dérapent sur la chaussée humide. Il finit par atteindre l'autre côté du boulevard et pénètre dans un quartier résidentiel. Il ignore où il se trouve. Il y a partout des maisons jumelles. Il est presque dix heures du matin, le ciel est gris plomb. Il pleut. Ruisselant, Omar rebrousse chemin, il faut qu'il retourne là-bas. Il affronte à nouveau la circulation dense et les phares aveuglants. À nouveau, les voitures l'évitent, dérapent et le klaxonnent. Quelqu'un finira bien par appeler la police.

Agnes démissionne de son poste et ils déménagent tous trois en Allemagne où elle entreprend une thèse de doctorat tandis qu'Omar écrit un autre ouvrage sur l'islandais qu'il intitule : *La Langue de la nation*. Son premier livre a été traduit en allemand et bien accueilli. Il est reçu dans les émissions télévisées matinales où il disserte sur le cheval islandais, la maladie du datif mal à propos et le volcan d'Eyjafjallajökull. C'est incroyable de voir à quelle vitesse Snorri apprend l'allemand. Ils passent beaucoup de temps sur Skype à discuter avec les parents d'Agnes, vont régulièrement en Lituanie, Snorri est capable de se faire comprendre dans la langue de ses grands-parents, et surtout il comprend presque tout. Mais l'allemand est véritablement ancré en lui. Omar n'en croit pas ses oreilles.

Puis les balles fusent. Mme Perl Badar-Stern aurait préféré mourir sur le coup, puisqu'il le faut, mais elle n'a été touchée qu'à la hanche. Le milicien a tremblé au dernier instant, cela ne lui plaît pas, il connaît ces femmes et ce n'est pas parce qu'elles sont juives qu'elles ne sont pas humaines. Mme Perl Badar-Stern tombe à plat ventre dans la fosse. Elle est encore en vie, mais ne peut plus faire le moindre mouvement. Peut-être est-elle paralysée, peut-être est-ce la peur. Si elle parvenait à se retourner, elle verrait (l'instant d'après) Masza Banai tomber sur elle après avoir reçu en plein front une balle qui est ressortie par l'arrière de son crâne.

Au retour d'Omar, Agnes est devant l'immeuble. Comme lui, elle est en chaussettes. Seule à côté de ce bâtiment, elle scrute les alentours à sa recherche. Il a mal partout et ne peut pas courir, mais essaie tout de même. Il faut qu'il essaie. Que s'est-il passé ? Où est Snorri ? Pourquoi est-elle seule ? Pourquoi n'a-t-il rien tenté pour les sauver ?

Il est mort, déclare Agnes, le regard terrifié. Elle fixe le visage vide d'Omar qui hurle vers les dieux, hurle vers les cieux, brandit les poings et s'effondre à genoux sur le parking.

Alors qu'ils sont à Francfort, ils apprennent qu'Arnor a mis fin à ses jours en prison. Agnes dit que ça ne l'étonne pas. Ce n'était pas le genre d'homme à supporter la captivité, fût-ce en Islande. Il ne s'entendait avec personne. Il aurait peut-être mieux supporté l'incarcération si on l'avait placé en isolement. Mais il n'était pas possible de le laisser parmi les autres repris de justice – même si ces derniers n'étaient pas de dangereux criminels. S'il n'avait pas mis fin à ses jours, d'autres s'en seraient chargés. Ce pauvre Arnor était un type insupportable, ça m'étonne presque qu'il ait survécu si longtemps.

Le poids du récit. Le poids de l'Histoire. Leur force d'inertie. Aujourd'hui, de petits écriteaux sont là pour rappeler les lieux où ces gens ont été massacrés, où tous ont été massacrés, ces lieux où Mme Perl Badar-Stern, Masza Banai et son mari Izsak ont reçu des balles. De petits poteaux en bois surmontés de plaques gravées. Ici et là dans l'épaisseur d'une forêt, quelque part. Là où les gens vont cueillir des baies et des champignons.

Mais non, pas *Snorri*, dit Agnes. Arnor !

Quoi ? Arnor ? rétorque Omar en ravalant ses sanglots.

Oui, il est mort, confirme-t-elle. Snorri est dans le hall de l'immeuble. Il pleut, alors je l'ai laissé sous les boîtes à lettres.

Mais… C'est toi qui… ?

Non, répond Agnes, c'est lui, il a fait ça tout seul.

Omar se remet péniblement debout. Il vacille tant ses genoux lui font mal, mais se jette au cou d'Agnes. Je voudrais tant faire quelque chose pour toi, dit-il.

Moi aussi, je voudrais tant, répond-elle. Puis elle l'aide à franchir la porte de l'immeuble et ils s'assoient par terre à côté de Snorri.

Il n'y a aucune plaque sur la poutre du salon de la famille Lukauskas à l'endroit où Saule s'est pendue. Aucune plaque sur la terrasse où Vilhelmas a vieilli. Aucune sur la maison où Sara Banai n'a pas retrouvé ses parents après la guerre, aucune dans le jardin fleuri qui l'entoure. Aucune dans la ferme que les frères Klein ont voulu incendier. Aucune à l'endroit où Kestutis, le fils de Romualdas Lukauskas et Dalia, la fille de Sara Banai, se sont parlé pour la première fois, aucune plaque à l'endroit où chacun a glissé ses mains sous les vêtements de l'autre, en soupirant de désir. Aucune plaque en ce lieu qu'ils ont fui. Aucune à l'endroit où ils sont revenus.

Assis sous les boîtes à lettres dans le hall de l'immeuble, Snorri regarde le ballet des ambulanciers d'un air curieux. Ils disent que la police ne va plus tarder et demandent à Agnes de rester là. Puis deux d'entre eux arrivent avec une civière pour emmener Omar tandis que deux autres montent à l'appartement. Agnes tourne les pages du *Fréttabladid* pour occuper Snorri et détourner son attention. Regarde le cheval, dit-elle. Regarde la voiture, elle va où, cette voiture ? Elle est bien contente de trouver la publicité pour les figurines Angry Birds à l'intérieur du journal. Snorri les détaille sans rien dire. Il est épuisé. Et sans doute mort de faim. Espérons qu'on les laissera bientôt s'en aller. Quand la police arrive, l'ambulance repart et, peu à peu, la réalité se disloque.

Puis la vie continue.

Bibliothèque nordique

Gudbergur Bergsson
Deuil

Steinar Bragi
Installation
Excursion

Jens-Martin Eriksen
Anatomie du bourreau

Arnaldur Indridason
La Cité des jarres
La Femme en vert
La Voix
L'Homme du lac
Hiver arctique
Hypothermie
La Rivière noire
Betty
La Muraille de lave
Étranges rivages
Le Livre du Roi
Le Duel
Les Nuits de Reykjavik

Vagn Predbjørn Jensen
Le Phare de l'Atlantide

Arni Thorarinsson
Le Temps de la sorcière
Le Dresseur d'insectes
Le Septième Fils
L'Ange du matin
L'Ombre des chats

NOIRS

CHEZ LE MÊME ÉDITEUR

Francesco ABATE
J'ai confiance en toi (avec M. Carlotto)

João AGUIAR
Les Mangeurs de perles

Fernando AMPUERO
Caramel vert

Giulio ANGIONI
L'Or sarde

François ARANGO
Le Jaguar sur les toits

Jean-Baptiste BARONIAN
Le Vent du Nord
L'été est une saison morte
L'Apocalypse blanche
Quatuor X

Claude BATHANY
Last Exit to Brest
Country blues

Lilian BATHELOT
Le Rire d'Olga

Joseph BIALOT
186 marches vers les nuages

Gianni BIONDILLO
Le Matériel du tueur

Steinar BRAGI
Installation
Excursion

Maurizio BRAUCCI
La Mer détraquée

Andrea CAMILLERI
L'Opéra de Vigàta
Le Coup du cavalier
La Disparition de Judas
Le Tailleur gris
Intermittence
Le Toutamoi

Ottavio CAPPELLANI
Qui est Lou Sciortino ?

Gilles CARD
Art et pratique du chaos
Question de symétrie
Libera me
Nomad's land

Massimo CARLOTTO
Arrivederci amore
Le Maître des nœuds
Rien, plus rien au monde
L'Immense Obscurité de la mort
Padana City (avec M. Videtta)
J'ai confiance en toi (avec F. Abate)
À la fin d'un jour ennuyeux
Le Souffle court

Hannelore CAYRE
Commis d'office
Toiles de maître
Ground XO

Pierre CHRISTIN
Petits crimes contre les humanités
Légers arrangements avec la vérité

Gioacchino CRIACO
Les Âmes noires
American Taste

Sandrone DAZIERI
Sandrone et Associé
Sandrone se soigne
Le Blues de Sandrone

Giancarlo DE CATALDO
Romanzo criminale
La Saison des massacres
La Forme de la peur (avec M. Rafele)
Le Père et l'Étranger
Je suis le Libanais

Francesco DE FILIPPO
Le Naufrageur
L'Offense

Jean-Paul DELFINO
L'Île aux femmes
Tu touches pas à Marseille
De l'eau dans le grisou
Embrouilles au vélodrome

Gérard DELTEIL
Mort d'un satrape rouge
KZ, retour vers l'enfer

Pablo DE SANTIS
La Traduction
Le Théâtre de la mémoire

Ramón DÍAZ-ETEROVIC
Les 7 Fils de Simenon
La mort se lève tôt
Les Yeux du cœur
La Couleur de la peau
L'Obscure Mémoire des armes
Le Deuxième Vœu

Piergiorgio DI CARA
Île noire
L'Âme à l'épaule
Verre froid
Hollywood, Palerme

Ted ESCOTT
Opération Greenback
Money is Money

Cristina FALLARÁS
Deux petites filles

Jorge FRANCO
La Fille aux ciseaux

Santiago GAMBOA
Perdre est une question de méthode

Giuseppe GENNA
L'Année lumière

Mempo GIARDINELLI
Le 10e Cercle
Luna caliente
Les morts sont seuls

Laura GRIMALDI
Le Soupçon
La Peur
La Faute

Arnaldur INDRIDASON
La Cité des jarres
La Femme en vert
La Voix
L'Homme du lac
Hiver arctique
Hypothermie
La Rivière noire
Betty
La Muraille de lave
Étranges rivages
Le Duel
Les Nuits de Reykjavik

Mine G. KIRIKKANAT
La Malédiction de Constantin
Le Sang des rêves

Moussa KONATÉ
Meurtre à Tombouctou
L'Affaire des coupeurs de têtes

John LANTIGUA
Le Meilleur des Havanes

Amid LARTANE
L'Envol du Faucon vert

David LE BRETON
Mort sur la route

Dick LOCHTE
Blue Bayou

Loriano MACCHIAVELLI
Les Souterrains de Bologne
Bologne ville à vendre
Derrière le paravent

José Angel MAÑAS
Je suis un écrivain frustré
L'Affaire Karen

Nino MARINO
Le Rouge de Pompéi

Bruce MAYENCE
Les Guenons

Liam MCILVANNEY
Les Couleurs de la ville
Là où vont les morts

Elmer MENDOZA
L'Épreuve de l'acide

Rosa MONTERO
Le Territoire des Barbares
La Fille du Cannibale

MONTERO GLEZ
Soif de champagne

Leonardo PADURA
Electre à la Havane
Mort d'un Chinois à la Havane
L'Automne à Cuba
Passé parfait
Vents de carême
Adios Hemingway
Les Brumes du passé

Zelda POPKIN
Le Cadeau du mort

Serge QUADRUPPANI
Y
La Forcenée
Corps défendant
La Nuit de la dinde
Au fond de l'œil du chat

Mimmo RAFELE
La Forme de la peur (avec G. De Cataldo)

Sergio RAMÍREZ
Il pleut sur Managua

Rafael REIG
Ce qui n'est pas écrit

Mario SABINO
Le jour où j'ai tué mon père

Luis SEPÚLVEDA
Un nom de torero
Journal d'un tueur sentimental
Yacaré/Hot Line

Stefano TASSINARI
Les Marques sur la peau

Hubert TÉZENAS
L'Or de Quipapá

Jean-Marie THIVEAUD
La Nuit des monstres

Arni THORARINSSON
Le Temps de la sorcière
Le Dresseur d'insectes
Le Septième Fils
L'Ange du matin
L'Ombre des chats

Olivier TRUC
Le Détroit du Loup
Le Dernier Lapon

Grazia VERASANI
Quo vadis, baby ?
Vite et nulle part
À tous et à personne

Jacques VETTIER
Juge et partie
Nécroprocesseurs

Marco VIDETTA
Padana City (avec M. Carlotto)

Louise WELSH
Le Tour maudit
La Fille dans l'escalier

Cet ouvrage a été composé par
Atlant'Communication
au Bernard (Vendée)

Impression réalisée par
Normandie Roto Impression s.a.s.
61250 Lonrai

N° d'édition : 2824001 – N° d'impression : 1502304
Dépôt légal : août 2015

Imprimé en France